ullstein

DOUGLAS JACKSON wurde in Schottland geboren. Die Leidenschaft des gelernten Journalisten gehört der Antike, genauer gesagt dem alten Rom. In Großbritannien ist seine Serie um den römischen Tribun Valerius mittlerweile eine der erfolgreichsten des Genres. Douglas Jackson lebt mit seiner Familie in der Nähe von Stirling, Schottland.

Von Douglas Jackson ist in unserem Hause bereits erschienen:
Der Held Roms

Douglas Jackson

DER VERTEIDIGER ROMS

Historischer Roman

Aus dem Englischen
von Barbara Ostrop

Ullstein

Besuchen Sie uns im Internet:
www.ullstein.de

Deutsche Erstausgabe im Ullstein Taschenbuch
1. Auflage Februar 2021

Die Originalausgabe erschien 2011 unter dem Titel
Defender of Rome bei Transworld Publishers, London.
Umschlaggestaltung: zero-media.net, München
Titelabbildung: © FinePic®, München
Karte: © Dr. Helmut W. Pesch
Gesetzt aus der Quadraat Pro powered by pepyrus.com
Druck und Bindearbeiten: CPI books GmbH, Leck.
978-3-548-06387-4

Für Bill Jackson

1929–2010

DAS RÖMISCHE REICH
zur Zeit Neros
ATLANTIK
A OBERES GERMANIEN
B UNTERES GERMANIEN
1 POENISCHE ALPEN
2 COTTISCHE ALPEN
3 MARITIME ALPEN
BRITANNIEN
Colonia
Londinium
Rhenus
A
B
1
2
3
BELGICA
LUGDUNENSIS
AQUITANIEN
NARBONNENSIS
Groß-Germanien
RAETIEN
NORICUM
PANNONIEN
DALMATIEN
Sarmatien
Dakien
Viminacium
Danuvius
Bosporanisches Reich
SCHWARZES MEER
MOESIEN
THRAKIEN
MAKEDONIEN
EPIRUS
ACHAIA
Athen
ITALIEN
Rom
Neapolis
Oplontis
KORSIKA & SARDINIEN
SIZILIEN
TARRACONENSIS
LUSITANIEN
BAETICA
MAURETANIA TINGITANA
MAURETANIA CAESARIENSIS
AFRICA PROCONSULARIS
MITTELMEER
CYRENAICA
ÄGYPTEN
BITHYNIEN & PONTUS
GALATIEN
KAPPADOKIEN
ASIEN
LYKIEN & PAMPHYLIEN
KILIKIEN
Tarsus
Antiochia
ZYPERN
SYRIEN
JUDÄA
Jerusalem
Armenien
Partherreich
Reichsgrenze
Provinzgrenze
HP

I

Rom, 63 n. Chr.

Sie stürmten in Wellen über das zertretene Sommergras auf ihn zu, hochgewachsen, schlank und für den Krieg geschaffen. Ihre Speerspitzen blitzten im Licht der noch tief am Himmel stehenden Morgensonne, und ihr Kommen wurde vom Donnern ihrer Schritte begleitet. Und so, wie sie kamen, erschlug er sie.

Er war dafür geboren, Tod zu bringen. Er zersprang fast von der wilden, atavistischen Freude des Kriegers, während die Spitze seines *gladius*, geführt von seinem starken rechten Arm, Kehlen zerschnitt und Bäuche aufschlitzte. Jeder Hieb oder Stoß wurde von einem roten Nebel begleitet, der die einzige wahre Signatur der Schlacht ist.

Einen nach dem anderen sah er sie sterben, und er zählte seine Opfer nach den Namen der Römer, die er rächte. Für Lunaris. Für Saulus. Für Messor. Für Falco.

Für Valerius.

Beim nächsten Hieb zauderte er, und um ihn her erstarrte die Schlacht. Die Schreie der Sterbenden waren gefangen wie Fliegen in einem Netz; Speere stockten mitten im Flug, und miteinander kämpfende Feinde verharrten auf Messers Schneide zwischen Leben und Tod. Nein, nicht: »Für Valerius.« Gaius Valerius Verrens lebt. *Ich bin Gaius Valerius Verrens.* Die Worte hallten in seinem Kopf wider, und er fragte sich, ob er sich zu den Göttern in ihrer elysischen Feste gesellt hatte.

In diesem Augenblick spürte er, dass *sie* da war. Ein flammendes Rotbraun am Rande seines Gesichtsfelds. Durchdringend grüne Augen, die sich in seine Seele bohrten. Boudicca. Seine Feindin. Auf ihren unausgesprochenen Befehl hin lebte der Kampf erneut auf. Die Speere flogen wieder. Männer blieben am Leben oder starben. Doch jetzt hatte das Tempo sich verändert. Bisher hatte immer er den Vorsprung an Geschwindigkeit und Weitblick gehabt. Andere Männer waren zu langsam oder zu blind gewesen. Andere Männer waren gestorben. Jetzt aber war es anders.

Gefangen in seiner eigenen Falle, bewegte Valerius sich so benommen wie jemand, der durch einen brusthohen See watet. Das Schwert lag drückend schwer in seiner Hand, und er musste sich anstrengen, um den großen Schild mit dem geschwungenen Rand hochzuhalten. Die Waffen seiner Feinde schossen aufblitzend auf ihn zu, ein Sturm glänzender Eisenklingen, die die Schwachstellen seines Panzers und das weiche Fleisch seiner Kehle durchbohrten, ohne dass er sich dagegen wehren konnte. Der Biss der scharfen Schneiden ließ ihn vor Schmerz und Wut aufschreien, und zum ersten Mal erlebte er die Verzweiflung des Besiegten. Er rief seine Götter an, wusste aber, dass sie ihn verlassen hatten.

»Valerius?«

Eine Frauenhand hielt das Schwert auf, das bereit war, ihn zu töten.

»Valerius!«

Er schlug die Augen auf. »Fabia?«

»Du hast geträumt. Und laut geschrien.«

Er brauchte ein wenig, um den vertrauten Anblick und Geruch des Schlafzimmers mit dem in Einklang zu bringen, was er gerade erlebt hatte. Sein Körper zitterte vor Anspannung, und die zerknüllten Bettlaken unter ihm waren feucht von Schweiß. Dabei war es ganz anders gewesen. Damals hatte er Abstand zur Schlacht gewahrt wie ein Feigling, denn er war ein frisch verkrüppelter Mann gewesen. Männer waren zu Tausenden und Zehntausenden gestorben, doch er hatte keinen Einzigen von ihnen getötet.

Fabia beugte sich über ihn, golden und schön, ein sicherer Hafen. Sie legte ihm die kühle Hand auf die Stirn. Ihre Augen von der Farbe und dem Facettenreichtum eines geschliffenen Saphirs waren von Sorge erfüllt und noch von etwas anderem. Ein Nadelstich von Schuldgefühl durchfuhr ihn, und instinktiv griff er nach dem Anhänger, der an seinem Hals hing. Es war ein kleiner goldener Keiler, das Symbol der Zwanzigsten Legion.

»Du musst sie sehr geliebt haben.« Es war eine Feststellung, keine Frage.

Ich habe sie getötet. Das stimmte nicht. Er hatte Maeve verraten, aber das Schwert, das ihr in Boudiccas letzter Schlacht das Leben genommen hatte, hatte ein anderer Mann geführt.

Fabia beugte sich über ihn und küsste den marmorierten

Stumpf seines rechten Arms, ihre Brust streifte leicht über seinen Bauch. Der Verlust seiner Hand war der Preis für sein Leben gewesen. Jeden Tag war er beim Aufwachen verblüfft, dass sie nicht mehr da war. Jeden Tag ertrug er einen Schmerz, für den es kein Heilmittel gab. Es war seine Bürde, und er würde sie sein Leben lang tragen. Wie seine Schuldgefühle.

Er ließ sich zurücksinken und starrte an die bemalte Decke. Unter dem wohlwollenden Blick der Göttin Diana jagten mollige, fröhliche Nymphen Rehe und Antilopen über üppige Wiesen. Mit einem Seufzer legte Fabia sich halb auf ihn, ihr Körper schmiegte sich weich an seine kantige Härte. Er stand drei Wochen vor seinem sechsundzwanzigsten Geburtstag, und es war beinahe zwei Jahre her, seit er aus dem von der römischen Rache ausgebluteten Britannien zurückgekehrt war. Man hatte ihn zum Helden Roms erklärt, und die Corona aurea war ihm von Nero persönlich aufs Haupt gesetzt worden. Diese Ehre hatte ihm einen Ruhm eingetragen, den er weder wollte noch verdient hatte, und außerdem Neros Gunst. Da man sich auf diese nicht verlassen konnte, war das eine recht zweischneidige Sache, wie er bald feststellen sollte.

Zunächst war der junge Kaiser entzückt gewesen, einen Altersgenossen – und Kriegshelden – an seiner Seite zu haben. Valerius musste jeden Tag den vergoldeten Palast auf dem Palatin aufsuchen und bei Hof anwesend sein, um Neros Versammlungen zu schmücken und ihn mit Geschichten von Schlachten, Kameradschaft und Opfermut zu begeistern. Natürlich hatte er sich geschmeichelt gefühlt: Welchem Soldaten, selbst einem so versehrten Soldaten wie ihm, wäre es anders ergangen? Zwischen den Marmorsäulen und bemalten Statuen verbeugten sich große Männer, Konsuln und Generäle vor ihm. Und schöne Frauen kamen zu ihm und führten ihn in schattige Winkel, wo sie auf ihn einflüsterten, als wäre das Unwahrscheinlichste möglich oder sogar gewiss. Die ganze Zeit spürte er dabei, wie die harten, kleinen, fiebrig glänzenden Augen des Kaisers ihm auf Schritt und Tritt folgten und immer leidenschaftlicher wurden. Er war kein Dummkopf. Er hatte die Geschichten gehört. In der Legion hatte er sein Leben mit Männern geteilt, guten und schlechten, und er wusste, dass mancher einen Geschmack hatte, der nicht der natürlichen Richtung folgte, und dass manche Männer überhaupt keine Grenzen kannten. Als Junge hatte er etwas erlebt, was er für Liebe gehalten hatte, doch was zwischen Knaben hinnehmbar war, musste zwischen Männern nicht richtig sein. Bevor ihm das Angebot gemacht wurde, ließ er erkennen, dass er es ablehnen würde.

Um dem Sturm auszuweichen, der daraufhin unvermeidlich losbrechen musste, war er ein Jahr nach Griechenland gegangen und hatte gehofft, vergessen zu werden. Das selbst auferlegte Exil verschaffte ihm die Möglichkeit, seine philosophischen Studien wieder aufzunehmen, unter dem großen Apollonius, der seine Wanderschaft für eine Weile in Athen unterbrochen hatte. Aber als Valerius zurückkehrte, stand sein Name noch immer auf der Liste mancher Höflinge. Er wurde weiterhin in den Palast eingeladen. Man beobachtete ihn. Doch jetzt war es eine andere Art von Beobachtung. Sie war gefährlich. Wenn er früher die Taktik des britischen Statthalters gelobt hatte, hatten seine Zuhörer stets Zustimmung bekundet. Jetzt dagegen wandten sie sich kopfschüttelnd ab und murmelten Worte wie »Despot« und »Schlächter«. Paulinus sei zu weit gegangen, sagten sie; er habe die Provinz ausgeplündert, wo er sie hätte wiederbeleben müssen. Seine Abberufung stand bevor. Wenn Valerius jetzt Zuhörer hatte, lauschten sie ihm nicht dankbar, das begriff er, sondern merkten sich das, was er sagte, für später, wenn ...

Ein schlanker Finger wischte durch den kühl gewordenen Schweiß, der sich zwischen den Wölbungen seiner Brustmuskeln angesammelt hatte. »Wir sollten baden.«

Valerius verjagte die Melancholie aus seinem Kopf und lächelte Fabia an, die sich von seinem Körper löste und ihm in das kleine Badehaus voranging. Nachdem sie abwechselnd das *caldarium* und das *tepidarium* genossen hatten, hüllte Fabia sich in ein Tuch und führte ihn zu einem glatten Steintisch, wo sie seinen Körper mit geübter Hand einölte, jeden Muskel seiner Schultern, seines Rückens und seiner Beine ausstrich und ihn dann umdrehte, um dasselbe mit seiner Brust und seinem Bauch zu machen. Unter ihren starken Fingern spürte er erneut, wie das heiße Blut der Begierde wieder in ihm aufstieg.

Bevor er reagieren konnte, ließ sie das Tuch fallen und schwang sich zu ihm hinauf, um sich in einer einzigen gleitenden Bewegung auf ihm niederzulassen.

Die Intensität ihrer Wärme ließ ihn nach Luft schnappen.

»Das bedeutet wohl, dass ich mehr zahlen muss«, brummte er in dem Versuch, sich auf irgendetwas zu konzentrieren, was nicht unterhalb seiner Taille geschah.

»Oh nein, Valerius.« Fabias Stimme hatte ein Timbre, als würde Rohseide über raues Holz gezogen. »Das ist ein Geschenk an mich selbst. Bleib einfach so liegen, wie du bist.«

Viel später begleitete sie ihn zur Tür und hob die Lippen, um ihm ein schickliches Abschiedsküsschen zu gestatten. Fabia Faustina, erlesene Kurtisane, Freundin der Kaiserin Poppaea Augusta Sabina und wahrscheinlich die schönste Frau in Rom. Sonderbar, dass sie so viel für ihn empfand, obwohl sie wusste, dass er ihre Gefühle niemals erwidern konnte.

»Und was hält das Gericht heute für dich bereit? Bist du Verteidiger oder Ankläger oder beides?«, fragte sie leichthin.

»Weder noch.« Valerius gestattete sich ein trauriges Lächeln. »Ich muss Olivia Beistand leisten.«

Fabia sah ihn an, doch ihre Gedanken blieben in den blau-goldenen Tiefen ihrer Augen verborgen. »Sag ihr, dass ich für sie bete.«

Wo Fabias Schönheit wie ein kaiserlicher Park in voller Blüte erstrahlte, war Olivias Liebreiz ätherischer: ein Schneefeld in den Alpen, das nur vom Wind berührt wird, oder eine Statue aus jungfräulichem Marmor, bevor der Künstler die erste Farbe aufträgt. Valerius blickte auf seine Schwester hinunter, die in dem Haus am Clivus Scauri darniederlag. Das Gesicht war so königlich und blass wie das einer ägyptischen Prinzessin und wurde von langem, fast rabenschwarzem Haar umrahmt, das von ihrer Zofe Julia Strähne um Strähne exakt gelegt worden war. Seine Schwester hatte die wie gemeißelten Gesichtszüge, die an ihrer Familie so bewundert wurden, aber sie waren bei ihr feiner als in der männlichen Linie. Eine schmale, aristokratische Nase, ein Kinn, das von Entschlossenheit und Zielstrebigkeit zeugte, und ein Mund, der vor ihrer Erkrankung immer zum Lächeln bereit gewesen war. Als er sie betrachtete, fiel ihm auf, dass sie sich selbst in der kurzen Zeit, seit er sie das letzte Mal gesehen hatte, verändert hatte, und er ersetzte das Wort »zart« durch »fragil«.

»Sie schwindet dahin.« Er versuchte, nicht anklagend zu klingen.

Der penibel gekleidete Mann neben ihm regte sich unbehaglich. »Wir tun, was wir können. Das Dienstmädchen flößt ihr nach unserer Anweisung dreimal täglich die Arznei ein. Sie badet ihre Herrin nur mit warmem Wasser und gibt ihr dreimal am Tag eine dünne Suppe.«

»Von der mehr verschüttet als gegessen wird«, merkte Valerius an.

Der Arzt Metellus runzelte die Stirn, was seine Hängewangen zum Beben brachte, und zog die wässrigen Augen zusammen. »Wir können ihr nur eine begrenzte Menge aufnötigen, sonst schadet es mehr, als es nützt. Sie ist dünn, aber noch nicht zum Skelett abgemagert. Wenn die Götter wollen, gibt es immer noch Hoffnung. Du hast dem Asklepius ein Opfer dargebracht, wie ich es dir geraten habe?«

Valerius' Glaube an die Götter war einer harten Prüfung unterzogen worden, als er zwei Tage lang im Tempel des

Claudius darauf gewartet hatte, von rachedurstigen britischen Kriegern in Stücke gerissen zu werden. Die Tatsache, dass er überlebt hatte, hatte seinen Glauben nicht wiederhergestellt, doch er würde alles tun, was Olivia vielleicht helfen könnte. »Ich habe heute Morgen das Hospital am Tiber aufgesucht, und der Priester hat dem Gott einen weißen Widder geopfert.« Der Arzt nickte beeindruckt. Ein weißer Widder war mehr als nur ein symbolisches Opfer. Er fragte sich, ob er ein ausreichend hohes Honorar berechnete. »Die Zofe Julia hat außerdem der Guten Göttin ein Opfer dargebracht«, fuhr Valerius fort.

Auch das war nur vernünftig. Bona Dea, die Göttin der Frauen, des Heilens und der Fruchtbarkeit, würde sich bestimmt von ihrem Tempel auf dem Aventin zugunsten Olivias verwenden.

»Dann tust auch du alles, was dir möglich ist.« Er zögerte. »Wenn vielleicht euer Vater ...«

Valerius schüttelte den Kopf. »Er wird nicht kommen.« Mehr brauchte er nicht zu sagen. Sein Vater Lucius hatte die Zukunft ihrer Familie auf eine Heirat zwischen Olivia und einem unanständig reichen, aber sehr alten entfernten Verwandten des Kaisers gesetzt. Olivia hatte einen einzigen Blick auf die Glatze und die Runzeln ihres Zukünftigen geworfen, der nur einen letzten schwarzen Zahn sein Eigen nannte, und gelobt, sich auf der Stelle die Pulsadern aufzuschneiden. Lucius' Ruf hatte mehr darunter gelitten, dass er vor ihrer Drohung kapituliert hatte, als darunter, dass sie Calpurnius Ahenobarbus zurückgewiesen hatte. Nach dem Gesetz hätte er das Recht gehabt, Olivia in die Sklaverei zu verkaufen oder sie sogar zu töten, doch trotz all seines patrizischen Gebarens war er immer ein liebevoller Vater gewesen, und so hatte er sich lieber für die Schande entschieden, als seine Tochter noch tiefer ins Unglück zu stoßen. Seit dem Skandal hatte er sich auf das Familiengut bei Fidenae zurückgezogen und sich seinen Weinstöcken und Olivenbäumen gewidmet. Valerius hatte ihn dreimal mit der Nachricht von ihrer Erkrankung kontaktiert, doch Lucius hatte den Boten jedes Mal weggeschickt. Die Ärzte, die Olivia behandelten, spekulierten, dass die Götter sich für ihren Mangel an Gehorsam gegenüber dem Vater rächten, doch Valerius verwarf diese Theorie als den verzweifelten Versuch, ihr eigenes Versagen zu rechtfertigen. Er hatte den Verdacht, dass Metellus, ein wohlmeinender Säufer, der behauptete, in Smyrna und Alexandria studiert zu haben, sich nun ebenfalls dieser Ansicht angeschlossen hatte.

Unter seinen Blicken schlug Olivia die schiefergrauen feuchten und leicht verwirrt dreinblickenden Augen auf. Sie erkannte ihn nur langsam, doch als sie sich bewusst wurde, dass er es war, öffneten sich ihre blassen Lippen zu einem schwachen Lächeln, und bevor sie die Augen wieder schloss, bewegte sich ihre Hand auf die seine zu. Er setzte sich aufs Bett und ergriff sie; sie war kühl und federleicht. Olivia seufzte leise, und er spürte, wie ihre Finger sich um die seinen schlossen.

So wird es sein, wenn sie stirbt, dachte er, *diese hilflose Leere. Ich werde hier sitzen, ihre Hand wird erkalten, im Raum wird es dunkel werden, und ich werde sie anflehen zu bleiben, doch ihr Geist wird entfliehen, wie ich es bei so vielen sterbenden Menschen gesehen habe.* Er begann, von Hoffnung, Liebe und der Zukunft zu reden, und er wusste, dass Olivia ihn hörte, aber nicht, ob sie ihn verstand.

Während er sprach, wanderten seine Gedanken zu der Zeit zurück, als ein mageres Mädchen mit schmutzigem Gesicht und zerrissener Tunika ihm auf Schritt und Tritt gefolgt war und ständig dumme Fragen gestellt hatte, die er nicht beantworten konnte. *Warum?* Und *wie?* Und *was?* Endlos lang waren die Tage gewesen an dem schmalen, von Bäumen gesäumten Fluss, der das Landgut mit Wasser versorgte. Zwischen den Wasserpflanzen hatten sie kleine grüne Frösche gejagt und einander mit schleimigem, gesprenkeltem Froschlaich eingeschmiert. An anderen Tagen hatten sie zwischen den Weinstöcken scheue braune Singvögel gejagt und dabei genau gewusst, dass diese zur nächsten Reihe flattern und die Jagd von vorn beginnen würde. Er erinnerte sich an den bitteren Geschmack unreifer Trauben und die Magenkrämpfe, die darauf unvermeidlich folgten. Sie hatten einander beim Heranwachsen zugesehen.

Und dann der Tag, der ihn mit der Frage konfrontiert hatte, was für ein Mensch er eigentlich war. Damals war sein Geduldsfaden schließlich gerissen, und ermutigt von den Sklavenjungen, hatte er sie im Keller unter dem Haus eingesperrt und war weggegangen. Er würde niemals den Ausdruck in ihren Augen vergessen, als er eine Stunde später zurückgekehrt war und sie vor Angst erstarrt im Dunkeln vorgefunden hatte. Oder die Anklage in den mit Kinderstimme geflüsterten Worten: »Bitte lass mich nie wieder allein, Valerius.«

Er drückte ihre Hand und stand auf.

»Ich werde alles tun, damit sie wieder gesund wird.« Er wusste, dass die Worte allein nichts bedeuteten. Vielleicht hatte er nur mit sich selbst gesprochen. Oder zu den Göttern, an die er nicht mehr glaubte. Stattdessen stellte er fest, dass der fette Arzt, dessen Gegenwart er vollständig vergessen hatte, sich angesprochen fühlte.

Angesichts der Gewissheit in Valerius' Stimme überkam Metellus ein Anflug von Panik. Die hochgewachsene eindrucksvolle Gestalt durchbohrte ihn mit einem harten Blick, der ihn wie ein geworfener Speer traf. Er hatte alles getan, was in seiner Macht stand, wirklich. In aller Eile ging er die verabreichten Arzneien durch, als müsste er sein Leben verteidigen. Fiebersenkende Kräuter, in warmen, mit Bleizucker gesüßten Wein gemischt. Eisenhut in winzigen Dosen, um das Blut in Gang zu bringen. Hanfextrakt zur Beruhigung. Die Diät? Beispielhaft. Bei jedem Schritt hatte er die Vorsicht und den Weitblick des Arztes walten lassen. Könnte man noch etwas tun? Nein. Zweimal nein. Es sei denn ...

»Es gibt da vielleicht einen Mann, der ... «

»Wo kann ich ihn finden?«

II

Rom veränderte sich. Nero hatte gelobt, die Stadt in eine moderne Metropole zu verwandeln, die der Hauptstadt eines Reiches angemessen war, das mehr als vierzig Millionen Menschen beherrschte. Wenn eine Straße völlig verfallen war oder ein städtisches Elendsviertel abbrannte, musste der Wiederaufbau, dem Gebot des Kaisers folgend, um einen offenen Platz herum erfolgen, sodass die Bewohner Raum, Freiheit und Licht bekamen und eine Barriere gegen die Brände entstand, die sich mit solcher Geschwindigkeit in den vierzehn Bezirken der Stadt ausbreiten konnten. Damit folgte Nero dem Beispiel seines Onkels Caligula, doch wo Caligula die Bewohner gezwungen hatte, die Verbesserungen aus ihrer eigenen Tasche zu bezahlen, hatte der junge Kaiser seine Beliebtheit gesteigert, indem er diese Bürde selbst schulterte. Unglückseligerweise blieben jedoch einige der schlimmsten Bereiche der Stadt davon unberührt.

Mit hoch erhobener Fackel spähte Valerius in die schmale stinkende Straße, die sich vor ihm öffnete. Aus einer Gasse zu seiner Linken erklangen raues, humorloses Gelächter und Schreie, die von Lust oder aber von Entsetzen künden mochten. *Ich hätte einen Leibwächter anheuern sollen*, dachte er und fluchte, als er in etwas trat, das ein Tier oder Gemüse sein mochte, aber jedenfalls widerlich weich war und stank wie eine halb verweste Leiche.

Warum musste es immer die Subura sein? Roms Jauchegrube. Sechs und sieben Stockwerke hohe Mietshäuser türmten sich wie Klippen über ihm, und qualmende Öllampen brannten in Fenstern, die bestenfalls mit dem Inhalt eines Nachttopfs drohten und schlimmstenfalls mit dem Topf selbst. Die ausgefahrenen Wagenspuren dienten gleichzeitig als offene Abwasserkanäle. Da die Nacht kaum Kühlung brachte, verbreiteten sie in der zwischen den Hauswänden gefangenen Wärme ihren Gestank. Jeder Schritt konnte den Tritt in eine Falle bedeuten, und jeder dunkle Hauseingang war ein potenzieller Hinterhalt.

Trotzdem war ihm keine andere Wahl geblieben, als auf Julias Rückkehr zu warten, und wenn er versucht hätte, in einer Taverne einen ramponierten Ex-Gladiator oder aus dem Dienst geschiedenen Legionär anzuheuern, hätte er damit wahrscheinlich nur den Dolch bezahlt, der seine Leber kitzeln oder ihm die Kehle durchschneiden würde. Nach links oder nach rechts? Er ließ sich die Wegbeschreibung des Arztes durch den Kopf gehen, während er die Kreuzung zweier identisch wirkender Straßen betrachtete. Im bequemen Atrium der Villa war ihm das alles viel unkomplizierter erschienen. »Folge einfach der alten Via Subura, bis du zur Via Tiburtina kommst, und gehe weiter, bis du dich etwa hundert Schritte vor der Porta Esquilina befindest. Der Mann hat Räume in der *insula* zur Rechten. Im Erdgeschoss.« Bei

Tageslicht hätte Valerius sich durch ein Gedränge von Passanten schieben müssen, aber keine anderen Bedrohungen zu fürchten gehabt als die Stange einer Sänfte im Rücken oder einen knochigen Ellbogen. Man hätte ihn geschubst und gestoßen, und er wäre in der Hitze fast eingegangen, aber nie direkt bedroht worden. Jetzt dagegen war er in einem stockdunklen widerlichen Labyrinth gefangen, in dem jede Straße gleich aussah und der einzige Trost darin bestand, dass die wenigen Bewohner, denen er zu dieser späten Stunde begegnete, sturzbesoffen waren.

Als er ein Rascheln hörte, wandte er sich scharf um und griff unter seinem Umhang instinktiv nach seinem Schwert. Das Rascheln hörte auf und wich einem leisen Winseln. Er musste über sich selbst lachen. Gaius Valerius Verrens, der Held Roms, der Mann, der den Tempel des Claudius bis zum letzten Mann verteidigt hatte, hatte Angst vor einem Straßenköter.

Nach links oder nach rechts?

Nach rechts.

Er hatte darum gefleht, in den Legionen bleiben zu dürfen, obwohl seine Verwundung bedeutete, dass er nie wieder in einer Schlachtreihe kämpfen würde. Nein, hatte sein Vater entgegnet, dies ist unsere große Chance: erst der Anwaltsberuf und dann der Senat; sorge dafür, dass der Name Valerius in den Marmorhallen des Palatins erklingt. Er hatte gehorcht, aus Pflichtgefühl. Es war dasselbe Pflichtgefühl, das ihn zu dem Soldaten gemacht hatte, der er einmal gewesen war. Und dank der Kundschaft, die von der Corona aurea angezogen wurde, war er damit gut gefahren. Jeder aus dem Dienst geschiedene Veteran, sei er General oder Legionär der dritten Reihe, jeder wollte von Gaius Valerius Verrens vertreten werden. Wie bei den Schlachten gewann er mehr Fälle, als er verlor, weil er sich mit Sorgfalt vorbereitete und hart für seine Klienten kämpfte, selbst wenn er ihnen kein Wort von dem glaubte, was sie ihm erzählten.

Die Straße wurde breiter, und vor sich erblickte er einen blassen Lichtschimmer. Irgendein offener Platz.

»Er ist ein Medicus, der erst vor Kurzem aus dem Osten eingetroffen ist«, hatte Metellus erzählt. »Manche behaupten, dass er Wunder vollbringe, andere dagegen sagen, er handele nur mit duftendem Rauch und glänzenden Spiegeln. Ein Judäer; er betreut die Leute seines Volkes und sucht keinen Gewinn. Er wirbt nicht mit seinen Diensten. Du wirst große Überzeugungskraft aufbringen müssen. Wie er aussieht? Woher soll ich das wissen?«

Das Licht kam aus einer widerlichen Spelunke, die hinter einem offenen Hof lag. Ein behauener Steinbrunnen stand darauf, er hatte die Form eines Fisches. Valerius eilte vorbei und bemühte sich dabei, einfach wie ein ganz normaler Betrunkener auszusehen. Doch die Blicke, die ihm folgten, waren die Blicke von Raubtieren und nicht von gewöhnlichen Männern.

Ein Mann konnte vielleicht in der Subura überleben, ohne zu einer Bande zu gehören, eine Bande zu bezahlen oder eine Bande zu besitzen, doch für ihn und seine Familie wäre es ein gefährliches Leben. Der rothaarige Culleo, Bastard eines Vaters, den allein Jupiter kannte, gehörte, solange er sich erinnern konnte, irgendeiner Bande an. Erst stand er Schmiere, während andere stahlen, dann lernte er, selbst Brot, Obst und Fleisch von den Straßenständen zu klauen, während die kleineren Jungen die Besitzer ablenkten. Als seine Kräfte wuchsen, ergaben sich bessere Gelegenheiten, und er wurde zum Vollstrecker. Den ersten Mann tötete er im Alter von fünfzehn, und drei Jahre später schnitt er seinem eigenen Vorgänger die Kehle durch. Als Waffe bevorzugte er das Messer, und er trug immer zwei bei sich: gefährliche Waffen mit langen, geschwungenen Klingen, die er liebevoll schärfte und die ebenso sehr zum Stechen wie zum Aufschlitzen geeignet waren. Culleo war klein und breit, aber sein Körperbau täuschte über seine Schnelligkeit hinweg, die normalerweise reichte, dass seine Opfer lautlos starben. Wenn er niemandem eine Lektion erteilen musste, griff er am liebsten von hinten an, weil das schneller ging und einfacher war. In der Subura, oder zumindest in den Straßen und Gassen rund um die *Meeräsche*, war er der Wolf, und jeder, der hier nicht hingehörte, war seine Beute.

Die Fackel, die Valerius mit sich führte, zog Culleo an wie das Licht die Motte. Warum sollte ein Betrunkener eine Fackel bei sich tragen, wo er sich doch an den Wänden entlangtasten konnte, die er so gut kannte wie die linke Titte seiner Mutter? Sobald er Valerius entdeckt hatte, war er ihm gefolgt. Ein hochgewachsener Mann, obgleich er gebeugt ging, um es zu kaschieren. Er war in einen teuren Umhang gekleidet. Dann war er also ein Dummkopf. Jeder Umhang, mit dem jemand in der Subura herumwedelte, schrie danach, gestohlen zu werden, und ein Mann, der einen Umhang trug, würde auch noch andere Dinge bei sich tragen, die das Stehlen wert waren, und seien es nur seine Kleider und seine Schuhe.

Außerdem war da noch etwas anderes. Aus zwanzig Schritten Entfernung hatte Culleo mit seinen scharfen Augen die winzigen Details bemerkt, die einem anderen vielleicht entgangen wären: die Körperhaltung des Dummkopfs, die leichte Bevorzugung seiner rechten Seite, der kantige Unterkiefer und die wie gemeißelten Züge. Die Beschreibung hätte auf zwanzig andere Männer passen können – abgesehen von einem wichtigen Detail, das sich leicht unter dem Umhang verbergen ließ, das Culleo aber spürte. Aus dem unsichtbaren Netzwerk, dem sich alle Banden unterordneten, hatte ihn eine Nachricht erreicht. Selbst der Wolf muss dem hungrigen Tiger einen Teil seiner Beute abgeben. Culleo wusste, wollte man in der Subura überleben, so musste man vor allem »ihnen« gehorchen. Er lächelte und enthüllte dabei ein Schlachtfeld fauliger Zähne; jemand wollte diesen Mann tot sehen und war bereit, ein hübsches Sümmchen dafür zu zahlen.

Er schätzte Geschwindigkeit und Bewegungsrichtung seines Opfers ein, wobei ihm klar war, dass der Mann schneller gehen würde, sobald er an dem offenen Hof vorbei wäre. Wer ging denn nachts langsam durch die Subura? »Iugolo? Fimus?« Er rief zwei seiner Männer aus der Taverne. Der eine, älter und massig, hatte nur ein Auge und statt des zweiten eine feuchte, rinnende Augenhöhle. Der andere war drahtig, wirkte trügerisch jungenhaft und war selbst für die Subura bemerkenswert schmutzig. »Nehmt die Seitengasse entlang der Gerberei, und schneidet ihm vor der Tiburtina den Weg ab. Wenn wir schnell sind, können wir ihn uns in der Gasse der Pockenhure schnappen. Unternehmt nichts, bis ich mit dem Griechen dort eintreffe.« Vier gegen einen: Reichte das? Er könnte noch mehr Männer zusammentrommeln, aber dann bräuchte er Zeit, um sie aus dem Bett zu holen und nüchtern zu machen. Bis dahin könnte die Beute verschwunden sein. Nein, vier Mann waren genug. Das Opfer war ein Dummkopf. Ein Schaf, das darauf wartete, geschoren zu werden. Nein, verbesserte er sich grinsend, ein Lamm auf dem Weg zur Schlachtbank.

Nachdem Valerius an der Taverne vorbei war, schritt er rasch aus, doch dabei hielt er unausgesetzt nach Gefahren Ausschau. Die Straße wurde wieder enger, und das flackernde orangegelbe Fackellicht hüpfte über dreckige Wände und schuf die Illusion von unausgesetzter Bewegung, sodass seine Sinne ständig auf nicht vorhandene Bedrohungen reagierten. Ein Paar mandelförmiger Augen glühte unheimlich aus einem Eingang. Sonderbar, dass Rattenaugen sich im Fackellicht rot spiegelten, während die der sie jagenden Katzen wie leuchtende Smaragde glühten.

Beinahe hätte er die Bewegung übersehen.

Es war nur ein winziges Blinken von Licht auf Metall, fünfzig Schritte entfernt an einem Ort und in einer Höhe, wo eigentlich nichts blinken sollte. Sein Atem ging schneller. Er zwang sich zur Ruhe und suchte die innere Stille, die er noch vor jedem Kampf gefunden hatte. Sie musste sich langsam aufbauen, Herzschlag für Herzschlag, bis zum

Moment der Gewalt. Seine Muskeln spannten sich an, und seine Sinne wurden schärfer. Wie viele waren es? Es spielte keine Rolle. Flucht war unmöglich. Hier war ihr Territorium, und sie würden ihn in kürzester Zeit zur Strecke bringen. Aber sie wussten nicht, dass er sie gesehen hatte, und das bedeutete, dass zumindest vorläufig sie die Gejagten waren und nicht er. Er ging gleichmäßig weiter, doch seine Finger legten sich fester um den Schwertgriff.

Als sie auf die Straße traten, hätte er am liebsten laut gelacht. Nur zwei? Ein mageres, verwildertes Kind, das lückenhafte Zähne fletschte und mit etwas bewaffnet zu sein schien, das wie die Aale eines Sattlers aussah. Und ein einäugiger Riese, bewaffnet mit einer nagelbeschlagenen Keule, die in seinen Pranken wie ein Spielzeug wirkte. Glaubten sie wirklich, dass er so leicht zu töten war? Mochte er auch einhändig sein, er hatte Boudiccas beste Krieger auf dem Feld vor Colonia zum Stehen gebracht. Und in dem blutgetränkten Tal, in dem Suetonius Paulinus, der Statthalter Britanniens, für die Vernichtung der Stammeskönigin gesorgt hatte, war er zwischen den zahllosen Toten gewandelt. Er fürchtete diese Männer nicht.

»Geht zu euren Huren oder Schwestern zurück, mit wem auch immer ihr vögelt.« Er spie die Herausforderung heraus, doch der Junge beachtete die Drohung nicht und hüpfte nach links und rechts, um die Straße zu blockieren, während der Riese grinsend seine Keule streichelte.

Das spöttische Grinsen reichte Valerius als Warnung. Es galt nicht ihm, sondern jemandem hinter ihm. Er fuhr herum und ließ den Mantel dabei in die Breite wirbeln, um eine weniger günstige Zielscheibe abzugeben, denn er wusste, dass die Fackel in seiner Hand den Blick jedes Verfolgers auf ihn lenken würde. Da waren zwei weitere Angreifer, weniger als fünfzig Schritte entfernt, die lautlos über das Kopfsteinpflaster auf ihn zurannten. Hier wäre Abwarten völlig verkehrt. Das würde nur dem Riesen Zeit verschaffen, ihn zu Brei zu schlagen, worauf der Junge ihm mit der Ahle die Augen ausstechen würde. Es musste schnell gehen. Der Angreifer zur Rechten, ein dunkelhäutiger Mann mit finsterem Blick, war seinem Gefährten zwei Schritte voraus. Valerius nutzte den winzigen Moment, den ihm das verschaffte, und stieß dem Räuber die lodernde Fackel ins Gesicht. Der Mann taumelte schreiend zurück und krallte nach seinen versengten Augen. Der Schwung der Drehung führte Valerius in den Weg des vierten Räubers, eines selbstbewussten rothaarigen Schlägers, der mit einer gebogenen Klinge bewaffnet war. Damit hieb er nach der Kehle des Römers. Valerius hob die rechte Hand, um den Schlag zu parieren, und wurde mit einem verblüfften Blick belohnt, als die Klinge mit einem scharfen Klacken auf etwas Hartes stieß. Culleo hatte noch immer den ungläubigen Ausdruck im Gesicht, als der *gladius* in Valerius' Linken unter dem Umhang hervorschoss. Die scharfe Spitze bohrte sich unterhalb der Rippen des Bandenführers ins weiche Fleisch, dann rammte Valerius die Klinge hoch ins Herz des schreienden Mannes. Er riss das Kurzschwert heraus und spürte die vertraute Wärme des herausströmenden Blutes, mit dem wieder einmal ein Mann sein Leben über seine Hand ergoss. Dann drehte er sich nach den überlebenden Wegelagerern um. Doch der

Junge und der einäugige Riese waren nicht bereit, für einen Umhang zu sterben, umso mehr, als ihr Anführer zitternd in einer immer größer werdenden Blutlache lag und der Grieche jammernd nach seiner Mutter rief. Sein Gesicht war versengt wie ein halb gares Stück Fleisch, und seine Augen würden nie wieder sehen. Sie zogen sich rasch in die Gasse zurück und verschwanden im Dunkeln.

Valerius betrachtete die Überreste der Fackel, die in seiner rechten Faust glomm. Sie war nicht mehr zu gebrauchen. Er steckte den *gladius* in die Scheide und zog mit seiner Linken den qualmenden Stummel aus der geschnitzten Hand aus Walnussholz, die seine fehlende Rechte ersetzte. Die künstliche Hand war dazu entworfen worden, einen Schild zu tragen, versah den Dienst als Fackelhalter aber ebenso gut. Sie war ein wenig angesengt und wies über den Fingerknöcheln, wo ihn das Messer des rothaarigen Banditen getroffen hatte, eine tiefe Kerbe auf, doch sie hatte ihren Zweck erfüllt. Er überprüfte den Sitz der aus Kuhleder gefertigten Muffe, mit der die Hand am Arm befestigt war. Wenn die Verschnürung sich lockerte, scheuerte das Leder am Fleisch des Armstumpfs, doch normalerweise sorgte ein wenig Olivenöl dafür, dass die künstliche Hand durchaus bequem saß.

Er hatte geglaubt, dass er nie wieder kämpfen würde, aber bald erkannt, dass viele Männer sich ebenso geschickt mit der linken Hand wie mit der rechten verteidigen konnten. Er hatte die *ludi* abgeklappert, Roms Gladiatorenschulen, bis er den Mann fand, den er brauchte: Marcus, einen narbenbedeckten alten Kämpen, der durch seine Siege in der Arena die Freiheit errungen hatte. Jetzt trainierte Valerius fast jeden Morgen mit den Gladiatoren, und er war stolz darauf, dass er mit der Linken allmählich zu einem besseren Schwertkämpfer wurde, als er es mit der Rechten je gewesen war. Das Erste, was Marcus Valerius beigebracht hatte, war die Kunst, mit der Holzhand den Schlag eines Gegners zu parieren und den seiner Deckung Entblößten dann mit einem Gegenangriff zu Fall zu bringen.

Welches war der Weg zur Via Tiburtina? Er ging weiter, ohne sich noch einmal umzuschauen. Sollten sie doch verwesen; das hatten sie ja auch für ihn geplant. Der geblendete Mann jammerte immer noch nach seiner Mutter, als jemand ihm eine Stunde später die Kehle durchschnitt.

Seit seiner Rückkehr aus Britannien, wo ihn die Frau, die er liebte, gleichzeitig verraten und gerettet hatte, hatte Valerius eine subtile Veränderung an sich bemerkt. Eine Zeit lang wäre er lieber tot gewesen, als ohne Maeve und seine Hand weiterzuleben, doch im Verlauf der Monate begriff er, dass sie ihm eine kostbare Chance verschafft hatte. Bevor er in der Zwanzigsten Legion gedient hatte, war er jung, naiv und selbstsüchtig gewesen. Die Naivität und die Jugend waren durch den Dienst an der Waffe verschwunden, und zurückgeblieben war ein neuer Valerius, ein körperlich und seelisch gestählter Mann, so wie der Eisenkern des Schwertes durch die Kombination aus Hitze und Hämmern gehärtet wurde. Aber er hatte lange gebraucht, um auch die Selbstsucht zu überwinden. Erst mit der Zeit war ihm klar geworden, wie falsch es von ihm gewesen war, von Maeve zu erwarten, dass sie ihr Zuhause, ihre Familie und ihre Kultur aufgeben sollte, um ihm nach Rom zu folgen, wo man sie als exotische, ungebildete und unkultivierte Keltin geschnitten hätte. Und so war er nach und nach zu dem Entschluss gekommen, sein Leben künftig anders zu führen. Deshalb hatte er sich schließlich seinem Vater gefügt und war zur Jurisprudenz zurückgekehrt, während er doch nichts lieber wollte, als den Gestank von altem Schweiß in einem Achtmannzelt einzuatmen, kalten Haferbrei zum Frühstück zu essen und Männer in die Schlacht zu führen. Und deshalb würde er auch einen Posten als *quaestor* in der Provinz annehmen, sollte man ihm einen anbieten, als nächsten Schritt auf dem *cursus honorum* und seinem Weg in den Senat.

Die Straße verbreiterte sich, als er sich der Porta Esquilina näherte. Jedes der drei baufälligen Gebäude zu seiner Rechten könnte der Wohnblock sein, den Metellus ihm beschrieben hatte, und zunächst verzweifelte Valerius an der Aufgabe, den Mann aus Judäa zu finden. Bei näherem Hinsehen fiel ihm aber auf, dass sich im Erdgeschoss der mittleren *insula* ein Laden befand, in dem exotische Gewürze und Kräuter aus dem Osten verkauft wurden. Jetzt, in der Nacht, gab es keine Auslage, doch an der Wand unter dem Fenster hatte der Händler die Preise für seine Waren notiert. Da jeder Arzt auch ein Kräuterkundler war, fiel Valerius kein besserer Ort ein, um mit seiner Suche zu beginnen. Ein Lichtstreifen unter dem schweren Sackleinen, das den Eingang des Ladens verhängte, sagte ihm, dass zumindest jemand wach war, und er fing unterdrücktes Stimmengemurmel auf.

Ein natürliches Misstrauen ließ ihn zögern. Die Judäer waren ein hochmütiges Volk aus einer Provinz, die seit fünfzig Jahren zum Imperium gehörte, aber weder Bedeutung noch Ansehen erlangt hatte. Der Handel mit dem Imperium hatte Judäa Wohlstand gebracht und Tausende seiner Einwohner nach Rom gelockt, so vermutlich auch den Mann, den er suchte. Man respektierte sie als gewitzte Händler und verachtete sie für ihre barbarische Religion, die Kaiser Claudius vor einem Dutzend Jahren veranlasst hatte, alle Judäer aus der Stadt zu vertreiben. Inzwischen kehrten sie nach und nach wieder zurück, hielten sich aber meistens in ihren eigenen Stadtvierteln auf. Es war ungewöhnlich, dass ein Jude im Zentrum Roms ein Geschäft betrieb.

Er näherte sich dem Vorhang und holte tief Luft.

III

Was er für gedämpftes Stimmengewirr gehalten hatte, entpuppte sich als eine Art leiser, rhythmischer Singsang, der aus dem hinteren Bereich des Gebäudes drang. In einer Nische beim Eingang flackerte eine einzelne Öllampe, die ein trübes Licht von sich gab und übel riechenden Qualm verbreitete, der den oberen Bereich des Raums vernebelte. An den Wänden waren Säcke und Kisten gestapelt, und mitten auf dem Boden stand eine Messingwaage neben einer Truhe, die mit einem weißen Tuch bedeckt war.

Dieses Gebäude war eine der älteren *insulae* in Rom; es war vor vielleicht fünfzig Jahren errichtet worden. Immerhin war es ein stabiles Bauwerk, nicht so wie die minderwertigen dünnwandigen Gebäudeskelette neuerer Zeit, aber wo der Verputz von den gekalkten Wänden geplatzt war, sah man, dass es ein altes Haus war. Hinten links öffnete sich ein Durchgang nach innen, und von dort drang der Gesang heraus, aber nicht direkt, wie ihm schien. Erneut zögerte er, weil er weder ein Familientreffen noch eine religiöse Zeremonie stören wollte, wie barbarisch sie auch sein mochte. Aber das Leben seiner Schwester stand auf dem Spiel.

»Hallo.« Das Wort hallte von den nackten Wänden wider.

Stille. Eine plötzliche vollkommene Stille, die ihn fast auf den Gedanken brachte, dass er sich den Gesang nur eingebildet hatte.

»Hallo«, rief er ein zweites Mal. Inzwischen kam er sich töricht vor und war durchaus in Versuchung, sich einfach umzudrehen und zu gehen.

Gleich darauf wich das Schweigen einem eigenartigen grollenden Geräusch, das wie ferner, gedämpfter Donner klang, und ein kleiner rabenschwarzer Lockenschopf lugte um die Ecke des Durchgangs. Zwei walnussbraune Augen musterten ihn mit unverhohlener Neugier.

»Sei gegrüßt.« Er schätzte das Mädchen mit dem dunklen Teint auf etwa sechs und schenkte ihr sein freundlichstes Lächeln. »Ich suche den Arzt, der in eurem Haus wohnt.«

Sie nahm ihn wortlos bei der Hand und führte ihn durch die innere Türöffnung in einen schmalen Gang. Am Ende des Gangs kamen sie in einen dürftig erleuchteten Raum, in dem ein magerer, graubärtiger Mann auf einer Holzbank kauerte und in einem groben Mörser Kräuter zerstieß. Er hatte die rauen Hände eines einfachen Bauern oder Fischers, nicht die eines Gelehrten. Jedes Kreisen des schweren Steinstößels wurde von dem Grollen begleitet, das Valerius vorhin gehört hatte. Der Mann blickte mit einem Nicken auf, und das Mädchen eilte davon.

Sie musterten einander eine ganze Weile, so wie Männer es tun, die sich zum ersten Mal begegnen. Der ältere Mann suchte nach Anzeichen von Bedrohung oder Gefahr, und Valerius versuchte, die zusammengesunkene Gestalt am Tisch mit den widersprüchlichen Geschichten in Einklang zu bringen, von denen Metellus geplappert hatte.

Er schätzte das Alter des Judäers auf zwischen fünfundfünfzig und sechzig. Den kräftigen, dicht gelockten Bart würde er bis zu seinem Tod behalten, vielleicht dann ein wenig weißer. Tiefe Falten, die mit einem Messer hätten geschnitten sein können, durchzogen seine eingefallenen Wangen und die hohe Stirn, eine ständige Erinnerung an ein Leben der Mühsal, der Prüfungen und, so vermutete Valerius, körperlichen Entbehrungen. Der Stoff eines dicken Umhangs im östlichen Schnitt umfing seine hagere Gestalt, doch unter diesem Mantel erkannte Valerius eine Ausstrahlung von Macht, bewahrt für wichtigere Tage. Die Augen, ernst, stet und von der Farbe feuchter Asche, hatten etwas Altersloses, und in ihrer Tiefe lagen widersprüchliche Botschaften: Misstrauen, was unter den Umständen nur vernünftig war; Verständnis, aber wofür? Auch Humor lag darin, der für einen passenderen Moment bereitlag, und Wissen um die Zeit, in der er vonnöten sein würde. Doch eine besondere Eigenschaft hob sich von allen anderen ab: Gewissheit. Dieser Mann wusste genau, wer und was er war.

»*Salve*. Du bist in meinem Heim willkommen.« Es war eine förmliche Begrüßung, und in seinem eigenartigen Akzent sprach er das V wie ein W aus.

Valerius verbeugte sich. »Gaius Valerius Verrens, zu deinen Diensten. Ich entschuldige mich für die späte Stunde und für mein unangekündigtes Kommen, doch ich bin in einer dringenden Angelegenheit hier.«

Der Bart zuckte, doch Valerius konnte sich nicht entscheiden, ob es Verärgerung oder ein bestätigendes Nicken war. »Darf ich dir Wein anbieten?«

»Nein, vielen Dank«, antwortete der Römer, nicht unhöflich, aber in dem Bewusstsein, dass er wohl nichts genießen würde, was in diesem Haushalt ausgeschenkt wurde. Er blickte sich um. Kleine Stoffsäcke, jeder gut lesbar beschriftet, waren entlang der hinteren Wand gestapelt. Auf Wandborden standen mit Stopfen verschlossene Krüge. Dann waren da noch merkwürdig geformte Gegenstände, über deren Herkunft er nicht spekulieren wollte. Der Geruch von Kräutern und Gewürzen füllte seine Nase, aber da war noch etwas anderes, eine Dumpfheit in der Luft, die ihm sagte, dass gerade noch weitere Menschen in diesem Raum versammelt gewesen waren. Er wunderte sich erneut über den Gesang, und ihm wurde bewusst, dass der Judäer keinen Versuch unternommen hatte, sich ihm vorzustellen. Die grauen Augen musterten ihn, und er merkte, dass er diesen offen durchdringenden Blick übel nahm. »Meine Schwester …«, stieß er hervor.

»Ist krank.«

»Ja.«

»Und du suchst Hilfe bei mir … um diese Stunde? Schlafen alle eure römischen Ärzte?« Der Mann lächelte freundlich, um seinen Worten den Stachel zu nehmen.

»Wie schon gesagt, es ist dringend. Olivia …«

»Es tut mir leid.« Der Judäer schüttelte den Kopf. »Leider kann ich dir nicht helfen. Es ist verboten. Ich darf nur innerhalb meiner eigenen Gemeinde arbeiten. Verstehst du? Für Leute meines eigenen Volks.«

Valerius verspürte einen Anflug von Panik. »Bitte«, sagte er. »Hör dir wenigstens an, was ich zu sagen habe.«

Der Arzt wandte sich wieder seiner Arbeit zu, und das Rumpeln des Stößels im Mörser war eine Aufforderung an Valerius zu gehen. Doch er hatte die Entschlossenheit des Römers unterschätzt. Valerius zog sein Schwert halb aus der Scheide, und das unverkennbare metallische Zischen brachte den Judäer dazu, im Mörsern innezuhalten. Er hob den Kopf mit einem Ausdruck bedauernden Abscheus.

»Aha, ein wahrer römischer Krieger. Am besten ist er, wenn sein Gegner unbewaffnet ist. Du bedrohst tatsächlich einen harmlosen alten Mann? Würde das dein Gewissen reinwaschen? Würde es ...«, er runzelte die Stirn, »Olivia ... wieder gesund machen?« Er schüttelte den Kopf. »Blutvergießen hat noch nie ein Problem gelöst, mein junger Freund.«

Valerius wich seinem Blick nicht aus, nahm aber die Hand vom Schwertgriff. Er hatte nicht einmal bemerkt, dass er das Schwert gezogen hatte. »Man sagt Dinge über dich. Ich hatte gehofft, dass sie nicht stimmen.«

Der bärtige Mann stieß ein humorloses Lachen aus. »Man fürchtet mich. Es heißt, ich sei ein Betrüger und Mörder. Dass ich Ehemänner im Auftrag ihrer Frauen vergiften würde und Ehefrauen im Auftrag ihrer Männer. Es heißt«, er griff nach einem Krug hinter sich, langte hinein und zeigte seinen Inhalt, ein schleimiges Stück weißlichen Fleischs, »dass ich die Früchte unserer Beschneidungen in meinen Tränken verwende.«

Valerius schluckte.

Der Judäer lächelte. »Der Giftsack einer Meeresschlange. Er ist von medizinischem Wert. Wie du siehst, stimmt alles, was man sagt.«

»Es heißt außerdem auch, du seist ein Magier. Ich hatte gehofft, dass *das* stimmt.«

Der ältere Mann stieß ein wegwerfendes Schnauben aus. »Betest du? Dann bete zu euren Göttern, sie mögen deiner Schwester helfen.«

Valerius hatte plötzlich die Bronzestatue des vergöttlichten Claudius vor Augen, wie sie damals in dessen pompösem Tempel über den todgeweihten Flüchtlingen aufgeragt war. »Ich bete nicht mehr. Die Götter haben mich verlassen.«

Für eine kleine Weile war das einzige Geräusch im Raum das leise, unregelmäßige Summen des Atems des alten Mannes. »Sprich weiter. Was ist mit deiner Schwester?«

Valerius schloss die Augen, und die Worte kamen in einem Schwall heraus. »Sie ist vor einem Monat morgens aufgewacht und hatte die Gewalt über ihre Arme und Beine verloren.«

»Vollständig?«

»Nein. Nicht vollständig. Sie konnte sie bewegen, aber nicht richtig benutzen. Danach wurde es ein wenig besser, aber vor zwei Wochen konnte sie plötzlich nicht mehr aus dem Bett aufstehen. Seitdem ist sie bettlägerig. Jetzt kann sie nicht einmal mehr den Kopf heben, um etwas zu essen. Sie wird von Tag zu Tag schwächer.«

Der Judäer kaute auf seiner Unterlippe herum. »Hat sie krampfartige Zuckungen gehabt, Anfälle?«

Valerius schüttelte den Kopf.

Ein Schweigen entstand, das sich immer länger dehnte. Schließlich hielt Valerius die Anspannung nicht mehr aus. »Kannst du uns helfen?«

Der Judäer wandte sich ihm zu, der Blick der grauen Augen ernst. »Vielleicht. Bitte Rachel, zu mir zu kommen. Sie befindet sich im Nebenzimmer.«

Als Valerius wieder eintrat, flüsterte der Mann dem Mädchen eine Anweisung ins Ohr. Sie eilte davon und kehrte wenig später mit einem zusammengedrehten Stoffstück zurück, das sie dem Römer reichte.

»Du musst das hier in kochendem Wasser auflösen und deine Schwester dazu bringen, jeden Tropfen zu trinken. Verstehst du? Jeden Tropfen, sonst ist es umsonst.«

»Und dann?«

»Dann wartest du ab.«

Valerius zögerte. Er blickte auf seine Hand hinunter. Deswegen war er gekommen? Wegen ein wenig grauem Pulver? Aber was hatte er sonst erwartet? »Danke«, sagte er und griff nach seinem Geldbeutel.

Der Judäer schüttelte den Kopf. »Wenn der Tag gekommen ist, mir meinen Dienst zu vergelten, wirst du es wissen.« Aus irgendeinem Grund durchlief Valerius bei diesen harmlosen Worten ein Schauder. Er wartete auf weitere Erklärungen, doch der Arzt fuhr fort: »Mach dir keine zu großen Hoffnungen. Das Elixier wird eine Zeit lang helfen, aber die Wirkung wird nicht von Dauer sein.«

Er geleitete Valerius hinaus durch den Gang und in den Raum, der auf die Straße hinausführte. Das weiße Tuch war von der Truhe gerutscht, sodass Valerius nun wusste, wo der Judäer das Pulver aufbewahrte. Er bemerkte ein Symbol, das schwach in das Holz eingeritzt war. Es sah aus wie ein X mit einem langen, senkrechten Strich in der Mitte, der oben in einem kleinen Halbkreis endete.

Der alte Mann bemerkte sein Interesse. »Das Symbol meines Gewerkes«, sagte er wegwerfend. »Interessant, aber in Rom leider wertlos.«

Valerius drehte sich im Eingang noch einmal um. »Wirst du kommen und sie dir ansehen?«

Der Judäer seufzte. »Ich heiße Simon. Ja, ich werde kommen.«

IV

Der Vortragende blickte auf sein Publikum und hielt nach Anzeichen ehrlicher Anerkennung Ausschau. Doch er sah nur das dümmliche, starre Lächeln von Leuten, die zu unkultiviert waren, um die Feinheiten seiner Kunst zu würdigen, und die nur Augen für den Sänger hatten, kein Ohr für das Lied. Das Lied erzählte die Geschichte von Niobe. Er hatte es bei den Neronien vorgetragen, den von ihm gestifteten Wettspielen, und es berichtete von einer Frau, die über ihren Ehrgeiz gestürzt war; einer Königin, die ihre eigenen Kinder an den Platz von Apollo und Diana hatte setzen wollen, sie dadurch aber alle verloren hatte. Er hörte, wie seine Stimme vor Rührung bebte, als er zu der Stelle kam, an der die sieben Söhne und sieben Töchter von den Pfeilen der Götter getroffen wurden und ihre Mutter als Mahnmal ihrer eigenen Vermessenheit zu Stein erstarrte. Eine Träne lief dem Kaiser Nero Claudius Drusus Germanicus über die Wange. Auch seine Mutter Agrippina war an ihrer Vermessenheit gestorben.

Hatte er ihr nicht alles gegeben, Paläste, Gold, Edelsteine und Sklaven? Und sogar Einfluss. Vielleicht zu viel

Einfluss. Und noch immer war es nicht genug gewesen; sie hatte unbedingt Macht besitzen müssen. Sie hatte ihn noch immer für ein Kind gehalten. Jetzt starrte das Publikum ihn mit geöffnetem Mund an, und er merkte, dass er seinen Vortrag vor dem Ende des Lieds abgebrochen hatte. Wie eigenartig, dass sie immer noch eine solche Wirkung auf ihn ausübte. Er verbeugte sich lächelnd, und die gerade noch erschlafften Gesichter grinsten erneut. Jubelnder Applaus brach los und schwemmte über ihn hinweg wie ein warmes Meer aus Öl, sinnlich und belebend. Wie er sie alle verachtete!

Ja, sie hatte Macht haben müssen; gerade er konnte das verstehen. Wenn man die ultimative Macht gekostet hat, die Macht zu entscheiden, ob ein Mann – oder eine Frau – am Leben bleiben darf oder sterben muss, ist einem keine andere Macht mehr groß genug. In den ersten Jahren nach seiner Thronbesteigung war er schwach gewesen und sogar gütig. Er hatte auf seine Berater gehört. Doch wenn *er selbst* gesprochen hatte, hatten die, die ihm nahestanden, ihm weder zugehört noch ihn verstanden. So war es zu einer Zeit gewesen, bevor er bewiesen hatte, dass er wahre Macht ausüben konnte. Nachdem er einige sorgfältig ausgewählte Leute eliminiert hatte, hatte selbst Seneca ihm zugehört, dieser Mann, der nie gewusst hatte, wann man den Mund halten muss, dem es aber trotzdem gelungen war, den Zorn von Onkel Gaius und des hinterhältigen alten Claudius zu überleben. Nero mochte Seneca und hatte ihm sogar einmal vertraut, doch inzwischen war er ihm nur noch lästig. Er hob eine Blume auf, die ihm zu Füßen geworfen worden war.

Sie hatte einen langen Stiel und einen Kranz kleiner weißer Blütenblätter, und er riss eines nach dem anderen aus, während er noch immer lächelnd und nickend für den Applaus dankte. Töte ihn, töte ihn nicht, töte ihn, töte ihn nicht … So fuhr er fort, bis er zum letzten Blütenblatt kam und innehielt … töte ihn nicht. Er seufzte. Seneca war seit jeher ein Glückspilz.

Seine Mutter Agrippina dagegen nicht. Er hatte versucht, sie zu warnen, aber wie Niobe hatte sie einfach nicht darauf gehört. Daher hatte er sie beseitigen müssen. Man hätte ihren Tod tausend Jahre lang besingen sollen, einen Tod, der der Götter selbst würdig gewesen wäre. Nur ein wahrer Künstler konnte sich so etwas ausdenken: ein Schiff, das in sich zusammenbrach und dessen Heckbereich davontrieb, noch immer mit der zerquetschten Leiche der armen geliebten Agrippina beladen. Verschollen auf See. Von Neptun in die dunklen Tiefen hinabgerissen, um für alle Ewigkeit an seiner Seite zu sitzen.

Natürlich hatten sie es vermasselt, diese Idioten von Zimmerleuten, und Agrippina war am Leben geblieben. Er hatte nicht mal gewusst, dass sie schwimmen konnte! Schließlich war die Tat allerdings doch noch vollbracht worden. Und alle, die sie dieser Gelegenheit zur Unsterblichkeit beraubt hatten, würden nie mehr einen Fehler begehen können.

Er stieg die breite Treppe zu der Stelle hinunter, wo ihn unter einem goldenen Baldachin, der von Sklaven gehalten wurde, seine Frau Poppaea erwartete. Sie sah heute wirklich bezaubernd aus; ihr makelloses Gesicht war von dichten, kastanienbraun glänzenden Locken umrahmt. Lächelnd ergriff sie seinen Arm, und gemeinsam gingen sie durch die Menge, die sie mit den Blütenblättern von Rosen bewarf und duftendes Wasser in die Luft stäubte. Bei jedem laut gerufenen Kompliment nickte er: »Ein Triumph, Caesar.« – »Ein herrliches Lied.« – »Kein Vogel sang jemals süßer, Herr.« Dabei wusste er genau, dass das alles gelogen war.

Das wusste er, weil ihm klar war, dass er nicht der große Künstler war, der er gern gewesen wäre. Hielten sie ihn für einen Dummkopf, der sich von solchen Schmeicheleien einlullen ließ? Er, der viele Millionen dafür ausgegeben hatte, etwas zu werden, was er nicht war? Oh, er wurde mit jedem Tutor und jeder Übungsstunde besser, doch er begriff inzwischen, dass das Genie von den Göttern verliehen wurde und niemand von sich aus darüber gebot, nicht einmal ein Kaiser. All die Stunden des Übens und die entehrenden, nervenzerfetzenden Tricks, zu denen er Zuflucht genommen hatte, und doch konnte er noch immer kaum einen Ton halten. Wenn er jedoch auf der Bühne stand, *fühlte* er sich wie ein Gott, und der Klang des Applauses hob ihn hoch und trug ihn an Jupiters rechte Seite. Auf den Applaus würde er nie verzichten.

Agrippina hätte das verstanden, aber sie hatte ihn verlassen. Manchmal suchte sie ihn nachts heim, klagte über die Gewöhnlichkeit ihres Endes und tadelte ihn noch immer für den Verlust des Schlangenlederarmbands, das sie ihm als Kleinkind im Bettchen ums Handgelenk gelegt hatte. Ihre Besuche ließen ihn vor Entsetzen zitternd zurück, auch wenn er das niemandem verriet. Dass er seine Mutter brauchte, verstand er erst, seitdem sie weg war. Wem konnte er vertrauen, wenn nicht seinem eigenen Blut? Jetzt gab es niemanden mehr.

Er fasste Poppaea fester am Arm, und sie wandte sich ihm mit einem verwirrten Stirnrunzeln zu; ihre klaren grünen Augen waren voller Sorge. Er lächelte sie an, erkannte aber an der nun noch tiefer gerunzelten Stirn, dass sie sich von dieser Maske nicht täuschen ließ. Die liebe Poppaea, intelligent und treu. Octavia, seine erste Frau, hatte sie gehasst. Aber Octavia war nicht mehr da, und jetzt nahm Poppaea ihren Platz ein. Poppaea hatte Octavias Tod verlangt. Wie hätte er ihr diesen Wunsch abschlagen können?

Aber was war mit dem Brief?

Der Brief machte ihm zu schaffen.

Dieser Gedanke rief ihm Torquatus in den Sinn, den gefürchteten Präfekten der Prätorianergarde, dem er vertraute, und von Torquatus war es nur ein kleiner Schritt zu dem einarmigen Tribun, dem Helden Valerius. Nero hatte sich gewünscht, der Freund des jungen Offiziers zu sein, ein echter Freund, und hatte ihn reichlich mit Zuneigung und Gunst bedacht. Doch was hatte er dafür bekommen? Zurückweisung. Glaubte Valerius wirklich, diese Kränkung ließe sich einfach übergehen? Er war nicht einmal so hübsch wie die anderen Jungen, die Wagenlenker und die geschmeidigen jungen Palastdiener, die so köstlich quiekten und so ... beweglich waren. Dachte dieser verkrüppelte Mann etwa, ein einfacher Soldat sei zu gut für den Kaiser? Glaubte der Held Roms, er, Nero, könne seiner Tapferkeit nicht gleichkommen? Er spürte, wie Poppaea sich wand, und wusste, dass er ihr wehtat, aber dennoch löste er seinen Griff um ihren Arm nicht. Nun, mit der Zeit würde der Held die Dummheit seines Verhaltens erkennen. Mit der Zeit.

Fürs Erste jedoch, wie Torquatus meinte, könnte sich Valerius als nützlich erweisen.

V

»Merkst du irgendeine Verbesserung?«

Julia, die rothaarige keltische Sklavin, die Olivias engste Vertraute war, schüttelte den Kopf. »Nein.«

Er hörte einen Unterton aus ihrer Stimme heraus. »Du bist mit meinem Vorgehen nicht einverstanden?«

»Ich bin mit allem einverstanden, was sie wieder gesund macht, aber diese Leute ... sie sind so anders. Wir sollten unseren eigenen Göttern vertrauen.«

Erneut dieses Wort, »vertrauen«. Valerius wollte an die Götter glauben, aber alles, was er mit seinen eigenen Augen gesehen hatte, ließ ihn zweifeln. Vor einer Stunde hatten sie Olivia den Trunk des Judäers eingeflößt, doch bislang hatte er keine Wirkung gezeigt. Ein Gedanke ließ Valerius erschauern. Vielleicht bestraften die Götter ihn für seinen Mangel an Frömmigkeit, und *er selbst* war der Grund dafür, dass Olivia dort so hilflos lag, nur noch ein blasser Schatten der fröhlichen jungen Frau, die sie noch vor wenigen Monaten gewesen war. Aber wenn er das glaubte, würde er verrückt werden. »Wir müssen alles tun, was in unserer Macht steht, um welchen Preis auch immer.«

Julia nickte, und als sie das Zimmer verließ, streifte ihre Hand kurz die seine. Er wusste, dass es eine Einladung war, doch das alles lag lange zurück, und sein Leben war schon kompliziert genug. Er schlief eine Weile auf der Couch neben dem Bett seiner Schwester, bis er mit irgendeinem inneren Sinn eine Bewegung wahrnahm. Olivia öffnete die Augen und blickte zu ihm auf. Diesmal erkannte sie ihn auf Anhieb, und er bemerkte das Erstaunen in ihrem Gesicht. Aber es galt nicht nur seiner Anwesenheit.

»Ich fühle mich eigenartig.« Ihre Stimme war rau, weil sie so lange nicht mehr gesprochen hatte, und schnell schenkte er aus einem Krug in der Ecke des Zimmers einen Becher Wasser ein. Einen Moment lang überkam ihn Panik. Eigenartig? Hatte der Judäer sie vergiftet? Als er den Becher an ihre Lippen führte, hob sie ihm zu seiner Überraschung den Kopf entgegen. Dazu war sie schon eine Woche nicht mehr imstande gewesen.

Sie überraschte ihn ein weiteres Mal, als sie behutsam den Arm hob, selbst erstaunt über ihre Fähigkeit, diese einfache Aufgabe zu vollbringen. Und erneut, indem sie ihn anlächelte. Die alte Olivia.

»Ist Vater da?«, fragte sie. »Ich dachte, ich hätte seine Stimme gehört.«

Er schüttelte den Kopf. »Er hat auf dem Landgut zu tun. Sie bereiten sich auf die Ernte vor.«

»Ich wünschte, ich könnte wieder so wie früher bei der Ernte helfen«, sagte sie, und dieser einfache Satz brach ihm fast das Herz.

»Das wirst du auch bald können. Wenn du wieder richtig gesund bist.«

»Ich fühle mich jetzt schon gesund«, beharrte sie und versuchte, sich zum Sitzen aufzurichten.

Er drückte sie sanft zurück. »Immer eins nach dem anderen, Schwesterchen.« Olivia lächelte über das alte Kosewort. »Erst einmal musst du Kraft schöpfen. Du musst etwas essen.« Sie sah ihn an, als wäre das ein nie dagewesener Gedanke. Er gab nach. »Na gut. Dann vielleicht ein bisschen Brühe?«

»Nein. Bitte. Es ist nur ...« Sie schüttelte den Kopf. »Es kommt mir so lange vor, seit ich etwas Richtiges gegessen habe. Ich habe Heißhunger.«

Er rief nach Julia, die in Tränen ausbrach, als sie sah, dass Olivia erwacht war.

Valerius sah seiner Schwester beim Essen zu – ein wenig gekochte Hühnerbrust und ein reifer Pfirsich aus dem Garten – und musterte sie dabei aufmerksam. Die Veränderung machte ihn staunen. Noch vor wenigen Stunden war sie ein Pflegefall gewesen; jetzt dagegen sah sie beinahe so aus, als könnte sie tanzen. Seine Freude wurde jedoch von Simons Warnung gedämpft: *Die Wirkung wird nicht von Dauer sein*. Trotzdem gab es jetzt Hoffnung, und Hoffnung war etwas, das er seit vielen Wochen nicht mehr empfunden hatte.

Als sie gegessen hatte, bestand sie darauf, dass Valerius ihr beim Aufsetzen half. »Ich möchte mich wie ein normaler Mensch unterhalten«, sagte sie. »Ich habe es satt, als Leiche herumzuliegen.« Sie musterte ihn so, wie er eben sie gemustert hatte. »Du bist unglücklich, Valerius. Das sehe ich in deinen Augen.«

Er zuckte mit einem angedeuteten Lächeln die Schultern, fand aber nicht die Worte, um seine Gefühle auszudrücken.

»Meinetwegen?«, fragte sie, da sie seine Gedanken las. »Lass dich nicht durch mich belasten, Bruder. Ich weiß, dass ich sterbe.« Er öffnete den Mund, um zu widersprechen, doch sie legte ihm den Finger auf die Lippen. »Nein, streite es nicht ab. Auch wenn du heute dieses magische Kunststück bewirkt hast, spüre ich doch, dass ich dahinschwinde. Aber sei nicht traurig. Ich habe keine Schmerzen, sondern fühle mich nur schwach. Die Götter rufen mich zu sich, und wenn die Zeit da ist, gehe ich bereitwillig. Ich bitte dich nur, dass du bei den Lemurien meiner gedenkst. Ich würde Vater gern noch einmal sehen, aber … ich verstehe. Es geht hier jedoch nicht nur um deine kleine Schwester. Ich habe es gleich nach deiner Rückkehr aus Britannien gespürt.« Sie streichelte seine hölzerne Hand. »Etwas hat dich dort verändert, und nicht nur das hier.«

Sie hatten nie darüber gesprochen, aber ein hohles Gefühl in seinem Inneren sagte ihm, dass dies die letzte Gelegenheit sein mochte. »Ich habe ein Mädchen kennengelernt, aber sie ist … nicht mehr da. Ich habe als Soldat ein neues und anderes Leben geführt und vermisse es.«

»Dann werde doch wieder Soldat. Du bist noch jung. Noch immer stark.« Sie griff nach seiner linken Hand und strich über die Schwielen, die die langen Stunden des Trainings mit dem *gladius* ihm eingebracht hatten. »Du warst ein guter Soldat?«

»Ja, das war ich.«

»Dann werden sie einen Platz für dich finden.«

»Vater möchte mich im Senat sehen.«

Sie lachte, und es war wie das Klingeln eines zarten Silberglöckchens. »Du wirst niemals ein Politiker, Valerius. Wenn dich das erste Mal ein schmieriger Ädil, der befördert werden möchte, zu bestechen versucht, wirst du ihn in den Tiber werfen.« Ihr Gesicht wurde wieder ernst. »Du kannst dein Leben nicht für Vater leben. Du musst deinen eigenen Weg finden.«

Sie ließ sich zurücksinken, und er legte die Hand auf ihre. Er erinnerte sich daran, wie sie an dem Tag gewesen war, als sie den Heiratskandidaten ihres Vaters zurückgewiesen hatte. Ihre Augen hatten gelodert, und die Luft hatte vor höhnischer Verachtung geknistert. Kein Wunder, dass der alte Mann sie nicht sehen wollte.

»Erzähl mir von Britannien«, sagte sie. Die Bitte ließ ihn kurz zögern. Er hatte niemandem je die Wahrheit über seine Erfahrungen in Britannien enthüllt, nicht einmal Fabia. Aber als gute Schwester, die sie war, ebnete Olivia ihm den Weg. »Aber nur von den glücklichen Zeiten.«

Und so erzählte er ihr von dem schönen Land, den Wäldern und Wiesen mit ihren unzähligen Grünschattierungen, dem reichlich vorhandenen Jagdwild und dem Stolz der Legionen; von seiner wunderschönen Maeve und ihrem leichtsinnigen Vater Lucullus, von Falco und den Verteidigern des

Claudiustempels und von Cearan und den furchterregenden icenischen Kriegern in seinem Gefolge.

»Es klingt so, als wäre er sehr gut aussehend«, sagte sie. »Für einen Barbaren.«

»Das war er. Und ein anständiger Mann.«

»Falls du noch einmal in den Legionen dienen würdest, wo wäre das? Wieder in Britannien?«

Er schüttelte den Kopf. »Lieber nicht. Britannien birgt zu viele Erinnerungen für mich. An der Grenze des Rhenus gibt es immer Probleme, und einen guten Offizier würde man dort willkommen heißen, selbst jemanden mit nur einem Arm. Oder ich gehe hinauf nach Illyrien und kämpfe gegen die Barbaren am Danuvius. Das wahrscheinlichste Einsatzgebiet wäre allerdings Armenien im Osten, wo General Corbulo einen Feldzug gegen die Parther führt.«

»Dann also Armenien, mein Heldenbruder. Morgen musst du Nero ersuchen, dir eine Position in General Corbulos Stab zu geben, und« – mit ihrer schönen Stimme ahmte sie den wichtigtuerischen Tonfall ihres Vaters nach – »kehre nicht zurück, ohne dem Namen der Valerii neue Lorbeeren hinzugefügt zu haben.«

Er hätte ihr geantwortet, doch sie schmiegte sich ins Kissen und schloss die Augen. Wenig später war sie tief und fest eingeschlafen. Er machte es ihr so bequem wie möglich und küsste sie sanft auf die Stirn. Unter seinen Lippen fühlte sich ihre Haut fiebrig heiß an.

Auf dem Weg in sein Zimmer begegnete er im Flur Julia.

»Ist sie ...«

»Sie schläft, aber ich glaube, die Wirkung des Medikaments lässt bereits nach.«

Der jungen Sklavin stiegen die Tränen in die Augen. »Bitte den Barbarenarzt, meiner Herrin zu helfen. Falls …«

Er berührte sie am Arm. »Du kannst ihn selbst bitten. Er hat versprochen, sie zu besuchen, aber nenne ihn nicht einen Barbaren. Sonst verwandelt er uns noch alle in Frösche.« Der alte Scherz brachte sie zum Lächeln. »Ach ja, Julia?«

»Ja, Herr?«

»Deine Herrin Olivia sagte, sie habe heute eine Männerstimme gehört. War ein Besucher da, von dem du mir nichts erzählt hast?«

»Nein, Herr«, antwortete sie. Doch diese Antwort ließ lange auf sich warten.

Am nächsten Morgen, dem zwölften Tag des Juni und dem dritten Tag der Vestalien, stand Valerius vor Sonnenaufgang auf. Um diese Tageszeit war es noch angenehm kühl in den Straßen, und als er am Tempel der Vesta vorbeiging, stand dort bereits eine lange Schlange von Frauen an, die darauf warteten, der Göttin des Herdfeuers ihr Opfer darzubringen. Die Festtage waren die einzige Zeit des Jahres, in der der Tempel nicht nur den Vestalinnen vorbehalten war, die das heilige Feuer hüteten. In diesen Tagen waren auch andere Frauen und Nero persönlich – der Pontifex Maximus – zugelassen. Der Duft nach frischem Gebäck erinnerte Valerius daran, dass er noch nicht gefrühstückt hatte, doch beim Gedanken daran, die geschmacklosen Salzküchlein zu essen, die die Priesterinnen der Göttin darbrachten, musste er lächeln.

Die Gladiatorenschule lag an der Westseite des Campus Martius auf dem flachen Gelände vor den Stadtmauern, das Tarentum genannt wurde. Valerius bog von der Nova Via auf den Clivus Victoriae ein und überquerte anschließend die freie Fläche des Velabrums, um von dort aus dem Fluss zu dem alten Versammlungsplatz zu folgen. Der Gestank des Tiber ließ ihn würgen, doch er wusste, dass er sich wie immer daran gewöhnen würde, genauso wie an den Anblick der aufgetriebenen Leichen, toten Hunde und entstellten Neugeborenen, die in der schwefelgelben Brühe trieben. Der Fluss schwappte träge zu seiner Linken, und die verblassende Pracht des Pantheons und der Thermae Agrippae wurde vom frühmorgendlichen Sonnenschein vergoldet.

Als er beim *ludus* ankam, schwitzten zwei Dutzend Männer bereits auf dem festgetretenen Erdboden und maßen sich unter den kritischen Blicken des *lanista*, des Ausbilders, der seine Leute gewerbsmäßig an die *editores* verlieh, wenn diese für den Kaiser oder für reiche Kunden, die ihre Freunde beeindrucken wollten, Spiele veranstalteten. Meistens kämpften die Gladiatoren nur zum Schein, aber wenn genug Geld geboten war, maßen sich diese Männer, die Schlafräume, Mahlzeiten und manchmal auch die Betten miteinander teilten, auch auf Leben und Tod. Valerius war einmal ein entschiedener Anhänger der Spiele gewesen und hatte seine eigenen Lieblingskämpfer gehabt, doch inzwischen blieb er den Schaukämpfen fern. In Britannien hatte er genug Blutvergießen für ein ganzes Leben gesehen.

Die meisten Gladiatoren waren Sklaven, ehemalige Kämpfer, die in den Kriegen des Imperiums gefangen genommen worden waren und denen man aufgrund des Unterhaltungswertes, den sie versprachen, den sicheren Tod in den Minen und Steinbrüchen erspart hatte. Einige wenige hatten noch keine Schlacht erlebt; bei ihnen handelte es sich um aufrührerische Sklaven von Landgütern, die von ihren Besitzern verkauft worden waren, weil das mehr Gewinn einbrachte, als sie zu töten, und die der *lanista* wegen ihrer vielversprechenden Statur und ihres potenziellen Kampfwerts erworben hatte. Einige wenige Gladiatoren waren frei geboren und kämpften aus freiem Willen: Schuldner, die ihr Leben riskierten, um sich einen finanziellen Mühlstein vom Hals zu schaffen, oder Männer, die süchtig nach dem Nervenkitzel des Kampfs waren und den ewigen Ruhm suchten, der der größte Lohn des Gladiators war. Die Wahrscheinlichkeit stand gegen sie. Die meisten würden diesen Ruhm niemals finden, sondern nur einen schmerzhaften Tod, wenn ihr Blut und ihre Eingeweide sich auf den Sand ergossen.

Er entdeckte Marcus, seinen Ausbilder, der gerade in der Mitte des Übungsplatzes mit zwei Kämpfern trainierte, und trat durchs Tor in den Schatten des Schlafsaalgebäudes, um die Lockerungsübungen zu machen, auf denen der alte Gladiator bestand. Die meisten Gladiatoren trainierten nackt, doch Valerius zog es vor, seine Scham mit einem kurzen Rock zu bedecken. Er zog seine Tunika aus und legte sie sorgfältig auf einer Bank bei der Tür zusammen. Einige der Männer warfen ihm einen Blick zu, aber keiner grüßte ihn.

Hier zwischen den lebenden Toten würde er niemals wirklich willkommen sein. Er fühlte, wie die Anspannung in seinem Inneren wuchs. Er war bereit. Zuerst kurzes Vor- und Zurückpreschen, um Angriff und Rückzug zu simulieren. Dann Dehnen und Muskelaufbau. Wieder Rennen. Wieder Dehnen. Erst wenn man schweißüberströmt war, der Atem in der Kehle brannte und das Herz gegen die Rippen hämmerte, war man bereit für den Kampf. Als er am Brunnen etwas Wasser trank, fiel ein Schatten auf ihn.

»Nicht zu viel«, ermahnte ihn Marcus. »Ich habe heute eine Überraschung für dich.«

Valerius musterte ihn misstrauisch. Wann immer er diese Worte hier gehört hatte, waren Schmerz und Demütigung die Folgen gewesen. Der Ausbilder grinste, wodurch sich die Narbe auf seiner rechten Wange in einen klaffenden Spalt verwandelte. Der untersetzte Mann, der trotz des fehlenden linken Ohrs, das eine dauerhafte Erinnerung an seine Laufbahn war, auf finstere Weise gut aussehend wirkte, war der schnellste Kämpfer, dem Valerius je begegnet war, mit Händen, deren flinker Bewegung man mit dem Blick fast nicht mehr folgen konnte.

Ein Mann trat zu ihnen, und Marcus stellte ihn Valerius vor. »Serpentius von Amaya.« Valerius blickte in Augen, die blanken Hass versprühten, und in ein Gesicht, dem anzusehen war, dass es jemandem gehörte, der Menschen gern wehtat. Die schmalen weißen Narben, die den rasierten Schädel zeichneten, berichteten von gewonnenen und verlorenen Kämpfen. Der Mann war so dünn und dunkel wie eine Viehpeitsche und wirkte auch genauso zäh.

»Serpentius«, nickte Valerius ihm zu, doch der andere starrte ihn einfach nur an.

»Wir nennen ihn Serpentius, weil er so schnell ist. Schnell wie eine Schlange, nicht wahr?«, erklärte Marcus vergnügt. »Ein Spanier. Sogar noch schneller als ich.«

Valerius nahm sein hölzernes Übungsschwert zur Hand. »Dann kann ich ebenso gut heimgehen.« Er fuhr herum und ließ die Holzklinge auf Serpentius' Oberarm niedersausen, doch statt dass er einen Treffer landete, fühlte er die Spitze des gegnerischen Schwertes an seinem Hals.

Marcus brüllte vor Lachen. »Schnell, nicht?«

Valerius nickte, ohne seinen Gegner aus den Augen zu lassen. »Das ist wahr.«

Das würden wohl zwei sehr lange Stunden werden.

Die Männer um ihn herum trainierten mit dem Schwert gegen Netz und Dreizack, Schwert gegen Schwert oder Schwert gegen Speer. Valerius benutzte nie etwas anderes als das Kurzschwert der Legion – den *gladius* – oder die *spatha*, die längere Klinge der Reitereinheiten. Der *gladius* diente dazu, mit der Spitze zu töten; ein kurzes, brutales Zustoßen und ein drehendes Herausziehen der Klinge, das einem Gegner ein Loch von der Größe eines Schildbuckels in die Eingeweide riss. Bei der *spatha* war es die Kombination der scharf geschliffenen Klinge mit roher Kraft, mit der man einen Mann totprügeln oder in Stücke hauen konnte. Doch heute ging es nicht ums Töten. Sie würden hölzerne Übungsschwerter benutzen, und es ging um Schnelligkeit und Ausdauer, um das Entfalten von Stärken und das Aufspüren von Schwächen, sowohl derer des Gegners als auch der eigenen. Es sei denn natürlich, Serpentius hätte etwas anderes im Sinn.

Sie nahmen ihre Plätze in der Mitte des Übungsplatzes ein, und Valerius scharrte mit den Füßen über die staubige Erde, um ein Gefühl für deren Griffigkeit zu bekommen. Sein Gegner war nur mit einem Schwert bewaffnet, das er in der rechten Hand hielt. Valerius trainierte immer mit Schwert und Schild, das Schwert in der Linken und den Schild fest mit der geschnitzten Holzfaust verbunden, die ihm als rechte Hand diente. Es wäre sinnlos, seinen linken Arm durch ständiges Trainieren zu stärken, wenn er zuließe, dass sein rechter Arm verkümmerte. Dann wäre er wirklich ein Krüppel.

Er spürte Serpentius' Blick auf sich. Als er aufblickte, sah der Spanier ihn mit demselben Gesichtsausdruck an, den Valerius schon im Circus in den Gesichtern halb verhungerter Leoparden gesehen hatte.

»Bereit?«, fragte Marcus.

Valerius nickte.

»Ein Legionär, ja?« Serpentius sprach so leise, dass nur sein Gegner es hören konnte. »Legionäre haben meine Familie getötet.«

»Los.«

Das Übungsschwert wog doppelt so viel wie ein normaler *gladius*, doch Serpentius schwang es so mühelos, als wäre es eine Gänsefeder. Irgendwie schoss die Spitze sofort an Valerius' Parade vorbei, und nur durch einen verzweifelten Ausfall mit dem Schild konnte er sie beiseitestoßen und sich vor einem Stoß gegen das Herz retten, der ihm den Brustkorb zertrümmert hätte. Bevor er sich erholen konnte, war die Spitze zurück, stieß am Schild vorbei nach seinen Augen, seinem Bauch und seinen Leisten. Es gelang ihm, den ersten Stoß zu parieren, den zweiten konnte er mit dem Schild abfangen, doch der dritte versetzte ihm einen Streifschlag innen am Oberschenkel, der ihn entmannt hätte, hätte er direkt getroffen.

Schon jetzt tropfte ihm der Schweiß in die Augen, sodass seine Sicht verschwamm, und nur mühsam hielt er Schritt mit der tanzenden Gestalt vor seinem Schild. In den ersten fünf Minuten hatte er genug damit zu tun, einfach zu überleben. Er erwischte einen Hieb auf die Schulter und einen Stoß, der ihm womöglich eine Rippe brach. Aber er kämpfte weiter, angetrieben von Schmerz und Stolz, ohne Serpentius je gefährlich zu werden. Doch allmählich stellten sich seine Sinne auf die Geschwindigkeit seines Gegners ein. Nun merkte er es bereits, wenn der Spanier zum Stoß ansetzte, und kam mit Schwert und Schild den Angriffen zuvor.

Serpentius spürte die Veränderung und wechselte die Taktik. Jetzt nutzte er seine Schnelligkeit, um Valerius zu ermüden, und ließ ihn immer nach rechts drehen, sodass der Römer ihn nie mit dem Schwert erreichen konnte. Ständig änderte er die Angriffsrichtung. Mal kam er von oben, mal von unten. Ein schmerzhafter Hieb auf den Knöchel ließ Valerius kurz humpeln, doch dieser Schlag war nur eine Finte. Serpentius' wahres Ziel waren die Augen. Ein Übungsschwert hatte zwar eine Klinge, mit der man nicht einmal einen Laib Brot hätte zerteilen können, und die Spitze verdiente kaum den Namen, aber damit konnte man trotzdem jemandem ein Auge ausstechen. Valerius sah die Spitze von Serpentius' Schwert öfter, als ihm lieb war. Als Marcus die erste Pause ansetzte, kannte Valerius jeden Splitter und Knoten dieser Spitze aufs Genaueste, und nur sein Glück hatte ihn davor bewahrt, geblendet zu werden.

Er kauerte sich hin, mit brennender Brust, die Kehle fast von seinem Keuchen zerrissen. Marcus kniete sich neben ihn, während der Spanier einige Schritte entfernt stehen blieb und aus einem Ziegenlederschlauch trank. Er schwitzte nicht einmal richtig.

»Du hältst das Schwert in der Linken, aber du denkst immer noch wie ein Rechtshänder«, sagte der ältere Mann. »Du gestattest ihm, dir jede Bewegung zu diktieren, und du bist viel langsamer als er. Wenn du so weitermachst, wird er dich töten.«

»Das würdest du zulassen?«

Marcus stieß ein bellendes Lachen aus. »Er ist ein Gladiator. Er könnte morgen oder übermorgen im Ring sterben. Er ist ein Sklave, und du bist ein verdammter überfütterter Anwalt, der zu wenig arbeitet. Er möchte dich töten, und womit sollte man ihn bestrafen, falls er es tut? Die Frage ist nicht, ob ich es zulasse. Lässt du es zu?«

Valerius nickte. »Du hast recht.« Er machte Anstalten aufzustehen, doch Marcus legte ihm die Hand auf die Schulter.

»Kämpfe nicht wie ein Einhändiger oder ein Zweihändiger. Kämpfe wie ein Killer.«

Serpentius hörte, wie Valerius laut auflachte, und fragte

sich, was wohl so witzig war. In ein paar Minuten würde der Römer nicht mehr lachen. Serpentius hatte das Warten satt. Es wurde Zeit, Schluss zu machen.

Valerius wartete auf das Kommando zum Losschlagen. *Denke wie ein Killer. Nicht wie ein Krüppel. Denke wie der Mann, der bei Colonia vor der Brücke stand und Boudiccas Horden herausgefordert hat, ihn anzugreifen. Denke wie der Mann, der die Drecksäcke zu Dutzenden abgeschlachtet hat.* Er dachte an die tätowierten Recken zurück, hochgewachsene stolze Krieger, die von seinem Schwert gefällt worden waren. Er erinnerte sich an einen Mann mit glühenden Augen, der hundert Schritte gerannt war, um ihn zu töten, aber von einem Hieb seines Schildes gestorben war. *Denke wie ein Killer.*

»Los.«

Bevor Serpentius sich rühren konnte, rammte Valerius den Schild mit der Wucht seines ganzen Körpers gegen den Spanier und fühlte das befriedigende Knirschen, mit dem die gehärteten Eschenholzschichten auf festes Fleisch trafen. Wäre der Schild mit einem metallenen Schildbuckel versehen gewesen, hätte er seinen Gegner vielleicht kampfunfähig gemacht. Als Serpentius sich von ihm zu lösen versuchte, setzte Valerius nach, ließ ihm keine Ruhe und gestattete nicht, dass er seinerseits zum Angriff überging. Valerius wusste, dass er dieses Tempo nicht lang würde aufrechterhalten können, aber vorläufig genügte es ihm, den anderen zu jagen und ihn gelegentlich mit der Spitze oder der Schneide zu berühren. Den Schild vorwärtsrammen, um Serpentius' Schwert zu binden, dann eine Drehung, um ihn von seiner ungeschützten Seite anzugreifen. Immer in Bewegung bleiben. Das Geschehen diktieren. Den Drecksack verkrüppeln, wenn sich die Gelegenheit bietet. Nein. Ihn töten.

Serpentius war überrascht, wie gut sich sein Gegner erholt hatte, machte sich aber keine Sorgen. Seine flinken Füße würden ihn vor ernsthaften Schäden bewahren, und er wusste, dass er trotzdem gewinnen würde. Ein Mann, der einen Schild trug, musste schneller ermüden als einer, der nicht damit belastet war. Er musste einfach nur den richtigen Augenblick abwarten. Er würde den Römer für die Prellungen bezahlen lassen.

Doch der Römer erwies sich als zäher, als er geglaubt hatte. Valerius war noch immer in Bewegung, als Marcus die nächste Pause ankündigte. Allerdings konnte er kaum sprechen, als der ehemalige Gladiator sich zu ihm stellte, und er wagte nicht, sich hinzukauern, weil er befürchtete, nicht mehr auf die Beine zu kommen. Stattdessen stützte er sich wie ein Betrunkener auf seinen Schild.

»Besser«, sagte Marcus. »Du machst ihn müde.«

Valerius lächelte über den Scherz, aber davon taten ihm die Augen weh. Sie waren von getrocknetem Schweiß verklebt, als starrte er aus einer Salzmaske heraus. Von oben brannte die Sonne von einem wolkenlosen Himmel herab, und sein Körper fühlte sich an, als würde er brennen. »Wenn ich nicht Schluss mit ihm mache, bringt er mich um.«

»Dann tu's. Mach ihn fertig.«

Nach dem Kommando zum Loslegen versuchte Valerius es mit derselben Taktik wie in der zweiten Runde, doch diesmal konnte jeder, der den Kampf verfolgte, sehen, dass er zu langsam war. Die anderen Kämpfe waren zum Stillstand gekommen, da die Gladiatoren den langen, gefährlichen Waffenstreit zwischen den beiden ungleichen Gegnern verfolgten, dem verkrüppelten Tribun und dem geborenen Mörder, der jeden Römer hasste. Sie flüsterten einander Wetteinsätze zu, aber keiner setzte sein Geld auf Valerius, mit Ausnahme des alten Marcus, der das Risiko mit dem geistesabwesenden Gesichtsausdruck eines Spielers hinnahm, der weiß, dass er bereits verloren hat. Fast hätte er einem leidtun können.

Jedes Mal, wenn Valerius versuchte, Serpentius mithilfe seines Schildes zurückzudrängen, gelang es dem Spanier, sich dem Vorstoß zu entziehen und aus einem anderen Winkel selbst anzugreifen. Immer wieder sah es so aus, als hätte er den entscheidenden Hieb angebracht, aber irgendwie gelang es Valerius doch jedes Mal, mit Schwert oder Schild zu parieren und so einem Knochenbruch oder ausgestochenen Auge zu entrinnen. Aber so konnte es nicht ewig weitergehen. Serpentius lachte jetzt und verspottete seinen Gegner als Feigling und Krüppel, wobei er die taumelnden Schritte nachäffte, mit denen Valerius sich mühsam auf den Beinen hielt. Dann sah der Spanier eine Bresche. Es war der Schild. Den ganzen hitzigen Morgen lang hatte Valerius ihn auf Schulterhöhe gehalten, obwohl sein Arm nur noch ein einziger Klumpen Schmerz war und der Stumpf sich längst in einen stummen Schrei verwandelt hatte. Jetzt schwankte der Schild und sackte zur Seite hin ab, und Serpentius stach mit einem Grollen aufgestauten Ärgers daran vorbei. Die Spitze seines schweren *gladius* zielte nicht auf die Augen, sondern in einem mörderischen Hieb nach der Kehle. Wenn er traf, würde Valerius an seinem eigenen Blut ersticken. Zumindest glaubte der Spanier, dass es mit dem Römer aus und vorbei sei. Der konnte kaum noch seinen Schild halten, geschweige denn ihn bewegen. Wie kam es dann also, dass die Oberkante zu Serpentius' Kinnlade hochschoss und sein Kopf mit einer solchen Gewalt zurückgerammt wurde, dass der Himmel einstürzte und die Dunkelheit mehrere Stunden zu früh hereinbrach? Als er wieder zu sich kam, merkte er, dass er den Kopf nicht heben konnte, und seine Kehle fühlte sich so an, als hätte jemand den Fuß darauf gestellt. Er öffnete die Augen, und hoch oben, über der Kante des über ihm aufragenden langen, bleichen Schildes, sah er ein rotäugiges Schreckbild des Hades.

»Was macht man mit einer Schlange, Marcus? Schneidet man ihr den Kopf ab?«

Serpentius hörte Marcus lachen. Der Druck auf seiner Kehle nahm zu, und er sprach ein ersticktes Gebet zu Mars, während er gleichzeitig den launischen Gott dafür verfluchte, dass er ihn verlassen hatte.

Valerius blickte auf den am Boden festgenagelten Mann hinunter. Er müsste nur sein Gewicht verlagern, und er würde Serpentius den Hals brechen. Doch sein mordlüsterner Zorn war verflogen. Mit einem angestrengten Schnaufen nahm er den Schild von der Kehle des Spaniers weg.

»Stirb, wenn deine Zeit gekommen ist.«

VI

Als Valerius nach einem anstrengenden Tag vor Gericht nach Hause zurückkehrte, fand er zwei wartende Männer in seinem Atrium vor und sah Tiberius, den Hausverwalter, der sie hereingelassen hatte, aufgebracht an. Von dem Kampf mit Serpentius tat ihm noch immer alles weh, und seine Laune wurde nicht besser, als der kleinere der beiden Männer, ein schmieriger, übergewichtiger Bursche, der nicht älter als achtzehn sein konnte, ihn so ansprach, als wäre er selbst der Besitzer des Hauses und Valerius ein nicht allzu willkommener Gast.

»Du bist Gaius Valerius Verrens, ehemaliger Tribun der Zwanzigsten Legion?«, fragte er mit einer hohen, gereizten Stimme.

»Gaius Valerius Verrens, Träger der Goldenen Tapferkeitskrone«, verbesserte ihn Valerius, was ihm ein höhnisches Grinsen des Größeren der beiden einbrachte, dessen breite Schultern und stumme Wachsamkeit ihn als Leibwächter kennzeichneten, genauso wie sein Gesicht, das öfter mit festen Gegenständen zusammengestoßen war, als ihm guttat. »Und wer bist du?«

Der dickliche Junge fummelte unter seinem Umhang herum. »Claudius Helvius Collina«, verkündete er und schwenkte den Goldring mit dem Amtssiegel wie einen Wettschein. »Kaiserlicher Bote.«

Valerius streckte die Hand nach dem Ring aus und merkte, wie der größere Mann sich anspannte. Valerius hatte keinen Zweifel an der Echtheit des Amtszeichens, aber er sah nicht ein, warum er einem Würstchen, das sich etwas auf seine Stellung einbildete, das Leben leicht machen sollte. Der Bote riss ihm den Ring weg, doch Valerius beharrte darauf, ihn zu sehen, und schließlich überließ Collina ihn ihm, behielt aber weiter die Kette in der Hand.

Als Valerius zufriedengestellt war, gab er den Ring zurück. »Sehr schön. Was für eine Botschaft hast du für mich?«

»Du sollst morgen zur zweiten Stunde zum Torhaus auf dem Clivus Victoriae kommen.«

»Ich möchte die Botschaft nicht hören, ich möchte sie lesen.« Er streckte die Hand aus.

»Ich soll die Botschaft mündlich überbringen. Dieser Mann begleitet mich, um zu bestätigen, dass ich das getan und sie wortgetreu übermittelt habe.«

Einen Moment lang fühlte Valerius sich wie jemand, der in der Ferne ein Rumpeln hört und weiß, dass es eine Lawine ist, aber feststellt, dass er die Beine nicht bewegen kann, um sich in Sicherheit zu bringen. Eine Vorladung war schlimm genug, doch eine Vorladung ohne schriftliche Bestätigung wies auf eine Falle oder Schlimmeres hin. Dies war keine Einladung zu einem Empfang oder einem der Vorträge des Kaisers. Valerius wog die Alternativen ab und kam rasch zu dem Schluss, dass es keine gab.

Als die beiden Männer gegangen waren, fragte eine Küchensklavin, wann Valerius zu Abend zu speisen wünsche, doch er merkte, dass er keinen Appetit hatte. Er wusste, dass er zu Olivia gehen sollte, doch es kam ihm so vor, als säße er auf einem Vulkan, der, wenn er ausbrechen sollte, Olivia genauso vernichten würde wie ihn selbst. Er brauchte Zeit zum Nachdenken. Wer wusste über alles Bescheid, was in Rom vor sich ging, vom Palatin bis hinab zu den Gefängniszellen unter der Castra Praetoria? Eine samtige Stimme flüsterte in seinem Kopf, und er hatte ein wunderschönes Gesicht vor Augen.

Fabia.

Wie viel sollte sie preisgeben? Fabia Faustina reichte Valerius einen vergoldeten Becher und ließ sich auf ihre Liege zurücksinken. Als die Dienerin ihr Valerius' Bitte um ein Treffen überbracht hatte, hatte ihr Herz gepocht wie das einer vierzehnjährigen Jungfrau. Was hatte dieser junge Soldat an sich, dass sie so empfand? Ja, er sah gut aus und hatte die entschlossenen Gesichtszüge eines jungen Caesar. Und er hatte das kräftige, harte Äußere, das nur der Militärdienst oder körperliche Arbeit einem Mann verlieh. Doch viele ihrer Kunden waren gut aussehende Männer mit wohlgestalteten Körpern. Der fehlende Arm bereitete ihr keinen Ekel, im Gegenteil, aber er erklärte auch nicht ihre unwahrscheinliche Vernarrtheit. Valerius war tapfer und ehrlich, aber das waren keine Eigenschaften, die sie unbedingt attraktiv fand.

Es lag also weder an seinem Mut noch an seinem Aussehen. Es war etwas in seinem Inneren; die Melancholie, die sich hinter seinen Augen verbarg. So viele der Männer, die in dieses Haus kamen, suchten ihre Liebe, mussten sich aber mit ihrem Körper zufriedengeben. Von ihnen allen würde Valerius ihre Liebe als Einziger niemals erwidern können, und das war eine Herausforderung, der sie nicht widerstehen konnte.

Aber jetzt? Wie viel sollte sie sagen? Was sollte sie ihm erzählen? Und wichtiger, was nicht?

»Ich glaube nicht, dass du um dein Leben fürchten musst, Valerius.«

»Vielleicht noch nicht«, stimmte er ihr zu. »Aber ich habe einen Überlebensinstinkt als alter Soldat, und ich rieche einen Hinterhalt.«

»Alter Soldat?« Diese Beschreibung belustigte sie. »Wie alt bist du denn? Noch keine sechsundzwanzig Jahre. Es wird noch lange dauern, bis du ein alter Soldat bist, mein Lieber, und bis dahin musst du dir noch viele Lorbeeren verdienen.«

Er stimmte in ihr Lachen ein. »Dann also ein erfahrener. Erfahren genug, um zu wissen, wann ich nicht nur nach vorn schauen, sondern auch auf meine Flanken achten muss.«

»Das ist in Rom immer klug«, stimmte sie ihm zu. »Ein Paar Augen reicht hier niemals aus, um sich vor den potenziellen Gefahren zu schützen.«

»Und deswegen bin ich zu dir gekommen. Hast du bei Hof von irgendetwas Ungewöhnlichem gehört? Es ist erst Juni, aber die Stadt kommt mir vor wie ein kochender Kessel mit zugehaltenem Deckel.«

»Hältst du mich für eine alte Klatschbase, die nichts anderes zu tun hat, als Gerüchte zu sammeln, Valerius?«, neckte sie ihn.

»Weder alt noch Klatschbase.« Er erwiderte ihr Lächeln. »Ich glaube, dass du sowohl schlau als auch klug bist, zwei sehr unterschiedliche Eigenschaften, und außerdem glaube ich, dass du immer schön und begehrenswert sein wirst.«

Bei dieser Schmeichelei stieß sie ein leises Lachen aus und neigte den blonden Kopf. »Schöne Worte von einem einfachen Soldaten und Worte, die jede Frau gern hört, aber die Zeit wird immer der Feind der Schönheit und das Alter der Feind des Begehrens sein. Uns bleibt nur, gut zu nutzen, was wir haben; mehr können wir nicht erhoffen.« Der letzte Satz erinnerte ihn an Olivia, sie sah es seinem Gesicht an. »Der Kaiser hat viele Verantwortlichkeiten und viele Sorgen, Valerius. Seit dem Tod seiner Mutter wendet er sich häufiger an seine Astrologen als an seine Berater. Er wäre nicht Nero, wenn er nicht jedermann in Verdacht hätte. Er denkt an seine Vorgänger und ist sich bewusst, dass sie von denen vernichtet wurden, die ihnen am nächsten standen. Wo andere seinen Onkel Gaius Caligula schlechtmachen, bewundert Nero ihn für seinen Ehrgeiz und nicht zuletzt für seine Fähigkeit zu überleben. Nero spürt denselben Ehrgeiz in sich, begreift aber, dass er sich seine Prätorianer geneigt halten muss. Er glaubt, dass seine Mutter sowohl Claudius als auch seinen leiblichen Vater vergiftet hat, was einer der vielen Gründe ist, aus denen er sie entfernt hat. Als er Seneca wegschickte, meinte er, das Nest ausgehoben zu haben. Doch jetzt sprechen seine Auguren von einem Feind innerhalb der Tore Roms. Eine finstere Kraft wie ein Tier mit vielen Köpfen, die sich im Fels des Palatins einnistet und ihn zersetzt. Sie behaupten, das ganze Reich sei gefährdet. Nero möchte gern zuschlagen. Zum Glück hat er auch noch klügere Berater, und vorläufig hält seine Vernunft seine Hand im Zaum. Es heißt, er sei verwirrt und unglücklich, aber gerade dann, wenn er verwirrt und unglücklich ist, nicht, wenn er zornig ist, ist er am gefährlichsten.«

»Wer behauptet das?«

Sie schüttelte den Kopf. »Die Leute erzählen mir Dinge, Valerius, aber frage mich nicht, wer oder wie oder warum, weil dir die Antwort vielleicht nicht gefallen würde. Nimm das an, was du bekommst; frage nicht nach den Motiven oder der Zuverlässigkeit der Quelle.«

Er nickte. Er sah keinen Grund, ihr nicht zu vertrauen. »Ich zweifle die Richtigkeit dessen, was du sagst, nicht an. Nur sehe ich nicht, wie es mir helfen könnte.«

»Armer Valerius, der seinen eigenen Wert nicht erkennt. Du schaust auf morgen und siehst nur deine Ängste. Aber bedenke die Vorteile. Die Möglichkeit, die Gunst des Kaisers zurückzugewinnen.«

»Als ich das letzte Mal die Gunst des Kaisers hatte, haben mir die damit verbundenen Vorteile nicht gefallen.«

»Er hat versucht, dich zu verführen, und du hast dich ihm verweigert? Mach kein so entsetztes Gesicht, Valerius, natürlich konnte ich das sehen. Und wenn er Erfolg gehabt hätte? Wie dumm die Männer sind, dass sie den Akt der körperlichen Liebe so ernst nehmen. Man genießt Wärme und vielleicht auch Trost; wenn man Glück hat, ein wenig

Leidenschaft und einen flüchtigen Moment der Lust. Hätte dich das verändert? Ich habe Dinge getan, Valerius, die dir vielleicht eine andere Meinung über mich geben würden, aber ich habe nicht zugelassen, dass sie mich verändern.« Den letzten Satz sprach sie mit einer Heftigkeit, dass er sich fragte, ob er stimmte. Ihm war nie der Gedanke gekommen, Mitleid mit ihr zu empfinden. Aber Fabia war darin geübt, ihre Gefühle im Zaum zu halten, und hatte sich sofort wieder in der Gewalt. »Falls Nero Zorn gegen dich empfunden hat, ist das längst Vergangenheit. Wärest du einer dieser ewig lächelnden Sklavenjungen gewesen, mit denen er sich umgibt, oder einer seiner kraftvollen Wagenlenker, hätte er dich vielleicht töten oder einsperren lassen, aber du bist ein Held Roms. Er wagt nicht, dich anzurühren, weil er sich damit das Wohlwollen der Legionen verscherzen könnte, und ohne ihre Unterstützung kann er nicht regieren. Mein Rat für dich ist folgender: Worum auch immer er dich bittet, sei bereit, es zumindest zu erwägen.«

Trotz seiner Zweifel war ihm klar, dass sie recht hatte. Er hatte sie um ihren Rat gebeten; wie könnte er ihn da zurückweisen?

»Bleibst du noch eine Stunde bei mir?« Dies war etwas Neues. Trotz des beiderseitigen Vergnügens an der Gesellschaft des anderen hatten ihre Begegnungen immer auf rein geschäftlicher Basis stattgefunden. Ihre Stimme hatte sich verändert, der Tonfall war leise, rau und voller Begehren. Er wusste, dass er ablehnen sollte.

»Natürlich.«

Als sie ihn ins Schlafzimmer führte, fragte sie sich, was

er denken würde, wenn er die Wahrheit wüsste. Würde er ihr jemals verzeihen?

Es war spät, als Valerius nach Hause zurückkehrte, erfüllt von dem halb schwebenden Gefühl, das sich nach langen Stunden mit einer schönen, sinnlichen und leidenschaftlichen Frau einstellt, die darauf bedacht ist, sowohl die eigene Befriedigung zu erlangen als auch die des Partners zu sichern. Bei der Erinnerung an die Wunder, die Fabia bewirkt hatte, und die Empfindungen, die diese begleitet hatten, überlief seinen Körper ein angenehmer Schauder. Vielleicht ...

Als er das Atrium betrat, hörte er ein Schluchzen. Er eilte in Olivias Zimmer und fand dort Julia vor, die neben seiner Schwester auf dem Bett kauerte. Sie blickte auf. »Es ist, als hätte es den gestrigen Tag nie gegeben«, jammerte sie. »Sie ist den ganzen Tag nicht aufgewacht und hat sich nicht bewegt. Du musst ihr helfen. Sie liegt im Sterben.«

»Es tut mir leid, Julia. Ich hätte dich nicht allein lassen sollen. Morgen finde ich jemand anderen. Eine Pflegerin oder eine Gefährtin.«

»Sie braucht keine Pflegerin oder Gefährtin. Sie braucht ihre Familie«, sagte die junge Frau vorwurfsvoll.

Er starrte sie an. Von einer anderen Sklavin hätte er sich so etwas niemals bieten lassen, aber Julia und seine Schwester waren seit Kindertagen zusammen. Julia war nicht nur Olivias Dienerin, sondern auch ihre beste Freundin.

»Ich schicke nach dem Judäer. Er sagte, er würde Olivia besuchen.«

Der Vorschlag beruhigte Julia, und er winkte sie aus dem Raum.

»Es tut mir leid«, flüsterte er, als er seinen üblichen Platz neben dem Bett eingenommen hatte. »Ich habe dich heute aus den falschen Gründen vernachlässigt, und morgen werde ich dich aus den richtigen Gründen vernachlässigen müssen. Erinnerst du dich ...«

Ihre Augen blieben geschlossen, doch ihr Gesicht sagte ihm, dass sie ihn hören konnte.

VII

Die Siegesstraße schmiegte sich an den Hang des Palatins, führte erst an der Westseite herab und stieg dann nach einer Biegung an seiner Nordseite empor. Ein leichter Dunst hing in der Luft, aber die noch tief am Himmel stehende Sonne saugte ihn rasch auf. Als Valerius, der sich für den Anlass in Schale geworfen hatte, den Hügel halb erklommen hatte, drehte er sich um, um auf die jahrhundertealte Pracht des Forums und das schimmernde Meer von Terrakottadächern hinunterzublicken, das die elenden Abgründe der Subura verhüllte. Er fragte sich, ob er diesen Ausblick noch einmal genießen würde. In seinem Rücken erhob sich die Marmorpracht von Neros weitläufigem Palast, Heim eines jeden Caesars seit Tiberius. Viele der Männer, die denselben Weg gegangen waren wie er jetzt, hatten den Bau betreten und waren nie wieder herausgekommen. Theoretisch konnte kein römischer Bürger gefoltert oder zum Tode verurteilt werden, es sei denn, er hätte sich des Verrats schuldig gemacht. Caligula und in seinen letzten Jahren auch Claudius hatten jedoch gezeigt, dass die Realität ganz anders aussehen konnte. Ihr Blut floss in Neros Adern.

Doch manche Gänge musste man tun, selbst wenn man jeden Schritt mit Widerstreben machte. Er straffte die Schultern und näherte sich dem Torhaus. Dort überraschte er zwei schwarz gekleidete Wächter, die schläfrig an der Wand lehnten.

»Gaius Valerius Verrens.«

Der Ranghöhere der beiden gähnte. »Du bist früh dran, nicht wahr? Normalerweise wird um diese Stunde offiziell nicht empfangen.« Er studierte eine Liste, die an der Torhaustür hing, und schüttelte den Kopf. »Dort steht nicht, dass man dich erwartet. Ich brauche deinen Passierschein.« Er streckte die Hand aus.

Valerius schüttelte den Kopf. »Die Einladung wurde mir mündlich überbracht.« Der Prätorianer bemerkte die Betonung auf dem Wort »Einladung« und zog die Augenbrauen hoch.

»Valerius?« Der Tonfall war höflich, doch die Art, wie sich die beiden ersten Prätorianer aufrichteten, sagte Valerius alles, was er über den neu aufgetauchten Sprecher wissen musste. Klein, aber kräftig gebaut, war dieser Mann Anfang mittleren Alters, trug das Haar kurz geschnitten und hatte Gesichtszüge, die mit einem stumpfen Messer hätten geschnitzt sein können. Auf der linken Seite seines Gesichts erinnerte die Haut an geschmolzenes Kerzenwachs, was darauf hindeutete, dass er sich dort wohl irgendwann einmal verbrannt hatte. Es war ein Gesicht, das Kinder erschrecken und Frauen abstoßen musste. Hätte es einem anderen Mann gehört, hätte es vielleicht Mitleid erregt, doch hier war das nicht der Fall. Man begriff sofort, dass die Persönlichkeit hinter dieser Maske genauso hässlich war wie die missgestalteten Gesichtszüge, die sie der Welt darbot.

»Zu deinen Diensten.« Valerius sprach mit neutraler Stimme, verbeugte sich aber nicht, was dem Mann die Parodie eines Lächelns entlockte.

»Lucius Licinius Rodan.«

Jetzt verstand Valerius, warum die Prätorianer so nervös waren. Offiziell war Rodan nur ein einfacher Centurio der Prätorianergarde, doch tatsächlich war er der Mann, der dafür sorgte, dass ein Feind Neros nicht lange ein Feind blieb. Notfalls durch Mord; doch es hieß von dem Prätorianer, dass er subtilere Methoden bevorzugte. Zum Beispiel konnte es vorkommen, dass man den jüngeren Sohn eines angeblichen Kaiserfeindes mit durchschnittener Kehle vorfand; würde dieser Mann auch noch das Leben seines älteren Sohnes riskieren? Oder seine Frau wurde im eigenen Heim sexuell bedrängt; wer sollte wissen, wann die Männer zurückkehren würden? Wenn seine Pferde im Stall verbrannten, würde er begreifen, dass seine Familie als Nächstes an der Reihe wäre. Rodan war einer der gefährlichsten Männer Roms, und seine Anwesenheit machte dieses Treffen nur umso unberechenbarer.

»Ist er bereits durchsucht worden? Nein? Los, worauf wartet ihr?« Fachkundige Hände, denen nichts entging, tasteten Valerius ab. Ein Prätorianer hob vorsichtig Valerius' aus Walnussholz geschnitzte Faust hoch, um sie näher in Augenschein zu nehmen.

»Die würde einen guten Knüppel abgeben«, bemerkte er.

»Unsinn.« Rodan schüttelte den Kopf. »Seine Hand können wir ihm lassen. Schließlich hat er sie im Dienste Roms verloren, nicht wahr? Komm mit.«

Das Tor führte direkt in den Palastpark, wo ein gewundener Weg zwischen einer Allee von Birnen- und Apfelbäumen durch eine Gartenlandschaft verlief, die mit Brunnen und Blumenbeeten geschmückt war. Valerius ging einen Schritt hinter Rodan her, dessen Haltung deutlich machte, dass eine fehlende Hand und militärische Ehren in seiner Welt nichts zu bedeuten hatten.

Gleich darauf sorgte Rodan dafür, dass seine Macht jedem bewusst blieb. Eine Gruppe von Sklaven wechselte gerade neben dem Weg Pflanzen aus, als einer von ihnen versehentlich ein paar Körner Erde auf die goldenen Hofschuhe des Prätorianers fallen ließ.

Rodan blieb stehen, als wäre er gegen eine Wand gelaufen. »Aufseher!«, schrie er. »Dieser Mann hat mich angegriffen. Lass ihn zur Befragung in die Castra Praetoria bringen.«

Der Sklave, ein schmaler, dunkelhaariger Junge von vielleicht vierzehn Jahren, wurde totenbleich. Verzweifelt wischte er mit den Händen Rodans Schuhe ab, bis nichts mehr von dem kränkenden Schmutz zu sehen war. »Nein, Herr, bitte, Herr, ich flehe ...« Ohne Vorwarnung trat Roden dem Jungen mit solcher Kraft ins Gesicht, dass er ihm den Kiefer brach. Valerius sah, wie drei weiße Zähne durch die Luft flogen, während der junge Sklave einen Purzelbaum rückwärts schlug und stöhnend auf dem Weg liegen blieb. Rodan trat zu ihm und überlegte beiläufig, ob er ihn ein zweites Mal treten sollte, entschied dann aber, dass der

Junge seine Lektion gelernt hatte. Zwei Männer hoben den Sklaven auf und trugen ihn weg. Valerius war in den Legionen auf Männer gestoßen, die so rasch gewalttätig wurden wie Rodan, aber keiner war dabei je so kühl geblieben. Er tröstete sich mit dem Gedanken, dass sie häufig diejenigen waren, die mit einer Speerwunde im Rücken vom Schlachtfeld getragen wurden.

Sie schritten rasch durch eine Säulenkolonnade hindurch und gelangten zu einer großen Tür, bewacht von zwei Prätorianern, die so gut zueinanderpassten wie ein Paar Vollblutpferde. Es hieß von Nero, er wähle seine Palastwächter persönlich aus und achte dabei, so wie bei seinen Wagenlenkermannschaften, auf Aussehen und Körperbau. Rodan dagegen war zweifellos nur um seiner Talente willen ausgesucht worden.

Drinnen war alles aus Marmor oder Gold. Vor ihnen erstreckte sich ein langer Korridor, der von vergoldeten Büsten des Kaisers und seiner Vorgänger gesäumt war. In regelmäßigen Abständen bargen Nischen zwischen ihren geöffneten Vorhängen Statuen von Apollo, Venus, Jupiter oder weiteren – geringeren – Mitgliedern des göttlichen Pantheons. Riesige Vasen, die bis zum Überquellen mit leuchtend gelben Blumen gefüllt waren, nahmen die farbliche Gestaltung auf. Eine Ausstellung von gedrehten Hals- und Armreifen belegte einen Teil der Wand, offenbar Trophäen aus den Kriegen in Britannien. An einer anderen Wand waren Teller und Schmuckgegenstände zu besichtigen, die nur aus dem Osten stammen konnten. Vermutlich ein kleiner Teil der Beute, die Corbulo gemacht hatte, als er die Parther in

Armenien unterwarf. Valerius wäre gern stehen geblieben, um sie genauer in Augenschein zu nehmen, doch sein Führer hatte anderes im Sinn.

»Da entlang«, sagte Rodan gereizt und deutete auf eine Tür zur Rechten.

Sie betraten einen großen, offenen Saal, der von einer riesigen Statuengruppe aus bemaltem Marmor beherrscht wurde. Die Darstellung war unglaublich lebensecht und zeigte einen nackten Mann und zwei Knabengestalten, die von sich windenden Schlangen gepeinigt wurden. Den halb von einer Schlange umwundenen rechten Arm nach oben gereckt, versuchte der Mann, mit der Linken das schnappende Maul einer weiteren Schlange von sich abzuhalten. Valerius erkannte in dem Dargestellten Laokoon, den obersten Priester Trojas, und seine beiden Söhne. Er dachte daran, dass Laokoon die Trojaner vor dem Geschenk der Griechen gewarnt hatte, und fragte sich, ob das ein Vorzeichen für das Treffen war. Rodan beachtete die Skulptur nicht und wandte sich nach links, wo sechs breite Stufen zu einem goldenen Thron hinaufführten.

Niemand saß darauf.

»Warte hier.« Ohne ein weiteres Wort drehte der Prätorianer sich um und verließ den Raum so, wie sie gekommen waren.

Minuten vergingen, in denen Valerius einsam und stumm dastand. Er wusste, dass die Wartezeit dazu dienen sollte, ihn zu zermürben, doch dieses Wissen machte sie nicht erträglicher. Als seine Augen sich an das im Raum herrschende Licht gewöhnt hatten, fiel ihm etwas auf, das ihm beim Eintreten entgangen war. Die Wand hinter dem Thron war nicht aus Stein, sondern eine so sorgfältig bemalte feine Leinwand, dass sie mit der Parkszenerie dahinter verschmolz. Sie war beinahe durchscheinend, sodass er bei genauerem Hinsehen die Umrisse von Gestalten erkannte, die sich dahinter bewegten. Ein leises Rascheln bestätigte das, was er bereits wusste. Er wurde beobachtet.

Er maß die Zeit anhand der Schatten, die arthritisch über den Boden krochen. Inzwischen hatte sich seine Anspannung in einen leise brennenden Zorn verwandelt. Er zwang seine Füße, an Ort und Stelle stehen zu bleiben. *Seneca hat ebenfalls hier gestanden*, dachte er. Seneca hatte dieselbe schleichende Ungewissheit erduldet, hatte gespürt, wie seine Beine sich verkrampften und wie es in seinem Kopf dröhnte. Lucius Annaeus Seneca war ein alter Freund von Valerius' Vater; er besaß ein Landgut im Nachbartal. Im Alter von vierzehn Jahren war Valerius zum Studium zu ihm nach Korsika geschickt worden, wo der Philosoph im Exil weilte.

Seneca war aus seiner Verbannung zurückgekehrt, um als Neros Lehrer und Berater zu dienen. Er hatte sein halbes Leben auf dem politischen Hochseil getanzt, doch inzwischen erschien sein Sturz unvermeidlich. Es hieß, dass der Kaiser ihm sein Vertrauen entzogen habe. Senecas Urteil sei nicht zuverlässig. Er sei alt und müde; Nero brauche einen jüngeren Berater, jemanden, der seine Bedürfnisse verstehe. Jemanden wie Decimus Torquatus, den Mann, der über Rodan und seine Prätorianerwölfe gebot.

Valerius hielt den Blick auf die Wand geheftet und kehrte

in Gedanken zu den langen Tagen auf dem Exerzierplatz zurück, die er dort mit der Zwanzigsten Legion verbracht hatte. Nero konnte ihm nichts anhaben. Der beste Teil seiner selbst war an jenem letzten Tag im Tempel des Claudius gestorben. Gewiss, er lebte und atmete noch, doch dies war nur das lange Vorspiel zum Jenseits. Die einzigen Menschen, die wirklich zählten, waren Olivia und sein Vater. Um ihretwillen würde er diese belanglose Tortur ertragen.

Seine Gedanken wurden durch ein leises Kichern unterbrochen, das hinter der Leinwand hervordrang, und eine Erscheinung in frappierendem Smaragdgrün tauchte auf, das goldblonde Haar zu langen Locken frisiert. Das Wesen hatte ein fliehendes, mit einem schütteren, hellen Bart bewachsenes Kinn, schlechte Haut, die durch weißes Puder kaschiert wurde, und dicke, sinnliche, in leuchtendem Rubinrot bemalte Lippen. Dieses hermaphroditische Geschöpf wurde von vier nackten Satyrn begleitet, dicklichen Kindern noch vor der Pubertät, die aber so, wie sie um ihren Herrn herumtänzelten, dennoch eine abstoßende Aura von Sexualität verströmten. Valerius schwankte unwillkürlich zwischen entsetzter Fassungslosigkeit und dem Drang, laut zu lachen. Nero. In Frauenkleidern und herausgeputzt wie eine ganz gewöhnliche Hure.

Unter flatternden Augenlidern musterte ihn der Kaiser ernst. »Was hältst du davon?«

Es konnte nur eine einzige Antwort geben. »Erstaunlich, Caesar.«

»Du hast mich als Pandora erkannt? Den anderen ist es nicht gelungen, aber was verstehen sie schon von Kunst?

Am Ende der Wettkämpfe werde ich eine Vorstellung geben und dann Geschenke aus der Büchse der Pandora verteilen.« Die Stimme klang so, wie Valerius sie in Erinnerung hatte: hoch, aber nicht schrill, eher eine Knaben- als eine Männerstimme. Trotzdem lag die Macht des Herrschers darin, und aus irgendeinem Grund suchte dieser seine Zustimmung.

»Sie werden gewiss dankbar angenommen werden, Caesar. Was mehr könnte ein Mann sich wünschen als ein Geschenk aus deiner Hand?«

Die Brauen über den glänzenden Augen zogen sich zusammen, und Valerius fragte sich, ob er mit seiner Schmeichelei zu weit gegangen war. Er merkte, dass er den Atem anhielt.

»Ein Höfling also, und nicht nur ein Soldat.« Nero gab den vier Satyrn einen Wink, und sie verschwanden hinter der Leinwand. Er trat näher. »Natürlich wurdest du genau wie ich von Seneca erzogen. Wir haben viel gemeinsam, du und ich. Wir haben beide in Roms Namen gelitten. Wir sollten Freunde sein.«

Er führte die Hand zu Valerius' Wange, und der junge Römer zuckte unwillkürlich vor den manikürten Fingern zurück. Über Neros Augen legte sich ein Schatten, und alles im Raum schien vor Kälte zu erstarren; die unnatürliche Stille wurde nur vom heiseren Atem des Kaisers unterbrochen. Ein starker Parfümgeruch kitzelte Valerius in der Nase und zwang ihn fast zum Niesen. Er wollte sich abwenden, doch der unverwandte, starre Blick hielt ihn fest wie die Klauen eines Turmfalken eine Maus. Ganz langsam führte Nero sein Gesicht dicht an Valerius heran. Dieser versuchte, den säuerlichen Atem nicht zu riechen und die Umrisse der eitrigen Pickel nicht zu sehen, die die Haut unter dem Puder übersäten. Er spürte, wie ihm übel wurde, als die bemalten Lippen die seinen berührten. Eine dicke Zunge fuhr prüfend über seinen geschlossenen Mund, und der Drang zu erbrechen wurde beinahe unwiderstehlich. Er wusste, sollte er diesem Impuls nachgeben, würde er mit Sicherheit sterben. Er stand so still da wie die Marmorstatue auf der anderen Seite des Raums und ertrug es.

Als seine Reaktion ausblieb, trat Nero einen Schritt zurück. Sein Tonfall spiegelte das Erstaunen in seinem Gesicht. »Du weigerst dich, die Liebe deines Kaisers zu erwidern? Ist es das, was ein Soldat Loyalität nennt, Hingabe oder Pflicht?«

Valerius spürte die in ihm aufsteigende Angst. Gegen jede andere Form von Angriff hätte er sich verteidigen können, selbst wenn es seinen Tod bedeutete, aber das hier?

»Ich weigere mich nicht, Caesar.« Von irgendwo kamen ihm die richtigen Worte. »Aber ich kann nicht. Es liegt nicht in meiner Gewalt.«

Neros Kopf schwankte auf seinem langen Hals, und die kalten Augen ließen ihre Beute keinen Moment los. »Aber in der meinen.« Seine Stimme bebte vor gerechtem Zorn. »Ich hätte dich festhalten lassen und nach Belieben benutzen können.«

»Dann wäre es keine Liebe gewesen, und du hättest meine Loyalität und Hingabe verloren.«

»Und du dein Leben.«

»Mein Leben gehört meinem Kaiser, allerdings hatte ich gehofft, es freiwillig auf dem Schlachtfeld hinzugeben.«

Nero musterte ihn lange. Plötzlich stieß er ohne Vorwarnung ein mädchenhaftes Lachen aus und stolzierte davon. »Bin ich nicht der größte Schauspieler der Welt? Mit nichts weiter als einem Kuss habe ich einen Helden Roms entwaffnet, und er steht vor Angst zitternd vor mir.«

Valerius senkte den Kopf – nicht zustimmend, sondern um sicherzugehen, dass der Kaiser nicht die Mordlust in seinen Augen entdeckte. So wütend war er noch nie gewesen. Am liebsten würde er den schwächlichen Hals mit den Händen umklammern und zudrücken, bis der Atem in Neros Kehle rasselte wie der eines sterbenden Huhns. Gern hätte er mit seiner Walnussfaust zugeschlagen, bis das teigige, feiste Gesicht nur noch blutiger Brei wäre. Langsam zwang er den Zorn nieder, und als er aufblickte, hatte der Kaiser seinen Platz auf dem goldenen Thron eingenommen, das smaragdgrüne Kleid bis zu den Oberschenkeln gerafft, sodass seine bleichen Beine auf lächerliche Weise herunterbaumelten.

Jetzt nahm seine Stimme eine neue Autorität an. »Ich habe dich aus einem anderen Grund herbestellt, Gaius Valerius Verrens, Held Roms. Wirst du deinem Kaiser dienen – bis in den Tod?«

Es konnte kein Zögern geben, obgleich er fast an den Worten erstickte. »Das werde ich, Caesar.«

Nero schwenkte die Hand theatralisch zum Balkon. »Blicke hinaus, und sage mir, was du siehst.«

Valerius zögerte. Es gab so viele Antworten. »Ich sehe Rom und seine Bewohner.«

Der Kaiser schüttelte den Kopf so heftig, dass die Locken nach links und rechts flogen. »Nein«, blaffte er. »Du sieht ein Nest von Verrätern. Roms Gesetze werden verhöhnt. Roms Götter werden verspottet. Mitten unter uns ist eine Krankheit ausgebrochen. Sie breitet sich von Stunde zu Stunde weiter aus. Du wirst den Ursprung dieser Krankheit aufdecken, damit wir sie auslöschen können. Hast du von einem Mann namens Christus gehört?«

Bei diesem unbekannten Namen schüttelte Valerius den Kopf. »Nein, Caesar.«

»Ein judäischer Unruhestifter aus der Provinz Galiläa, der vor beinahe dreißig Jahren hingerichtet wurde, aber für Unruhe sorgt er immer noch. Vor seinem Tod hat er den Juden das ewige Leben versprochen. Eine kleine Zahl unter ihnen hat dieser Lüge geglaubt. Ein Zimmermann hätte beinahe die ganze Provinz in Brand gesetzt. Die, die überlebt haben, schmieden weiterhin in seinem Namen Ränke. Sie reisen im Imperium umher, halten heimliche Treffen ab und predigen, dass Christus ein Gott sei. Es heißt, dass sie das Blut von Kindern trinken, und falls das stimmt, werde ich keinen Einzigen von ihnen am Leben lassen. Aber Seneca hat mich gelehrt, gerecht zu sein, und ich werde es nicht ohne Beweise glauben. Du wirst mir diese Beweise liefern. Wir haben Hinweise, dass sie sich bereits in der Stadt aufhalten. Du wirst die Gefolgsleute dieses Christus finden und ihre Namen an meinen Diener Torquatus weiterleiten. Du bist unser Held Roms. Nun ernenne ich dich zum Verteidiger Roms gegen dieses Übel und zum Ehrentribun der Garde. Falls du Erfolg hast, wirst du für immer in unserer Gunst stehen. Hier.« Er griff in sein Gewand und zog einen an einer Goldkette befestigten Ring heraus, ähnlich dem, den der Bote kürzlich Valerius gezeigt hatte. Dieser stieg die Stufen hinauf, nahm den Ring entgegen und streifte mit den Lippen Neros Handrücken. »Das kaiserliche Siegel. Nutze es gut, und wenn du fertig bist, gib es zurück und empfange deine Belohnung. Torquatus!« Ein hochgewachsener, gut aussehender Mann trat hinter der Leinwand hervor, das faltenlose Gesicht zu einem spöttischen Lächeln verzogen. Valerius fragte sich, wie lange er bereits gelauscht hatte. »Torquatus wird dir die Einzelheiten mitteilen.«

Die beiden Männer verbeugten sich und zogen sich zurück, doch der Kaiser war noch nicht fertig.

»Und, Valerius?« Der Davongehende blickte zum größten Schauspieler der Welt auf seiner einsamen Bühne zurück. »Enttäusche uns nicht.«

»Du bist vom Glück begünstigt«, sagte Torquatus, als sie den Saal verließen.

»Wie meinst du das?«

»Nicht jeder Mann bekommt einen persönlichen Auftritt des Kaisers geboten. Du hast deine Rolle recht gut gespielt.«

Valerius unterdrückte seine Verärgerung. »Auf diese Rolle hätte ich lieber verzichtet.«

»Du bist jemand, dem es schwerfällt, seine Gefühle zu verbergen. Du hättest ihn gern getötet, und er wusste es. Aber das hat sein Begehren nur noch gesteigert.«

»Wenn ich ihn hätte töten wollen, wäre er jetzt tot.« Der Satz war heraus, bevor er sich überlegt hatte, wie gefährlich diese Worte waren.

Torquatus starrte ihn an. Einem anderen Mann hätte eine solche Erklärung Einkerkerung und Hinrichtung gesichert, aber diesem vielleicht nicht; zumindest vorläufig nicht. Er deutete auf den Balkon zurück. »Du warst dem Tod nie näher als in diesem Saal. Vier der besten Bogenschützen des Imperiums standen hinter diesen Fenstern und zielten auf deinen Rücken. Er hätte nur den Finger heben müssen.«

Ein Schauer lief Valerius den Rücken hinunter. »Warum ich? Es gibt doch gewiss andere, die besser geeignet sind, diese Aufgabe zu übernehmen.«

Torquatus blieb an der Kreuzung zweier Korridore stehen. »Weil du zur Verfügung stehst. Und weil du dich als tapfer und gewieft erwiesen hast.« Irgendwie klangen die Worte »tapfer« und »gewieft« wie absichtsvolle Beleidigungen. »Der Kaiser hat bei unserem neuen Prokurator Julius Classicianus einen vertraulichen Bericht über die Ursachen und die Führung des britischen Kriegs in Auftrag gegeben. Statthalter Paulinus hat natürlich versucht, die Schuld auf jeden außer ihn selbst abzuwälzen, aber er musste zugeben, dass der Konflikt hätte vermieden werden können, wenn er die Information beachtet hätte, die du ihm bezüglich der Icener gegeben hattest.« Er lächelte kühl. »Ein politisch scharfsinnigerer General hätte dich natürlich getötet, solange er noch die Möglichkeit dazu hatte. Doch so haben nur du selbst und der junge Agricola auf dieser verachtenswerten kleinen Insel irgendwelche Lorbeeren geerntet. Hättest du den Kaiser gerade eben nur ein wenig bei Laune gehalten, hättest du in seinem Dienst hoch aufsteigen können. Das wäre ein geringer Preis gewesen. Du hättest vielleicht eine Legion bekommen – er hat andere Männer für weniger mit mehr belohnt –, und wer weiß, was einem gewieften Mann an der Spitze einer Legion alles widerfahren kann.« Valerius merkte, dass er ihn anstarrte. Was deutete Torquatus an: dass Valerius eines Tages Nero verdrängen könnte? Die trägen Augen erwiderten seinen Blick, von der Andeutung eines Lächelns berührt. Nein, er gab ihm zu verstehen, dass er selbst Valerius töten lassen würde, wenn er ihm gefährlich werden sollte. Dieser Mann hatte Jahre damit zugebracht, Senecas Vernichtung einzufädeln; er würde nicht am Rand stehen und zuschauen, wie ein anderer aufstieg, um *seinen* Platz an Neros Seite einzunehmen. Torquatus nickte, und seine blassen Augen glitzerten. »Gut, wir verstehen uns.«

Sie betraten einen Raum mit einem großen Schreibtisch in der Mitte. Torquatus ließ sich dahinter nieder, bot Valerius aber keinen Platz an. Auf dem Schreibtisch lag eine an den Ecken beschwerte, geöffnete Schriftrolle.

»Zwanzigtausend Judäer leben in Rom, die meisten von ihnen in dem Bezirk um die Porta Capena, aber einige auch in verstreuten Enklaven im Norden der Stadt. Zwanzigtausend Verdächtige, aber nur einige wenige von ihnen werden Gefolgsleute dieses Christus sein. Die Juden verabscheuen diesen Mann ebenso sehr wie wir, wahrscheinlich sogar noch mehr. Der Kaiser hat jedoch die Absicht, einen Schritt weiter zu gehen als sein Stiefvater Claudius und sie dauerhaft aus der Stadt zu entfernen. Dafür hat er seine eigenen Gründe. Ich habe meine Gründe, ihm davon abzuraten.«

Valerius wartete darauf, dass er dieses unwahrscheinliche Zeichen von Menschlichkeit näher erläuterte, doch Torquatus blieb weiter in das Dokument vertieft. Schließlich blickte er auf.

»Zwanzigtausend Judäer, aber nur einer von ihnen ist von Bedeutung. Er ist der Leiter des Kults in Rom, ein Mann der ›Fels Christi‹ genannt wird. Ein melodramatischer Titel für den Anführer einiger weniger Fanatiker, aber er ist auch ein fähiger Kerl, dem es bisher gelungen ist, uns zu entgehen. Du wirst herausfinden, wer er ist, und es mir melden.« Er hielt inne. »Aber die Ergreifung dieses Mannes ist nicht deine vorrangige Aufgabe. Die Juden, die Christus folgen, sind kaum von Belang; ganz anders hingegen ist es mit den römischen Bürgern, die von diesen Männern mit lügnerischen Versprechungen verführt wurden. Caesar hat recht, wenn er diesen Kult mit einer Krankheit vergleicht. Wie eine Krankheit breitet sich ihr Gift lautlos in der Bevölkerung aus. Und wie eine Krankheit befällt sie die Verletzlichen. In diesem Fall sind die Verletzlichen nicht die Armen, denn für sie ist die Aussicht auf ein ewiges Leben nicht unbedingt reizvoll. Verführbar sind dagegen die, die die Mittel haben, das Leben zu genießen. Ritter, Ädilen, Quästoren, Generäle und Tribunen. Möglicherweise hat dieses Übel auch schon den Senat erreicht. Hier liegt die größte Gefahr, vielleicht sogar für Rom selbst. Bringe diese Leute zur Strecke. Wenn du einen von ihnen findest, wird er – oder wird sie – dich zu den nächsten führen.«

»Hast du Namen?«

Torquatus schnaubte verächtlich. »Wenn ich Namen hätte, würde ich dich nicht brauchen.«

»Meine Mittel? Wie viele Männer stehen mir zur Verfügung?«

»Du hältst das Siegel des Kaisers in Händen. Du bist in dieser Angelegenheit sein Beauftragter. Falls du Helfer hinzuziehen musst, steht seine Autorität dahinter. Diese Leute würden vom Schatzamt bezahlt, und du müsstest bei Centurio Rodan, den du bereits kennengelernt hast, Rechenschaft über sie ablegen. Dies ist keine Aufgabe für Soldatentrupps, sonst hätte ich bereits die Stadt mit Prätorianern überflutet. Erforderlich sind Scharfsinn und Heimlichkeit. Gerissenheit, wenn du so willst, die du, wie ich spüre, im Übermaß besitzt.«

Valerius überhörte die Beleidigung. »Ich brauche alle Informationen, die du über diesen Christus und seine Gefolgsleute besitzt.«

Torquatus zuckte die Schultern. »Da gibt es nicht viel, aber ich lasse dir alles nach Hause schicken.«

Als der junge Mann gegangen war, wandte Torquatus sich wieder dem Dokument auf seinem Schreibtisch zu. Es war ein Brief, der gewisse Anschuldigungen gegen eine nicht genannte Person in Neros innerstem Kreis enthielt. Torquatus' Gesicht hatte den Ausdruck eines Anglers, der gerade zum ersten Mal gespürt hat, wie etwas an der Leine zupft.

VIII

Als Valerius in den *ludus* kam, fand er die Gladiatoren im Schatten der Gebäude dabei vor, wie sie lauwarmes Wasser aus einem Ziegenlederschlauch tranken und sich unterhielten. Sie würden noch weitere zwei Stunden Pause machen, bis die Sonne nicht mehr so heiß brannte. Dann würden sie zu ihrem gnadenlosen Training zurückkehren. Er näherte sich einer Gruppe und fragte, wo Marcus zu finden sei. Ein großer, muskulöser Kämpfer deutete mit einer ruckartigen Kopfbewegung zur Tür, und Valerius trat ein. Der narbenbedeckte Veteran saß murrend über eine Schriftrolle gebeugt, auf der sich Zahlenkolonnen drängten.

»Das Geschäft ist ein bisschen flau«, sagte der alte Gladiator, ohne aufzublicken. »Der Singvogel auf dem Hügel gibt selbst zu viele Ständchen und sorgt nicht genug dafür, dass Blut fließt und Eingeweide aus den Bäuchen quellen. Jemand sollte ihn daran erinnern, dass er auch selbst eine Wette platzieren darf.«

Valerius lächelte über den verschleierten Hinweis auf den Kaiser, dessen Hingabe an die schönen Künste in dieser Stadt, die nach drei Jahrhunderten bodenständigerer Unterhaltung etwas roh geworden war, nicht immer geschätzt wurde. Es war allgemein bekannt, dass Nero für die Arena von Pompei ein Verbot von Gladiatorenkämpfen erlassen hatte, nur weil es bei einem Aufruhr, in den rivalisierende Unterstützergruppen verwickelt gewesen waren, zu einigen Toten gekommen war. Es hatte sogar ein Gerücht gegeben, er beabsichtige, Kämpfe auf Leben und Tod gänzlich zu untersagen. Aber das erschien Valerius doch zu weit hergeholt. So als könnte Nero versuchen, die Wagenrennen zu verbieten, von denen er so besessen war. »Ich dachte immer, du magst Musik, wo du doch im Grünen Pferd so viel übst.«

Marcus schnaubte. »Das ist nur für die Damen. Und welchem Umstand haben wir die Ehre deines Kommens zu verdanken, edler Valerius? Kommst du für einen weiteren Übungskampf mit Serpentius, oder hast du endlich beschlossen, einen ehrbaren Beruf zu ergreifen?«

»Ich bin auf der Suche nach ein paar bezahlten Helfern.« Valerius zog die Kette mit dem goldenen Ring unter seinem Umhang hervor und legte sie auf den Tisch. »Zwei oder drei Männer, die auf sich aufpassen können und wissen, wie man den Mund hält.«

Marcus stieß einen leisen Pfiff aus, als er den Ring erkannte. »Interessant. Und gefährlich?«

»Wer einwilligt, kann gutes Geld verdienen.« Valerius hatte bereits beschlossen, die Männer aus seiner eigenen Tasche zu bezahlen. Es erschien ihm sicherer, wenn Torquatus nicht mitbekam, welche Art von Hilfe er anwarb.

»Hast du jemand Bestimmten im Sinn?«

»Ich hatte mich gefragt, ob du selbst dich vielleicht für

ein wenig Abwechslung interessierst.« Valerius zuckte die Schultern. »Ich brauche jemanden, der mitdenken kann.«

»Jemanden, der dir die Hand hält, meinst du wohl«, knurrte Marcus. »Sonst noch jemand?«

»Ich dachte, das überlasse ich dir. Du wirst ihr Anführer sein.«

»Wie viele?«

»Zunächst einmal vier. Falls wir mehr brauchen, wissen wir ja, wo wir sie holen können. Ich entschädige den *lanista* und finanziere Kleidung und Waffen. Gute Qualität, nicht den Quatsch für die Hilfstruppen. Drei Mahlzeiten am Tag und ein Dach über dem Kopf. Als Gegenleistung erwarte ich militärische Disziplin, und Finger weg von allen Frauen, es sei denn, ich erlaube es ausdrücklich.« Er nannte eine Geldsumme für Marcus und ein Drittel davon für dessen Leute.

Der Gladiator lachte. »Das ist 'ne Menge. Wen sollen wir dafür töten?«

»Niemanden, das hoffe ich jedenfalls.« Doch noch während er es sagte, hatte Valerius den Verdacht, dass es nicht stimmen würde. »Nenne es juristische Nachforschungen. Nur ein bisschen herumschnüffeln.«

Auf dem kurzen Weg vom *ludus* zur Basilica Julia nahm er sich im Schatten des Theaters des Pompeius wie immer ein wenig Zeit, um die Inschriften auf dem großen, mit Marmor verkleideten Torbogen zu lesen, der zu Ehren des Germanicus errichtet worden war. Germanicus war der Vater Caligulas und der Mann, der eigentlich an seiner statt als Kaiser hätte herrschen müssen, wäre er nicht so früh gestorben. Er verkörperte den wahren Ruhm Roms, der damals noch nicht von Korruption und Unehrenhaftigkeit beschmutzt war. Germanicus, der als der edelste aller Römer verehrt wurde, war von Kindheit an Valerius' Held gewesen, und Valerius hatte es sich zur Gewohnheit gemacht, jedes Mal ein Gebet an den Schatten des großen Mannes zu richten, wenn er unter dem Monument mit dem goldenen Streitwagen vorbeikam.

Nachdem er sich dieser Pflicht entledigt hatte, kehrte er zum Forum zurück. Sein Puls ging jedes Mal ein wenig schneller, wenn er den geheiligten Boden zwischen den kaiserlichen Palästen auf dem Palatin und dem großen Jupitertempel auf dem Kapitol betrat. Hier schlug das Herz Roms. Hier war der Mittelpunkt der Welt. Denkmäler der Männer, die Rom groß gemacht hatten, waren überall zu sehen: Kaiser und Generäle, Konsuln und Senatoren. Manche dieser Männer waren längst vergessen, doch an diesem heiligen Ort würden ihre Namen für immer weiterleben. Zwei riesige Triumphbögen erinnerten an die Siege von Augustus und Tiberius. Auf der Rostra Iulia hielten die großen Redner ihre Ansprachen noch immer neben den steinernen Statuen von Scipio und Sulla, Caesar und Pompeius, unter sich die Schiffsschnäbel, die ein Jahrhundert zuvor in der Schlacht bei Actium erobert worden waren. Hier befand sich auch der kleine Schrein der Venus Cloacina, der Göttin der Abwasserkanäle, und entlang der Via Sacra erhoben sich kannelierte Säulen, die die goldenen Statuen von Mars und Jupiter, Venus und Minerva trugen. In schlichtem Kontrast zu der von Menschenhand geschaffenen Pracht ringsum wuchsen hier auch kleine Haine von Oliven- und Feigenbäumen sowie Weinreben, Wahrzeichen der kostbarsten Geschenke der Natur an Rom.

Allgemein galt die Curia als das innerste Herz des Forums, denn dort tagte der Senat, doch für Valerius würde immer die Basilica Iulia das eigentliche Zentrum sein. Obgleich es noch früh am Nachmittag war, begaben sich schon jetzt Sklaven und Diener zu den Läden und Ständen, welche die Säulengänge säumten. Die Juristen würden erst später von der Mittagsmahlzeit zurückkehren, die sie mit ihren Familien einnahmen, und so ließ er sich Zeit. Bevor er sich Neros Auftrag widmen konnte, musste er sich zunächst noch mit drei unerledigten Rechtsfällen beschäftigen. Sie hätten nicht unterschiedlicher ausfallen können: ein Erbschaftsstreit, in dem er vor dem Centumviralgericht auftreten musste; eine komplizierte, mit intensiven Verhandlungen verbundene Zivilsache, bei der es um den Abriss eines baufälligen Wohnblocks auf der anderen Seite des Pons Aemilius ging; und, am drängendsten, eine Anklage wegen Wasserdiebstahls, in der er den *curator aquarum*, den obersten Wasserbeamten, vertrat. Das Schicksal war ihm günstig, denn auf dem Vicus Jugarius entdeckte er ein Dutzend Schritte vor sich Quintus Fuscus, einen ihm bekannten Anwalt. Valerius erläuterte ihm sein Dilemma, ging aber nicht auf den Grund ein. »Das Abrissvorhaben kann ich aufschieben, und dem obersten Wasserbeamten schulde ich eine persönliche Erklärung, aber jemand muss mir die Erbschaftsangelegenheit abnehmen.«

Dieser Fall war der lukrativste der drei, und Fuscus' Gesicht leuchtete auf. »Ich bin gerne bereit, das zu übernehmen; schon viele Jahre habe ich keinen Fall mehr vor den *centumviri* verhandelt. Es wird mir ein Vergnügen sein.«

Valerius bedankte sich bei ihm und ging zu seinem nächsten Treffen.

»Das ist äußerst ungewöhnlich«, beschwerte sich der Oberbeamte Honorius. »Der Fall ist zur Verhandlung bereit, und alle Parteien haben ihr Kommen zugesagt.«

»Falls du einen anderen Ankläger suchen möchtest, ziehe ich mich gern zurück«, versicherte ihm Valerius.

»Nein, nein. Aber mir scheint, du unterschätzt die Bedeutung dieses Falles. Der Wasserdiebstahl aus Roms Aquädukten ist seit jeher ein äußerst ernstes Vergehen und nimmt immer mehr zu. Es wird Zeit, ein Exempel zu statuieren.«

Valerius entschuldigte sich und erklärte sich bereit, mit dem juristischen Vertreter des Angeklagten zu sprechen, eines Bauherrn mit Interessen in der ganzen Stadt, dem man vorwarf, zur Versorgung seiner Ziegeleien einen der Hauptaquädukte angezapft zu haben, die Rom mit Wasser versorgten.

Inzwischen wimmelte das Forum von Leben. Durch die breiten Straßen schlenderten Senatoren, jeweils in Begleitung ihrer Leibwächter und einer losen Gefolgschaft von Klienten. Außerdem waren Anwälte unterwegs, gefolgt von ihren Schreibern und Massen von Schaulustigen, die gekommen waren, um sie gewinnen oder verlieren zu sehen. Dazwischen gingen Geldwechsler und Wahrsager ihren Geschäften nach, Tagelöhner boten ihre Arbeit an, und dann waren da noch die Bettler, die Blinden und die Verkrüppelten, die Valerius den Schmerz in seinem verlorenen Arm in Erinnerung riefen. Er kämpfte sich auf der Via Nova ostwärts und kam gerade am Haus der Vestalinnen vorbei, als er spürte, wie jemand ihn streifte. Sein erster Gedanke war der an einen Taschendieb, doch dann merkte er, dass man ihm etwas in die linke Hand gedrückt hatte.

Er blickte nach unten und stellte fest, dass er ein kleines zerfleddertes Stück Pergament in der Hand hielt.

IX

Poppaea Augusta Sabina ließ sich auf der gepolsterten Couch zurücksinken und trank einen Schluck mit Wasser gemischten Wein. Fabia, die ihr am breiten Tisch im schattigen Park des Palatins gegenübersaß, lächelte ihre alte Freundin an. Sie waren zwei von Roms betörendsten Frauen und konnten sich darauf verlassen, dass sie niemals Rivalinnen sein würden. Der Grundton ihrer Freundschaft war durch die Art vorgegeben worden, wie sie einander kennengelernt hatten, denn diese duldete weder Schüchternheit noch Verlegenheit. Sie waren beinahe gleich alt; die Zeit als kichernde Mädchen war für sie vorbei, aber die ersten wahren Herausforderungen des beginnenden Alters lagen noch in weiter Ferne. Wie sie einander betrachteten, war ihnen klar, dass sie niemals schöner sein würden. Wären die Umstände anders gewesen, hätte Fabia diejenige sein können, die das Bett eines Kaisers teilte, während Poppaea die Gesellschaft jedweden reichen Mannes ertrug, doch so war es nicht, und keine der beiden würde es jemals erwähnen.

»Was für eine Freude es ist, freiheraus sprechen zu können und unser Beisammensein nur um des wechselseitigen

Vergnügens willen zu suchen.« Poppaea seufzte. »Ich glaube, Palastdiener sind mit riesigen Ohren zur Welt gekommen. Selbst die, die keine Spione sind, können niemals den Mund halten, und kein Geheimnis ist ihnen heilig.«

»Selbst deine Zofen?«

»*Insbesondere* meine Zofen.«

»Dann wird man deinem Mann von meinem Besuch berichten. Ich hoffe, du bekommst deswegen keine Schwierigkeiten.«

Poppaea lachte über die Naivität ihrer Freundin. »Habe ich das jemals? Allein schon der Gedanke an unsere Freundschaft lässt meinen Mann hecheln wie ein kleiner Stier beim Anblick einer angebundenen Kuh. Ihm ist klar, dass er im Schlafzimmer von jedem kleinen Geheimnis profitiert, das du mir offenbarst.« Sie senkte die Stimme zum Flüstern. »Ich schreibe dir sogar einige der interessanteren Ideen zu, die von mir selbst stammen, weil es ihn erregt, sich uns beide vorzustellen, wie wir darüber sprechen und uns überlegen, wie wir sie ihm am besten verkaufen.«

»Ich dachte ...«

»Weil man dich nicht mehr ruft, um bei uns mitzumachen?«

Fabia nickte. Das letzte Mal lag schon Monate zurück. Anfangs war sie erleichtert gewesen, doch aus der Erleichterung war Sorge und schließlich unverhüllte Angst geworden. Sie hatte von vornherein gewusst, dass die Beziehung nicht von Dauer sein konnte, doch deren Lohn hatte jede Vorstellung überstiegen, und es konnte gefährlich sein, die Gunst des Kaisers zu verlieren. Tatsache war auch, dass Poppaea ein körperliches Begehren in ihr weckte, das bei einem Mann nicht intensiver hätte sein können. Sie war sich sicher, dass sie in der dunkelhaarigen Frau dieselben Gefühle erregte. Sie betrachtete sie. Die langen, schlanken Beine der seitlich Hingestreckten schauten unter ihrer roten Tunika hervor. Fabia stellte sich vor, Poppaea läge nackt und mit geweiteten Augen auf einem Bett. Bei dem Gedanken durchrieselte es sie, und sie rutschte ein wenig herum. Poppaeas Blick sagte ihr, dass sie wusste, was in ihr vorging, aber auch Resignation lag darin, denn ohne Neros Einwilligung würde es solche Begegnungen nicht mehr geben. Die Eifersucht des Kaisers traf jeden, Mann oder Frau, der sich an seiner statt vergnügte, und seine Vergeltung würde prompt und endgültig sein.

Poppaeas Tonfall änderte sich, und sie senkte die Stimme. »Du solltest dich glücklich schätzen, dass du nicht sein Bett teilst, aber das bleibt unter uns. Sein Appetit wird immer gefährlicher. Selbst du mit deiner Erfahrung und deiner Findigkeit hättest Mühe, sein Interesse lange Zeit aufrechtzuerhalten. Manchmal, öfter, als mir lieb ist, befriedigt er mit seiner Leidenschaft nicht meine Bedürfnisse, und ich muss zusehen, wie er mit seinen quietschenden Knaben und winselnden Kastraten spielt.«

Fabia blickte sich vorsichtig um, ob irgendjemand sich in Hörweite befand. Sie begaben sich auf ein gefährliches Gebiet. Nero hatte seine Spione überall, und sie hatte genug Erfahrung mit Gucklöchern und Abhörrohren, um zu wissen, dass diese nicht nur in Bordellen anzutreffen waren.

Poppaea bemerkte ihren Blick. »Halte mich nicht für so

dumm, Fabia. Wir sind so weit von allen weg, dass nicht einmal die Bäume uns hören können, und ich habe jeden Zentimeter Gras untersucht. Solange der Löwenzahn keine Ohren hat, können wir sagen, was wir wollen, ohne dass dieser Mann jemals davon erfährt.«

Dieser Mann. Seit Octavia, Neros erste Frau, zunächst verbannt und dann getötet worden war, hegte Poppaea eine fast schon übertriebene Furcht vor Torquatus. Die Verschwörung hatte die Macht des Prätorianerpräfekten über den Palatin zementiert. Jetzt sah er in Poppaea eine Rivalin um Neros Zuneigung und Vertrauen, und jede Rivalin von Torquatus tat gut daran, unter ihrem Bett nach Vipern Ausschau halten. Nach außen wirkte Poppaea wie jede andere reiche, verwöhnte römische Dame – ihr Interesse galt nur der neuesten Mode, den neuesten Frisuren und dem Palastklatsch –, doch als die Freundschaft enger wurde, entdeckte Fabia eine andere Poppaea – eine Frau, die von Zweifeln zerrissen wurde und sich an jede vorübergehende Laune klammern und sie zu ihrer Passion machen konnte. Mystiker aus dem Partherreich, Astrologen aus Ägypten und ein müffelnder, bärtiger gallischer Greis, der sich der letzte Druide nannte – sie alle hatten irgendwann einmal Zuflucht in ihrem Haushalt gefunden.

Die Erfahrung sagte Fabia, dass ihre Freundin nie inneren Frieden finden würde. Ihr Schicksal würde immer in der Hand ihres Gatten liegen.

Später am selben Abend stand Nero auf dem Balkon seines Palastes und starrte auf die Stadt hinunter, in der eine Million seiner Untertanen lebte, das Zentrum eines Imperiums mit mehr als vierzig Millionen Menschen. Bei diesem Gedanken durchfuhr ihn wie immer ein Schauder, und er musste sich am Geländer festhalten. So viele Menschen. So viel Reichtum. So viel Macht. Und alles unterstand seinem Befehl.

Warum also schmähten sie ihn, all diese Millionen? Er hörte sie im Kopf, ein Stimmengewirr, das niemals Ruhe gab. *Nero tut nichts. Nero hat nichts erreicht. Nero singt Lieder, doch womit will er im Gedächtnis der Nachwelt bleiben? Nero lebt in einem Palast, den andere erbaut haben, und blickt auf eine Stadt hinaus, die ebenfalls andere erbaut haben. Caesar, Augustus, Tiberius, Caligula und Claudius. Wer ist dieser Nero, dass er es wagt, sich neben sie zu stellen und sich ihrer ebenbürtig zu nennen?* Sie schmähten ihn, und er wusste nichts zu erwidern.

Der Gedanke löste eine Kettenreaktion in seinem Magen aus, und er erbrach sich über die Balkonbrüstung hinweg. In einem erstickten Würgen rannen ihm Fäden von Schleim aus dem Mund. Tränen stiegen ihm in die Augen. Die inneren Stimmen bedeuteten, dass seine Mutter ihn heute Nacht heimsuchen würde, und das ließ die Angst zurückkehren. Anfangs war sie in seinen Träumen schön gewesen, genau wie im wahren Leben, doch das hatte sich letzthin geändert. Sie war vor seinen Augen verfallen: Das Kopfhaar ging ihr in Büscheln aus, die pergamentene Haut brach über dem verwesenden Fleisch auf, und in ihren Augenhöhlen wimmelte es von milchweißen Kaulquappen. Das alles könnte er jedoch ertragen, wenn nur das Flüstern verstummen würde. Er hatte erklärt, warum er die Mutter hatte töten müssen.

Seine Zeit war gekommen, und die ihre war vorbei. Verstand sie denn nicht, dass er nicht in ihrem Schatten leben konnte? Warum ließ sie ihren Zorn nicht an denen aus, die sich mitschuldig gemacht hatten, oder an Seneca, der zu der Entscheidung geschwiegen hatte? Sie waren schuld, nicht er.

Er wandte sich um. Das Mondlicht fiel auf den riesigen Tisch, den er in Auftrag gegeben hatte, ein maßstabsgetreues Modell Roms mit beweglichen Gebäuden; ein einsamer weißer Lichtstrahl erfasste haargenau das Forum. Das war ein Zeichen. Ein Zeichen seiner Mutter? Oder der Götter? Er betrachtete die hölzerne Stadt und kam zu dem Schluss, dass das alles ein fauler Zauber war. Die römische Pracht war nichts als ein Schwindel. Armut, Dreck und Schande unter einem dünnen Firnis verborgen, den man Zivilisation nannte. Mit einer Hand wischte er Gebäude vom Tisch, schleuderte die Holzklötze auf den Mosaikboden hinunter und schuf mitten in der Stadt einen großen, leeren Freiraum. Ihm stockte der Atem. So war es richtig.

Er würde ein neues Rom erbauen.

»Caesar?«

Wie eine Flamme loderte Zorn in ihm auf. *Nicht jetzt. Nicht, da er gerade zu begreifen begann.* Er drehte sich um, bereit, ihr mit der Hand ins Gesicht zu schlagen. Nur die Sorge in den runden verängstigten Augen hinderte ihn daran. Stattdessen berührte er ihr seidiges Haar und ließ die Strähnen durch die Finger gleiten. Geschmeidig und schlank wie eine Tänzerin stand sie ihm gegenüber, so groß wie er selbst, mit dem Gesicht einer assyrischen Königin.

»Poppaea? Du hast mich erschreckt.«

»Ich habe mir Sorgen um dich gemacht«, sagte sie und verzog den Mund zu der Kleinmädchenschnute, die zuverlässig seine Leidenschaft weckte. Ein hauchdünnes, ganz zart blassblaues Gewand verbarg keineswegs ihre schweren Brüste mit den rosigen Brustwarzen oder das schattige Geheimnis ihres Geschlechts. Er spürte, wie sein Begehren erwachte. Sie war so ganz anders als Octavia, die ihre *Pflicht* getan hatte. Poppaea versuchte, es vor ihm zu verbergen, doch er wusste, wie sehr sie das genoss, was andere Menschen seine Verdorbenheit nannten, er selbst aber seine Lust. Wenn sie sich ihm darbot, war das bedingungslos. Alles, was sie zu bieten hatte, gehörte ihm, und er durfte es nehmen, wann und wie er es wünschte. Er liebkoste ihre Brust durch den dünnen Stoff hindurch, beobachtete, wie der Nippel hart wurde, nahm dann die reifende Knospe zwischen die Finger und drückte, bis sie keuchte.

»Ich wollte mir heute einen Knaben nehmen, aber ich konnte ihn nicht bekommen. Das hat mich verärgert.«

»Dann bestrafe ihn.« Ihre Stimme war ein samtiges Flüstern.

»Ich kann ihn nicht bestrafen.« Er ließ die Hand zu ihrer anderen Brust gleiten und spürte, wie ihr Atem schneller ging. »Er ist ein Held Roms.«

»Du bist der einzige Held Roms.« Jetzt rieb sie ihren Körper an seinem, weich und dringlich.

»Wirst du deinen Helden Roms belohnen, Poppaea?« Seine Stimme hätte einem Zehnjährigen gehören können.

Er ließ den Kopf auf ihre Brust sinken, und sie stieß ein leises Stöhnen aus.

»Ja.«

»Wie wirst du ihn belohnen, Poppaea?« Seine Stimme klang vor Lüsternheit belegt. »Wirst du sein Knabe sein?«

Sie wandte sich ab, verbarg ihr Gesicht und ließ ihr Gewand zu Boden gleiten. Im Mondschatten wirkte ihre seidige Haut silbrig. Langsam beugte sie sich über den Tisch vor, damit er sie auf die Weise nehmen konnte, die er sich wünschte. »Ja«, flüsterte sie. »Ich will.«

Als er in sie eindrang, war er sich nicht sicher, ob sie vor Lust oder vor Schmerz schrie.

Als sie später weg war, blieb ihr Geruch noch an ihm haften. Er trat erneut ans Fenster.

Ob sie ihn betrog?

X

Die Nachricht enthielt eine Zeit, einen Treffpunkt und einen Namen. Beim Anblick dieses Namens sog Valerius die Luft ein. Kam das wirklich so überraschend? Sie hatten einander seit mindestens zehn Jahren nicht mehr gesehen, doch dieser Mann hatte mehr als ein Jahrzehnt im innersten Kreis des Imperiums gewirkt, dort, wo man das Herz des Weltreichs schlagen hörte.

Sollte er der Einladung Folge leisten? Was hätte er zu gewinnen? Oder zu verlieren? Der Treffpunkt kam ihm für seine Zwecke zupass, aber sie waren niemals Freunde gewesen. Ihre kurze Beziehung hatte mehr dem Verhältnis zwischen Herrn und Diener geähnelt. Valerius hatte sich benutzt gefühlt, wenn wieder einmal die Aufforderung kam, Wasser vom Brunnen zu holen oder eine komplizierte Argumentation des Apollodorus von Seleucia oder einen anderen aufgeblähten stoischen Text zu rezitieren. Aber er war ein guter Schüler gewesen. Er hatte immer schneller begriffen, und seine Auffassungsgabe und sein Verständnis der Themen waren mit jedem Tag, den er in der Gegenwart des großen Mannes verbrachte, gewachsen.

Ein großer Mann? Damals war Seneca nicht groß gewesen. Er hatte nur einige wenige Sklaven besessen, die zum größten Teil für den Kaiser spionierten. Und einen Diener, dem er vertraute und der ihn zweifellos an seine Feinde verriet. Seine »Villa« war ein heruntergekommener korsischer Hühnerhof, und als Valerius zu ihm geschickt wurde, war die schöne Palastkleidung, die er gern anlegte, bereits abgetragen und geflickt. Das Exil hatte ihn so verletzlich gemacht wie ein rohes Ei, aber es hatte ihn nie gebrochen. Seneca tröstete sich mit seinen Studien, seinem Unterricht und den Briefen, die er an seine Mutter schrieb, und strafte Hitze und Schmutz mit Nichtachtung.

Eigenartig, dass ein solches der Logik und der Geduld geweihtes Leben durch Senecas unglaublichen Leichtsinn beinahe zerstört worden wäre. Die Verantwortungslosigkeit, die ihn mit Caligula in Konflikt gebracht hatte, war geradezu selbstmörderisch. Eine Frau war die Ursache gewesen. Diese Torheit wäre vielleicht verziehen worden, aber mit einem Kaiser, der sich als der neue Aristoteles betrachtete, über Wortbedeutungen zu streiten trieb den Stoizismus über seine akzeptablen Grenzen hinaus. Caligulas ätzender Kommentar zu Senecas Schriften als »Mörtel ohne Sand« war für den Philosophen schmerzlicher gewesen als die drohende Hinrichtung. Wie aber konnte ein Mann, der so hart darum gekämpft hatte, seine Karriere wieder in Gang zu bringen, alles zum zweiten Mal wegwerfen, nur für eine sinnlose Affäre mit der Nichte seines neuen Kaisers? Nicht einmal der gütige alte Claudius konnte das ungestraft durchgehen lassen. Agrippina war diejenige gewesen, die Seneca schließlich vor dem Wahnsinn rettete, indem sie ihn zurückrief und ihm die Erziehung ihres Sohnes anvertraute. Seine Genialität hatte ihn erst unentbehrlich und dann zu einer Belastung gemacht. Er war erledigt, schien es aber nicht zu wissen. Und das machte ihn doppelt gefährlich.

Es gab natürlich noch eine andere Möglichkeit. Es könnte eine Falle sein.

Bei diesem Gedanken musste Valerius lächeln. Die Nähe zum Kaiser machte ihn übertrieben ängstlich. Das Schreiben war in derselben energischen, kontrollierten Handschrift verfasst, die er in Erinnerung hatte.

Aber warum jetzt? Dies war keine Einladung zu einem anregenden Nachmittag philosophischen Disputs. Der Inhalt der Nachricht und die Art ihrer Überbringung waren dazu bestimmt, seine Neugier zu wecken. Sie waren der Köder, den man einem hungrigen Karpfen in den Teich warf. Und doch war ihm das Lockmittel derart auffällig präsentiert worden – kein Zweifel, es könnte sich auch um eine Aufforderung handeln, den Kopf unters Henkersbeil zu legen.

Er sollte also misstrauisch sein, und er war es, doch das bedeutete nicht, dass er den Köder nicht schlucken würde.

Im Geist ging er die möglichen Folgen durch und war sich dabei bewusst, dass die vor ihm liegenden Gefahren ebenso groß sein mochten wie alle Bedrohungen in Britannien.

Als er Neros Auftrag annahm, hatte er sich von der Gemütlichkeit des zivilen Lebens verabschiedet, um wieder Soldat zu werden. Nur wusste er nicht, wofür er kämpfte.

Früh am nächsten Tag ritt Valerius los, passierte das zwischen den Hügeln des Quirinals und des Viminals gelegene Tal und schlug den Weg zur Via Salaria ein, während der Tiber sich zu seiner Linken dahinschlängelte. In der relativen Morgenkühle erwiesen sich selbst die Gassen der Subura als erträglich, und als er in die Nähe der großen roten Backsteinbauten der Prätorianerkaserne kam, konnte er bereits die offene Straße vor sich liegen sehen.

Bis Fidenae waren es von der Stadtmauer Roms aus gerade einmal sechs Meilen, doch das Landgut seines Vaters befand sich drei Meilen weiter westwärts in einem Tal. Es war weitläufig und ungepflegt, eine Mischung aus Weinreben und Olivenbäumen, gruppiert um eine Villa, die früher einmal schön gewesen war, jedoch wie das ganze Gut unter dem Mangel an Investitionen litt. Der Ritt würde höchstens zwei Stunden dauern, und es wäre gut, den alten Mann wiederzusehen. Vielleicht konnte er ihn diesmal überreden, Olivia zu besuchen. Die Straße war eine der ältesten des Imperiums; früher hatten die Sabiner das Salz aus den Sümpfen des Tiber über sie transportiert. Später am Tag würde es hier von Reisenden wimmeln, die auf dem Weg nach Rom waren oder von dort kamen. Als er an den ersten Gräbern am Rand der Handelsstraße vorbeiritt, wurde es wärmer, und er ließ sich ein wenig vom leisen Summen der Insekten, dem bittersüßen Geruch des Pferdeschweißes und dem Flüstern des Windes in den Bäumen einlullen.

Kurz vor der dritten Stunde erreichte er das Tor zum Landgut. Als er unter dem Steinbogen hindurchritt, überkam ihn ein eigenartiges Wohlgefühl. Dies hier war sein

Zuhause, auch wenn er es seit vielen Jahren nicht mehr so nannte. Doch es war der Ort, an dem er zwischen Bergen und Flüssen seine sorgenfreie Kindheit verbracht hatte. Vor zwölf Jahren war er zum Studium von hier weggeschickt worden, erst als Schüler Senecas und dann in Rom. Abgesehen von einem kurzen Besuch vor seinem Eintritt in die Zwanzigste Legion sowie bei der Bestattung seiner Mutter war er seitdem nicht mehr hier gewesen. Er entdeckte einen Sklavenjungen, der in einer zerlumpten Tunika oberhalb des ungepflasterten Wegs durch den Weinberg rannte, und lächelte: Früher einmal hatte er selbst dort oben Wache gestanden.

Als er um die Ecke bog und den vertrauten niedrigen Umriss der Villa erkannte, erwartete ihn bereits ein älterer Mann mit einem Krug Wasser und einem Stück Brot. Sein Gesicht war von Sorgen zerfurcht und das graue Haar schütter, doch trotz seiner Jahre waren die Augen des alten Dieners noch immer scharf, und sie leuchteten auf, als er Valerius erkannte.

»Granta«, rief der junge Römer. »Du siehst aus, als wärest du keinen Tag älter geworden.« Er ließ sich vom Pferd gleiten und eilte zum leidgeprüften freigelassenen Sklaven seines Vaters. Doch er blieb unvermittelt stehen, als er begriff, dass er kein Kind mehr war und ihn nicht einfach umarmen konnte. Sie betrachteten einander eine kleine Weile.

»Du bist zu einem stattlichen jungen Mann herangewachsen, Valerius.« Grantas Stimme, zu donnerndem Gebrüll fähig, wenn ein Sklave faul war, zitterte jetzt vor Rührung. »Wir waren so stolz, als wir von deiner großen Ehrung erfuhren.« Der alte Mann lächelte, doch Valerius entging der Schatten nicht, der immer über die Züge seiner alten Freunde zu huschen schien, wenn er sie nach langer Zeit zum ersten Mal wiedersah. Britannien hatte so tiefe Spuren an ihm hinterlassen, als hätten ihn die Icener wie einen Sklaven mit einem Brenneisen gezeichnet. Er sah, dass Granta seine Holzhand musterte.

»Die ist sogar noch besser als die alte.« Lächelnd zog er seinen Ärmel zurück, um ihm die geschnitzte Faust zu zeigen, die mittels einer ledernen Muffe an seinem Arm befestigt war. »Ich kann einen Schild oder auch einen Becher halten, wenn es nicht gerade dein bester ist, aber ich kann keinen Unsinn damit machen.« Granta lachte, froh, dass das heikle Thema aus dem Weg geräumt war. Valerius trank einen Schluck aus dem Becher und biss ein Stück Brot ab. »Ist mein Vater zu Hause?«

Das Lächeln wich nicht aus Grantas Gesicht, doch er wirkte verlegen. »Er ist seit Tagesanbruch im Olivenhain am Nordhang beschäftigt. Ich wollte ihm gerade einen Sklaven mit Brot und Öl hinausschicken, als du gekommen bist.«

»Dann bringe ich es ihm und überrasche ihn.« Er sah, dass sich ein Schatten auf das Gesicht des alten Mannes legte, und lachte. »Keine Sorge, es wird eine sanfte Überraschung werden. Ich werde ihn schon nicht zu Tode erschrecken.«

Granta fragte höflich, ob er nicht lieber ein Bad nehmen wolle, um den Staub abzuwaschen, doch Valerius beharrte auf seinem Vorschlag, und ein junger Sklave brachte ihm einen ledernen Wasserschlauch und ein mit Weinblättern umwickeltes Päckchen. Bevor Valerius losging, zog er die Sandalen aus, um die warme Erde unter den Füßen zu spüren, doch er war noch nicht weit gekommen, da zwang ihn die Erinnerung an den schwarzen Skorpion, den er hier einmal in die Enge getrieben hatte, vorsichtiger aufzutreten. Wenn er ehrlich mit sich war, war das nicht die einzige Erinnerung, bei der ihn ein Kribbeln der Angst überlief. Das Leben auf dem Landgut war nicht immer idyllisch gewesen. Sein Vater hatte ihn nach aristokratischen Regeln erzogen, die vorschrieben, dass jede Verfehlung mit der Rute zu bestrafen war. Manchmal hatte er den alten Mann dafür gehasst, doch später als Erwachsener hatte er sich gefragt, was es Lucius gekostet haben mochte, ihn zu züchtigen.

Der Gang von der Villa zum Nordhang nahm zwanzig Minuten in Anspruch, und als er dort ankam, schwitzte er leicht. Er wusste, dass er bald am Ziel war, als die ordentlichen Reihen von Weinreben knotigen Olivenbäumen wichen. Seine Familie hatte den Hain vor Generationen angelegt. Die warme, duftende Luft roch frisch und rein, und zum ersten Mal gelang es ihm, den Gedanken an Neros ekelhaften Kuss zu verbannen. Wenigstens hier, umgeben von den Schatten seiner Ahnen, konnte er sich sauber fühlen. Aber er konnte nicht alles vergessen. Senecas Landgut lag auf der anderen Seite des Hügels, und erneut dachte er über die Motive des Philosophen nach. Seneca war immer ein Anführer gewesen, kein Nachläufer, und hatte seine eigene flexible Theorie der Selbsterhaltung entwickelt. Tugend mochte ausreichen, um glücklich zu sein, so hatte er gepredigt, doch das Überleben war ein weiterer entscheidender

Faktor. Wie glücklich konnte ein Toter sein? Dieselbe Logik sagte Valerius, dass Seneca einen Ausweg aus seiner Notlage vor sich sah und dass er, Valerius, über etwas verfügen musste, was Seneca dazu brauchte oder haben wollte. Das war der einzige Grund für das vorgeschlagene Treffen.

Vor dem staubigen Grün der eng stehenden Bäume blitzte etwas Blaues auf, und Valerius lächelte. Selbst in den Tagen, als sein Vater Kaiser Tiberius nahegestanden hatte, hatte er wohl niemals eine so lebhafte Farbe getragen. Lucius musste jemanden mitgenommen haben, um ihm bei der Arbeit zu helfen. In gewisser Weise war es eine Überraschung, ihn überhaupt hier draußen vorzufinden. Sein Vater war niemals jemand gewesen, der gern mit den Händen arbeitete. Zum Führen des Familienlandgutes sah er sich verpflichtet, doch die körperliche Arbeit überließ er lieber seinen Freigelassenen und Sklaven. Und doch war er hier, stand beim ersten Hahnenschrei auf und machte sich die Hände schmutzig.

Als Valerius sich näherte, erwies sich das Blau eher als Türkis und war die Farbe eines Rocks, dessen Besitzerin teilweise hinter einem Baum verborgen war. Valerius sah seinen Vater nirgends, hörte aber eine leise Männerstimme. Die knorrigen Stämme der Olivenbäume und ihre tief hängenden Äste verbargen Valerius' Kommen, bis er nur noch wenige Schritte entfernt war. Er erblickte das Gesicht des Mädchens im gleichen Augenblick, in dem sie ihn sah. Langes schwarzes Haar und erschreckte braune Augen. Mit einem bestürzten Laut fuhr ihre Hand zum Mund. Sie saß am Fuß eines Baums, die Beine halb unter sich gezogen und züchtig vom Rock verhüllt. Sein Blick wanderte unwillkürlich zu den festen Brüsten, die unter ihrer Tunika bebten, und er lächelte beruhigend. Er wandte sich seinem Vater zu.

Lucius stand dem Mädchen unmittelbar gegenüber. Valerius hatte die Absicht gehabt, den alten Mann zu überraschen. Mit einer gewissen Verblüffung hatte er also gerechnet, aber nicht mit der Bestürzung, die sich in den Zügen des Vaters abzeichnete. Und auch nicht mit der Wildheit eines Menschen, der notfalls töten wird, um das schreckliche Geheimnis zu hüten, mit dem er ertappt worden ist. Eine Hippe lag zu Füßen des alten Mannes, und Valerius hatte wohl Glück gehabt, dass der Vater sie nicht gerade in der Hand gehalten hatte.

»Vater?« Er lächelte unsicher. »Ich habe dir etwas zu essen gebracht.«

Nach einem Augenblick des Zögerns fiel das Gesicht des alten Mannes in sich zusammen, und das Feuer in seinen Augen erlosch. Lucius stolperte vorwärts, um Valerius in die Arme zu schließen, und trat dann zurück, um die hölzerne Hand mit einer Art Erstaunen anzusehen.

»Daran trage ich die Schuld. Ich habe dich dorthin geschickt.« Valerius schüttelte den Kopf, doch Lucius ließ ihn nicht zu Wort kommen. »Doch, streite es nicht ab, wir wissen beide, dass es stimmt. Aber ich schwöre hier und jetzt, dass ich diese Schuld vor meinem Ende begleichen werde.«

Das Mädchen hatte sich außer Hörweite begeben und saß jetzt ein Dutzend Schritte entfernt, den Kopf gesenkt und das Gesicht hinter dem dunklen Vorhang ihres Haars verborgen. Sie war jünger, als Valerius zunächst angenommen hatte, wahrscheinlich nicht älter als siebzehn.

»Ruth«, rief sein Vater. »Du solltest zurückgehen und in der Küche helfen.«

Sie erhob sich mit der Anmut einer Tänzerin und entfernte sich den Hang hinunter. Lucius' Blick folgte ihren Bewegungen, und sein Gesicht strahlte eine Art von verträumter Zufriedenheit aus. Mit plötzlicher Bestürzung begriff Valerius den Grund für die Reaktion seines Vaters. Aber das war doch gewiss unmöglich? Er war uralt – in den Sechzigern. Das Mädchen könnte seine Tochter sein. Seine *Enkeltochter*. Und sie war eine Sklavin. Lucius, der die Moral so hochhielt und jeden anderen dafür verurteilt hätte, etwas Derartiges auch nur zu denken? Doch wie ließe sich seine Abwehrhaltung von eben anders erklären? Und er *hatte* sich verändert. Lucius schien mehr mit sich im Reinen zu sein, als Valerius es je bei ihm erlebt hatte.

»Sie ist sehr hübsch«, sagte er.

»Sie ist nur eine Sklavin«, antwortete Lucius in einem Tonfall, der jedes weitere Gespräch über das Thema verbot.

Valerius lehnte sich mit dem Rücken gegen einen Baum. Wenn sein Vater glauben wollte, dass keiner Bescheid wusste, würde er bereitwillig mitspielen. Aber es war gut, dass er es herausgefunden hatte. Ruth *war* hübsch. Und begehrenswert auf eine wohltuende, verletzliche Weise. Hätte er die Gefühle seines Vaters nicht gekannt, hätte er sie vielleicht selbst in sein Bett geholt. Er schob den Gedanken beiseite und kehrte zum Grund seines Kommens zurück. »Du solltest Olivia besuchen.«

Lucius runzelte die Stirn. Früher hätte er diesen Vorschlag umgehend zurückgewiesen. Jetzt sah Valerius, dass er zumindest bereit war, darüber nachzudenken. Aber der alte Mann würde nicht so ohne Weiteres nachgeben.

»Sie hat mir Schande gemacht«, knurrte er. »Sie hätte den von mir ausgewählten Ehemann akzeptieren sollen. Eine Frau hat die Pflicht, ihrem Vater zu gehorchen.«

»Du hast die falsche Wahl getroffen.« Valerius' Worte waren ohne Kraft. Über dieses Thema hatten sie bereits bis aufs Blut gestritten.

»Möglich, aber trotzdem ...«

»Du bist ihr immer willkommen. Sie hat nach dir gefragt.«

»Ich werde darüber nachdenken.«

Valerius lenkte das Gespräch wieder auf das Landgut zurück, und sie gingen gemeinsam zwischen den Oliven umher und kommentierten, was sie sahen. Musste dieser Baum beschnitten werden? War er zu alt, um Öl von bester Qualität zu liefern? Lucius klagte über schwindende Gewinne, deutete aber an, dass eine Lösung in Sicht sei. Auf dem Rückweg zur Villa hatte Valerius zweimal das Gefühl, dass sein Vater ihm etwas Wichtiges sagen wollte. Doch beide Male ging dieser Moment ungenutzt vorüber.

»Bleibst du über Nacht hier?«, fragte der alte Mann. »Granta und Cronus würden sich über deine Gesellschaft freuen – und ich auch.«

»Das geht leider nicht. Ich bin verabredet ... mit Seneca.«

Lucius' Augen verschatteten sich. »Sei vorsichtig, Valerius.«

XI

Die Villa von Lucius Annaeus Seneca, ein großer, mit Stuck verzierter Palast, nahm den ganzen Eingang des Tals ein. Mit ihren beiden Flügeln umgrenzte sie einen Landschaftsgarten, in dem man ohne Weiteres die Zeltreihen und Pferdestellplätze einer ganzen Legion hätte unterbringen können. Der Hauptteil des Komplexes, das Gebäude, auf das Valerius zuging, war so tief wie breit und erstreckte sich über zweihundert Schritte talaufwärts. Im Vordergrund stolzierten Pfauen und weideten winzige Antilopen von der Größe von Hunden auf den bewässerten Rasenflächen und knabberten die Blüten von Pflanzen ab, die in der Hitze bereits die Köpfe hängen ließen.

Sein Gastgeber erwartete ihn im Schatten des Säulenvorbaus. Seneca sah entspannt, übergewichtig und erfolgreich aus. Seine Finger waren mit Goldringen überladen. Da er eine kräftige Nase hatte und seine glänzend grauen Augen wohlwollende Intelligenz verströmten, wirkte sein feistes Gesicht trotz der Hängewangen nicht hässlich. Als er Valerius mit einem strahlenden Lächeln willkommen hieß, wies nur seine Hand, mit der er sich über die altersfleckige Glatze strich, auf eine gewisse Nervosität hin.

»Valerius, mein Junge, wir haben uns schon viel zu lange nicht mehr gesehen. Lass dich anschauen. Bei den Göttern, du bist ein Mann geworden, und was für einer. Diese Schultern und diese Brust. Du machst täglich Waffenübungen? Natürlich machst du das. Und die Hand?« Valerius hob seine Faust aus Walnussholz, damit Seneca sie betrachten konnte. »Ein Meisterwerk. Du bist durchs Feuer gegangen, aber das Feuer macht uns zu denen, die wir sind.« Valerius hatte erlebt, wie es im Gericht still wurde, wenn Seneca sich von der *rostra* volltönend an die sechzig Schritte entfernte Zuhörerschaft wandte, doch im persönlichen Gespräch hatte der Philosoph eine leise, fast schon sanft zu nennende Stimme.

»Ich freue mich, dich wohlauf zu sehen, Meister Seneca.«

Seneca lachte, aber zum ersten Mal bemerkte Valerius einen Hauch von Bitterkeit. »Ich bin nicht mehr dein Meister, Valerius. Ich bin niemandes Meister, vielleicht nicht einmal mein eigener.« Sein Gesicht hellte sich wieder auf. »Du hast deinen Vater besucht? Natürlich. Die Familie ist die erste Pflicht eines Sohnes, und du warst immer ein pflichtbewusster Junge.«

Valerius fühlte sich, als müsste er gegen eine Flutwelle der Schmeichelei anschwimmen, und wehrte sich mit seiner eigenen Version desselben Mittels. »Du hast ein schönes Haus, Herr, und ein wunderbares Anwesen.«

»Ich vergesse meine Manieren. Bitte komm herein.« Seneca führte ihn durch ein großzügiges Vestibül und über einen großen Innenhof. Er schritt aus, als wäre er zehn Jahre jünger, und redete beim Gehen. »*Sie* sagen, ich sei zu reich.« Er erläuterte nicht näher, wer mit *sie* gemeint war, doch Valerius wusste, dass Torquatus zu ihnen gehörte. »*Sie* behaupten, ich könnte mir das hier nicht leisten, wenn ich den Kaiser nicht bestohlen hätte. Was wissen *sie* denn von Lucius Annaeus Seneca? Soll ein Mann zum ersten Mal in der römischen Geschichte dafür verurteilt werden, dass er Erfolg hat? Jede Minute meines Lebens habe ich dem Streben nach Gewinn oder nach Zufriedenheit gewidmet, und manchmal schließen sich die beiden nicht gegenseitig aus. Allerdings kann ich dir versichern, dass sie mitunter nur schwer zu erringen sind.«

Sie gelangten in ein Zimmer mit großen Fenstern und Gemälden an den Wänden, die dem Park draußen nachempfunden waren. Seneca legte sich auf die Couch, und Valerius setzte sich ihm gegenüber hin. Der Philosoph betrachtete ihn ernst.

»Es liegt etwas in der Luft, eine politische Krankheit, die sich sehr wohl als tödlich erweisen könnte. Ich will nicht, dass du sie dir einfängst, Valerius. Allerdings könntest du das Gefühl haben, ich hätte dich durch meine Einladung ihren Miasmen ausgesetzt. In diesem Zimmer können wir frei sprechen; es hat eine schlechte Akustik, und wie du siehst, liegt die nächste Tür so weit weg, dass die Sklaven nicht in Versuchung geführt werden zu lauschen. Du warst so klug, wie ich es mir erhofft hatte. Ein junger Mann besucht das Landgut seines Vaters und schaut dabei auch beim Nachbarn vorbei, seinem ehemaligen Tutor. Ist das nicht vollkommen naheliegend? Man wird mit Sicherheit Bericht über deine Anwesenheit erstatten – in meinem Haushalt gibt es sechs Spione, von denen ich weiß, und wohl noch mehr, von denen ich keine Ahnung habe. Aber ich bezweifle, dass das jemandes Misstrauen weckt, und falls doch, dürftest du geschickt genug sein, es zu beschwichtigen.«

Valerius war hin- und hergerissen zwischen Bewunderung für Senecas Raffinesse, mit der er ihn in den Treibsand seiner Intrige gelockt hatte, wie auch immer die aussah, und Erschrecken angesichts des Wissens, dass er bereits bis zum Hals darin steckte. Sollte er den Vorschlag ablehnen, den Seneca ihm gleich machen würde, würde ein einziges Wort, ins richtige Ohr geflüstert, genügen, um sein Schicksal zu besiegeln. Doch er hatte von Anfang an gewusst, dass es so sein würde. Seiner Entscheidung zu kommen lag das unausgesprochene Vertrauen in das Urteilsvermögen des Philosophen zugrunde sowie der Glaube an dessen Redlichkeit. Er würde Seneca die Wahrheit sagen.

»Der Kaiser hat mich damit beauftragt, gegen eine Gruppe judäischer Unruhestifter zu ermitteln. Seiner Meinung nach schmieden sie Pläne gegen Rom und sind bereits in höchste Regierungsämter vorgedrungen.«

Seneca nickte ernst. »Ich weiß über deinen Auftrag Bescheid. Tatsächlich habe ich ihn sogar angeregt.« Er sah Valerius' Verwirrung. »Oh ja, Valerius, ich bin noch nicht ohne Einfluss. Torquatus glaubt, der Vorschlag wäre von ihm selbst ausgegangen, doch tatsächlich habe ich den Samen dafür gelegt. Das bringt dich in eine Position, in der du sowohl dem Kaiser als auch deinen Freunden einen großen Dienst erweisen kannst.«

Einen Moment lang lagen die Worte zwischen ihnen wie Steine auf einem Spielbrett, doch Valerius scheute noch immer davor zurück, den entscheidenden Zug zu machen. »Ich verstehe nicht. Warum ich?« Die Frage entsprach derjenigen, die er vor einem Tag Torquatus gestellt hatte. Zu seiner Überraschung galt dasselbe umgekehrt auch für die Antwort.

Sein Gastgeber stieß einen Seufzer aus, der einer Bühne angemessener gewesen wäre. »Ich könnte dir sagen, dass du tapfer und klug bist und dich niemals mit der erstbesten Lösung zufriedengibst. Und all das wäre wahr. Die wirkliche Antwort ist allerdings schlichter: Ich vertraue dir.« Seneca erhob sich, und nun, da er im Raum auf und ab schritt, klang seine Stimme anders. Nun hatte Valerius wieder Lucius Annaeus Seneca, den Politiker, vor sich. »Liebst du Rom, Valerius? Und wichtiger, *glaubst* du an Rom? Natürlich tust du das. In deinen Adern fließt das Blut von Männern, die für Rom gelebt haben und dafür gestorben sind. Du bist der Sohn eines Mannes, der einmal alles für Rom riskiert hat.« Valerius hatte Mühe, dieses Bild seines Vaters mit seinem eigenen in Einklang zu bringen, doch Seneca sprach nicht länger zu ihm allein. Er wandte sich ans ganze Imperium. »Rom ist ein Invalide, der am Rande eines Abgrunds taumelt, und böse Menschen haben sich zusammengetan, um die Stadt und das Reich in Chaos und Sittenlosigkeit zu stürzen. Letztlich wäre ein Gemetzel die Folge, in dem das Imperium unterginge. Roms Kaiser ist nicht stark genug, um sich ihnen in den Weg zu stellen. Er braucht Hilfe. Nero kann nicht allein regieren, Valerius. Er ist kein Caesar und kein Augustus. Das Schicksal hat ihn zum Herrscher bestimmt, doch er braucht eine hilfreiche Hand; einen starken, ehrlichen Führer, der ihn in jene Richtung lenkt, die für sein Volk am besten ist. Ohne diese Hand wird er immer ein Sklave seiner Triebe und jener Menschen sein, die ihm die Mittel verschaffen, sie zu befriedigen. Er wird sein Fähnchen nach dem Wind hängen, und mit jedem Richtungswechsel wird er als Kaiser schrumpfen. Mit jeder Stunde, die vergeht, wird es schwieriger, ihn auf den richtigen Weg zurückzubringen, auf den Weg, der zu wahrer Größe führen könnte. Die Anhänger dieses Christus sind eine Gefahr für Rom, aber Torquatus und die Bande von Dekadenten, mit denen Nero sich umgibt, sind eine noch größere Gefahr. Solange ich atme, werde ich niemals Intrigen gegen den Kaiser schmieden, aber ich *werde* darum kämpfen, an seine Seite zurückzukehren, und du, Valerius, kannst dazu beitragen. Ich werde dir helfen, den Mann zu finden, der als der Fels Christi bekannt ist, und du wirst ihn mir ausliefern und mir helfen, Torquatus und seine Bande in Misskredit zu bringen. Gemeinsam, Valerius, werden wir Rom retten.«

Valerius starrte ihn an. Er wusste, dass diese Rede darauf angelegt war, an Gaius Valerius Verrens, den Tribun der Zwanzigsten zu appellieren: ein Ruf zu den Waffen, der das Blut eines Soldaten am Vorabend der Schlacht in Wallungen versetzen soll. Er war nicht blind. Er durchschaute den Politiker Seneca und sah hinter ihm den Schauspieler hervorlugen. Aber das spielte keine Rolle. Sein Blut *war* in Wallung geraten, und er *war* zur Schlacht bereit. Jetzt wusste er wenigstens, wofür er kämpfte.

Er brauchte nichts zu sagen. Seneca sah die Wirkung seiner Worte. Er nickte. »In jedem Leben kommt der Moment, in dem man sich entscheiden muss, Valerius. Du wirst die Wahl, die du gerade getroffen hast, niemals bereuen.«

»Erzähl mir von diesem Fels Christi.«

Seneca ließ ihn warten. Er rief Diener, um Essen zu bringen, und erst als sie ihre Mahlzeit beendet hatten, nahm er das vorherige Gespräch wieder auf.

»Es ist unmöglich, über die Geschichte des Felsens zu berichten, ohne die Geschichte von Christus zu erzählen. Wann hat alles angefangen? War es bei seiner Geburt oder bei seinem Tod oder irgendwann dazwischen? Du wirst hören, dass Christus ein Mystiker war, ein Aufrührer, ein Lehrer oder ein Verbrecher, aber ich denke, in Wirklichkeit war er eine Mischung aus alldem. Er kam ohne Bildung und Geld aus einem unbedeutenden Dorf in Galiläa, doch innerhalb von zwei Jahren hatte er Männer um sich versammelt, die über beides verfügten. Oh, man wird dir erzählen, dass er ein Armutsgelübde abgelegt hatte, aber ohne beträchtliche Mittel hätte niemand etwas Derartiges erreichen können. Wie hätte er sonst die Schar der Menschen bei sich behalten können, die zu einer kleinen Armee von Gefolgsleuten anwuchs? Er behauptete, der Sohn Gottes zu sein, und jedem Menschen gab er einen Grund, daran zu glauben. Er soll Wunder vollbracht haben. Über jedes von ihnen kann man streiten, aber keines lässt sich gänzlich widerlegen. Warum sind sie ihm gefolgt? Warum haben sie an ihn geglaubt? Weil er ihnen die Aussicht auf ein ewiges Leben geboten hat. Dies zu gewähren stand in seiner Macht und der seines Vaters.« Seneca schüttelte den Kopf über diese absurde Vorstellung. »Die Judäer hassten und fürchteten ihn, weil er ihre eigene Religion infrage stellte. Schließlich überzeugten sie den Statthalter, dass Jesus ebenso eine Gefahr für Rom wie für Jerusalem sei, und Pilatus ordnete seine Kreuzigung an. Pilatus war ein Dummkopf. Hätte man Christus leben lassen, wäre eine lächerliche Gestalt aus ihm geworden. Ein Einfaltspinsel, der alles versprach, aber nichts hielt.«

Valerius nickte, doch eine Frage ließ ihm keine Ruhe. »Und wie bekam ein Mensch diese Garantie auf ewiges Leben?«

Seneca lächelte. »Das war das Brillante an der Idee. Zum einen musste man im Verlauf seines Lebens das Recht auf Unsterblichkeit durch seine Taten erringen, und diese Taten mussten den Lehren von Christus folgen. Und zum anderen erlangte man das ewige Leben erst nach dem Tod. Siehst du das wunderbare Paradoxon? Man musste sterben, um ewig zu leben, und erst nach dem eigenen Tod würde man erfahren, ob man es geschafft hatte.«

»Und der Fels glaubt an diesen Unsinn?«

»Der Fels, Simon Petrus, war der erste Gefolgsmann von Christus. Auch er stammte aus Galiläa, obgleich Torquatus es vorzieht, ihn den Judäern zuzuordnen. Ein einfacher Fischer, der von den Worten eines Klügeren in Bann geschlagen war. Er folgte ihm nach Jerusalem, sah ihn dort sterben und …«, Seneca schnaubte ungläubig, »behauptet, er hätte ihn auferstehen sehen.«

Valerius tat das nicht ohne Weiteres ab. »Unmöglich ist das nicht«, stellte er klar. »Ich habe Männer auf dem

Schlachtfeld liegen sehen, die aussahen wie tot und sich selbst für tot hielten. Aber sie standen wieder auf und aßen mit ihren Kameraden zu Abend. Die meisten sind später doch noch an ihren Wunden gestorben, aber trotzdem, manche Menschen sind schwer umzubringen. Wieso Simon Petrus?«

»Simon ist sein ursprünglicher Name, den ihm seine Eltern gaben. Petrus, der Fels, ist der Titel, den Christus ihm für seine Treue verlieh. Nach der Verurteilung und Kreuzigung Christi haben viele die Begeisterung für seine Lehren verloren, aber Petrus verbreitet seine Botschaft weiter. Als die Amtsträger in Jerusalem ihm das Leben schwer machten, zog er erst nach Antiochia und später nach Rom. Hier nennt er sich *episcopus*, Aufseher oder Hüter, verfügt aber über keine Macht und hat außer unter seinen engsten Gefolgsleuten wenig Einfluss.«

»Und warum ist er dann so gefährlich?«

»Weil er ein Meister der Irreführung ist und wegen der Botschaft, die er predigt. Sie bestreitet die Autorität des Kaisers. Die Menschen, auf die er jetzt abzielt, sind römische Bürger, und sie haben die Macht, andere römische Bürger zu beeinflussen, selbst die im Senat. Petrus ist ein gefährlicher Mann, der andere gefährliche Männer um sich schart. Wenn es nach Petrus geht, wird der einzige Gott in Rom der Gott des Christus sein. Er würde das Fundament unserer Gesellschaft untergraben. Ich bin kein religiöser Mensch, Valerius, aber ich fürchte diesen Petrus.«

Valerius betrachtete die Gestalt auf der Liege ihm gegenüber. Warum überkam ihn ein Gefühl des Unbehagens? »Petrus ist also der gefährlichste Mann in Rom. Ein Schatten, der sich den Prätorianern anscheinend seit Monaten entziehen kann. Und doch scheint Lucius Annaeus Seneca, der nicht aus seinem bescheidenen Haus in den Bergen herauskommt, alles über ihn zu wissen. Du kennst seinen Namen. Vielleicht kannst du mir auch sagen, wo er wohnt und mit wem er sich trifft? Oder mir sogar seine Beschreibung geben?«

Seneca fuhr sich mit den beringten Fingern durchs Haar. »Du bist misstrauisch, und das ist auch angebracht. Wir schwimmen in gefährlichen Gewässern, du und ich, da ist es nur richtig, dass wir einander vollständig verstehen. Es ist wohlbekannt, dass ich seit meinen Tagen in Ägypten Kontakte in den Osten unterhalte. Als ich noch Neros Vertrauen besaß, verfügte ich über eine Macht, die du dir gar nicht vorstellen kannst. Diese Macht hat es mir gestattet, meine Kontakte noch weiter auszubauen. Du wirst zugeben, dass ich ein gewisses Talent besitze?« Die falsche Bescheidenheit brachte Valerius wie beabsichtigt zum Lachen. »Dann vertraue mir, Valerius, so wie ich dir vertraue. Petrus ist dreiundsechzig, mittelgroß und besitzt die ausgeprägten Gesichtszüge der Leute aus dem Osten. Er trägt einen Vollbart, nicht, um sein Gesicht zu verbergen, sondern weil es bei ihm so Sitte ist. Er hinkt leicht beim Gehen, und er hat einen Ruf als Heiler. Du wirst ihn erkennen, sobald du ihm in die Augen blickst.« Er hob die Hand. »Nein, mehr kann ich nicht erklären. Du wirst es verstehen, wenn die Zeit kommt.«

Valerius machte ein ausdrucksloses Gesicht. »Wenn ich

Neuigkeiten habe, wie kann ich dich dann benachrichtigen?«

»Ich werde jemanden beauftragen, dein Haus im Auge zu behalten. Stell bei Einbruch der Dunkelheit eine Lampe in das Fenster über deiner Tür. Das ist das Signal für ein Treffen. Komm dann am nächsten Tag zur Mittagszeit zur Nordecke der Castra Peregrina.«

Jetzt war es an Valerius, die Stirn zu runzeln.

»Welchen besseren Treffpunkt könnte es für zwei Verschwörer geben als vor der Tür eines Nests von Spionen?« Seneca lachte über seinen eigenen genialen Einfall. Die Castra Peregrina war, wie der Name schon sagte, das Quartier stadtfremder Soldaten, die nach Rom entsandt worden waren, aber auch das Hauptquartier der kaiserlichen *frumentarii* – Boten, die nebenbei oft als Spione dienten und gelegentlich als gedungene Mörder. Seneca sah, dass Valerius nicht überzeugt war. »Sollen wir einen anderen Treffpunkt vereinbaren?«

Valerius schüttelte den Kopf. »Nein. Ein Treffpunkt ist so gut wie der andere, und je mehr dort los ist, desto besser.«

»Der Kaiser wird rasche Aufklärung verlangen, aber trotz allem, was ich dir mitgeteilt habe, wird Petrus nicht leicht aufzuspüren sein«, warnte ihn Seneca. »Torquatus und Rodan haben sechs Monate lang auf der Stelle getreten. Deine Ermittlungen müssen Schritt für Schritt erfolgen. Und hiermit kannst du anfangen.« Er nannte Valerius einen Namen, der ihn überraschte. »Du solltest so schnell wie möglich loslegen.«

Valerius begriff, dass er entlassen war. Es gab ein Dutzend Fragen, die er gern gestellt hätte, doch er bezweifelte, dass er von Seneca eine Antwort bekommen würde. Sie umarmten sich, als wären sie Vater und Sohn. Als Valerius in Richtung der Via Salaria losritt, grübelte er erstaunt über den Namen nach, den Seneca ihm genannt hatte.

Und dann war da noch die größte Überraschung von allen: Die Beschreibung des Felses Christi, dieses Mannes namens Petrus, klang nach Simon, dem Arzt, in den er sein Vertrauen gesetzt hatte.

Seneca stand noch in der Tür, als Valerius außer Sichtweite entschwunden war.

»Glaubst du, er hat einen Verdacht?« Die leise Stimme kam aus dem Schatten hinter ihm.

»Nein. Er ist ein ehrlicher, geradliniger junger Mann. Er wird die Aufgabe erledigen oder bei dem Versuch sterben.«

»Dann möge er lange genug leben.«

Seneca wandte sich dem Mann zu, der wie eine jüngere Ausgabe von Petrus aussah, so wie Seneca ihn beschrieben hatte. »Dir ist klar, was uns das kosten könnte? Nero wird keine Gnade kennen.«

»Opfer müssen wir alle bringen. Wer stirbt, stirbt für den Herrn. Petrus ist ein guter Mensch, aber er ist zu weich, um uns ins Gelobte Land zu führen.«

»Und er bevorzugt einen anderen Weg als du?«

»So ist es.«

»Du bist ein harter Mann.«

»So ist es«, wiederholte Saulus von Tarsus.

XII

Poppaea kämpfte gegen den vertrauten animalischen Angstschauder an. Wo auch immer sie hinging, fühlte sie Neros Blicke auf sich. Doch er hatte offensichtlich keine Ahnung, denn wenn er Bescheid wüsste, wäre sie tot. Oder Schlimmeres. Doch selbst das war jetzt belanglos, denn bald würde sie frei sein. Nichts, was man ihr antun könnte, würde dann noch eine Rolle spielen. Nur noch ein einziger Schritt. Eine einzige einfache Handlung, und es war vollbracht.

Einsamkeit und Angst waren ihr Los, seit ihr Vater sie im Alter von siebzehn Jahren verheiratet hatte. Sie war jung und naiv gewesen, ein hübsches Spielzeug, das keine Ahnung von den natürlichen Grenzen der Ehe hatte und nichts von der Macht wusste, über die eine Ehefrau verfügen konnte, wenn sie begriff, wo sie stark war. Stattdessen hatte sie sich unterworfen, weil ihr Mann es von ihr verlangte, obwohl sie wusste, dass es falsch war. Jede Nacht ertrug sie den Schmerz und den Selbsthass, die mit den Handlungen einhergingen, die sie für ihn ausführen musste. Jede Nacht weinte sie sich in den Schlaf. Das hätte genug sein sollen, selbst für ihn, aber natürlich war es das nicht. Sie hatte geglaubt, einen starken Mann zu heiraten, doch die Ereignisse hatten gezeigt, dass das, was sie für Stärke gehalten hatte, nur aufgesetzt war und dass sie Prahlerei mit Mut verwechselt hatte. Er war ein Feigling und ein Angeber, der einmal zu oft angegeben hatte.

Was für eine Närrin war sie doch an dem Abend gewesen, als man ihren Mann und sie in den Palast eingeladen hatte. Sie war aufgeregt gewesen, stolz, dass der Herrscher des Imperiums die Gesellschaft ihres Mannes suchte, selbst wenn sie diesen Mann inzwischen hasste. Damals hatte sie die kleinen Äuglein zum ersten Mal auf ihrer Haut gespürt und später die Hände. Kaltfeuchte Hände, wie man sich – zu Unrecht – eine Schlange vorstellt, waren über ihre Brüste und ihren Bauch geglitten, und ... Und danach? Danach hatte er erneut zugesehen, mit glitzernden Augen, wie ihr Mann sie benutzte. Ja, benutzte. Man konnte nicht sagen, dass er mit ihr geschlafen oder sie geliebt hatte. Er hatte sie benutzt. Und als ihr Mann mit ihr fertig gewesen war, war der Kaiser bereit gewesen. Sie wusste, dass es ihr Todesurteil wäre, sollte sie sich ihm verweigern, aber sie hätte es fast getan. Um ein Haar. Als diese Grenze überschritten war, war der Rest einfach nur noch mehr vom Gleichen. Die Diener, Sklaven und Soldaten, die das breite Bett mit ihnen geteilt hatten. Und Otho, ihr Mann, hatte *jubiliert*, weil er die Gunst des Kaisers besaß, denn die Gunst des Caesars bedeutete Macht und Reichtum. Er war zu dumm zu begreifen, dass sie außerdem Gefahr bedeutete.

Drei Monate später hatte Torquatus Otho zu sich gerufen und ihm befohlen, sich von ihr scheiden zu lassen. Sie erinnerte sich an den Tag, an dem er vom Palast zurückgekehrt war, das Gesicht so blass wie totes Fleisch, mit zitternden Händen und vor Angst glasigen Augen. Nicht aus Sorge um sie. Nicht, weil er sie verlieren würde. Sondern weil er um seine Position und um sein Leben fürchtete. Sie hatte ihn damals verachtet und verachtete ihn immer noch, wenn sie daran dachte, wie er sich in sein lusitanisches Exil verkrochen hatte und auf eine schnelle Rückkehr in den inneren Kreis hoffte. Doch solange sie irgendwelchen Einfluss besaß, würde es dazu nicht kommen. Sie war froh gewesen, ihn los zu sein. Ach, wie töricht sie doch gewesen war.

Jetzt lebte sie hinter einer Maske, ebenso sehr Schauspielerin wie der Mann, dessen Bett sie teilte. Eine bessere Schauspielerin, hoffte sie, weil ihr Leben davon abhing. Sie gab ihm alles, was er wollte, weil es ihr inzwischen nichts mehr ausmachte, weder die Akrobatik noch die sinnlosen, fast lächerlichen Begattungen. Doch es war nie genug. Fabia war auf ihre Initiative hin eingeladen worden, was diese allerdings nicht wusste. Wie man mit Othos Forderungen leben und sie schließlich auch befriedigen konnte, hatte Fabia sie gelehrt. Bei Fabia fand sie sowohl Trost als auch Lust, eine Hand, an der sie sich festhalten konnte, wenn alles zu viel wurde, und eine Schulter, an der sie sich ausweinen konnte, wenn es vorbei war. Doch die wahre Tiefe ihrer Verzweiflung konnte sie nicht einmal Fabia anvertrauen.

Es war ein Fehler gewesen, sich Torquatus zum Feind zu machen. Sie hatte seine Fähigkeit unterschätzt, sich schlangengleich durch den Dschungel der Palastpolitik zu winden. Solange Neros erste Frau Octavia noch ein wenig von ihrer

Macht besaß, hatte er diese unterstützt, und da war es Poppaea nur richtig erschienen, seine Stellung zu untergraben. Ein paar leise Worte beim sinnlichen Nachspiel der Leidenschaft hätten ausreichen sollen. Eine Andeutung, dass seine Augen zu lange auf ihr verweilten, vielleicht der Vorwurf einer Berührung, für den es keinen Gegenbeweis gab. So hatte sie geglaubt, ihn loszuwerden. Aber das war nicht Neros Art. Das größte Vergnügen ihres Mannes bestand darin, die Menschen in seiner Umgebung gegeneinander aufzubringen, als würde er Kampfhunde aufeinanderhetzen, was sicherstellte, dass er selbst alles kontrollierte. Da Octavia nun tot war, hatte Torquatus sich das Ziel gesetzt, Poppaea entweder zu eliminieren oder in seinen Besitz zu bringen. Sie wusste nicht, was sie mehr fürchtete.

Sie hatte ihren Göttern geopfert, um ihre Errettung zu erflehen, und als offensichtlich wurde, dass diese sie im Stich gelassen hatten, hatte sie ihren eigenen Tod in Erwägung gezogen – und geplant. Cornelius, der ebenso sehr Gefangener war wie sie, hatte ihr den Weg gezeigt, den sie einschlagen musste. Warum hatte sie sich Cornelius anvertraut? Nicht wegen seines Welpenblicks, seines netten Lächelns und der noch netteren Komplimente. Nein, da musste mehr sein. Das hatte sie in der Nacht erkannt, in der Neros Verdorbenheit ihren schändlichen Höhepunkt erreichte und er sie zwei riesigen Nubiern zur Verfügung stellte, damit die Perversen, die an ihm klebten wie Blutegel an einem geschwollenen Bein, etwas Vergnügliches zu schauen hatten. Bei der Erinnerung wurde ihr noch immer schlecht, doch bei dieser Gelegenheit hatte sie den Schmerz in Cornelius Sullas Augen gesehen und dahinter die Zartheit und das Mitgefühl eines *guten* Menschen entdeckt. An diesem Tiefpunkt angekommen, entwürdigter als jemals zuvor, hatte sie die einzige Person auf dem Palatin gefunden, der sie vertrauen konnte.

Cornelius hatte ihr die Augen für eine Welt jenseits ihrer eigenen Welt und einen Gott geöffnet, der sie nicht verlassen würde. Er hatte ihr Treffen mit dem Judäer eingefädelt, der ihr von Christus erzählt hatte, dem Messias, der sich zum Wohl der Menschheit geopfert hatte. Sie erfuhr von dem Gott, dem wahren Gott, der sie beschützen würde, obwohl ihr Körper missbraucht wurde, bis sie am Rande des Wahnsinns stand. Trotz ihrer anfänglichen Zweifel an einer Religion, die ihr zunächst exotisch, wenn nicht sogar befremdlich erschienen war, hatte sie sich von der leuchtenden Rechtschaffenheit des alten Mannes überzeugen lassen. Sie hatte eine Erkrankung vorgeschützt, um einen Vorwand für das Treffen zu haben, und ihren Palastdamen klargemacht, dass die Reaktion des Kaisers sie alle in Gefahr bringen würde, sollte er den wahren Grund für ihren Besuch bei dem griechischen Arzt erfahren. Sobald sie sich im Behandlungszimmer befand, hatte der Petrus genannte Mann den Platz des Griechen eingenommen. Sie hatte ihm zugehört und ihm geglaubt. Tatsächlich war es so, dass sie ihm glauben *musste.* Er hatte ihr die Hand aufgelegt, und sie hatte sich auf eine Weise von Energie durchströmt gefühlt, die sie erstaunte. Sie hatte das Licht *gesehen.* Sie hatte die Wahrheit *verstanden.* Jetzt war nur noch ein einziger Schritt nötig, dann würde sie in Gottes Gesellschaft willkommen geheißen. Doch wie war er zu bewerkstelligen?

Petrus hatte gesagt, er werde Vorkehrungen treffen, und sie hatte ihm vertraut. Das lag Wochen zurück. In letzter Zeit hatte sie gespürt, dass die Überwachung im Palast strenger geworden war. Bildete sie sich das nur ein, oder umschwirrten die Sklaven sie wirklich mehr als vorher, und waren ihre Palastdamen aufmerksamer? Cornelius wich ihrem Blick aus, und wenn er ihm doch begegnete, sah sie Angst und Verwirrung in seinen Augen. Ihr Retter saß genauso in der Falle wie sie selbst.

Eine Träne rann ihr die Wange hinunter, als ihr Blick auf das Gemälde fiel, das ihre Zimmerwand bedeckte. Es war ihre Zuflucht vor allem, was ihr in diesem Palast, diesem Gefängnis zustieß. Eine ländliche Szene, eine sonnenbeschienene Villa auf einem Hügel, der aufs Meer hinaussah. Ihre Villa. Das Haus, in dem sie aufgewachsen war. Der Ort, an dem sie zum letzten Mal glücklich gewesen war. Sie schloss die Augen und befand sich wieder in dem langen Becken vor dem Haus, das weiche, tröstliche Rauschen des Wasserfalls im Ohr. Aber sie konnte dort nicht für immer bleiben, nicht jetzt. Sie musste planen und Intrigen schmieden, als hinge ihr Leben davon ab. Denn so war es.

Der Laden lag verlassen da, und die Waren waren verschwunden. Das Einzige, was blieb, war der verlockende kräftige Duft der Gewürze. Valerius blieb im Eingang stehen und überlegte, was er als Nächstes tun sollte. Was hatte er denn erwartet? Der Mann hatte dreißig Jahre Erfahrung als Flüchtling; er hätte nicht überlebt, hätte er nicht einen sechsten Sinn für die Veränderungen der ihn umgebenden Muster.

»Sollen wir mit den Nachbarn reden?«, fragte Marcus.

Valerius nickte. »Wahrscheinlich ist es Zeitverschwendung, aber es wird nicht schaden.«

Marcus rief Serpentius und die anderen Männer, die er eingestellt hatte. Anfangs hatte Valerius kaum fassen können, dass der ehemalige Gladiator ausgerechnet den Mann angeheuert hatte, der sich so entschlossen bemüht hatte, ihn zu töten. Doch Marcus hatte ein überzeugendes Argument vorgebracht. »Er ist der beste Kämpfer, den ich habe. Du hast ja selbst gesehen, wie schnell er ist, aber sein Hass ist zu groß, als dass er ein erfolgreicher Gladiator sein könnte. Nicht lange, und jemand hätte ihn getötet. Jetzt hast du ihm das Leben gerettet. Er wird dich deswegen kein bisschen weniger hassen, aber er ist dir etwas schuldig, und Spanier bezahlen ihre Schulden.« Drei weitere Schüler des narbenbedeckten Veteranen machten die Gruppe vollständig: Heracles, ein Sarmate mit einem Gesicht wie ein Zwölfjähriger, aber stark wie ein Ochse. Marcus erklärte nachdrücklich, er sei klüger, als er aussehe. Außerdem gehörte es zu seinen Talenten, dass er jemandem mit seiner riesigen Pranke den Schädel zerquetschen konnte. Felix, ein Brundisier, ein Gewohnheitsdieb, dessen Fähigkeiten sich zweifellos als nützlich erweisen würden. Sowie der kleine Sextus, bei dem man sich darauf verlassen konnte, dass er wartete, aufpasste und den Mund hielt.

Marcus musterte den bröckelnden Verputz neben der Tür. »Was hältst du davon?«

Die Zeichnung unterschied sich nicht wesentlich von all den anderen *graffiti*, die man in Rom an jeder Straßenecke finden konnte, doch das grob in die Wand geritzte Zeichen sah aus wie ein schmaler Sack, dessen Öffnung zugebunden war. Der Sack lag horizontal, und darunter standen die Buchstaben MCVII. Das Zeichen war jüngeren Datums, was es bedeutsam machen mochte.

»Vielleicht irgendeine Information. Es könnte die Zahl tausendeinhundertsieben gemeint sein, aber vielleicht ist MC auch eine Straße im siebten Bezirk.« Valerius betrachtete die Einritzung erneut, und dabei kam ihm etwas in den Sinn. Seneca hatte gesagt, Petrus sei ein Fischer gewesen. »Könnte das hier ein Fisch sein?«

»Komischer Fisch, aber vielleicht sehen sie ja da, wo er herkommt, so merkwürdig aus.«

»Ich glaube, es handelt sich um eine Nachricht von Petrus an seine Anhänger. Lass Serpentius zurück, und sag ihm, er soll nach Leuten Ausschau halten, die hier vorbeikommen und das Zeichen betrachten. Dann soll er ihnen folgen.«

Marcus nickte. »Und wir?«

»Kümmern uns um Lucina Graecina.«

Der Gladiator sah aus, als hätte er gerade in eine Zitrone gebissen. »Ist das die Person, an die ich jetzt denke?«

»Genau.«

Wusste ich doch, dass es Ärger gibt.

Lucina Graecina: Roms Kaiserin ohne Thron. Die Frau,

die angeblich Claudius' Geliebte gewesen war, bevor er von Agrippina verführt wurde. Die Frau, die einen größeren Abscheu gegen Nero hegte als jede andere Person im Imperium.

»Stimmt es, dass Nero sie nur deshalb am Leben lässt, weil er befürchtet, dass sie ihn sonst im Jenseits erwartet?«

Valerius nickte. »Und außerdem, weil ihr Mann der Feldherr ist, der Britannien erobert hat. Aulus Plautius und Lucina haben mehr als genug Gründe, Nero zu hassen. Lucina wirft dem Kaiser vor, er hätte ihren Sohn ermorden lassen.«

Lucina ließ sich selten in der Stadt blicken. Wenn sie unterwegs war, dann in einer geschlossenen Sänfte, die von sechs britischen Sklaven getragen wurde. Die ersten Träger hatten zu König Caratacus' persönlicher Leibwache gehört. Lucinas Ehemann hatte sie in der großen Schlacht gefangen genommen, in der Britannien vor zwanzig Jahren für Rom erobert worden war. Angeblich hatte Lucina sie innerhalb von drei Jahren zu Tode geschunden. Seit damals hatte sie sie mehrmals ersetzt, immer aus demselben Stamm, dem der kriegerischen Catuvellaunen. Da Rom nun einmal war, wie es war, gab es Gerüchte, nicht nur das Tragen habe die muskulösen Briten zu Tode erschöpft.

Valerius hatte sie nur ein einziges Mal gesehen, als sie an einem Kontrollpunkt der Prätorianer genötigt worden war, die Sänfte zu verlassen. Er erinnerte sich an ein schmales Gesicht mit eindringlichen Augen, das der Trauer wegen mit weißem Puder bedeckt war; eine hochgewachsene, grobknochige Frau Ende der mittleren Jahre mit einem Rücken, der so gerade war wie ein Kavalleriespeer. Ihre Haltung hatte ihn an die icenische Königin Boudicca erinnert, auch wenn die beiden dem äußeren Anschein nach sehr unterschiedlich waren. »Ich möchte, dass ihr Haus Tag und Nacht überwacht wird«, sagte er zu Marcus. »Ich brauche einen Bericht über ihr gesamtes Kommen und Gehen.«

In den nächsten zwei Tagen wich Valerius kaum von Olivias Seite und lauschte auf ihren flachen Atem, während sie gegen die Dämonen kämpfte, die sie von innen verzehrten. Da Lucius sie verstoßen hatte, war die Vormundschaft für seine Schwester Valerius zugefallen. Nach den Zwölftafelgesetzen, den Regeln, die das Fundament des römischen Rechts bildeten, hatte er bei ihr theoretisch die Macht über Leben und Tod, obgleich sie eine achtbare Witwe war, die fünf Jahre lang den ehelichen Haushalt geführt hatte. Bei diesem Gedanken schüttelte er den Kopf. Wenn er wirklich Macht besäße, würde er sie benutzen, um seine Schwester vor diesem heimtückischen lebenden Tod zu beschützen: Und das brachte ihn zu seinem Dilemma.

Gleichgültig, ob er ihn als den Fels Petrus oder den Arzt Simon betrachtete, die Fähigkeiten des Judäers waren Olivias beste und vielleicht einzige Chance auf Rettung. Und doch hatte Valerius von Nero den Befehl erhalten, den Mann für Folter und Hinrichtung auszuliefern, und Seneca gegenüber war er zur selben Handlung verpflichtet. Wenn er den Judäer fand, würde er eine Entscheidung treffen müssen. Aber erst einmal musste er ihn finden. Was brachte einen Mann wie den Judäer dazu, alle zu verlassen, die ihm teuer waren, um einem Scharlatan wie diesem Christus zu folgen?

Valerius erinnerte sich an die intelligenten Augen und an das alterslose, müde Lächeln. Strenge Selbstbeherrschung und ein Springquell angeborenen Mitgefühls. Ein *guter* Mensch, wie auch immer man »gut« definierte. Keinerlei Hinweis auf Wahnsinn, Habgier oder Ehrgeiz. Valerius hatte von Männern gehört, die sich durch Drogen oder Entzug des Notwendigsten andere Männer seelisch gefügig machten. Sah so vielleicht die Magie dieses Christus aus? Doch der war vor vielen Jahren am Kreuz gestorben; wie ließ sich erklären, dass Petrus noch immer sein Leben riskierte, um das Wort dieses Mannes zu verbreiten? Es wirkte absurd. Und doch hatte Petrus an den Gekreuzigten geglaubt. Ein Schauder überlief Valerius. Plötzlich kam ihm der Raum kalt vor. Wenn sich ein Mann wie Petrus überzeugen ließ, dann stellten der tote Christus und seine Anhänger vielleicht *wirklich* die große Gefahr dar, als die Nero sie betrachtete.

XIII

Es würde Rom zur größten Ehre dienen. Nero stand über dem Tisch mit der vertrauten Stadtansicht der sieben Hügel, die mit fein geschnitzten Holzhäusern und -tempeln bebaut waren. Heute wies das Ganze eine Veränderung auf. Im Tal zwischen den Hügeln des Palatins und des Esquilins stand jetzt ein so großartiges Bauwerk, dass es ihm ein Gefühl fast sexueller Lust bereitete. Ein einziges monumentales Gebäude, nicht kleiner als die Anhöhen, zwischen denen es eingebettet war. So groß war es, dass alle umstehenden Häuser zwergenhaft wirkten. Dreihundert Räume und meilenlange Seen und Parklandschaften. Er würde den Palast mit Kunstschätzen füllen und ihn mit Gold umkleiden. Aus allen Teilen der Welt würden Menschen kommen, um ihn zu bestaunen. Alexandria, Babylon und selbst das sagenhafte Troja wiesen nichts Vergleichbares auf. Das Bauwerk würde Neros Vermächtnis sein. Sein Triumph. Ausschließlich seiner. Im Inneren würde es ein großes künstlerisches und kulturelles Zentrum geben, in dem er alle, die seines Talents würdig waren, mit seiner faszinierenden Kunst beglücken würde. Musik würde seine Feinde beschwichtigen.

Wohlgesetzte Worte würden seine Gegner verführen. In diesem Haus würde nichts als Harmonie herrschen.

Natürlich würde es Hindernisse geben, überlegte er beim Gedanken an die Hunderte, vielleicht Tausende von Häusern, die seinem Palast im Modell hatten weichen müssen. Doch ein guter Arbeiter konnte mit dem richtigen Werkzeug jedes Hindernis beiseiteräumen. Nero würde nicht zulassen, dass irgendetwas seinem Traum in den Weg kam. Am Ende würden sie ihm danken, all die kleinen Leute, die dem Bau würden weichen müssen; diese Leute, die dicht gedrängt unter den Terrakottadächern, umwabert von den bedrückenden Ausdünstungen der Verwesung, vor sich hin vegetierten. Seneca hatte ihn einmal, als gewöhnlicher Mann verkleidet, dorthin geführt, damit er sein Volk sah. Volk? Sie waren Tiere, die in Schlamm, Dreck und Stroh hockten, kämpften und kopulierten. Vom Gestank wäre er fast in Ohnmacht gefallen. Er hatte so wenig mit diesem Plebs gemein wie mit Rindern auf einer Wiese oder den Affen im Tierhaus des Palatins. Hässlichkeit sollte der Schönheit Platz machen, Gewöhnlichkeit der Eleganz und Mittelmaß wahrer Pracht. Er sprach den letzten Gedanken prüfend aus, um seine Qualität und seinen Rhythmus zu beurteilen. Ja, noch ein wenig Feinschliff, dann könnte er ihn in ein Lied oder Gedicht einbauen.

Er griff nach seiner Harfe und ließ ihre Töne in einem Glissando erklingen. Die Hunderte von Singvögeln, die in ihren Käfigen am Fenster auf die Melodie reagierten, entlockten ihm ein Lächeln. Hier wenigstens fand er ein Publikum, das seine Musik wirklich zu schätzen wusste. Der

Käfig war nicht ihr natürliches Element, ebenso wenig wie der unvergitterte Käfig der Pflichten, in dem er steckte, das seine war. Manchmal sehnte er sich danach, sich zu befreien, und wenn die Melancholie ihn erfasste, öffnete er die Käfigtüren und beobachtete, wie die Vögel nervös auf der Schwelle herumtrippelten, bevor sie sich in den Himmel erhoben: trillernde Amseln und Singdrosseln, rotwangige Distelfinken und schlicht befiederte Feldlerchen mit goldenen Stimmen, Rotkehlchen, Zaunkönige und Rotschwänzchen. Manchmal starben sie in ihren Käfigen, und dann trauerte er um sie.

Letzthin hatte er über seine eigene Sterblichkeit nachgedacht. Torquatus hatte versucht, ihm die Grundsätze der christlichen Religion zu erklären, aber er verstand sie nicht ganz. Tatsächlich war er sich ziemlich sicher, dass Torquatus sie genauso wenig verstand. Er runzelte die Stirn. Seneca hätte es gekonnt. Seneca war imstande, ein Thema Schicht für Schicht freizulegen, bis jedes Kind es begriff. Aber Seneca war alt und erschöpft und hatte am Ende Gefallen daran gefunden, anderer Meinung zu sein als er. Wenn er nicht einmal einen so dummen Mann wie Torquatus überlisten konnte, wie könnte er dann seinen Kaiser anleiten? Wie Nero die Sache mit dem Christentum sah, konnte ein Mensch, einfach ausgedrückt, nur dann Unsterblichkeit erlangen, wenn er sich der Erniedrigung und Unannehmlichkeit des Todes unterwarf. Zudem musste er im Leben geglaubt haben, dass Christus wahrhaftig der Sohn des judäischen Gottes Jahweh war. Doch all das wirkte wenig plausibel, denn wie konnte jemand von auch nur durchschnittlicher Intelligenz von der Göttlichkeit eines Mannes überzeugt sein, der bereits drei Jahrzehnte tot war? Er hatte erwogen, die Leiche des Galiläers exhumieren zu lassen. Sie müsste doch Hinweise auf seine göttlichen Eigenschaften geben; das Ausbleiben von Verwesung zum Beispiel oder die Fähigkeit, Kunde aus dem Jenseits zu geben? Nero war fest davon überzeugt, dass man ihn selbst dereinst als Gott verehren würde. Wenn der alte Claudius für göttlich erklärt werden konnte, sollte doch gerade Nero aufgrund seiner Abstammung seinen Platz neben Augustus und Caligula einnehmen dürfen. In seinen Adern floss das Blut von Göttern. Zu glauben, ein Fremder, der bei einem dreckigen Wasserloch in der Wüste geboren war, könnte auf einer Höhe mit ihm stehen, war eine Beleidigung. Es war, als schlüge man vor, für einen Bettler aus dem Elendsviertel einen Tempel zu errichten. Die Judäer glaubten nur an einen einzigen Gott, was einer der Gründe dafür war, dass sie diesen Christus verabscheuten. Aber sie akzeptierten die Autorität des Kaisers, und daher nahm er ihre barbarischen Sitten vorläufig hin. Gewiss war es doch umso besser, je mehr Götter ein Mann anbetete. Jupiter, Mars, Merkur und Minerva waren Rom in Zeiten von Dürre, Hungersnot und Krieg immer wieder zu Hilfe gekommen. Was könnte ein einzelner Gott ausrichten, was viele Götter nicht besser könnten? Wenn ein Gott einen Menschen im Stich ließ, war es dessen gutes Recht, einem anderen zu opfern, bis er den Gott fand, der ihm helfen konnte.

Je mehr er darüber nachdachte, desto abwegiger kam ihm der Anspruch dieses Christus vor. Trotzdem würde er die Anhänger dieses Mannes verhören. Wären sie dort geblieben, wo sie herkamen, und hätten ihren Gott und Gottessohn in irgendeiner Wüstenhöhle verehrt, hätte er sie nicht weiter beachtet, doch so war es nicht. Sie waren in seine Stadt gekommen, nach Rom, ins Herz des Imperiums, und sie hatten sich geweigert, seine Autorität anzuerkennen. Schlimmer noch, sie hatten versucht, Rom von innen heraus zu schwächen und seine Bürger zu verführen, bis in die höchsten Gesellschaftsschichten hinein. Er würde ihren Glauben auf der Folterbank prüfen und sie mit glühenden Eisen und lodernden Flammen traktieren, bis sie ihre Verlogenheit gestanden oder das wahre Geheimnis ihrer Unsterblichkeit enthüllten. Es sei denn, der gut aussehende Held enttäuschte ihn.

Er erinnerte sich an den Kuss und daran, wie Valerius vor der Berührung seiner Lippen zurückgeschaudert war. Das brachte ihm die Erinnerung an einen anderen köstlichen Mund zurück, dessen Besitzer zunächst dasselbe gemacht hatte. Er hatte festgestellt, dass ein widerstrebender Junge sich durch eine Kombination von Schmerz und Zuneigung zu einem Liebhaber formen ließ. Nahm man ihm den Grund für sein Widerstreben, dann fügte er sich und machte mit, insbesondere wenn so ein Mensch wusste, dass der nächste Schritt darin bestehen würde, ihn einen Kopf kürzer zu machen. Genauso war Sporus gewesen. Er hatte sich verweigert, doch nach einer Begegnung mit dem Kastriermesser war er wunderbar fügsam geworden. Nero war damals noch viel jünger gewesen, und es hatte ihm riesiges Vergnügen bereitet, sich den Jungen gefügig zu machen. Doch die alten Männer hatten mit ihrer selbstgerechten Empörung alles verdorben und ihn bei seiner Mutter angeschwärzt, während sie doch nur eifersüchtig waren. Letztlich war er Sporus' überdrüssig geworden, denn er hatte ständig genörgelt, fast so schlimm wie Octavia. Also hatte er gehen müssen.

Sollte Valerius scheitern, würde er sich diesen Helden gefügig machen, ob er nun wollte oder nicht.

XIV

Valerius konnte seine Enttäuschung nicht verbergen. Eine ganze Woche war vergangen, aber die Beschattung Lucina Graecinas hatte keine neuen Informationen ergeben.

»Wir können nichts machen«, räumte er gegenüber Marcus ein, als sie im Haus am Clivus Scauri über ihre Pläne sprachen. »Wir müssen geduldig sein.«

Der ehemalige Gladiator verzog die Lippen. Geduld fiel ihm nicht leicht. »Ich habe Serpentius und Felix in die Straßen jenseits der Subura geschickt. Sie sollen versuchen, ein Gefühl dafür zu bekommen, wie der Wind weht. Wenn du recht hast, sind diese Leute Fanatiker, und Fanatikern fällt es sogar noch schwerer, einfach still dazusitzen und abzuwarten. Dein Petrus mag sich verkrochen haben, aber ich wette, einer von seinen Freunden kann es einfach nicht abwarten, sich an eine Straßenecke zu stellen und jeden wissen zu lassen, warum er sich in Rom aufhält.«

Valerius war beeindruckt und sagte es. »Aber warum jenseits der Subura? Warum nicht in der Nähe der Porta Capene, wo die meisten Judäer leben?«

Mit gerunzelter Stirn versuchte Marcus, in Worte zu fassen, was eine gänzlich intuitive Entscheidung gewesen war. »Weil die Christusanhänger bei den Judäern, ihrem eigenen Volk, eher auffallen würden als unter den Römern. Aus Furcht vor Verrat wagen sie nicht, unter ihren Landsleuten zu leben. Vernünftiger ist es, sich umgeben von ihrer Familie inmitten der Hauptbevölkerung niederzulassen. Und jenseits der Subura, weil ich nicht glaube, dass dein Arzt weit weggezogen ist. Wir können ebenso gut im Schatten der Prätorianerkaserne suchen wie an jedem anderen Ort.«

»Das wird Serpentius gefallen.«

»Ich habe ihn ermahnt, Ärger aus dem Weg zu gehen, und er weiß, dass er sofort in die Arena zurückkehrt, wenn er sich nicht daran hält. Ich bezweifle zwar, dass unsere Suche Erfolg hat, aber so haben wir zumindest eine winzige Chance.«

Lächelnd hob Valerius seine Holzhand. »Nur eine winzige Chance zu haben ist mir nichts Neues, und trotzdem lebe ich noch. Zumindest zum größten Teil.«

Marcus grinste zurück, und die tiefen Schatten seiner Narben erzeugten ein unheimliches Muster auf seiner Haut. »Dann lass uns einen Krug Wein darauf wetten!«

Sie wurden von einem Ruf an der Tür unterbrochen. Marcus stand auf und griff nach seinem Schwert, doch Valerius winkte ab. Ein Sklave trat ein und kündigte an, dass »unser alter Herr« gekommen sei.

»Ich rede mit Serpentius und erstatte dir erneut Bericht.« Der Gladiator ging in Richtung Küche hinaus, doch Valerius war bereits aufgestanden, um seinen Vater in der Eingangshalle zu begrüßen.

»Es ist schon zu lange her, seit du dieses Haus beehrt hast, Vater.« Valerius verbeugte sich. »Komm ins Atrium, dann bitte ich Julia, uns ein wenig Wein zu bringen.«

Sein Vater lächelte verlegen. »Leider kann ich nicht lange bleiben. Ich bin geschäftlich in der Stadt und habe zur siebten Stunde eine Verabredung. Ich ... ich würde gern, wenn du gestattest, Olivia besuchen.«

Valerius bemühte sich nicht, seine Freude zu verhehlen. »Natürlich, bitte komm mit. Du erinnerst dich an den Weg in ihr Zimmer?«

Olivia lag so da, wie Valerius sie zurückgelassen hatte. Sie hatte sich seit einer Woche kaum bewegt. Valerius' Freude über den Besuch seines Vaters wich einem neuen Gefühl der Hoffnungslosigkeit. Falls er den Judäer nicht fand, würde sie sterben. Falls er ihn aber fände, wäre dessen Schicksal unausweichlich und furchtbar. Er blickte auf und sah, dass ihn sein Vater von der gegenüberliegenden Seite des Bettes betrachtete.

»Ihre Krankheit fordert auch von dir ihren Zoll. Das sehe ich«, sagte der alte Mann. »Es tut mir leid. Ich hätte meine Unterstützung schon viel früher anbieten sollen. Du tust alles, was in deiner Macht steht?«

»Alles.«

»Dann kann ich nur noch für sie beten.« Das graue Haupt beugte sich über den dunklen Schopf, und Lucius küsste seine Tochter zärtlich auf die Stirn. Die ohnmächtige Liebe seines Vaters gab Valerius ein Gefühl, als hielte eine Faust sein Herz umklammert. Einen Moment lang wollte er nichts weiter, als die beiden von hier wegzubringen, weit weg von dem politischen Sumpf, zu dem Rom geworden war. Er griff nach der Schulter des alten Mannes, zog die Hand aber im letzten Moment zurück. Lucius richtete sich auf. »Ich muss jetzt los.«

»Bleib nicht wieder so lange weg.«

Der alte Mann verzog den Mund zu einem bittersüßen Lächeln. »Wenn das Schicksal es zulässt.«

Valerius hatte gerade erst seinen Vater zur Straße gebracht, da stürmte Marcus heftig keuchend mit rotem Gesicht durch den Küchentrakt herein. »Das musst du sehen«, schnaufte er.

Sie marschierten eilig durch die Straßen, und Marcus erklärte, er habe zehn Minuten nach seinem Aufbruch eine Nachricht von Serpentius erhalten. Er deutete auf ein mageres, zerlumptes Kind, das neben ihnen hertrabte. Valerius warf dem Jungen eine Silbermünze zu, die der Bengel geschickt auffing. Als ihm klar wurde, was er geschnappt hatte, grinste er strahlend.

»Es war dieser Fisch«, fuhr Marcus fort. »Serpentius hat gute Augen. An der Kreuzung des Vicus Patricius mit der Via Subura ist ihm ein weiteres, frisch in einen Backstein gekratztes Zeichen aufgefallen. Am Fuße des Viminals. Unter dem Fisch stand die Zahl sieben, und er vermutet, dass damit die siebte Stunde gemeint ist. Er hoffte, dass der heutige Tag gemeint war, und es hat sich ausgezahlt. Er ist jetzt dort.«

Valerius' Herz schlug schneller. »Petrus?«

»Nein, ein junger Mann, nicht viel älter als unser Bote

hier. Hoffentlich gelangen wir zu ihm, bevor die Prätorianer ihn schnappen.«

Als sie zur Straßenkreuzung kamen, hatte sich die Menge um einen Redner versammelt, der sich nach Kräften bemühte, die höhnischen Beleidigungen der Umstehenden zu überschreien. Marcus hatte recht gehabt: Er war kaum mehr als ein Kind, vielleicht siebzehn. Seine Arme und Beine waren zu lang für seinen Körper, und dunkles, mit Eierschalen übersätes Haar klebte fettig in seiner Stirn. Sein Akzent kennzeichnete ihn als Judäer und veranlasste die Zuhörer zu Hohn und Spott, doch er sprach mit einer ruhigen Entschiedenheit, die sein Alter Lügen strafte.

»Er ist ein zäher kleiner Bursche«, sagte Serpentius mit einer gewissen Bewunderung, als sie sich neben ihn stellten. »Seit zwanzig Minuten bewerfen sie ihn mit faulem Obst und alten Eiern. Bald nehmen sie Steine.«

Noch während er das sagte, taumelte der Junge, und ein Blutrinnsal lief ihm dort, wo er getroffen worden war, die Wange hinunter.

»Die Schweine«, knurrte der Spanier, doch die Augen des Jungen leuchteten auf, als hätte man ihm gerade ein Geschenk gemacht.

»Jesus hat gesagt: ›Wer von euch ohne Sünde ist, der werfe den ersten Stein‹, und keiner unter ihnen hat einen geworfen. Ich bin nicht Jesus, doch ich wiederhole seine Worte: Wer von euch ohne Sünde ist, der werfe den ersten Stein.«

»Hier hast du einen«, rief eine grobe Stimme auf der anderen Seite der Menge. Ein Stein von der Größe eines Hühnereis traf den Jungen am Mund. Erneut floss Blut, und das Sprechen fiel ihm schwer.

»Jesus ist gekommen, um euch das ewige Leben zu bringen.« Die Worte klangen nach Schmerz und kamen von zerschlagenen Lippen. »Er ist für euch gestorben. Wollt ihr nicht für ihn leben?«

»Jesus?« Valerius blickte zu Serpentius.

»Das muss ein anderer Name für diesen Christus sein.«

»Wenn er für mich gestorben ist, warum hat er mir dann in seinem Testament nichts vermacht?« Die Stimme des Steinewerfers wurde vom schallenden Gelächter seiner Freunde begleitet.

»Er …«

»Prätorianer!« Ein Ruf aus der Richtung des Vicus Patricius schnitt dem Sprecher das Wort ab. Die Straße führte unmittelbar auf die Castra Praetoria zu, und die Prätorianer waren niemals sanft, wenn sie eine ungenehmigte Versammlung auflösten. Die Menge verlief sich rasch in die umgebenden Straßen. Valerius sah, dass der blutende Junge in eine Gasse schoss, und rannte ihm nach. Nach einer Weile hörte der Verfolgte auf zu rennen, und Valerius schloss zu ihm auf.

»Das war eine gute Rede«, sagte er.

Der Junge blickte misstrauisch auf, noch immer tropfte ihm Blut vom Mund. »Du bist mir gefolgt. Ich habe dich hinten in der Menge gesehen.«

»Ja«, räumte Valerius ein. »Aber ich will dir nichts Böses. Ich bin nicht wie die anderen.«

Der junge Judäer brachte den Anflug eines Lächelns zustande. »Verurteile sie nicht. Sie wissen nicht, was sie tun.«

»Du vergibst denen, die dir Schmerz zufügen?«

Der Junge machte ein überraschtes Gesicht. »Natürlich. Das ist die Lehre unseres Herrn.«

Valerius ergriff ihn bei der Schulter. »Ich suche einen Mann namens Petrus. Er ist auch als der Fels Christi bekannt. Weißt du, wo ich ihn finden kann?«

Der Junge blickte auf die Holzhand hinunter, die auf seinem Arm lag. »Falls du den Fels Christi aus den richtigen Gründen sprechen willst, brauchst du ihn nicht zu suchen; er wird dich finden.« Mit einer Körperdrehung entwand er sich Valerius' Griff und rannte durch die Gasse davon.

Valerius sah, dass Serpentius dem Jungen heimlich folgte und sich unter die Menge mischte. Er blickte sich nach Marcus um und stellte zu seiner Überraschung fest, dass er in die Augen Ruths schaute, der jungen Sklavin seines Vaters. Sie wandte rasch den Blick ab und ging in die entgegengesetzte Richtung davon. Doch davor hatte er in ihren Augen einen Blick tiefen Hasses gesehen.

XV

»Das ist unerhört!« Valerius drehte sich abwehrbereit um, doch es war nur der alte Honorius, der Wasserbeamte, der aus der Richtung des Circus Maximus auf ihn zugestürzt kam. Die Augen quollen ihm fast aus dem Gesicht, das die Farbe einer reifen Pflaume angenommen hatte. »So kann das nicht weitergehen!«

»Nein«, beschwichtigte ihn Valerius, obwohl er gar nicht wusste, was so nicht weitergehen konnte.

»Tausende von Kannen täglich aus dem Wasserturm auf der Cespischen Höhe. Ein ganzer Fluss, der zwischen dort und der Subura abgezapft wird. Dem Imperium gestohlen. Diebstahl im großen Maßstab. Dem muss man Einhalt gebieten.«

»Das wird auch geschehen.«

Honorius sah ihn wütend an. »Aber wann? Wann wirst du wegen unseres Falls Anklage erheben?«

»Ich brauche ein wenig mehr Zeit.« Er senkte die Stimme. »Ich bin im Auftrag des Kaisers unterwegs.«

Honorius' empörte Miene hellte sich ein wenig auf. »Ach so«, sagte er wissend. »Im Auftrag des Kaisers.«

»Zwei Wochen? Oder vielleicht ein Monat?«

Der Wasserbeamte schnaubte. »Dann also zwei Wochen.«

Valerius sah ihm nach. Dieser Mann war wie ein Jagdhund; ein Geruch, den er einmal erschnüffelt hatte, ging ihm niemals aus der Nase. Er dachte an nichts als an seine Aquädukte und Leitungen, seine Wassertürme und Quellen. Doch ohne die Aquädukte und Männer wie Honorius, die für deren Erhaltung sorgten, wäre Rom eine Wüste, und dazu noch eine stinkende. Nicht nur stillte das Wasser aus der Aqua Claudia, dem Neuen Anio und weiteren Leitungen den Durst von Millionen Menschen mittels privater Anschlüsse und öffentlicher Brunnen, es diente auch dazu, den Inhalt der Abwasserkanäle in den Tiber zu schwemmen und damit die Gefahr von Krankheiten und Seuchen zu bannen. Während Valerius' Vorbereitung auf den Fall hatte Honorius ihm die Geschichte der römischen Wasserversorgung eingehämmert. Er hatte berichtet, dass die Stadt bis vor dreihundertfünfzig Jahren aus dem Tiber und örtlichen Quellen versorgt worden war. Damals hatte der Censor Appius Claudius Crassus das Wasser einer Quelle auf Lucullus' Landgut über acht Meilen Entfernung nach Rom geführt. Aqua Appia war die erste von neun Wasserleitungen. Vierzig Jahre später wurde sie von dem Alten Anio gefolgt, der das Wasser oberhalb der Wasserfälle von Tivoli abschöpfte. Mehr als ein Jahrhundert danach kam Aqua Marcia, die erste Wasserleitung, die oberirdisch geführt wurde. Bis nach Rom war das Wasser erstaunliche vierundfünfzig Meilen unterwegs. Kaiser Augustus hatte Rom die Julia, die Tepula, die Virgo und die Augusta gegeben, die vor allem zu Bewässerungszwecken benutzt wurden. Gaius Caligula hatte die Claudia begonnen, doch vollendet worden war die Leitung von seinem Onkel, dessen Namen sie trug. Außerdem hatte Claudius den Bau des Neuen Anio befohlen, der modernsten und technisch fortschrittlichsten Wasserleitung. Da der Wasserturm, von dem der Beamte sprach, auf der Cespischen Höhe zwischen dem Viminal und dem Esquilin lag, musste er wohl von einer Abzweigung des Alten Anio versorgt werden, die in der Nähe der Porta Viminalis in die Stadt führte.

Doch Valerius hatte dringlichere Sorgen. Er war sich sicher, dass jemand ihm folgte.

Während Suetonius' Rachefeldzug nach der Niederschlagung von Boudiccas Aufstand hatte Valerius mit der ständigen Bedrohung eines Hinterhalts durch besiegte britische Stammesleute gelebt, die nichts mehr zu verlieren hatten. In dieser Zeit hatte er einen Überlebensinstinkt entwickelt, der einem dritten Auge gleichkam. Das Alarmsignal war ein Kribbeln im Nacken, und nun kribbelte es schon seit Tagen. Er hatte es mit den üblichen Methoden versucht, um seine Beschatter zu entdecken: Er war umgekehrt, wenn es am wenigsten zu erwarten war, plötzlich stehen geblieben, als hätte er seine Meinung über etwas geändert, oder er war in eine schmale Gasse eingebogen, wo ein Beschatter leichter zu identifizieren wäre. Nichts. Heute war er jedoch geschickter vorgegangen.

Als er ins Haus trat, ging er auf direktem Wege durchs Atrium und den Küchentrakt in den Garten. Marcus erwartete ihn, mit dem Rücken gegen einen steinernen Kasten gelehnt, in dem das Wintergemüse gelagert wurde, und verspeiste eine Birne von einem der Bäume an der Mauer. Der alte Gladiator knurrte zur Begrüßung.

»Keiner hat dich gesehen?« Valerius hatte die fünf Männer eine Viertelmeile entfernt in einem angemieteten Haus außerhalb der Stadtmauern untergebracht.

Marcus schüttelte den Kopf. »Ich bin durch den Dienstboteneingang reingekommen. Wer dir nachspioniert, wird den Vordereingang überwachen. Keiner interessiert sich für die Sklaven, aber ich habe trotzdem aufgepasst. Wir sind ein gehöriges Stück hinter dir geblieben. Dass wir deinen Weg und die Zeiten kannten, war sehr hilfreich, aber der alte Kerl mit der Rote-Bete-Nase hätte uns beinahe einen Strich durch die Rechnung gemacht.«

»Honorius, der Oberste Wasserbeamte«, Valerius lächelte. »Ich konnte ihn nicht loswerden.«

»Nun, er hat uns einen Gefallen getan. Sie waren gut. Sie haben auf Abstand geachtet und sich oft genug abgewechselt, um sicher zu sein, dass du sie nicht bemerkst.« Er beschrieb drei Männer, doch Valerius hatte keinen von ihnen wahrgenommen. »Ich dachte, sie wären nur zu dritt, aber dass du so lange stehen geblieben bist, hat sie ein bisschen verwirrt. Sie haben sich gegenseitig Blicke zugeworfen, als wüssten sie nicht, was sie tun sollten. Und dann haben sie sich in einem Hauseingang mit einem vierten Kerl besprochen. Einem kräftigen, untersetzten Mann. Er sah so aus, als wüsste er sich seiner Haut zu wehren. Er hatte diesen *wachen* Blick, falls du weißt, was ich meine.«

»Hat er irgendein besonderes Merkmal?«

Marcus dachte kurz nach. »Anfangs bin ich davon ausgegangen, dass er nur irgendein bezahlter Schläger ist. Aber er hat etwas an sich, das dazu nicht passt. Vielleicht die Art, wie er geht? Schließlich konnte ich einen besseren Blick auf ihn werfen. Man sieht es, wenn jemand schwierige Kämpfe überstanden hat, selbst, wenn es schon eine Weile her ist. Die linke Seite seines Gesichts sah so aus, als hätte jemand sie in einen Ofen geschoben.«

Bei dieser treffenden Beschreibung Rodans lächelte Valerius. Er hatte also recht gehabt, doch was sollte er nun mit diesem Wissen anfangen? »Wie kann ich die Leute notfalls abschütteln?«

Marcus dachte über die Frage nach. »Keinem gelingt es besser, einen Streit anzuzetteln, als Serpentius.« Er deutete mit einem Nicken zur hinteren Ecke des Gartens. Fröstelnd bemerkte Valerius die schlanke Gestalt, die reglos im Schatten eines Baumes stand. »Er wird einen von ihnen angreifen. Dessen Freunde werden ihm zu Hilfe eilen. Du schlüpfst in die nächstgelegene Gasse, und ich gebe dir Deckung. Wir können uns später wieder treffen, solltest du uns erneut brauchen. Wo sind sie jetzt, Schlange?«

Der Spanier zögerte nicht. »Der eine beobachtet das Haus von der gegenüberliegenden Straßenseite, und die beiden anderen sitzen in einer Taverne an der Straßenecke. Der Hässliche ist gegangen, sobald du das Haus betreten hast.«

Valerius wandte sich Marcus zu. »Gibt es noch etwas, was ich wissen sollte?«

Der Gladiator grinste. »Deine alte Schindmähre hat das Rennen des Tages gewonnen.«

»Schindmähre?«

»Dieses alte Miststück mit dem Pferdegesicht, Lucina. Sie hält sich für raffiniert, aber ich hatte Heracles auf sie angesetzt, und trotz seiner Größe ist er ein geschickter Junge. Sie liebt Parkanlagen, diese Lucina, und es gibt eine auf dem Hügel beim Tempel der Diana, die sie regelmäßig besucht. Sehr abgeschlossen, hohe Mauern, aber, wie schon gesagt, Heracles ist ein geschickter Junge. Also klettert er hinein, damit er sie im Auge behalten kann, während sie an den hübschen Blumen schnuppert. Lucina spaziert auch wirklich durch den Park, aber sie interessiert sich gar nicht so sehr dafür. Heracles denkt, sie wäre vielleicht nur da, um von dem alten Mann wegzukommen, nur ist sie dafür zu wachsam. So muss er sich einige Male in einem Gebüsch verstecken, damit sie ihn nicht entdeckt. Doch nach einer Viertelstunde passiert es. Zwischen den Bäumen auf der anderen Seite des Parks kommt ein Mann hervor. Oho, denkt Heracles, jetzt geht der Spaß los. Er ist jung, sieht gut aus, wenn man schlanke Männer mag, trägt teure Kleidung und Schuhe, die im Regen bestimmt nicht auseinanderfallen. Genau das, was eine trockene alte Sau wie Lucina braucht, damit ihre Säfte wieder fließen. Gleich werden sie im Gras loslegen wie die Karnickel. Aber denkste. Der Mann ist ehrerbietig und hält den angemessenen Abstand. Er hört sich an, was sie sagt, verbeugt sich und geht.«

»Einfach so?« An dem Glanz in Marcus' Augen erkannte Valerius, dass gleich noch mehr kam.

»Einfach so. Und Heracles hat jetzt ein Problem. Soll er an Lucina dranbleiben, die ja, wie wir wissen, irgendwelche Pläne hat, oder versuchen, ihrem Auserkorenen zu folgen?«

»Heracles ist ein kluger Junge.«

»So ist es. Er ist ein kluger Junge. Er springt auf den nächsten Baum, schlüpft über die Mauer, rennt um sie herum und trifft gerade noch rechtzeitig auf der gegenüberliegenden Seite des Gartens ein, um den Auserkorenen in Richtung Fleischmarkt verschwinden zu sehen. Nun, der junge Mann ist ein richtiger Aristokrat, nichts für ungut, Herr. Er versteht sich darauf, stundenlang die Zeit mit nichts totzuschlagen. Heracles folgt ihm, während der Kerl von einem Laden zum anderen schlendert, aber nur schaut, ohne etwas zu kaufen. Er kehrt in eine Taverne ein und sitzt eine Stunde lang bei einem Becher warmem Wein und einer Wurst. *Du schindest Zeit*, denkt Heracles. *Du wartest auf jemanden, mit dem du verabredet bist*. Doch falls es so ist, verpasst Heracles das Treffen, denn plötzlich geht es wieder los. So schnell, dass unser Junge nur mit Mühe Schritt halten kann, begibt der Mann sich zu einem großen Haus, das von der Septa Julia aus gesehen auf der anderen Seite der Via Flaminia liegt. Das Haus gehört ihm, oder er denkt das zumindest – das erkennt man an der Art, wie er mit dem Türsteher spricht. Wenige Minuten später ist er wieder draußen. Er hat sich umgezogen, hat jetzt eine andere Tunika und einen anderen Mantel an. Und schon ist er wieder unterwegs. Zum Palatin.«

Valerius ließ sich die Einzelheiten durch den Kopf gehen und überlegte, was der junge Mann gedacht haben mochte.

»Er wusste, dass jemand ihm folgte, oder hatte zumindest den Verdacht.«

»Oder er wollte einfach nur sichergehen, dass er allein war. Heracles glaubt nicht, dass der andere ihn gesehen hat.«

»Ja, das würde ebenso gut passen. Auf dem Palatin, wo ist er da hingegangen?«

Heracles ist ihm gefolgt, bis er den Clivus Palatinus hinaufging. Dort hat er die Verfolgung abgebrochen. War das ein Fehler?«

»Nein. Jemand hätte ihn befragt, und er hätte Ärger bekommen können. Er hat es richtig gemacht. Sorge dafür, dass er belohnt wird.«

Marcus nickte. »Bevor er mir Bericht erstattet hat, kehrte er noch einmal zur Via Flaminia zurück und erkundigte sich in einem gegenüberliegenden Verkaufsstand, wem das große Haus gehört.« Valerius spürte, dass der Gladiator auf diese umständliche Weise zum Kern seiner Aussage gelangt war: »Der Besitzer heißt Cornelius Sulla.«

Valerius erinnerte sich an einen gelangweilten Blick und ein spöttisches Lächeln, mit dem ihn Sulla im großen Empfangssaal der Domus Transitoria gemustert hatte. Cornelius Sulla war einer von Neros Lieblingen und hatte sich ganz besonders gefreut, Valerius in Ungnade fallen zu sehen. Er war ein arroganter, gut aussehender Kind-Mann mit weichen blonden Locken, die sich bis zum Hals hinunter wellten. Seine Abstammung reichte bis zu dem großen Diktator Lucius Cornelius Sulla zurück. Doch falls auch dieser junge Sulla etwas Eisernes an sich hatte, verbarg er es zumindest sorgfältig. Nero behandelte ihn wie ein Streicheltier, ständig hätschelte und liebkoste er ihn geistesabwesend, während Cornelius praktisch vor Vergnügen schnurrte und um mehr bettelte. Ein paar besonders niederträchtige Klatschgeschichten Fabias deuteten an, dass der junge Aristokrat das Spielzeug des Kaisers und seiner Frau war, wobei Torquatus die Fäden zog. Valerius konnte das ohne Weiteres glauben. Die Frage war aber, warum ein Mann, dessen Zukunft anscheinend so fest mit Nero verknüpft war, alles riskieren sollte, indem er Umgang mit einer Frau pflegte, die sich zur größten Feindin des Kaisers erklärt hatte.

»Heracles soll weiter an Cornelius dranbleiben. Er kann Serpentius' Hilfe haben, falls er sie braucht. Wir müssen wissen, wo Cornelius hingeht, wenn er sich nicht im Palast aufhält, und mit wem er redet. Außerdem sollen Sextus und Felix unauffällig auf mich aufpassen. Lucina lassen wir vorläufig in Ruhe. Offensichtlich weiß sie, dass Torquatus sie beobachten lässt. Sie ist diese Woche bereits ein Risiko eingegangen; das wird sie so schnell nicht wiederholen.«

Marcus war anderer Meinung. »Das geheime Treffen mit Cornelius beweist, dass sie bereit ist, alles zu riskieren. Das macht es nur umso wahrscheinlicher, dass sie handeln wird.«

»Das mag stimmen«, räumte Valerius ein. »Doch das liegt nicht in unserer Hand.«

Valerius verbrachte den Abend bei Olivia und lauschte einfach nur auf ihren Atem. Er erinnerte sich an den Morgen ihres elften Geburtstags, als er zum ersten Mal begriffen hatte, dass sie eine schöne Frau werden würde. Er dachte an den irrationalen Konflikt zwischen Stolz und Eifersucht zurück, der damals in ihm getobt hatte. Bald würde sie das Haus verlassen und mit jemand anderem Freundschaft schließen. Es kam ihm gemein vor, dass er sie gerade dann verlieren sollte, wenn sie allmählich interessant wurde. Er hatte verfolgt, wie sie vom Mädchen zur Frau heranreifte, und überrascht festgestellt, dass der Kampf in seinem Inneren immer heftiger wurde und dass er von Empfindungen begleitet wurde, die er niemals verstehen würde. Sie war intelligent, vielleicht klüger als er selbst. Sie war elegant und kultiviert. Das nahm er ihr übel. In einer kurzen Phase hatte jugendliche Arroganz ihrer beider Urteilsvermögen getrübt, und in dieser Zeit hatten sie einander verabscheut. Doch das hatte nicht lange gedauert. Als Olivia sich verlobte, hatte er mit derart ohnmächtiger Wut gegen eine Wand geschlagen, dass er sich beinahe die Fingerknöchel gebrochen hätte. Und als sie heiratete, zog er sich gleich nach den traditionellen Riten zum Schmollen unter die Olivenbäume zurück. Sie gehörte zu ihm und er zu ihr.

Zwei Tode hatten sie einander wieder nahegebracht. Als eine Geschwulst in der Brust ihrer Mutter alle Kraft raubte, wandten sie sich einander wieder zu. Mamas Siechtum war lang und würdelos gewesen. Noch so viel Mut und noch so viel Mohnsamentinktur konnten gegen den Schmerz nichts ausrichten. Als ihre Asche in den Familiensarkophag kam, hatten Valerius und Olivia Seite an Seite gestanden, vereint in ihrem Wunsch, ihrem Vater die große Liebe zu ersetzen, die ihm entrissen worden war. Am Tag der Beerdigung ihres

Mannes hatte Olivia eher bei Valerius Unterstützung gesucht als bei Lucius. Valerius fragte sich, ob diese Rollenumkehr mit ein Grund für Vaters schlechte Wahl des nächsten Gatten gewesen war. Im Gefolge des Sturms, der auf die Ablehnung gefolgt war, hatte plötzlich Valerius die Verantwortung für seine Schwester gehabt. Und jetzt hatte er versagt.

Angesichts all der Unsicherheiten wusste er nur eines: Er musste Petrus finden.

XVI

»Bist du dir sicher, dass du den Eifer zeigst, den dein Kaiser von dir verlangt?«

Die Einbestellung war überraschend gekommen, und die Atmosphäre im Raum war überaus feindselig. Torquatus saß hinter seinem Schreibtisch, und Rodan, auffällig bewaffnet und mit der dunklen Tunika der Prätorianergarde bekleidet, grinste höhnisch hinter ihm hervor.

Valerius sah die beiden Männer an. Angeblich war er auf den Palatin gerufen worden, um seine ausbleibenden Fortschritte zu erklären, doch er hegte den Verdacht, dass das eigentliche Motiv ein anderes war. »Bei einer Ermittlung dieser Natur kann man Mangel an Eifer und ausbleibenden Erfolg nicht miteinander gleichsetzen«, erklärte er. »Dir ist bestimmt bewusst, Präfekt, dass es darum geht, alle Steine in diesem Spiel zurechtzurücken, bevor man den entscheidenden Zug macht.«

Das beeindruckte Torquatus nicht. »Die Zukunft des Imperiums ist kein Spiel, Valerius«, fuhr er ihn an. »Vielleicht hat der Kaiser dir den Ernst dieses Auftrags nicht ausreichend klargemacht. Ein einziger Strich mit seinem Griffel würde genügen, und du wärest nicht mehr Held Roms.«

Valerius erlaubte sich ein Auflachen. Wenn Nero ihn hätte loswerden wollen, stünde er jetzt nicht vor Torquatus' Schreibtisch, sondern würde eine weit schmerzhaftere Unterhaltung in einer der Folterkammern führen, die irgendwo unter dem Hügel lagen. Dieser Gedanke bestärkte ihn in seinem Entschluss, seine Entdeckungen Lucina Graecina und Cornelius Sulla betreffend für sich zu behalten. Er musste noch einiges wissen, bevor er die beiden Torquatus' zartfühlender Hand auslieferte. Er sah Rodan direkt an.

»Wie ich höre, hast du ein halbes Jahr lang erfolglos nach Petrus gesucht. Ist das der Grund, aus dem der Kaiser mich beauftragt hat? Ich bin mir sicher, dass dein Eifer nicht infrage gestellt werden kann, aber vielleicht die Fähigkeiten deiner Ermittler ...«

Rodan stieß ein leises Knurren aus, wie ein Kampfhund, der von einem Rivalen bedrängt wird. Torquatus verzog die Lippen zu einem schmallippigen Lächeln. »Darüber hast du also mit Seneca gesprochen. Ich war neugierig. Meine Spione in seinem Haushalt waren unvorsichtig geworden. Inzwischen wurden sie ersetzt. Ein Wort der Warnung, Gaius Valerius Verrens. Setze dein Vertrauen nicht in einen Mann, dessen Zeit abgelaufen ist. Seneca wird zu viel damit zu tun haben, sich selbst zu retten, um auch noch an dich zu denken. Jedoch ...« Seine Stimme veränderte sich, und es war, als hörte man eine Schlange sprechen, zischelnd und verführerisch, aber mit kaum verhohlenen Giftzähnen. »Falls du deine ungeteilte Loyalität einem Mann schenkst, dessen Zeit gekommen ist, würdest du ihn nicht undankbar finden. Schau nicht so überrascht, junger Mann. Ich bin nicht blind. Genau wie der Kaiser habe ich dein Talent erkannt, aber wie er verlange ich den Beweis für deine Hingabe.«

»Was für einen Beweis?«

»Die Anhänger dieses Christus sind nicht die einzige Bedrohung für den Kaiser. In der Gerichtsbarkeit bist du beliebt. Die Leute erzählen dir eine Menge. Vielleicht sind sie gelegentlich indiskret?«

»Du möchtest, dass ich meine Freunde ausspioniere?« Valerius bemühte sich, nicht mit gefährlich scharfer Stimme zu sprechen. »Und was wäre der Lohn für diesen Dienst, abgesehen natürlich von deiner Dankbarkeit?«

Torquatus lächelte. »Wir haben von einer Legion gesprochen, oder nicht? Wenn ich dem Kaiser nur ein einziges Wort sagte, bekäme Gaius Valerius Verrens den scharlachroten Mantel eines Legaten. Ein Jahr lang, vielleicht anderthalb. Ein erfolgreiches Kommando an einem profitablen, aber nicht allzu gefährlichen Kriegsschauplatz. Dann einen Sitz im Senat. Warum nicht? Er steht dir von Geburt aus zu. Du hättest deinen Sitz, bevor du dreißig bist, und mit etwas Glück und den richtigen Freunden würdest du im entsprechenden Alter Konsul.«

Valerius entspannte sich und erwiderte das Lächeln. Alles, wovon sein Vater nur je geträumt hatte, wurde ihm von Torquatus angeboten und mehr. Ein Konsulat? Das war beinahe schon lächerlich. Fehlte nur noch das Versprechen, seinen rechten Arm wiederherzustellen. Wie typisch für diesen

Mann, sein Spiel zu überreizen. Wäre das Angebot ernst gemeint gewesen, hätte das Kommando über eine Legion als Bestechung vollkommen ausgereicht.

»Du bist wirklich großzügig.« Er hoffte, dass Torquatus gegen Ironie immun war. Feinsinn war ihm ja auch sonst fremd. »Ich werde tun, was ich kann, aber die Suche nach dem Judäer hat für mich oberste Priorität. Ich hoffe, du wirst keine Ursache haben, meinen Eifer erneut zu bezweifeln.« Er wandte sich zum Gehen.

Ein Wort von Torquatus brachte ihn zum Stehen. »Valerius?«

»Ja.«

»Du tust klug daran, dich nicht von deinen Ermittlungen ablenken zu lassen. Der Rest kann warten – vorläufig. Der Kaiser wird allmählich ungeduldig, und ohne Fortschritte in Sachen Petrus bedeutet mein Angebot gar nichts. Ich rate dir dringend, nicht alles allein zu machen. Du kannst von Rodan jede Unterstützung bekommen, die du brauchst. Er hat bereits damit begonnen, Hinweise zusammenzutragen, die dir helfen könnten.«

»Hinweise? Was für Hinweise denn?«

Torquatus' Tonfall war beinahe sanft, doch bei seinen Worten lief Valerius ein Schauer den Rücken hinunter. »Vielleicht solltest du deinen Vater fragen.«

Deinen Vater fragen. Als Valerius den Palast verließ, hatte er die Worte noch immer im Ohr. Torquatus versuchte, ihn zu verunsichern, das war klar, aber steckte noch mehr dahinter? Politisch gesehen war Lucius trotz seiner schmerzhaften

Erfahrungen noch immer so hilflos wie ein Säugling. Seine Freundschaft mit Seneca, der ihn protegiert hatte, machte ihn zusätzlich verwundbar. Die Botschaft war eine Drohung, aber wie groß war die Gefahr? Olivia, Petrus und jetzt sein Vater. Wie viele Bürden würde man ihm noch aufladen?

Beinahe hätte er Felix übersehen, der sich in die Menge auf den Stufen des Jupiter-Stator-Tempels gemischt hatte. Der Spanier nickte ihm zu zum Zeichen, dass Valerius noch immer beschattet wurde. Auf dem Weg zurück zum Clivus Scauri versuchte Valerius, sich darüber klar zu werden, was jetzt am wichtigsten war. Er musste eine Möglichkeit finden, an Petrus heranzukommen. Der Junge hatte behauptet, wenn Valerius den Judäer suche, werde Petrus irgendwann zu ihm kommen. Doch darauf konnte er sich nicht verlassen. Valerius hatte zwei Hebel. Lucina und Cornelius Sulla. Die Frage war, welche dieser beiden Personen ihm mit größerer Wahrscheinlichkeit die benötigte Information liefern würde. Und diese Frage beantwortete sich von selbst.

Das Bordell stand an einer Kreuzung im Tal zwischen den Hügeln Caelius und Esquilin. Es war eines von Roms besseren Häusern, und an der Tür waren zwei muskelbepackte Wächter aufgestellt, die dafür sorgten, dass das gesellschaftliche Ansehen der Kundschaft den Ansprüchen des Besitzers genügte.

Die drei Beobachter lungerten auf der gegenüberliegenden Straßenseite herum. »Er ist schon länger als eine Stunde da drin. Ich weiß nicht, wo diese jungen Kerle die Kraft hernehmen«, brummte Marcus. Serpentius, der im

Schatten stand, murmelte etwas aus dem Dunkel, das den alten Gladiator zum Lachen brachte. »Oh, Geld für einen guten Fick hat man immer, Schlange. Und Cornelius ist offensichtlich bereit, für den besten zu bezahlen.«

Valerius lachte mit ihnen, doch er fragte sich, wieso Cornelius Sulla, der in Neros Palast kostenlosen Zugang zum größten und dekadentesten Bordell Roms hatte, das Bedürfnis empfand, ein Etablissement wie dieses zu besuchen. Gewiss, dies hier war ein Haus der Oberklasse, aber Cornelius bräuchte beim Kaiser nur ein Wort zu sagen, und er könnte jeden gut aussehenden Jungen, jedes schöne Sklavenmädchen oder sogar die Gattin eines Senators bekommen, wenn sie ihm gefiel.

Die Türsteher musterten die drei Männer misstrauisch, und Valerius konnte es ihnen nicht verübeln. In der Nähe von Bordellen wurden die Straßen oft von Räubern heimgesucht, und er trug noch immer den Kapuzenumhang, mit dem er sich den von Torquatus beauftragten Beschattern entzogen hatte. Es war trügerisch einfach gewesen. Serpentius hatte einen der Beschatter beschuldigt, er hätte sich an seinem Geldbeutel vergreifen wollen. Dessen Kollegen hatten sich eingemischt, und diese Gelegenheit hatte Valerius genutzt, um seinen Verfolgern zu entschlüpfen und sich Marcus anzuschließen.

Wenn Cornelius nicht gerade damit beschäftigt war, sich beim Kaiser einzuschleimen, verbrachte er erstaunlich viel Zeit in diesem Bordell, und so war es keine Überraschung gewesen, dass er an diesem Abend dort aufgetaucht war. Valerius schwitzte unter dem schweren Wollstoff seines Umhangs, doch er wagte nicht, ihn auszuziehen, um seine Beute nicht aufzuschrecken. Ausnahmsweise einmal waren leckere Kochdüfte stärker als der übliche Gestank, der auf der Straße herrschte, und sein Magen rief ihm in Erinnerung, dass er seit Tagesanbruch nichts mehr gegessen hatte. Der Duft drang aus einer Taverne, in der sich ein paar Stammgäste versammelt hatten, um den sauren Wein zu trinken und über ihre Ehefrauen herzuziehen. Das laute Gespräch rief Valerius in Erinnerung, dass er das Alter, in dem einem das Junggesellentum noch zugebilligt wurde, in einem Jahr überschritten haben würde. Aber welche Frau würde einen Einarmigen heiraten wollen?

Eigenartigerweise trat ihm Fabias Gesicht vors innere Auge. Sie musste ihre Laufbahn an einem Ort wie diesem begonnen haben, und nur durch eine besondere Mischung aus Schönheit, Intelligenz und Charme hatte sie sich daraus freigekämpft. Inzwischen war sie eher eine Geliebte als eine Kurtisane. Allerdings die Geliebte von einem Dutzend Männern, die für dieses Privileg bezahlten. Dagegen würden die meisten der hier beschäftigten Frauen irgendwann auf der Straße landen, verbraucht, misshandelt und für einen Becher Wein zu haben.

Ob er Fabia heiraten könnte? Die Abwegigkeit des Gedankens brachte ihn zum Lächeln. So oder so heiratete ein Mann nicht aus Liebe, sondern um Wohlstand oder Protektion zu erlangen. Er fragte sich, was sie wohl sagen würde, wenn sie wüsste, dass er ihren Namen mit dem Wort »Liebe« in Verbindung gebracht hatte. Würde es ihr einen bissigen Kommentar entlocken, oder ...

»Er ist da«, zischte Marcus.

Valerius spähte unter seiner Kapuze hervor zur Tür des Bordells, wo Cornelius Sulla einen Moment verweilte, leicht erkennbar an seinem im Licht der Straßenlampe golden schimmernden Haar. Der Aristokrat hielt ein Mädchen in den Armen. Sie war dunkelhaarig, hatte volle Lippen, ein sinnliches Gesicht und große Brüste, die fast aus ihrem Kleid herausplatzten. Mit einer beinahe brüderlichen Geste versuchte Cornelius, sie zu bedecken. Das Mädchen schlug seine Hände verspielt weg und entblößte sich nur noch mehr. Dunkle Nippel lugten unter Stofffalten hervor. In der Weise, wie sie einander lang und leidenschaftlich Hand in Hand küssten, lag jedoch nichts Geschwisterliches. Schließlich trennten sie sich schwer atmend. Cornelius lächelte albern.

»Der dumme Hund hat sich in eine Nutte verliebt«, knurrte Marcus. »Wer hätte das gedacht?«

Schließlich rief jemand das Mädchen nach drinnen, und zwei Männer traten zu Cornelius, die sich bisher im Schatten verborgen gehalten hatten. Der eine, stämmig und muskulös, hatte einen wiegenden Gang, der darauf hindeutete, dass er mehr Zeit im Sattel als zu Fuß verbrachte. Er warf Valerius einen aufgebrachten Blick zu und flüsterte dem jungen Aristokraten etwas ins Ohr. Cornelius musterte Valerius und seine Begleiter kurz und tat sie dann mit einem geringschätzigen Kopfschütteln ab.

Valerius ließ den drei Männern Zeit, sich ein Stück zu entfernen, bevor er ihnen in ein paar Dutzend Schritten Abstand folgte. Ihm war klar, dass sie sich seiner Gegenwart bewusst waren, aber das war Absicht. Nach hundert Schritten blieben sie stehen, und die beiden Leibwächter brachten jeder einen gefährlich aussehenden Knüppel zum Vorschein. Sie stellten sich schützend vor den jüngeren Mann. Valerius ließ die Kapuze vom Kopf gleiten, und Cornelius erstarrte, als er seinen Verfolger im flackernden Schein der Fackeln erkannte.

»Was willst du?«, fragte er.

Valerius hob das an der Goldkette befestigte Siegel hoch, sodass jeder es sehen konnte. »Ich bin im kaiserlichen Auftrag hier.« Er richtete diese Worte an den älteren der beiden Wächter. »Eurem Herrn droht bei mir keine Gefahr. Geht zwanzig Schritte weiter, dann stößt er gleich wieder zu euch.«

Die Männer wechselten einen Blick und sahen dann Cornelius an. Der stierte wie hypnotisiert auf das Siegel.

»Zwanzig Schritte«, wiederholte Valerius. »Im Namen des Kaisers.«

Cornelius nickte. Einer der Wächter schob das Kinn vor, als wollte er Einwände erheben, doch der zweite Mann zog ihn am Ärmel, und sie gingen widerstrebend davon. Als Valerius mit Cornelius allein war, lenkte er ihn in den Schatten am Straßenrand, doch der jüngere Mann schüttelte seine Hand ab und starrte ihn aufgebracht an. Valerius musste zugeben, dass er schon freundlichere Kobras gesehen hatte.

»Was willst du?«, fragte Cornelius erneut. Sein Blick war unbesorgt, da er Neros Liebling war und gedachte, Valerius für diese Beleidigung bezahlen zu lassen. Valerius seinerseits sah in das hübsche Gesicht und wusste, dass die Arroganz des Jungen jeden Kompromiss unmöglich machte.

»Vor zwei Tagen hast du dich heimlich mit Lucina Graecina getroffen ...«

»Du lügst«, zischte Cornelius, doch Valerius beachtete ihn nicht.

» ... in den Horti Sallustiani. Die edle Dame war ohne Begleitung. Du ebenfalls. Die Dame ist zuerst im Park eingetroffen und hat eine Viertelstunde auf dich gewartet. Du hast etwa zwei Minuten mit ihr gesprochen und bist dann durch dieselbe verborgene Tür weggegangen, durch die du gekommen warst.« Im Fackellicht schimmerte Cornelius' Gesicht wie eine bleiche Kugel. Seine Haut wirkte plötzlich so knittrig wie altes Pergament, und der Zorn in seinen Augen wich Angst. »Ich möchte den Grund für dieses Treffen erfahren und wissen, was gesprochen wurde.« Valerius hob die linke Hand mit dem kaiserlichen Siegel. »Im Namen des Kaisers.«

»Das ... das stimmt nicht.«

»Die Mutter eines Mannes, den der Kaiser hat töten lassen, trifft sich heimlich mit einem Angehörigen des kaiserlichen Hofs?«

»Sie ...«

»Sie mag das überleben, weil sie Lucina Graecina ist, aber was wird mit dem Liebling des Kaisers, mit Cornelius Sulla geschehen? Nero ist nicht dafür bekannt, dass er Gnade walten lässt oder leicht vergibt. Ein einziges Wort von mir, Cornelius, und du bist ein toter Mann. Warum hast du dich mit ihr getroffen?«

»Ich kann es dir nicht sagen. Tu, was du tun musst.«

Die Stimme des Jungen bebte, aber in seinem Tonfall lag ein Trotz, der ihn Valerius fast sympathisch machte. Er wünschte, es gäbe einen anderen Weg.

»Ob es nun stimmt oder nicht, Nero wird glauben, dass du ihn verraten hast. Hast du schon einmal einen Verräter sterben sehen, Cornelius? Das Bürgerrecht wird dich nicht retten. Dich wird man nicht einfach vom Tarpejischen Fels stürzen. Auf dich würde das Kreuz oder der Scheiterhaufen warten. Ein langsamer, schmerzhafter Tod. Könntest du ihn ertragen?«

»Ich kann es dir nicht sagen ... bitte!« Eine Träne rann über den feinen Flaum auf seiner Wange.

»Was wurde gesprochen?« Valerius' Stimme blieb hart.

Cornelius biss sich auf die Lippe, als könnte er sich nur so am Reden hindern.

»Du magst bereit sein, dem Tod in die Augen zu sehen, aber *sie* ebenfalls?«

Die Augen des Jungen weiteten sich, als er begriff, dass mit »sie« nicht Lucina gemeint war.

»Du wirst dabei zuschauen müssen«, fuhr Valerius unerbittlich fort, »wie sie stirbt. Dir zur Qual und Nero zum Vergnügen werden sie ihre Schönheit nach und nach zerstören. Zwinge mich nicht, es zu tun, Cornelius. Erzähle mir, was gesprochen wurde, und ihr werdet beide am Leben bleiben. Bei meiner Ehre.«

XVII

Lucina Graecina wartete allein in der Mitte des Parks. Wo blieb er?

Sie hasste es, wenn jemand unpünktlich kam. Schlimm genug, dass sie warten musste, bis er sicher davon ausgehen konnte, dass sie allein waren, aber hier so lange aufgehalten zu werden ... Sie holte tief Luft und zwang sich, ruhig zu bleiben. Was hatte Petrus gesagt? »Ungeduld ist wie Zorn. Derartige Gefühle hindern uns daran, Gottes Werk zu tun.«

Sie lächelte, und plötzlich verwandelte sich das schmale verkniffene Gesicht. Sie taten Gottes Werk. Sie blickte zu den Bäumen, die mit ein paar Schritten Abstand zur Parkmauer wuchsen, und zu den Blumen in ihren Beeten entlang des festgetretenen Wegs. Farben und Formen, jede einzigartig. Das alles war Gottes Werk.

Weitere zehn Minuten vergingen, und es gelang ihr, ihre innere Harmonie zu bewahren. Nur ein einziges Mal warf sie einen Blick zu der Ecke, hinter der er auftauchen musste. Sie war eine Sterbende gewesen, bis ihre neuen Freunde sie gefunden hatten – oder hatte vielmehr sie ihre neuen Freunde gefunden? Sie war innerlich eingeschrumpft gewesen wie eine ausgetrocknete Leiche in einem hundert Jahre alten Grab. Ihr Geist hatte sich in Wut und Rachegedanken gegen den Mann verzehrt, der ihren Sohn erst entehrt und dann vernichtet hatte. Fünf Jahre lang hatte sie sich in selbst gewählter Trauer zurückgezogen und keinen Moment der Freude erlebt. Dann war sie *ihm* begegnet, und er hatte ihr die Augen erneut fürs Leben geöffnet.

»Herrin?«

Die falsche Stimme. Sie fuhr herum und spießte den Eindringling mit einem nadelspitzen Blick der Verachtung auf. »Dies ist ein privater Park. Bitte verlasse ihn sofort.« Sie wandte sich ab, um die Botschaft ihrer Augen mit dem Rücken noch zu verstärken, doch ihr Herz hämmerte so heftig, dass sie sich fragte, ob es ihr nicht aus der Brust bersten würde. Was konnte vorgefallen sein? Das Geheimnis war nur einigen wenigen bekannt, und auf keinen Fall diesem kräftigen jungen Mann mit dem ernsten Gesicht.

»Cornelius wird nicht kommen. Er hätte mich herbringen sollen, doch er ist zusammen mit dem Mädchen verschwunden.«

Lucinas Herz erbebte. Mädchen? Was für ein Mädchen? Sie durfte nicht in Ohnmacht fallen. Sie legte ihre ganze Kraft in ihre Stimme. »Ich kenne keinen Cornelius. Ich werde dich kein weiteres Mal zum Gehen auffordern.«

»Vielleicht möchtest du ja deine Diener rufen. Ich bin mir sicher, sie wären daran interessiert, was ich zu sagen habe.«

»Mehr als ich«, schnaubte sie und wandte sich zum Tor.

»Ich will nichts von dir. Ich möchte mit Petrus sprechen«, beharrte Valerius.

Fast ohne sich dessen gewahr zu werden, blieb sie stehen. »Weitere Namen. Weitere Geheimnisse.«

»Du bist mit Geheimnissen vertraut, wie ich hörte.«

»Aber nicht mit Rätseln, junger Mann. Du verschwendest meine Zeit und deine noch dazu.«

Er schüttelte den Kopf. »Du bist eine Anhängerin des judäischen Mystikers namens Christus. Du hast an Ritualen teilgenommen, durchgeführt von dem Mann, den ich suche. Du bewahrst bestimmte religiöse Gegenstände in deinem Heim auf, und ich werde sie finden, wenn ich mir mittels dieses Zeichens meiner Autorität Zugang verschaffe.« Er hielt das Siegel hoch, und sie erhaschte aus dem Augenwinkel einen Blick auf das schimmernde Gold. Das reichte ihr, um zu erraten, worum es sich handelte. »Das alles weiß ich von Cornelius, und außerdem, dass er den Kontakt zu Petrus verloren hatte und du ihm heute verraten wolltest, wo er ihn finden kann.«

Sie drehte sich um, und ihre Augen zogen sich gefährlich zusammen wie bei einer von Hunden bedrängten Katze. »Wenn du ihm etwas angetan hast, wirst du in alle Ewigkeit verdammt sein, genau wie dein Herr.«

Valerius gestattete sich ein Lächeln. »Du gestehst also deine Mitwisserschaft ein, wenn nicht deine Schuld. Du verstehst mich falsch, werte Dame. Ich werde Cornelius vor Schaden bewahren, wenn ich ihn finden kann, und ich dulde keinen anderen Herrn über mir als mich selbst.«

»Du hast sein Siegel und bringst seinen Gestank hierher.

Ich gestehe bereitwillig sowohl meine Komplizenschaft als auch meine Schuld ein. Der Tod hält keinen Schrecken für mich bereit, junger Mann, wie entsetzlich auch immer das Sterben sein mag. Ich gehe bereitwillig ins Leben nach dem Tod, weil ich weiß, dass ich bis in alle Ewigkeit bei denen sein werde, die ich liebe. Tu, was du willst.«

Sie wandte sich um, und unwillkürlich musste er sie bewundern. Sie hatte seinen Angriff abgewehrt, und als er ihr das Messer auf die Brust gesetzt hatte, hatte sie ihn so mühelos entwaffnet, als wäre er ein Kind. Doch er hatte noch eine letzte Frage. »Was bedeutet MCVII?«

Sie blieb unvermittelt stehen und wandte sich ihm zu. Ihr Blick heftete sich auf die künstliche Hand. »Wie heißt du, junger Mann?«

»Ich bin Gaius Valerius Verrens.«

»Dann musst du deinen Vater fragen.«

Die ganze Nacht wurde Valerius von Albträumen gequält, in denen wilde Tiere aus der Dunkelheit kamen und ihn umzingelten. Er wachte mit einem trockenen Mund und einem ungewohnten Gefühl der Hilflosigkeit auf. Als er sich auf den Weg nach Fidenae machte, hinterließ er Marcus die Anweisung, sich auf die Suche nach Cornelius Sulla zu konzentrieren. Cornelius hatte das Mädchen am Morgen nach der Begegnung mit Valerius aus dem Bordell abgeholt und war verschwunden. Sie hatten seine üblichen Aufenthaltsorte erfolglos abgesucht, und wenn er sich nicht auf dem Palatin versteckt hielt, wo Marcus und seine Männer keinen

Zugang hatten, musste er sich entweder in den Gassen der Subura verkrochen oder Rom ganz verlassen haben.

Doch Valerius hatte seine eigenen Sorgen. Noch vor Tagesanbruch verließ er die Stadt zu Pferd, mit allen erdenklichen Vorsichtsmaßnahmen, wenngleich er wusste, dass es keine Garantie dafür gab, dass er Rodans Beschatter abgeschüttelt hatte. Er war innerlich so angespannt wie eine Bogensehne. *Deinen Vater fragen.* Derselbe belastende Vorschlag aus zwei vollkommen unterschiedlichen, aber gleichermaßen gefährlichen Quellen. Was wusste sein Vater über den Christuskult und Verschwörungen gegen den Kaiser? Lucius war politisch niemals besonders scharfsinnig gewesen, aber er war kein Narr. Die zwei oder drei Briefe, die er dem Kaiser geschrieben hatte, waren wahrscheinlich gar nicht bis zu diesem durchgekommen, und so war es wenig wahrscheinlich, dass Nero auch nur seinen Namen kannte. Doch das galt nicht für Torquatus, und anscheinend nutzte er jeden verfügbaren Hebel, um Valerius noch fester in den Griff zu bekommen. *Deinen Vater fragen.* Die Angst hing wie eine dunkle Gewitterwolke über Valerius' Haupt.

Er verließ die Straße eine Meile vor dem Tor des Anwesens, um sicherzugehen, dass heute kein verborgener Beobachter seine Ankunft melden würde. Sein Pferd suchte sich seinen eigenen Weg über die vertrauten Hügel, bis sie zu dem Pfad kamen, der vom Tor direkt zum Haus führte. Alles wirkte normal, doch seine Sinne wurden mit jedem Schritt des Pferdes wachsamer.

Als die Villa in Sicht kam, brachte er sein Pferd neben einem Gebüsch aus Schwarzpappeln zum Stehen und saß länger als eine Minute lauschend und beobachtend da. Alles wirkte normal. Aber warum hatte er dann ein so überwältigendes Gefühl von Gefahr? Er stieg ab, führte sein Pferd zur nächsten Scheune und band es neben einem Paar von Rotschimmeln an, die besser waren als jedes Tier, das sein Vater je besessen hatte. Neben ihnen stand eine kunstvoll bemalte vierrädrige Kutsche. Mit noch größerem Misstrauen als zuvor trat Valerius in den Sonnenschein hinaus und überquerte den Hof. Die Tür war geschlossen, jedoch nicht verriegelt, und er trat lautlos ein und empfand sofort die Heimeligkeit einer Umgebung, die er von Kindheit an kannte. Jedes Steinchen des Mosaikbodens war ihm so vertraut wie damals, als er darauf herumgekrabbelt war. Er näherte sich dem offenen Innenhof mit seinen geweißelten Säulen, als er erhobene Stimmen hörte.

Drei Männer lagen auf Klinen um einen Steintisch herum, der neben dem zentralen Becken stand. Sein Vater ruhte am weitesten entfernt, mit dem Gesicht zum Eingang. Trotz seiner entspannten Haltung vermittelte Lucius den Eindruck, als sei er nur wider Willen Teil der Gruppe. Auf der Couch war er so weit wie möglich nach hinten gerutscht, und er hielt seinen Becher abwehrend an die Brust gedrückt. Sein Blick schoss zwischen seinen beiden Gästen hin und her wie der eines Hundes, der sich fragt, wer von den beiden ihn zuerst schlagen werde. Der Mann zu seiner Rechten hätte der Besitzer der Villa sein können, so lässig, wie er an den Trauben pickte, die in einer Schale auf dem Tisch standen. Er hatte dunkles Haar, das lockig aus einer breiten Stirn zurückfiel, und einen ordentlich geschnittenen eckigen Bart. Die tief liegenden obsidianschwarzen Augen blickten, als wären sie auf etwas Interessantes gerichtet, das sich in mittlerer Entfernung befand. Der dritte Mann hatte Valerius den Rücken zugekehrt, doch Körperfülle und Haltung waren unverkennbar. Es war Seneca.

Der dunkelhaarige Mann wandte sich Lucius mit einem angespannten Lächeln zu. »Anscheinend haben wir einen Gast.«

Lucius blickte auf, und seine Züge erstarrten, als er Valerius erkannte.

Seneca wandte noch nicht einmal den Kopf. »Willkommen, mein Junge. Zwei Besuche innerhalb von zwei Wochen? Deine kindliche Hingabe überrascht sogar mich. Komm, wir wollten gerade gehen.« Mit einer für einen so dicken Mann überraschenden Gewandtheit erhob er sich von der Couch und drehte sich mit einem Lächeln um, als fände er das Kommen des unerwünschten Eindringlings amüsant. »Ein Besuch, um Nachbarschaftsangelegenheiten von beiderseitigem Interesse zu besprechen«, erklärte er. »Darf ich meinen Geschäftsfreund vorstellen, Saulus von Tarsus.«

»Paulus«, sagte der bärtige Mann rasch und sah Seneca warnend an, »mein Name ist Paulus.«

Doch der Philosoph winkte träge ab.

»Wir sind hier unter Freunden.« Er sah Valerius um Bestätigung heischend an. »Verschwiegenen Freunden. Deine Arbeit läuft gut?« Die Frage war sehr nachdrücklich gestellt, doch der junge Römer beschloss, sie wie eine höfliche Erkundigung zu beantworten.

»Das Leben in Rom ist immer interessant, wie du weißt, Meister Seneca.«

Seneca lachte. »Eine gute Antwort. Anscheinend habe ich dich gut gelehrt, Valerius.« Er wandte sich Lucius zu. »Ich wünsche dir einen schönen Tag. Und denke bitte an das, was wir besprochen haben.« Lucius verbeugte sich.

Der Mann, der sich Paulus nannte, trat zu Valerius. Er war eine knappe Handbreit kleiner als der Römer und älter, als es zunächst den Anschein gehabt hatte. Etwas an ihm weckte bei Valerius eine Erinnerung. »Dein Vater spricht gut von dir, junger Mann. Ich wünsche dir Erfolg bei allem, was du unternimmst.«

Valerius nickte dankend, doch als die beiden Gäste gegangen waren, blieb von Paulus der Eindruck einer im Gefängnis erworbenen Blässe und eines unverkennbaren Kerkergeruchs zurück.

In der nun folgenden Stille bemerkte Valerius, dass die traditionelle Vater-Sohn-Rolle sich umgekehrt hatte. Lucius wich seinem Blick aus und starrte aus dem Fenster. Valerius war sich zunehmend sicher, dass der alte Mann sie irgendwie alle in Gefahr gebracht hatte. Was spielte er für ein Spiel, dass Torquatus auf ihn aufmerksam geworden war? Und worin bestand die Verbindung zwischen diesen Männern und Lucina? Er versuchte, mit ruhiger Stimme zu sprechen, doch die Worte kamen schärfer heraus, als er beabsichtigt hatte. »Du hast mich noch vor wenigen Tagen gewarnt, ich solle mich vor Seneca hüten. Warum sollte ich deinen Rat befolgen, wenn du es selbst nicht tust?«

An einem anderen Tag hätte sein Vater ihn dafür wütend

angefahren, doch jetzt winkte er nur müde ab. »Wenn ein Nachbar mich besucht, soll ich ihn dann von meiner Tür weisen?«

»Seneca kommt nie einfach nur so vorbei. Wer war der Mann, der ihn begleitet hat?«

»Saulus von Tarsus – oder Paulus, wie er sich nennt – ist ein Freund von Senecas Bruder. Ein ordentlicher Mann und ein römischer Bürger, trotz seiner Abstammung.«

»Ein ordentlicher Mann braucht keine Decknamen, und er trägt nicht den Gestank des Gefängnisses mit sich herum.«

Lucius sah ihn scharf an. »Ja, er war um seines Glaubens willen im Gefängnis, aber man hat ihn freigelassen, damit er seine Arbeit fortsetzen kann.«

Das Wort »Glauben« erfüllte Valerius mit Schrecken. »Was tust du uns an?«, fragte er. »Verstehst du denn nicht, dass du Olivia in Gefahr bringst? Reicht es dir nicht, ihr deine Hilfe zu verweigern? Musst du sie nun auch noch mit dir zum Scharfrichter schleppen?«

»Ich habe nichts getan. Ich ...«

»Nichts? Vor zwei Tagen hat mir der Prätorianerpräfekt des Kaisers geraten, meinen Vater zu fragen, wenn ich wissen will, wie ich an einen Mann herankomme, dessen Tod Nero wünscht. Gestern hat mir eine Frau, die sich zu diesem von mir gesuchten Mann bekannt und sich damit selbst bezichtigt hat, dasselbe empfohlen. Seitdem frage ich mich, was das alles bedeuten könnte. Jetzt verstehe ich es.« Lucius schüttelte lautlos den Kopf. Valerius bemühte sich gar nicht erst, die Erbitterung in seiner Stimme zu verbergen. »Ich habe vom Kaiser den Befehl erhalten, den Führer eines religiösen Kults aufzuspüren, dem man vorwirft, das Volk aufzuwiegeln. Sie beten einen Verbrecher namens Christus an, der vor dreißig Jahren am Kreuz gestorben ist. Einen Verrückten, der überzeugt war, der Sohn eines Gottes zu sein und Wunder wirken zu können. Aber das ist dir bereits bekannt, weil du ihn ebenfalls anbetest.«

»Du hast keine Ahnung, wovon du sprichst.« Lucius' Tonfall gewann ein wenig Autorität zurück. »Ich bin noch immer das Familienoberhaupt. Verlasse sofort mein Haus.«

»Was bedeutet MCVII?«

»Geh!«

Valerius schüttelte den Kopf. »Sag mir, wo ich diesen Petrus finden kann, Vater. Sag mir, wo sie sich treffen.«

»Geh jetzt bitte.«

»Um Olivias willen, wenn nicht um meinetwillen.«

»Bitte, Valerius, lass mich allein.« Lucius ließ sich auf die am weitesten entfernte Couch fallen. »Ich kann dir nichts sagen.«

Valerius fühlte sich plötzlich von derselben Hilflosigkeit überwältigt, die er an Olivias Bett empfunden hatte. Hier würde er nichts mehr erfahren. Er ging zur Tür. »Du bist ein guter Mensch, Vater, aber dir ist nicht klar, in welcher Gefahr du dich befindest. Halte dich an deinen eigenen Rat. Hüte dich vor Seneca – und vor diesem Paulus.«

Erst als Valerius wieder bei der Scheune war, begriff er, dass sie sich beide im selben Netz verfangen hatten.

Er bemühte sich, seine Gedanken zu ordnen. Wie war die Welt zu einem solchen Wirrwarr von Widersprüchen geworden? Doch tief in seinem Herzen hatte er es gewusst, seit Lucina im Garten die drei schicksalhaften Wörter ausgesprochen hatte, so unmöglich es auch zu sein schien. Lucius, ein intelligenter Mann und guter Römer, war ein Christusanhänger geworden. *Er glaubte.* Er glaubte an einen Menschen, der behauptete, das ewige Leben zu bringen. An einen verrückten jüdischen Rebellen, der sich für den Sohn eines Gottes hielt – eines Gottes, der Ausschließlichkeit für sich beanspruchte und für den man alle anderen Götter aufgeben musste. Valerius erinnerte sich an die tröstliche Familientradition täglicher Trankopfer an den Küchengott, an die Münze, die der Gott der Kreuzwege bei Olivias Hochzeit bekommen hatte, und an die Opfer, die Jupiter und Minerva, Bacchus und Mars an den vorgesehenen Tagen für die vorgesehenen Zwecke dargebracht wurden. Gute Ernte, Gesundheit, süßer Wein und süßer Sieg. Ein Römer sollte von Göttern umgeben sein. Wie konnte sein Vater sich so sehr verändert haben?

»Du darfst ihn nicht zu streng verurteilen.« Die leise Stimme kam von hinten und über ihm. Ruth saß wie eine ernste Wiesennymphe auf einem grasbewachsenen Hang am Straßenrand. Zu seiner Überraschung freute er sich, sie zu sehen, fragte sich allerdings, woher sie gewusst hatte, dass sie ihn hier erwarten sollte.

»Du hast keine Zeit gehabt, dein Pferd zu tränken.« Sie stand auf und sprang zu einem Pfad hinunter, der zwischen den Bäumen hindurchführte. »Komm, ich zeige dir eine Stelle.«

Er zögerte, verblüfft über die Veränderung seit ihrer letzten Begegnung, doch sie lächelte, und er folgte ihr, halb aus Neugier und halb aus anderen Gründen, die er nur schwer hätte erklären können. Den Pfad war er als Kind viele Male gegangen, und er wusste, wo er hinführte. Sie verlangsamte ihren Schritt, damit er neben ihr hergehen konnte.

»Er war verloren, aber jetzt ist er gefunden worden«, sagte sie rätselhaft.

»Ich verstehe nicht«, antwortete er, begriff aber im Moment, in dem er es aussprach, dass das nicht ganz stimmte. Er empfand Ruths Gegenwart als verwirrend; sie rief in ihm eine Art von Enge in der Brust hervor, die er lange nicht mehr empfunden hatte. Sie trug dasselbe blaue Kleid wie an dem Tag im Olivenhain. Es war weit und fiel wenig schmeichelhaft, doch die weiblichen Kurven, die darunter verborgen lagen, machten sich auf verschiedene Weise unauffällig bemerkbar. Man konnte das Mädchen tatsächlich schön nennen. Ruth war einen Kopf kleiner als Valerius, aber geschmeidig und stark. Das dunkle Haar hing ihr bis zur Taille herab. Ihre Haut schimmerte in der Farbe von goldenem Zimt, und wenn sie lächelte, zog sie die Nase kraus wie ein kleines Mädchen. Ihre nächsten Worte waren ein Eingeständnis des Verrats, aber sie sprach sie ohne Furcht und auf eine Weise, die sie sehr naiv, sehr vertrauensvoll oder sehr tapfer erscheinen ließen.

»Es gibt nur einen Gott, und Jesus ist sein Sohn«, sagte sie in schlichter Überzeugung. »Als ich herkam, hatte Lucius nichts. Keine Familie. Keine Freunde. Keine Liebe. Er war leer. Wir redeten über unsere Ängste, und ich erzählte ihm von meinem liebenden Gott. Weil ich an ihn glaube, bin ich nie allein.«

Die Erwähnung des Wortes »Liebe« erinnerte Valerius daran, dass Ruth seinem Vater gehörte. »Mein Vater hatte mich. Und er hat Olivia.«

»Du hattest dich ihm entfremdet«, sagte sie leise und ohne Vorwurf.

Sie gelangten zum Teich, den er natürlich kannte. Er band das Pferd mit genügend Spiel in den Zügeln an einen Baum, sodass es trinken konnte. Eine Zeit lang herrschte Schweigen. Nur das Lied des Flusses war zu hören. Sie standen einander mit ein wenig Abstand gegenüber. Ruth war völlig unbefangen, doch Valerius musste einen inneren Knoten entwirren, so widersprüchliche Gefühle weckte sie in ihm. Eines davon war Begehren, vermischt mit dem Einsetzen einer tiefen, beinahe brüderlichen Zuneigung, doch dies war nicht das stärkste Gefühl. Nein, die mächtigste Empfindung, die sie in ihm hervorrief, war das Bedauern über seine eigene Unzulänglichkeit. Sie hatte eine geheimnisvolle Eigenschaft, eine verstörende Fähigkeit, tief in seine Seele vorzudringen. Wenn er mit ihr zusammen war, schämte er sich dafür, wer er war und was er getan hatte. Er wollte ihr alles über Nero, Torquatus und Petrus berichten, und auch über Maeve, Cearan und das blutige Schlachtfeld bei Colonia. Doch die Worte kamen nicht.

Ruth sah seine Verwirrung, tat aber so, als bemerkte sie sie nicht. Stattdessen fuhr sie mit ihrem Bericht fort. »Eines Tages gingen wir in die Stadt, und da hörte er einen Mann von Güte und Liebe erzählen. Dieser Mann berichtete außerdem von einem anderen Mann, der sich zum Heil der Menschheit geopfert hat. Der Mann kam zu uns und sprach mit deinem Vater. Ich weiß nicht, was er sagte, aber dein Vater weinte und bat den Mann, für ihn zu beten.«

»Dieser Mann war Petrus?«

»Ja, Petrus der Heiler. Der Mann, der von Christus auserwählt und durch ihn geheiligt wurde.«

»Und wurde mein Vater geheilt?«

»Später hat er mich gebeten, ihn zu Versammlungen mitzunehmen, und nach einer Weile aß und trank er von Christi Leib und Blut. Danach war er geheilt.« Valerius wurde beinahe übel, und er dachte an Neros entsetzliche Warnung, die Christusanhänger tränken das Blut von Kindern. Sie bemerkte seinen Blick, und ihr Gesicht wurde ernst. »Es ist nicht so, wie du denkst. Wir trinken nur mit Wasser versetzten Wein und essen ein dünnes Stück Brot. Doch es gefällt Gott, dies als das Blut und den Leib Christi zu betrachten.«

»Warum erzählst du mir das? Du kennst mich doch überhaupt nicht. Ich könnte dein Feind sein, und ich bin mit Sicherheit eine Gefahr für dich. Ich muss Petrus finden, und ich muss meinen Vater vor den Feinden retten, die ihm Übles zufügen werden, wenn sie können.«

»Dein Vater ist bereits gerettet; deshalb erzähle ich dir davon. Wenn du Petrus triffst, wirst du vor einer Entscheidung stehen, und nur wenn du verstehst, wirst du die richtige Wahl treffen. Du betrachtest uns als Feinde Roms, und dein erster Instinkt ist es, gegen uns loszuschlagen. Aber wogegen verteidigst du Rom? Wir wollen nur das Wort Gottes verkünden und allen Menschen Frieden und Harmonie bringen, seien sie Juden oder Heiden. Ist das so schrecklich? Für jemanden, der ein Gewissen besitzt, kann Rom eine harte Herrin sein, und schon viele echte Römer haben auf das Wort des wahren Gottes gehört und sich bekehren lassen.«

Er lauschte ihrer Stimme und stellte sich vor, er hörte die Worte eines anderen. War dies ein Winkelzug Petri, um ihn für die Sache dieses Christus zu gewinnen? Doch Ruth hatte etwas so offensichtlich Aufrichtiges an sich, dass er von ihrer Ehrlichkeit überzeugt war. Er konnte es sich immer noch nicht leisten, ihr zu trauen, aber zuhören konnte er ihr doch wohl?

»Anscheinend kenne ich meinen Vater nicht.«

»Dein Vater ist ein wunderbarer Mensch. Als ich kam, war er verhärtet, doch jetzt hat er Frieden gefunden.«

»Du warst gut zu ihm«, sagte Valerius.

»Ich war ihm wie eine Tochter«, beantwortete sie seine unausgesprochene Frage.

»Ich verstehe nicht. Ich dachte, du hasst mich. Nach der Rede des Jungen auf der Straße ...«

»Unsere Lehre verlangt von uns, keinen Hass zu empfinden«, unterbrach sie ihn sanft. »Nur Liebe. Ich hatte jedoch Angst, dass du deinen Vater verrätst. Ich war verwirrt. Doch unter dem Panzer, mit dem du dich auf dem Weg schützt, den Gott für dich gewählt hat, bist auch du ein guter Mensch. Das habe ich gesehen.«

Er öffnete den Mund, um zu widersprechen, doch bevor er etwas sagen konnte, warf sie einen Blick zu der Stelle, wo ein Bach den Teich speiste. »An einem solchen Ort bin ich getauft worden. Aber damals war ich noch klein und habe nur eine schwache Erinnerung daran.«

Valerius runzelte die Stirn. »Getauft? Was bedeutet dieses Wort?«

»Das ist eines unserer Rituale. Dein Vater hat es noch nicht durchlaufen. Ich verstehe seinen Zweck nicht wirklich, weiß aber: Um in das Reich Gottes zu gelangen, muss man unter Wasser getaucht worden sein. Getauft werden heißt gerettet werden. Jesus wurde von Johannes unter einem Wasserfall getauft. Manche sagen, es würde genügen, dem Anwärter Wasser übers Haupt zu gießen, aber Petrus ist überzeugt, dass für die vollständige Zeremonie der ganze Körper mit Wasser bedeckt werden muss. Wo immer er hingeht, sucht er einen Wasserfall.«

»Kannst du mir helfen, Petrus zu finden?«

Sie zögerte und musterte aufmerksam sein Gesicht, bevor sie zu einer Entscheidung gelangte. »Ich werde tun, was ich kann, aber die letzte Entscheidung trifft er selbst. Wenn ich Nachricht von unserem nächsten Treffen erhalte, setze ich mich mit dir in Verbindung.«

Sie berührte kurz seine Hand und ging. Das blauc Kleid verschwand zwischen den Bäumen am Fluss. Valerius blieb noch eine Weile stehen, bis er das Gefühl erkanntc, das ihn zu überwältigen drohte. Es war Einsamkeit.

Später, auf dem Rückweg nach Rom, erfüllte ihn eine merkwürdige Mischung aus Euphorie und Verwirrung. *Er war verloren, aber jetzt ist er gefunden worden.* Nun verstand er, was sie damit gemeint hatte, aber er verstand es nicht auf die *Weise*, die sie gemeint hatte. Ein Wunder war geschehen. Er hatte etwas gefunden, was er für immer verloren geglaubt hatte.

Aber würde er es behalten dürfen?

XVIII

Die Einladung hätte nicht ungelegener kommen können. Bestenfalls würde es ein Abend voll quälender Aufführungen des Kaisers und seiner neuesten Künstlerfreunde werden, der kreischenden Schauspieler und der Männer mit Falsettstimme, die sich gegenseitig überboten, das Talent des Kaisers zu preisen. Und schlimmstenfalls? Nun, Valerius würde es herausfinden. Die Erinnerung an ihre letzte Begegnung war noch immer frisch, und beim Gedanken an die tastende Zunge und den widerlichen Atem drehte sich ihm der Magen um. Die letzte Stunde hatte er in dem vergeblichen Versuch, das Geheimnis von Cornelius Sullas Verschwinden zu klären, bei Fabia verbracht und sich danach auf einen Abend zu Hause gefreut. Der Ort des Treffens, der Circus, den Caligula auf den Wiesen des Vatikans am anderen Ende der Stadt hatte errichten lassen, hätte kaum ungünstiger gelegen sein können. Eine Theateraufführung oder musikalische Darbietung war dort eher unwahrscheinlich, aber bei Nero wusste man nie. Die Arena wurde vor allem für die Pferde- und Wagenrennen genutzt, die der Kaiser liebte. Vielleicht wollte er ja ein Wagenrennen im Dunkeln veranstalten.

»Immer noch keine Spur von Cornelius oder dem Mädchen«, berichtete Marcus, als Valerius sich zum Gehen bereitmachte.

»Keine Sorge, sie werden schon auftauchen. Wahrscheinlich erscheint Cornelius bei der heutigen Abendveranstaltung.«

»Sollen wir dich unauffällig bewachen?«

Valerius schüttelte den Kopf. »Nein. Ich bezweifle, dass Rodan heute irgendeine Schweinerei ausheckt. Geh mit den anderen in die Taverne. Morgen treffen wir uns wieder und entscheiden dann, was wir als Nächstes unternehmen.« Er sah, dass der narbenbedeckte Gladiator zögerte. »Was ist?«

Marcus zuckte die Schultern. »Serpentius hat angeboten, im Haus zu bleiben, um über die Sicherheit deiner Schwester zu wachen.«

»Das ist nett von ihm. Er findet ein Bett in den Schlafräumen der Sklaven.«

»So hatte er es vor. Nur glaube ich, er hatte sich ein bisschen in Olivias Dienerin verguckt. Eine hübsche Kleine.«

Valerius lächelte. »Eine Kleine mit scharfen Klauen. Das wird er feststellen, falls er irgendein Spiel mit ihr versucht. Sie weiß, was sie will. Die Schlange soll aufpassen, dass ihr niemand den Schwanz abschneidet. Aber trotzdem glaube ich, dass es nicht schaden kann, einen Mann wie Serpentius im Haus zu haben.«

Er schickte einen Diener nachschauen, ob die Sänfte bereits eingetroffen war, und ging in Olivias Zimmer. Am Bett, in dem seine Schwester in gespenstischer Blässe lag, saß Julia. Das Mädchen sog bestürzt die Luft ein, als die hochgewachsene Gestalt sich als Silhouette in der Tür abzeichnete.

»Tut mir leid, ich wollte dich nicht erschrecken«, beruhigte er sie. »Ich wollte dir nur sagen, dass Serpentius heute Abend hierbleibt, um euch beide zu behüten. Er mag einschüchternd wirken, doch er hat ein gutes Herz.«

Sie nickte. »Ich mag ihn. Er bringt mich zum Lachen. Aber ich spüre auch etwas Dunkles in ihm; er macht mir fast so viel Angst wie du.«

Valerius machte ihr Angst? Fast hätte er bei dem Gedanken gelacht, doch dann begriff er, wie zutreffend ihre Empfindung war. In vieler Hinsicht war er genauso hart geworden wie sein Vater. Alles Leichte war durch seine Erfahrungen in Britannien und die Sorge um die kranke Olivia verschwunden. »Es gibt keinen Grund, dich vor mir zu fürchten, Julia.«

»Ich wollte es dir sagen.«

»Ich bin froh, dass du es getan hast. Ich verspreche dir, dass ich mich ändern werde.«

»Nein, das meine ich nicht. Ich meine das mit deinem Vater.«

Im Zimmer schien es ganz still zu werden. Draußen, vor den mit Läden verschlossenen Fenstern, hörte er Stimmen und wusste, dass die Sänfte eingetroffen war, doch er beachtete sie nicht.

»Was ist mit meinem Vater?«

»Ich musste ihm versprechen, dir nichts davon zu erzählen. Als du mich gefragt hast, ob Besuch da war, habe ich gelogen. Seit Julias Erkrankung ist er ein- oder zweimal pro Woche gekommen und hat sich zu ihr gesetzt. Ich wollte es dir sagen, aber ...«

Valerius legte ihr die Hand auf die Schulter und drehte ihr Gesicht zu sich hin. Mit dem Finger wischte er ihr die Tränen von den Wangen. »Arme Julia, in der Zwickmühle zwischen zwei schrecklichen, Angst machenden Männern. Kein Wunder, dass du in letzter Zeit so traurig warst.« Und armer Vater, so fest entschlossen, nur ja nicht als schwach zu erscheinen, dass er die Menschen, die er liebte, nicht wissen lassen wollte, wie sehr er sich um sie sorgte. »Ich muss jetzt los. Kümmere dich gut um Olivia.« Er beugte sich über sie und küsste sie auf die Stirn.

Vier Sklaven trugen die Sänfte und brachten ihn raschen Schrittes durch das Zentrum der Stadt und über den Pons Vaticanus zum Westufer des Tiber. Bäume säumten den Weg von der Brücke zum Circus, und zwischen ihnen stapelten Arbeiter Holz für die Lagerfeuer, die am Ende des Abends den Heimweg der Gäste erleuchten würden. Zu seiner Rechten lag die eigenartige Meta Romuli, die schmale Pyramide, unter der angeblich Romulus begraben lag. Voraus ragten die Mauern des Circus auf, der prachtvoller, aber nicht größer als der mächtige Circus Maximus auf der anderen Seite Roms war.

Die Sänftenträger setzten ihn ab, und er machte mit ihnen aus, dass sie ihn bei der Brücke abholen sollten, wenn der Abend laut Neros Einladung enden würde, also zur zweiten Stunde nach Einbruch der Dunkelheit. Ein kaiserlicher

Bediensteter führte ihn durch einen schmalen, gefliesten Gang zur gegenüberliegenden Seite des Circus. Auch andere Gäste trafen ein, aber nicht so viele, wie er bei einer solchen Veranstaltung erwartet hätte. Offensichtlich handelte es sich um einen Abend für wenige Auserwählte, und er fragte sich erneut, warum er eingeladen worden war. Er bemerkte drei ehemalige Konsuln und eine größere Zahl von Senatoren mit ihren Frauen. Die meisten betrachteten ihn von oben herab, aber einige wenige erkannten ihn als Held Roms, und er wechselte eine Verbeugung mit dem eleganten Patrizier Laecanius Bassus, der gerade das Konsulat von seinem Todfeind Regulus übernommen hatte.

Im großen Saal, der zu den Logen des Kaisers und der Senatoren hinausführte, versammelte sich schließlich eine Zahl von fast hundert Gästen. Valerius nahm einen Becher Wein an und zog sich in eine Ecke zurück, in der er keine höfliche Konversation mit Leuten führen musste, die er nicht kannte. Nach einigen Minuten drang ihm ein süßlicher Geruch in die Nase, und er spürte, dass jemand, der ihm nicht wohlwollte, neben ihn getreten war.

»Es überrascht mich, dass du nicht deine Trophäe herzeigst, mein Held. Jetzt wäre doch gewiss eine gute Gelegenheit, die Leute mit deiner Goldkrone der Tapferkeit zu beeindrucken?« Rodan lächelte breit und bemühte sich nicht, den Spott in seiner Stimme zu kaschieren. Er nahm sich ohnehin gern sehr wichtig, doch jetzt war er so aufgeblasen wie ein erschreckter Kugelfisch. Rodan war sehr zufrieden mit sich, und das war ein schlechtes Vorzeichen.

Valerius beachtete ihn nicht, und Rodan nickte geistesabwesend. »Der Kaiser und Torquatus sind dir sehr dankbar für deine Bemühungen.«

Eine einfache Feststellung, die keine ersichtliche Drohung enthielt. Warum also überlief Valerius ein eiskalter Schauder?

Bevor er etwas erwidern konnte, erklang eine Fanfare. In eine Toga von kaiserlichem Purpurrot gehüllt und mit einem goldenen Lorbeerkranz auf dem schütteren Haar, stieg Nero mit Poppaea Augusta an seiner Seite die breite Treppe hinunter. Er lächelte alle um sich herum wohlwollend an, doch das Gesicht seiner Frau ließ nichts als Kälte und Gleichgültigkeit erkennen. Sie beachtete ihre Umgebung nicht mehr, als schritte sie durch einen leeren Korridor. Valerius wusste, dass Fabia Poppaeas Gesellschaft schätzte, doch er selbst empfand eine instinktive Abneigung gegen die Frau des Kaisers. Sie errichtete einen Wall um sich, der so undurchdringlich war wie die *testudo* der Legionen, und ihre Augen ließen eine Fähigkeit zu kleinlicher Grausamkeit erahnen. Ihr Blick fiel auf ihn, und er bemerkte an einem kurzen Aufflackern, dass sie ihn erkannt hatte, bevor die Maske der Emotionslosigkeit sich wieder senkte. Plötzlich kam ihm der Raum viel gefährlicher vor als noch eben. Diener erschienen mit Gerichten auf goldenen Servierplatten, und die Aristokraten fielen wie Aasvögel über gegrillte Singdrosseln, fein gebratene Lerchen- und Flamingozungen oder das weiße Fleisch von Muränen her. Die Stimmung wurde immer aufgeladener und erwartungsvoller, je mehr Wein floss und je hitziger und lauter es im Saal zuging. Valerius entschlüpfte Rodan und fand sich von einem Meer geröteter Gesichter und geweiteter, eindringlich blickender Augen umgeben, während die Leute unausgesetzt wichtigtuerische Gespräche führten. Er ließ seine Gedanken zu dem Teich zurückwandern, an dem er mit Ruth gestanden hatte, und so dauerte es einen Augenblick, bevor er merkte, dass es im Saal still geworden war, da Nero sprach. Seine Rede galt Christus.

»... die Schwachen und die Leichtgläubigen folgen einem Scharlatan, der von seinem eigenen Volk verstoßen wurde: dem sogenannten Sohn Gottes, der als Mensch zur Welt gekommen sein soll. Ein ganz gewöhnlicher Krimineller, nach römischem Recht für schuldig befunden auf Betreiben eines jüdischen Rats, der es nicht wagte, selbst über ihn zu Gericht zu sitzen.

Und jetzt sind sie mitten unter uns, ja, vielleicht sogar unter uns, die wir hier versammelt sind. Sie untergraben das Fundament des Imperiums wie Würmer, welche die Steine zerfressen, auf denen Rom erbaut ist. Die Anhänger dieses Christus würden am liebsten unsere Tempel niederreißen und unsere Götter hinauswerfen, aber das ... werde ... ich ... nicht ... zulassen. Sie glauben, sie könnten sich vor uns verbergen, doch unsere Augen sind auf sie gerichtet. Der Mann, den sie verehren, hat behauptet, er könne Wunder vollbringen, und sie glauben ihm. Er hat ihnen das ewige Leben versprochen, doch um dieses ewige Leben zu erlangen, müssen sie bereit sein, zuerst den Tod zu erfahren. *Ich* regiere Rom, und *ich*, nicht dieser Christus, werde ihnen ihren Wunsch erfüllen.«

Bei seinen letzten Worten wurde die große Flügeltür hinten im Saal geöffnet, und Nero und Poppaea schritten vor den anderen her zur Aussichtsplattform, die auf die Längsseite des Circus hinunterblickte. Valerius wollte zurückbleiben, doch neben ihm tauchte Rodan auf und ergriff ihn am Arm. »Oh nein, mein Held«, sagte er aufgeräumt. »Der Kaiser hat dir einen besonderen Platz reservieren lassen. Betrachte es ebenso als eine Lektion wie als Unterhaltung.«

Widerstrebend ließ Valerius sich in den vorderen Bereich des großen, geschwungenen Balkons führen, der das westliche Ende der Arena beherrschte. Der weiche, ätherische Schleier, der den Sonnenuntergang ankündigte, legte sich über die Stadt, doch dunkel würde es erst in einer Stunde sein. Vor ihm erstreckte sich der Circus über eine Länge von fünfhundert Schritten, ein schmales Oval mit festgewalztem Sandboden, das in der Längsachse durch eine *spina* geteilt wurde. An jedem Ende stand ein Wendepfeiler, und in der Mitte erhob sich ein riesiger, aus Stein gehauener Obelisk. Rechts von Valerius befand sich die luxuriöse kaiserliche Loge. Dort flüsterte Nero Poppaea gerade etwas ins Ohr. In den Gestellen zur Linken standen die sieben Bronzedelfine der Rundenanzeige. Das ganze Oval war von einer großen Zuschauertribüne umschlossen, und die Rennbahn zu beiden Seiten der *spina* wirkte so schmal, dass ein gegenseitiges Überholen der vier- oder sechsspännigen Streitwagen unvorstellbar schien. Doch Valerius hatte bereits Rote und Grüne im Wendebogen Rad an Rad fahren sehen. Heute jedoch sollte den Zuschauern ein anderes Schauspiel geboten werden.

Durch ein zwölf Fuß hohes Metallgitter hatte man den

Bereich des Circus, der zwischen dem näheren Wendepfeiler und dem geschwungenen Balkon lag, in eine separate Arena verwandelt. Unter Valerius' Augen trieben Soldaten der Prätorianergarde eine Gruppe entsetzter Gefangener in die Mitte des Platzes. Es mussten fast zwanzig sein, mehr Männer als Frauen.

»Nur sechs oder sieben von ihnen sind Anhänger des Judäers«, flüsterte Rodan. »Die anderen sind verurteilte Kriminelle, aber es geht um das abschreckende Beispiel, findest du nicht? Erkennst du jemanden?«

Valerius erstarrte. Was meinte er damit? Fieberhaft musterte er die Männer und Frauen, doch sie standen so dicht zusammengedrängt, dass es schwierig war, einzelne Personen unter ihnen zu erkennen. Dann erblickte er einen silbrigen Haarschopf und eine schlanke vertraute Gestalt. Er erhob sich halb, doch da spürte er einen kräftigen Stich gegen die Rippen und verharrte. Er blickte zu Rodan hinunter und stellte fest, dass der einen kleinen Dolch in der Hand hielt, den er aus den Falten seiner Tunika hervorgezogen hatte.

»Heute ist nicht der Tag für Heldentaten. Wir haben noch mehr Arbeit zu erledigen, du und ich.«

Valerius wusste, dass Rodan nicht wagen würde, ihn ohne Neros Genehmigung zu töten, und er war kurz davor, zur Rettung seines Vaters auf die Sandbahn hinunterzuspringen. Doch dann schaute er noch einmal hin und hatte diesmal bessere Sicht auf den Silberhaarigen. Es war nicht Lucius, sondern ein viel älterer Mann. Rodan grinste ihn an, und widerstrebend nahm Valerius seinen Platz neben dem Prätorianer wieder ein. Sein Herz klopfte heftig.

Nero stand auf, um sich an die Gefangenen zu wenden. Seine missmutige Stimme hallte durch den leeren Circus.

»Ihr betet einen einzigen Gott an, unter Ausschluss aller anderen Götter. Wo ist euer Gott heute? Zeigt mir ein einziges Zeichen, dass er euch liebt, und ich werde euch alle verschonen.« Wie ein schlechter Schauspieler in einer griechischen Tragödie hielt er inne und betrachtete den Himmel. »Wie ihr seht, gibt es kein Zeichen, und es wird auch keines geben, weil euer Gott nur in euren Köpfen existiert und ihr von euren Führern in die Irre geleitet worden seid. Der Mann, dessen Anhänger ihr seid, hat behauptet, der Sohn dieses falschen Gottes zu sein. Er war jedoch einfach nur ein Betrüger, der einfache Leute mit armseligen Zauberkunststücken verblendet hat. Er hat sich gegen Rom aufgelehnt und sein eigenes Volk verraten. Er hat versprochen, euch zu retten, konnte aber noch nicht einmal sich selbst retten. Er hat euch das ewige Leben in Aussicht gestellt, und ihr habt ihm geglaubt.« Er winkte mit großer Geste, und auf der gegenüberliegenden Seite der Arena ging eine Tür auf. Neros dickes schwitzendes Gesicht wurde hart. Valerius hatte noch nie so mitleidlose Züge gesehen. »Ich gewähre euch euren Wunsch.«

Ein Löwe brüllte, ein donnerndes Grollen, von dem die Mauersteine des Circus zu erbeben schienen. Gleich darauf ertönte das schneidend raue Fauchen eines Leoparden. Die Tiere, fünf Löwen und zwei der gefleckten Raubkatzen, mussten tagelang gehungert haben, denn ohne zu zögern, eilten sie ins Licht und stürmten auf die kleine, in der Mitte zusammengedrängte Schar zu. Wie aus einer einzigen Kehle stieg von den Gefangenen ein Schrei auf, der Valerius das Herz zerriss. Der Herdeninstinkt, der sie bisher zusammengehalten hatte, wich purer Panik. Sie brachen in alle Richtungen auseinander. Einige wenige sanken zu Boden und hoben bittend die Arme, doch die meisten flohen, von Entsetzen ergriffen, und flehten um Gnade, obgleich sie wussten, dass man sie ihnen nicht gewähren würde.

Der alte Mann, den Valerius fälschlich für seinen Vater gehalten hatte, starb auf den Knien, als eine Löwin dem Schreienden mit einem einzigen Schütteln ihres riesigen Mauls den Kopf von den Schultern riss. Blut spritzte leuchtend rot auf den Sand. Das entschlossene Gesicht finster verzogen, stellte sich ein muskelbepackter Hüne mit rotem Gesicht und von der Hitze vernarbten Armen dem Angriff eines Leoparden entgegen. Doch gegen die Kraft einer Raubkatze konnte selbst ein starker Schmied nichts ausrichten. Er brach unter ihrem Gewicht zusammen, und mit den Hinterbeinen kratzte sie die Eingeweide aus dem Bauch des ungläubig Heulenden. Die Raubtiere töteten wieder und wieder, und die überlebenden Gefangenen klammerten sich an die Gitterstäbe oder die Mauer. Alle bis auf eine.

Cornelius' Geliebte.

Mit ihren dunklen Haaren hatte er sie im Gedränge der Gefangenen nicht wahrgenommen, doch jetzt sah er sie, wie sie um ihr Leben rannte und die lachenden Prätorianer anflehte, ihr das in Stoff gewickelte Bündel, das sie in den Armen trug, abzunehmen. Wenige Schritte entfernt verfolgte eine Löwin ihr Vorankommen; ihre glühenden gelben Augen ließen die Beute keinen Moment aus den Augen. Die junge Frau wusste, dass ihr Schicksal besiegelt war, doch sie weigerte sich aufzugeben. Sie lief an der inneren Wand entlang, bis ein Instinkt sie zu der Stelle führte, wo Valerius zur Brüstung des Balkons getreten war. Hilflos blickte sie zu ihm auf, viel zu jung, mit vor Angst verzerrtem Gesicht. Inmitten des wilden Johlens oder entsetzten Keuchens der anderen Zuschauer hörte er, wie sie ihn laut anflehte. »Bitte, nimm mein Baby. Wenn schon nicht mich, so rette wenigstens mein Kind.« Die Angst machte ihre Stimme brüchig, und die Worte überstürzten sich. Mit zitternden Händen hielt sie das winzige Bündel hoch, sodass Valerius die kleinen dunklen Augen und das rosige Gesicht des plärrenden Neugeborenen sah. »Bitte!«

Die Raubkatze überwand die trennende Distanz mit drei riesigen Sprüngen, doch das Mädchen hatte die Schnelligkeit der Verzweiflung. Im selben Moment, in dem die Löwin sie ansprang, warf sie das Baby mit jedem Quäntchen ihrer verbliebenen Kraft nach oben. Valerius sah es kommen, ein gesichtsloses Bündel, lose von der Decke umflattert, in die es eingeschlagen war. Die Schreie der sterbenden Mutter in den Ohren, reckte er sich so weit vor, wie er mit seiner linken Hand greifen konnte. Seine Finger schlossen sich um den groben braunen Stoff, und für einen winzigen Augenblick hatte er das Gewicht des Babys unter Kontrolle. Von Erleichterung erfüllt, zog er das Bündel zur Brüstung. Doch er hatte die Rechnung ohne die blutlüsternen Götter der Arena gemacht, die nicht bereit waren, auf ihr Opfer zu verzichten. Die Decke des Babys entrollte sich. Die darin geborgene Gestalt, klein wie ein Püppchen, wurde gnadenlos entblößt. Verzweifelt reckte sich Valerius mit seiner anderen Hand nach ihr, doch die leblose Holzfaust konnte den Arm des Kindes nicht greifen. In Valerius' Kopf schrie eine Stimme, und der weiche Aufprall des Kinderkörpers auf dem Sand wurde sofort vom Knurren zweier Raubkatzen gefolgt, die sich um den leckeren Happen stritten.

Ganz kurz wurde ihm schwarz vor Augen, doch dann schwoll etwas Namenloses und Schreckliches in ihm an. Einen solchen Zorn und solche Verzweiflung hatte er noch nie erlebt. Es war nackte Mordlust, die aus seinem Unterleib aufstieg, um sich in selbstmörderischer Gewalt zu entladen. Noch immer mit der Decke in der Hand, wandte er sich Rodan zu. Der Prätorianer hielt schützend das Messer ausgestreckt, doch in seinem versehrten Gesicht stand Furcht.

»Wenn du mir etwas antust, stirbt dein Vater«, rief der Centurio.

Valerius wusste, dass er Rodan mit einem einzigen Hieb töten könnte, doch welchen Sinn hätte das, wo doch der eigentlich Verantwortliche ein paar Schritte entfernt saß. »Deine Zeit wird kommen, Rodan, und wenn es so weit ist, ist es hoffentlich mein Schwert, das dich über den Styx befördert.«

Er wandte sich zu Nero um, der sich mit den beringten Fingern an der Balkonbrüstung festhielt, um jeden Moment des Leidens unten zu genießen. Ein Dutzend schwarz gekleideter Prätorianer stand zwischen Valerius und dem Verhassten, und alle hatten den Blick auf ihn geheftet. Valerius wusste, dass jeder Schritt in Richtung des Kaisers gleichbedeutend mit Selbstmord wäre. Seine Mordlust legte sich, und der flüchtige Moment war vorüber. Auf dem Weg zur Treppe begegnete er Poppaeas Blick. Er erwartete, Verachtung oder sogar Triumph darin zu erkennen, doch stattdessen sah sie ihm direkt in die Augen, und die Botschaft, die in ihrem Blick lag, schien unmissverständlich.

Unsicher, ob er sie richtig verstanden hatte, verhielt er einen Moment seinen Schritt. Dann ging er weiter, hinaus aus dem Circus und in die saubere Luft und die Stille, die ihn draußen erwartete.

Doch bis dorthin kam er nicht. In dem langen Korridor zum Ausgang hielt man ihn fest und führte ihn in einen Raum mit nackten Wänden, der eine Zelle hätte sein können, hätte er nicht nach dem Heu gerochen, das einmal darin gelagert hatte. Valerius saß mit dem Rücken an den kalten Stein gelehnt da und knetete den groben Wollstoff der Kinderdecke mit den Fingern. Er hatte Cornelius Sulla versprochen, dass er ihn und seine Geliebte beschützen würde, aber seinetwegen waren das Mädchen und ihr Kind gestorben. Nichts auf der Welt würde ihn nun noch dazu bewegen, Cornelius oder Lucina an Torquatus auszuliefern, selbst wenn man ihn dafür töten würde. Dieser Gedanke machte ihn ruhiger. Er empfand keine Angst, aber die Schrecken, deren Zeuge er gerade geworden war, hatten ihn benommen gemacht, sodass er keine Gewalt über die Bilder hatte, die vor seinem inneren Auge vorbeizogen. Die Brutalität des Krieges konnte er verstehen. Die Angst und der Selbsterhaltungstrieb machten, dass Soldaten gnadenlos töteten, und die ständige Nähe zum Tod führte oft zu gedankenloser Grausamkeit.

Wenn zwei Männer in der Arena um ihr Leben kämpften, hatte das eine gewisse Würde und war sogar ehrenhaft. Aber hilflose Männer und Frauen wilden Tieren zum Fraß vorzuwerfen und das Schauspiel zu genießen erschien ihm als die niederste Form von Barbarei. Schlimmer sogar als die Druiden, die römische Gefangene in das flammende Herz der Weidenkorbmänner warfen. Durch ihren Hass waren sie ein Stück weit entschuldigt, und sie handelten unter dem Einfluss einer wenn auch pervertierten Religion. Erneut hatte er den konzentrierten Blick des Mädchens vor sich. Ohne an ihr eigenes Schicksal zu denken, hatte sie versucht, ihr Kind zu retten. Wieder meinte er zu fühlen, wie das Wolltuch sich löste, bis das Kind vor ihm in den Sand fiel.

»Es ist nicht leicht, ein Verteidiger Roms zu sein.« Die leisen Worte kamen aus der Dunkelheit. »Du hältst uns für grausam? Du irrst dich. Was uns treibt, ist nicht Grausamkeit, sondern die Pflicht. Wir würden das Imperium verraten, täten wir nicht, was nötig ist, um dieser Bedrohung unseres Volkes entgegenzutreten. Ein grausamer Mann hätte vielleicht alle Judäer in Rom niedermetzeln lassen, Männer, Frauen und Kinder. Aber das haben wir nicht getan. Stattdessen haben wir Gaius Valerius Verrens, unseren treuen Helden Roms, mit der Aufgabe betraut, die Führer des Kults und ihre Anhänger zu finden. Das hat er zum Teil erledigt, und dafür sind wir ihm dankbar.«

Valerius schüttelte den Kopf. Träumte er? »Das Kind ...?«

»Wir hatten nicht die Absicht, das Kind zu töten. Die Person, die dafür verantwortlich ist, wird bestraft. Doch das Werk ist noch nicht beendet. Komm.« Von seinen Leibwächtern begleitet, trat Nero ins Licht. Valerius stand auf und schloss sich ihm unwillkürlich an. Während sie nebeneinander hergingen, staunte er über die Veränderung in diesem Mann. Es war, als hätte der Nero, der ein paar Minuten zuvor auf dem Balkon gestanden hatte, nie existiert. Wer war der Schauspieler? Der Nero der Arena oder der, den er jetzt vor sich sah? Oder waren beides nur Masken, hinter denen sich der wahre Nero verbarg? Er war jetzt kein launischer Despot, sondern ein Herrscher, der sein Volk vor einer Bedrohung schützte. Vernünftige Worte, in sanftem Tonfall gesprochen. Verbrechen mussten bestraft werden. Abschreckung gegen Ungehorsam war notwendig. Je größer die Gefahr war, desto strenger musste ein Exempel statuiert werden. Rom war bereit, die Anbetung fremder Gottheiten hinzunehmen, aber nicht unter Ausschluss der römischen Götter. Als Nero vom Paradox der Macht sprach, war es, als unterhielte Valerius sich mit Seneca. Und als er von seinen Hoffnungen für Rom erzählte, war es, als spräche Valerius selbst.

Umso schockierender war das, was dann folgte.

Sie waren gerade zum Weg gelangt, der zur Brücke zurückführte, als das erste Feuer entzündet wurde und die Schreie ertönten. Das Opfer war an einen hölzernen Pfahl gefesselt und von Kopf bis Fuß mit glänzendem schwarzen Teer bestrichen. Sekunden später war nur noch eine flackernde Flammensäule zu sehen, mit einem gequälten Gespenst in der Mitte, das Laute ausstieß, für die kein Mensch geboren worden war. Valerius stählte sich gegen das Grauen, denn er wusste, dies war nur ein weiterer Teil des sadistischen Spiels des Kaisers. Doch wider Willen zuckte er zusammen, als nach dem ersten Scheiterhaufen ein zweiter aufleuchtete, dann noch einer und noch einer, bis zehn der schrecklichen Säulen den Weg erhellten. Die Flammen brannten rot, dann golden und dann wieder rot, als das Feuer die letzten Überreste der menschlichen Gestalten verzehrte. Dann gelangten sie zu Cornelius.

Neros Hinrichtungskommando hatte Cornelius Sullas Gesicht und Kopf nicht mit Teer bestrichen, daher erkannte Valerius die markanten Züge und das blonde Haar sofort. Man sah die Spuren von Schlägen, und von dort, wo er sich vor Entsetzen die Lippe aufgebissen hatte, floss rotes Blut zu dem glänzenden Teer auf seiner Brust hinunter. Der schlanke, jugendliche Körper des Gefesselten zitterte unkontrollierbar, und er hielt die Augen fest geschlossen. Valerius meinte, die Lippen des Aristokraten sich bewegen zu sehen, und er bat die Götter, an die er nicht glaubte, dem jungen Mann, den er und er allein auf diesen Scheiterhaufen gebracht hatte, ein gnädiges Ende zu gewähren.

Nero trat näher, um den Gefesselten zu mustern. »Er war tapferer, als es den Anschein hatte. Beim Verhör hat er nur einen einzigen Namen genannt, und er muss gewusst haben, dass wir diesen Namen bereits kannten.« Er nickte einer im Dunkeln verborgenen Person zu, und bei Cornelius' Füßen flammte eine Fackel auf. Einen Moment lang schien nichts zu geschehen, doch gleich darauf loderte mit einem leisen, prasselnden Brausen ein Inferno auf und umfing den Leib des Gefesselten. Valerius sah, wie Cornelius' Gesicht sich in der Hitze verzerrte, und das lange blonde Haar verwandelte sich sofort in einen goldenen Flammenkranz.

Schließlich öffnete der Sterbende die zusammengepressten Lippen, und seine Schreie durchschnitten die Nacht.

»Als Kerze ist er besser zu gebrauchen denn als Freund, findest du nicht?«, meinte Nero beinahe geistesabwesend. Er wandte sich Valerius zu, der nun die Flammen in seinen Augen gespiegelt sah. »Cornelius Sulla hat einen Bruder, Publius. Torquatus wird dir Anweisungen geben, wo du ihn finden kannst. Du wirst ihn zu uns bringen.«

Er nickte und verschwand. Valerius blieb allein zurück und starrte auf einen geschwärzten Schädel mit blendend weißen Zähnen und brennenden Augen, in denen noch immer Leben war.

XIX

»Vergiss Cornelius Sulla. Er braucht uns nicht mehr zu kümmern.«

Marcus blickte verblüfft auf, doch der verbitterte Klang von Valerius' Stimme hielt ihn von weiteren Fragen ab.

»Können Serpentius und Heracles reiten?«

Der alte Gladiator betrachtete ihn misstrauisch. »Natürlich. Wir üben den Kampf zu Pferd ebenso wie den Kampf zu Fuß.«

»Ich möchte, dass du das Siegel des Kaisers dazu verwendest, drei Pferde zu erstehen, am besten ehemalige Kavalleriepferde. Außerdem zwei Packmaultiere. Wir brauchen sie in drei Tagen.«

»Ziehen wir in einen Krieg?«

»Hoffentlich nicht, aber wir reiten zu einer Legion.«

Marcus lachte ungläubig. »Zu welcher Legion denn?«

»Der Siebten.«

Eine Woche darauf standen sie im Hafen von Aternum und sahen zu, wie ihre Pferde auf das Handelsschiff verladen wurden, das sie nach Dalmatien übersetzen würde. Sextus und Felix waren in Rom geblieben, um Lucina Graecina zu beschatten. Cornelius Sullas Tod machte es weniger wahrscheinlich, dass die Frau sie zu Petrus führen würde, aber da Valerius so wenige Anhaltspunkte hatte, konnte er es sich nicht leisten, diese Möglichkeit außer Acht zu lassen. Der viertägige Ritt über den gebirgigen Rücken Italiens hatte ihnen wenigstens eine Woche Seefahrt erspart und bot außerdem den Vorteil, dass sie sich wieder an den Sattel gewöhnen konnten. Das würde ihnen zugutekommen, wenn sie die andere Seite des Mare Adriaticum erreichten.

»Warum ist Publius Sulla so wichtig?« Die Frage hatte Marcus gestellt, und Valerius' Antwort war einfach: »Weil er das nächste Verbindungsglied in der Kette ist.« Doch in der geheimen Welt, in der er jetzt lebte, war nichts jemals so unkompliziert. Die Wahrheit lautete, dass Cornelius unter Folter preisgegeben hatte, sein Bruder sei eine sogar noch wichtigere Figur in Petri Organisation als Cornelius selbst.

»Publius Sulla baut in den Legionen ein Netzwerk von Christusanhängern auf«, hatte Torquatus behauptet. »Sollte er Erfolg haben, bietet ihnen das eine Grundlage, um einen militärischen Angriff auf Rom mit einem Aufstand in der Stadt zu verbinden. Ihre Zahl mag klein sein, aber eines haben wir inzwischen gelernt: Dieses Krebsgeschwür wächst rasch. Möglicherweise hat er den General einer Legion mit eingeweiht. Falls ja, müssen wir herausfinden, wer dieser Verräter ist, und ihn vernichten. Aus diesem Grund ist es so wichtig, an Publius Sulla heranzukommen und ihn nach Rom zurückzubringen.«

»Warum lässt du ihn nicht vom Kommandanten der

Siebten festsetzen?«, hatte Valerius nachgehakt. »Das wäre viel einfacher.«

Torquatus hatte versucht, der Frage auszuweichen, doch Valerius hatte auf einer Antwort beharrt. »Nun schön. General Vitellius besitzt das Vertrauen des Kaisers, aber wir müssen auf Nummer sicher gehen. Die Kontrolle über eine Legion und damit deren Treue liegen in den Händen einiger weniger ranghoher Offiziere. Sollten wir uns irren, würde es die Verräter ins Freie locken, bevor wir so weit sind, dass wir handeln können. Das würde die Grenze schwächen und, schlimmer noch, die Möglichkeit eröffnen, dass andere unzufriedene oder ehrgeizige Generäle sich den Rebellen anschließen. Roms Zukunft liegt in deinen Händen, und für deine eigene Zukunft gilt das Gleiche. Versteh mich nicht falsch, Valerius, dies ist nicht nur eine Probe deiner Fähigkeiten, sondern auch deiner Treue.«

Marcus und seine Männer akzeptierten ihre neue Rolle, ohne sich zu beschweren, aber die nächste Überraschung hielt Valerius zurück, bis das Besteigen des Schiffs unmittelbar bevorstand.

»Ihr seid jetzt Mitglieder ehrenhalber in der Prätorianergarde.« Er machte diese Ankündigung in der Hafentaverne, wo sie warteten. Serpentius verzog entsetzt das Gesicht, als Valerius die schwarzen Tuniken, die mit Silber beschlagenen Brustpanzer und die Helme zum Vorschein brachte. Das alles hatte er in der Prätorianerkaserne requiriert. Heracles jedoch, der muskelbepackte junge Mann, der Lucina beschattet hatte, grinste vor Vorfreude. »Die Tuniken und Helme sollten brauchbar sein, und wenn die Brustpanzer nicht passen, lassen wir sie vom Waffenmeister der Siebten ändern.«

Während sie darauf warteten, an Bord des Schiffes gehen zu können, fingerte Serpentius an seinem Helmriemen herum. Valerius hatte Zweifel, dass der Spanier jemals so aussehen würde, als fühlte er sich in einer römischen Uniform wohl. Er erklärte noch einmal, warum es so wichtig war, die Rüstung zu tragen.

»Ihr müsst verstehen, was es bedeutet, Teil einer Legion zu sein. Die Siebte, *Claudia Pia Fidelis*, ist eine der Eliteeinheiten der römischen Armee. Sie hat vor einem Jahrhundert unter Julius Caesar im Gallischen Krieg gekämpft. Ihren Titel hat sie sich verdient, als sie den Putsch des Scribonianus niederschlug und so Claudius' Machterhalt sicherte. Dort wird man niemanden willkommen heißen, der wie ein Proviantdieb aussieht, und ein neugieriger Zivilist, der gegen einen ihrer Offiziere ermittelt, würde recht bald einen unglückseligen Unfall erleiden. Wenn er aber ein Prätorianertribun ist, begleitet von hart aussehenden Veteranen, wird man ihm wenigstens Respekt zollen.«

Die Überfahrt dauerte drei Tage und drei Nächte, und sofern man eine Seereise mit ihren Gefahren von Schiffbruch, Missgeschicken und Meeresungeheuern überhaupt als angenehm beschreiben kann, war dies eine angenehme Reise. Sanfte Winde kräuselten die Wellenkämme, und das einzige Geräusch waren ein gelegentliches lautes Kommando, das leise Rauschen des Wassers unter dem Bug und das rhythmische Knarren der Takelage, das den Herzschlag eines Schiffs ausmacht.

Am Morgen des vierten Tages rüttelte der Kapitän Valerius wach, und als er aufstand, entdeckte er einen graugrünen Streifen am Horizont.

»Land«, erklärte der Seemann. »Wir befinden uns ein wenig weiter nördlich, als wir sein sollten, aber bei diesem Wind dürften wir noch vor der Mittagszeit im Hafen von Acruvium eintreffen.«

Zwei Stunden später segelten sie unmittelbar auf eine scheinbar abweisende gebirgige Küste zu. Gerade als Valerius Zweifel an der Zurechnungsfähigkeit des Kapitäns kamen, fuhren sie in einen verborgenen Meeresarm ein, der erst schmaler, dann breiter und dann wieder schmaler wurde, bevor er sich zu einer eigenartig geformten Bucht öffnete, an deren Südseite ein kleiner Hafen lag. Wie die Wände eines riesigen Gefängnisses ragten um sie her auf allen Seiten zerklüftete Berggipfel auf, und Valerius bemerkte, dass seine Begleiter das Gebirge misstrauisch beäugten. Serpentius, dessen Stamm die ungastlichen Berge des nördlichen Hispaniens bewohnte, begegnete seinem Blick.

»Hart. Genau wie zu Hause. Nur harte Menschen können an einem solchen Ort leben; Menschen, hart wie Felsen. Sie wissen, wie man überlebt, wie man tötet und wie man hasst. Warum möchte Rom eine Gegend beherrschen, in der die Leute im Schnee schlafen und lernen, wie man Steine kaut, bevor sie auch nur sprechen können?«

»Wegen dem, was dahinter liegt«, erklärte Valerius geduldig. »Seit Caesars Zeit bewegen sich die barbarischen

Stämme nach Westen und verstärken den Druck auf jene, die bereits das Land am Danuvius und Rhenus bewohnen. Das Imperium verfügt nicht über genug Legionen, um einer solchen Völkerwanderung Einhalt zu gebieten, und so benutzt es das, was ohnehin da ist. Flüsse und Gebirge. Um den Danuvius zu halten, muss das Imperium zunächst einmal Dalmatien, Pannonien und Moesien halten. Darum liegt uns etwas an einem Ort wie diesem.«

Serpentius spuckte aus. Was scherten ihn die Bestrebungen des Imperiums?

Wie sich herausstellte, war Acruvium eine kleine Anlegestelle, eine der wenigen geschützten Liegestellen auf Hunderte von Küstenmeilen. Valerius zeigte dem Hafenpräfekten seinen Reiseauftrag und bat um eine Begleitmannschaft. Der Offizier lachte, als er das Ziel der Reise las. Er war einer der jungen Männer, die Rom immer an die Grenzen sandte: höflich, gebildet, fähig und entbehrlich. Falls er den Einsatz überlebte, würde ihn nach seiner Heimkehr eine gute Laufbahn erwarten. Falls nicht, würde nur seine Familie den Verlust beklagen. »Ich habe zwei Schreiber und ein Dutzend thrakische Hilfssoldaten, die ich brauche, um Tavernenschlägereien zu beenden. Ich kann dir einen von ihnen mitgeben, der euch bis Doclea führen kann, aber mein Rat lautet anders. Wartet auf das nächste Schiff, das nach Italien zurückfährt, und geht an Bord. Viminacium liegt sechs Tage östlich von hier, wenn man zufällig ein Vogel ist – aber ihr seid keine Vögel, und so sind es zwölf Tage entlang der Flusstäler quer durchs Gebirge. Nur so kommt man in Dalmatien irgendwohin. Zuerst geht der Weg nach Süden, dann nach Osten. Tagsüber brät euch die Sonne, und nachts geht die Kälte euch durch Mark und Bein. Und das nur, falls Fortuna euch wohlgesinnt ist.«

»Und falls nicht?«

»Falls nicht, sterbt ihr durch die Waffen der grausamsten Menschen dieser Welt, oder, schlimmer noch, ihr fallt lebend in ihre Hände. Siehst du die beiden dort drüben?« Valerius folgte seinem Blick zu zwei stämmigen Spitzbuben mit Raubvogelgesichtern, die in der Nähe des Anlegeplatzes auf Steinblöcken saßen. Die Männer hatten den wachsamen Blick hungriger Geier und trugen ihr dunkles fettiges Haar in Zöpfen. Ihre Kleidung war aus gesalzenen Ziegenhäuten geschneidert, die Valerius aus zwanzig Schritten Entfernung roch. »Illyrische Banditen«, erklärte der junge Mann. »Aber andererseits ist hier jeder ein Bandit, es sei denn, er versucht gerade, einem Boden, der keine zwei Fingerbreit Erde hat und der nur Steine hervorbringt, seinen Lebensunterhalt abzuringen. Sie haben eure Rüstung und eure Pferde gesehen und sagen sich, dass sie von ihrem Stammesführer dafür genug Vorräte einhandeln könnten, um ihre Familien ein Jahr lang zu ernähren. Daher seid ihr ein Risiko wert. Andererseits würden sie wahrscheinlich auch einfach zum Spaß einen Versuch gegen euch wagen. Ihr liebster Zeitvertreib besteht darin, einem Gefangenen Stück für Stück die Haut abzuziehen und ihn dann auf den Ast eines Dornenbaumes aufzuspießen.«

Valerius zuckte die Schultern. Solche Geschichten hatte er schon früher gehört. »Warum tötet ihr sie nicht?«

»Das tun wir.« Der Hafenpräfekt lächelte müde. »Wir töten sie seit hundert Jahren. Das Problem ist nur, man kann sie nicht alle töten.«

Nach einer Nacht, die sie mit griffbereiten Schwertern im Quartier des Präfekten verbracht hatten, brachen sie vor Sonnenaufgang auf. Die schmalen Bergpfade waren so, wie ihr Gastgeber sie beschrieben hatte, und sie kamen nur langsam voran. Einmal blieb ihr Führer stehen und musterte die Felsen und das kümmerliche Gestrüpp einer schmalen Schlucht, die vor ihnen lag. Dann machte er wortlos kehrt, und sie ritten zwei Meilen zurück zu einer Stelle, an der ein weiterer schlechter Weg abzweigte und von wo aus sie nach einer Stunde wieder auf den Hauptweg trafen.

Unmittelbar vor Einbruch der Nacht trafen sie in Dolcea ein, einer recht großen Stadt mit überraschend gut gebauten Häusern, die römischem Vorbild folgten. Sie lag in einem breiten, flachen Gebirgstal in der Nähe eines riesigen Sees, der die Einheimischen mit ihrem Grundnahrungsmittel Fisch versorgte. Diesmal war der Verwaltungsbeamte ein missmutiger älterer Mann, der dem Legaten des hundertachtzig Meilen weiter nördlich gelegenen Burnum unterstellt war. Valerius musste ihm das Siegel zeigen, bevor er bereit war, ihm eine Begleitmannschaft mitzugeben. »Aber nur bis Naissus. Dort sammeln sich die Händler, um ihre Waren zum Markt von Viminacium zu bringen. Ihr könnt euch einer Karawane anschließen. Man glaubt dort, dass Stärke in der Zahl der Reisenden liegt.«

Am nächsten Tag überquerten sie die Grenze zum Oberen Moesien, aber keiner bemerkte einen Unterschied. Die Berge ragten noch immer gefährlich und einschüchternd über ihnen auf; eine verfluchte Pracht, die tödlich sein konnte, noch während man sie bewunderte. Gelegentlich war ein gedämpftes Donnern zu hören, und dann stieg über einem fernen Tal die Staubwolke einer Steinlawine auf, oder der Boden unter ihren Füßen erbebte. In solchen Fällen machte Valerius das Zeichen gegen Übel, denn er wusste, an diesem gottverlassenen Ort konnte der Hades nicht weit unten liegen.

Als sie sich in Naissus der Karawane anschlossen und am Fluss auf die Straße nach Osten einbogen, entspannte er sich zum ersten Mal. Hier waren sie von Männern umgeben, die ihr Geschäft so gut verstanden wie ein Legionär: Söldner – ehemalige Hilfssoldaten –, angeheuert von den reichen Händlern, die die Karawane organisierten. Solche Männer hatte er schon früher gesehen: Skythen mit langen, gebogenen Schwertern, berittene thrakische Bogenschützen, die praktisch im Sattel lebten und einem auf fünfzig Schritt einen Pfeil ins Auge schießen konnten, und zähe kleine Raeter mit dem Durchhaltevermögen eines Kamels und Beinen, die am Tag mühelos vierzig Meilen marschierten. Noch exotischer war eine Gruppe von sonderbaren blonden, bärtigen Männern aus irgendeinem kalten Nordland, die mit Äxten bewaffnet waren. Alle trugen ein Sammelsurium von Rüstungsteilen, die für ein Dutzend Länder und fünfzehn oder zwanzig verschiedene Einheiten zu stehen schienen. Helme mit Helmspitze oder Federbusch, exotische fischschuppenähnliche Kettenhemden oder Rüstungen aus gepolstertem Stoff. Sie machten den Eindruck von zähen und rücksichtslosen Kriegern. Die Kaufleute transportierten ihre Waren mit Planen abgedeckt, teils, um keine der Banditen anzulocken, die mit gierigen Blicken von den Bergen herunterschauten, und teils, um die Begleitmannschaft nicht in Versuchung zu führen. Es war bekannt, dass sie schon ein paarmal einem Kaufmann den Hals durchgeschnitten hatten und mit einer besonders reichen Beute geflohen waren.

Anfangs beäugten die Kaufleute und ihre Beschützer die schwarzen Tuniken und silbernen Brustpanzer misstrauisch, kennzeichneten sie die Träger doch als Mitglieder der kaiserlichen Elite. Doch allmählich fielen die Barrieren, da alle sich wie ehrliche Reisende an den Lagerfeuern untereinander mischten und ausprobierten, ob sie sich in ihren Sprachen miteinander verständigen konnten. Serpentius war derjenige von ihnen, der sich unter den Leuten der Begleitmannschaft am wohlsten fühlte. Er trainierte in der Morgenkühle mit ihnen, maß sich mit dem *gladius* der Legionäre im Kampf gegen die gebogenen Schwerter der Skythen oder hob ächzend die schweren Äxte der Riesen aus dem Norden.

»Du wärest ein guter Hilfssoldat geworden, Serpentius«, bemerkte Valerius, als sie in der staubigen Hitze des Nachmittags Seite an Seite an der Spitze der Karawane ritten. »Und du könntest immer noch einer werden; du bist noch jung genug. Fünfundzwanzig Jahre, und danach bekommst du eine Pension und das römische Bürgerrecht.«

Der Blick des Spaniers verfinsterte sich. »Ich bin ein angesehenes Mitglied meines Stammes, auch jetzt noch, obgleich ich ein Sklave bin. Die Römer haben meine Familie ermordet. Warum sollte ich für Rom kämpfen und Römer werden wollen?«

»Manchmal ist es vernünftiger, die Vergangenheit hinter sich zurückzulassen, als zu gestatten, dass sie einen im Griff behält. Solange ich das Siegel des Kaisers habe, kann ich das einrichten. Du brauchst nicht in der Arena zu sterben.«

Serpentius hob feierlich den Kopf, und die dunklen Augen funkelten. »Serpentius allein entscheidet, wo er lebt und wo er stirbt.« Plötzlich grinste er. »Hast nicht du selbst mir gesagt, ich soll dann sterben, wenn meine Zeit kommt?« Er trieb sein Pferd an und ritt voran, doch gleich darauf wirbelte er herum und schrie Valerius zu:

»Hinterhalt!«

Mit dem Druck seiner Knie riss Valerius sein Pferd zu der Karawane herum, die zweihundert Schritte weiter hinten auf dem unbefestigten Weg folgte. Die Zügel hatte er um die Holzfaust seiner Rechten geschlungen, und mit der Linken zog er das Schwert. Pfeile zischten an seinem Kopf vorbei, und er duckte sich tief in den Sattel, während er die Gefahr am Straßenrand zu erspähen suchte. Jemand, der mit einem langen Holzspeer bewaffnet war, stürzte sich von rechts auf ihn, und er riss sein Pferd zur Seite, um die schutzlose Flanke des Tiers vor dem Angriff zu schützen. Das Manöver brachte ihn in die Nähe einer hohen Böschung auf der anderen Seite des Wegs, und er hörte, wie Serpentius eine Warnung rief. Zu spät. Ein zweiter Gegner stürzte sich von der Höhe auf ihn und warf ihn aus dem Sattel. Valerius landete mit einem beängstigenden Krachen auf dem Boden. Die Luft blieb ihm weg, und der Helm fiel ihm vom Kopf.

Obwohl er vom Aufprall benommen war, übernahm jetzt sein soldatisches Können die Führung. Für die meisten Militärtribunen bedeutete der Dienst in den Legionen nur einen Schritt in einer Laufbahn als Politiker. Sie blieben sechs Monate, machten sich nützlich oder auch nicht, und wenn sie nicht in einem brigantischen Wald oder germanischen Sumpf starben, kehrten sie nach Hause zurück. Doch für Valerius galt das nicht. Zur allgemeinen Überraschung, auch seiner eigenen, hatte er festgestellt, dass er ein echter Krieger war; ein geborener Soldat, der die Herausforderungen eines Feldzugs genoss und ohne Zögern oder Gewissensbisse töten konnte. Zwei Jahre in Britannien und Boudiccas Aufstand hatten seinen Überlebensinstinkt geschärft.

In einer einzigen Bewegung rollte er sich von der Gefahr weg und sprang auf. Geduckt und mit tief gehaltenem Schwert wandte er sich seinem Angreifer entgegen, bereit zum Hieb gegen den Unterleib. Dies hier war keine Phalanx, sondern der Straßenkampf, doch auf den verstand sich Valerius. Hier hieß es, alles zu tun, was nötig war, um zu siegen. Kaum überrascht bemerkte er, dass sein Gegner einer der Illyrer war, die im Hafen von Acruvium gewartet hatten. Der dunkle raubtierhafte Bandit war mit einem langen, gebogenen Dolch bewaffnet. Er würde schnell sein und selbstsicher. Ein Scharren hinter ihm machte Valerius auf eine neue Gefahr aufmerksam, und er wandte sich halb zur Seite. Von dort kam der Speerkämpfer aus fünfzehn Schritten Entfernung auf ihn zugerannt. Der Speer machte dem Römer keine Angst, doch der Mann mit dem langen Messer war eine zusätzliche Komplikation. Inzwischen war Valerius'

Pferd auf die Beine gekommen, und er zog sich zurück und lenkte das verängstigte Tier zwischen sich und den Feind, der ihn aus dem Sattel geworfen hatte. Das verschaffte ihm entscheidende Sekunden, und er eilte dem Speerkämpfer entgegen, um ihn zum Angriff zu provozieren. Der Illyrer verzog das Gesicht zu einem wilden Grinsen und stieß mit der Spitze seiner Waffe nach Valerius' Kehle. Genau damit hatte der Römer gerechnet. Mit einer Wendung nach links trat er auf den Gegner zu und benutzte die Faust aus Walnussholz, um den Stoß zu parieren. Wegen des Brustpanzers, der Valerius' Rippen und Bauch schützte, hatte der Speerkämpfer weit nach oben zielen müssen, und das ermöglichte es dem Römer, die Spitze von seiner rechten Schulter wegzuschlagen. Gleichzeitig wirbelte er am Speerschaft vorbei und spaltete seinem Gegner mit dem *gladius* das Haupt. Der Aufprall der Eisenklinge auf den Schädelknochen erschütterte seinen Arm, und ein blutroter Schwall spritzte in die Luft. Sein Gegner fiel um wie ein Stein. Doch Valerius hatte keine Zeit, seinen Sieg zu feiern. Der Schwung der Drehung riss ihn zu seinem zweiten Feind herum, der inzwischen an dem Pferd vorbeigesprungen war und ausholte, um ihm das Messer in den Rücken zu stoßen. Beim Anblick des blutigen *gladius* stockte er, doch sofort suchte er nach der Schwachstelle, die ihm einen Vorteil verschaffen würde, und stieß mit der blaugrünen Klinge nach Valerius' Augen. Für einen entscheidenden Stoß musste er dicht an den Römer herankommen, doch dessen Schwertkunst hielt ihn außer Reichweite. Nach rechts und links tänzelnd, suchte der Illyrer einen ungeschützten Zugang. Das erinnerte Valerius an seinen Zweikampf mit Serpentius. *Kämpfe nicht wie ein Einhändiger oder ein Zweihändiger. Kämpfe wie ein Killer.* Marcus' Worte brachten ihn zum Lächeln. Der Mordbube sah das Grinsen, und zum ersten Mal kamen ihm Zweifel. Er hatte gesehen, was seinem Gefährten zugestoßen war, doch das bedeutete nur, dass die Beute umso größer sein würde. Er brauchte einfach nur zu töten, wie er schon viele Male zuvor getötet hatte. Doch das Lächeln änderte alles. Das Lächeln bedeutete, dass er einen Mann vor sich hatte, der sich durch seine Schnelligkeit nicht beeindrucken ließ und der Angriff mit Angriff begegnete. Es bedeutete, dass er auf eine Chance lauern musste. Doch Valerius ließ ihm keine Chance. *Kämpfe wie ein Killer.* Mit seinem hohen Tempo und dem mit links geführten Schwert sorgte er dafür, dass sein Gegner nicht zu seinem Gleichgewicht zurückfand. Gleichzeitig suchte er ständig nach einer Lücke in der Abwehr. Er sah, dass die wilden Augen nach links zuckten, und ein Schrei sagte ihm, dass auch Serpentius seinen Angreifern zu schaffen machte. Der Illyrer war schon zur Flucht bereit, als Valerius ihm seine Chance verschaffte. Ein leichtes Stolpern entblößte seine rechte Flanke für das Messer. Die Klinge zuckte vor wie eine Viper zum Biss, doch der Römer begegnete dem Stich mit seiner Holzhand. Eine normale Hand hätte das Messer bis auf den Knochen zerschnitten, doch dies war keine normale Hand. Da sie dazu diente, einen Schild zu halten, war sie wie eine halb geschlossene Faust geschnitzt, und jetzt fing diese Faust die Messerklinge auf und verdrehte sich in der gleichen Bewegung. Das gehärtete Holz verbog die schwächere Messerklinge und hielt sie fest. Verzweifelt versuchte der Illyrer, den Dolch zu befreien, doch zu spät. Valerius stieß ihm den *gladius* tief in den Leib. Die Spitze drang unterhalb des Brustbeins ein und hatte eine solche Wucht, dass dem Banditen ein schmerzliches Stöhnen entfuhr. Doch noch hielt er den Griff des Dolchs umklammert. Erst als Valerius das Kurzschwert herausriss und das Blut aus der schrecklichen Unterleibswunde schoss, brach der Sterbende auf den Knien zusammen.

Als Valerius sich umdrehte, sah er, dass Serpentius ganz gelassen sein Pferd auf ihn zuführte; sein Schwert war blutig bis zum Griff. Ein Dutzend Männer kamen aus der Richtung der Karawane gerannt. Die Fersen des illyrischen Speerkämpfers zuckten noch im Staub, und jemand schnitt ihm die Kehle durch. Valerius' Pferd scheute mit nervösem Schnauben vor der Leiche zurück. Der andere Bandit wiegte sich auf den Knien. Den dunklen Kopf auf die Brust gesenkt, versuchte er vergeblich, seine Innereien mit den Händen im Bauch zu halten. Dann erbrach er einen Schwall dunklen Herzbluts und kippte langsam nach vorn aufs Gesicht.

Zwei Reiter kehrten von dem Felsen zurück, hinter dem die Illyrer gelauert hatten, und warfen Valerius ein dreckiges, zerlumptes Bündel vor die Füße: einen etwa zehnjährigen Jungen, der ihn sofort in einer Sprache anflehte, die er nicht verstand.

Der skythische Veteran, der die Karawane führte, spuckte auf den bäuchlings Liegenden. Er rief den beiden Männern einen Befehl zu und folgte ihnen, als sie den Jungen wegschleppten. Valerius bemühte sich, die Schreie nicht zu hören.

Eine kleine Weile später kehrte der Skythe zurück. »Er hat da hinten die Ponys gehalten und hätte einen Teil von dem hier abbekommen.« Er warf Valerius einen Lederbeutel zu, und der fing ihn mit seiner guten Hand auf. »Silber. Genug, um sie zu Herren der Berge zu machen.«

»Wer hat sie bezahlt und warum?«

»Er sagte, er wisse nicht, wer. Diese Leute lernen das Lügen mit dem ersten Atemzug, aber ich bezweifle, dass der hier gelogen hat. Er sagte, ein Römer habe ihnen den Auftrag und das Silber gegeben, und für ihn sähen alle Römer gleich aus. Die Frage nach dem Warum ist leicht beantwortet. Sie sollten den Offizier töten, dem die Hand fehlt. Sie sind uns seit einer Woche gefolgt, um sicherzugehen, dass sie den richtigen Mann ins Visier genommen haben. Für die Ware haben sie sich nicht interessiert, mein römischer Freund. Nur für dich.«

XX

Der griechische Geograf Strabo schrieb, die Bewohner des oberen Illyrien – inzwischen Moesien – »gruben Höhlen unter ihre Misthaufen und wohnten darin«. Valerius sah jedoch ohne Überraschung, dass die Siebte Legion *Claudia Pia Fidelis* es sich in Viminacium innerhalb kürzester Zeit wesentlich bequemer gemacht hatte. Auf einer Anhöhe über dem Zusammenfluss des Danuvius mit einem seiner größeren Nebenflüsse hatten die Soldaten eine Stadt der Erdhütten abgerissen und sie durch eine Festung ersetzt, die ihm beinahe das Gefühl gab, nach Hause zu kommen. Er hätte auf Colonia, Glevum oder Londinium zureiten können oder auf irgendein anderes großes Militärlager des Imperiums. Im Inneren des tiefen Dreifachgrabens und der Palisade lag die *principia*, das Herz der Legionsverwaltung. Umgeben war sie von langen Reihen aus Holz errichteter Kasernengebäude mit Werkstätten dahinter, erkennbar am Rauch aus den glühenden Kohlebecken. Noch weiter außen lagen die Ställe und die Vorratslager. Auf den Festungswällen patrouillierten Legionäre, und in einer separaten Nebenanlage auf der Ostseite exerzierte eine Reitereinheit.

Auf einem flachen Platz nördlich der Festung hatten Kaufleute aus der Umgebung einen großen Markt geschaffen, und weiter unten sah man den Grund dafür. Dort, wo der kleinere Fluss in den Danuvius mündete, hatte die Siebte einen neuen Hafen angelegt. Von hier fuhren schnittige Galeeren der römischen Marine nach Norden und Süden und bewachten Konvois mit Vorräten für die Legionen oder mit Handelsgütern aus dem Osten und dem Süden, die auf dem Weg nach Noricum, Raetien und schließlich Italien waren.

Das Erstaunlichste in Viminacium war jedoch nicht die Festung oder der Marinehafen, sondern die Brücke. Flussabwärts der Festung hatten Bautrupps der Legion an der engsten Stelle des Stroms einen schmalen hölzernen Überweg über den Danuvius errichtet, der sich gewiss eine halbe Meile über das Wasser erstreckte. Jede Seite der Brücke wurde von einer Abteilung Soldaten in ziegelroten Tuniken bewacht, und Valerius bemerkte, dass sich auf der gegenüberliegenden Seite eine Menschenmenge versammelt hatte, die auf die Erlaubnis zur Überquerung wartete.

Marcus, Serpentius und Heracles ritten vom Ende der Karawane mit den Packmaultieren heran. Der Staub hatte ihre Tuniken grau gefärbt und bedeckte auch die Panzer. Valerius bestand darauf, dass sie ein paar Minuten anhielten, sich den schlimmsten Staub von der Kleidung klopften und Brustplatten und Helme sauber rieben. Doch die Müdigkeit in ihren Gesichtern hätte man mit noch so viel Reiben nicht wegwischen können. Nach langem Ritt hatte das gefährliche Gebirge vier Tage zuvor einer endlosen Ebene Platz gemacht, die am Horizont kaum je einen Orientierungspunkt aufwies. Seitdem hatte die Monotonie Menschen und Tiere völlig zermürbt und sie mit einer fast hypnotischen Müdigkeit erfüllt, gegen die selbst der Schlaf machtlos war. Es war, als läge das Land selbst mit ihnen im Kampf, und Valerius war noch nie so erleichtert gewesen, ans Ende einer Reise zu gelangen.

Als Valerius sich vom Anführer der Karawane verabschiedete, deutete Marcus mit einer Kopfbewegung auf die Festung, wo eine Gruppe von Reitern aus dem Tor kam. »Die Einheimischen sehen nicht allzu freundlich aus.«

Sie trabten ihnen den Hang hinauf entgegen.

»Name?«

Valerius musterte den unfreundlich blickenden jungen Hilfstruppenpräfekten und unterdrückte den Impuls, ihn aus dem Sattel in den Staub zu stoßen. Nicht nur hatte ein Prätorianer Anrecht auf den Respekt, der seiner Stellung gebührte, sondern er selbst bekleidete auch einen höheren Rang als dieser Mann. Zudem war es üblich, dass Offiziere einander ihre Namen mitteilten und ein paar freundliche Worte wechselten. Er blickte über die Schulter des Reitereioffiziers zur Festung, wo der Ausgang der Begegnung zweifellos mit scharfen Augen beobachtet wurde. Jemand schickte ihm eine Botschaft.

»Ich habe dich nach deinem Namen gefragt.« Diesmal klang die Aufforderung noch schroffer, sie war fast ein Befehl.«

»Mein Name geht nicht dich etwas an, sondern deinen Legaten.« Mit diesem Tonfall hätte Valerius einen Rekruten abkanzeln können, der zum ersten Mal auf Patrouille ging, und er entdeckte ersten Zweifel in den Augen des Präfekten. »Für dich genügt es zu wissen, dass ich ein Tribun der Prätorianergarde und im kaiserlichen Auftrag unterwegs bin. Meine Männer und ich sind von Acruvium bis hierher geritten, und ich verlange Unterbringung und Verpflegung für mindestens eine Woche. Sorge dafür, dass das erledigt wird.«

Der junge Offizier runzelte die Stirn. Sein Pferd bemerkte seine Unsicherheit und machte eine ruckhafte Bewegung, sodass er die Zügel anziehen musste, um es unter Kontrolle zu bringen. »Ich …«

»Stellst du meine Befehle infrage, Präfekt?«, fuhr Valerius ihn ungeduldig an. »Vielleicht solltest *du* mir *deinen* Namen nennen. Es dürfte den Legaten kaum freuen, wenn er feststellt, dass der persönliche Vertreter des Kaisers daran gehindert wurde, seine Pflicht zu tun.«

Der Offizier schluckte kräftig und salutierte. »Entschuldige, Herr. Flavius Genialis, Präfekt der Zweiten tungrischen Ala, zu deinen Diensten. Wir hatten in jüngerer Zeit Probleme mit Spionen und dakischen Eindringlingen.«

Valerius hörte, wie Serpentius mit einem Schnauben auf die Ausrede reagierte, und unterdrückte auch ein eigenes Lächeln. »Ich bezweifle, dass viele von ihnen Prätorianeruniformen trugen, Präfekt.« Er trieb sein Pferd die leichte Steigung hinauf, und seine grinsenden Gefährten folgten ihm.

In der Festung führte ein Diener sie in die *mansio* für Offiziere, die Unterkunft für hochrangige Gäste. Flavius hatte

Marcus und seine Gefährten bei den einfachen Soldaten der Legion unterbringen wollen, doch Valerius hatte darauf bestanden, dass sie zusammenblieben.

»Du glaubst, dass es Ärger gibt?«, fragte Marcus, als der Präfekt gegangen war. »Wir sind hier so willkommen wie ein Scheißhaufen in einem Weinkrug, aber als persönlichen Vertretern des Kaisers werden sie uns wohl keinen üblen Streich spielen.«

Valerius grinste. »Sagen wir einfach, nach all der Zeit, die wir gemeinsam verbracht haben, würde mir eure Gesellschaft fehlen.«

Er wusch sich und legte eine saubere Tunika an. Das Treffen, das jetzt anstand, hatte er ungeduldig erwartet, doch er hatte so viele widersprüchliche Meinungen über den Mann gehört, dem er gleich begegnen würde, dass er sich des Ausgangs ungewiss war. Serpentius polierte Valerius' Schwert noch einmal und reichte es ihm. Der steckte es über seiner rechten Hüfte in die Scheide.

»Wollen wir hoffen, dass ich es nicht brauche.«

»Gaius Valerius Verrens, Tribun der Garde«, kündigte die Ordonnanz dem Kommandanten der Siebten Legion sein Eintreffen an.

Valerius salutierte vor dem Mann, der auf der gegenüberliegenden Seite des Raums stand. An und für sich sollte Aulus Vitellius eine Armee führen, nicht nur eine einzelne Legion. Er konnte zwar keine Erfahrung in der praktischen Kriegsführung vorweisen, aber das war nie ein Hindernis für eine militärische Karriere gewesen. Vor anderthalb Jahrzehnten war er Konsul und ein Liebling von Kaiser Claudius gewesen. Unter Nero hatte er zunächst hohe Würden bekleidet, doch dann war sein Stern gesunken. Nun hieß es, sein Geschick würde sich vielleicht bald wieder wenden.

Das gut aussehende Gesicht des Mittvierzigers hatte eine blühende Farbe und wirkte etwas teigig, so als wäre es aus feuchtem Ton modelliert worden. Er trug die Locken in die breite Stirn gebürstet, um seinen zurückweichenden Haaransatz zu kaschieren. Seine Feinde behaupteten, er sei ein Säufer, der keinen Gedanken lange genug festhalten könne, um eine wohlüberlegte Entscheidung zu treffen. Seine Freunde dagegen meinten, er sei ein missverstandenes Genie, das eines Tages zur Rechten des Kaisers sitzen werde.

Valerius nahm vor ihm Haltung an, und der General musterte ihn mit leicht belustigten hellblauen Augen.

»Ich hatte erwartet, dass du älter wärest.« Die Stimme war tief, der Akzent kultiviert, vielleicht sogar übertrieben kultiviert, um den Schmähreden Einhalt zu gebieten, die behaupteten, seine Familie sei primitiver plebejischer Herkunft. »Vor einem Jahr hat Seneca dich als den nächsten Scipio hingestellt: ein General im Werden. Ich sehe hier einen jungen Mann, der wenig Erfahrung, aber einen ungeheuren Dünkel besitzt. Jedenfalls war er überheblich genug, um sich in meine Legion hineinzudrängen und einen meiner Offiziere zu beschämen.«

Der General hielt inne, doch Valerius reagierte nicht auf den unausgesprochenen Tadel.

»Und doch ist dieser junge Mann ein Held Roms.« Vitellius betrachtete die Holzhand. »Und er hat große Opfer für das Imperium gebracht. Ich hörte, du kämpfst nun ebenso gut mit dem Schwert in der Linken wie früher mit der Rechten.« *Woher weiß er das alles*, fragte sich Valerius. »Vielleicht sollten wir der Legion eine unterhaltsame Stunde schenken. Ein Held Roms gegen meinen besten Schwertkämpfer. Was meinst du?«

Statt einer Antwort zog Valerius das kaiserliche Siegel aus seiner Tunika und hielt es so, dass Vitellius es gut sehen konnte. »Ich halte mich nicht für eine Art zweiköpfige Schlange, die man zur Unterhaltung der Garnison herumzeigt, General. Ich bin im Auftrag des Kaisers hier, und ich werde diesen Auftrag ausführen, ob nun mit deiner Unterstützung ... oder ohne sie.«

»Selbstverständlich hast du meine Unterstützung«, antwortete Vitellius, ohne Verärgerung über die mangelnde Ehrerbietung des jungen Mannes zu zeigen. »Doch zunächst muss ich wissen, worum es bei diesem geheimnisvollen Auftrag geht. Möchtest du vielleicht bei Anbruch des Tages in Begleitung meiner Legion losziehen? Mit Sicherheit wäre der Kaiser äußerst erfreut, würdest du Dakien der Liste der römischen Provinzen hinzufügen.«

Valerius lächelte höflich. Sie beide wussten, dass der Kaiser wirklich keine weiteren Barbaren gebrauchen konnte, über die er sich den Kopf zerbrechen musste. »Du hast einen Tribun in deinem Stab, Publius Sulla?«

»Ein guter junger Offizier, gewissenhaft und ehrgeizig.«

»Ich würde gern mit ihm reden; möglicherweise besitzt er Informationen, die für meine Ermittlungen von Wert sind. Es könnte sein, dass er mit uns nach Rom zurückkehren muss ... mit deiner Genehmigung natürlich.«

Die Falten in Vitellius' breiter Stirn vertieften sich.

»Leider könnte das schwierig werden.« Er ging zu einer auf Stoff gemalten Landkarte, die an der gegenüberliegenden Wand festgesteckt war, und deutete auf eine Stelle jenseits des gewundenen blauen Bandes des Flusses. »Der Junge hat sich ein unabhängiges Kommando gewünscht, wie das bei euch jungen Leuten üblich ist. Du weißt über die Lage hier Bescheid?« Valerius schüttelte den Kopf. »Die Siebte, die bald von der Vierten abgelöst wird, wurde hierhergeschickt, um die Pläne des Dakerkönigs Coson zu durchkreuzen, dessen Reich jenseits des Flusses beginnt und der versucht, sich auf dem Westufer Land für seinen Stamm anzueignen. Coson weiß, dass Rom das nicht dulden wird, aber aus internen Gründen des Machterhalts muss er dem Stamm zeigen, dass er den Versuch unternimmt. Einige kleinere Gruppen haben im Osten mit Booten den Fluss überquert – hier, hier und hier. Manche dieser Gruppen bestanden aus Kriegern, andere aus ganzen Familien vertriebener Bauern. Wir haben alle zurückgeschickt, friedlich, wo es möglich war, und mit Gewalt, wo nicht. Der Barbar, junger Valerius, hat etwas für Gewalt übrig. Derzeit befinden wir uns allerdings in einer Phase der Verhandlungen. Im Gegenzug für beträchtliche Zahlungen hat Coson seine Krieger zehn Meilen hinter den Fluss zurückgezogen. Um sicherzugehen, dass der Vertrag eingehalten wird, habe ich dort einen Außenposten eingerichtet.« Die Stelle, auf die er zeigte, lag tief im dakischen Gebiet. »Publius Sulla hat dort das Kommando.« Er lächelte entschuldigend. »Wein?«

»Warum kann er nicht einfach einen Boten schicken, der Publius zurückholt?«, fragte Serpentius misstrauisch.

Valerius rollte sein Schlafzeug aus. »Keiner will sein Gesicht verlieren. Weder er noch ich. Er will sehen, wie weit wir bereit sind zu gehen, um Neros Auftrag auszuführen. Vielleicht will er keinen vielversprechenden Offizier verlieren, vielleicht kann er sich auch nicht leisten, *überhaupt* einen Offizier zu verlieren. So etwas kommt vor. Eine Legion ist nie vollzählig, und dies ist ein schwieriges Kommando.«

»Das gefällt mir nicht.«

»Mir gefällt es auch nicht, aber wir haben nur die Autorität dieses Siegels und dieser Uniformen, sonst nichts. Wenn wir uns hinsetzen und darauf warten, dass Publius zurückkommt, wird diese Autorität von Tag zu Tag schwächer. Er ist ja wahrscheinlich gewarnt worden. Erst wird man uns höhnisch beäugen, dann wird man uns auslachen, und danach … nun ja, dann werden wir Publius Sulla niemals hier rausbekommen.«

»Wir überqueren also den Fluss?« Marcus' Stimme klang nachdenklich.

»Wir setzen bei Anbruch des Tages über. Wir reiten zu dem Außenposten und bringen Publius zurück.«

»Was, wenn er nicht mitkommen will?«

»Er wird kommen.«

»Aber was, wenn nicht …?«

»Deswegen seid ihr hier, und wir werden eine Begleitmannschaft von zwanzig Reitern aus der Festung mitnehmen. Aber das wird nicht nötig sein. Er wird um seiner Familienehre willen kommen, und außerdem weiß er, dass andernfalls seine Karriere beendet ist. Irgendwann würde man Vitellius zwingen, ihn in Ketten zurückzuschicken.«

Marcus schaute auf die beiden anderen. Sie waren vertraglich nicht verpflichtet, die Grenzen des Imperiums zu überschreiten. Heracles nickte sofort. Serpentius zögerte und folgte dann seinem Beispiel.

»Dann also bei Tagesanbruch«, sagte Marcus und wickelte sich in seine Decke.

Valerius blieb noch kurz sitzen, bevor er die Öllampe löschte. Er zog ebenfalls die Decke über sich und schloss die Augen. Doch er schlief nicht ein.

Morgen würden sie ins Unbekannte aufbrechen.

XXI

Poppaea war nun also allein, und noch nie hatte sie schlimmere Ängste ausgestanden. Cornelius Sulla war ihre einzige Verbindung zu Petrus gewesen, und nun war er tot. Schaudernd erinnerte sie sich daran, wie Nero sich damit vergnügt hatte, ihr die Reihe widerlicher Kohleklumpen zu zeigen, die alles waren, was von den flammenden Scheiterhaufen geblieben war. Ganz besonderes Vergnügen hatte es ihm bereitet, sie auf Cornelius' grinsenden Totenschädel hinzuweisen und ihr seine Qualen so ausführlich zu schildern, dass sie fast in Ohnmacht gefallen wäre. Zunächst hatte sie befürchtet, dass er sie gleichfalls in Verdacht hätte und dass gleich ein Trupp Prätorianer auftauchen würde, um sie festzunehmen. Aber das war einfach Neros Art. Dass der Christ an seinem Hof demaskiert worden war und dass er dabei auch noch den einhändigen Tribun Valerius so düpiert hatte, bereitete ihm ein perverses Vergnügen. Ein weiterer Triumph für Torquatus, den Meisterspion. Je mehr Nero, ihr Ehemann, enthüllte, desto offensichtlicher wurde es, dass jemand in Valerius' Nähe ein Verräter sein musste. Lachend erzählte er ihr, wie die »nutzlosen Lümmel« des Prätorianerkommandanten jede Spur von Valerius und seinen Männern verloren hatten, als diese Lucina Graecina beschatteten. Doch nur wenige Stunden nach Valerius' Gespräch mit Cornelius Sulla war der junge Aristokrat eingesperrt worden. Die einzige Erklärung war, dass Fabias Freund von einem seiner eigenen Leute verraten worden war.

Ihr Herz schlug schneller, als sie sich an den Blickwechsel mit Valerius erinnerte. Schon als sie mit Nero die Treppe hinuntergestiegen war, hinein ins Gewühl des Saals, hatte sie den Tribun wahrgenommen, denn durch seine Jugend und seine ernsten Züge fiel er zwischen den geröteten grinsenden Gesichtern der betrunken Lachenden auf. Sie hatte eine Kraft in ihm gespürt, die auf ihre eigene Weise an die Kraft von Petrus herankam. Die künstliche Hand faszinierte sie. Hätte Fabia sie nicht darauf aufmerksam gemacht, hätte sie sie gar nicht bemerkt, weil er sie so natürlich hielt. So zornig und gleichzeitig so gequält wie Valerius, als er zuschauen musste, wie die Raubtiere auf ihre hilflosen Opfer losgelassen wurden, hatte sie noch nie jemanden gesehen. Diesen Mann musste man ernst nehmen. Er nötigte einen zum Respekt. Ein Held. Und noch nie hatte sie die Dienste eines Helden dringender gebraucht.

Sie war überzeugt, dass Valerius der einzige Mensch war, der ihr helfen konnte. Sie sagte sich, dass er auf ihre stumme Bitte reagiert hatte. Aber was konnte er tun? Der Kaiser hatte ihn beauftragt, ebenjenen Mann zur Strecke zu bringen, der ihr Hoffnung gegeben hatte. Es war unmöglich.

Mit diesem Gedanken kam die Verzweiflung. Sie spürte, wie ihre Welt zusammenbrach; sie wurde wirr im Kopf, und damit einher gingen Angst und Entsetzen. Was bedeutete schon ein einziger Blick? Sie machte sich etwas vor. Kein lebender Mensch konnte ihr jetzt noch helfen. Langsam trat sie auf den Balkon hinaus und lehnte sich über die Brüstung. Weit unten sah sie Tempel, Säulen, Basiliken und die Leute, die zwischen ihnen herumliefen. Sie hob die Arme und schob den Oberkörper vor, bis ihre Zehen kaum noch den Boden berührten und die Steinbrüstung ihr in die Taille schnitt. Nur noch ein einziger Fingerbreit, und es wäre vorbei. Ein Fingerbreit weiter, und es gäbe kein Zurück. Das Gewicht ihres Kopfes und ihrer Schultern würde sie über die Brüstung ziehen, und sie würde auf die Steine weit dort unten stürzen. Ihr schwindelte. Nur noch ein Fingerbreit. Sie musste den Mut aufbringen. Ein einziger Fingerbreit noch.

Sie holte tief Luft.

»Poppaea?«

Der Moment war vorbei.

»Poppaea?«

Sie drehte sich um, und die übliche Maske glitt über ihr Gesicht.

»Hier bin ich, Caesar.« Mit einem Lächeln kehrte sie in das Zimmer zurück, in dem Nero sie erwartete. Er atmete schwer, und sein glänzendes, gerötetes Gesicht ließ sie an ein frisch gewaschenes Schwein denken.

»Ich habe mir Sorgen um dich gemacht, mein Herz.«

»Und ich bin dankbar für deine Sorge, Caesar. Doch wie du siehst, ist sie unnötig.«

»Das freut mich sehr«, erwiderte er. Sein Tonfall sagte

ihr, was als Nächstes kommen würde. »Ich habe heute Abend nämlich etwas ganz Besonderes mit dir vor.«

Er ergriff sie sanft bei der Hand und führte sie in das Zimmer, das sie bei sich seine Folterkammer nannte.

XXII

Valerius bemerkte, dass der Kommandant der tungrischen Eskorte nervös war, und das überraschte ihn. Vitellius hatte ihm versichert, solche Patrouillen auf der gegenüberliegenden Seite des Flusses seien Routine. Allerdings bezweifelte Valerius, dass der Legionskommandant sich jemals mit einer kleineren Schutztruppe als tausend Mann nach Dakien hineingewagt hatte. Dies hier war etwas anderes. Vielleicht hatte der Mann allen Grund zur Sorge.

Valerius hob geistesabwesend die Hand und strich über das goldene Keileramulett. Seit dem Tag, als er es nach Boudiccas letzter Schlacht zwischen Tausenden Gefallenen und Hingemetzelten vom Hals der toten Maeve genommen hatte, war es sein Talisman. Er war überzeugt, dass etwas vom unbezähmbaren Mut und wilden Stolz der Getöteten auf das schimmernde Metall übergegangen war. Es hatte ihn nie im Stich gelassen, und er hatte es vielleicht noch nie mehr gebraucht als jetzt.

Sie hatten sich vor dem Festungstor versammelt, zwanzig Soldaten der Reiterei, bekleidet mit Kettenhemden über Tuniken, die einmal rot gewesen waren, sowie vier weitere

Männer in der schwarz-silbernen Uniform der Prätorianergarde. Sie warteten in unbehaglichem Schweigen, denn dies war die Stunde, die jeden von ihnen zwang, sich seinen Ängsten und Gedanken allein zu stellen. In der kalten Dunkelheit unmittelbar vor Tagesanbruch waberte im Fackelschein ein geisterhaft silbriger Schleier. Der Nebel verbarg alles, was weiter als zehn Schritte entfernt war, doch das nie verstummende Rauschen des Wassers zeigte an, dass der Strom zur Linken lag.

Festus, der Kommandant der Hilfstruppeneinheit, hatte seine Reiter schon am Vorabend instruiert, doch jetzt wiederholte er seine Befehle, damit auch Valerius und die anderen sie hörten. »Es sollte einfach sein. Wir überqueren die Brücke und reiten südwärts bis zum Fuß der Berge und dann weiter zum befestigten Lager. Acht Meilen. Höchstens zwei Stunden. Bleibt wachsam. Achtet auf Befehle. Wenn Fortuna uns wohlwill, werden wir nicht einmal einen Daker riechen. Dort angekommen, erledigen wir, was zu tun ist, und reiten wieder zurück. Irgendwelche Fragen?«

Valerius schüttelte den Kopf. Eigenartig, dass Publius Sulla keinerlei Erwähnung fand, doch vermutlich ließ der Dekurio einfach Vernunft walten. Er wollte wohl vermeiden, in dieser ohnehin unangenehmen Situation noch weiter Öl ins Feuer zu gießen.

Sie führten die Pferde über die Brücke. Das Klappern der Hufe verhallte unheimlich im Nebel. In der Dunkelheit wirkte das schmale Bauwerk endlos lang, und der schwarze, von Strudeln durchzogene Danuvius floss beunruhigend dicht darunter. Die Ehrfurcht gebietende Macht der enormen Wassermenge erfüllte Valerius mit einem leichten Schwindel.

Kurz darauf traten sie vom Ende der Brücke auf dakischen Boden. Sie hatten die Grenze des Imperiums überschritten.

Zunächst schien das Ostufer die Landschaft gegenüber zu spiegeln. Eine große, flache, sich in die Ferne erstreckende Ebene, bei der nur eine schmale Linie am Horizont erkennen ließ, dass das Gelände ganz langsam anstieg. Die Soldaten ritten im Trab, je zwei nebeneinander. Die Spitzen ihrer sieben Fuß langen Eschenspeere schimmerten in den ersten Strahlen der Sonne, und das Fell der großen Pferde dampfte in der kühlen Luft. Festus wies Valerius und seine Männer an, am Ende der kleinen Kolonne zu reiten. Das überraschte den Römer. Normalerweise ritten die weniger erfahrenen Männer in der Mitte, wo sie geschützter waren. Der Tungrier verwarf seine Sorge. »Wenn sie uns auf der Ebene überfallen, sehen wir sie rechtzeitig, um ihnen davonzugaloppieren. Daher sollt ihr hinten reiten, um dann mit Vorsprung zu starten. Falls wir fliehen müssen, werden meine Männer nicht langsamer reiten, um euch Händchen zu halten. Schlagt euren Pferden einfach die Hacken in die Flanken, zieht den Kopf ein, und reitet, was das Zeug hält.«

»Was sind die Daker für Kämpfer?«, wollte Valerius wissen.

»Sie sind Tiere«, spie der Dekurio hervor. »Wenn sie nicht gegen uns kämpfen, dann gegen die Sarmaten oder die Thraker oder gegeneinander. Wenn man alle tötet, die man findet, sind immer noch mehr da, wie Ameisen. Jeder von ihnen glaubt, nach seinem Tod zur Rechten ihres Heidengottes Zalmoxis zu sitzen, der ihn mit zwanzig großbrüstigen Frauen beglücken wird. Der Tod ist ihnen darum scheißegal. Sie kämpfen mit langen gebogenen Messern. Keine Dolche, sondern Messer zum Ausweiden. Und sie schmücken ihre Speere gern mit römischen Hoden. Verstehst du?« Valerius spürte, wie sich ihm unwillkürlich der Magen zusammenzog. »Das einzig Gute an ihnen ist, dass ihre Pferde es mit unseren nicht aufnehmen können und dass ihre Krieger keine Disziplin kennen.«

Valerius versuchte, das Gespräch auf Publius Sulla zu lenken, doch Festus ließ ihn nicht ausreden.

»Reiter und Fußsoldaten pflegen keinen Umgang miteinander«, sagte er. »Ich habe ihn in der Festung gesehen. Noch so ein bartloser römischer Junge. Die Sorte, die die Daker zum Frühstück verspeisen.« Er lächelte säuerlich. »Genau wie du.«

Als sie weiter südwärts ritten, veränderte sich die Landschaft, und überall wuchsen vereinzelte Büsche und später verkrüppelte Dornbäume. Ihr Weg führte nun bergauf, die Bäume wurden immer dichter, und das Gefühl, ein Spielstein auf einem flachen Spielbrett zu sein, wich der nervenzerfetzenden Anspannung, die Menschen empfinden, wenn sie nicht wissen, was sie hinter der nächsten Biegung erwartet. Valerius fiel auf, dass die Hände der Tungrier die Speerschäfte ein wenig fester umklammert hielten, und er überprüfte sorgfältig, dass sein Schwert locker in der Scheide saß.

Nach weniger als zwei Stunden hielt die Kolonne am

Eingang eines schmalen, von Bäumen gesäumten Hohlwegs, und Festus kam zu Valerius und seinen Begleitern zurückgeritten.

»Einer unserer Kundschafter glaubt, weiter vorn etwas gesehen zu haben. Ich nehme die Patrouille und gehe der Sache auf den Grund. Wartet hier, dann schicke ich einen Mann zu euch zurück, sobald die Lage geklärt ist.«

Valerius spürte, wie Marcus neben ihm auffahren wollte, doch er legte ihm die Hand auf den Arm. Dies war Festus' Kommando. Er kannte den Feind und das Gelände. Nur ein Narr würde seine Befehle infrage stellen. Er nickte zustimmend, und sie beobachteten verunsichert, wie die Speerspitzen weiter vorn zwischen den Bäumen verschwanden.

Eine beträchtliche Weile verging, und die einzigen Geräusche waren das unangenehme Sirren von Insekten und der schnaubende Atem der Pferde. Valerius lauschte auf das metallische Klirren, das die Rückkehr der Patrouille ankündigen würde, aber allmählich wurde klar, dass sie allein waren und es wohl auch bleiben würden. Er spürte, wie sich ihm die Nackenhaare sträubten, und wechselte Blicke mit Marcus.

»Fühlt sich sonst noch jemand wie das Lamm, das vor den Saturnalien ausgesondert worden ist und jetzt meint, was ganz Besonderes zu sein?«, fragte Serpentius im Plauderton. Das Dickicht der Bäume und Büsche um sie her wirkte plötzlich viel bedrohlicher. Selbst die Vögel, die gerade eben noch gesungen hatten, schwiegen jetzt.

»Wir können weiterreiten oder umkehren«, sagte Marcus. »Aber wir können nicht hierbleiben.«

Valerius hatte seine Entscheidung bereits getroffen. »Wir reiten weiter. Wir haben eine Aufgabe zu erledigen, ob nun mit ihnen oder ohne sie.«

»Ohne. Sie haben uns ausgetrickst.«

Valerius nickte. Es ließ sich nicht abstreiten. Aus welchem Grund auch immer, Festus hatte sie im Stich gelassen. Die einzige Frage war: Welchem Schicksal hatte er sie ausgeliefert? Er sah, dass Serpentius in dem großen Stoffbeutel kramte, der an seinem Sattelknauf festgebunden war. Der Spanier brachte einen kurzen, geschwungenen Bogen und einen Pfeilköcher zum Vorschein. Valerius zog die Augenbrauen hoch.

Serpentius zuckte die Schultern. »Ein Geschenk der Thraker, die die Karawane begleitet haben. Ich habe noch nie vom Pferderücken damit geschossen, aber vielleicht erwische ich ja einen der Drecksäcke.« Er ließ offen, ob er die Soldaten oder die Daker meinte.

Valerius ritt voran, und sie tasteten sich vorsichtig weiter. Marcus deckte die rechte Flanke, Heracles die linke, und Serpentius sah sich fortwährend nach hinten um. Aus dem warmen Morgen war ein heißer Vormittag geworden, der einem das Atmen schwer machte. Jeder Baum und jeder Hügel konnte eine Gefahr verbergen, und Valerius spürte, wie die Anspannung in seinen Armen und im Nacken immer größer wurde. Er schob seinen Helmriemen zurecht und wischte sich den Schweiß aus den Augen.

»Was, wenn der Außenposten aufgegeben wurde?«, fragte Marcus mit gesenkter Stimme.

»Wir reiten noch eine halbe Stunde weiter und kehren dann um.«

Serpentius sog witternd die Luft ein. »Sie sind da draußen. Ich kann sie riechen.«

Valerius musterte den Waldsaum, der sich nach links hin öffnete und sich dann erneut zu einem schmalen Trichter zusammenzog. Die unmittelbare Bedrohung schien von der gegenüberliegenden Seite zu kommen, von rechts, und das machte den Trichter zu einem willkommenen Fluchtweg, einer Zuflucht vor dem Sturm. Vor ihnen lag ein mit Felsbrocken übersäter Hang, der gut als Falle für die Pferde dienen mochte. Er spürte, wie sich ein schwarzer Schatten durch die Bäume schob.

»Bereitmachen«, rief er.

Sie kamen mit Geheul. Ein wilder Haufen bärtiger Krieger mit nackten Oberkörpern stürzte sich auf sie. Bewaffnet waren sie mit bemalten ovalen Schilden und den gebogenen Messern, die Festus beschrieben hatte. Und außerdem mit ähnlich gekrümmten Schwertern, die aber schwerer waren und beidhändig geführt wurden.

»Reitet! Jetzt!« Die drei Männer reagierten sofort auf Valerius' gebrülltes Kommando. Da die Daker versuchten, sie nach links zu locken, war davon auszugehen, dass sie in dem Trichter von einem sorgfältig vorbereiteten Hinterhalt erwartet würden. Da riskierten sie die Auseinandersetzung besser auf dem freien Feld. Er trieb sein Pferd zum Galopp an, jagte auf eine fast nicht wahrnehmbare Lücke in der Linie der Felsbrocken zu und hörte voll Genugtuung, wie hinter ihnen enttäuschtes Gebrüll erscholl.

Doch der Gegner hatte den Hang nicht vollständig vernachlässigt. Eine Reihe von Kriegern erhob sich aus dem Gestrüpp vor Valerius. Er hörte das Zischen eines Pfeils und spürte an einem Luftzug, wie etwas an seinem rechten Ohr vorbeischoss. Erst glaubte er, dass er knapp verfehlt worden sei, doch der Pfeil traf einen der Daker mitten in die Brust, und da begriff Valerius, dass Serpentius von hinten an ihm vorbeizielte. Ein anderes Pferd wäre vielleicht vor dem Gebrüll da vorn zurückgescheut, doch dies war ein ausgebildetes Kavalleriepferd. Wieder und wieder war es auf dem Übungsplatz gezwungen worden, zwischen brüllenden Männern wie diesen hindurchzugaloppieren, bis es von seiner eigenen Unverwundbarkeit überzeugt war. Ohne dass Valerius es antreiben musste, preschte das Tier vorwärts und stieß mit entblößten Zähnen seinen eigenen Kampfschrei aus. Mit vorgebeugtem Oberkörper, das Schwert in der Hand, konzentrierte Valerius sich darauf, im Sattel zu bleiben. Auf ein widerwärtiges Krachen folgte ein kurzes Stocken. Links unter ihm tauchte ein zähnefletschendes Gesicht auf, und er spürte, dass jemand nach seinem Fuß griff. Das Schwert fuhr nach unten, und das Gesicht verschwand in einer Fontäne leuchtend roten Blutes. Weitere Gesichter tauchten zwischen den Felsbrocken auf, mit vor Überraschung aufgerissenen Mündern. Dann war er durch und zwischen den Bäumen jenseits des Felsbrockenhangs. Ein Blick über die Schulter erfüllte ihn mit Erleichterung. Marcus galoppierte ein paar Schritte hinter ihm mit einem breiten Grinsen im Gesicht. Hinter ihm brüllte Serpentius vor Lachen. Heracles ritt neben ihm. Das Gesicht vor Konzentration angestrengt verzogen, hielt er das abgeschlagene Haupt eines Dakers mit den Zähnen am langen Haar fest.

»So was hast du noch nie gesehen«, rief Serpentius. »Ein einziger Hieb, und der Kopf wirbelt in die Luft. Dann fängt der verrückte Schweinehund ihn mit einer Hand auf. Ich hab ihm gesagt, er soll ihn wegwerfen, aber er scheint an dem verdammten Ding zu hängen.«

Marcus rief dem jungen Sarmaten etwas zu, und mit einem Grinsen ließ Heracles das Haupt fallen.

Valerius' Herz hämmerte immer noch von dem wilden Ritt, aber dennoch versuchte er angestrengt dahinterzukommen, wo sie sich befanden. Er hatte einige Einzelheiten der Karte in Vitellius' Stabsgebäude in Erinnerung, doch der Weg, dem Festus gefolgt war, war so oft nach links und rechts abgezweigt, dass er kaum einen Anhaltspunkt hatte, in welche Hauptrichtung sie geritten waren. Er blickte zur Sonne auf, die über seiner rechten Schulter stand. Es war später Vormittag oder vielleicht fast schon Mittag, was bedeutete, dass die Sonne sich jetzt im Süden befand. Wenn sie umkehrten und direkt nach Westen ritten, würden sie schließlich den Fluss erreichen, doch das würde sie unmittelbar in die Hände der Daker führen. Am sichersten wäre es, sie ritten nach Nordwesten, umgingen den Hinterhalt in einem großen Bogen und suchten einen Weg durch die Berge zurück, bis sie die Ebene erreichten. Danach sollten sie mühelos nach Hause gelangen.

Doch er war nicht so weit geritten, um jetzt aufzugeben.

»Publius Sullas Außenposten kann nicht mehr als einige Meilen entfernt liegen«, sagte er. »Wir reiten weiter.«

Marcus wischte mit einem Stück Satteltuch das Blut vom Schwert. »Glaubst du, dass er sich dort befindet?«

»Ich denke, es gibt nur eine einzige Möglichkeit, es herauszufinden«, antwortete Valerius grimmig. Er hatte keinen Zweifel, dass das Verschwinden der Patrouille und der Hinterhalt der Daker mit dem Gesuchten in Verbindung standen, aber damit würde er sich später befassen. Das Wichtigste war jetzt, dass sie überlebten. Er befahl den drei Männern, den Inhalt ihrer Wasserschläuche aufzusparen, und Marcus teilte das Essen aus, das er mitgenommen hatte. Die übrigen Rationen befanden sich bei der Patrouille.

Nach zehn Minuten stießen sie auf einen Pfad. Serpentius musterte den Boden. »Alte Spuren, aber zu groß für die Pferde der Einheimischen. Römische Kavalleriepferde und wahrscheinlich ein paar Maultiere.«

Sie folgten dem Pfad über anderthalb Meilen und gelangten schließlich zu einer großen gerodeten Lichtung. Geschützt durch drei tiefe Gräben und einen sechs Fuß hohen Erdwall, dessen Kuppe mit angespitzten Holzpfählen bewehrt war, stand in ihrer Mitte ein befestigtes Lager. Der einzige Zugang führte über einen aus Erde aufgeschütteten Damm, und das Holztor war durch eine Böschung, die den Zugang erschwerte, vor einem direkten Angriff geschützt. Gegen die urtümlichen Kräfte, mit denen sie es vorhin zu tun gehabt hatten, wirkte die Verteidigungsanlage dennoch jämmerlich unzureichend. Noch während Valerius das Lager musterte, ertönte ein Hornsignal, das von Rufen gefolgt wurde. Über der Palisade tauchte eine Reihe glänzender Helme auf.

Valerius zügelte kurz vor dem Dreifachgraben sein Pferd. »Boten von General Vitellius«, rief er. »Mit Befehlen für den Kommandanten des Lagers.«

Vom Ende des Dammwegs ertönte das Geräusch eines Tores, das sich knarrend öffnete.

XXIII

Eine kräftige Stimme rief vom Wall herunter: »Komm näher, Freund, aber langsam, und halte die Hände so, dass wir sie sehen können.« Valerius hörte Marcus lachen. Es war das für eine Grenzregion typische Willkommen. Vorsicht ist die Mutter der Kompanie. Er holte tief Luft und trieb sein Pferd vorwärts.

Zu Publius Sulla.

Auf den ersten Blick war das Innere des Lagers so wenig eindrucksvoll wie das Äußere, und Valerius bezweifelte, dass dieser Eindruck mit größerer Kenntnis der Örtlichkeit besser werden würde. Reihen abgenutzter Lederzelte, die insgesamt Platz für eine Centurie boten, nahmen die Mitte des Lagers ein. Sie standen neben einem größeren Zelt, das das Stabsquartier des Kommandanten sein musste. Dicht bei der Böschung des Erdwalls befanden sich die Anbindepflöcke der Pferde und die Latrinen. Das alles fand in einem Quadrat von sechzig auf sechzig Schritte Platz. Ein schmerzhaft kleiner Trupp Männer ging den Alltagsaufgaben des Lagers nach, während der Rest die Wälle bemannte. Zwei Wochen in diesem Lager mussten die Moral eines jeden Soldaten untergraben. Zwei Monate würden ihn in den Wahnsinn treiben.

Publius Sulla, Tribun der Siebten und Bruder des Verräters Cornelius, wartete allein in der Mitte des unbefestigten Platzes, der als Exerzierplatz herhalten musste. Beim Anblick des Mannes, den er nach Rom zurückbringen sollte, krampfte sich Valerius der Magen zusammen. Als er zum letzten Mal in diese blassen Augen geblickt hatte, hatten sie ihn aus einem versengten Schädel entgegengestarrt. Er hatte mit einer Ähnlichkeit gerechnet, aber keiner hatte ihn vorgewarnt, dass Publius Sulla Cornelius' eineiiger Zwillingsbruder war. Sie hatten gewiss einen unterschiedlichen Charakter – Publius war hagerer, härter und ernster als sein Bruder –, doch die Ähnlichkeit blieb frappierend. Das Bild einer sich windenden Flammensäule schob sich vor Valerius' inneres Auge, und die Worte blieben ihm im Hals stecken.

»Ist das alles?«, brach der junge Kommandant das Schweigen. »Ich erwartete eine Abteilung mit den Rationen für einen Monat. Was ich hier sehe, sind dagegen vier weitere Mäuler, die ich stopfen muss.«

Valerius übergab Marcus die Zügel seines Pferdes, und der ehemalige Gladiator führte ihre Reittiere zu den Anbindepflöcken. »Gaius Valerius Verrens, zu deinen Diensten. Ich bitte um Verzeihung, Tribun, aber wir wurden einige Meilen südlich von hier von unserer Eskorte getrennt und aus dem Hinterhalt angegriffen.«

»Ein Hinterhalt?« Publius vergaß die ausgebliebene Lieferung sofort. »Das ist ausgeschlossen. Wir befinden uns im Waffenstillstand mit dem König der Daker, und vor nicht einmal fünf Tagen habe ich mit seinen Vertretern gesprochen. Hätte die Situation sich verändert, hätten meine Spione in Cosons Lager mich längst informiert. Clodius!« Ein altgedienter Legionär kam von seinem Posten auf dem Erdwall herunter. »Verstärke die Alarmbereitschaft, und schicke eine Patrouille los. Ich möchte wissen, ob es im Umkreis von einer Meile um das Lager Bewegungen gibt. Möglicherweise haben wir es mit einer Bande von Abtrünnigen zu tun, die Ärger machen wollen. Aber sag unseren Leuten, sie sollen sich zurückhalten. Ich brauche Informationen, keine Köpfe.«

Valerius war von der Professionalität des jungen Mannes beeindruckt. Er erteilte seine Befehle ohne jede Angst oder Verwirrung. Der Hinterhalt war einfach nur ein neuer Aspekt seines komplizierten Kommandos. »Interessant, dass du dich freiwillig für diesen Posten gemeldet hat«, wagte Valerius einen Vorstoß.

»Freiwillig?« Publius' Lachen verriet seine Bitterkeit. Er führte Valerius über eine Holztreppe auf die Kuppe des Erdwalls. »Keiner wäre so dumm, sich für das hier freiwillig zu melden. Du siehst, in welcher Position wir uns befinden. Hier sollte eigentlich eine Einheit der Hilfstruppen Dienst tun. Stattdessen sind die Männer, die den Wall bemannen, der Bodensatz der Legion: die Jammerer, die Arbeitsscheuen und die Raufbolde. Ich habe achtzig Leute von dieser Art sowie zwanzig Pferde. Damit soll ich fünfzig Meilen Grenze abdecken. Meine Leute bleiben wachsam, weil ich sie überzeugen konnte, dass sie sterben werden, wenn sie es nicht sind. Nicht, dass dazu viel Überredungskunst nötig wäre. Wir sind zehn Meilen vom Danuvius und jeder möglichen Verstärkung entfernt, und seit fünf Tagen muss ich die Rationen halbieren. Sobald Coson beschließt, den Waffenstillstand zu brechen, und das wird er irgendwann, verschlingen uns die Daker wie ein Wolf, der sich auf ein neugeborenes Lamm stürzt. Dieser Posten soll Roms Stärke demonstrieren. Tatsächlich ist er aber ein Opfer, das der Eitelkeit des Generals gebracht wird.« Er blickte Valerius direkt in die Augen. »Und jetzt zu deinem Geschäft, Prätorianer. Selbst ein einfacher junger Tribun weiß, dass man keine vier Mann plus Begleitmannschaft braucht, um einen Befehl zu überbringen.«

Valerius nickte geistesabwesend. Er fragte sich, wieso Vitellius ihn bezüglich der Freiwilligkeit von Publius Sullas Entsendung belogen hatte. Wenn er in dieser Hinsicht gelogen hatte, in welcher dann noch? Valerius hatte eine schnelle, reibungslose Verhaftung gleich nach seinem Eintreffen im Lager geplant. Doch jede Hoffnung darauf war verschwunden, als er in Publius' jungenhaftem Gesicht die Augen seines Bruders gesehen hatte. Je länger er mit Publius zusammen war, desto mehr gefiel ihm dieser junge Mann, den zu vernichten er im Begriff war. »Vielleicht können wir unter vier Augen darüber sprechen«, schlug er leise vor.

Publius fing etwas in seiner Stimme auf, und er lächelte düster. »Wie du siehst, ist Privatsphäre in unserem neuen kleinen Zuhause knapp. Komm mit mir in mein Zelt. Meine Ordonnanz wird dafür sorgen, dass deine Männer mit dem Wenigen, was wir anbieten können, verköstigt werden.«

Er schlug die Zeltklappe zurück, und sie betraten das

staubige, schwüle Innere. Durch Lüftungsklappen in der Decke drang auch Licht herein. Das Zelt war vielleicht fünf Schritte breit und zehn lang und hatte einen Boden aus festgetretener Erde. Der einzige Luxus war ein tragbarer Schreibtisch mit einem Hocker. Diesem gegenüber stand ein weiterer Hocker, und an der hinteren Wand war ein Feldbett aufgebaut. Der Tribun legte seinen Helm und sein *gladius* ab und lud Valerius ein, dasselbe zu tun. Valerius konnte schlecht ablehnen, auch wenn ihm klar wurde, dass er auf Marcus' und Serpentius' Begleitung hätte bestehen sollen. Er legte seinen Schwertgurt neben dem des Tribuns aufs Bett.

Publius nahm seinen Platz hinter dem Schreibtisch ein, und Valerius setzte sich ihm gegenüber. »Bitte.« Der Tribun forderte Valerius mit einem Nicken auf zu beginnen.

»Ich bin hier, um dich nach Rom zurückzubegleiten.«

Valerius sah, wie die Farbe aus Publius Sullas Gesicht wich. Davon abgesehen erfolgte keine Reaktion auf diese Ankündigung, die, wie beide wussten, ein Todesurteil sein mochte.

»Und darf ich den Grund erfahren?« Irgendwie gelang es dem jungen Tribun, mit ruhiger Stimme zu sprechen.

»Ich kann nur sagen, dass ich auf direkten Befehl des Kaisers hier bin.«

Der jüngere Mann stieß einen tiefen Seufzer aus. »So. Das bedeutet, dass Cornelius verhaftet wurde und ...« Ohne seine Frage auszusprechen, suchte er mit einem Blick Valerius' Bestätigung. Der nickte. Einen Moment lang verzerrten sich Publius' Züge vor Schmerz, und er schüttelte den Kopf wie jemand, der gegen ein tief in seine Eingeweide gestoßenes Schwert ankämpft. Er rang um Fassung, doch als er erneut die Stimme erhob, lag nichts als Trotz darin. Die ernsten blauen Augen bohrten sich in Valerius. »Unsere Mission wird weitergehen, das sage ich dir. Im ganzen Imperium verbreiten Männer wie Cornelius die Botschaft von Jesus Christus. Tag für Tag sind mehr von uns bereit, Gottes Werk zu tun, und ich bezweifle, dass Nero uns alle töten kann. Er versucht, uns zu vernichten, weil er uns fürchtet, und er hat allen Grund dazu, denn was auch immer er uns antut, macht uns nur stärker. Vielleicht glaubst du, die Legionen seien ein steiniges Feld für jemanden, der den Samen der Veränderung säen will, aber du irrst dich, Prätorianer. Wer braucht dringender seinen Gott an seiner Seite als ein Soldat, der in die Schlacht zieht, um zu sterben? Sag Nero, dass sie da draußen sind und auf den Tag warten. Wenn der Tag kommt, wird Gottes Wille siegen. Aber vermutlich verstehst du nicht, wovon ich spreche.«

»Ich verstehe es.«

Publius blickte überrascht auf, und etwas flackerte in seinen Augen auf. Hoffnung? »Du weißt, welch große Kräfte hier am Werk sind, und dennoch handelst du auf sein Geheiß?«

Valerius richtete sich auf. »Wie du, Tribun, bin ich Soldat, und Soldaten befolgen Befehle.«

Publius stand auf und ging mit drei Schritten zum Bett. Zu spät fiel Valerius ein, wo er sein Schwert gelassen hatte. Er hörte das vertraute, nahezu melodische Zischen, mit dem ein *gladius* aus der Scheide gezogen wird. Publius hielt das

Gesicht zur Zeltwand gewandt, sodass Valerius sein Mienenspiel nicht sehen konnte. »Cornelius war stark, aber ihm fehlte der körperliche Mut. Dessen hat er sich immer geschämt«, sagte er leise.

»Am Ende hat es ihm nicht an Mut gemangelt.« Valerius erinnerte sich an das blutrote Rinnsal, das von der zerrissenen Lippe des jungen Aristokraten auf den Teer getropft war. »Nie habe ich einen tapfereren Mann gesehen.«

Publius nickte. »Doch er hat sich bestimmt nicht gegen sie gewehrt. Er ist mit ihnen gegangen wie ein Lamm, das zur Schlachtbank geführt wird. Nun, so wisse denn, Gaius Valerius Verrens.« Nun drehte er sich endlich um, die blanke, glänzende Klinge in der Hand. »Publius Sulla ist ein Soldat und wird wie ein Soldat sterben. Ich lege mich nicht wie ein Lamm auf Neros Schlachtbank.«

Valerius spannte die Muskeln an, bereit, sich dem Angriff des Tribuns zu stellen. Gewiss, seine Überlebenschance war gering, wenn Publius mit dem Schwert so vertraut war, wie es den Anschein hatte, aber er gelobte sich, notfalls bei dem Versuch zu sterben. Wenn er tot war, würde Publius Marcus, Serpentius und Heracles unter einer falschen Beschuldigung festnehmen, sie vielleicht sogar des Mordes an Valerius bezichtigen, und auf dem Rückweg nach Viminacium würde es einen bedauerlichen Unfall geben. Vielleicht hatte General Vitellius es schon die ganze Zeit so geplant.

Aber Publius war noch nicht fertig. »Senatoren, Soldaten und Sklaven, Männer und Frauen aller Klassen warten bereits darauf, mich zu ersetzen. Ja, sogar ganz nach oben bis in die Höhle des Ungeheuers sind sie vorgedrungen, befinden sich selbst im innersten Kreis von Neros Hof. Ich habe nur eine einzige letzte Bitte, Prätorianer, und die spreche ich aus, weil ich einen Anstand in dir spüre, der deine Worte und deinen Auftrag Lügen straft. Tu für meine Familie, was du kannst.«

Mit diesen letzten Worten setzte Sulla die Spitze des *gladius* unter seinem Brustbein an und stieß es sich mit aller Gewalt der Länge nach ins Herz.

»Nein!« Valerius jagte quer durchs Zelt, doch es war bereits zu spät. Mit einem lauten Schrei fiel Publius aufs Bett zurück. Sein ganzer Körper bebte, die Hände hielt er noch immer um den Schwertgriff geklammert, und die Augen drohten, ihm aus dem Kopf zu treten. Sein jungenhaftes Gesicht wurde innerhalb von Augenblicken alt. Valerius kniete sich neben den jungen Mann und umfing seinen Kopf mit den Händen. »Publius«, flüsterte er eindringlich. »Ich werde deiner Familie helfen, wenn ich kann. Ich werde ihnen allen helfen. Aber du musst mir sagen, wie ich Petrus finde. Ich muss Petrus finden.«

Publius öffnete den Mund, doch Valerius würde die Antwort niemals hören. Dunkles Blut stieg aus der Kehle des Tribuns auf und floss ihm wie Wein über die Lippen. Sein Körper krampfte sich ein letztes Mal zusammen, und dann lag er still da. Mit einem Seufzer blickte Valerius auf die Leiche hinunter.

Allmählich dämmerte ihm, dass Publius mit seinen emotionalen letzten Worten vielleicht mehr enthüllt hatte, als in seiner Absicht lag. *»Senatoren, Soldaten und Sklaven, Män-*

ner und Frauen aller Klassen ... selbst im innersten Kreis von Neros Hof.« Cornelius hatte zu Neros Hof gehört, doch er war eine Randfigur gewesen, hatte nie Zutritt zum *innersten Kreis* gehabt. Das bedeutete, dass jemand, der ganz oben mitspielte, ein wichtiges Motiv hatte, seine, Valerius', Ermittlungen zu durchkreuzen, und, wichtiger noch, dass er die dazu erforderliche Macht besaß.

Er zog die Zeltklappe zur Seite und blickte sich auf dem Exerzierplatz um. Marcus, Serpentius und Heracles standen beim Kochfeuer, das in einer Nische des Erdwalls brannte, und unterhielten sich. Valerius rief sie zu sich. Im Inneren des Zelts stieß Serpentius einen leisen Pfiff aus. Marcus machte das Zeichen gegen das Böse. Heracles starrte einfach nur mit offenem Mund.

»Uns bleibt nicht viel Zeit«, warnte Valerius sie. »Publius war vermutlich ein beliebter Offizier, und wahrscheinlich werden die Männer den Tod ihres Kommandanten nicht gut aufnehmen. Wir rufen den ranghöchsten Legionär zu uns. Wenn er herkommt, stellt ihr euch zu meinen Seiten auf und versucht um der Götter willen, wie Prätorianer auszusehen.«

Er ging zur Tür und bat einen vorbeikommenden Legionär, Clodius ins Zelt zu schicken. Der Mann warf ihm einen verwunderten Blick zu, salutierte aber und eilte auf der Suche nach dem *duplicarius* davon. Als Clodius auftauchte, zog Valerius ihn nach drinnen. Beim Anblick des Toten stieß der Veteran ein leises Knurren aus, und seine Hand fuhr zum Schwert. Doch bevor er es ziehen konnte, setzte Marcus ihm die scharfe Spitze seines *gladius* an die Kehle, und er erstarrte mitten in der Bewegung.

»Soldat.« Valerius sprach mit ruhiger Stimme. »Erkennst du das hier?« Er hielt die Kette mit dem kaiserlichen Siegel hoch. Clodius musste zweimal hinschauen, aber schließlich nickte er.

»Publius Sulla war ein Feind Roms und hat dafür mit dem Leben bezahlt. Mein Name ist Gaius Valerius Verrens, Tribun der Prätorianergarde, und ich übernehme vorläufig das Kommando über diesen Außenposten.« Valerius hielt inne, und Clodius erwartete eindeutig, dass mit dem nächsten Befehl seine Hinrichtung angeordnet würde. »Aber wenn ich von hier aufbreche, untersteht das Lager deiner Verantwortung. Hast du das verstanden?«

Clodius runzelte die Stirn, riskierte aber ein weiteres Nicken. Valerius' nächste Worte überraschten ihn.

»Ich kann euch nicht befehlen, euren Posten aufzugeben, aber da euer Offizier tot ist und euch die Vorräte ausgehen, wäre es zu rechtfertigen, dass ihr mit uns zusammen aufbrecht. Falls du dich zum Aufbruch entscheidest, haben deine Männer eine Stunde Zeit, das Lager abzureißen und ihre Ausrüstung zusammenzupacken. Mein Bericht wird darauf lauten, dass diese Entscheidung mit meiner vollen Unterstützung getroffen wurde.«

Clodius zögerte. Eine solche Entscheidung treffen zu müssen hatte er nicht erwartet. Er warf einen ängstlichen Blick auf Publius' Leiche.

»Was immer du entscheidest, dir wird nichts geschehen«, versicherte ihm Valerius.

Der *duplicarius* schüttelte den Kopf. »Nein, ich bleibe, und wenn ich bleibe, bleiben die Männer auch. Ich wurde der Feigheit beschuldigt, nachdem ich entdeckt hatte, dass mein Offizier den Händlern am Flussmarkt Pferdefutter verkauft hat, um sich persönlich zu bereichern. Deswegen bin ich hier. Wenn ich bleibe, bietet mir das die Gelegenheit, meine Ehre zurückzugewinnen. General Vitellius ist kein schlechter Mann, nur schlecht beraten. Bitte ihn, Vorräte für einen Monat und einen neuen Kommandanten zu schicken.«

»Behältst du deine Männer unter Kontrolle, wenn sie hören, dass der Tribun tot ist?«

»Ich denke … ja. Er war nicht ihr regulärer Offizier. Sie mochten ihn, aber die meisten kannten ihn erst seit ein paar Wochen. Wenn ich ihnen zusichern kann, dass Hilfe und Nachschub an Lebensmitteln unterwegs sind, werden sie sich benehmen. Bleibst du über Nacht, Herr?«

Valerius schüttelte den Kopf. Das Licht reichte noch, um zum Fluss zu gelangen. »Nein. Wir brechen auf, sobald alle Vorbereitungen getroffen sind. Gib uns an Rationen mit, was du erübrigen kannst. Bevor wir wegreiten, spreche ich noch zu deinen Männern.«

Sie fühlten sich wie Deserteure, als sie vom Lager aufbrachen und die Garnison, die ihnen vom Wall aus nachsah, demoralisiert zurückließen. Trotz seiner schönen Worte über Ehre und Mut und seiner Versicherung, Verstärkung zu schicken, bezweifelte Valerius, dass auch nur einer der zurückgelassenen Legionäre je nach Viminacium zurückkehren würde.

Er hielt den Blick nach vorn gerichtet. Hinter ihm ritten

Marcus und Serpentius, und ganz hinten führte Heracles Publius Sullas Pferd. Eingeschlagen in ein Betttuch, hing die Leiche seines Herrn quer über dessen Rücken. Acht Reiter des befestigten Lagers begleiteten sie auf der ersten Meile. Nach deren Abschied fühlte Valerius sich so verletzlich wie einige Stunden zuvor, als die Patrouille sie im Stich gelassen hatte. Die anderen empfanden es ähnlich.

»Sollte ich diesen Drecksack Festus jemals wiedersehen, schneide ich ihm die Kehle durch«, schimpfte Serpentius.

Valerius schüttelte den Kopf. »Vitellius wird dafür sorgen, dass er sich an einem sicheren Ort verbirgt. Ich bezweifle, dass du ihn je wieder vor Augen bekommst.

Er hätte sich nicht mehr irren können.

Sie waren fast eine Stunde geritten, als sie die erste Leiche fanden. Mit einem Lederriemen, der hinter den Achillessehnen durchs Fleisch gezogen war, hatten ihn die Daker an einen Baum gehängt. Er war nackt ausgezogen worden, doch der helle Oberkörper mit den walnussbraunen Armen, die hinter seinem Rücken gefesselt waren, kennzeichnete ihn als römischen Soldaten. Seine Häscher hatten ihn kopfüber dicht über ein großes Feuer gehängt, und Valerius mochte nicht an die Qualen denken, die er erlitten haben musste, bevor ihm der Schädel platzte.

»Begraben wir ihn?«, fragte Marcus.

Valerius schüttelte den Kopf. »Das würde sie nur auf uns aufmerksam machen, außerdem haben wir keine Zeit.« Und wo einer war, da würden noch weitere sein.

»Wir könnten jetzt statt seiner dort hängen. Das geschieht dem Schwein recht«, brummte Serpentius ohne rechte Überzeugung.

Wenn man ganz genau hinschaute, war Festus noch zu erkennen, als man ihn fand, und er lebte auch noch, falls man das Leben nennen konnte. Eigenartig, dass der junge Hafenpräfekt von Acruvium das Schicksal des Tungriers so genau beschrieben hatte. Die Worte waren erschreckend genug gewesen: *Ihr liebster Zeitvertreib besteht darin, einem Gefangenen Stück für Stück die Haut abzuziehen und ihn dann auf den Ast eines Dornenbaumes aufzuspießen*. Doch die Wirklichkeit konnte einen Mann in den Wahnsinn treiben. Festus' Augäpfel tanzten in seinem Schädel herum wie weiße Perlen in einem Glas. Seine dakischen Folterer hatten ihm nicht nur einen Teil der Haut abgezogen, sondern ihm auch Lippen, Augenlider, Nase und alles andere, was hervorstand, abgeschnitten. Er sah nicht mehr aus wie ein Mensch, sondern war etwas Entsetzliches aus Blut und Gewebe, der sich grässlich auf einem vier Fuß langen Pfahl wand. Valerius fragte sich, warum er nicht gnädig verblutet war, bis er bemerkte, dass die klaffende Wunde, wo seine Genitalien gesessen hatten, mit Erde zugestopft worden war, um die Blutung zu stillen und die Qual zu verlängern.

»Ich mache es«, sagte der Spanier. Serpentius stieg ab und trat zu dem zuckenden Schreckgespenst, das einmal ein Mensch gewesen war. Mit einem kurzen Gebet und einem einzigen, nahezu zärtlichen Hieb seines Schwerts durchtrennte er die Wirbel von Festus' Nacken. Der Kopf des Tungriers kippte nach vorn, und sein Körper regte sich nicht mehr. Danach ritten sie schweigend weiter, jeder wachsam darauf konzentriert, das erste Anzeichen von Gefahr zu erkennen, und gleichzeitig allein mit seinen Gedanken und Ängsten.

Marcus hörte die Schreie zu ihrer Linken als Erster. Die Überlebenden der Reiterpatrouille mussten geglaubt haben, bereits die relative Sicherheit der Ebene erreicht zu haben, als sie eingeholt und umzingelt wurden. Aus seinem Versteck hinter einem nahe gelegenen Berggrat sah Valerius sofort, dass der jetzige Anführer sich lieber mit seinen Leuten verbarrikadiert hatte, statt sich den Weg in die Freiheit zu erkämpfen. Die Entscheidung war ein Fehler gewesen. Jetzt war die Patrouille auf drei Seiten einer kahlen Hügelkuppe von einer johlenden Horde Daker umgeben. Die Feinde tanzten zwischen den Bäumen, jagten hervor, um Speere zu schleudern, schrien Beleidigungen und bedrohten die Soldaten zweifellos mit demselben Schicksal, das Festus erlitten hatte. Das Einzige, was den Gegner auf Abstand hielt, war der Zaun aus Kavalleriespeeren, den die Tungrier in den Abhang des Hügels gepflanzt hatten, der mit seiner Rückseite an eine nackte Felswand stieß. Die Daker schienen es nicht eilig zu haben, doch wie lange das anhalten würde, wussten allein die Götter. Wenigstens hatten die Hilfssoldaten noch ihre Pferde. Die standen aneinandergebunden in einer flachen Kuhle am Fuß der Felswand.

Valerius glitt zu der Stelle zurück, wo die anderen warteten. »Was jetzt?«, flüsterte Marcus.

Valerius blickte einen nach dem anderen an. Er hatte sie hierhergeführt. Sie schuldeten ihm nichts. Sie schuldeten Rom nichts. »Nehmt Publius Sullas Leiche. Wenn ihr das Bergland hinter euch habt, reitet immer nach Westen, bis ihr zum Fluss gelangt. Folgt ihm stromaufwärts, dann kommt ihr zur Brücke.«

»Und was ist mit dir?«, fragte Serpentius.

Auf diese Frage gab es nur eine einzige Antwort. »Ich bin ein römischer Soldat. Ich kann andere römische Soldaten nicht dem Tod überlassen, nicht einmal diese Drecksäcke.«

Serpentius und Marcus wechselten einen Blick des Einverständnisses. »Diese Uniform bedeutet, dass ich ebenfalls ein römischer Soldat bin«, sagte der Spanier. »Selbst wenn es mich nicht glücklich macht. Außerdem, wer bezahlt uns, falls du getötet wirst?«

»Und du, Heracles?«

»Wenn du nicht wärest, wäre ich wahrscheinlich schon tot.«

»Dann machen wir jetzt Folgendes.«

XXIV

Valerius blickte vom oberen Rand des Hangs in den schwarzen Abgrund hinunter. Um den Hügel, auf dem die Tungrier in der Falle saßen, hatten die Daker einen Ring von Feuern entzündet, doch sie warfen kein Licht auf den Felsen, an dem er einen gefährlichen Abstieg versuchen würde. Vorhin im Tageslicht hatte er die Felswand studiert und geglaubt, den sichersten Weg gewählt zu haben, doch jetzt, in siebzig Fuß Fallhöhe, machte ihm nagende Ungewissheit zu schaffen. Was, wenn er zu einer Stelle gelangte, an der er sich nirgends mehr festhalten könnte? Was, wenn er dort festsitzen sollte, bis er keine Kraft mehr in den Fingern hätte und auf den Felsboden am Fuß des Hangs stürzte? Doch Hinauszögern brachte nichts. Er ließ sich rückwärts über den Rand des Felsens gleiten und suchte mit dem Fuß nach dem ersten Halt. Er kletterte barfuß, um die winzigen Vertiefungen und Spalten besser zu ertasten, die ihn beim Abstieg tragen würden. Die Oberfläche der Felswand bestand aus eigenartig wabenförmigem Gestein, in das er sich krallen konnte, doch der Stein war weich, und so musste er jedes Mal prüfen, ob er Händen und Füßen genug Halt bot. Er würde keine zweite Chance bekommen. Ein einziger Fehler, und er würde zerschmettert dort unten liegen, und das würde den Hilfssoldaten überhaupt nichts nützen.

Als er seinen Plan erklärt hatte, hatte Marcus ihn angestarrt, als hätte er den Verstand verloren. »Ein Einhändiger will im Stockdunkeln eine lotrechte Felswand hinunterklettern? Das ist mehr als dumm. Es ist Selbstmord. Lass mich es versuchen.«

Valerius schüttelte den Kopf und fuhr, von Serpentius unterstützt, mit dem Ablegen seiner Rüstung fort. »Wie viele Felswände hast du in deinen Jahren in Rom erklettert, alter Mann?« Er sah, dass Marcus bei dieser Anspielung auf sein Alter zusammenzuckte, und lächelte, um seinen Worten die Schärfe zu nehmen. »Du würdest es schaffen, Marcus, und Serpentius ebenfalls, aber nur ich kann das bewerkstelligen, was getan werden muss, wenn ich unten angekommen bin. Sie sind Soldaten und werden sich nur von einem anderen Soldaten führen lassen.«

»Aber deine Hand ...«

»Als ich die Felsen auf dem Landgut meines Vaters nach Taubeneiern abgesucht habe, musste ich oft mit nur einer Hand nach unten klettern. Wenn überhaupt, dann ist das hier einfacher.«

Das war leicht gesagt, aber jetzt, da er es in die Tat umsetzen musste, nicht so leicht zu bewerkstelligen. Sicher, er war einhändig geklettert, aber er hatte die Eier immer in der Linken gehalten, und angesichts eines Problems hätte er sie fallen lassen können. Jetzt hangelte er sich in dem sicheren Wissen nach unten, dass nichts ihn retten würde, sollte er mit den Fingern seiner Linken den Halt verlieren. Er schwitzte heftig, und nicht, weil es eine warme Nacht war. Doch je weiter er hinunterstieg, desto mehr wuchs sein Selbstvertrauen. Gewiss, er hatte nur eine einzige Hand, aber seit sechs Jahren hatte sie jeden Tag ein Schwert geführt. Seine Haut war so zäh wie gegerbtes Leder, und die Finger hatten die Kraft von Eisenklauen. Die Walnussholzfaust seiner Rechten konnte er in Spalten im Fels verkeilen, und selbst wo das nicht möglich war, konnte er sich damit abstützen, um sein Gleichgewicht zu wahren. Anfangs klammerte er sich eng an den Fels geschmiegt fest, doch allmählich wuchs seine Zuversicht, da seine Füße unfehlbar einen Halt nach dem anderen fanden.

Er hatte ein Drittel des Abstiegs geschafft, als sein Glück ihn verließ.

Dass er einen Fehler gemacht hatte, begriff Valerius im selben Augenblick, in dem er den Vorsprung unter seinem linken Fuß mit seinem ganzen Gewicht belastete. Der weiche Stein zerbröckelte, gerade als er den Griff der linken Hand löste, die ihn im Fels verankerte. Er spürte, dass er stürzte, und suchte mit verzweifelt um sich schlagenden Armen Halt am Felsen. Die Steinwand schoss an seinem Gesicht vorbei, und er begriff, dass er so gut wie tot war.

Er würde niemals verstehen, wie er es geschafft hatte. Im Sturz riss ihn der eigene Schwung eine halbe Drehung herum, sodass die Felswand nun für seine Linke nicht mehr zu erreichen war. Doch irgendwie schaffte er es, sich der Wand mit der ausgestreckten Rechten zu nähern. Ein scharfer, schneidender Schmerz durchfuhr ihn, als die Walnussfaust sich in einem schmalen Spalt verkeilte und die Lederbänder, mit denen der Armstumpf umwunden war, unter dem Gewicht seines ganzen Körpers ins Fleisch schnitten. Einen Herzschlag später wurde selbst diese Pein von einem Übelkeit erregenden Ruck übertroffen, der ihm den Arm auszukugeln drohte. Er biss sich auf die Lippe, um nicht laut aufzuschreien, und hing während einiger schrecklicher Momente in der Luft. Er konnte nur beten, dass das Kuhleder ihn halten würde. Allmählich ließ die Panik nach, und er konnte sich mit der gesunden Hand an den Fels heranziehen. Dort manövrierte er sich nach oben, um den rechten Arm zu entlasten, und schaffte es, die Holzhand aus dem Spalt zu befreien. Die nächsten Minuten klammerte er sich reglos am Fels fest, wie erstarrt von einer Mischung aus Schock und Schmerz, doch schließlich zwang er sich, den Abstieg fortzusetzen.

Als er am Fuß des Felsens angekommen war, kauerte er sich einige Momente in der Dunkelheit nieder und versuchte, ein Gefühl für seine Umgebung zu gewinnen. Vor sich sah er die Kuppe des Hügels im Schein der dakischen Feuer. Das leise Schnauben eines Kavalleriepferds bestätigte, dass die Tiere irgendwo rechts von ihm angebunden waren. Aber hatten die Tungrier eine Wache aufgestellt? Das war die nächste Hürde. Sie auf sich aufmerksam zu machen, ohne einen Speer in die Kehle zu bekommen. Er huschte an den zusammengebundenen Pferden vorbei. Falls sie bewacht wurden, musste der Posten schlafen, denn er sah ihn nirgends. Verstreut auf der Hügelkuppe lagen vereinzelte Gestalten wie merkwürdig geformte Felsen. Die einzigen

Anzeichen, dass sie lebten, waren ihre fast unmerklichen Atembewegungen und ein gelegentliches animalisches Wimmern. Er entschied sich für einen Mann, der am äußeren Rand der Gruppe lag, und zog den Dolch, den er an seinem Gürtel trug.

»Achtung, Soldat«, flüsterte er, als er dem schlafenden Hilfssoldaten die Spitze an die Kehle setzte. Zwei dunkle Augen öffneten sich mit einem Ruck, und der Mann riss den Mund auf, schloss ihn aber sofort wieder, als Valerius den Druck erhöhte. Valerius nickte langsam und gestattete sich ein Lächeln. »Ich möchte, dass du euren derzeitigen Kommandanten rufst. Sprich mit normaler Stimme, und bitte ihn, zu dir zu kommen. Nicke, wenn du mich verstanden hast.« Valerius nahm die Messerspitze weg, und der Tungrier gehorchte. Inzwischen war die Angst in seinen Augen der Verwunderung gewichen. »Gut. Jetzt los.«

»Lucca?« Der Ruf erklang zögernd, war aber laut genug, um eine übellaunige Antwort zu provozieren.

»Verdammt, was willst du, Fabius? Wenn du nicht gerade eine Idee hast, wie wir hier rauskommen, schlaf weiter.«

»Bitte, ich muss mit dir reden.«

»Ich hoffe, es ist nicht das, was ich denke«, grummelte der Hilfssoldat. »Schlimm genug, dass wir morgen sterben, auch ohne dass du mir noch eine Liebeserklärung machen musst.« Eine dunkle Gestalt erhob sich ein Dutzend Schritte entfernt vom Boden und kratzte sich ausgiebig. Dann marschierte sie steifbeinig zu der Stelle, an der Valerius neben Fabius kauerte.

Valerius stand auf, als Lucca sich näherte. Er hörte, wie

dieser scharf die Luft einsog, und darauf folgte das Geräusch, mit dem ein Schwert gezogen wird. »Ich denke, du hast schon zu viele Männer verloren, um die einzige Person zu töten, die zu deiner Verstärkung kommt, mein Freund.«

Das Gesicht des Mannes war im Dunkeln nicht zu erkennen, doch Valerius spürte, dass er sich entspannte. »Du solltest doch tot sein. Festus hat gesagt ...«

»Festus ist selbst tot«, erwiderte Valerius brutal. »Aber darüber können wir später reden. Jetzt müssen wir erst einmal unsere Lage besprechen. Wie viele Männer sind noch übrig?«

Lucca zögerte, aber nur kurz. »Fünfzehn ... nein, vierzehn ... Brigio ist hier auf dem Hügel gestorben. Drei von uns sind zu schwer verletzt, um zu kämpfen, aber sie können noch reiten.«

»Pferde?«

»Genug für jeden und noch zwei Ersatzpferde, aber wir haben nur Futter für einen weiteren Tag, und das Wasser reicht nur noch bis Mittag.«

Valerius begleitete den Hilfssoldaten, während er die Stellung abschritt. Bei diesem Gang im Dunkeln wandelte sich Luccas Verhalten von kämpferischem Misstrauen zum vorsichtigen Respekt eines Untergebenen.

»Ich hätte versucht, ihnen davonzureiten, aber wir hatten im Wald zwei Männer verloren, und Festus hat uns befohlen, uns zu verschanzen, während er sich auf die Suche nach ihnen machte. Ein Dummkopf, aber ein tapferer Dummkopf. Er ist nicht zurückgekommen, doch wir haben ihn schreien hören. Zumindest denke ich, dass er es war.

Aber da saßen wir schon in der Scheiße. Hunderte dieser Drecksäcke wimmelten zwischen den Bäumen herum, und es gab keinen Fluchtweg.«

»Und jetzt?«

»In der Festung muss man uns bei Einbruch der Dunkelheit erwartet haben. Ich dachte, sie würden uns vielleicht jemanden nachschicken.« Valerius lachte, und Lucca schloss sich ihm an. »Ich weiß, aber ... ach, Scheiße!« Er ließ die Schultern sacken, ein Eingeständnis der Niederlage. »Wie bist du hergekommen? Wir dachten alle, du seiest getötet worden. Festus sagte ...«

»Was hat Festus gesagt?«

»Er sagte, du seiest gekommen, um den Legaten festzunehmen und nach Rom zu bringen. Das dürften wir nicht zulassen. Wir sollten dich in den Wald führen und abhauen. Den Rest würden die Daker erledigen. Er hätte eine Art Abmachung getroffen, und wir würden unbehelligt zurückreiten. Aber den Gets hat das anscheinend niemand gesagt.«

»Den Gets?«

»Getae. Daker. Eine halbe Stunde, nachdem wir euch zurückgelassen hatten, haben uns diese Schweine jedenfalls aus dem Hinterhalt überfallen.«

Valerius dachte über die Geschichte nach. Auf eine verdreht soldatische Weise wirkte sie plausibel. Falls jemand die Tungrier überzeugt hatte, dass ihr respektierter General sich in Gefahr befand, würde es nicht viel Überredungskunst brauchen, sie dazu zu bringen, vier Männer der verhassten Prätorianergarde in die Irre zu führen. Sie mussten gehofft haben, dass in Rom keinem etwas auffallen würde.

Ein unglückseliger Grenzzwischenfall. Bis es zu einer Untersuchung käme, wären die einzigen Beweisstücke ein Haufen von Wölfen abgenagter Knochen, falls die Daker überhaupt so viel von ihnen übrig gelassen hätten. Das verstärkte seinen Verdacht: Jemand hatte im Voraus gewusst, woher sie kamen und warum. Dieser Jemand hatte versucht, ihn auf der Reise ostwärts aufzuhalten, und nun erneut. Aber Gaius Valerius Verrens ließ sich nicht aufhalten. Publius hatte ihm unwissentlich ein weiteres Teil zur Lösung des Rätsels aufgedeckt, doch er musste zurück nach Rom, um damit etwas anfangen zu können.

»Wie geht es jetzt weiter?«, fragte der Hilfssoldat.

Valerius' Augen schimmerten im Dunkeln. »Ich denke, ich könnte dich und deine Männer festnehmen, und wenn wir zur Festung zurückkehren, lasse ich euch über einem Feuer rösten ...«

»Nur dass es fünfzehn gegen einen steht, und außerdem sind wir morgen sowieso alle tot.«

»Genau. Oder ich sorge dafür, dass uns die Flucht gelingt, und wir vergessen die Sache.«

Die Zähne des Hilfssoldaten glänzten in der Dunkelheit. »Ich weiß nicht, wie du das anfangen willst, aber die zweite Möglichkeit gefällt mir wesentlich besser.«

Valerius spähte über die Feuer hinweg und versuchte, sich die Position der Daker vor Augen zu rufen, wie er sie vorhin vom Berggrat aus gesehen hatte. Die Krieger versperrten den Zugang zum Hügel auf allen Seiten, doch der Schlüssel zu dieser Falle waren zwei schmale Öffnungen im Wald, die den Reitern eventuell einen Fluchtweg bieten mochten. Eine organisierte Truppe hätte diese Baumlücken verbarrikadiert, doch nach allem, was er gesehen hatte, reichte es den Dakern, dort Krieger aufzustellen, als Einladung an die Tungrier, ihr Glück zu versuchen. Sein Eröffnungszug musste darin bestehen, die dakischen Kämpfer von einer dieser Öffnungen wegzulocken.

Er hatte Marcus seinen Plan umrissen, bevor er sich an die gefährliche Kletterpartie machte: »Das Signal ist eine brennende Fackel, die jemand dreimal auf der Hügelkuppe schwingt. Danach zählt ihr langsam bis hundert und leitet das Ablenkungsmanöver ein.«

Zu Lucca sagte er jetzt: »Sorge dafür, dass deine Männer in fünf Minuten kampfbereit im Sattel sitzen. Teile jedem der Verwundeten einen gesunden Soldaten zu. Fabius!«

»Zu Befehl!«

»Entzünde hinter der Hügelkuppe, wo der Feind es nicht sieht, ein kleines Feuer, und halte eine Fackel bereit.«

Während er auf das Aufleuchten der Flammen wartete, näherte sich ein junger Soldat mit einem gesattelten Pferd, und Valerius befahl ihm, es so lange festzuhalten, bis er fertig war. Er eilte zum Feuer, griff nach der von Fabius bereitgelegten Fackel und stieß sie tief in die Flammen. Das Bündel aus trockenem Gras und Reisig loderte sofort auf, und er trug das brennende Signal auf die Hügelkuppe und schwenkte es dreimal in einem feurigen Bogen über dem Kopf.

»Alle Reiter sind bereit«, rief Lucca. »Jetzt?«, fragte er, als Valerius in den Sattel sprang.

Valerius schüttelte den Kopf. »Wartet.«

Es schien eine Ewigkeit zu dauern, doch tatsächlich konnte es nur eine kleine Weile sein.

»Da«, zischte einer der Reiter hinter ihm.

»Still. Mach sie nicht auf uns aufmerksam.«

Zweihundert Schritte entfernt auf der gegenüberliegenden Seite des Rings aus Dakern ging ein Baum in Flammen auf. Marcus und Serpentius hatten ihre Sache gut gemacht. Das Feuer breitete sich über die unteren Äste aus, schoss rasch zu den trockenen Blättern im Wipfel empor und sprang zum Nachbarn über, der sich sofort dem lodernden Spektakel anschloss.

»Wartet!«, befahl Valerius. Die brennenden Bäume befanden sich in der Nähe der weiter entfernten Baumlücke, und er setzte darauf, dass das Ablenkungsmanöver die dakischen Krieger dorthin locken würde. Doch er musste ihnen die Zeit zum Reagieren lassen. »Wartet. Denkt daran, folgt mir auf direktem Weg zu den Bäumen. Wenn wir durch die Öffnung sind, biegt ihr parallel zur Bergkette ab. Wir halten für nichts und niemanden an. Schlachtet jeden ab, der sich euch in den Weg stellt. Los!«

Die Pferde hatten schon eine Weile ungeduldig auf ihren Trensen herumgekaut, und sobald die Reiter ihnen die Zügel schießen ließen, setzten sie sich oben am Hang schwerfällig in Bewegung, wurden aber mit jedem Schritt schneller. Beim Überqueren von Erdwall und Graben zogen die Tungrier ihre langen Speere aus der improvisierten Palisade und hielten sie wurfbereit. Valerius spürte, wie der Hang unter ihm abfiel. Über einen Fuchsbau oder Kaninchenlöcher wollte er gar nicht erst nachdenken. Da half nur Beten. Aus dem Traben wurde rasch ein wilder Galopp. Er hörte das Donnern der Hufe um ihn herum, konzentrierte sich jedoch vollständig darauf, die Öffnung zu finden. Sie lag irgendwo da draußen hinter den Feuern der Daker. Sollte er die Richtung auch nur um ein Dutzend Schritte verfehlen, würden seine Männer gegen die Bäume reiten und vom Sattel gefegt werden. Dann würde man sie niedermetzeln. Doch er orientierte sich an den Wachfeuern. Als er das Gelände sondiert hatte, hatte er bemerkt, dass eine gedachte Linie, die er vom Mittelpunkt des Lagers zu einem großen Felsbrocken am Fuß des Hügels zog, in ihrer Verlängerung zur näher gelegenen Baumlücke führte. Dazwischen brannten jetzt genau rechts und links der imaginären Linie zwei Feuer. Rechts von ihm glitt der bleiche Felsbrocken rasch vorbei, und er lenkte sein Pferd auf die schmale Öffnung zwischen den Wachfeuern zu. Unglücklicherweise frischte gerade da der Wind auf, und Flammen und Funken schossen hoch in die Luft hinauf und wehten dann quer über die Stelle, auf die er zuhielt. Doch Valerius wagte nicht, langsamer zu werden. Sein Leben und das der Tungrier hingen von diesem verrückten Ritt zwischen den Feuern hindurch ab. Wie sein eigenes Reittier war die Stute unter ihm eigens für die Schlacht gezüchtet und ausgebildet. Flammen, Rauch und Lärm erschreckten sie nicht. Links vor ihm ertönten Alarmrufe, und im Feuerschein erblickte er eine kleine Truppe von Dakern, die losstürmten, um den Reitern den Weg abzuschneiden. Es würde sehr knapp werden, aber jetzt kam Anhalten nicht mehr infrage. Er stieß der Stute die Fersen in die Flanken und spürte, wie sie unter ihm noch schneller wurde. Die Tungrier um ihn herum taten dasselbe.

Inzwischen loderte im Zwischenraum der Feuer eine Flammenwand, und sie jagten zwischen gelb und rot glühenden Zungen hindurch, eingetaucht in Hitze und den Gestank nach Rauch und angesengtem Pferdehaar. Sie waren vorbei, und wenn er es richtig berechnet hatte, lagen die Baumlücke und die relative Sicherheit des Waldes nun noch fünfzig Schritte entfernt. Die dakischen Krieger hatten das Rennen verloren und heulten den vorbeigaloppierenden Reitern enttäuscht nach. Doch sie besaßen Pfeile und Speere, und rasch schwirrte die Luft von fliegenden Geschossen. Ein Speer flog keinen Fuß entfernt an Valerius' Nase vorbei. Er hörte einen lauten Schrei, gefolgt von dem Übelkeit erregenden Aufprall, mit dem ein Körper mit hohem Tempo auf die Erde krachte. Doch er hatte keine Zeit, sein Pferd zu zügeln. Die dunkle Linie des Waldes war nur noch ein Dutzend Galoppsprünge entfernt.

Als klar wurde, dass er genau an der beabsichtigten Stelle auf den Wald traf, hätte er fast einen erleichterten Schrei ausgestoßen. Im selben Moment entdeckte er schattenhafte Gestalten, die zwischen den Bäumen hindurchhuschten, und als er durch die Lücke in die tiefere Dunkelheit vorstieß, krachte sein Pferd gegen eine von ihnen. Mit einem ekelerregenden Knacken von brechenden Knochen und einem schrillen Schmerzensschrei wurde ein dakischer Krieger zur Seite geschleudert.

Der Aufprall brachte die Stute aus dem Tritt, sodass die verbliebenen Reiter an Valerius vorbeigaloppierten. Ein gewandter Wilder mit einem Messer zwischen den Zähnen klammerte sich an Valerius' Bein fest und zerrte sich hinter ihm halb in den Sattel. Valerius begriff die Gefahr im selben Moment, in dem der Krieger das Messer in die Hand nahm, und rammte Ellbogen und Kopf mit aller Kraft nach hinten, um den Daker abzuwerfen. Gleichzeitig wusste er aber, dass es genauso tödlich wäre, jetzt die Kontrolle über die Stute zu verlieren. Doch der Angreifer ließ sich nicht abschütteln. Valerius spürte, wie ihm der Mann mit einem Triumphschrei den Arm um die Kehle legte, und in Erwartung des tödlichen Messerstichs in seinen ungeschützten Rücken schrie er in ohnmächtigem Zorn auf.

Plötzlich knackte es so laut, als bräche ein Ast, und Valerius bekam wieder Luft. Er riskierte einen Blick nach hinten und sah, dass der Daker vom Pferd fiel. Ein Pfeil ragte aus seinem Schädel. Gleichzeitig tauchte in der Dunkelheit eine willkommene Gestalt auf, und Serpentius holte grinsend zu Valerius auf, den thrakischen Bogen in der Rechten. So galoppierten sie Seite an Seite weiter.

Sie hatten es geschafft.

XXV

»Was für eine unerwartete Ehre.«

So hätte Aulus Vitellius auch einen Gast in seinem Stadthaus auf dem Esquilin begrüßen können, statt hier, im Inneren einer rauen Grenzfestung. Valerius musste sich in Erinnerung rufen, dass dieser Mann gerade versucht hatte, ihn töten zu lassen. Als er in seiner mit Dakerblut befleckten Tunika ins Stabsgebäude des Legaten geplatzt war, hatte er durchaus die Absicht gehabt, ihn notfalls umzubringen. Doch Vitellius begegnete ihm mit einem entwaffnenden Lächeln und reichte ihm höflich einen Becher Wein. Es war schwierig, angesichts eines solchen Charmes wütend zu bleiben.

»Ich bin im Auftrag des Kaisers gekommen, um Publius Sulla zu befragen«, sagte Valerius. »Du hast ihn absichtlich fortgeschickt.«

Vitellius schüttelte bedauernd den Kopf. »Er war ein guter Offizier, aber ich hatte meine Zweifel an dem Jungen. Deshalb habe ich ihn sicherheitshalber isoliert.«

»Und du hast uns an die Daker verkauft.«

»Natürlich.« Das Lächeln wich ihm nicht aus dem Gesicht. »Ich hätte es mir anders gewünscht, aber man tut, was man tun muss.«

»Warum? Fünf deiner Soldaten sind tot. Darunter Festus, der Dekurio.«

»Hilfssoldaten.« Vitellius schnalzte wegwerfend mit der Zunge, als wären die abgeschlachteten Männer Hähnchen aus dem Vorrat des Quartiermeisters. »Wenn sie ihre Sache gut gemacht hätten, wären sie noch am Leben, und wir würden dieses unangenehme Gespräch nicht führen.«

»Warum?«, beharrte Valerius. »Du hättest uns eine Woche lang in der Festung vertrösten und dann wegschicken können, ohne dass wir Publius getroffen hätten.«

Vitellius trank einen großen Schluck Wein, doch Valerius wusste, dass der Legat sich nur Zeit zum Nachdenken verschaffte. Als die Antwort erfolgte, war sie sowohl wegen ihrer Offenheit als auch ihres Tonfalls eine Überraschung. »Ich könnte dir sagen, dass ich Bedenken hatte, du würdest beharrlich bleiben – man sagte mir: ›Fordere ihn heraus, und er ist wie ein Hund, der einen Knochen hat; er hört erst auf, daran zu nagen, wenn er zum Mark vorgestoßen ist.‹ Das wäre allerdings nur die halbe Wahrheit. Du hast mächtige Feinde, junger Mann, und die Befehle dieser Feinde waren sehr präzise. Sie wünschen deinen Tod.«

Valerius fühlte sich, als hielte ihn eine kalte Hand im Nacken gepackt. »Ich befinde mich auf einer persönlichen Mission für den Kaiser. Wer die Hand gegen mich erhebt, tut das auf eigene Gefahr.« Noch während er die Worte aussprach, wurde ihm klar, wie ohnmächtig das hier klang – fünfhundert Meilen von Rom entfernt und auf Gedeih und

Verderb einem Mann ausgeliefert, der ihn mit einem einzigen Wort töten lassen konnte.

Der Legat lachte über seine Naivität. »Eine Mission für welchen Kaiser? Es gibt einen Kaiser, der auf einem vergoldeten Thron sitzt, aber dir ist gewiss aufgefallen, dass mein guter Freund Nero viele Kaiser sein kann. Vielleicht sind ja der Kaiser, der dich geschickt hat, und der Mann, der wollte, dass dir ein bedauerlicher Unfall zustößt, ein und dieselbe Person? Dazu gibt es noch diejenigen in seinem Umkreis, die über den Einfluss eines Kaisers gebieten und die Nero zu Recht oder zu Unrecht vor dem beschützen wollen, was dieser ärgerlich beharrliche Gaius Valerius Verrens finden könnte. Und dann ist da auch noch die Möglichkeit, dass jemand, der Zugang zur Macht des Kaisers hat, nicht Nero beschützt, sondern sich selbst.«

Valerius richtete sich auf. Bestätigte Vitellius das, was Publius gesagt hatte? »Du musst wissen, wer diesen Befehl erteilt hat.«

Vitellius nahm ein Dokument von seinem Schreibtisch, das in der unteren rechten Ecke mit einem Wachsabdruck versehen war. »Das kaiserliche Siegel, ganz ähnlich wie jenes, das du selber bei dir trägst. Man stellt die Anweisungen, die es bestätigt, nicht infrage. Lass dir gesagt sein, dass ich ebenfalls Anweisung hatte, Publius Sulla gleich nach seiner Rückkehr nach Viminacium zu töten.« Valerius blickte auf das dunkle Getränk hinunter, das in seinem Becher schwappte. Der Legat lächelte über seine Sorge. »Keine Angst, er ist nicht vergiftet. Das wäre eine furchtbare Verschwendung eines bemerkenswert guten Weins.«

»Aber du hast immer noch den Befehl, uns zu töten.« Valerius' Stimme war scharf, und seine Hand wanderte zu dem Dolch, den er am Wächter vorbeigeschmuggelt hatte. »Mich und meine Begleiter.«

Vitellius schauderte genüsslich zusammen. »Also, du machst mir ja fast Angst. Jung, hart und gefährlich. Wenn ich so ein Mann gewesen wäre wie du, Valerius Verrens, würde ich nicht über diesen staubigen Außenposten gebieten, sondern über das Imperium.«

Valerius starrte ihn an. Das waren gefährliche Worte. Worte, die einen Mann sehr leicht umbringen konnten. »Und jetzt?«

»Jetzt ist meine Trägheit leider zu groß. Wenn man mir die Kaiserwürde auf dem Silbertablett anbieten würde, würde ich sie nicht annehmen. Arbeit jedweder Art ermüdet mich, und das Imperium ist inzwischen einfach furchtbar groß.«

»Ich meine, wie geht es jetzt mit uns weiter?«

Vitellius runzelte die Stirn, anscheinend ehrlich befremdet. »Wie es weitergehen soll? Gaius Valerius Verrens, der Held Roms, hat seinem kriegerischen Ruf alle Ehre gemacht und zwei Anschläge auf sein Leben und das Leben seiner Verbündeten vereitelt. Es wäre pflichtvergessen von mir, einen dritten Versuch zuzulassen. Wer immer dies befohlen hat, er kann nicht unbegrenzte Kooperation erwarten. Mit Publius Sullas Tod ist deine Mission erfüllt, und du solltest nach Rom zurückkehren, um Bericht zu erstatten. Du kannst aufbrechen, wann es dir gefällt, oder die Rückreise als Teil meiner Leibgarde mit mir zusammen antreten.« Er bemerkte Valerius' Verwirrung. »Auch ich soll nach Rom zurückkehren, aber für ein angenehmeres Gespräch. Nero hat mich als Statthalter von Afrika eingesetzt, wo die Möglichkeiten für einen talentierten Menschen vielfältig sind.« Sein Lächeln wurde breiter, und Valerius begriff, dass er an die riesigen Gewinne dachte, die durch Manipulation von Afrikas beträchtlicher Getreideausfuhr zu erzielen waren. Die nächsten Worte des Legaten überraschten ihn allerdings. »Ich werde das Recht haben, einen Adjutanten eigener Wahl zu ernennen. Es wäre nicht überraschend, wenn ich einen Träger der Corona aurea auswählen würde. Die goldene Krone würde jedem Gefolge eines Prokonsuls Glanz verleihen. Tatsächlich aber ist es so, dass ich dein soldatisches Talent zu schätzen weiß, und als Schüler Senecas bist du gewiss auch ein interessanter Gesprächspartner. So etwas ist natürlich erst möglich, wenn der Kaiser dich aus seinen Diensten entlässt, aber du wirst gewiss verstehen, dass Afrika, mag es auch noch so provinziell sein, deiner Gesundheit langfristig zuträglicher wäre als Rom. In gewisser Weise ist es auch schade. Ich habe meine Legion noch kein Jahr, und meine Feinde werden sagen, dass ich nie gedient habe, weil ich noch in keiner Schlacht gekämpft habe. Aber dennoch ...«

Valerius suchte zu erkennen, ob er log, hatte aber den Verdacht, dass er es, selbst wenn dem so war, vermutlich nicht wahrnehmen würde. Falls das Angebot keine Falle war, war es bemerkenswert großzügig. Als Adjutant des Statthalters würde er dessen Macht – und die Gewinne – teilen und nach Abschluss seiner Dienstzeit als wohlhabender Mann nach Rom zurückkehren. Dass er Vitellius trotz dessen Doppelspiels und der Bereitschaft, ihn töten zu lassen, mochte, überraschte ihn selbst. Man musste ihm zweifellos mit Misstrauen begegnen, aber dessen ungeachtet hatte er eine liebenswürdige Art. In seiner Gesellschaft würde er sich gewiss nicht langweilen.

»Ich weiß deine Freundichkeit zu schätzen«, antwortete er unverbindlich. »Und es wäre mir eine Ehre, in deinem Gefolge zu dienen, doch ich würde meine Pflicht vernachlässigen, kehrte ich nicht so schnell wie möglich nach Rom zurück.«

»Wahre Worte!« Vitellius klopfte mit der Faust auf den Tisch. »Und du wirst auf dem schnellsten Weg zurückkehren, das verspreche ich dir. In drei Tagen brechen wir mit einer Schnellgaleere auf und kommen sechs Tage später in Vindobona an. In Vindobona entlasse ich dich aus meinem Dienst, und du wirst ohne Aufenthalt zum Kaiser weiterreiten. Unterdessen kannst du mir während der Fahrt berichten, was es in Rom Neues gibt.«

Valerius tat mit einer Verbeugung seine Zustimmung kund. Anscheinend gab es kein Entkommen vor Vitellius' Hartnäckigkeit.

Marcus, Serpentius und Heracles erwarteten ihn vor dem Stabsgebäude. Ihren Gesichtern sah er an, dass sie mit schlechten Nachrichten rechneten, doch ihre Mienen hellten sich auf, als er ihnen die Pläne des Generals verkündete. Marcus nickte zufrieden. »Besser, sich fast bis nach Hause rudern zu lassen, als zwei Wochen lang auf dem Pferd zu sitzen.«

»Richtig«, stimmte Valerius ihm zu. »Aber wir verlassen Vitellius bei der ersten sich bietenden Gelegenheit. Er ist unterhaltsam, aber er ist ein Mann, dessen Bekanntschaft einen in Gefahr bringt, selbst, wenn er nicht versucht, einen zu töten.«

Auf der langen Fahrt flussaufwärts verstärkte sich dieses Gefühl noch. Die einzigen Geräusche während der Reise waren ein gelegentlich gerufenes Kommando, der gemessene Schlag der Ruder und das hypnotisierende Rauschen des Wassers unter dem Rumpf. In den ersten Jahren von Neros Herrschaft hatte Vitellius zum innersten Kreis gehört, und so verfügte er über einen unerschöpflichen Vorrat skandalösen und höchstwahrscheinlich als Verrat einzustufenden Klatsches über den Kaiser.

»Er war ein angenehmer junger Mann«, sann er eines warmen Nachmittags, während die Ruderer sie in Richtung Aquincum an der großen Biegung des Flusses beförderten. »Und er begeisterte sich für die bei jungen Männern üblichen Dinge: Wein, syrische Dirnen und lasterhaften Zeitvertreib. Es war Pech, dass er auf dem Thron saß, bevor er etwas gereifter war. Die Macht hat ihn verändert, wie sie das mit jedem Menschen tut. Anfangs ließ er sich gern von Seneca und Burrus beraten und begriff die komplexen Strukturen des Imperiums überraschend gut, doch nicht einmal Seneca kam gegen Agrippinas Intrigen an. Sie hat versucht, die Palastberater und die Senatoren gegeneinander auszuspielen. Nun, wer Wind sät, wird Sturm ernten. Schließlich war es ihr Untergang.« Er schüttelte den Kopf über die Dummheit dieser Frau. »Unterdessen hatte sich die Leidenschaft des Kaisers von Wagenrennen auf die überbezahlten muskelbepackten, jungen Männer verlagert, die die Wagen lenkten.«

Über Neros fleischliche Gelüste erfuhr Valerius mehr, als ihm lieb war. Die Jungen, Mädchen und Frauen – natürlich hatte Valerius Gerüchte gehört, doch wenn Vitellius getrunken hatte, konnten einem die Details seiner Erzählungen Übelkeit verursachen. »Drei sumerische Riesen, zwei Jungfrauen und seine eigene Tante ... ein solches Katzengeschrei hat man noch nie gehört. Dann natürlich die Vergewaltigung Rubrias; Ausschweifungen mit einer Vestalin hat noch nicht einmal Caligula sich herausgenommen. Wir haben versucht, es unter der Decke zu halten, aber bei der nächsten Untersuchung ...«

Wenn der General nicht vom Klang seiner eigenen Stimme gefesselt war, hatte er einen unstillbaren Appetit auf Geschichten über den britischen Aufstand und Suetonius' Reaktion darauf; ihn interessierten zum Beispiel die Taktik des Statthalters und deren Gründe oder der Einsatz von Hilfstruppen und der Reiterei. Valerius, der kein begeisterter Erzähler war, fiel es zunehmend schwer, dieses Verlangen zu befriedigen. Am Ende musste er das Epos des letzten Gefechts der Miliz von Colonia und der letzten Stunden im Tempel des Claudius fünf- oder sechsmal wiederholen.

»Bei den Göttern, was für ein Ende. Vielleicht siehst du es derzeit noch anders, aber du wirst lernen, dass deine Hand ein geringer Preis für die Gunst ist, dabei gewesen zu sein. Allerdings hat Suetonius einen Fehler begangen, als er eine so schreckliche Rache nahm. Ich bin nicht zu alt, von seinen Erfahrungen zu lernen, doch ich weiß, dass ein General oder übrigens auch ein Politiker niemals der Wut oder dem Hass gehorchen sollte. Er hätte an der Königin und ihren Fürsten ein Exempel statuieren und ein paar hundert Adlige versklaven sollen. Die anderen hätte er durch das Verteilen des konfiszierten Landes zufriedenstellen können. Jetzt erzähl mir noch einmal von der letzten Schlacht. Im Tal hat man ...«

Als sie Vindobona erreichten, hatte Valerius das letzte Gefecht so oft bestanden, dass er kurz davorstand, über Bord zu springen und sein Heil in der Flucht durchs Wasser zu suchen. Es gab ein überhastetes Lebewohl, das nur durch das offensichtliche Widerstreben des Generals verlängert wurde, ihn ziehen zu lassen.

»Vergiss mein Angebot nicht, Valerius«, rief er ihm in Erinnerung und reichte ihm die Hand. »Wir würden sehr gut miteinander auskommen, du und ich, und wie ich hörte, ist Afrika kein schlechter Ort. Wohlhabend, aber ruhig, und die Frauen sind willig und schön. Am Ende könntest du durchaus selbst eine Legion bekommen. Eine afrikanische Legion, aber immerhin eine Legion. Denk darüber nach.«

Valerius versprach es und dachte bei sich, dass ganz schön viele Leute versuchten, ihn mit einem Legionskommando zu ködern. Sie kamen überein, sich in Rom zu treffen, bevor Vitellius in seine neue Provinz aufbrach.

Als sie aus der Stadt ritten, fühlte Valerius, dass Serpentius ihn musterte. »Was ist?«

Der Spanier zuckte die Schultern. »Ich dachte gerade,

dass du dich sehr gut mit dem General verstanden hast, wenn man bedenkt, dass er uns töten lassen wollte.«

Valerius lachte. »Ist das nicht die Aufgabe eines jeden Generals? Man kann nicht gegen alle kämpfen.«

Serpentius grinste, und sie trieben ihre Pferde an, hin zur Barriere der schneegekrönten Gipfel im Süden. Nach Rom und zu Nero – und hin zu einer harten Entscheidung.

XXVI

Es war ein eigenartiges Gefühl, ein Todgeweihter zu sein. Er meinte fast, den Atem des Scharfrichters im Nacken zu spüren. Natürlich war in Neros Welt niemals etwas gewiss, aber es ließ sich nicht abstreiten, dass Valerius gescheitert war, und in Neros Welt war der Tod jederzeit eine mögliche Konsequenz des Scheiterns.

Nach seiner Rückkehr verbrachte Valerius eine kurze Zeit bei seiner Schwester, bevor er ins Bett fiel, erschöpft von vier Tagen im Sattel. Julia war nirgendwo zu sehen gewesen, doch im Personal spürte er eine Unruhe, die Olivias Verfassung geschuldet sein mochte. Sie hatte keine Fortschritte gemacht, und es war klar, dass es bald für alles zu spät sein könnte, sollte es ihm nicht gelingen, den jüdischen Heiler aufzuspüren. Am nächsten Tag beschloss er nach dem Erwachen, nicht gleich zum Palast zu gehen, sondern erst einmal bei Fabia die politische Temperatur zu messen. Die wunderschöne Kurtisane hieß ihn mit einer Umarmung willkommen, von der ihm fast die Rippen brachen, und gab ihm einen Kuss, der so früh am Morgen fast unanständig wirkte.

»Du darfst mich nie wieder so lange allein lassen«, schalt

sie ihn. Nur eine Frau konnte einem auf diese Weise ein schlechtes Gewissen machen. Vitellius' Vorschlag fand sie interessant. »Er hat mächtige Freunde, und es ist ein gutes Angebot. Du könntest eine Mischung aus General, Verwaltungsbeamter und Politiker werden, womit du sowohl deinen eigenen Zielen nahekämest als auch denen deines Vaters.

Valerius nickte. »Aber bevor ich Vitellius meine Antwort gebe, muss ich die nächste Zeit überleben, und das erscheint mir von Tag zu Tag weniger wahrscheinlich.« Erbleichend ließ sie sich von dem Hinterhalt in der Provinz Moesia und von der Falle berichten, die der Legat ihm gestellt hatte.

»Du musst vorsichtig sein, Valerius. Solltest du dir Nero wirklich zum Feind gemacht haben, wirst du dich niemals sicher fühlen können.«

»Sollte dieser Feind tatsächlich Nero sein, bin ich schon so gut wie tot und brauche mir keine Sorgen mehr zu machen. Ich bringe meine Angelegenheiten in Ordnung und verhalte mich so, als wäre jeder Tag mein letzter. Falls es aber nicht Nero ist, muss ich herausfinden, wer es ist und warum. Ich traue Torquatus nicht, aber ich sehe keinen Grund, aus dem er meinen Tod wünschen sollte. Würde Cornelius Sulla noch leben, hätte ich vielleicht ihn in Verdacht …«

»Hinter vorgehaltener Hand redet man in Rom noch immer über Cornelius' Hinrichtung«, bemerkte Fabia. »Der Kaiser ist zu weit gegangen. Die anderen waren Sklaven und Kriminelle, aber Cornelius war als römischer Bürger geboren und zudem ein Patrizier. Ihn ohne vorheriges Gerichtsverfahren zu töten, noch dazu auf diese Weise, widerspricht allem, wofür das Imperium steht. Wenn so etwas Cornelius zustoßen kann, kann niemand sich mehr sicher fühlen.«

»Publius Sulla hat angedeutet, dass einer der Christusanhänger sich im Inneren von Neros Hof eingenistet hat. Diese Menschen agieren im Verborgenen, aber sie sind keine Einzelgänger. Sie versammeln sich zum Gottesdienst. Wer immer es ist, muss die Freiheit haben, im Palast ein und aus zu gehen – es sei denn, sie hätten Cornelius als Verbindungsweg zu Petrus benutzt. Möglicherweise ist er deshalb das Risiko eingegangen, sich mit Lucina zu treffen. Ich muss herausbekommen, wer im innersten Kreis am engsten mit Cornelius befreundet war.«

»Und du willst, dass ich dir dabei helfe? Natürlich werde ich es versuchen, aber es klingt so unwahrscheinlich. Du hast der einen oder anderen Feierlichkeit im Palast beigewohnt, aber du kannst dir nicht vorstellen, wie erstickend es ist, zu Neros innerem Kreis zu gehören.«

»Du hast selbst dazugehört«, merkte er an.

Ein Schatten senkte sich über ihre saphirblauen Augen. »Ach, Valerius, du bist manchmal so naiv. Tatsächlich war ich nichts anderes als ein Gegenstand, der benutzt und weggeworfen wird. Ich habe weder gelauscht noch gesprochen, denn beides hätte mein Leben in Gefahr gebracht. Ich habe meine Rolle in ihren kleinen Spielchen gespielt und bin gegangen.«

»Aber du weißt, wer sie sind?«

Fabia nickte. »Es sind genug, um deine Aufgabe schwierig zu machen. Cornelius war gegenüber vielen von ihnen sehr entgegenkommend. Da ist zunächst einmal Torquatus. Dann Epaphradotus, der Sekretär des Kaisers. Ferner Poppaeas Zofen. Menecrates, der Harfenist, und Spicillus, der neue Liebling der Arena, sind die jüngsten Zielscheiben von Neros Zuneigungsbekundungen. Cornelius war mit beiden befreundet. Jeder der Genannten käme im Prinzip als Christusanhänger infrage, aber nach dem, was Cornelius zugestoßen ist, werden sie sich noch mehr hüten, es von der Rednertribüne zu verkünden. Falls du richtigliegst und einer von ihnen hinter den Mordanschlägen auf dich steckt, müsste derjenige sich sehr sicher fühlen.«

»Jemand wie Torquatus?«

Fabia lachte bitter. »Ich kann mir niemanden vorstellen, dem ich es weniger zutraue, für das Salbadern eines jüdischen Mystikers empfänglich zu sein, als Decimus Torquatus.«

»Cornelius hätte ich auch nie in Verdacht gehabt«, entgegnete er.

Sie schüttelte den Kopf. »Torquatus, niemals.«

Er musterte sie. Sie schien sich sehr sicher zu sein, und er fragte sich, warum. Fabia war über die Vorgänge auf dem Palatin immer sehr gut informiert gewesen. Wenn er sie gelegentlich gefragt hatte, woher sie einige der Dinge wusste, die sie ihm erzählte, tat sie sie als boshaftes Bettgeflüster ab, aber wenn er recht darüber nachdachte, hatte er sich öfters gewundert, woher sie nur so viel wissen konnte. Jedes Detail konnte ihm jedoch helfen, das Wesen der gegen ihn gerichteten Bedrohung zu verstehen. »Ich kann es nicht länger hinauszögern, dem Kaiser Bericht zu erstatten. Erzähl mir, was sich im Palast ereignet hat, während ich weg war.«

Wenn sie schmollte, sah sie aus wie ein kleines Mädchen. »Immer geht es bei dir nur um Politik, Valerius. Du musst bald einmal kommen, um dich ein wenig zu entspannen. Galba konnte die Gunst des Kaisers bisher nicht zurückgewinnen …«

Zwanzig Minuten später ging er und begab sich durchs Forum zum Palatin. Der Tag hatte sonnig begonnen, doch während er bei Fabia war, hatten sich graue Gewitterwolken über Rom geschoben. Wie zerfallene Pyramiden türmten sie sich über der verschachtelten Fläche der ockerfarbenen, weißen und goldenen Stadt. Die von den Wolken verbreitete Düsternis passte zu seiner Stimmung. Hier im Schatten des Ungeheuers entblößte sich die stoische Hinnahme seines Schicksals als der Schwindel, der sie war.

Sechs Palastwächter, die ihn auf der höchsten Stelle des Clivus Palatinus mit steinerner Miene in ihre Mitte nahmen, schienen sein intuitives Gefühl zu bestätigen. Die Soldaten begleiteten ihn eine steile Treppe hinunter zu einem mit Marmor ausgekleideten Gang, der unter den Palastgebäuden und den Parkanlagen hindurchführte. Er war lang und geschwungen, der Boden war mit schönen Mosaiken geschmückt, und in Abständen wurde er von Nischen unterbrochen, die von Vorhängen umrahmt waren. Die Nischen enthielten die übliche Sammlung vergoldeter Kaiser, Generäle und Götter, doch erst als ihm der lange Hals und die weichen, knabenhaften Gesichtszüge einer der Statuen auffielen, wurde ihm bewusst, dass dies der Gang sein musste, in dem Caligula von Soldaten – Prätorianer wie Valerius' Begleiter – ermordet worden war. Bei dem Gedanken überlief ihn ein Schauder. Einen derart barbarischen Akt konnte man sich hier kaum vorstellen, doch tatsächlich würde ein einziges Wort Neros genügen, und er würde dem ehemaligen Kaiser in einem Hagel von Schwerthieben ins Jenseits folgen.

Er schwitzte, als schließlich eine weitere Treppe sie auf der Südseite des Hügels wieder nach draußen führte. Einmal hatten hier ganz normale Menschen gelebt, wenn man Männer normal nennen konnte, deren Namen über die Generationen ihren Klang behielten, wie etwa Cicero und Catulus, Marcus Antonius und Quintus Hortensius. Ursprünglich war die Hügelkuppe mit ihren Villen besetzt gewesen, doch Geld, Macht und der Tod hatten sie vertrieben. Jeder Mensch musste sterben, doch von den genannten Männern war nur ein Einziger im Bett gestorben.

Eine einsame Gestalt in Weiß hob sich als Silhouette vom Himmel ab, der von Minute zu Minute dunkler wurde. Valerius zuckte zusammen, als ein Blitz den Horizont aufriss und den Himmel erhellte. Wenige Sekunden später ließ ein Donnerschlag die Luft erbeben, und der Kaiser wandte sich Valerius mit einem Lächeln zu, das von dem unnatürlichen Leuchten seiner Augen Lügen gestraft wurde.

»Nicht einmal ein Kaiser hat Gewalt über die Elemente«, sagte er bedauernd. »Die Seher behaupten, Gewitter stünden für den Zorn der Götter. Glaubst du das?«

Valerius zögerte, beschloss dann aber, dass die Wahrheit

nicht schaden konnte. »Nein, Caesar, ich glaube, dass die Götter ihren Zorn durch Kriege zeigen.«

Nero nickte. »Mir scheint, wir geben den Göttern die Schuld an den Dingen, die wir fürchten. Du bist ein Krieger; hast du Angst vor dem Krieg?«

»Ich fürchte den Krieg nicht, aber kein Mensch, der Verstand hat, heißt ihn willkommen ... so wie kein Mensch den Tod willkommen heißt.«

Der Kaiser runzelte die Stirn, als wäre ihm der Gedanke noch nie gekommen. »Ja, der Tod ... Du hast zugelassen, dass Publius Sulla sich umgebracht hat, bevor du ihn befragen konntest?«

Valerius hörte, wie die Prätorianer sich hinter ihm in Stellung brachten, und sah, dass Neros Blick zu ihnen hinüberzuckte. Anscheinend war ihm schon wieder jemand einen Schritt voraus. Er hatte diesen Moment ein Dutzend Mal im Kopf geprobt und war fest entschlossen gewesen, keine Schwäche zu zeigen. Doch die Wirklichkeit war anders. Die Worte blieben ihm in der Kehle stecken, und er empfand Scham über die Angst, die er in seiner Stimme hören konnte. »So ist es, Caesar.«

»Dann hast du versagt. Wer versagt, muss bestraft werden. Stimmst du mir zu?« Die letzten drei Wörter spie er mit derselben Gewalt heraus, mit der Nägel in ein Kreuz getrieben werden.

Valerius hob den Kopf und sah direkt in die blassen Augen. Er würde nicht um sein Leben flehen.

Ein leises Rasseln von Metall sagte ihm, dass die Männer hinter ihm ihre Schwerter zogen, und er wusste – *wusste* –, dass sein Gegenüber sich die Hiebe vorstellte und den blutroten Schleier vor sich sah, den er versprühen würde, wenn die Klingen seinen Körper durchschnitten. Er schloss die Augen und wartete auf den ersten Hieb.

Eine Ewigkeit verging, bevor der Kaiser erneut das Wort ergriff. Ein weiterer Donnerschlag barst in die Stille, und Valerius zuckte zusammen. Als er aufblickte, stellte er fest, dass Nero ihn musterte.

»Ich hatte gesagt, du hast zehn Tage, um diesen Petrus zur Strecke zu bringen.« Valerius öffnete den Mund zum Widerspruch. Doch es sollte noch schlimmer kommen. »Am zehnten Tag zur Mittagszeit werde ich jeden judäischen Untertan in Rom in den Circus bringen lassen.« Mit einer Handbewegung bedeutete Nero die große Arena, die sich hundertfünfzig Fuß weiter unten erstreckte. »Dort wird man sie mit dem Schwert hinrichten. Und dich mit ihnen.«

Er ging weg und überließ es Valerius, auf das sandige Oval hinunterzuschauen, das mit dem Blut von zwanzigtausend Unschuldigen befleckt sein würde, sollte er scheitern.

Valerius' Füße trugen ihn durchs Forum zurück, doch er nahm nur die Welt in seinem Kopf wahr, in der er mit der schrecklichen Bedeutung dessen rang, was er gerade erfahren hatte. Aber gewiss konnte doch nicht einmal Nero …? Doch, er konnte. Valerius sah erneut Cornelius' schreienden, von Flammen erfüllten Mund vor sich. Das flehende Gesicht des Mädchens. Das gnadenlose Glühen in den Augen des Leoparden. Genau dasselbe Glühen hatte er gesehen, als Nero sich umdrehte, um ihn zu begrüßen. Aber zwanzigtausend Menschen? Irgendwo zu seiner Linken befand sich die Gemonische Treppe, auf der man hingerichtete Verbrecher der Verwesung überließ. Bald könnte seine eigene Leiche zwischen ihnen liegen.

Er stolperte blindlings durch die Menge und stieß mit Dahineilenden zusammen, die ihn beschimpften oder beiseitedrängten.

»Valerius!«

Er blinzelte, und die Umgebung nahm wieder Form an. Sein Blick fiel auf das besorgte Gesicht von Marcus. Was war los?

»Lucina Graecina ist festgenommen worden.«

Er schloss die Augen. Wie viele Hindernisse konnten die Götter ihm noch in den Weg legen. »Wann?«, fragte er. »Wo ist sie?«

»Vor zwei Wochen. Sie ist im Gefängnis.« Marcus deutete quer über das Forum auf den Fuß des Kapitolinischen Hügels. »Im Carcer.«

Mochten die Götter ihr helfen. Menschen, die in den Carcer geführt wurden, kamen selten wieder heraus. Aber ihm blieb keine Wahl, er musste eine Möglichkeit finden, Lucina zu befreien. Wie er so im Schatten der großen Männer stand, deren Statuen das Forum beherrschten – Caesar, Pompeius und Augustus –, fühlte er sich plötzlich sehr klein und todmüde. Er war Soldat. Verschwörungen und Intrigen waren nicht sein Metier. Aber was blieb ihm übrig? Zu viele Menschenleben hingen davon ab, dass er nicht aufgab.

Wahrscheinlich hätte kein Bekannter Valerius erkannt, als er am nächsten Morgen zum Forum zurückkehrte. Denn jetzt trug er den silbernen Muskelpanzer eines Tribuns der Prätorianer, der schwarze Umhang bedeckte seine Schultern, und er hatte den Helm tief in die Stirn gezogen, um sein grimmig entschlossenes Gesicht zu verbergen. Hinter ihm marschierte genauso finster seine Eskorte. Der eine Begleiter war hochgewachsen und von dunklem Teint. Sein Gesicht war zu einer höhnischen Grimasse verzogen, als ob alles und jeder um ihn herum stänke. Der andere war ein älterer Herr, der sich offensichtlich dem Ende seiner sechzehnjährigen Dienstzeit näherte. Die Narben seiner Feldzüge waren ihm tief ins Gesicht geschnitten.

»Haltet euch gerade, und versucht, wie Soldaten auszusehen«, ermahnte sie Valerius.

Serpentius nahm die Schultern zurück und sah jeden, der so aussah, als könnte er ihm in den Weg kommen, herausfordernd an. Marcus murmelte etwas über stolzierende Pfauen und tat sein Bestes, im Gleichschritt zu gehen.

Sie näherten sich der Tür des kaiserlichen Gefängnisses auf der Ostseite des Kapitols. Wie alle seine Landsleute hatte Valerius Gerüchte über die Dinge gehört, die hinter diesen Mauern vor sich gingen. Jetzt würde er sich mit einem Trick Einlass in das gefürchtetste Gebäude Roms verschaffen.

Er stieg die Stufen hinauf und hämmerte an die Tür des Gefängnisses. »Aufmachen, im Namen des Kaisers! Tribun Gaius Valerius Verrens ist hier, um die Gefangene Lucina Graecina zu verhören.«

Mit einem Klappern öffnete sich eine kleine Klappe in der Tür, und ein verkniffenes, misstrauisches Gesicht mit den Zügen einer in die Enge getriebenen Ratte schaute heraus.

»Tribun Valerius ist hier, um die Gefangene Lucina Graecina zu verhören«, wiederholte Valerius.

Die Ratte gähnte. »Ich muss deinen Befehl sehen.«

Valerius beugte sich zur Klappe vor und musste fast würgen, so sehr stank der Atem des Gefängniswärters. »Für diesen Besuch gibt es keinen schriftlichen Befehl«, erklärte er vertraulich. »Der Befehl kommt direkt von Präfekt Torquatus persönlich. Richtig, Soldat?« Er deutete mit einem Nicken auf Marcus.

»Tribun Valerius soll die Gefangene bezüglich ihrer Verbrechen gegen das römische Volk verhören«, bestätigte Marcus. »Das Ergebnis soll dem Prätorianerpräfekten ohne Verzug mitgeteilt werden.«

»Ohne Verzug«, echote Valerius.

Der Wärter schniefte geräuschvoll und seufzte. Sein Misstrauen wich einem Ausdruck gequälter Verwirrung. So sollte seine Arbeit nicht sein. Sie war einfach gedacht. Keiner kam ohne Befehl herein, es sei denn, man machte ihm ein lukratives Angebot, und selbst dann nahm er keine Bestechung an, wenn er Ärger roch. Aber die offensichtliche Autorität des Tribuns und die Prätorianeruniformen machten die Sache kompliziert. Und noch komplizierter wurde sie durch die besonderen Anweisungen, die er für die Betreuung der Gefangenen erhalten hatte.

»Einen Moment, Herr«, winselte er. Er verschwand und kehrte kurz darauf mit einer resignierten Miene des Scheiterns zurück. Die Klappe wurde zugeschlagen, und sie hörten das Rasseln von Riegeln. Dann schwang die Tür auf und brachte einen Schwall von Gestank mit sich – alter Schweiß, getrockneter Urin und saurer Wein.

»Bleibt hier«, befahl Valerius seinen beiden Männern.

»Mit Vergnügen.« Marcus grinste.

Valerius nahm seinen Helm ab und musste sich bücken, um unter dem Türsturz hindurchzupassen. Drinnen war die Hitze erstickend und die abgestandene Luft zum Schneiden. Sein Magen wehrte sich gegen die Kombination aus Dreck, Leid und Verzweiflung, das ihn an die letzten Tage im Tempel des Claudius erinnerte.

Der Gefängniswärter war größer, als es zunächst den Anschein gehabt hatte, ging aber aufgrund des langen Dienstes unter der niedrigen Decke immer gebückt. Für einen Ort, der einen so schrecklichen Ruf besaß, war der Carcer überraschend klein, und dieser Eindruck wurde durch die Holzwand, die den hinteren Teil der Kammer verbarg, noch verstärkt. Mitten in den Boden hatte man ein dunkles, unheilvolles Loch eingelassen, und bei dem Gedanken, Lucina könne in dem berüchtigten *tullianum* gefangen sitzen, verlor Valerius einen Moment lang den Mut. Unter ihm befand sich die schreckliche Kerkergrube, in der die Verschwörer um Catilina ihr Ende gefunden hatten, in der der afrikanische König Jugurtha verhungert war und in der die Scharfrichter Vercingetorix erdrosselt hatten, den aufständischen Gallier, der sich Caesar widersetzt hatte.

Der Wärter sah seinen Blick, und sein Gesicht verzog sich zu einem unangenehmen Lächeln. »Nein, wir halten

Mutter Rom nicht dort unten fest. Zumindest noch nicht. Für sie sind besondere Aufmerksamkeiten vorgesehen.«

»Mutter Rom?« Valerius war verwirrt.

»Du wirst schon sehen. Tullius!«

In der Holzwand öffnete sich ein Vorhang, und ein zweiter Mann tauchte auf, genauso unrasiert und dreckig wie der erste. »Der Herr möchte die hübsche Dame sehen. Ich nehme dein Schwert, Herr, wenn du gestattest. So sind nun einmal die Regeln.« Valerius fügte sich widerstrebend. »Natürlich würdest du sie nicht verletzen, da bin ich mir sicher. Aber es überrascht mich doch ein bisschen, dass man dich geschickt hat, um sie zu verhören. Wo doch Tag für Tag schon all die anderen hier sind.«

Der Gestank aus dem hinteren Bereich der Kammer war sogar noch widerlicher als der, der aus dem *tullianum* aufstieg. Zunächst fand Valerius es schwierig, im Halbdunkel etwas zu erkennen. Jemand trat aus dem Schatten hervor, und Valerius fluchte.

Das entstellte Gesicht grinste ihn spöttisch an. Rodan trug eine fleckige weiße Tunika und stank nach altem Wein, doch in der Hand hielt er ein Schwert, einen *gladius*, wie Valerius ihn gerade abgegeben hatte.

»Ich hätte dich früher hier erwartet«, bemerkte der Prätorianer im Plauderton. »Torquatus war ganz scharf darauf, dir eine Gelegenheit zu verschaffen, mit der Dame zu sprechen.«

Er geleitete Valerius weiter, doch der junge Römer ließ sich von seiner scheinbaren Höflichkeit nicht hinters Licht führen. Rodans wilde Blicke und die Art, wie er sein Schwert hielt, passten überhaupt nicht zu seiner sanften Stimme. Valerius trat vorsichtig zwei Schritte in die Kammer. Als er sah, was ihn dort im Dunkeln erwartete, spürte er, wie das Blut aus seinem Gesicht wich. »Wer hat das getan?«

Er hatte den Krieg mit all seinen Schrecken gesehen und mehr als genug Grausamkeit und Tod erlebt. Der Höhepunkt war die Nacht gewesen, in der er Cornelius Sulla hatte brennen sehen. Doch die Demütigung, die Nero für Lucina Graecina ersonnen hatte, übertraf das alles in gewisser Weise noch.

»Seit mehr als zwei Wochen steckt sie da drin«, sinnierte Rodan. »Sie ist ein zähes altes Weibsstück.«

Man hatte Lucina Graecina in einen niedrigen Gitterkäfig der Art gesteckt, wie man sie verwendet, um Raubtiere aus Afrika in die Arena zu transportieren. Die hochmütige Adlige, die Valerius im Garten kennengelernt hatte, war verschwunden. An ihrer Stelle war jetzt dieses nackte, verdreckte alte Weib da. Ihr hagerer Körper war von Prellungen und Brandwunden übersät, und ihr Gesicht war hinter dem verfilzten Vorhang ihres Haars verborgen. Der Käfig war zu kurz, als dass sie sich nur halbwegs bequem hätte hinlegen können, und zu niedrig, um sich zu setzen. Stattdessen war sie gezwungen, auf allen vieren zu kauern, während die Gitterstäbe quälend tief in ihre Knie einschnitten.

»Mutter Rom«, lachte Rodan. »Wenn ihre trockenen Titten so nach unten baumeln, sieht sie genauso aus wie die Wölfin, die Romulus und Remus gesäugt hat.«

Valerius dachte an den Stolz und Trotz der Frau, die er im Garten kennengelernt hatte, und zügelte sich, um nicht mit der Faust in das grinsende Gesicht zu schlagen. »Du hast das gemacht?«

Der Prätorianer spuckte auf das dreckige Stroh zu seinen Füßen. »Auf Befehl des Kaisers. *Lucina Graecina hat Rom verraten und muss verhört werden, damit sie ihre Bundesgenossen und alle diejenigen preisgibt, die mit dem Kult des Galiläers Christus in Verbindung stehen. Du hast alle Schritte zu ergreifen, die nötig sind, um ihre Kooperation sicherzustellen.*« Er lachte. »Alle Schritte.«

»Ich sollte dich und die Gefängniswärter an Ort und Stelle töten. Es würde einen Monat dauern, bevor irgendjemandem der Gestank auffällt, der aus diesem Loch dringt. Falls überhaupt jemals.«

»Du könntest es versuchen«, antwortete Rodan, wog sein Schwert in der Hand und trat zwischen Valerius und die Tür. »Vielleicht hat der Kaiser ja schon die ganze Zeit genau das im Sinn gehabt.«

»Ich möchte mit ihr reden.«

Der Prätorianer zuckte mit belustigtem Blick die Achseln. »Du möchtest mich nun doch nicht töten?«

»Lass mich mit ihr sprechen. Allein.«

Rodan verschwand durch den Vorhang in der Trennwand. Das Gelächter der Männer hallte laut in Valerius' Ohren.

Als sie allein waren, beugte er sich tief über den Käfig, in dem Lucina vor Angst und Schmerz zitternd kniete. Sie spürte seine Gegenwart und wich zurück wie ein verprügeltes Tier.

»Meine Liebe«, flüsterte er. »Ich werde für dich tun, was in meiner Macht steht, aber erst musst du mir helfen. Ich muss wissen, wer dich verraten hat, und du musst mir die Bedeutung der Zahl MCVII erklären. Die Zeit des Schweigens ist vorbei. Bitte.«

Der gesenkte Kopf wandte sich ihm zu, und der verfilzte Haarvorhang teilte sich. Er blickte in ein Gesicht, das durch Leiden unkenntlich geworden war, und zuckte vor zwei rot geränderten Augen zurück, in denen sich die tiefsten Abgründe des Hades widerspiegelten. Lucina Graecina, die römische Adlige, warf den Kopf zurück und heulte wie die Wölfin, der sie ähnelte.

Sie war wahnsinnig geworden.

XXVII

»Schau, wo Sextus und Felix sind. Ich möchte Name und Beschreibung jeder Person erfahren, die Lucina getroffen hat, seit sie mit dem Beschatten begonnen haben. Da sie zu zweit sind, sollte ihnen niemand entgangen sein.«

Marcus nickte. »Sie redet nicht?«

»Ich bezweifle, dass sie je wieder reden wird«, antwortete Valerius erschöpft. Er schilderte die Qualen, die Rodan ihr angetan hatte. »Halte die Augen nach ihm offen. Ich habe das Gefühl, sie sind uns viel näher, als wir glauben.«

Wie ein Zauberer zog Serpentius einen langen Dolch aus seinem Gürtel. »Ich hoffe, dass er mir nur ein einziges Mal nah genug kommt.«

Valerius schüttelte den Kopf. »Die Zeit für so etwas mag kommen, aber sie ist noch nicht da. Falls wir herausfinden, woher er so viel über uns weiß, könnten wir es gegen ihn verwenden. Ihn zu töten ist keine Lösung. Torquatus würde sich einfach einen anderen Scharfrichter suchen.«

»Was bringt uns eine Liste der Leute, mit denen Lucina sich getroffen hat?«, fragte Marcus. »Wir können sie nicht alle beschatten, und die Wahrscheinlichkeit, dass einer von ihnen mit dem Christuskult zu tun hat, ist gering. Schau doch, welche Mühe sie sich gegeben hat, ihre Verbindung mit Cornelius unter der Decke zu halten – auch wenn es dem armen Schwein nicht geholfen hat. Hast du nicht auch das Gefühl, dass jeder, dem wir nahekommen, plötzlich stirbt?«

Insgeheim gab Valerius ihm recht. Allzu oft hatte er geglaubt, seinen Feinden einen Schritt voraus zu sein, nur um festzustellen, dass er tatsächlich einen Schritt zurücklag. War es denkbar, dass jemand in seinem Haushalt ein Spion war? Oder sogar einer dieser Männer, denen er sein Leben anvertrauen würde? Er begegnete Serpentius' wildem Wolfsblick und verwarf den Gedanken sofort wieder.

»Ich weiß nur eines. Was auch immer Lucina für Informationen besaß, jetzt verfügt Torquatus darüber. Wir müssen etwas unternehmen. Ich verstehe nicht, warum, aber die Sache hat sich in ein Wettrennen verwandelt, und er möchte nicht, dass wir als Erste zu Petrus gelangen. Wir beide treffen uns später bei mir zu Hause.«

Bevor Valerius an diesem Abend nach Olivia schaute, stellte er eine Öllampe ins Fenster über der Haustür. Die Veränderung, die sich bei seiner Schwester eingestellt hatte, erstaunte ihn. Sie saß aufrecht im Bett, und Julia hielt ihre Hand. Die junge Sklavin senkte den Blick. »Ich wollte dich überraschen, Herr. Hoffentlich war das richtig. So ist sie, seit dein Vater heute Vormittag von hier aufgebrochen ist.«

»Vater?«

»Er sei geschäftlich in der Stadt, sagte er. Aber er hat mehr als eine Stunde bei Olivia verbracht.«

»Ich wusste, dass er da war, weil ich seine Stimme hören

konnte, und seine Worte haben mich getröstet.« Olivias Stimme klang erschöpft, doch sie streckte Valerius die andere Hand hin. »Als er weg war, schlug ich die Augen auf, und alle Farben waren viel leuchtender, als ich sie in Erinnerung hatte. Julia hat mir ein Kissen gebracht, und ich konnte mich aufsetzen. Ich habe ein wenig Obst gegessen, Valerius. Du solltest stolz auf mich sein.«

»Das bin ich«, antwortete er. Doch noch stolzer war er darauf, dass sie irgendwie die Kraft gefunden hatte, gegen die Krankheit anzukämpfen, die sie zu töten drohte.

»Jetzt erzähl mir von deinem letzten Fall!«, sagte sie fröhlich.

Zum ersten Mal seit einem Monat dachte er an den Wasserdiebstahl. Der alte Honorius würde inzwischen schäumen. »Das würde dich so sehr langweilen, dass du gleich wieder einschlafen würdest«, sagte er. »Aber zum Glück konnte ich den Fall eine Weile beiseiteschieben. In letzter Zeit arbeite ich für das Imperium.«

»Bist du deshalb so erschöpft?«, fragte sie, während Julia sich aus dem Zimmer schlich.

Er lächelte. »Nein, erschöpft bin ich, weil ich ständig hinter meiner kleinen Schwester her sein muss.«

»Dann muss ich dafür sorgen, dass das nicht mehr lange nötig ist.« Beide wussten, dass dieser Satz doppeldeutig war, doch Valerius zog es vor, das zu übergehen. »Julia sagte mir, dass du einen neuen Begleiter hast«, fuhr Olivia fort. »Sie sagt, er sei ›düster und gefährlich‹, aber so, wie sie es sagte, klingt das gar nicht so schlimm. Ich glaube, sie mag ihn.«

Valerius nickte. »Das glaube ich auch.«

»Sie hat mir berichtet, dass du auf Reisen warst. Wenn du mir nicht von deiner Arbeit erzählen kannst, musst du mir von deinen Abenteuern berichten.« Sie ließ sich auf ihr Kopfkissen zurücksinken und schloss die Augen.

Er berichtete Olivia von der Reise durch Moesien: von den rauen, felsigen Bergen, windgepeitschten Schluchten und reißenden Flüssen. Dazu das stolze, wilde Volk, das dort ums Überleben kämpfte. Von Hinterhalt oder Verrat erzählte er nichts, vielmehr brachte er sie mit Geschichten seiner Heimfahrt auf der Trireme des Legaten zum Lächeln, gab ein paar von Vitellius' derben Geschichten zum Besten und berichtete von seinem unbändigen Optimismus. Noch immer mit geschlossenen Augen sagte sie leise: »Was für ein Glück du hast, ein Mann zu sein, Valerius.«

Über so etwas hatte er nie nachgedacht. Natürlich war er ein Mann, und sie war eine Frau. Wie sollte es sonst sein?

Sie musste seine Verwirrung gespürt haben, denn sie lächelte. »Ein Mann ist frei, nach Belieben zu reisen, zu kaufen, was ihm gefällt, und sich in die Schenke zu setzen, wenn er es möchte. Für all diese Dinge muss eine Frau um Erlaubnis bitten. Verstehst du?«

Er lachte. »Ich glaube, eine Frau – oder zumindest diese Frau – hat zu viel Zeit zum Nachdenken gehabt.«

»Ach ja?«, sagte sie, und ihr Tonfall machte ihm klar, dass er sie gekränkt hatte. »Eine Frau muss sogar um Erlaubnis bitten, um nachzudenken?«

»Ich meinte doch nur ...«

»Ich weiß, was du gemeint hast, Bruder, und dass es gut gemeint war. Viele meiner Schwestern würden dir zustimmen, aber …« Sie zögerte so lange, dass er schon glaubte, sie wäre wieder eingeschlafen. »Aber ich habe tatsächlich nachgedacht. Über mein Leben. Und über den Tod. Der Tod wirkt so ewig, mein Leben dagegen so kurz und so …«, sie suchte nach dem richtigen Wort, »nichtig. Hätte ich ein Kind bekommen, wäre es vielleicht anders.«

Valerius drückte ihre Hand, und sie schlug die Augen auf. Er wusste, einer der Gründe, aus denen sie den von Lucius ausgewählten Ehemann abgelehnt hatte, war der Gedanke gewesen, dass er wahrscheinlich zu alt war, um ein Kind zu zeugen.

»Dir bleibt noch genug Zeit«, versicherte er ihr, obgleich er wusste, dass es nicht stimmte.

»Nein. Dazu wird es nicht kommen«, antwortete sie mit ernster Stimme. »Vor meiner Erkrankung habe ich die Gute Göttin aufgesucht, und es ist mir nicht vom Schicksal bestimmt. Verstehst du, Valerius? Ich gehöre nur zum Teil mir selbst. Ich bin eine römische Frau. Eine römische Frau gehört erst ihrem Vater, dann ihrem Ehemann, den sie sich nicht selbst auswählen kann. Vater hätte mich einsperren oder töten lassen können, weil ich mich nicht seinem Wunsch gefügt habe. Eine römische Frau ist weniger wert als eine Sklavin, weil eine römische Frau nicht so arbeiten kann wie eine Sklavin. Sie darf nähen und die Gäste unterhalten, aber niemals körperlich tätig sein. Ich habe noch nie eine Mahlzeit gekocht oder ein Zimmer geputzt.«

Valerius schüttelte den Kopf. »Du bist keine römische Frau, du bist eine römische Dame. Zum Kochen und Putzen hast du Sklaven, und das ist gut so. Du unterhältst Gäste, und du führst unseren Haushalt. Wärest du nicht gewesen, wäre die Hälfte meiner Klienten ...«

Sie blies die Wangen auf und stieß aufgebracht die Luft aus. »Julia führt den Haushalt, wie schon seit jeher. Ich bin ebenso sehr nur ein Schmuckstück wie diese abgeschmackte Goldkrone, auf die du so stolz bist.« Sie lächelte, um ihren Worten den Stachel zu nehmen. »Ich wünschte nur, mir hätte man die Gelegenheit gegeben, sie zu erringen.«

»Siege in deiner Schlacht, dann bekommst du sie«, sagte er, und das meinte er ernst. »Meine kleine Schwester ist so mutig wie Boudicca und so kühn wie nur irgendein Centurio der Legionen. Ich bin stolz auf sie. Werde wieder gesund, das bedeutet mir mehr als jede Ehrung.«

Sie sank zurück, und er konnte sehen, dass sie wieder schwächer wurde. Doch sie hatte die Kraft für ein paar letzte geflüsterte Worte. Verstand er sie richtig? »Fast hätte ich es vergessen. Wer war der schreckliche Mann, der in deiner Abwesenheit hier war?«

Als er sich sicher war, dass sie schlief, löste er das Keileramulett von seinem Hals und legte es um den ihren. Wenn seine eigenen Götter ihr nicht helfen konnten, dann vielleicht die von Maeve.

Erst als er aufbrach, wurde ihm klar, was ihm die ganze Zeit zugesetzt hatte.

Olivias Erholung war so plötzlich und unerwartet gekommen und erwies sich als so kurz, dass es ihm fast so vorkam, als hätte sie noch einmal eine Dosis vom wundersamen Arzneitrank des Heilers erhalten.

Die Gladiatoren trafen ein, als der violette Dämmerungshimmel der tintenblauen Dunkelheit der römischen Sommernacht wich. Valerius hatte einen Diener an der Gartentür aufgestellt, um die Männer ins Haus zu lassen, und einen weiteren in einer Gasse am Ende der Straße postiert, um nach Beschattern Ausschau zu halten. Sie warteten, bis dieser Mann meldete, dass die Luft rein sei, bevor sie das Haus betraten.

Valerius hatte mit sich gerungen, ob er seinen Gefährten von Neros Drohung erzählen sollte, dann aber entschieden, dass dies eine Bürde war, die er allein tragen musste. So oder so würden sie alle ihr Bestes geben, und das Ergebnis würde es nicht beeinflussen. Sechs Liegen waren um das Becken in der Mitte des Atriums gruppiert, und er ließ erst die verlegen wirkenden Besucher Platz nehmen, bevor er sich selbst hinlegte. Er befahl einem Sklaven, Wein zu bringen, und Serpentius' Augen leuchteten auf. »Aber erst, wenn wir mit unserer Besprechung fertig sind.« Der Spanier machte ein enttäuschtes Gesicht, doch das hellte sich wieder auf, als Julia selbst die Flasche und sechs Becher auf einen Tisch neben dem Eingang stellte.

Es dauerte fast eine Stunde, bis Valerius mit der Liste zufrieden war, die er mit Felix' und Sextus' Hilfe zusammengestellt hatte. Mehrere Namen kamen doppelt vor, oder zumindest hatte es den Anschein, weil sie sich ähnlich schrieben. Von einigen Personen gab es nur ungenaue Beschreibungen, sodass nicht klar war, ob sie auch auf der Liste des jeweils anderen standen, und Sextus schien Zweifel zu haben, was unter einer Zufallsbegegnung zu verstehen war.

»Bis wohin würde ich zählen müssen, damit es als Begegnung gilt? Müssten sie sich dafür unterhalten? Manchmal hielt ihre Sänfte neben jemandem an, aber ich konnte unmöglich erkennen, ob etwas gesagt wurde, weil ich Abstand halten musste.«

Am Ende kamen sie auf eine Liste von zwanzig Personen. Dazu gehörten ein Konsul, zwei oder auch drei ehemalige Offiziere, die mit Lucinas Mann zusammen gedient hatten, und mehrere Händler, darunter auch einer, dem die Mehrzahl der Bäckereien im Norden der Stadt gehörte.

»Der Konsul könnte vielversprechend sein«, wagte Marcus sich vor.

Valerius schüttelte den Kopf. »Petronius Lurco ist gerade zum Oberpriester des Neptuntempels gewählt worden. Christi Anhängern ist es verboten, mehr als einen einzigen Gott anzubeten. Du sagtest, sie hätte sich speziell an ihn gewandt, Felix?«

»Das ist richtig. Sie hat ihn mitten auf dem Clivus Argentarius herangewinkt. Er wirkte ziemlich verstimmt deswegen.«

»Sie wusste, dass sie beschattet wurde. Jahrelang hat sie wie eine Einsiedlerin gelebt, jeden Kontakt vermieden und ihr Haus allenfalls in einer verschlossenen Sänfte verlassen. Plötzlich aber nähert sie sich Leuten, die sie kaum kennt, und erschreckt sie auf der Straße halb zu Tode. Sie hat versucht, eine falsche Fährte zu legen. Wir müssen nach jemandem Ausschau halten, mit dem sie heimlich gesprochen hat, ohne dass wir es merken sollten.«

Serpentius zuckte die Schultern. »Das könnte jeder sein, an dem sie auf der Straße nahe genug vorbeigekommen ist, um ein paar Worte mit ihm zu wechseln. Hunderte, vielleicht Tausende von Menschen.«

»Das stimmt«, räumte Valerius ein. »Aber diese Liste hier ist alles, was wir haben. Irgendwo müssen wir ja anfangen.«

»Was ist mit den Soldaten?«, schlug Heracles vor. »Publius war Soldat.«

»Ich glaube, wir verschwenden unsere Zeit«, schnaubte der Spanier. »Nimm das Geld des Kaisers, und stelle Leute ein, die die Straßen und Gassen nach weiteren Fischsymbolen absuchen sollen.«

»Sollen wir ganz Rom darauf aufmerksam machen, was wir suchen? Petrus würde so gründlich in Deckung gehen, dass wir ihn niemals finden.«

Marcus runzelte die Stirn und nahm Valerius die Liste aus der Hand.

»Was ist?«

»Mir ist gerade etwas eingefallen. Du sagtest, sie hätte alle Kontakte gemieden? Die Händler auf der Liste sind Lieferanten des Haushalts oder der Anwesen ihres Mannes. Bezahlt wurden sie von ihren Dienstboten, aber dann bestand sie darauf, jeden zu ihrer Sänfte kommen zu lassen, um sich persönlich zu bedanken. Warum sollte sie das tun, wenn sie die Begegnung mit Menschen scheute?«

Aufmerksam geworden, nahm Valerius ihm die Liste aus

der Hand. »Weinhändler, Metzger, Bäcker und Bauhandwerker. Einfache Plebejer. Die alte Lucina muss sie alle verachtet haben, selbst die Reichen unter ihnen. Trotzdem hat sie sich die Mühe gemacht, ein paar Worte mit ihnen zu wechseln. Das ist interessant, aber wie viele sind es? Zehn? Jeder von ihnen könnte in die Sache verwickelt sein. Wir brauchen noch etwas anderes.«

Eine Stunde später trennten sie sich, ohne weitere Fortschritte gemacht zu haben. Valerius räumte ein, dass Serpentius' Vorschlag etwas für sich hatte, und schickte den Spanier und Heracles am nächsten Tag los, um die umliegenden Straßen nach Zeichen abzusuchen, die mit Christus in Verbindung standen. Er machte sich jedoch nicht viele Hoffnungen. Marcus, Felix und Sextus würden die Grundstücke der Händler auf der Liste ausspähen. Es war, als versuchte man, Rauch festzunageln, aber wenigstens unternahmen sie etwas.

Am Abend ging er mit dem quälenden Gefühl zu Bett, dass er etwas Wichtiges übersehen hatte.

XXVIII

Valerius verbrachte den nächsten Vormittag damit, die Haushaltsbuchführung durchzugehen, die er im vergangenen Monat vernachlässigt hatte. Nach einem frühen Mittagessen schlüpfte er zur Gartenpforte hinaus und legte die kurze Strecke über den unteren Hang des Caelius-Hügels zur Castra Peregrina zurück. Die Kaserne überragte die alte Porta Capena, und ihre Gebäude lagen hinter einer hohen Mauer verborgen. Valerius wartete an der Nordecke auf seinen Kontaktmann von Seneca. Gerade als er zu glauben begann, dass er seine Zeit verschwendete, tauchte aus der Richtung des Stadttors eine schwerfällige Gestalt auf.

Valerius musste zweimal hinschauen. Hatte der Mann den Verstand verloren?

Seneca bemerkte seinen Gesichtsausdruck und lachte. »Habe ein wenig Nachsicht mit einem alten Mann, und traue ihm etwas zu, mein Junge. Ich habe diese Spiele schon öfter gespielt und glaube, einen Dummkopf wie Torquatus immer noch überlisten zu können.«

»Du musst wahnsinnig sein hierherzukommen.«

Der Philosoph runzelte die Stirn. »Nicht wahnsinnig,

denke ich, aber bei einem Mann in meiner Lage sind die Sinne manchmal übermäßig erregt. Das kann Auswirkungen auf das Urteilsvermögen haben. Doch genau deswegen ist der Betroffene sich seiner misslichen Lage nicht bewusst. Eine interessante These.« Er lächelte. »Nun, du möchtest mir vermutlich eine Frage stellen?«

Zunächst berichtete Valerius von seinen Fortschritten oder vielmehr dem Mangel an solchen.

Seneca schnaubte angewidert. »Ich war mir nicht bewusst, in welche Gefahr ich Lucina brachte, als ich dir ihren Namen nannte. Allerdings hat sie dich zu Cornelius geführt, der dich seinerseits zur gegebenen Zeit gewiss zu Petrus geführt hätte. Wir müssen wohl die Frage stellen, ob sie sich durch eigene Fehler verraten oder ob sie ihr Schicksal einem äußeren Einfluss zu verdanken haben. Du hast doch niemandem von unserer Verabredung erzählt, oder?«

Valerius starrte ihn an. »Du glaubst, dass jemand in meinem Haushalt ein Spion ist?«

»Oh, dessen bin ich mir sicher. Genauso sicher bin ich mir allerdings, dass du diese Angelegenheit nicht vor deinen Sklaven und Dienern herausposaunen würdest. Aber ...«

»Ich würde Marcus und seinen Männern mein Leben anvertrauen.«

»Das tust du in der Tat«, bemerkte Seneca bedeutungsschwer. »Ich mahne nur zur Vorsicht in allen Dingen. Cornelius' Tod war nicht nur für seine Mitchristen eine Warnung.« Er bemerkte Valerius' verwirrte Miene. »Christen, mein Junge, so nennen sich Petrus und die anderen Mitglieder dieses Kults.«

»Diese ... Christen ... verwenden eine Geheimschrift, um auf den Ort und die Zeit ihrer nächsten Versammlung hinzuweisen. Ich dachte, angesichts deiner Verbindungen zum Osten könntest du sie entschlüsseln.«

Seneca starrte über das Tal auf den großen, gestaffelten Palastkomplex, der den Palatin einnahm, und zog angeekelt die Nase kraus. »Du verlangst vielleicht zu viel, aber ich werde Erkundigungen einziehen. Welche Gestalt hat diese Geheimschrift? Hast du ein Beispiel?«

Widerstrebend erzählte Valerius ihm von den Zeichen, die am Türpfosten der *insula* des Arztes eingekratzt gewesen waren. Der Philosoph runzelte die Stirn. »Diese Leute haben die Geheimniskrämerei im Blut. Ich kann nichts damit anfangen, aber ich sehe, was ich tun kann. Falls ich eine Antwort finde, schicke ich sie dir heute Abend mit einem Boten ins Haus.«

»Nicht ins Haus.« Valerius gab ihm die Adresse des Wohnblocks, in dem Marcus, Serpentius und die anderen einquartiert waren.

Seneca ging in die Richtung des Capena-Tors davon, als Valerius einfiel, was er ihn noch hatte fragen wollen. Er eilte los, um den alten Mann noch einmal abzufangen.

»Du hast doch zehn Jahre in Neros innerstem Kreis verbracht. Wer von den Leuten dort könnte sich am ehesten von diesem christlichen Gott angezogen fühlen?

Der Philosoph runzelte die Stirn, während er die Frage in Gedanken analysierte, bewertete und verwarf. Schließlich brach er in Gelächter aus. »Offen für neue Ideen? Beeindruckbar? Instabil und mit einer Neigung, sich unvermittelt und unüberlegt für etwas zu begeistern? Nun, der Mann, der am ehesten ein Christ werden könnte, ist Nero selbst.« Noch immer lachend, wandte er sich um und ließ ihn stehen.

Valerius verbrachte einen enttäuschenden Abend damit, auf Nachricht zu warten. Er ließ sich Wein bringen, und als er die nötige Bettschwere hatte, wusste er, dass er mehr getrunken hatte, als gut für ihn war. Doch nicht einmal seine Stimmung konnte erklären, wieso sein Hausverwalter Tiberius und seine anderen Sklaven ihm so auffällig aus dem Weg gingen. Selbst Julia verschwand im selben Moment, in dem er Olivias Zimmer betrat. Irgendetwas stimmte nicht und ließ ihm keine Ruhe, als hämmerte ein Specht von innen gegen seinen Schädel. Ihm fiel wieder das Gefühl ein, dass er etwas übersehen hatte. Was auch immer es war, es musste nach seiner Rückkehr aus Dakien geschehen sein.

Er ging alles, was sich ereignet hatte, noch einmal durch, obgleich ihm bei der Erinnerung an Neros schreckliches Ultimatum und Lucinas Marter fast schlecht wurde. Das war es nicht. Es ging um etwas anderes. Etwas, was mit seinem Haushalt zu tun hatte. Er musste sich jedes Flüstern in Erinnerung rufen. Er war schon fast eingeschlafen, als es ihm einfiel. Jedes Flüstern, das war die Antwort. Was hatte Olivia gesagt? *Wer war der schreckliche Mann, der in deiner Abwesenheit hier war?*

»Tiberius«, brüllte er.

Es dauerte ein paar Minuten, bis der alte Mann auf den Ruf reagierte, als er aber kam, genügte die Angst in seinen

Augen, um Valerius zu überzeugen, dass sein Misstrauen berechtigt war. »Herr?«

»Jemand war in meiner Abwesenheit hier. Jemand, von dem ich nichts erfahren soll. Wer?«

Tiberius schüttelte den Kopf. »Ich darf nicht ...«

»Hältst du mich für einen Dummkopf, Tiberius?« Valerius sprach mit gedämpfter Stimme, doch die Drohung in seinen Worten war unüberhörbar. »Dies ist mein Haushalt, und du gehörst dazu. Was immer dich zum Schweigen veranlasst, es ist nichts im Vergleich zur Macht meines Zorns, falls du es mir nicht erzählst. Ich habe noch nie einen Sklaven auspeitschen lassen, aber ich kann jederzeit damit anfangen. Du warst mir und meiner Familie immer treu ergeben; hintergehe mich auch jetzt nicht.«

»Er sagte, sonst tötet er ...« Die Stimme des alten Mannes bebte, und Tränen liefen ihm übers Gesicht.

»Wer hat das gesagt?«

»Wir konnten sie nicht aufhalten. Sie kamen mit einer kaiserlichen Vollmacht.«

»Wer, Tiberius? Das muss ich wissen.«

»Prätorianer«, schluchzte Tiberius. »Ein Centurio mit sechs Soldaten. Er sagte, sie seien hier, um eine Bestandsaufnahme deines Besitzes zu machen. Alles wurde notiert. Es war ein Mann mit einem vernarbten Gesicht, Herr. Ich konnte mich ihnen nicht in den Weg stellen.«

Rodan. Natürlich.

»Er sagte, wir würden sterben, falls wir es dir erzählten. Er ging in Olivias Zimmer. Er ...«

Valerius spürte heiße Wut in sich aufsteigen. Er sah rot.

Blindlings streckte er die Hand aus und packte die Tunika des Sklaven. Tiberius stieß einen entsetzten Schrei aus.

»Was hat er getan, Tiberius?«

Der alte Mann sah verängstigt zur Tür, und Valerius folgte seinem Blick. Dort stand Julia, die Augen geweitet vor Entsetzen und noch von etwas anderem ... Scham.

Früh am Morgen des nächsten Tages ging Rodan von der Castra Praetoria zum Palast, begleitet von sechs Männern der Garde. Es war ein schöner Morgen, und er freute sich darüber, dass alles so gut lief. In nur wenigen Jahren ging seine Dienstzeit bei der Garde zu Ende, und abgesehen von seiner Pension als Centurio, die keineswegs schäbig war, hatte er ein kleines Vermögen angehäuft, da Menschen, die er hatte glauben machen, sie stünden auf der Liste des Kaisers, ihn mit Bestechungsgeldern bedachten. Er war noch immer ein relativ junger Mann, der eine glänzende Zukunft vor sich hatte, und falls alles nach Plan lief, würde seine finanzielle Situation sich sogar noch weiter verbessern.

Als die hochgewachsene Gestalt vor ihm auf die Straße trat, war er überrascht, aber nicht besorgt. Warum sollte sich ein Mann, der sich in Begleitung von sechs Gardisten befand, vor jemandem fürchten, der kein Schwert mit sich führte und noch nicht einmal einen Schwertgurt umgelegt hatte? Valerius trug eine langärmlige Tunika, die ihn vor der Morgenkühle schützte, doch er war offensichtlich unbewaffnet.

»Du bist heute früh dran, mein Held. Was ist los? Halten die Geister dich wach?«

Diese Worte sprach er feixend, doch das höhnische Grinsen verging ihm, als der junge Römer schweigend auf ihn zumarschierte. Valerius' Gesicht hätte aus Stein gemeißelt sein können, und seine Augen schimmerten im Morgenlicht rot. Bevor Rodan reagieren konnte, war Valerius nur noch wenige Fuß entfernt, und zum ersten Mal empfand der Centurio einen Anflug von Angst. »Stehen bleiben!«, rief er. Zwei der Prätorianer zogen Schwerter, doch Valerius führte die linke Hand zu Rodans Kehle, die über dem Wolfsornament des Brustpanzers ungeschützt frei lag, und plötzlich funkelte durch irgendeinen Kniff eine Klinge im Licht der Morgensonne.

»Es ist nur ein sehr kleines Messer.« Valerius' Stimme war leise, doch so gnadenlos kalt wie das Grab. »Aber es wird ein sehr großes Loch in deine Kehle schneiden. Du hast doch schon gesehen, wie jemandem die Kehle durchgeschnitten wurde, Rodan? Natürlich hast du das gesehen. Sie mögen mich töten, aber wenigstens hätte ich die Befriedigung, dich verbluten zu sehen. Sag ihnen, sie sollen ihre Schwerter wegstecken.«

Rodan zögerte, aber nur kurz. Er nickte, und die beiden Prätorianer traten zurück.

»Sollte ich noch einmal hören, Centurio, dass du auch nur in der Nähe meines Hauses warst, reiße ich dir die Eingeweide heraus und hänge dich mit ihnen an den nächstbesten Baum. Verstehst du? Bleib von meiner Familie weg, oder ich töte dich. Das verspreche ich dir, und du kennst mich gut genug, um mir zu glauben, dass ich meine Versprechen halte.«

Der Prätorianer blickte in die dunklen Augen und sah darin nichts als Gewissheit. Ein Schauder überlief ihn bei der Erinnerung an den Tag in Caligulas Circus, als er in dieselben Augen geblickt und die Mordlust darin gesehen hatte. Rodan hatte an der Grenze zu Germanien gekämpft; er war kein Feigling. Im Geist zog er sein Schwert und rammte es dem anderen in den Bauch, doch er erinnerte sich an die Geschichten, die er gehört hatte, und hielt still.

Valerius musterte das Gesicht seines Feindes und sah, dass er gewonnen hatte. Doch es war ein kleiner Sieg, und er hatte keinen Zweifel, dass er dafür bezahlen würde. Er hatte erst zehn Schritte zurückgelegt, als Rodan seine Stimme wiederfand.

»Habe ich da einen Esel furzen hören?« Das wütende Schreien des Centurios durchbrach die Stille. »Ach nein, Irrtum. Es war der letzte Atemzug eines Sterbenden. Hörst du mich, mein Held Roms? Du bist ein toter Mann.« Valerius wandte sich zu ihm um, doch Rodan stand zwischen seinen Prätorianern, und jeder von ihnen hatte das Schwert gezogen. Hass machte das entstellte Gesicht noch hässlicher. »Du verstehst nicht, oder? Es spielt keine Rolle, ob du Erfolg hast oder scheiterst, du wirst sterben. Alles ist schon in die Wege geleitet. Du, dein Vater und deine Schwester, ihr werdet alle sterben.«

XXIX

Erst am frühen Nachmittag erhielt Valerius eine Nachricht von Marcus. Als er in der Wohnung der Gladiatoren eintraf, stellte er zu seiner Überraschung fest, dass ihr Besucher kein anderer als Saulus von Tarsus, genannt Paulus, war, der dunkelhäutige Mann aus dem Osten, den er zusammen mit Seneca im Haus seines Vaters angetroffen hatte.

»Bitte entschuldige die Verzögerung. Seneca wollte eine so wichtige Nachricht keinem Diener anvertrauen und sie auch nicht schriftlich überbringen lassen. Mein Beruf zwingt mich, mir auch sehr komplexe Informationen zu merken, daher hielt er es für klug, meine Rückkehr abzuwarten.« Er bat um eine Wachstafel, schrieb die Buchstaben MCVII darauf und zeichnete einen Umriss, den Valerius erkannte. »Die Christen verwenden das hier als Erkennungszeichen«, erklärte Paulus. »Deine Vermutung, der Umriss könnte einen Fisch darstellen, ist richtig. Die Männer, die Christus als seine ersten Jünger auswählte, waren Fischer, daher erschien das Symbol passend. Siehst du, wie einfach es zu zeichnen ist?« Er fuhr dem Umriss mit dem Finger nach. »Einfach eine gerade Linie, dann noch einmal eine geschwungene Linie, die die erste Linie schneidet, sodass der Schwanz entsteht. Stell dir zwei Männer vor, die sich auf der Straße unterhalten. Der eine glaubt, dass sein Gesprächspartner ebenfalls ein Christ ist, kann sich aber nicht sicher sein. Also scharrt er mit den Füßen im Staub. Zwei ganz einfache Bewegungen, und wir haben einen Fisch. Wenn der andere das Symbol nicht erkennt, ist er kein Mitglied der Gemeinde. Im vorliegenden Fall ist die Richtung wichtig, in die der Fisch schaut. Zeigte der Kopf nach oben, nach unten, nach rechts oder nach links? Das steht für die Himmelsrichtungen, Norden, Süden, Osten oder Westen.«

»Der Kopf zeigte nach links. Nach Westen.«

»Dann liegt der von dir gesuchte Treffpunkt westlich der Stelle, in die der Fisch eingeritzt ist.«

Valerius schüttelte enttäuscht den Kopf. »Damit bliebe immer noch ein Viertel der Stadt übrig, mindestens Teile des sechsten, siebten und neunten Bezirks.«

Paulus nickte ernst. »Die Inschrift verrät allerdings noch mehr.«

»Der siebte Bezirk«, rief Heracles. »Schaut mal, MC VII.«

»Nicht notwendigerweise«, mahnte Paulus zur Vorsicht. »Gewiss, das Zahlenzeichen hat eine Bedeutung, aber sie ist raffinierter. Die Initialen M und C verweisen auf eine Person oder einen Ort, doch dafür müssen sie zuerst umgestellt werden. Gemeint ist also CM. Wer CM kennt, weiß, welcher Ort gemeint ist.«

»Dann suchen wir also diesen CM und gehen dann zu seinem Haus?«, schlug Marcus vor.

Der bärtige Mann gestattete sich ein leises Lächeln. »VII.

Sieben. Die Zeremonie wird im Umkreis von sieben Straßenzügen um das Haus des Mannes oder der Frau namens CM abgehalten.«

Aus dem Halbdunkel im hinteren Bereich des Raums, wo Serpentius zugehört hatte, ertönte ein bitteres Lachen. »Du drehst dich im Kreis, und deine Worte ergeben genauso wenig Sinn wie die eines Tempelpriesters. Sieben Straßenzüge in jeder Richtung? Du forderst uns auf, nach einem von Hunderten Häusern zu suchen. Das ist Unsinn.«

Paulus wandte sich Valerius zu. »Du musst verstehen, dass Petrus in ständiger Gefahr lebt, entdeckt oder verraten zu werden, und zwar schon seit über dreißig Jahren. Täuschung und List sind ihm zur zweiten Natur geworden. Einerseits kann er seine Botschaft nur weitergeben, wenn er sich denen ausliefert, denen er zwangsläufig vertrauen muss. Andererseits schützt er sich, indem er seine wahre Identität nur einigen Auserwählten enthüllt, und diese kennen einander nicht. Ich bezweifle, dass es in Rom mehr als drei Personen gibt, die wissen, wer er ist und wo er sich aufhält.«

»Dann ist es unmöglich, ihn zu finden.«

»Nicht unmöglich, nicht für einen findigen Mann. Der Fisch zeigte nach Westen, also befindet sich der Treffpunkt westlich des Hauses. Ihr werdet ihn an einem weiteren eingravierten Fisch erkennen. Am verletzlichsten ist Petrus, wenn er das Wort Christi verkündet. Das tut er einmal in jedem Kalendermonat, und zwar an dem Sabbat, der den Nonen am nächsten liegt, ab der siebten Stunde.«

»Sabbat?« Valerius kannte das Wort nicht.

»Ihr heiliger Tag«, erklärte Paulus. »Diese Christen haben immer wieder Mühe, sich zu einigen. Diejenigen, die Abstand zu den Judäern wünschen, ziehen den Sonntag vor. Petrus aber ist Traditionalist und bevorzugt den Samstag.«

»Aber das bedeutet doch …?«

»Richtig, mein junger Freund. Es bedeutet, dass du weniger als drei Stunden Zeit hast, um CM und das Gebäude zu finden, in dem die Versammlung stattfinden wird. Drei Stunden, um Petrus zu finden … und ihn Seneca zu übergeben.«

Valerius bemerkte die subtile Drohung in den letzten Worten, beachtete sie aber nicht. Seine Gedanken rasten. Lucina Graecina wusste, was das Zeichen bedeutete, auch wenn sie Petri wahre Identität vielleicht nicht kannte. Wenn aber Lucina Graecina Bescheid wusste, verfügte auch Torquatus nun über diese Information. Valerius hatte noch drei Stunden, um zu Petrus zu gelangen, bevor die Geheimpolizei des Kaisers zuschlug.

Sie warteten, bis Paulus das Gebäude verlassen hatte.

»Die Liste!«, forderte Valerius. Serpentius legte sie neben Paulus' Fischzeichnung auf den Tisch. Sie steckten die Köpfe darüber zusammen, doch Valerius hatte bereits bemerkt, dass ein Name bedeutsam war.

»Cerialis. Was wissen wir über ihn?«

»Cerialis Marcellus, der Bäcker. Einer der Händler, mit denen Lucina Graecina regelmäßig Kontakt hatte«, antwortete Marcus entschieden. »Er hat ein Haus im siebten Bezirk, jenseits des Campus Agrippae an der Via Pinciana. Ich war gestern dort. Er besitzt vier Bäckereien in der Stadt und ihrem Umkreis.«

»Wie lange brauchen wir, um dorthin zu gelangen?«

»Höchstens eine Stunde.«

»Danach müssen wir noch den Versammlungsort finden.«

»In dieser Gegend ist viel los«, räumte Marcus ein. »Dort gibt es ein Gewirr von Läden, Wohnhäusern und Werkstätten, doch ich habe eine Idee. Eine seiner Bäckereien liegt ebenfalls im siebten Bezirk, ganz in der Nähe seines Hauses. In einem solchen Laden herrscht ein ständiges Kommen und Gehen. Genug Platz für eine Versammlung ist ebenfalls vorhanden, und in der Backstube wird niemand sein, weil Bäcker normalerweise am frühen Morgen arbeiten. Ich glaube nicht, dass wir mehr als eine halbe Stunde brauchen, um sie zu finden.«

»Mäntel und Schwerter«, bestimmte Valerius energisch. Er war schon auf dem Weg zur Tür. »Wir treffen uns bei mir zu Hause, sobald ihr so weit seid. Serpentius? Suche die Bäckerei, und erwarte uns dort. Ich möchte wissen, wer hineingeht, wer herauskommt und ob das Gebäude bereits überwacht wird.«

Er eilte zum Clivus Scauri zurück. Gleichzeitig ging er die Möglichkeiten im Kopf durch. Falls sie vor Torquatus und seinen Schlägern am Versammlungsort einträfen ... und Petrus wegschaffen könnten ... was dann? Valerius würde das Leben von zwanzigtausend Unschuldigen aufs Spiel setzen. Hatte er das Recht dazu? Und den Mut? Das würde er erst herausfinden, wenn er dort ankam.

Als er daheim zum Eingang gelangte, stieß er fast mit jemandem zusammen, der aus dem Inneren des Hauses geeilt kam. »Vater!«

Der alte Mann lächelte irritiert. »Bitte nicht so laut, Valerius. Das verstört deine Schwester. Und jetzt muss ich mich verabschieden. Ich komme zu spät zu einer Verabredung.«

Valerius brauchte einen Moment, um zu begreifen, was Lucius sagte. Er hörte, dass seine Stimme zitterte. »Du gehst zu einer Versammlung dieser Christen?«

Die wohlwollende Maske zerbrach, und in Lucius' Gesicht sah man, dass ihm die möglichen Reaktionen wie ein Schwarm aufgescheuchter Rebhühner durch den Kopf schwirrten. Die Wahrheit? Lügen? Aufbrausen? Jeder Moment des Zögerns machte eine Antwort noch überflüssiger.

»Du darfst nicht gehen, Vater. Ich lasse es nicht zu.« Valerius legte den Arm vor die Tür, um seinem Verbot Nachdruck zu verleihen.

»Ich darf nicht? Du lässt es nicht zu?« Die Worte waren ein ungläubiges Flüstern.

»Auf keinen Fall. Um unser aller willen.«

»Du, mein eigener Sohn, willst mir etwas *verbieten*? Bist du verrückt?«

»Nicht verrückt, Vater.« Valerius sprach weiter mit leiser Stimme. »Ich versuche, dir das Leben zu retten.«

Lucius zischte vor unterdrücktem Zorn. »Ich kann mein Leben einsetzen, wie es mir gefällt, und ich lasse mir keine Vorschriften machen, in meinem eigenen ... in diesem Haus.«

»Dein eigenes Leben kannst du vielleicht aufs Spiel setzen, aber nicht Olivias und nicht meines. Torquatus weiß Bescheid. Sie werden dich verhaften und dir Schmerzen zufügen, Vater, und du wirst ihnen alles verraten, was sie wissen wollen. Alles. Ich habe es selbst gesehen. Du wirst ihnen deine Freunde und deine Familie ausliefern, damit der Schmerz aufhört. Du wirst ihnen Petrus, Seneca und diesen Paulus ausliefern. Ich kann dich nicht gehen lassen.«

Der alte Mann starrte ihn an, und zum ersten Mal in seinem Leben sah Valerius Verachtung in den Augen seines Vaters. »Wenn du das glaubst, junger Mann, kennst du mich schlecht. Vielleicht bist du am Ende gar nicht mein Sohn.« Er zog den Umhang enger um sich, hob den Kopf und versuchte, sich an Valerius vorbeizudrängen. »Wirst du deinen Vater mit Gewalt zurückhalten? Das glaube ich kaum.«

Valerius schloss die Augen. Was konnte er tun? Wenn er Lucius nicht niederringen wollte, blieb ihm nichts anderes übrig, als ihn gehen zu lassen. Dann hörte er, wie von draußen jemand angerannt kam. Marcus!

Valerius stieß seinen Vater zurück, um den Eingang frei zu machen. »Marcus«, rief er. »Ich brauche dich hier drinnen. Schicke die anderen hinter Serpentius her.«

»Ich kann dich nicht aufhalten, Vater«, fuhr er fort, »aber Marcus kann es und wird es tun. Er wird hier für deine Sicherheit sorgen. Bitte folge seinen Anweisungen.« Er wollte Lucius' Schulter berühren, doch der alte Mann zuckte vor ihm zurück wie ein Kind, das einem Schlag ausweicht.

»Herr?« Der Hausverwalter Tiberius tauchte aus dem Küchentrakt auf. Sein verängstigter Blick zuckte zwischen Valerius und seinem Vater hin und her.

»Mach dir keine Sorgen, Tiberius«, beschwichtigte Valerius den alten Bediensteten. »Wir haben nur eine kleinere Unstimmigkeit.« Er nickte und wandte sich um, um in den Sonnenschein hinauszutreten.

»Aber, Herr«, beharrte Tiberius. »Das dunkelhaarige Sklavenmädchen, das vorhin hier war? Sie wollte, dass ich dir eine Botschaft gebe.«

Valerius erstarrte. »Ja?«

»Sie sagte: ›Heute zur siebten Stunde.‹« Tiberius fügte die Adresse einer Straße im siebten Bezirk hinzu, und Valerius hatte ein Gefühl, als bliebe die Welt mit einem Ruck stehen. Er wandte sich seinem Vater zu. »Wird Ruth da sein?« Lucius erwiderte nichts, doch sein aschfahles Gesicht war Antwort genug. Valerius rannte zur Tür.

Inzwischen war die Mittagszeit gekommen, und er wurde durch Passanten behindert, die zum Mittagessen nach Hause strömten. Sein Weg führte ihn unterhalb der Paläste des östlichen Palatins längs vorbei am Tempel des vergöttlichten Claudius und zum Forum. Dort bog er bei den vertrauten Tempeln und Säulen nach links ab. Als er zur Via Flaminia gelangte, ließ das Gedränge nach, und er kam schneller voran, doch als er die Gärten des Campus Agrippae erreichte und den Hügel hinaufstieg, wurden die Straßen wieder enger, und er musste sich durch die Menschenmenge schieben.

Beim Dahineilen stand ihm Ruths heiteres Gesicht vor Augen, und er betete, dass er rechtzeitig eintreffen würde. Er versuchte zu verstehen, was seinen Vater dazu brachte, ein solches Risiko einzugehen. Natürlich verehrten manche

Menschen ihre Götter mit mehr Hingabe als andere, und manche Götter verlangten auch einen ganz besonderen Einsatz. Doch bei den meisten Römern stand das Maß an Verehrung in direktem Verhältnis zur Größe des Bedürfnisses. Wenn ein Händler auf einen großen Lieferantenvertrag für Getreide spekulierte, würde er natürlich Merkur einen schönen Widder opfern, um seine Unterstützung zu erflehen. Jeden Tag brachte Julia dem Küchengott ein Trankopfer dar, um kulinarischen Katastrophen vorzubeugen. Und Valerius würde freudig vor jedem Gott auf die Knie sinken, der bei Olivias Heilung helfen könnte, obgleich er tief in seinem Inneren wusste, dass solche Hilfe unwahrscheinlich war. Doch warum sollte ein Mann, der sein Leben im Dienst Roms verbracht hatte, für einen verurteilten Verbrecher und eine Bande zerlumpter judäischer Fischer den römischen Gesetzen die Stirn bieten, seine römischen Freunde verraten und sein Leben und das seiner Familie riskieren? Das widersprach jeder Logik. Nun gut, das Angebot des ewigen Lebens, so eingeschränkt und problematisch es auch sein mochte, konnte Menschen anlocken, die in ihren Lebensumständen verzweifelten oder naiv genug waren, sich auf einen Pakt einzulassen, in dem sie ihren freien Willen für einen Platz in einem ungewissen elysischen Paradies opferten. Ruth war im christlichen Glauben erzogen worden, aber sein Vater? Vielleicht war Petrus ein Magier, der sich seine Unterstützer durch Zaubersprüche oder -tränke gefügig machte. Doch er hatte den Judäer in seiner Rolle als Heiler Simon gesehen, und nichts wies auf so etwas hin. Lucina Graecina, eine Römerin bis in die Spitzen ihrer perfekt manikürten Fingernägel, war bereit gewesen, alles für die Sache der Christen zu opfern, und Cornelius Sulla war unter fürchterlichen Martern standhaft geblieben. Lucina war keine Närrin gewesen und auch Cornelius kein Dummkopf, obgleich er den Narren gespielt hatte. Schließlich musste Valerius von dem Rätsel ablassen, für das er keine Lösung fand.

»Valerius, hier!« Er wandte sich um und sah Serpentius aus einer Gasse kommen. Sein schmales Gesicht war von Sorge gerötet. »Wir kommen zu spät. Die Prätorianer haben das Haus umzingelt.«

Die Worte des Spaniers trafen Valerius wie ein Hammerschlag. Er blieb stehen und rang die innere Lähmung nieder, die ihn zu überwältigen drohte. »Wie weit ist es noch zur Bäckerei?«, fragte er. Wie schlimm die Lage auch sein mochte, es gab immer die Möglichkeit, etwas zu retten. Das zumindest hatte er aus dem Desaster in Britannien gelernt.

»Sie liegt gleich da oben, aber wir müssen uns beeilen.«

Hinter dem rasch ausschreitenden hochgewachsenen Spanier her drängte Valerius sich durch die Menge. Sie näherten sich einem offenen Platz, als sie den Tumult hörten. Auf der einen Seite hatte sich eine Menschenmenge versammelt, um einem jungen angeketteten Schwarzbären beim Tanzen zuzusehen. Serpentius schlüpfte rasch in den Schutz des Gedränges, doch Valerius blieb wie angewurzelt stehen. Eine schlanke Gestalt, die ihr blaues Kleid bis zu den Knien gerafft hatte, um schneller rennen zu können, schoss die Straße hinunter. Man hätte meinen sollen, die Barriere des Menschengedränges vor ihr müsste sie aufhalten, doch die

Macht ihrer Angst verschaffte ihr Durchlass. Von ihrem langen schwarzen Haar umflattert, rannte sie jetzt direkt auf Valerius zu. Er sah die Panik in ihren Augen und meinte, das Hämmern ihres Herzens in der eigenen Brust zu fühlen.

Ruth.

Mit genagelten Sohlen, die auf dem Kopfsteinpflaster klapperten, und in der Scheide rasselnden Schwertern jagten vier Prätorianer hinter ihr her, noch mit dreißig Schritten Abstand, doch sie holten stetig auf.

»Haltet sie auf!«

Valerius blieb fast das Herz stehen, als er Rodans Stimme erkannte. Bei jedem anderen hätte er es darauf ankommen lassen und versucht, sie durch Reden freizubekommen, doch er wusste, von dem Prätorianer war keine Gnade zu erwarten. Rodan würde Ruth töten, und sei es auch nur aus Gehässigkeit ihm gegenüber. Er senkte den Kopf, doch da waren seine verzweifelten Augen bereits ihrem Blick begegnet.

Das genügte, damit das judäische Mädchen ihn erkannte, und in ihrer wilden Panik wurde Ruth von einem Moment unmöglicher Hoffnung erfüllt. Die Christen hatten auf Petri Kommen gewartet, als Rodans Soldaten hereinstürmten. Glücklicherweise hatte Ruth auf der Treppe im Schatten gestanden, und die Explosion von Gewalt hatte sie erstarren lassen. Als die Prätorianer aber mit Keulen auf die kleine Gruppe Gläubiger einschlugen, kam sie so weit zu sich, dass sie lautlos ins Obergeschoss schlüpfte, wo Cerialis sein Getreide aufbewahrte. Von dort flüchtete sie durch ein schmales Fenster. Fast schon war sie in Sicherheit gewesen, da bemerkte einer der Prätorianer sie und packte sie am Arm. Irgendwie war es ihr gelungen, sich ihm zu entwinden, auch wenn ihr Kleid dabei zerriss. Doch seine Rufe hatten die anderen alarmiert.

Sie unterdrückte den Impuls, Valerius beim Namen zu rufen, denn sie wusste, dass es für beide das Todesurteil bedeuten könnte. Die entsetzliche Panik ließ nach. Irgendwie wusste sie, dass er sie retten würde.

»Haltet die Schlampe auf!«

Blitzschnell verarbeitete Valerius alles, was geschah. Ruth, wie sie mit ihren langen Beinen auf ihn zuflog. Die Prätorianer nur noch zwanzig Schritte von ihr entfernt, mit Rodan an der Spitze. Flucht war unmöglich, und selbst mit Serpentius an seiner Seite könnte er sie nicht im Kampf besiegen. Hinter sich hörte er weitere Rufe. Sie saßen in der Falle. Die Erinnerung an den Tag am Fluss zuckte durch seinen Kopf. Gleichzeitig sah er die Flammen vor sich, die an Cornelius Sulla emporgelodert waren. Und Lucina nackt im Käfig. Ein Mädchen und ihr Baby, die von wilden Tieren zerrissen wurden. Ihm blieb keine Zeit, Angst zu haben. Und es gab auch keine Zeit für Unentschlossenheit. Die Verzweiflung, die sich in ihn krallte, musste er in die dunkelsten Winkel seines Kopfes zurückdrängen. Ihm blieben nur Sekunden. Er griff unter seinen Umhang.

Ruth prallte gegen ihn, und ihre Arme suchten Halt. Er fing sie auf und hielt sie fest; er spürte, wie weich und warm sie war und wie alles in ihr vor Entsetzen flatterte. Sie blickte ihm in die Augen, und durch ihre Tränen hindurch erkannte er eine Mischung aus Angst, Liebe und Hoffnung. Er wollte ihr sagen, dass er ihre Liebe hätte erwidern können. Er wollte ihr sagen ... stattdessen stieß er ihr den Dolch, den er in seiner Linken hielt, unter dem Brustbein in den Bauch und spürte den Moment, in dem die Klinge in die pulsierende Lebenskraft ihres Herzens eindrang.

Sie riss die haselnussbraunen Augen auf, wie erstarrt von dem kalten Eisen und einen benommen machenden Hieb gegen die Brust. Valerius beobachtete, wie das Licht ihres Blicks erst glänzender wurde und dann verblasste.

»Es tut mir leid.« Die geflüsterten Worte waren das Letzte, was sie jemals hören würde. Valerius wandte sich zur Seite und schlüpfte in die Menge, die sich vor dem noch immer tanzenden Bären drängte.

Ein paar Sekunden lang blieb Ruth schwankend stehen, nur von ihrem Willen aufrecht gehalten. Gerade, als Rodan an der Spitze seiner Männer bei ihr eintraf, brach sie zusammen. Valerius wäre geblieben, gequält von dem Bedürfnis, ihr nahe zu sein, doch Serpentius zerrte ihn fluchend in Richtung Hauptstraße. Bevor sie um eine Ecke bogen, drehte Valerius sich um, um einen letzten Blick auf das klägliche Bündel zu werfen, das wie ein blauer Lumpenhaufen auf der Straße lag. Er hörte, wie Rodan das tote Mädchen wütend beschimpfte. Dann holte er mit dem Fuß aus und trat ihr mit den genagelten Sohlen mitten ins Gesicht. »Du Christenhure!«

Irgendwie kam Valerius der Angriff auf den leblosen Körper als eine schlimmere Gräueltat vor als der Dolchstoß, der sie getötet hatte. Sein Herz verwandelte sich zu Stein, und innerlich schrie er nach Rache. Unter dem Umhang zog er sein Schwert aus der Scheide hervor und bewegte sich auf die Prätorianer zu.

»Nein!« Serpentius packte ihn an der Schulter. »Es wäre sinnlos, dein Leben nun auch noch wegzuwerfen.« Er zerrte Valerius hinter die sichere Ecke.

Hinter ihnen begriff Rodan zu spät, dass das Mädchen sich nicht selbst getötet haben konnte. »Riegelt die Straße ab«, schrie er. »Keiner verlässt den Bereich.«

Doch es war bereits zu spät.

XXX

Mir blieb keine andere Wahl.

Er erinnerte sich an den Valerius von früher, einen heilen Valerius, der sich ebendiese Worte gesagt und das Richtige getan hatte. Das Ergebnis war letztlich dasselbe gewesen.

Sie hätten sie gefangen genommen und verbrannt oder den wilden Tieren vorgeworfen. Mir blieb keine Wahl.

Aber er hatte eine Wahl gehabt. Er hätte kämpfen und im Kampf für sie sterben können.

Und wenn sie mich getötet hätten, hätten sie sie gefoltert.

Aber er hätte Ruth töten und als ihr Rächer sterben können; das wäre wenigstens ein ehrbares Ende gewesen.

Aber es hätte bedeutet, dass ich Olivia und meinen Vater im Stich lasse und zwanzigtausend unschuldige Menschen zum Tod verurteile.

Feigling! Das Wort schrillte in seinem Kopf wie das Klirren von Schwertern. Maeve, das britische Mädchen, das er geliebt und verraten hatte, hatte ihn einen Feigling genannt. Hatte sie recht gehabt?

Nein!

Feigling!

»Valerius?« Die Stimme kam aus einer anderen Welt und

endete mit einem erstickten Würgen, als er mit der Linken den Sprecher bei der Kehle packte. Er schlug die Augen auf und blickte in das Gesicht seines Vaters. Es war schon dunkel angelaufen, und die Augen quollen ihm aus dem Kopf. Für einen winzigen Augenblick gab er Lucius die Schuld an Ruths Tod und hätte beinahe fester zugedrückt. Doch der Moment ging vorüber, und er ließ los. Der alte Mann zog sich vom Bett zurück und massierte sich den Hals. Er starrte Valerius an, als erkenne er ihn nicht wieder. Vor sechs Jahren hatte er den Jungen zu den Legionen geschickt, damit ein Mann aus ihm wurde. Der Junge war als Krieger zurückgekehrt. Jetzt merkte er, wozu dieser Krieger fähig war, und es machte ihm Angst. Aber nicht der Würgegriff hatte ihm die größte Angst eingejagt. Vielmehr war es der Ausdruck in den Augen seines Sohnes. Valerius war zum Mörder geworden.

»Es tut mir leid, Vater. Du hast mich erschreckt.«

Lucius zwang sich zu einem Lächeln. »Gewiss nicht so sehr wie du mich.«

Aufgrund der geschlossenen Fensterläden war es im Raum dunkel, doch das durch die Ritzen einsickernde Licht und die Temperatur ließen auf den fortgeschrittenen Vormittag schließen.

»Du darfst dir nicht die Schuld geben.«

Valerius schüttelte den Kopf. *Ich habe sie getötet. Wie sollte ich mir nicht die Schuld geben?*

»Sie ist aus freien Stücken hingegangen, und sie kannte das Risiko.«

Erneut stieg Zorn in Valerius auf. »Haben sie auch Petrus verhaftet?«

»Das glaube ich nicht.« Lucius zögerte. »Sonst wäre ich benachrichtigt worden. Bevor er selbst kam, hat er immer gewartet, bis die Gläubigen sich versammelt hatten. So war es sicherer.«

Valerius verbarg seine Bitterkeit nicht. »Er hat sie also als Köder in einer Falle benutzt. Er hat *Ruth* als Köder benutzt? Was hätte dein mitfühlender Christus wohl dazu gesagt?«

Lucius wandte sein Gesicht ab. »Petrus ist wichtiger als irgendeiner von uns. Wichtiger als wir alle. Ohne Petrus würde der Glaube verkümmern und absterben. Er ist der Bewahrer der Wahrheit.«

»Erzähle mir von ihm.«

Der alte Mann zögerte. Das Wahren des Geheimnisses war ihm zur Gewohnheit geworden.

»Als deine Mutter starb, hatte ich immer noch meinen Ehrgeiz und meinen Sohn, der meine Ziele verwirklichen würde. Olivia machte eine gute Partie, du gingst mit deiner Legion nach Britannien, und ich war zufrieden.« Er bemerkte den Ausdruck in Valerius' Augen. »Ich weiß, was du von mir denkst, Valerius. Ich weiß, dass du über meine Hoffnungen gelacht und die Rolle, die du spielen solltest, nur aus Pflichtgefühl akzeptiert hast. Wir haben einmal zu Roms großen Familien gehört, und ich war fest entschlossen, dass es wieder so kommen sollte. Seneca, der mein Freund ist, sagte, er würde mir helfen.«

Seneca sitzt wie eine Spinne mitten im Netz und manipuliert alle um ihn herum, dachte Valerius. *Doch um welchen Preis?*

»Dann ist Olivias Mann gestorben, und du bist aus Britannien zurückgekehrt, zwar als Held, aber nicht mehr heil an Körper und Geist. Wenn ich dich anschaute, sah ich eine Kerze, die der Luft beraubt wurde, ein Leben, das kurz vor dem Erlöschen flackerte. Deine Gesundheit ist inzwischen wiederhergestellt, doch wenn ich in deine Augen schaue, ist mir klar, dass sie zu viel gesehen haben und du zu viel gelitten hast. Du wirst nie wieder derselbe sein, mein Sohn, und daran gebe ich mir die Schuld.

Du hattest dich verändert, doch du warst nicht gänzlich für mich verloren, noch nicht.« Valerius öffnete den Mund, da er wusste, was nun kam, doch Lucius hob die Hand. »Nein, lass mich ausreden. Zu Petrus komme ich schon noch. Ich habe Rom und die Provinzen nach einem passenden Mann für deine Schwester abgesucht, aber ich hatte nicht genug zu bieten. Wer würde sich ein Bündnis mit einem alten Mann wünschen, der zum letzten Mal in Tiberius' Zeit Einfluss besessen hat? Wenn ich keine Hypothek auf das Landgut aufnehmen wollte, war die Mitgift, die ich ihr mitgeben konnte, nicht attraktiv. Olivia ist schön, aber den mächtigen Familien, die ich umwarb, bedeutet das nichts. Seneca hat dann schließlich Calpurnius Ahenobarbus gefunden.«

Valerius seufzte. »Einen Mann, der genauso alt ist wie du«, bemerkte er. »Er hat ein Gesicht wie ein halb verhungertes Warzenschwein und einen Ruf der Verdorbenheit, der es mit dem von Caligula hätte aufnehmen können.«

»Ein reicher Mann«, entgegnete Lucius. »Ein Mann mit Verbindungen zum Kaiser. Sie hätte mir gehorchen sollen –

ich bin ihr Vater. Stattdessen hat sie mich beschämt. Und du hast sie dabei unterstützt.«

Valerius nickte. »Und ich unterstütze sie immer noch.«

»Nun hatte ich also alles verloren. Ein Rasiermesser und ein warmes Bad erschienen mir verheißungsvoller als ein weiterer Lebenstag. Am nächsten Morgen brachte Granta das Mädchen aufs Landgut. Das Geschenk eines Freundes.«

»Ruth.« Valerius hatte Mühe, mit ruhiger Stimme zu sprechen.

»Sie war anders als die anderen Sklaven. Etwas in ihr leuchtete.« Lucius schniefte. »Wie beschreibt man einen guten Menschen? Sie spürte meine Leere und kam zu mir, als ich allein zwischen meinen Olivenbäumen herumging. Zuerst schickte ich sie weg, aber sie blieb hartnäckig. Auch sie habe alles verloren, sagte sie, aber ihr Gott stehe immer an ihrer Seite, und sie werde niemals allein sein. Er beschütze sie vor den Übeln, die von außen kommen oder aus dem Inneren aufsteigen. Vor den Versuchungen der irdischen Welt und den Schwächen ihres eigenen Körpers. Auch ich könne den Schutz ihres Gottes erlangen. Dann erzählte sie von einem Mann namens Petrus.«

»Sie hat dich zu ihm gebracht?«

Lucius schüttelte den Kopf. »Zunächst nicht. Petrus muss geschützt werden. Sie musste sich meiner sicher sein, und ich musste mir auch selbst meiner gewiss werden. Ich hatte noch nie von Christus gehört, wusste jedoch genug über Rom und Nero, um die Gefahr zu begreifen. Es gab einen Moment, in dem ich erwog, Ruth den Behörden zu übergeben, und ich glaube, sie wusste es. Sie hielt es aber für das Risiko wert, um mich zu retten. Damals war ich an meinem Tiefpunkt angelangt. Sie sagte mir, sie habe mir vergeben, und ich weinte an ihrer Schulter. Zwei Tage darauf nahm sie mich mit zu Petrus.«

Valerius erinnerte sich an Ruths instinktives Mitgefühl und ihre furchtlose Gewissheit und begriff, dass sie sich durch nichts hätte aufhalten lassen. Sie hatte etwas Zerbrochenes in seinem Vater erkannt, genauso, wie sie es in ihm, Valerius, gesehen hatte. Der Weg, auf dem sie ging, hätte sie früher oder später in den Tod geführt, selbst wenn es an jenem Tag auf der Straße anders geendet hätte. War es Blindheit oder Dummheit, die sie die Gefahr missachten ließ? Nein. Es war viel einfacher. Sie war zu gut für diese Welt. Zu tapfer und zu ehrlich. Wer wie Torquatus nichts als Schmerz und Verworfenheit zu bieten hatte, konnte es sich nicht leisten, die eigenen Taten durch liebevolle Friedensbringer infrage gestellt zu sehen. Letztlich würde nur eine Stimme siegen. Erneut sah er Cornelius Sulla vor sich, an den Brandpfahl gefesselt, die Augen fest geschlossen. Er hatte die Lippen im Gebet bewegt, und Valerius begriff, dass der junge Mann nicht den Tod gefürchtet hatte, sondern nur die Art und Weise, mit der er ums Leben gebracht wurde.

Lucius und Ruth waren gemeinsam nach Rom gereist. In der Stadt war es dunkel gewesen, und sie hatte ihn durch Straßen geführt, die er nicht kannte. Ruth ging jedoch ohne Angst, und ihre innere Kraft ermutigte Lucius. Schließlich gelangten sie zu einem Haus, das auf eine Weise gekennzeichnet war, die Ruth erkannte.

»Sie flüsterte den Namen Christi, und wir wurden in ein

kleines Zimmer geführt, in dem noch zehn weitere Menschen standen, in Mänteln und mit aufgesetzten Kapuzen, genau wie wir.« Er schüttelte den Kopf. »Wie soll ich dir die Atmosphäre beschreiben, die in diesem Zimmer herrschte? Zunächst hielt ich es für Angst, denn das war es, was ich empfand. Aber inzwischen denke ich eher, es war gespannte Erwartung, ein verzweifeltes Bedürfnis nach dem, was kommen würde. Dann war er da. Er schlug seine Kapuze zurück und sah uns an; ein gewöhnlicher Mensch, jedoch mit einer ganz ungewöhnlichen Ausstrahlung. Sein Blick suchte den meinen, und in diesem Augenblick fühlte ich mich, als wäre ich von Licht erfüllt. Meine Angst legte sich, ich wurde emporgehoben und konnte auf meinen eigenen armen, unvollkommenen Körper und die Versammelten hinunterschauen. Dann fand ich mich wieder zurück mitten unter ihnen.«

Als Petrus gesprochen hatte, hatten seine Worte die Menschen im Raum so direkt erreicht, als hätte er jeden von ihnen einzeln beiseitegenommen. Als der Vater aber wiedergab, was gesagt worden war, fühlte Valerius sich an den Vicus Patricius und den jungen Mann erinnert, den ein Steinwurf an der Lippe getroffen hatte: *Gott, der alle Dinge erschaffen hat, hat Jesus geschickt, um für euch zu sterben und euch das ewige Leben zu bringen. Folgt den Lehren Jesu, und ihr kommt Gott näher.*

Petrus hatte ein Netzwerk von Predigern geschaffen, um seine Botschaft weiterzugeben, und jeder von ihnen hatte den genauen Wortlaut gelernt. Valerius dachte an die Worte, die Publius Sulla vor seinem Tod gesprochen hatte, und begriff, wie genial dieser Plan war. Tatsächlich war das Ganze wie eine Krankheit, denn jeder Bote konnte Dutzende, wenn nicht Hunderte weitere Menschen mit den Lehren über Petri Gott infizieren. Unter diesen würde er dann zusätzliche Boten auswählen, die die Botschaft ihrerseits einer neuen Zuhörerschaft überbringen würden. Schlimmer noch, diesen Lehren zufolge war jeder Sklave ebenso viel wert wie ein Ritter oder Senator. Wenn es Rom nicht gelang, die neue Religion im Keim zu ersticken, würde sie irgendwann alles vernichten, woran die Römer jetzt glaubten. Wenn sie nicht länger Jupiter, Merkur und Minerva anbeten konnten, wieso sollten sie dann einen Kaiser anbeten, dessen persönliches Verdienst nicht größer war als das des gallischen oder afrikanischen Sklaven, der ihre Hunde versorgte?

Er hörte, wie der Tonfall seines Vaters eine fast ehrfürchtige Hochachtung annahm.

»Petrus hat erzählt, wie sich sein Leben veränderte, als er beim Fischen mit seinen Brüdern vom Messias angesprochen wurde.«

»Vom Messias?«

»Gottes Bote. Jesus Christus. Wenn er sprach, überbrachte er das Wort Gottes. Petrus war erst verblüfft und wurde dann verwandelt. Von diesem Tag an folgte er dem Messias und ist für immer bei dieser Entscheidung geblieben. Er ist Zeuge der Wunder geworden.« Valerius bemerkte ein leichtes Zögern und erkannte, dass einige Teile der Jesuslegende noch immer eine Herausforderung für die Glaubensbereitschaft seines Vaters darstellten. »Er hat den Messias auf dem Wasser wandeln sehen.«

Die Vorstellung war so absurd, dass Valerius lachte. Sofort bereute er es.

Sein Vater reagierte verärgert. »Mach dich nicht über mich lustig. Willst du jetzt die Geschichte Petri hören oder nicht?« Er wartete die Antwort nicht ab. »Von allen Jüngern Christi war Petrus der erste, und als Christus am Kreuz starb, übernahm er die Führung der Gemeinde. Er war gezwungen, aus Judäa zu fliehen, und predigte in Antiochia und Caesarea. Doch dann begriff er, wo das größte Bedürfnis nach seinen Lehren herrschte und wo er die größte Ehre erwerben würde. In Rom. Seit er hier eingetroffen ist, ist er vielen Prüfungen unterzogen worden, so wie unser aller Glaube geprüft werden muss, damit er seine Kraft behält.«

Valerius dachte erneut an Ruth und stellte die Frage, auf die er vielleicht gar keine Antwort hören wollte. »Und ist dein Glaube geprüft worden, Vater?«

Lucius wandte den Kopf ab, damit er seinem Sohn nicht in die Augen blicken musste. »Ich bin geprüft worden, ja.«

»Hat dein Glaube das überstanden?«

Jetzt wandte sich der alte Mann ihm zu, und Valerius sah den feuchten Glanz auf seinen Wangen. »Darüber wird Gott am Ende richten.«

XXXI

Als Valerius am nächsten Morgen nach unten ging, entdeckte er, dass er ein Paket erhalten hatte. Solche Pakete wurden nur von reichen Menschen verschickt. Der Inhalt war in gewachstes Kalbsleder eingenäht worden, um sicherzugehen, dass er bei einem Gewitter nicht durchweicht würde. Er musterte die Sendung misstrauisch. Unter den gegebenen Umständen rechnete er eher mit einer wütenden Kobra als mit etwas Angenehmerem.

Ein leuchtend rotes Siegel, das an dem Paket angebracht war, bestätigte seinen Verdacht. Der Abdruck war das Spiegelbild des goldenen Klunkers, der unter seiner Tunika an einer Kette hing. Er bedeutete, dass das Paket von Nero kam.

Er griff danach ... zog dann aber die Hand zurück. Wozu die Eile? Fünf Tage waren vergangen, seit der Kaiser sein aufgeschobenes Todesurteil verkündet hatte. Jede Minute ohne Fortschritte stellte einen weiteren Schritt in Richtung Henkersblock dar. Zu Beginn hatte die Herausforderung ihm neue Energie verliehen, doch mit jedem Rückschlag wurde der Weg steiler und die Bürde, die er trug, schwerer.

Erst Lucina Graecina, dann Ruth. Zwei Zugänge zu Petrus waren für immer versperrt worden. Ohne Petrus konnte er auch Olivia nicht retten. Sein Vater, der tapfere Narr, schien jetzt seine einzige Hoffnung zu sein. Valerius spürte jedoch, dass Lucius ihm alles enthüllt hatte, was er je von ihm erfahren würde. Noch nie hatte er sich so erschöpft gefühlt oder so gründlich gescheitert.

Eine Stimme, die er vor beinahe vier Jahren gehört hatte, flüsterte in seinem Kopf. *Hast schon genug, hübscher Junge? Diese reichen Jungs sind doch alle gleich. Sie sind nur kurze Zeit hier und spielen Soldat.*

Valerius lachte erbittert auf. Seneca hatte einmal gesagt, die größten Schlachten schlage man im eigenen Inneren, aber Seneca hatte nie eine echte Schlacht erlebt. Valerius dagegen hatte mehr Kämpfe durchgestanden, als er zählen konnte, und wusste, dass irgendwann der Punkt kam, an dem es einfacher war aufzugeben, als am Leben zu bleiben und den Arm zum nächsten Schwerthieb zu heben. Das waren die Momente, die wahre Helden schufen. Er war ein Held Roms, obgleich er diese Ehre weder gewollt noch verdient hatte. Jetzt war die Zeit gekommen zu beweisen, dass er ihrer wert war. Er nahm ein Obstmesser zur Hand und begann, die Naht aufzutrennen.

Erst als das Paket geöffnet vor ihm lag, fiel ihm Torquatus' vor mehr als einem Monat gegebenes Versprechen ein, ihm alles zu schicken, was er über die christliche Gemeinde wusste.

Auf seinem Schreibtisch lagen vier Schriftrollen, abgenutzt vom vielen Gebrauch und altersbrüchig, sowie doppelt so viele Pergamentstücke.

Die erste Schriftrolle, die er zur Hand nahm, war ein in griechischer Sprache verfasstes Protokoll des Prozesses gegen Jesus Christus sowie seiner Verurteilung durch den Statthalter Judäas namens Pontius Pilatus. Er überflog es und fand wenig von Interesse. Der Vorwurf der Aufwiegelung gegen das Römische Reich war alles andere als schlüssig, doch es war klar, dass der Mann in der jüdischen Gemeinde Unruhe gestiftet hatte, und am Ende wetteiferten die Tempelpriester mit Anschuldigungen gegen ihn. Trotzdem hatte Pilatus ihn nur widerstrebend für schuldig befunden, doch die ungeheuerlichen Behauptungen und das Verhalten des Angeklagten vor Gericht hatten ihm kaum eine Wahl gelassen.

Valerius öffnete eine weitere Schriftrolle und las nun eine ernsthafte und ziemlich langweilige Abhandlung über die jüdische Religion und ihre Ableger. Deren gab es eine bemerkenswerte Anzahl, von denen die Christussekte nur einer war. Der Text umriss die Geschichte und Praxis des Judentums recht ausführlich, räumte aber enttäuschend den neuen und ziemlich unbedeutenden Christen wenig Raum ein. Als hätte er keinen Zweifel, dass die Gemeinde nach der Hinrichtung ihres Führers zu gegebener Zeit von selbst verschwinden würde, schlug der Verfasser bei seiner Bewertung einen sehr abschätzigen Ton an. Oberflächlich gesehen schien es wenige Unterschiede und viele Ähnlichkeiten zwischen der jüdischen und der christlichen Religion zu geben. Als das Dokument verfasst wurde, war die Christusverehrung ausschließlich von Juden praktiziert worden, die an vielen Riten der alten Religion festhielten. Angeblich war das Kommen eines Messias von jüdischen Propheten vorhergesagt worden, wenn auch dieser Jesus nur einer von drei oder vier möglichen Anwärtern war. Der Hauptunterschied zwischen den beiden Religionen schien die Frage des Opferns zu betreffen. Im Judentum spielte es eine zentrale Rolle, von den Christen dagegen wurde es verabscheut. Diese erbrachten ihr Opfer nur symbolisch, indem sie Blut und Fleisch durch Wein und Brot ersetzten.

Interessantere Hinweise entdeckte er in den Pergamentstücken, die offensichtlich aus längeren Schriftrollen herausgerissen oder geschnitten worden waren. Sie gaben faszinierende Einblicke in das frühe Leben des Kultgründers und wiesen auf eine Anzahl von fesselnden Widersprüchen hin. Es gab wenig Zweifel, dass er in Galiläa zur Welt gekommen war, wahrscheinlich in dem Dorf Nazareth, doch in einem anderen Bericht erhob das fünfundsiebzig Meilen entfernte Bethlehem Anspruch auf ihn.

Der einzige Bericht aus seiner Kindheit stand auf einem zerrissenen und zerknitterten Stück Pergament von schlechter Qualität, das offensichtlich weggeworfen und dann von jemandes Spion aufgelesen worden war. Es war durch viele Hände gegangen, bis es zum Geheimdienst des Kaisers gelangte. Der Bericht war offensichtlich in gutem Glauben als Beweis für die Macht des Kindes Jesus verfasst worden, doch Valerius bezweifelte, dass er je den Weg in die christlichen Aufzeichnungen über das Leben ihres Helden finden würde. Petrus würde sich wohl kaum darauf berufen wollen, dass der Messias im Alter von gerade einmal fünf Jahren entweder einen anderen Jungen getötet hatte oder für dessen Tod verantwortlich war.

Bis Mitte zwanzig wurde kaum etwas Weiteres über Jesus berichtet, doch dann vollzog sich in seinem Leben eine Wende. Nun war er ein Heiler und Lehrer – ein Mann, der sich für den Sohn eines Gottes hielt. Er wanderte durch Judäa, predigte gegen die Tempelbehörden und wetterte gegen Opferungen und die Anbetung von Idolen. Je nach Quelle war er entweder ein Mann, der sich in Begehren verzehrte, es aber überwand, oder aber jemand, der gegen irdische Versuchungen gefeit war. Verwirrenderweise schienen seine Anhänger sich nicht sicher zu sein, ob er nun ein Mensch war, ein Gott oder eine Mischung aus beidem. Tatsächlich schien dieser Jesus seine Gestalt zu wandeln, wie es ihm passte, und nach Belieben blenden und bezaubern zu können. Ein Mann – oder Gott, wenn er es so wollte –, der imstande war, für jeden das zu sein, was er gerade brauchte. Es sei denn, man hieß Simon Petrus.

Petrus und die Brüder Johannes und Jakobus waren die Konstanten in den frühen Jahren des Wanderpredigers gewesen. Später waren zwar noch andere Anhänger hinzugekommen, doch nach den Unterlagen, die Valerius vorlagen, waren diese drei die eigentlichen Schöpfer der Christuslegende. Augenzeugenberichte über Wunder stammten entweder von einem von ihnen oder von allen zusammen. Sie und sie allein waren Zeugen seiner Weihe durch seinen Vater Gott gewesen – der einzige erkennbare Hinweis, dass er die Messias-Prophezeiung erfüllte. Nach allem, was Valerius las, wäre Jesus, den sie nun Christus, den Gesalbten, nannten, ohne Petrus ein unbekannter Mystiker geblieben, der auf der Suche nach seiner nächsten Mahlzeit durch die Wüste streifte.

Petrus war derjenige gewesen, der eine Gefolgschaft von Tausenden organisierte, die an Christus und seinen Gott glaubten. Das hatte die judäischen Oberen so erschreckt, dass sie Pilatus überredeten, Christus zu töten. Und als die Organisation zerfiel, war es Petrus gewesen, der praktischerweise Zeuge der unwahrscheinlichen Auferstehung ihres Idols wurde und dessen wenigen verbliebenen Anhängern neuen Mut machte. Da die meisten Juden einen toten Messias nicht mehr unterstützen wollten, hatte Petrus eine Botschaft Gottes erhalten, die Zeit sei gekommen, Nichtjuden in die christliche Herde einzugliedern.

Valerius konnte kaum glauben, was er las. Gewiss, vieles davon war das Werk kaiserlicher Agenten, die zum Lügen geboren waren und ein Interesse daran hatten, die von ihnen bespitzelte Organisation möglichst bedeutend wirken zu lassen, aber dennoch waren Petri Leistungen erstaunlich. Jesus Christus mochte die Galionsfigur sein, doch die Gemeinde, die ihn anbetete, war das Werk eines anderen Mannes. Simon Petrus.

Valerius schüttelte den Kopf, halb bewundernd und halb entnervt. Das war ja alles sehr interessant, aber es brachte ihn kein bisschen näher an den Mann heran. Er wendete das letzte Pergamentstück, eine weitere gelehrte Abhandlung über die christlichen Rituale, und wollte es schon weglegen, als ihm ein Absatz ins Auge fiel.

Der christliche Taufritus umfasst vollständiges Eintauchen in fließendes Wasser, während das judäische Ritual nur eine Waschung oder Reinigung kennt. Der christliche Messias soll im Oberlauf des Flusses Jordan unter einem Wasserfall getauft worden sein, und jeder seiner Anhänger muss sich einem vergleichbaren Ritus unterziehen, um Einlass in das Reich Gottes zu erlangen. Seit dem Verbot des christlichen Glaubens werden Taufrituale im Allgemeinen in größeren Gruppen und unter strenger Geheimhaltung vollzogen.

Für einen Moment hatte er wieder den Teich auf dem Anwesen seines Vaters vor Augen. Ruth war in ihrem Heimatland getauft worden, und er hoffte, dass sie in den christlichen Himmel aufgenommen worden war. Aber wo wurden Petri römische Konvertiten getauft? Gewiss nicht im Dreckwasser des Tiber. Und nicht an einem öffentlichen Ort; das hätte die sofortige Verhaftung zur Folge. Ruth hatte gesagt, wo immer möglich suche Petrus einen Wasserfall auf, und Petrus war Valerius nicht wie ein Mensch vorgekommen, der sich durch eine kleine Schwierigkeit wie das Fehlen eines solchen aus dem Konzept bringen ließ. Was würde er also tun? Allmählich formte sich eine Idee in Valerius' Kopf. Er dachte an den dekorativen Wasserfall in Neros Empfangshalle. Dieser bestimmte kam natürlich nicht infrage. Doch für einen tatkräftigen Mann wie Petrus wäre ein künstlicher Wasserfall nicht allzu schwer zu finden … oder sogar zu schaffen. Allerdings gab es dabei ein Problem. Wo sollte er in einer Stadt, in der jeder Tropfen Wasser offiziell verzeichnet wurde, die Wassermengen für einen solchen Wasserfall hernehmen?

Die Erinnerung an eine harte, lautstarke Stimme lieferte die Antwort. *Tausende von Kannen täglich aus dem Wasserturm auf der Cespischen Höhe. Ein ganzer Fluss, der zwischen dort und der Subura abgezapft wird.*

XXXII

Valerius schickte eine Botschaft an Honorius, in der er dringend um ein Treffen im Büro des Oberbeamten bat. Er konnte sich schon vorstellen, wie der Wasseraufseher reagieren würde, wenn er feststellen musste, dass sein Anwalt noch immer seine Pflichten vor Gericht vernachlässigte. Er wurde nicht enttäuscht.

»Du bist eine Schande für deinen Berufsstand, junger Mann«, stieß Honorius hervor. »Wir hatten uns auf einen Aufschub von zwei Wochen geeinigt, doch es ist nun bereits zwei Monate her, seit ich dich das letzte Mal gesehen habe. Der Übeltäter sollte inzwischen längst ausgepeitscht und von seinem Nachschub abgeschnitten sein. Du aber besitzt jetzt auch noch die Frechheit, meinen Beistand bei irgendeinem Unsinn zu fordern.« Die Miene des alten Mannes hellte sich jedoch auf, als Valerius ihm erklärte, was er brauchte. »Du glaubst also, dass diese Christen mein Wasser stehlen?«

»Das wäre denkbar. Falls ja, benötigen sie eine große Menge. Als wir uns zum letzten Mal unterhalten haben, hast du von einem richtiggehenden Fluss gesprochen?«

»Das stimmt. Das Wasser fehlt in dem Zustrom, der über

das Reservoir auf der Cespischen Höhe in die Stadt verteilt wird. Aber die Stelle, wo es verschwindet, ist ein Rätsel. Meine Kontrolleure konnten weder ein von sich aus entstandenes Leck finden noch einen Durchbruch, bei dem nachgeholfen worden ist.«

Valerius verbarg seine Enttäuschung. Er hatte gehofft, dass die Stelle leicht zu finden wäre, doch wenn Honorius und seine Leute vor einem Rätsel standen, musste sie gut verborgen sein. Der Wasserturm auf der Cespischen Höhe lag neben dem Tempel der Juno Lucina, was ein Omen sein mochte, wenn man so wollte. Das Reservoir war eines von vielen Dutzenden, die geschickt über Rom verteilt waren, um das Wasser von den Aquädukten der Stadt zu den Palästen, Villen, Bädern und öffentlichen Brunnen zu leiten sowie zu den Eisenwerken, den Ziegeleien und den kaiserlichen Bauernhöfen, die innerhalb der Stadtgrenzen gediehen. Der Wasserturm stand erhöht und verteilte das Wasser durch Bleirohre und Steinkanäle dorthin, wo es gebraucht wurde. Bei diesen Reservoiren handelte es sich um riesige Bauten, errichtet in zwei oder sogar drei Abschnitten, die jeweils mit einem Becken versehen waren, um im Fall einer Dürre oder einer Störung am Aquädukt gerüstet zu sein.

Honorius griff unter seinen Schreibtisch und holte eine Karte des Wassersystems hervor, eine riesige Schriftrolle, die aus vielen Pergamentstücken zusammengesetzt war. Er entrollte sie und beschwerte sie an den Rändern mit kurzen Stücken alter Bleirohre.

»Schau hier.« Der dickliche Finger deutete auf eine Stelle in der Mitte der Karte. »Der Wasserturm ist einer von fünfunddreißig, die vom Alten Anio gespeist werden. Der entnimmt dem Tiber sein Wasser oberhalb des zwanzigsten Meilensteins und fließt in der Nähe der Porta Viminale in die Stadt.« Wie jeder Römer wusste Valerius, dass der Alte Anio im Gegensatz zum Neuen Anio für die schlechte Qualität seines Wassers berüchtigt war. Allgemein als Rattenpisse verschrien, waren Farbe und Geschmack entsprechend, doch Honorius ließ es sich nicht nehmen, das Thema zu erläutern. »Nur etwa ein Sechzehntel des eingespeisten Wassers gelangt jemals in ein kaiserliches Gebäude, und dann ist es für die Latrinen bestimmt. Das meiste wird für die Industrie und die Bewässerung verwendet. Der Rest landet in der Subura, wo man sich nicht sofort über eine kleine Trübung beschwert.«

Die Erwähnung der Subura erinnerte Valerius daran, dass das Gassengewirr zu Füßen des Quirinals, des Esquilins und des Viminals für einen Geheimkult wie den der Christen die perfekte Zuflucht bot. Hier hatte Petrus seinen Kräuterladen und seine Arztpraxis betrieben, und ganz in der Nähe waren sie über den jungen Mann gestolpert, der an der Kreuzung gepredigt hatte. Er bemerkte, das Honorius die Stirn runzelte.

»Wenn ich es recht bedenke«, überlegte der Oberbeamte laut, »wäre dies genau der Zufluss, den man anzapfen könnte, wenn man eine größere Menge Wasser benötigt. Wir behandeln den Alten Anio mit etwas weniger Respekt als die anderen Aquädukte, eben wegen der geringen Wasserqualität und der Menschen, die er versorgt.« Er schüttelte sein schütteres Haupt. »Bedauerlich, aber verständlich.

Möglicherweise hat der Wasseraufseher, den ich losgeschickt habe, um nach dem Leck zu suchen, die Sache nicht ganz so sorgfältig behandelt, wie er das bei der Aqua Virgo oder der Aqua Claudia getan hätte.« Zu Valerius' Überraschung lachte er, und der Anwalt erkannte die Begeisterung eines Menschen, der für seinen Beruf brannte. »Vielleicht lohnt es sich ja, einen zweiten Blick auf die Leitung zu werfen?«

Honorius rief einen Arbeitertrupp zusammen, und sie machten sich zur Cespischen Höhe auf. Ihr Weg führte sie durch die drangvolle Enge der Subura, doch Honorius war ein hoher Beamter, dessen Rang ihm die Begleitung durch sechs Liktoren sicherte. Vor den schweren Eschenholzknüppeln der Leibwächter wich die Menge auseinander. Unterwegs, vor sich die Liktoren und hinter sich die Arbeiter, musterte Valerius die schmalen Gassen und fragte sich, ob er wertvolle Zeit verschwendete. War es wirklich möglich, in diesem Gewimmel einen einzelnen Menschen aufzuspüren? Zwanzig Minuten später gelangten sie zum Fuß der Erhebung, und nach weiteren fünf Minuten trafen sie beim Wasserturm ein. An Größe, wenn auch nicht an Pracht, konnte das Reservoir sich mit dem benachbarten Tempel messen. Das solide, aus Backsteinen errichtete Gebäude war eindeutig ein Zweckbau. Es maß etwa vierzig Fuß an Höhe und vierzig Schritte in der Länge und wurde auf der Nordseite von einem Kanal des Anio gespeist.

Der Wasserbeamte machte im Schatten des Turms halt und wies seine Männer an, dessen Äußeres nach Lecks oder Anzeichen von Diebstählen abzusuchen. »Übrigens«, er wandte sich an Valerius. »Richte deinem Vater meine Glückwünsche aus.« Er wartete auf eine Reaktion, doch die erfolgte nicht. »Mein Geologe Bassus hat es erst gestern erwähnt. Streng vertraulich natürlich. Dein Vater hat dir doch gewiss davon erzählt?«

Valerius nickte geistesabwesend und fragte sich, wovon der alte Mann redete. Honorius zuckte die Schultern und wandte sich wieder dem Wasserturm zu. »Schau hier«, erklärte er. »Er speist vier Hauptkanäle und dazu noch mehrere kleinere Leitungen.« Er rief nach einer Leiter, während Valerius die Steinrinnen und Bleirohre betrachtete. »Heutzutage mache ich so etwas eigentlich nicht mehr, junger Mann, aber was sein muss, muss sein. Außerdem empfinde ich dein kleines Rätsel, ehrlich gesagt, als Herausforderung. So viel Aufregung hatte ich nicht mehr, seit die Aqua Marcia während der Konsulatszeit von Hosidius Geta eingebrochen ist.«

Er hievte seinen mächtigen Bauch die Leiter hinauf, heftig keuchend und genötigt, alle drei Sprossen zu verschnaufen. Valerius hielt sich hinter ihm mit seiner guten Hand fest und bemühte sich, nicht nach oben zu schauen. Eine sanfte Brise raschelte in den Baumwipfeln, und Valerius bemerkte am Himmel einen Habicht, der nach einer schläfrigen Taube oder einem Spatz Ausschau hielt. Aus dieser Höhe hatten sie einen unübertrefflichen Blick auf die schimmernden Dächer und die marmorne Pracht des Forums und der Säulentempel auf dem Kapitol. Das Herzstück Roms lag vor ihm wie ein Kinderspielzeug oder das Sandkastenmodell eines militärischen Kommandanten. Valerius dachte an den Holztisch, den er in Neros Palast gesehen hatte, und fragte sich erneut, welchem Zweck er wohl dienen mochte. Blickte der Kaiser so auf die Stadtlandschaft wie Valerius jetzt und genoss ihre Farbenpracht, Vielgestaltigkeit und Großartigkeit? Oder betrachtete der Kaiser die Bevölkerung Roms eher wie ein Gewimmel von Ameisen, das sich abmühte, ihm die Schatztruhen zu füllen? So, wie er Nero kannte, war zweifellos beides richtig. Zu seiner angeborenen Unberechenbarkeit kam noch die Angst des Herrschers, unter jedem Hausdach könne sich ein potenzieller Feind versteckt halten.

Honorius gelangte zu einer schmalen Terrasse, die den Wasserturm umgab, und erkletterte sie unbeholfen über eine niedrige Mauer. Valerius schloss sich ihm an und stand nun mit ihm vor einer Holztür, die in die Backsteinwand eingelassen war. Der Wasserbeamte kramte in einem Lederbeutel an seiner Taille und brachte einen großen Schlüssel zum Vorschein. »Gut.« Er runzelte geistesabwesend die Stirn. »Es wäre nicht das erste Mal, dass ich dich vergessen hätte.«

Der Schlüssel drehte sich mühelos im Schloss, und die Tür ging fast ohne Quietschen auf. Honorius zog den Kopf ein und führte Valerius ins kühle Innere. Von den Steinwänden hallte das Rauschen des Wassers wider und drang ihm laut in die Ohren. Vergitterte Fenster hoch oben in den Wänden ließen gerade genug Licht ein, dass sie einander sehen konnten. Als Valerius' Augen sich an die Düsternis gewöhnt hatten, konnte er das Innere des Gebäudes erkennen. Sie standen auf einem Gehweg, der auf drei Seiten ein großes Becken voll dunklen strudelnden Wassers umgab. Gefüllt wurde das Becken von einem schäumenden Wasserfall in seinem hinteren Bereich. Die ständige Bewegung und das Gefühl, dass etwas in der bodenlosen Tiefe lauerte und auftauchen würde, um ihn zu verschlingen, ließen Valerius instinktiv zurücktreten. Er machte das Zeichen gegen das Böse. Honorius sah es und grinste.

»So reagieren alle beim ersten Mal«, schrie er über das Rauschen des Wassers hinweg. »Aber keine Sorge, die meisten kommen damit klar.«

Gleichzeitig deutete Honorius auf die Wand, und Valerius sah dort Metall glänzen. Er erkannte eine Anzahl eigenartig geformter Hebel unterschiedlicher Größe. »Mit den kleineren Hebeln veranlasst man das Öffnen und Schließen verschiedener Rohre, mit den größeren bedient man die Zuflüsse für Bäder, Fabriken und die kaiserlichen Parks. Es ist ein einfaches System, in dem Seilrollen und Wellen eine große Rolle spielen. Theoretisch könnte der Verlust bei jedem dieser Rohre auftreten; praktisch gesehen ist es aber am wahrscheinlichsten, dass das Leck die Abflüsse mit dem größten Volumen betrifft.«

»Der Verlust tritt also nicht im Wasserturm auf?« Valerius schrie sogar noch lauter als Honorius.

»Nicht im Wasserturm selbst, aber mit Sicherheit in diesem System. Wir haben das Wasservolumen oberhalb und unterhalb des Reservoirs gemessen, und der Verlust beträgt tatsächlich ein Zehntel. Ich lasse die Männer jeden der vier Hauptkanäle überprüfen.«

»Vier?«

»Was?«

Valerius ergriff den alten Mann beim Arm und führte ihn

durch die Tür ins Sonnenlicht und die relative Stille. »Du sagtest, vier Kanäle?«

»Du brauchst nicht so zu schreien, junger Mann. Das stimmt.«

Valerius ging um die Terrasse herum und beugte sich vor, um das Äußere des Wasserturms und die davon wegführenden Kanäle zu mustern. »Mir scheint, ich zähle fünf große Abflüsse.«

Honorius sah ihn verärgert an, aufgebracht über diesen Widerspruch. »Ja, aber der fünfte wird nicht mehr benutzt. Es ist der Kanal, der einmal die Glabrianischen Bäder gespeist hat. Schau hier«, er deutete durch die Tür ins Innere. »Der Öffnungsmechanismus ist entfernt worden. Der Kanal liegt schon seit Jahren trocken.«

Valerius war als Römer geboren und aufgewachsen, doch er hatte noch nie von den Thermae Glabrianae gehört.

»Sie wurden vor mehr als zweihundert Jahren während des Konsulats von Manius Acilius Glabrio erbaut«, erklärte Honorius mit seiner trockenen Stimme. »Aber zur Zeit des Augustus wurden sie zerstört. Der Besitzerfamilie hatte schon seit Jahren das Geld für den Unterhalt gefehlt. Das Grundstück fiel an das Imperium und wurde natürlich an einen skrupellosen Bauherrn verkauft, um Wohnungen zu errichten.«

»Was für ein Grundstück?«

»Das Grundstück, auf dem die Bäder gestanden hatten.«

»Nein, ich meine, wo lag es?«

Honorius dachte kurz nach und ging dann zur Nordseite

des Wasserturms. »Dort«, sagte er. »Im unteren Hangbereich des Quirinal nahe dem Vicus Longus.«

Valerius' Miene hellte sich auf. Es war zwar nicht die eigentliche Subura, aber doch nahe genug.

Honorius schüttelte den Kopf.

»Ich sehe, worauf du hinauswillst, junger Mann, doch es ist unmöglich, das versichere ich dir. Die technischen Vorrichtungen wurden entfernt und der Abfluss versiegelt. Zu diesem Turm haben nur der Oberste Wasserbeamte und seine Leute Zugang. Komm, ich beweise es dir.«

Er kehrte mit Valerius in den Turm zurück und nahm einen weiteren Ausrüstungsgegenstand aus seinem Lederbeutel. Es handelte sich um ein Metallrohr mit einem Durchmesser von einer Handspanne, und er reichte es Valerius. Dann legte er sich mit der Eleganz eines zusammenbrechenden Wasserbüffels auf den Bauch und kroch dort, wo der Mechanismus für die Glabrianischen Bäder einmal angebracht gewesen war, an den Rand des umlaufenden Ganges.

»Reiche mir das Okular, junger Mann«, schnaufte Honorius. »Aber Achtung, sei sorgsam. Es ist das einzige Instrument seiner Art.«

Valerius reichte ihm das Rohr und bemerkte dabei zum ersten Mal, dass das eine Ende mit einer runden Scheibe bemerkenswert klaren Glases verschlossen war. Der Wasserbeamte schob sich vorwärts, bis er das verschlossene Ende ins Wasser stecken und das Auge an die Öffnung setzen konnte.

»Die Schweine!«

»Was?«, fragte Valerius. »Was siehst du?«

»Die Schweine«, wiederholte Honorius, diesmal voller Bewunderung. »Wie haben sie das angestellt?«

»Was angestellt?«

»Sie haben das Tor aufgestemmt und stehlen mir Ströme von Wasser. Aber die Glabrianischen Bäder wurden vor mehr als einem halben Jahrhundert zerstört. Wo fließt das Wasser hin?«

Valerius starrte in die dunkle Tiefe. Er kannte die Antwort auf Honorius' Frage noch nicht, aber er würde sie finden.

Lucius blickte auf die schlafende Gestalt. Schlafend? Nein, nicht schlafend. Olivia lag im Sterben. Die Fläschchen mit dem Elixier, die er ins Haus geschmuggelt hatte, hatten ihr Kraft gegeben und ihm Hoffnung, doch jetzt war beides beinahe aufgebraucht. Lucius schloss die Augen und fühlte sich zum ersten Mal wirklich alt. Er hatte in so vieler Hinsicht versagt.

Konvention und Tradition schrieben vor, dass er Olivia als Teil seines Besitzes betrachtete, bei dem er die Macht über Leben und Tod hatte. Doch Konvention und Tradition konnten niemals stärker sein als die Liebe. Er hatte seine Tochter sofort geliebt, als man sie ihm am ersten Tag ihres Lebens aus dem Geburtszimmer brachte und er das winzige Kind im Arm hielt. Haare wie ein Stachelschwein und quäkend, aber ihre dunklen Augen funkelten schon damals von der Intelligenz und Neugier, die auch später nie aus ihnen wichen. Er liebte sie als kleines Kind, als junges Mädchen und als Frau, und als der Tag kam, sie an einen anderen

Mann wegzugeben, weinte er insgeheim in der Zurückgezogenheit seines *tablinum*. Wie hatte er dann aber zulassen können, dass sein Ehrgeiz ihrem Glück in den Weg trat? Die Wahrheit lautete, dass er den alten Ahenobarbus nicht als Menschen, sondern als eine gute Investition betrachtet hatte. Statt eines fetten Greises mit lückenhaftem Gebiss, der aus dem Mund stank, hatte Lucius etwas ganz anderes vor sich gesehen. Nämlich eine strahlende Wiedereinführung an den Hof des Kaisers, am Arm eines Mannes, den er Sohn nennen durfte. Doch selbst als das Entsetzen in Olivias Gesicht ihm die Augen für die Wirklichkeit geöffnet hatte, hatte sein Stolz ihm verboten, es sich einzugestehen. Er war ein Römer und ihr Vater; er hatte das Recht, Gehorsam zu verlangen.

Olivia stieß ein leises Wimmern aus, und es durchfuhr ihn, als würde ihm das Herz entzweigeschnitten. Er erinnerte sich an eine lange, zusammen mit seiner Frau Claudia durchwachte Nacht, in der sie immer wieder ihrer kleinen Tochter den Schweiß von der Stirn gewaschen hatten. Damals hatte sie so wie heute mit einer Krankheit gerungen, und er dachte an die Tränen der Erleichterung, als das Fieber am nächsten Tag gesunken war. Es musste doch einfach eine Möglichkeit geben! Und so betete er um Gottes Hilfe, so, wie er seit dem Beginn ihrer Erkrankung jeden Abend für sie betete.

Wie eine schlecht verheilte Schwertwunde empfand er noch immer den Schmerz des Tages, an dem er Olivia als Tochter verstoßen hatte. Doch sie *war* seine Tochter und hatte sein Haus ohne ein weiteres Wort verlassen, mit erhobenem Kinn und einem Ausdruck im Gesicht, den er damals für Verachtung gehalten hatte, der aber, wie ihm inzwischen klar war, Mitleid gewesen war. Die wahre Verachtung war von Valerius gekommen, und wie konnte er es seinem Sohn verübeln, da er selbst doch im Unrecht gewesen war? Doch noch immer ließ seine aufgeblasene Vorstellung von Patrizierwürde nicht zu, dass er seinen Fehler eingestand. Er zog sich in seine Villa zurück, zu seinen Berghängen und Oliven, nur noch die leere Hülle eines Mannes; bar aller Gefühle, aller Träume und sogar der Hoffnung. Dort war er ziellos umhergewandert und alt geworden.

Er berührte Olivias Kopf und schrak zusammen, weil ihre Haut feuchtkalt war. Natürlich hätte sie niemals zu ihm kommen können. Er hatte nicht das Recht, es zu erwarten, doch er hatte jede Nacht davon geträumt. Jede Nacht ging er zur Tür der Villa, und dort stand sie und bat ihn lächelnd um Vergebung. Im Traum gewährte er sie ihr. Jeden Morgen aber verzweifelte er beim Erwachen, denn er wusste, selbst wenn sie käme, würde sein waches Selbst niemals zulassen, dass er das Richtige tat.

Als ihn die Nachricht von ihrer Erkrankung erreichte, war sein erster Gedanke gewesen, zu ihr zu reiten. Doch als sein Pferd gesattelt wurde, hatte er nur eines vor Augen: die arroganten, missbilligenden Patriziergesichter von Männern, die er seine Freunde nannte. Und in seinem inneren Ohr erklang eine Stimme, die ihm sagte, wenn er zu seiner Tochter ginge, könne er sich nie wieder einen Römer nennen.

Damals hatte ihm jemand die junge Ruth geschickt. Sie

war nur eine Sklavin, doch ihre Anwesenheit hatte eine Tür geöffnet, und er war hindurchgegangen und ins Licht Gottes getreten. Dort hatte Petrus ihn gelehrt, dass Verzeihen eine Stärke war und keine Schwäche. Er war noch immer zu stolz, um Valerius seinen Sinneswandel einzugestehen, doch von diesem Tag an besuchte er Olivia, wann immer es ihm möglich war. Als Valerius den Heiler aufsuchte, hatte Lucius ebenfalls bereits vorgehabt, Petrus um Hilfe für sie zu bitten. Lucius war sich sicher gewesen, dass der Judäer sie würde heilen können. Doch nicht einmal das hatte gereicht. Jetzt war alle Hoffnung geschwunden. Was war außer Verzweiflung geblieben?

Er senkte den Kopf und lauschte auf das mühsame Rasseln ihres Atems. Als seine Tränen ihre Bettdecke benetzten, wanderte ein schmaler Schaft Sonnenlicht über den Holzboden und legte sich auf das totenbleiche Elfenbein ihres Gesichts. Erst in diesem Augenblick verstand er Gottes Botschaft. Wenn alles andere verloren ist, bleibt einem Menschen immer noch sein Glaube.

Seinen Glauben hatte er noch immer.

Und jetzt wusste er, was er zu tun hatte.

XXXIII

Sie vereinbarten, sich früh am nächsten Morgen beim Wasserturm wieder zu treffen, und Valerius beeilte sich, um noch bei Olivia hereinzuschauen, bevor er Marcus und dessen Männern seine Befehle erteilte. Als er zu Hause eintraf, fand er zu seiner Überraschung einen Sklaven mit einer Schriftrolle vor, die eine Einladung enthielt, Fabia Faustina aufzusuchen.

Als er wieder nach Hause zurückkehrte, ging gerade die Sonne auf. Aus Gründen, die er nicht verstand, hatte die Begegnung bei ihm das Gefühl hinterlassen, das ein Blinder empfinden muss, wenn er hört, wie der letzte Spielstein auf ein Brett gesetzt wird, ohne dass er weiß, ob er gewonnen oder verloren hat. Vor Jahren in Britannien hatte er gelernt, solche Impulse nicht zu übergehen, doch nur Minuten, nachdem er das Haus betreten hatte, wurden diese Gedanken von einer neuen Krise aus seinem Kopf verdrängt.

Olivia war weg.

Er fand Julia weinend an deren Bett vor und befürchtete zunächst das Schlimmste. Die junge Sklavin las es in seinem Gesicht.

»Nein, Herr, das ist es nicht. Es ist …« Sie schüttelte den Kopf, beinahe von Gefühlen überwältigt, doch Valerius hatte keine Zeit, ihr Tränen zu gestatten. Er ergriff sie bei den Schultern und zwang sie, ihm in die Augen zu blicken.

»Sag es mir, Julia. Was ist mit Olivia geschehen?«

Schniefend blinzelte sie die Tränen weg. »Dein Vater … hat sie mitgenommen. Er sagte, sonst stirbt sie. Ich wusste nicht, was ich davon halten sollte. Er sagte: ›So werden wir beide gerettet und gelangen in das Reich Gottes.‹ Was hat er damit gemeint?«

Valerius spürte, wie sich seine Züge verhärteten. Der alte Narr! Aber er musste sichergehen. »Genau diese Worte hat er verwendet, Julia? *So werden wir beide gerettet*? Bist du dir sicher?«

Sie nickte. »Ganz sicher, Herr.«

Getauft werden heißt gerettet werden. Genauso hatte Ruth den Ritus der Taufe beschrieben. Lucius musste durch Olivias Not den Verstand verloren haben, wenn er glaubte, ein Tauchbad unter einem eiskalten Wasserfall werde sie retten. Jetzt hatte er sogar noch mehr Gründe, um Honorius' Wasserdieb zur Strecke zu bringen.

Gegen die fünfte Stunde befand er sich mit Honorius wieder beim Wasserturm. Der Oberbeamte machte ein finsteres Gesicht, als hätte er Besseres zu tun. Valerius war in Versuchung gewesen, auf direktem Wege zum Grundstück der ehemaligen Glabrianischen Bäder zu gehen. Als er jedoch weiter darüber nachdachte, erschien es ihm gut möglich, dass das Wasser schon *vor* dem Ende des Kanals abgeschöpft wurde. Einiges sprach dafür.

»Das Wasser fließt durch diesen geschlossenen Kanal, der unmittelbar unterhalb der Brüstung beginnt«, erklärte er Marcus und Serpentius, die er gebeten hatte, ihn zu begleiten. »Man kann sehen, dass er auf etwa zweihundert Schritt oberirdisch verläuft, bevor er hangabwärts zwischen den Häusern verschwindet. Ich habe ihn mir angeschaut, und er verläuft ohne festes Muster. Manchmal liegt er unter dem Straßenniveau und verläuft unter den Gebäuden hindurch, manchmal bildet er einen Miniatur-Aquädukt und führt über die Häuser hinweg oder sogar durch sie hindurch. Es hängt vom Gelände ab. Deswegen müssen wir dem Kanal folgen. Unsere einzige Möglichkeit herauszubekommen, ob das Wasser noch fließt, besteht darin, die Wartungsluken zu überprüfen.« Er zeigte ihnen einen Schlüssel, den Honorius ihm gegeben hatte, um ihnen das Anheben der großen Abdecksteine zu erleichtern. »Wir schauen also in regelmäßigen Abständen nach, wenn sich die Möglichkeit bietet. Es ist gut denkbar, dass der Kanal irgendwo zwischendrin eingebrochen ist, vielleicht sogar ganz in der Nähe. Falls aber nicht, folgen wir ihm, bis wir etwas finden.«

»Was passiert, wenn wir dort eintreffen?«, fragte Serpentius. »Vielleicht ist es ja an der Zeit, wieder Prätorianer zu spielen.«

Valerius schüttelte den Kopf über die plötzliche Begeisterung des Spaniers für etwas, das er einmal verabscheut hatte. »Wir haben keine Ahnung, was wir vorfinden werden. Wenn meine Annahme stimmt, wird das Gesuchte in irgendeinem Gebäude verborgen sein, aber wahrscheinlich in keinem öffentlichen. Vielleicht müssen wir an Türen klopfen oder durch Fenster steigen. Das möchtest du bestimmt nicht in einer Rüstung machen.«

Marcus grinste. »Ich glaube, das würde ihm nicht viel ausmachen. Bisher hat sie ihn zumindest nie von was abgehalten.«

»Honorius wird hier Männer zurücklassen, sollte es sich aus irgendeinem Grund als nötig erweisen, das Wasser abzustellen. Falls wir genug Zeit haben, schicken wir jemanden mit einer Botschaft zum Wasserturm zurück, aber andernfalls benutzen wir das alte Signalsystem der Legion.« Valerius zog eine glänzend polierte Metallscheibe aus dem Ärmel seiner Tunika und hob sie hoch, sodass sie die Sonne auffing. »Sehr einfach. Ein Blitz, um das Wasser abzusperren, zwei Blitze, um es wieder fließen zu lassen. Die Leute hier werden unsere Botschaft mit einem einzigen Blitzen bestätigen. Verstanden?« Die beiden nickten. »Der Wasserturm liegt in einer direkten Sichtachse zum Südhang des Viminals; von dort aus werden wir das Signal also geben. Die beiden Wasserbauarbeiter im Turm haben den Auftrag, danach Ausschau zu halten. Es wurde ein neuer Mechanismus zum Öffnen und Schließen des Tors installiert.«

Mit einer Verbeugung vor dem obersten Wasserbeamten begaben sie sich auf den Pfad, der entlang des Kanals verlief. Bei diesem handelte es sich nur um eine Nebenleitung des Alten Anio, doch sie war für Jahrhunderte erbaut worden. Die zehn Fuß hohen Steinbögen waren mit Mörtel verfugt und trugen einen einzigen, zweieinhalb Fuß breiten Kanal. Dieser befand sich zudem in einem bemerkenswert guten Zustand und wies Zeichen jüngst erfolgter Ausbesserungsarbeiten auf, was Valerius in seiner Gewissheit bestärkte, dass sie sich auf der richtigen Spur befanden. Dem geradlinig verlaufenden Kanal den Hügel hinunter zu folgen war einfach, doch dann begannen die Probleme. Zwischen den Häusern angekommen, behielt der Aquädukt seine gerade Führung bei, und nicht immer verlief er zwischen den Wohnblocks. Manchmal hatten die Erbauer eines Hauses den Wasserkanal direkt ins Bauwerk integriert, und er führte mitten durch dieses hindurch. Schließlich blieben sie stehen.

»Er ist weg«, sagte der Spanier mit einem Blick auf das Gebäude vor ihnen, als erwarte er von dem Aquädukt, dass er plötzlich zur allgemeinen Überraschung wiederauftauchen würde. »Er führt hinten hinein, kommt aber vorn nicht wieder heraus. Vielleicht ist es das ja?«

Valerius musterte die *insula*. Es handelte sich dabei um einen der kleineren Wohnblocks der Gegend. »Möglich wäre es, aber mein Gefühl sagt etwas anderes.« Er ging zur Rückseite des Gebäudes, in das der Aquädukt zweifelsfrei auf der Höhe des ersten Stocks hineinführte, und kehrte wieder nach vorn zurück, wo nichts auf seine Existenz hinwies.

Sie befanden sich etwa fünfzig Schritte vom Vicus Patricius entfernt, und er folgte der vermuteten Strecke des Kanals bis zu dieser Straße, wo er fand, was er gesucht hatte. Er nahm den Schlüssel, den Honorius ihm gegeben hatte, und steckte ihn in das Loch im Steinblock, der den Inspektionsschacht abdeckte. Der Stein war schwer, doch selbst als Einhändiger konnte er ihn weit genug anheben, um das Wasser darunter fließen zu sehen.

Die nächsten zweihundert Schritte bewegten sie sich von Schacht zu Schacht, suchten auf dem Boden zwischen stinkenden offenen Abwasserrinnen, Hundekot und faulem Obst nach immer dem nächsten Abdeckstein, bis sich die Glabrianische Wasserleitung ohne Vorwarnung wieder in die Luft schwang und von Bogen zu Bogen zum unteren Hangabschnitt des Viminals führte, wo sie erneut verschwand – direkt in den Berg hinein.

»Sind diese Leute Maulwürfe?«, fragte Marcus.

Valerius antwortete nicht. Er führte sie durch die Gassen am Fuß des Hügels zur anderen Seite, wo laut Honorius einmal die Thermae Glabrianae gestanden hatten, damals der Stolz einer der größten römischen Familien. Sie befanden sich inzwischen am Rand der Subura auf einer leichten Erhebung, wo hin und wieder ein Windhauch zwischen den Häusern hindurchwehte und die brennende Hitze ein wenig milderte. Hier waren die Wohnblocks größer, und hier und da ragte am unteren Hang des Hügels eine luxuriöse Villa auf. Valerius betrachtete sie, und sein Blick blieb an einer bestimmten Villa hängen, die genau in der Fortsetzung der Wasserleitung lag.

»Dort muss es sein«, sagte er.

»Achtung!« Marcus machte das Geheimzeichen des Gladiators, das vor Gefahr im Rücken warnte. Valerius zwang sich, sich nicht umzublicken. »Es wimmelt von Prätorianern, und dieser Drecksack Rodan schnüffelt herum und sucht Ärger.«

»Hat er uns gesehen?«

»Ich glaube nicht.«

»Dann kehren wir so zurück, wie wir gekommen sind. Verhaltet euch unauffällig. Macht kein Theater.«

Kurze Zeit später saßen sie auf der anderen Seite des Hügels im Schatten eines der Aquäduktbögen. »Wie kommt es, dass sie uns erwarten?«, wollte Serpentius wissen.

»Das tun sie gar nicht. Sie suchen nach Petrus. Rodan weiß dasselbe, was wir wissen, und er wird jedes Rattenloch, das als Zugang oder Ausgang dieses Viertels dienen könnte, dichter abriegeln lassen, als ein Stopfen einen Weinschlauch verschließt. Wir kommen nicht rein, und die Christen kommen nicht raus. Er wird sie wie ein Netz voll Fische fangen, und dann gehen sie denselben Weg wie Sulla und Lucina.«

»Spielt es denn eine Rolle, ob Rodan Petrus findet und ein paar von diesen Christen brennen?«, fragte Marcus. »Der Kaiser kann dir nicht vorwerfen, dass die Schwarzen dir zuvorgekommen sind.«

»Für mich spielt es eine sehr große Rolle«, erwiderte Valerius bitter. Und er erzählte ihnen von seinem Vater und Olivia.

»Tja, du hast recht gehabt«, sagte Marcus. »Wir würden es vielleicht nach drinnen schaffen, aber wir würden niemals mit einem alten Mann und einer kranken Frau herauskommen. Das Haus wird von allen Seiten bewacht. Jeder, der von dort zu entkommen versucht, wird festgenommen, sobald er die Nase zur Tür hinausstreckt.«

Valerius blickte den Hügel hinauf, vorbei an der Stelle, an der der Kanal im Fels verschwand. »Was, wenn ich hineinkäme? Wäre es möglich, die Prätorianer so gründlich abzulenken, dass ich meinen Vater und Olivia fortschaffen könnte?«

»Wir könnten es versuchen«, sagte der narbenbedeckte Gladiator. »Aber mir ist nicht klar, wie du unbeobachtet hineingelangen solltest. Um ein Schlupfloch zu finden, müsstest du durch ein Mäusearschloch passen.«

»Es muss eine andere Möglichkeit geben.« Valerius stieg den Hügel hinauf.

Minuten später lagen sie flach auf dem Boden und spähten von oben auf die Villa hinunter, die Valerius ins Auge gefallen war. Der Viminal war von einem Flickenwerk aus Wohngebäuden und kleinen Gärten bedeckt, doch hier, wo der Hügel am steilsten und der Mutterboden dünn und wertlos war, hatte man ihn unbebaut gelassen. Der Hang war abschüssig, fast wie eine Klippe, und das Dach des Gebäudes lag etwa fünfzig Fuß unter ihnen.

»Nun, das war's«, sagte Marcus. »Wenn du versuchst, dort hinabzusteigen, kannst du von Glück sagen, wenn du dir nur die Beine brichst.«

Valerius musterte den Fels ebenso aufmerksam und begriff, dass Marcus recht hatte. Der Stein hier war nicht wie der von Rissen durchzogene Felsen in Dakien; vielmehr war er durch Verwitterungsprozesse abgeschliffen und fast so glatt wie Glas. Schlimmer noch, er war von der Straße unten zu sehen, wo Rodan und seine Männer warteten. Es musste einen anderen Zugang geben.

Sie suchten den Rand des Hangs nach einer Alternative ab, und Valerius wollte schon fast verzweifeln, als er im trockenen gelben Gras etwas Unnatürliches bemerkte. Er brauchte einen Augenblick, um zu erkennen, worum es sich handelte. Er stand über einem weiteren Inspektionsschacht.

Er kehrte zur anderen Seite des Hügels zurück und tat sein Bestes, sich über den Verlauf des Aquädukts klar zu werden. Als er zufrieden war, blieb er noch einen Augenblick mit gesenktem Kopf stehen. Er versuchte, sich das Innere des Kanals zu ihren Füßen vorzustellen. War sein Vorhaben machbar? Als er aufblickte, entdeckte Marcus denselben Ausdruck in den Augen seines Freundes, wie er sie bei Gladiatoren vor ihrem letzten Auftritt in der Arena gesehen hatte: eine Mischung aus Angst, Entschlossenheit, Entschiedenheit und Bestürzung. Valerius reichte Marcus die polierte Bronzescheibe und bückte sich, um den Schlüssel in die Abdeckplatte zu stecken. »Gib dem Wasserturm das Signal, den Zustrom abzusperren.«

Die beiden Gladiatoren sahen ihn ungläubig an.

»Du kannst doch nicht …«

»Mach es einfach.« Valerius erkannte seine eigene Stimme kaum wieder. Er wusste, sollte er auch nur einen Augenblick zögern, würde er kehrtmachen und weggehen. Da Rodans Prätorianer die Villa umzingelt hatten, gab es nur einen einzigen Zugang zur Taufkammer – durch die unterirdische Wasserleitung zehn Fuß unter ihm. Er hatte mehr Angst, als er je zuvor im Leben empfunden hatte. Sogar mehr als in den letzten erstickenden Stunden im Tempel des Claudius. Damals hatte er sich eingeredet, er sei bereits tot. Hier aber musste er am Leben bleiben. Für Olivia und für Lucius.

Widerstrebend versandte Marcus mit dem Bronzespiegel den einzelnen Blitz, der die Männer im Wasserturm verständigte, das Wasser abzusperren.

»Hilf mir mit dem Stein.« Serpentius zögerte, und vor Angst schnauzte Valerius ihn an. »Hilf mir, oder, bei den Göttern, ich schick dich stattdessen dort hinunter.«

Der spanische Gladiator eilte an Valerius' Seite, und gemeinsam hievten sie den Stein weg. Serpentius tat unwillkürlich einen Schritt zurück, als der Schacht sich zu seinen Füßen öffnete.

Valerius starrte in das feuchtkalte dunkle Loch. Die Inspektionsschächte, die sie unterwegs kontrolliert hatten, hatten vielleicht drei Fuß tief in die Erde gereicht, und das Wasser war unten deutlich sichtbar gewesen. Dieser Schacht aber verschwand in der Dunkelheit wie ein Loch, das direkt zum Styx führt. Der Schacht hatte einen Durchmesser von zwei Fuß, und in den Felsen waren an einer Seite Vertiefungen gehauen, damit man sicher hinuntersteigen konnte.

»Nimm wenigstens eine Lampe und ein Seil mit«, bat Serpentius. »Ich geh sie schnell holen.«

»So viel Zeit haben wir nicht. Wenn die Christen ihre Zeremonie beenden und hinausgehen, tappen sie direkt in die Falle, und mein Vater und Olivia werden festgenommen.«

Valerius zog sich bis auf sein Lendentuch aus und reichte Marcus seine Kleider. Den Gurt mit seinem Dolch nahm er jedoch mit und hängte ihn sich um den Hals. Er setzte sich auf den Rand des Schachts und schloss die Augen. Sein Vater hatte von Vertrauen in seinen Gott gesprochen. Jetzt musste Valerius sich auf seinen eigenen Glauben verlassen.

Den Glauben an sich selbst. Das Vertrauen in seinen Mut. Er war ein Held Roms und ließ sich von einem dunklen Gang nicht einschüchtern. Messor hatte ihn auf die Idee gebracht. Messor, der magere Legionär, dem seine Kameraden den Spitznamen Knochenfisch gegeben hatten. Als er in die rußgeschwärzte Hölle des Hypokaustums unter dem Tempel des Claudius geschlüpft war, hatte er mehr Mut gezeigt als sie alle zusammengenommen. Der Versuch war natürlich zum Scheitern verurteilt gewesen, und der arme Knochenfisch war von außen an die Tempeltür genagelt worden und in Boudiccas Feuer verbrannt. Doch er hatte das Hypokaustum passiert, und das gab Valerius Hoffnung.

Hoffnung, aber wie viel? Der Knochenfisch war dünn wie eine Peitschenschnur gewesen, und sie hatten ihn mit Olivenöl eingerieben. Valerius war wahrscheinlich doppelt so breit, und vom täglichen Training mit Schwert und Schild waren seine Schultern muskelbepackt. Wie breit war der Tunnel? Und wie tief? Er hörte, wie sich das Rauschen des Wassers unter ihm zu einem melodischen Plätschern abschwächte. Bald. Wie breit? Wie tief? Das würde er erst erfahren, wenn er unten angekommen war. Wenn der Gang zu schmal wäre, könnte er wenigstens umkehren, ohne seine Ehre einzubüßen und sein Gewissen zu belasten. Sein Vater und Olivia würden vielleicht sterben, doch er hätte sein Bestes gegeben. Er bemühte sich, die Stimme in seinem Kopf zu überhören, die sich einen unpassierbaren Tunnel wünschte.

Das Plätschern war kaum mehr zu hören. Es wurde Zeit. Er drehte sich um und suchte mit dem Fuß nach der ersten Sprosse.

»Warte!« Es war Marcus. Was war denn noch? »Die Ablenkung. Wie werden wir erfahren, dass du bereit bist, die Villa zu verlassen?«

Valerius verfluchte sich. Daran hätte er natürlich denken sollen. Wieder so ein potenziell tödlicher Fehler. In Gedanken kehrte er zur Vorderseite der Villa zurück. Sie war ein großes Gebäude, dessen Garten von einer Mauer umschlossen war. Die schwere Tür lag ein Stück von der Straße zurückgesetzt. Er erinnerte sich an drei Fenster im ersten Stock, alle von der Gasse aus einsehbar, durch die er würde fliehen müssen.

»Gib mir meinen Mantel und meine Tunika.« Marcus reichte ihm die Kleidungsstücke, und Valerius rollte den schweren Umhang zu einem Bündel, in dessen Mitte sich die Tunika befand. »Ich winke mit dem Mantel im Fenster über der Tür. Zählt bis einhundert, und legt dann mit der Ablenkung los. Macht, was ihr wollt, solange ihr sie nur aus der Gasse weglockt. Setzt aber nicht gleich die ganze Stadt in Brand.«

Obgleich die Sonne hoch am Himmel stand, war ihm noch nie so kalt gewesen. Die Kälte drang ihm bis tief ins Innere. Mit einem letzten Blick auf seine Gefährten stieg er in den Schacht.

XXXIV

Der Schacht roch feuchtkalt, und die leiterähnlichen Vertiefungen unter seinen nackten Füßen fühlten sich so schlüpfrig an, als wären sie mit Eis überzogen. Das Kleiderbündel in die rechte Armbeuge geklemmt, musste er sich mit seiner einen brauchbaren Hand festgeklammert halten, während er mit den Zehen nach dem nächsten Tritt tastete. Zumindest hatte er den Trost, über sich eine Lichtscheibe zu sehen und darin die besorgten Gesichter von Marcus und Serpentius, die sie beinahe ausfüllten. Er kam am Boden des Kanals an, der von dicken, öligen Wasserpflanzen bedeckt war. Die Angst war jetzt noch spürbarer, als packte ihn jemand an den Beinen und zöge ihn nach unten. Er rief sich Olivias Gesicht vor Augen und kämpfte mit aller Kraft gegen dieses Gefühl an.

Behutsam wandte er sich in die Richtung der Villa und ließ sich dann auf die Knie nieder. Er hatte gerade so viel Raum, dass er die Beine rückwärts in den gegenüberliegenden Abschnitt des Tunnels schieben konnte. Seine Nase befand sich zwei Fingerbreit vor der Backsteinverkleidung des Schachts, doch noch immer konnte er sich nicht dazu bringen, sich von dem Leben spendenden Licht über ihm abzuwenden. Einen Augenblick lang überkam ihn furchtbare Platzangst, und seine Blase schien sich mit Eiswasser zu füllen. Ein Seil. Serpentius hatte recht gehabt, er hätte warten sollen. Dann hätte er sich ein Seil um den Leib binden können, und die anderen hätten ihn zurückziehen können, falls er stecken blieb. Wenn er ohne Seil loskroch, würde er vielleicht für immer hier unten gefangen sein. Noch könnte er umkehren.

Feigling. Das Wort, das Ruth nie ausgesprochen hatte, hallte in seinem Kopf wider. Er schloss die Augen. »Ich rufe Messor und die Geister Colonias an, mir zu helfen.« Die geflüsterten Worte klangen hohl in seinen Ohren, doch allein schon das Aussprechen hatte eine Wirkung. Sie erinnerten ihn an das mit Kräutern versetzte Bier, das die Briten vor einer Schlacht tranken. Ihm wurde wieder warm, und sein Mut kehrte zurück. Er senkte den Kopf und schob die Schultern vorwärts ins Stockdunkel des Tunnelschlunds.

Es war eng. Sehr eng. Er musste die Schultern einziehen, um sich nicht zwischen den unebenen Steinwänden zu verkeilen. Aber war die Enge so groß, dass er einen Grund hätte, mit gutem Gewissen umzukehren? Er wand und schlängelte sich, um eine bequemere Lage zu finden. Wie weit war es? Bis zur Villa vielleicht siebzig Schritte. Und was dann? Doch er wusste, dass es sinnlos wäre, über diese Frage nachzudenken. Damit würde er sich nur verrückt machen. Dann könnte er sich auch fragen, was wäre, falls der Kanal sich zu einem schmalen Rohr verengte oder steil nach unten führte, sodass er dort sterben würde, ohne dass jemand seine Rufe hörte. Er tastete nach dem Griff seines Messers, um sich zu vergewissern, dass er es nicht verloren hatte. Falls doch …? Nicht nachdenken. Einfach weiterrobben.

Anfangs versuchte er, sich mithilfe seiner Hände vorwärtszuziehen, doch die Walnussfaust seiner Rechten fand an dem glitschigen Stein wenig Halt, und er kam nur langsam voran. Schließlich aber entdeckte er, wie er es machen musste: Das Bündel mit seinem Mantel vorwärtsschieben, die Ellbogen gegen die Wände stemmen und sich wie eine Schlange winden. Auf diese Weise fand er einen Rhythmus, der ihn jedes Mal eine kostbare Handbreit vorwärtsbrachte. Die Tunneldecke hing so tief, dass er fühlte, wie sie gegen seinen Rücken drückte, und plötzlich wurde ihm klar, dass Umkehren inzwischen tatsächlich ausgeschlossen war. Unvermittelt stieg ihm die beißende Säure der Panik in die Kehle und ergoss sich wie flüssiges Feuer in seine Brust. Sein Kopf dröhnte. Er konnte nicht atmen. Er konnte sich nicht bewegen. In der Enge zuckten und zappelten seine Gliedmaßen hilflos, und er begriff, wenn er sich jetzt nicht in den Griff bekam, würde er wirklich wahnsinnig werden. *Denk nach.* Innerlich schrie er die Worte. *Denk nach.* Verzweifelt suchte er nach einer Erinnerung, die ihn retten würde. Ein Gesicht. Nein, Gesichter standen für Menschen, und Menschen starben. Gesichter wie die von Ruth, Maeve, Cornelius und Publius Sulla sowie dem Mädchen, dessen Kind er nicht hatte retten können. Gesichter standen für Menschen, die er im Stich gelassen hatte. Plötzlich hatte er ein anderes Bild vor Augen. Er selbst in einer Schlachtreihe,

Schild an Schild mit seinen Nachbarn, ein Schwert fest in der Hand. Um ihn herum war der Tod, doch hier bedeutete er nichts, denn dies war die Bruderschaft der Krieger. Die Bruderschaft des Schattens. Und im Schatten kehrte seine Ruhe zu ihm zurück. Noch immer steckte er in der Falle eines dunklen, lichtlosen Grabs, doch er war wieder Valerius, ein Held Roms. Er biss die Zähne zusammen, stemmte die Ellbogen in die Wände und schob sich erneut eine Handbreit vor.

In der Finsternis hatten Zeit und Raum keine Bedeutung. Selbst die dringende Notwendigkeit, seinen Vater und Olivia zu retten, verengte sich zu einem fernen hellen Fleck am Eingang zu einer halb vergessenen Welt, in der Licht, Luft und Leben tatsächlich existierten. Hier aber zählte nur noch eins: Anstrengung und Bewegung. Das Bündel vorschieben, die Ellbogen eingraben, sich winden, vorrobben. Er war bis auf die Knochen durchgefroren, aber trotzdem troff ihm der Schweiß von der Stirn in die Augen. Er stellte sich einen Galeerensklaven vor, der wieder und wieder die schweren Ruder durchzog, mit sengenden Armmuskeln, als wären sie aus glühendem Eisen, ein Mann, der wusste, dass seine Qual erst mit dem Tod endete. Das Bündel vorschieben, die Ellbogen eingraben, sich winden, erneut ein Stück vor. Etwas wirbelte und tanzte in dem Staubsturm, der in seinem Kopf wütete, und Männer kamen aus der Dunkelheit, um ihn zu begrüßen. Legionäre, die dem Gegner die Kehle mit den Zähnen aufrissen und dann einen blutigen Weinschlauch mit einem teilten. Männer, die man für ihre Verdorbenheit verabscheuen und für ihre Loyalität lieben konnte. Lunaris, der ihm in Colonia bis ganz zum Schluss zur Seite gestanden hatte. Der lachende Zama, den bei Boudiccas letzter Schlacht ein vom Gegner zurückgeworfenes römisches *pilum* ins Auge getroffen hatte. Sogar Crespo, der Valerius mehr gehasst hatte als je zuvor oder ein anderer Mensch danach und der doch seinen Respekt erworben hatte, weil er im Kampf von furchtloser Wildheit war. *Hast schon genug, hübscher Junge?* Soldaten. Von jedem von ihnen nahm er die Kraft und Leidensfähigkeit des Legionärs, eine Fähigkeit, die er fast vergessen hatte. Vorschieben, eingraben, sich winden, vorschieben.

Die Luft war jetzt stickig, fast eine dicke Masse in seiner Kehle, und das Atmen fiel ihm immer schwerer. Er hielt einen Moment inne, um nach Luft zu japsen. Falls einem lebendig Begrabenen Freude gestattet war, war er froh, dass er Serpentius' Angebot einer Lampe und eines Seils abgelehnt hatte. Die Lampe hätte ihn umgebracht und das Seil ihn zum Feigling gemacht. Die Flamme hätte die Luft verzehrt; das hatte er von Sklaven gehört, die unter Tage in den Minen gearbeitet hatten. Erst wurde das Licht kleiner, dann erlosch es, und dann starben die Männer. Als ihm die Bedeutung dieses Gedankens klar wurde, durchschoss ihn erneut ein Moment der Panik wie ein Blitzschlag. Von hinten drang keine frische Luft zu seinem Mund und seiner Nase vor, weil sein Körper den Tunnel blockierte. Aber es müsste doch Luft von vorne kommen, denn wenn von dort keine kam, bedeutete das, dass es keinen Weg nach draußen gab. Hätte er in diesem Augenblick ein Seil um den Leib getragen, hätte er aus Leibeskräften daran gezerrt und geschrien, man solle ihn zum Schacht zurückziehen. Doch er hatte kein Seil. Und so ertrug er es, schob sich vor, grub die Ellbogen ein und wand sich.

Er versuchte, seinen schwindenden Verstand auf das zu konzentrieren, was er tun würde, wenn er die Ausflussöffnung erreichte – gütiger Jupiter, mach, dass da ein Auslass ist. Doch es war unmöglich zu wissen, was ihn erwarten würde. Ging es vom Kanal aus einfach direkt nach unten? Oder war eine Schleuse angebracht, was gefährlicher wäre. Was, wenn sich dort ein Gitter befände? Inzwischen würden die Christen sich fragen, was mit dem Wasser geschehen war, und er hoffte inständig, dass sie das Treffen nicht einfach abbrachen. Nein, das würden sie nicht tun. Erst würden sie der Sache auf den Grund gehen. Petrus würde seine Leute nicht unter einem so großen Risiko versammeln, nur um dieses heiligste aller Rituale beim ersten Anzeichen eines Problems aufzugeben. Zum ersten Mal begriff er, dass die Möglichkeit bestand, von den Christen getötet zu werden. Er glaubte zwar nicht, dass Petrus diese Art von Mann war, aber was wusste er schon von den anderen? Der Jesus, auf den sie sich beriefen, hatte eine Bande von Aufständischen angeführt. Es würde noch immer Männer unter seinen Anhängern geben, die gekämpft hatten. Nun, er würde ihnen den wahren Feind zeigen, den es zu bekämpfen galt: Rodan und seine Männer. Dort lag die größere Gefahr. Genau das würde er tun, und während sie damit beschäftigt waren, würde er mit Lucius und Olivia fliehen. Hauptsache, es gab überhaupt eine Ausflussöffnung.

Oben auf dem Hügel hatten Marcus und Serpentius entsetzt zugeschaut, wie Valerius in den engen Schacht hinabstieg, als wäre er ein Mann, der eine Reise zum Hades antrat. Jetzt überlegten sie, was sie als Nächstes tun sollten.

»Wir können doch nicht einfach weggehen und ihn da unten lassen. Was, wenn er feststeckt?«, fragte Serpentius.

Marcus musterte das schwarze Loch in der Erde. »Und was, falls ja? Steigst du ihm dann nach? Im Licht der Sonne bin ich bereit, mich allem zu stellen, Mensch oder Tier, doch nicht einmal für das Gold von Mars Ultor würde ich dort hinabsteigen.«

Serpentius hatte in der Arena oft dem Tod in die Augen geblickt und ihm ins Gesicht gespuckt. Er hatte Angst gekannt – auch wenn er es niemals zugeben würde –, doch wenn er den Schacht hinunterschaute, war das, als blickte er in sein eigenes Grab. »Wir hätten ihn niemals dort hinabsteigen lassen dürfen.«

»Wie hätten wir ihn daran hindern sollen? Hast du seinen Blick gesehen? Valerius ist wie ein Gladiator, der einmal zu oft gekämpft hat und nun den Tod im Sand der Arena sucht. Er wäre diesen Schacht hinuntergestiegen, selbst wenn ein Feuer darin gelodert hätte.«

Der Spanier lächelte traurig und schüttelte den Kopf. »Er sucht den Tod nicht, alter Mann, er fordert ihn heraus. Dein Freund Valerius wird eines Tages sterben, aber er wird bis zu seinem letzten Atemzug kämpfen und dem Tod seinen Trotz ins Gesicht schreien.«

»So oder so.« Der Veteran warf einen letzten Blick auf den Inspektionsschacht. »Wir können ihm jetzt nicht mehr helfen. Wir können nicht mehr tun, als uns eine Ablenkung zu überlegen, und beten, dass er lange genug lebt, um sie zu brauchen.«

Serpentius nickte zustimmend. Das Nachdenken über die Ablenkung würde ihn daran hindern, über den armen Kerl nachzugrübeln, der dort unten in diesem schwarzen Grab feststeckte. Er zog den Dolch aus seinem Gürtel und hob ihn hoch, um die Klinge zu mustern. Es fiel ihm gar nicht auf, dass die Sonne sich darin spiegelte.

Eine Meile entfernt in dem Wasserturm auf der Cespischen Höhe fielen jemandem zwei Lichtblitze ins Auge.

Valerius wusste, dass er sich dem Ende des Kanals nähern musste. Beweise für diese Annahme gab es keine, da war nur das Wissen, dass ihn die Kräfte zunehmend verließen, und falls der Kanal nicht bald endete, würde er sterben. Niemand, der es nicht am eigenen Leib erfahren hatte, konnte verstehen, welchen Tribut an Kraft es forderte, wenn man scheinbar für Stunden immer nur einige wenige Muskeln bewegen konnte. Tatsächlich musste es sich eher um Minuten handeln, doch wenn ihn die Kräfte jetzt verließen, war es um ihn geschehen.

Er spürte es, bevor er es hörte. Ein Rumoren im Unterleib und ein Druck in den Ohren, der ihm die Frage eingab, ob der Tunnel gleich einbrechen würde. Dann ein Lärm wie von gedämpftem Donner und ein Druck von hinten wie ein heranwehender Sturm. Verzweifelt wand er sich vorwärts, nun von echter Angst getrieben, die ihm neue Kräfte verlieh. Er wusste nicht, was hinter ihm los war, doch ihm war klar, es bedeutete Gefahr, und der einzige Fluchtweg lag vor ihm. Der Druck um seine Beine verstärkte sich, und der Donner wurde immer lauter. Ein mächtiger Wind pfiff durch die Lücken, die zwischen seinem Körper und den Tunnelwänden blieben. Endlich verstand er, was von hinten auf ihn zukam, und dieses Wissen verwandelte seine Angst in echtes, überwältigendes Entsetzen. Das war der Tod. Er kratzte verzweifelt an den Tunnelwänden und tat alles in seiner Macht Stehende, um nur ein kleines Stück vorwärtszukommen, doch gleichzeitig wusste er, dass es sinnlos war. Vor der Flut gab es kein Entrinnen.

Die Eiseskälte, mit der das Wasser gegen seinen Körper schlug, war lähmend. Sofort umgab es ihn von allen Seiten. Mit einer Gewalt, die einen Stier umgeworfen hätte, schoss es in einem mächtigen Schwall an seinen Schultern und seinem Kopf vorbei. Er schrie vor Verzweiflung, schloss die Augen und wartete auf sein Ende. Doch obgleich das Wasser über und unter ihm vorbeifloss, bedeckte es sein Gesicht nicht ganz, und er stellte fest, dass er weiter atmen konnte. Langsam begriff er, dass sein Körper den Kanal zum größten Teil blockierte, ganz ähnlich einem Wehr. Die Gewalt, mit der das Wasser strömte, war so groß, dass es ihn sogar ein oder zwei Handbreit weiterschob. Er robbte vorwärts, während es in schäumenden Spritzern an seinem Gesicht vorbeischoss, und stellte fest, dass er schneller vorankam als vorher. Er musste nur am Leben bleiben und hoffen; mehr konnte er nicht tun.

Doch nur wenige Fuß entfernt erwartete ihn die Katastrophe.

Als der Wasserkanal vor mehr als zweihundert Jahren in den Berg gehauen wurde, hatten die Sklaven sich von beiden Seiten und von der Mitte, wo der Inspektionsschacht abgeteuft worden war, in den harten Felsen vorgearbeitet. Die Vermesser hatten ihre Sache so gut gemacht, dass die Tunnelteile genau dort zusammentrafen, wo sie es vorhergesagt hatten – oder zumindest beinahe. Als die Tunnelbauer, die auf der Bäderseite begonnen hatten, auf den Tunnel stießen, der vom Inspektionsschacht kam, stellten sie eine ganz geringe Abweichung fest und glichen diese aus, indem sie die letzten zwanzig Fuß geringfügig breiter machten, als geplant war. Es waren nur wenige Fingerbreit, doch als Valerius an diese Stelle kam, begann er zu ertrinken.

Blitzschnell umgab ihn das Wasser von allen Seiten. Er wurde eins mit der Flut und war ihr gänzlich ausgeliefert. Sein Mund und seine Nase füllten sich mit Wasser. Erst würgte er, dann begann er zu ersticken. Er hielt den Atem an, bis seine Brust sich anfühlte, als würde sie bersten. Doch schließlich ergab er sich in das Unvermeidliche. Die Dunkelheit, die ihn umhüllte, kroch tief in seinen Körper, eine innere Dunkelheit, die dem Tod voranging. Plötzlich spielte nichts mehr eine Rolle. Er war frei von Verantwortung, frei von Schmerz und frei vom Leben. So hatte er sich zum letzten Mal unmittelbar vor dem Untergang des Tempels gefühlt. Diesmal würde es kein Entrinnen geben, und in gewisser Weise war er froh darüber.

Schwebend fühlte er, wie die Götter ihn in das Jenseits davontrugen, das das Schicksal für ihn vorbereitet hatte. Dann aber schwebte er nicht mehr, sondern stürzte, und gleich darauf trieb ihm ein Aufprall das Hochgefühl aus, denn er krachte gegen etwas Festes, und als er die Augen aufriss, sah er ein helles Licht. Er lag prustend auf dem Rücken, während ein Wasserfall von oben auf seine Brust trommelte. Allmählich begriff er, dass er in einer Art Becken lag.

Er wusste, dass er aufstehen sollte, doch seine Gliedmaßen gehorchten ihm nicht. Und da war noch etwas. Etwas, das er tun musste. Ganz kurz herrschte noch ein Durcheinander in seinem Kopf, doch dann fiel ihm alles mit einem Schlag wieder ein. Der Wasserfall bedeutete, dass er sich in der Taufkammer befand. Er rappelte sich mühsam auf die Knie auf und drehte sich um.

Ein Kreis erstaunter Gesichter starrte ihn an. Unter dem knappen Dutzend Männer, Frauen und Kinder, die ihn nach seiner ungewöhnlichen Ankunft mit entsetzt aufgerissenen Augen und offenen Mündern umgaben, erkannte er einen Juristen aus der Basilica Julia und seine mollige, kleine Frau. Der Raum war für die Zeremonie vorbereitet worden, aber anscheinend hatten sie noch auf Petrus gewartet, den Mann, der Christus persönlich gekannt hatte. Mit Erleichterung sah Valerius, dass sein Vater und Olivia nicht anwesend waren. In einer Ecke flackerte eine Öllampe, und der Duft eines verbrannten Gewürzes hing schwer in der Luft. Auf einem Tisch in der Ecke lag ein Laib einfachen Bauernbrots neben einem siebenarmigen Leuchter und einer umgekippten Weinkanne, deren Inhalt den Steinboden unter ihr blutrot befleckt hatte. Die Wände waren fensterlos und nackt, abgesehen von einem einzigen Zeichen, das über der Öllampe auf den weißen Verputz gemalt war. Es war ein weiteres Beispiel des Symbolismus, den die Christen so sehr liebten: ein großes X, durchschnitten von einem vertikalen Strich, an den oben ein kleiner Halbkreis angefügt war.

☧

Das Symbol weckte eine Erinnerung in ihm, und ihm fiel ein, dass er es schon einmal gesehen hatte. Das gleiche Zeichen war in die Truhe eingeritzt gewesen, in der Petrus seine Heilpulver aufbewahrte.

Der Raum, in dem sie sich befanden, musste zum alten Bäderkomplex gehört haben. Vielleicht hatte es sich um einen Wasserbehälter gehandelt, dessen Inhalt aufs *caldarium* und *tepidarium* verteilt worden war. Als die Villa errichtet wurde, behielt man die Kammer als Lagerraum bei. Irgendwann war die Ausflussöffnung verstopft worden, doch der Besitzer der Villa, zweifellos einer von Petri christlichen Bekehrten, hatte sie wieder geöffnet. Irgendwie hatte man sich dann Zugang zum Wasserturm auf der Cespischen Höhe verschafft und den Zufluss wiederhergestellt.

Auf einen Moment unnatürlicher Stille folgte ein lautes Geschrei, als alle plötzlich durcheinanderzusprechen begannen. Valerius sprang auf, griff nach seinem durchweichten Kleiderbündel und zerrte sich die Tunika über den Kopf, obwohl er sich fragte, warum er sich um seine Nacktheit scherte, wo sie doch vermutlich alle in kürzester Zeit sterben würden. Unterdessen verlangsamte sich der Zufluss aus dem Kanal über ihm zu einem Rinnsal. Serpentius und Marcus mussten das Donnern des Wassers aus dem Inspektionsschacht gehört und dem Turm signalisiert haben, das Wasser wieder abzusperren. Inzwischen hielten sie ihn wahrscheinlich für tot. Aber das war nicht wichtig – entscheidend war nur, dass er diese Leute hier herausschaffte. »Ruhe!« Er verwendete seine Offiziersstimme, mit der er früher die Legionäre auf dem Exerzierplatz herumgescheucht hatte. »Ihr befindet euch alle in Gefahr, aber ich bin hier, um euch zu helfen. Alle müssen jetzt ruhig bleiben.« Das Geschrei verebbte zu einem unterdrückten Gemurmel. »Wem gehört dieses Haus?«

Ein drahtiger Mann mit Glatze hob die Hand. Neben ihm hielt eine Frau ein kleines Mädchen an sich gedrückt, das auf Valerius' Holzhand starrte. Auch dieser Mann kam ihm bekannt vor. Valerius durchforstete sein Gedächtnis nach dem Namen. Probus? Nein, Pudens. Das war es. Aulus Pudens. Als Lieferant der Arenen hatte er ein Vermögen verdient. Ein Kaufmann, der berüchtigt dafür war, seine Zulieferanten zu betrügen, und als Christ eine ebenso große Überraschung wie jeder andere Bewohner Roms.

»Ich übergebe dir hier die Verantwortung. Wo geht es ins Haus?«

Pudens zögerte. Kurz sah es so aus, als wollte er Einwände erheben, doch seine Frau flüsterte ihm etwas ins Ohr. Er deutete auf eine Art Nische in der gegenüberliegenden Wand und schob seine Tochter vorwärts. »Praxedes wird dir den Weg zeigen. Dort entlang geht es zum Korridor.«

Valerius griff nach seinem Umhang und folgte dem Mädchen. »Da entlang«, sagte sie. Sie hatte langes blondes Haar und eine reizende Stimme, die durch ein leises Pfeifen, das durch eine Lücke in ihren Vorderzähnen entstand und ihre Worte unterstrich, noch reizender wurde. Sie erklärte, was geschehen war. »Jemand hat gesagt, die Soldaten seien hier. Wir haben unseren Herrn Jesus um Errettung angefleht, und da kamst du aus dem Rohr geschossen wie eine riesige Wasserratte. Alle haben geschrien, sogar Papa. Aber ich selbst fand es komisch. Warum hast du eine hölzerne Hand?«

Sie brachte ihn zu einer Tür, die durch einen Lagerraum in die Villa führte. Dort blieb sie mit einer Puppe zurück, während er nach oben hastete, von wo er einen Blick auf den Platz hatte, auf dem Marcus und Serpentius sein Signal erwarten sollten. Er ging neben einem Fenster in die Hocke und öffnete den Laden nur einen Spalt weit.

Was er sah, war eine Katastrophe.

Marcus hatte gesagt, das Haus werde auf allen Seiten von Prätorianern bewacht. Das war vor einer Stunde gewesen. Jetzt aber war der Platz vor dem Haus von Soldaten überflutet. Eine kleine Armee. Der Plan war noch nie besonders gut gewesen. Doch nun stellte er sich als undurchführbar heraus. Rodan hatte die Christen in einem engmaschigen Netz gefangen. Es war nur eine Frage der Zeit, bis er die Geduld verlor und die Villa von seinen Männern stürmen ließ.

Valerius ließ sich auf den Boden sinken und schloss die Augen. In was hatte er sich nur hineinmanövriert? *Denk nach!* Es musste einen Ausweg geben. Er rief sich das Gebäude in Erinnerung, wie er es von oben gesehen hatte. Könnte er den Felsen hinaufklettern? Möglich war es, aber nicht zusammen mit den Leuten, die er in der Taufkammer zurückgelassen hatte. Der Gedanke bohrte sich in seinen Kopf wie ein Bandwurm. *Lass sie zurück.* Was bedeuteten sie ihm denn? Er war um seines Vaters und Olivias willen gekommen. Er war nicht für eine Schafherde verantwortlich, die nicht klug genug war, sich selbst zu retten. Ja, sie taten ihm leid, aber das machte ihn nicht zu ihrem Hüter.

Er hörte, wie jemand mit den Füßen scharrte, und blickte auf. Vor ihm stand Praxedes und hielt ihre Puppe so, dass er sie sehen konnte. »Das ist meine Schwester. Sie heißt Olivia.«

Er schüttelte den Kopf über den Wahnsinn der Welt. Wenn die Götter die Melodie aufspielten, blieb einem nichts anderes übrig, als mitzutanzen. Er nahm die kleine Holzfigur mit dem schwarzen Wollhaar in die Hand. »Hat dein Vater ein Seil?«

Als sie in die Taufkammer zurückkehrten, hatten die Männer ihren Mut teilweise wiedergefunden. Valerius musterte die Front entschlossener Gesichter. Er wusste, er musste die Kontrolle übernehmen, doch erst gab er Praxedes Zeit, ihrem Vater etwas zuzuflüstern. Der glatzköpfige Mann runzelte die Stirn, folgte dann aber mit einem verwunderten Blick auf Valerius dem Mädchen aus dem Zimmer.

Als die beiden weg waren, forderte der junge Römer Schweigen. Es wäre sinnlos, der Wahrheit auszuweichen. »Dies ist eine illegale Versammlung eines vom Kaiser verbotenen Kults, und wenn ihr nicht tut, was ich sage, werdet ihr alle sterben.« Beim Sprechen sah er einem nach dem anderen in die Augen. »Habt ihr eine Vorstellung, welches Schicksal Nero für euch vorgesehen hat? Dort draußen warten Hunderte von Prätorianern. Es wäre besser für euch, euch in ihre Schwerter zu stürzen.«

»Wir haben keine Angst davor, für unseren Glauben zu sterben.« Es war der Jurist. Natürlich, wer sonst?

»Ich habe zugesehen, wie Cornelius Sulla verbrannt ist.« Valerius sah, dass der Mann erbleichte. »Seid ihr bereit, eure Frauen verbrennen zu sehen oder eure Töchter? Nein? Wenn ihr wollt, dass sie am Leben bleiben, folgt ihr meinem Befehl, ohne Fragen zu stellen.«

Alle Blicke wandten sich Aulus Pudens zu, der mit mehreren Spulen Seil in den Raum zurückkehrte. Praxedes hatte Valerius die Tausende von Ellen gezeigt, die ihr Vater aus Gallien für den Circus Maximus importiert hatte. Dort wurden sie verwendet, um die großen Sonnensegel einzuholen, die die Zuschauer beschatteten.

»Wir müssen genug Seilstücke aneinanderknoten, um eine Länge von dreihundert Fuß zu bekommen. Räumt diesen Tisch dort frei, und bringt ihn her.« Valerius blickte zu dem schwarzen Loch auf, das ihn fast das Leben gekostet hätte. Er hatte den Gedanken verworfen, die Felsklippe zu erklettern und die anderen mithilfe des Seils hinaufzuziehen. Diese Kletterpartie hätten sie nämlich vor den Augen der Prätorianer gemacht, die einfach eine Patrouille zum Gipfel geschickt und sie dort empfangen hätten. Also blieb ihnen keine Wahl.

Er deutete auf die Kanalöffnung. »Auf diesem Weg bin ich hereingekommen, und auf demselben Weg werden wir alle von hier verschwinden.« Er hörte einen Mann erschreckt keuchen. Der Schrei einer Frau wurde von ihrem Mann erstickt, der ihr die Hand auf den Mund legte. »Wir alle. Ich krieche mit dem Seil voran, und wenn ich rufe, folgt ihr mir einer nach dem anderen und haltet euch am Seil fest. Da drinnen ist es dunkel und beängstigend, aber der Tunnel ist passierbar. Ihr müsst euren Gott anrufen, um eure Ängste zu besiegen.«

»Nein, das kann ich nicht. Ich kann es nicht. Ich bleibe stecken.« Das Gewimmer kam von der drallen Frau des Juristen. Die Entscheidung war Valerius leichter gefallen, weil die christlichen Erwachsenen, sei es durch Enthaltsamkeit oder durch Glück, überwiegend so mager waren wie abgehäutete Kaninchen. Er stellte sich neben die Frau, die zwar ein bisschen dick war, ihm aber kaum bis zur Schulter reichte. »Schau, wie groß ich im Vergleich zu dir bin. Wenn ich hindurchpasse, schaffst du es zweimal.« Er schenkte ihr ein beruhigendes Lächeln und klopfte ihrem Mann auf die Schulter. »Hilf ihr. Sie wird deine Unterstützung brauchen. In der Mitte des Hügels gibt es einen Ausstieg. Nur dreißig Schritte von hier.« Die Entfernung war mindestens doppelt so groß, doch die Lüge ging ihm leicht von den Lippen, und niemand widersprach ihm. »Wenn ich dort angekommen bin, werde ich euch durch den Tunnel ziehen. Ihr werdet euch mit Füßen und Händen abstoßen können, und ich werde alle Hilfe brauchen, die ich bekommen kann. Aber lasst das Seil nicht los. Mit der Hilfe eures Gottes werdet ihr nur kurze Zeit im Tunnel sein. So, und jetzt.« Nun kam der Moment der Wahrheit, der Augenblick, der entscheiden würde, ob sie am Leben bleiben oder sterben würden. »Wer folgt mir als Erster?«

Keiner begegnete seinem Blick, und als immer mehr Zeit verstrich, begriff er, dass er gescheitert war.

»Ich«, durchbrach Praxedes das Schweigen. »Aber nur, wenn ich Olivia mitnehmen darf.«

Valerius hätte sie küssen können. »Danke, kleine Dame. Du bist genauso tapfer, wie du schön bist. Olivia nimmst du fest in die Hand.« Er blickte zu ihrem Vater. »Binde ihr eine Schlinge um die Taille, und setze sie in den Tunnel, nachdem du bis fünfzig gezählt hast. Wenn ich den Ausstiegsschacht erreicht habe, ziehe ich sie ein kleines Stück weiter, damit du folgen kannst.« Er wandte sich an die anderen. »Wenn Pudens ruft, ziehe ich beide mit, sodass die nächste Person folgen kann und dann wieder die nächste. Das glitschige Moos im Tunnel wird mir helfen, aber ihr müsst ebenfalls eure ganze Kraft einsetzen.« Er sah, wie die Augen der Menschen zu der dunklen Öffnung wanderten, und spürte, dass das Widerstreben größer wurde. »Wenn ihr hierbleibt, werdet ihr mit Sicherheit sterben. Wenn ihr Mut habt – und Glauben –, werdet ihr am Leben bleiben.«

»Warte!« Bei diesem Ruf von Praxedes' Vater zuckte Valerius entmutigt zusammen, doch Pudens hob nur die Arme und rief ihren Gott an, sie zu beschützen. Als er geendet hatte, blickten alle auf den jungen Mann mit der Holzhand. »Wir sind bereit.«

Valerius trat zu der Stelle, wo der Tisch unter die Kanalöffnung geschoben worden war. Er zog seine Tunika aus und band sich das Seil um den Bauch. Ganz kurz versuchte eine schrille Stimme in seinem Kopf, ihn aufzuhalten, doch mit einem Schnaufen zog er sich in die stinkende Finsternis hinauf. Erst als er wieder im Tunnel war und die nassen Steine sich von allen Seiten gegen ihn drückten wie die Wände eines Grabes, wunderte er sich, dass keiner der Christen gefragt hatte, was geschehen würde, falls das Wasser erneut durch den Kanal strömte. Vermutlich lag das daran, dass die Antwort offensichtlich war.

Diesmal hatte er den Vorteil, bereits mit dem Tunnel vertraut zu sein, und als er wieder in den Rhythmus fand, der ihn zur Taufkammer gebracht hatte, kam er gut voran. Einen Moment lang ergriff ihn ein Anflug von Panik, als der Tunnel sich verengte, doch das ging schnell vorüber. Gewiss, jedes Mal, wenn er sich eine Handbreit weiter vorschob, meinte er, das ferne Donnern von Wasser zu hören, das heranbrauste, um ihn zu ertränken. Das Seil behinderte ihn kaum, und bald darauf sah er das Licht des Ausstiegsschachts vor sich. Er spürte einen Zug am Seil und begriff, dass Praxedes ihn aufforderte, sie mitzuziehen. Er holte sechs Fuß des Seils ein und robbte weiter. Als er den Ruf ihres Vaters hörte, hielt er inne, um das Manöver zu wiederholen. Die anderen würden warten müssen, bis er am Schacht angekommen war. Er hoffte nur, dass er die Kraft besaß, sie alle herauszuziehen. Als er nur noch ein paar Fuß des Tunnels vor sich hatte, erstarrte er. Er hörte Stimmen. Hatte Rodan schließlich doch eine Patrouille auf den Hügel geschickt? Wenn er weiterrobbte, würden sie ihn verhaften. Schlimmer noch, vielleicht würden sie den Abdeckstein auf den Schacht legen und ihn hier mit den anderen zusammen verrecken lassen.

»Lass dein verdammtes Messer im Gürtel.« Er erkannte Marcus' barsche Stimme und hätte vor Erleichterung weinen können.

»Was macht es schon für einen Unterschied? Er ist sowieso ertrunken, sonst hätte er uns ein Signal gegeben«, erwiderte Serpentius. »Wir haben das Wasser nicht schnell genug angehalten. Keiner konnte das so lange überleben.«

»Tot bist du gleich selbst, wenn du mir nicht hier heraushilfst, du fauler spanischer Drecksack«, rief Valerius. Durch den Schacht wurde seine Stimme verstärkt und gleichzeitig gespenstisch verzerrt.

Diesem Ruf folgte das lange Schweigen zweier Männer, die über eine Stimme aus dem Jenseits nachgrübelten.

»Hallo?« Valerius hatte Serpentius' Stimme noch nie verängstigt klingen hören, so wie jetzt. Er kletterte den Schacht hinauf und blinzelte ins Sonnenlicht. Marcus trat vom Schacht zurück und musterte ihn misstrauisch. Serpentius stand zwei Schritte weiter entfernt und sah so aus, als wollte er um sein Leben rennen.

»Wollt ihr mir nicht helfen?«, fragte Valerius. »Oder muss ich warten, bis Rodan es tut?«

Mit einem Schrei rannten die beiden Männer vor und zogen ihn hinaus. Keuchend lag er neben dem Eingang des Schachts.

»Wir dachten ...«

Er winkte sie weg und löste das Seil von seiner Taille. »Wir haben keine Zeit für Wiedersehensfeiern. Zieht an diesem Seil, aber vorsichtig. Ich verspreche euch, ihr werdet einen Fang machen, wie ihr ihn noch nie zuvor gesehen habt.«

Sie starrten ihn an, und er wusste, wie verrückt er ihnen vorkam, doch es war ihm gleichgültig.

»Zieht«, sagte er. »Wir müssen Menschenleben retten.«

Praxedes war die Erste; ihr goldenes Haar tauchte am Grund des Schachts auf. Valerius stieg ein paar Sprossen hinunter, um ihr zu helfen, doch sie weigerte sich heraufzukommen, bevor er Olivia gerettet hatte. Es folgten ihr Vater und ihre Mutter. Dann kamen einer nach dem anderen die anderen Christen heraus, dreckverschmiert und erschüttert. Sie fielen auf die Knie und dankten ihrem Gott. Die Frau des Juristen war die Zweitletzte, sie hatte die Augen fest geschlossen. Als Letztes tauchte schließlich das Gesicht ihres Mannes auf.

Manche bedankten sich bei Valerius, doch die meisten warfen ihm misstrauische Blicke zu, bevor sie sich auf den Heimweg machten. Pudens ging als Letzter. »Jetzt besitze ich nichts mehr«, sagte er und strich mit der Hand durch das Haar seiner Tochter. »Außer meinem Leben und meiner Familie. Für beides danke ich dir.« Valerius fragte ihn, ob er bei jemandem unterkommen könne, und er bejahte. Praxedes schenkte Valerius ein zahnlückiges Lächeln, und die Familie ging Hand in Hand den Hügel hinunter.

»Möge euer Gott euch beschützen«, flüsterte Valerius. Als er sich umdrehte, sahen Marcus und Serpentius ihn an, als wäre er gerade von den Toten auferstanden, was in gewisser Weise ja stimmte.

»Was jetzt?«, fragte Marcus gedämpft.

»Zuerst kann Serpentius ein paar Kleider für mich stehlen, und dann machen wir uns wieder an die Arbeit.«

Eine Stunde später kehrten sie zum Forum zurück. Valerius bemerkte eine Menschentraube, die vor einem Amtsgebäude hinter dem Senat anstand. »Was ist los?«

Marcus unterhielt sich mit dem Verkäufer eines Obststandes. Als er zurückkam, wusste er mehr. »Es ist eine Art Volkszählung. In der ganzen Stadt wurden Plakate aufgehängt, die die Judäer und ein paar andere Volksgruppen aus den Provinzen anweisen, sich in ein Register eintragen zu lassen. Sonst verlieren sie ihr Wohnrecht in Rom.«

Valerius schloss die Augen. Die Zeit rann ihm durch die Finger. Wann hatte Nero seine Drohung ausgesprochen? Vor sechs Tagen, und er war seinem Ziel noch immer nicht näher als am ersten Morgen. Er betrachtete die lange Schlange von Männern, Frauen und Kindern. Wenn er keinen Erfolg hatte, würden all diese Menschen sterben. Er hatte Pudens nach Informationen über Petrus gefragt, doch der Villenbesitzer hatte beim Leben seiner Familie geschworen, dass er nicht wisse, wo er zu finden sein könne. Das Taufritual werde von anderen organisiert. Petrus komme, führe die Zeremonie durch und gehe wieder. Heute sei der Ort des Rituals verraten worden. Aber von wem?

»Ist mit dir alles in Ordnung?« Marcus sah Valerius an, als wäre diesem gerade ein drittes Auge gewachsen.

Valerius schüttelte erschöpft den Kopf. Wieso nur hatte er so lange gebraucht, um die Verbindung herzustellen?

»Heute war ich lebendig begraben und bin fast ertrunken, aber gerade ist mir klar geworden, dass das Schlimmste erst noch kommt.«

XXXV

Das Zimmer sah anders aus und hatte eine andere Atmosphäre. Wie war ein solcher Wandel in so kurzer Zeit möglich? Wandgemälde, die er immer als künstlerisch und exotisch betrachtet hatte, kamen ihm jetzt nur noch vulgär und obszön vor. Im harten Licht des Tages sahen die Wandteppiche und Möbel alt und abgenutzt aus. Die Düfte, die einmal seine Sinne betört hatten, wirkten nicht mehr süß, sondern aufdringlich und verdeckten nur mit Mühe den Moschusgeruch der erregten Männer, die hier Schlange standen, um sich mit Fabia zu paaren. Auch sie selbst hatte sich verändert. In wenigen kurzen Wochen hatte sie die letzte Blüte der Jugend verloren. Ihr Gesichtspuder diente nicht mehr dazu, ihre Schönheit zu unterstreichen, sondern sollte die Fältchen in ihren Augenwinkeln kaschieren. Ihr straffes, festes Fleisch war teigig geworden, wie es geschah, wenn das Bindegewebe erschlaffte. Er sah in ein neues Gesicht. Das Gesicht einer Frau mittleren Alters. Sie saß ihm mit geradem Rücken auf einer Couch gegenüber und weigerte sich, seinem Blick zu begegnen. »Du hattest kein Recht, ohne Termin hierherzukommen.« Ihre Stimme klang wie das Klirren von brechendem Eis in einem gefrorenen Fluss.

»Bisher hast du dich nie über so etwas beschwert.«

»Bisher bist du auch nie völlig verdreckt und stinkend wie ein Kanalreiniger hierhergekommen. Du hast dich noch nie an meinem Türsteher vorbeigedrängt, während ich einen Freund empfing. Jetzt muss ich den Mann auspeitschen lassen, weil er seine Pflichten vernachlässigt hat.«

Bei der Erinnerung an diese Szene musste Valerius lachen; der empörte Sklave und der in die unverkennbaren Gewänder einer Vestalin gehüllte Senator, der mit halb aufgerichtetem Geschlechtsteil die Flucht ergriffen hatte. »Deinen Türsteher oder den Freund?«

Sie zischte wie eine Schlange. Offensichtlich war alles, was sie füreinander empfunden hatten, verschwunden, doch inzwischen fragte er sich, ob es überhaupt nur in seiner Vorstellung existiert hatte.

»Du hast mich gestern Nacht nicht grundlos zu dir gerufen.«

Sie schoss einen Blick in seine Richtung, schaute aber weg, bevor er dessen Bedeutung verstehen konnte. »Um deine Gesellschaft zu genießen und ein wenig zu plaudern. Du warst einmal ein unterhaltsamer Gefährte, auch wenn das jetzt schwer zu glauben ist.«

»Ich habe unseren Austausch als sehr einseitig in Erinnerung.« Jetzt war seine Stimme ebenso kalt wie ihre. Er hätte Hass empfinden sollen, oder vielleicht Mitleid, doch stattdessen befand sich da, wo sich einmal sein Herz befunden hatte, nur noch Leere. »Du wolltest unbedingt die neuesten

Nachrichten über meine Suche nach Petrus hören und hast dich für jede Einzelheit des Wasserdiebstahls aus dem Turm interessiert.«

»Gestern waren wir noch Freunde. Freunde interessieren sich für das, was der andere macht.«

»Die Fakten unseres Gesprächs waren sonst nur noch dem obersten Wasserbeamten Honorius und zwei Männern bekannt, denen ich mein Leben anvertrauen würde.«

»Gedungene Schlägertypen, meinst du.«

»Mag sein, aber es sind Männer, denen ich vertrauen kann – so wie ich einmal dir vertraut habe.«

Er sah, dass sie unter dem Puder errötete. Ob aus Zorn oder vor Angst wusste er nicht. Dann lächelte sie ihn an, und die Schönheit, die sie nun ausstrahlte, wie wenn die Sonne hinter einer Wolke hervorkommt, hätte ihn fast entwaffnet.

»Ach, Valerius, darum geht es also?«, fragte sie leichthin. »Du wertest das Wort eines Söldners höher als meines? Und der alte Honorius? Jeder weiß, dass er jemand ist, der sich gern selbst reden hört. Wer sagt denn, dass er bei seinem opulenten Mittagsmahl nicht deine Pläne herausposaunt hat? Das sollte doch gewiss nicht genügen, um unsere Freundschaft zu zerstören.«

Valerius erhob sich von der Couch. »Möglich ist es wohl, dass Honorius mit jemandem geredet hat, aber wie kommt es, dass die Prätorianer so schnell reagiert haben? Eine Stunde vor uns waren sie genau da, wo ich Petrus zu finden hoffte.« Er stand jetzt hinter ihr und streichelte ihren Hals, so wie er sie früher dort liebkost hatte.

»Das ist doch klar. Torquatus will nicht, dass das Aufspüren des Christen dir gutgeschrieben wird.«

»Ja«, sagte er, und ein Angstschauder überlief sie, als seine Stimme sich erneut verhärtete und er mit der Linken in ihr Haar packte und ihren Kopf herumriss, sodass sie ihn ansah. »Aber das erklärt nicht, warum Torquatus uns immer einen Schritt voraus ist, seit Nero mir diese Aufgabe gegeben hat. Es erklärt nicht, warum Cornelius Sulla und Lucina verhaftet wurden, während es doch nur zwei Menschen gab, die wussten, worüber gesprochen worden war: Gaius Valerius Verrens und die Dame Fabia Faustina. Das stimmt, Fabia. Nicht einmal Marcus und Serpentius habe ich erzählt, was sich zwischen Cornelius und mir abgespielt hat. Nur dir. Du hast sie verraten.« Sein Griff wurde fester, und sie schrie vor Schmerz auf. »Du hast sie zum Scheiterhaufen und zur Gefangenschaft im Käfig verurteilt. Auch Ruth hast du zum Tode verurteilt, denn Lucina hat Torquatus preisgegeben, wo das nächste Treffen stattfinden sollte.« Fabia wehrte sich, doch er hielt sie weiter fest. »Außerdem hast du Olivia und meinen Vater verraten, und das werde ich dir niemals verzeihen.«

»Ich habe deinen Vater gerettet!« Fabias Schrei hallte von den Wänden wider. Valerius zögerte, da er ihr nur widerstrebend glaubte, doch er erkannte es, wenn jemand die Wahrheit sagte. Er ließ sie los, und sie brach schluchzend auf dem Steinboden zusammen.

»Du hast ihn gerettet?«

Sie hob den Kopf, und in ihren Augen stand eine explosive Mischung aus Schmerz, Scham und gerechtem Zorn.

»Ja, ich habe ihn gerettet. Vor Nero. Und vor Torquatus. Der dumme Tattergreis wäre schon vor einem Monat gestorben, hätte ich Torquatus alles erzählt, was ich weiß. Und ich habe ihn heute gerettet, als ich einen Sklaven zu ihm schickte, um ihn vor dem Gang zu dem christlichen Ritual zu warnen.«

»Aber …«

Sie kämpfte um Fassung. »Es stimmt, ich habe Torquatus von Cornelius und Lucina berichtet, so wie ich ihm das meiste von dem weitergab, was du mir erzählt hast.«

Valerius schüttelte den Kopf. Er hatte seit dem Moment Bescheid gewusst, als Rodan sie vorhin erwartet hatte, und vielleicht schon viel länger. Ein Teil seiner selbst glaubte es jedoch immer noch nicht.

»Warum? Warum hast du mich verraten? Wir waren …«

»Freunde? Das habe ich auch einmal geglaubt, Valerius, aber hätte ein Freund meine Liebe akzeptiert, ohne je die Absicht zu haben, sie zu erwidern? Während ich dalag und dich für meinen Liebsten hielt, hast du dich nie als etwas anderes als einen Kunden betrachtet. Ein liebevoller Kunde voller Zuneigung vielleicht, aber trotzdem ein Kunde. Denk nach. Bist du dadurch besser oder schlechter als ein Perverser wie Postumus in seinem hübschen Kleid? Er bezahlt mich und nimmt sich das, wofür er bezahlt hat. Du hast vorgegeben, mein Freund zu sein, und mich trotzdem nur benutzt. Wer von euch beiden hat mich mit mehr Scham über das erfüllt, was ich bin?«

»Es tut mir leid«, sagte er, und so war es wirklich, aber es gab Dinge, die er wissen musste. »Trotzdem gab dir das nicht das Recht, mich zu verraten.«

»Nein. Das stimmt. Ich schäme mich, seit dem Tag, an dem Seneca meinen Vater vernichtet und ihn gezwungen hat, mich an jenen Ort zu schicken. Aber ich habe meine Scham tief in mir verborgen und sie mit einem Lächeln kaschiert. Ich hatte gute Manieren, ich war schön, ich lernte rasch, und das hat mich vor dem Schlimmsten bewahrt: vor den gering Geborenen und den Gefährlichen mit ihrem stinkenden Atem, den schmutzigen fummelnden Händen und den gierigen Mündern. Stattdessen hat man mich für Männer wie dich aufgespart – arrogante, parfümierte Patrizier mit Geld und Macht. Ich lernte, was es mit der Macht auf sich hat, und ich lernte, solchen Männern ihr Geld abzuluchsen. So konnte ich mich nach einiger Zeit freikaufen und mich hier niederlassen. Aber die Scham blieb, Valerius. Ich wusste, ich hatte meine Ehre verloren und würde niemals heiraten. So hatte ich die Hoffnung aufgegeben ... bis ich dich kennenlernte. Als du zu mir kamst, begriff ich, dass es jemanden gab, der genauso gebrochen war wie ich. Britannien hätte dich beinahe zerstört, so wie das, was ich geworden bin, beinahe mich zerstört hätte. Deine fehlende Hand war eine ebenso große Bürde wie meine verlorene Tugend. Und so habe ich mir Hoffnungen gestattet, bis ich merkte, dass alle Hoffnung vergebens war.«

»Das mit Seneca wusste ich nicht. Andernfalls wäre es vielleicht anders gewesen.«

Ihr Gesicht verzog sich zu einem bitteren Lächeln. »Nein, Valerius, weil du Seneca für deinen Freund hältst, und Gaius Valerius Verrens steht zu seinen Freunden. Wenn du heute nur eine einzige Lektion lernst, sollte es die sein, deinen Freunden niemals zu trauen.«

»Aber Seneca hat mich nicht verraten, sondern du, und Seneca ist nicht mein Feind. Wer also ist es?«

Sie schüttelte erneut den Kopf. »Noch immer so loyal, Valerius. Wer hat am meisten zu gewinnen, falls dein Vater stirbt und du als Sohn in seine Ränke hineingezogen wirst? Frag Seneca nach dem Marmor. Frag ihn nach der geologischen Erkundung, die er gerade auf seinem Landgut hat durchführen lassen. Auf dem Landgut, das an das deines Vaters grenzt.«

Valerius erinnerte sich an den Tag, an dem Honorius ihm zu Lucius' Glück gratuliert hatte, und wieder fügte sich ein Baustein an der richtigen Stelle ein.

Fabia nickte. »Jetzt verstehst du. Aber du hast recht. Nicht Seneca ist der Mann, den du am meisten fürchten musst. Sondern Torquatus.«

Der Name war keine Überraschung, doch das erklärte noch immer nicht den Aufwand, den der Prätorianerpräfekt betrieben hatte, um eine Mission zu untergraben, für die er teilweise selbst verantwortlich war. »Ich verstehe, warum Torquatus mich nicht mag oder sogar hasst, aber nicht, warum er mich vernichten will. Ich stelle keine Bedrohung für ihn dar, weder jetzt noch in der Zukunft. Warum sollte er mich scheitern sehen wollen? Er hat doch selbst eine wichtige Rolle dabei gespielt, dass ich den Auftrag bekam, Petrus und die Christen zur Strecke zu bringen.«

»Nun, wenn du scheiterst, ist das für Torquatus ein Erfolg. Er kann nicht zulassen, dass du diesen Petrus findest, nachdem er selbst dabei versagt hat. Deshalb hat er dir Rodan auf die Fersen gesetzt, und der hält sich bereit, sich bei der ersten sich bietenden Gelegenheit auf Petrus zu stürzen. Sobald er den Christen in seiner Gewalt hat, wird er dich als Verräter anschwärzen, da du schon die ganze Zeit gewusst hättest, dass dein Vater zu den Leuten gehört, die du suchst. Wenn es nach deinen Feinden geht, werden Lucius und du auf benachbarten Scheiterhaufen sterben, Valerius, und das größte Vergnügen des Kaisers wird es sein zu entscheiden, wer zuerst brennt.«

»Das erklärt noch immer nicht, warum Torquatus so fest entschlossen sein sollte, mich töten zu lassen, oder was ich getan habe, um so viel Hass zu verdienen.«

Sie lachte, kurz und bitter. »Du meinst abgesehen davon, dass du du selbst bist, so gut aussehend, stark und deiner Sache immer so gewiss? Er hat es einmal beiläufig erwähnt, als spräche er über ein Pferd, das man an die Kandare legen muss. Eine Familienangelegenheit, sagte er, ein Vetter, der mit dir in Britannien gedient hat. Der Mann war Centurio in der Zwanzigsten Legion und schickte Torquatus einen Brief, in dem er ihn um Hilfe bat, einen neuen Posten für ihn zu finden. Du hättest seine Karriere zerstört. Er ist beim Aufstand der Briten gestorben, aber unserem prätorianischen Präfekten obliegt es, die Familienehre zu retten. Ein so trivialer Grund zu sterben, findest du nicht auch?«

Valerius starrte sie an. Ausgeschlossen erschien es ihm nicht. Crespo? Der brutale Vergewaltiger, Mörder und Dieb war ein ranghoher Centurio in Valerius' Kohorte gewesen. Valerius' Beschuldigungen hatten Crespo gezwungen, in den Dienst von Catus Decianus zu wechseln, Britanniens Prokurator, der die Entscheidung getroffen hatte, Boudicca ihres Landes und ihres Volks zu berauben. Für diese Demütigung durch Valerius hatte Crespo Rache gelobt. Doch der Centurio, dessen Vergewaltigung von Boudiccas Töchtern den Aufstand mit ausgelöst hatte, war in den Händen der icenischen Königin eines schrecklichen Todes gestorben, bevor er sein Versprechen wahr machen konnte. Jetzt hatte Crespo von jenseits des Grabes die Hand nach Valerius ausgestreckt, um ihn zu vernichten. Beinahe meinte er, die Götter lachen zu hören.

Er schüttelte den Kopf. »Du hättest zu mir kommen können, statt mich zu verraten.«

Etwas von ihrem alten Zorn kehrte zurück, und ihre Augen blitzten. »Du bist manchmal so dumm, Valerius. Wenn ich zu dir gegangen wäre, wären wir inzwischen beide tot. Solange du kurz davorstehst, Petrus zu finden, muss Torquatus dich am Leben lassen, damit er später den Ruhm dafür einheimsen kann. Er hat versucht, dich in Dakien töten zu lassen, weil er Lucina bereits in den Händen hatte und davon ausging, dass er dich nicht mehr brauchte. Du musst mir glauben, ich habe immer versucht, meine Freunde zu beschützen, egal, was Torquatus von mir verlangt hat und wie er es verlangt hat.« Ihre Stimme war kurz davor, zu brechen, und Valerius begriff, wie viel Qual hinter diesen Worten stand. Ein Mann wie Torquatus hatte viele Möglichkeiten, Schmerzen zuzufügen, ohne dass man Verletzungen sah. Sie erkannte den Ausdruck in seinem Gesicht. »Ja, du kannst Mitleid mit mir haben, Valerius, denn für mich gibt es in diesem Leben kein Entrinnen. Falls du Petrus findest und ihn Nero präsentierst, kannst du Torquatus noch immer einen Strich durch die Rechnung machen. Für Fabia Faustina dagegen ist der einzige Ausweg der Tod.«

»Nein«, sagte er. »Komm mit mir, dann kämpfen wir gemeinsam.«

»Du meinst, dann sterben wir gemeinsam? Wenn ich Rom ohne Torquatus' Erlaubnis verlasse, weiß er, dass ich ihn verraten habe; vielleicht weiß er es sogar schon jetzt. Wenn ich bleibe, verschafft dir das die Zeit zu tun, was du tun musst.«

Er zögerte, doch er wusste, dass sie recht hatte. Seine einzige Chance, Petrus zu finden, bestand darin, sie zu verlassen. Wieder eine Freundin, die er im Stich gelassen hatte. Gänzlich frei von Zorn stand er auf, um zu gehen.

»Warte, Valerius. Es gibt noch etwas, was du wissen musst.«

Sie erzählte ihm von Poppaea.

»In vielerlei Hinsicht ist sie mir sehr ähnlich. Sie ist gefangen in einer lieblosen Welt und gezwungen, sich zu verkaufen, um am Leben zu bleiben. Vielleicht sind wir ja deswegen Freundinnen geworden. Du glaubst, Nero zu kennen, doch du irrst dich. Seine Untertanen sehen einen charmanten jungen Mann, der um seiner Talente willen geliebt werden möchte. Ja, er kann sich irrational und sogar bösartig verhalten, wenn diese Stimmung ihn überkommt, doch die Menschen denken dann kopfschüttelnd an seine Abstammung und sagen: Wie könnte es anders sein. Nachts aber, in der Zurückgezogenheit seines Palasts, ist er anders, mehr Tier als Mann, und willens, sich mit beiden zu paaren, wenn Torquatus sie ihm zuführen kann. Poppaea ist ihm keine Ehefrau; keine Frau könnte das sein. Sie ist für ihn ein Opfer, genauso wie wir alle, und sie überlebt, indem sie ein williges Opfer seiner Begierde ist. Sie darf aber auch wieder nicht zu willig sein, denn sie muss ihm zwar zur Verfügung stehen, aber dennoch verführerisch bleiben. Gefügig, aber eine Herausforderung für seine Talente im Schlafgemach. Und sie muss natürlich unterhaltsam sein, genau wie wir alle, wenn wir hinter die Türen seiner persönlichen Gemächer gelangen. Was für ein schmutziges Theaterstück wird Torquatus heute mit uns aufführen? Wird es ihm gefallen? Werden wir es mit einem Lächeln ertragen können? Werden wir es überleben?«

Fabia starrte ins Leere, und Valerius begriff, dass sie ihm nur einen Teil dessen berichtete, was im Palast vor sich ging. Sie hatte denselben Gesichtsausdruck wie ein Soldat, der dem Tod ins Gesicht gesehen hat, ein Blick, der in jenes Jenseits gerichtet war, das im Zentrum jeder menschlichen Seele liegt.

»Die arme Poppaea, sie vertraut sich mir an und weiß nicht, dass ich Teil der Falle bin, die Torquatus ihr gestellt hat. Er weiß, dass sie ihn noch mehr hasst als Nero, und er fürchtet sie, weil ihr Zugang zum Kaiser sie mächtig macht. Für Torquatus ist diese Kombination eine Bedrohung, die er nicht ignorieren kann. Auch er ist wie ein Tier und wird gegen alles losschlagen, das ihn in Gefahr bringt.«

»Sie vertraut sich dir an, und doch ist ihr noch kein Schaden zugestoßen?«

Fabias Stimme wurde so wild wie die einer Leopardenmutter, die ihre Jungen verteidigt. »Glaub mir, Valerius, Fabia Faustina schätzt ihre Freunde. Torquatus mag mich bei der Kehle gepackt halten, doch es gibt Dinge, die ich ihm erzähle, und Dinge, die ich ihm verschweige.«

»Dann wird sie mit deinem Schutz überleben. Sie braucht mich nicht.« Er sagte es in einem abschließenden Tonfall, doch Fabia schüttelte den Kopf über seine Begriffsstutzigkeit.

»Du verstehst mich nicht. Du kannst deinen Vater und Olivia nur retten, indem du Poppaea rettest, und nur durch die Rettung Poppaeas wirst du Petrus finden.«

»Wie das?«

»Das ist ganz einfach. Poppaea Augusta Sabina ist Christin geworden.«

Ein Frösteln überlief ihn.

»Nero weiß Bescheid?«

Sie schüttelte den Kopf. »Nero hat einen Verdacht.«

»Und weiß es Torquatus?«

»Torquatus glaubt, es zu wissen, aber er hat noch keinen Beweis, und ohne einen solchen kann er Poppaea nicht beschuldigen. Wenn er es tut und Nero ihm nicht glaubt, ist sein eigenes Leben verwirkt.«

»Wie ...?«

»Cornelius Sulla hat sie erst neugierig gemacht und dann zum Christentum verführt. Er hat ihr die Augen für eine Welt jenseits der Schmerzen dieser Welt geöffnet. Irgendwie hat er ein Treffen mit Petrus zustande gebracht, und von diesem Tag an war sie ein anderer Mensch. Ein Mensch, der bereit war, gegen Neros Tyrannei anzugehen und ihn aus dem Inneren seines Palasts heraus zu bekämpfen.«

Doch Valerius war noch immer nicht gänzlich überzeugt. »Du schützt sie, aber trotzdem hast du Cornelius an Torquatus verraten? Er hätte sie mit einem einzigen Wort bloßstellen können.«

»Wenn du Cornelius gekannt hättest, wüsstest du, dass er sie niemals verraten hätte. Er hat seinen Bruder geopfert, um Poppaea zu decken, dann ist er durch die Qualen der Hölle gegangen, um sicherzustellen, dass sie Torquatus verborgen blieb. So ein Mann war er; wenn er sein Leben für Poppaea geopfert hat, hat er es gern hingegeben.«

Valerius dachte an die rot glühenden Augen in dem geschwärzten Schädel und staunte über die Willenskraft, die erforderlich gewesen war, um den Mund zu halten. Nero tat klug daran, die Christen nicht zu unterschätzen. Ein Feind ohne Furcht ist ein Feind, den man fürchten muss.

»Und du, Fabia?«

»Ob ich eine Christin bin?« Sie lachte. »Dir ist doch inzwischen gewiss klar, Valerius, dass ich nicht mehr zu retten bin. Ich habe zu viele Menschen für ein unbedachtes Wort in den Tod geschickt, um noch zu glauben, dass ich einen Wert habe. Doch hoffe ich, dass ich in deinen Augen noch immer einen Rest von Ehre besitze. Jedes Mal, wenn ich Torquatus eine Gelegenheit bot, dich ans Messer zu liefern, habe ich deinerseits dir eine Gelegenheit geboten, seine Pläne zu durchkreuzen.«

Er fragte sich, ob das stimmte, und musterte sie prüfend, wusste aber gleichzeitig, dass es letztlich keine Rolle spielte. Er musste ihr vertrauen.

»Wie kann ich Petrus finden?«

»Indem du Poppaea findest.«

»Und wo ist Poppaea?«

Sie ist heute Morgen mit dem Schiff nach Neapolis aufgebrochen. Während Nero dort seine Vorbereitungen für seinen großen Auftritt im Theater trifft, besucht sie ihre Verwandten in der Familienvilla.«

Er schüttelte den Kopf. »Du redest in Rätseln. Was hat ein Ausflug nach Neapolis mit Petrus zu tun?«

»Du hast tagelang nach einem Wasserfall gesucht, Valerius, oder etwa nicht? Dann wird es dich vielleicht nicht überraschen, dass die Villa in Oplontis den schönsten künstlichen Wasserfall im ganzen Imperium besitzt.« Sie lachte, als sie sein plötzlich aufblitzendes Verständnis sah. »Poppaeas Seele muss noch gerettet werden – und dazu muss sie von Petrus getauft werden. Dieser wollte nach der heutigen Taufzeremonie gleichfalls dorthin reisen. Nun nehme ich an, dass er schon unterwegs ist. Das habe ich auch deinem Vater mitgeteilt, als ich den Sklaven zu ihm schickte, um ihn zu warnen.«

»– meinem Vater? Das ist doch Wahnsinn!«

»Ja, Valerius, aber es liegt eine Freude in solch einem Wahnsinn, findest du nicht? Diese Christen sind bereit, alles für ihren Glauben zu opfern. Gibt es irgendetwas, woran du so innig glaubst?«

Er schüttelte den Kopf. Früher einmal hatte er an das Imperium geglaubt und war bereit gewesen, dafür zu sterben. Doch das war vorbei. »Nur meine Familie.«

»Dann reise nach Neapolis, und sorge dafür, dass du vor Torquatus zu diesen Christen gelangst. Indem du sie rettest, wirst du vielleicht dich selbst retten.«

»Torquatus?«

»Denkst du, ich sei seine einzige Spionin?«

XXXVI

»Zahle Sextus und Felix aus, und danke ihnen für ihre Dienste, dann nimm das Siegel, und suche uns ein Schiff, das uns nach Neapolis bringt.«

»Und was ist mit dir?«, fragte Marcus.

»Ich stoße in Ostia zu euch. Ich muss vor unserem Aufbruch noch etwas erledigen.«

Er ritt nordwärts und schlug die Via Salaria zum Anwesen in Fidenae ein, doch diesmal ritt er am Tor vorbei und in die Hügel, die es von der Nachbarvilla trennten.

Seneca lag im Atrium auf einer Couch, entspannt nach seinem Nachmittagsbad und kurz davor, in jenen halb wachen Zustand zu gleiten, der tiefen und anregenden Gedanken so förderlich war. Dies war seine liebste Tageszeit, und die Diener hatten Anweisung, ihren Herrn unter Strafe der Entlassung nicht zu stören. Als der Arm sich wie ein Eisenband um seine Kehle legte, hatte er gerade erst angefangen, über den interessanten Widerspruch zwischen Freundschaft und Vertrauen nachzudenken, der zu einer spannenden philosophischen Debatte Anlass gab. Unter anderen Umständen hätte er gern mit dieser inneren Diskussion weitergemacht, doch das kalte Eisen eines Dolches an den dicken Hautlappen seines Halses verjagte die Gedanken aus seinem Kopf. Er besaß nur Grundlagenkenntnisse der menschlichen Anatomie, doch sein Wissen reichte, um zu erkennen, dass die Messerspitze keinen Fingerbreit von seiner pulsierenden Halsschlagader entfernt war. Ein einziger Stoß, und er würde in einer kürzeren Zeit verbluten, als man braucht, um einen Becher Wein zu trinken. Ihm war unklar, warum ihm diese Analogie in den Sinn kam, doch das Wissen, im Moment seines Todes noch immer logisch denken zu können, war eigenartig beruhigend.

»Nenn mir einen einzigen Grund, aus dem ich dich nicht töten sollte.« Die harte, nasale Stimme unterbrach sein Sinnieren. Als er zu antworten versuchte, kam nicht mehr als das Quaken eines Ochsenfrosches aus seiner Kehle. Der Arm lockerte sich, doch nur um eine Kleinigkeit.

»Gib mir genug Zeit, mein Freund«, stieß Seneca hervor, »und ich nenne dir tausend Gründe, aus denen du mich nicht töten solltest. Ich bin Lucius Annaeus Seneca, daher fasziniert mich der Gedanke ans Sterben und das Jenseits ein Stück weit, doch ich muss noch ein umfangreiches Werk vollenden, bevor ich bereit bin, diesen Weg zu erkunden.«

»Ob du am Leben bleibst oder stirbst, liegt nicht in deinen Händen, alter Mann.« Der Druck des Arms verstärkte sich erneut, und peinlicherweise hörte Seneca sich ein leises Quieken der Angst ausstoßen. Er hatte oft über die Unausweichlichkeit des Todes nachgedacht und den Schluss gezogen, es sei dumm, sich am Leben festzuklammern, da es nur das Unvermeidliche hinauszögerte, doch als jetzt der Tod an seine Tür klopfte, war er außerstande, seinen eigenen Rat zu befolgen. So tapfer der äußere Mensch auch war, so gab es anscheinend auch noch einen inneren Menschen, der ein stärker ausgeprägtes Gefühl für seine eigene Sterblichkeit hatte.

»Wer immer dich für den Mord an mir bezahlt, ich verdreifache das Angebot«, würgte er heraus.

»Wie kommst du auf den Gedanken, dass es mir um Geld geht?«

Seneca seufzte innerlich. Es war den Versuch wert gewesen. Aber diese Stimme? Obgleich sie aufgrund ihrer Barschheit fremd klang, meinte er doch, Tonfall und Stimmmelodie zu erkennen. Mit dem kleinen Angstschauder, der diese Erkenntnis begleitete, kam auch ein Hauch von Hoffnung. Was für ein Glück, einen Mörder zu haben, der sich als offen für logische Argumente erweisen mochte.

»Valerius? Du wirst doch nicht einen alten Mann umbringen, der dir alles beigebracht hat, was du weißt. Es wäre schade um so viel Gelehrsamkeit, oder nicht?«

»Aber nicht schade um so viel Verdorbenheit. Ich hätte dir deine Habgier und Verschlagenheit verzeihen können, aber nicht die Weise, wie du meinen Vater ausgenutzt hast.« Der Tonfall deutete keine Gnade an, doch die Worte wiesen auf einen möglichen Fluchtweg hin.

»Dein Vater ist ein sehr törichter Mann, Valerius.« Seneca riskierte diese Kritik, da er wusste, dass es die reine Wahrheit war.

»Töricht«, stimmte Valerius zu. »Und verletzlich. Man

sollte meinen, dass er sich auf die Unterstützung durch seine Freunde und seine Familie verlassen könnte, aber beide haben ihn im Stich gelassen.«

»Und das tut mir leid.«

»Aber seine Familie hat ihn nicht verraten. Nur seine Freunde.«

Diese Worte wurden von einem leichten Anspannen der Armmuskeln begleitet, und in einem Moment der Angst zog sich Senecas Magen zusammen. Jetzt wusste er, wie sich ein Henkersseil anfühlen würde. »Ich weiß nicht, was du meinst«, fuhr er auf.

»Nein? Ich denke schon.«

Seneca stritt den Vorwurf leise nuschelnd ab, doch zusätzlicher Druck um den Hals brachte ihn zum Schweigen. Er war kurz vorm Ersticken. Nicht mehr viel, und seine Luftröhre würde zerquetscht werden.

Valerius fuhr fort: »Wie ein Stier mit verbundenen Augen zur Opferung geführt wird, wurde mein Vater zu dieser neuen gefährlichen Sache geführt, für die er sich begeisterte. Ich weiß, dass die junge Jüdin Ruth in seinen Haushalt geschickt wurde, um seinen Übertritt zum Christentum zu bewirken. Und ich weiß auch, wer dafür verantwortlich war.«

»Ich …« Diesmal setzte Valerius sein Messer ein, um ihn am Sprechen zu hindern. Er kannte Seneca zu gut, um sich mit ihm auf den Austausch von Argumenten einzulassen. Wenn jemand, dem die Hinrichtung drohte, sich herausreden konnte, dann war es Neros ehemaliger Mentor.

»Was ich zunächst nicht verstand, war der Grund für das

alles. War es möglich, dass der Nachbar und Freund meines Vaters nur sein Bestes im Sinn hatte? Schließlich könnte man argumentieren, dass die Lehre dieses Christus einen gewissen Trost bieten kann, gerade auch für einen einsamen alten Witwer, der die Orientierung verloren hat. Die Rolle, die Ruth spielte, war vollkommen unschuldig. Ihr Antrieb war ihr Glaube und eine angeborene Güte.« Valerius spannte sich unwillkürlich an, als er Ruth erwähnte, und erst als Seneca zu zappeln begann, begriff er, dass der alte Philosoph fast erstickte. Er zwang sich, seinen Griff zu lockern. »Diese Unschuld hat zu ihrem Tod geführt, doch dir ist so etwas vollkommen gleichgültig. Sie war nur ein weiterer Spielstein, den du in deiner Habgier benutzt hast, um ihn anschließend wegzuwerfen.«

»Bitte …«

»Still. Da ist noch mehr. Es interessiert dich gewiss. Hier haben wir die schöne Geschichte eines Mannes, der schlauer zu Werk ging, als für ihn selbst gut war. Mein Vater war nicht der einzige Narr. Als du mich gerufen hast, bin ich gekommen, und mit deinem Charme hast du mich überzeugt, dass ich für die Interessen Roms arbeite und nicht für die des Lucius Annaeus Seneca. Erst als ich euch während eures Besuchs bei meinem Vater überrascht habe, wurde mir allmählich klar, in was für ein raffiniertes Netz du uns verstrickt hast. Du hättest diesen Paulus besser verborgen gehalten: Er hat zu viel Ähnlichkeit mit Petrus und lässt ein zu gutes Wissen über die Christen erkennen, um nicht selber einer zu sein. Er ist Petri Rivale um die Führung der Christen, oder etwa nicht?« Er lockerte seinen Griff lange genug, dass Seneca nicken konnte. »Also ein perfektes Bündnis. Seneca benutzt die von Paulus erhaltenen Informationen, um seinen ehemaligen Schüler Valerius dazu zu bringen, Petrus ans Messer zu liefern. So kann er seine Laufbahn und sein Leben retten. Paulus seinerseits wird das unbestrittene Oberhaupt der Christen, ein Mann, der eher als ein einfacher Fischer befähigt ist, das Wort Christi zu verbreiten. Der einzige Fehler in dem Plan war Petrus, der zu schlau für uns alle ist.«

Er hielt gerade lange genug inne, um Seneca klarzumachen, dass seine Zeit gekommen war. Früher hatte Valerius eine Art von Liebe für diesen Mann empfunden, doch für einen alten Betrüger, der jeden Freund opfern würde, um seine Stellung wiederzuerlangen, konnte es kein Mitleid geben.

»Selbst das hätte ich dir noch vergeben können. Aber es hat dir nicht gereicht. Du musstest noch mehr haben. Wo ist das Gutachten?«

Er spürte, wie Seneca erstarrte. »Ich verstehe nicht.« Das angedeutete Flehen in der Stimme des Philosophen verriet Valerius, dass er sehr wohl verstand. Seneca stieß einen leisen Schrei aus, als die Messerspitze sich in seine Haut bohrte.

»Wie musst du dich gefreut haben, als der Geologe dir den Bericht über die Marmorvorkommen an der Grenze zu deinem Landgut übergab. Den hast du natürlich geheim gehalten. Du warst nie ein vertrauensseliger Mensch, Seneca, und ich bezweifle, dass sich das geändert hat. Sag mir, wo er sich befindet, oder ich muss dich wirklich töten und ihn selbst suchen.«

Mit zitterndem Arm deutete Seneca auf ein Schränkchen in der Nähe. Valerius zog ihn auf die Beine, ohne ihn aus seinem Griff zu entlassen. Gemeinsam gingen sie hin, bis Seneca nahe genug war, um das glänzend polierte Holz zu berühren. Der kleine Schrank hatte zwei Türen, doch Seneca beachtete sie nicht. Stattdessen griff er auf der linken Seite unter die Abdeckung und tastete mit den Fingern, bis Valerius ein unverkennbares Klicken hörte. Ein innerer Mechanismus ließ den Deckel aufschnappen, und zwei Schriftrollen kamen zum Vorschein.

»Nimm sie heraus.« Der Philosoph tat wie geheißen, und ohne dass Valerius seinen Griff löste, kehrten sie gemeinsam zur Couch zurück. »Entrolle sie.«

Mit der linken Hand griff Valerius nach den Unterlagen. Das erste Schriftstück war der Bericht des Geologen über die Hügel im Süden. Valerius pfiff leise durch die Zähne, als er las, um welche Summen es sich handelte. »Herzlichen Glückwunsch, Meister Seneca. Anscheinend hast du beträchtliche Marmorvorkommen unter deinem Grundstück. Ihr Wert beläuft sich, vorsichtig geschätzt, auf mehrere zehn Millionen Sestertii, möglicherweise aber auch auf Hunderte Millionen. Aber was ist das? Durch irgendein Missgeschick liegt der größte Teil des Vorkommens, genug, um einen Mann so reich wie Crassus und Pompeius zusammen zu machen, unter dem Land deines Nachbarn. Ach, welche Versuchung muss das für einen Mann dargestellt haben, der die Bedeutung des Wortes *genug* nie gekannt hat. Damals hast du die Gelegenheit gesehen, deinen Freund Lucius zu verführen, und als sein vertrauensseliger Sohn ihm naiv in dein Netz gefolgt ist, hattest du genau das, was du wolltest. Gleich nach Petri Verhaftung sollten der Vater und der Sohn denunziert werden, der eine als Christ, der andere für das Versäumnis, ihn anzuzeigen.« Er legte den Bericht weg und griff nach dem zweiten Schriftstück. »Was für ein Glücksfall war es da, dass der vertrauensselige alte Lucius sein Landgut bereits an seinen alten Freund Seneca verpfändet hatte. Schau mal, er hat es sogar unterschrieben. Die Unterschrift ist zwar ein wenig verwaschen und zittrig, aber er ist ja auch ein alter Mann.« Er warf das zweite Schriftstück neben das erste. »Du hast sogar gemeinsame Sache mit deinem schlimmsten Feind gemacht, um sicherzustellen, dass Nero dir das Grundstück nicht wegschnappt. Weiß Torquatus, wie viel es wert ist? Natürlich nicht. Falls er es wüsste, würden beide Anwesen vom Staat konfisziert, und Torquatus würde bereits in deinem Bett schlafen. Aber hast du wirklich geglaubt, ihm trauen zu können?« Sollte Seneca ruhig glauben, der Prätorianerpräfekt habe ihn verraten. Tatsächlich aber war es so, dass Torquatus gern prahlte, selbst vor einer Frau, von der er meinte, Körper und Seele zu besitzen.

Seneca war zu klug, um den Betrug abzustreiten. Er wusste, dass die beiden Schriftstücke seine Schuld so klar und deutlich verkündeten wie ein schriftliches Geständnis. Jetzt fehlte nur noch das Urteil des Gerichts. »Es wäre mir ein Vergnügen, dich zu töten, alter Mann. Ein wenig mehr Druck auf die Luftröhre, und du verlierst das Bewusstsein; dann wäre es nur noch eine Kleinigkeit, dich ins Bad zu schleifen, dir die Pulsadern aufzuschneiden und dem Schicksal die Wahl zu überlassen, ob du ertrinkst oder verblutest.«

Der Philosoph wehrte sich. »Wenn ich schon sterben muss«, stieß er heraus, »dann sei so anständig, und lass es wenigstens wie einen Mord aussehen. Stoße kräftig zu, und verführe niemanden zu dem Glauben, Lucius Annaeus Seneca habe sich aus Verzweiflung das Leben genommen.«

»Ich habe einen Freund, der mich anflehen würde, deinen Rat anzunehmen, doch ich habe eine andere Verwendung für dich.« Er löste seinen Griff, und Seneca fiel hustend auf alle viere. Valerius zeigte ihm den Dolch, um ihm klarzumachen, dass der Aufschub zeitlich begrenzt war. Dann zog er zwei weitere Schriftrollen unter seiner Tunika hervor. Er nahm einen Klumpen Wachs von einem Tisch zu Senecas Rechten, ließ es über einer Öllampe schmelzen und tropfte es auf das obere Schriftstück. »Dein Siegel. Rasch jetzt.«

Seneca runzelte die Stirn, gehorchte aber. Er versuchte, den Text auf dem Pergament zu lesen, doch Valerius riss es ihm weg, bevor er mit dem zweiten Schriftstück das Gleiche wiederholte.

»Zwei Schriftrollen«, erklärte er. »Beide von dir und zwei weiteren Männern bezeugt. Sie erzählen die Geschichte deines Betrugs, einschließlich der Rolle, die Saulus von Tarsus, genannt Paulus, und Torquatus, der Kommandant der Prätorianergarde, dabei gespielt haben. Das genügt, um euch alle drei hinrichten zu lassen. Sollte mir oder meinem Vater etwas zustoßen, geht die eine Schriftrolle auf direktem Wege an den Kaiser und die andere an den Senat.«

Seneca zuckte zusammen, doch von einem Schwall aufsteigender Erleichterung wurde ihm ganz schwindelig. Er würde das hier überleben.

Valerius nahm den Bericht des Geologen und das gefälschte Pfändungsdokument und hielt sie über die Öllampe. Er ließ sie erst fallen, als die Flammen an seinen Fingern leckten.

Der Philosoph beobachtete ihn mit verwirrtem Stirnrunzeln. »Was gedenkst du jetzt zu tun, Valerius? Du bist ein reicher Mann oder zumindest der Sohn eines reichen Mannes. Das Geld, das unter diesem Hügel liegt, würde dir einen Platz im Senat sichern. Mit deiner Intelligenz, Geld und den richtigen Freunden könntest du alles Mögliche erreichen. In jedem Fall doch gewiss die Konsulwürde, zur gegebenen Zeit.«

Valerius staunte über die Unverfrorenheit dieses Mannes. »Ich werde tun, was Nero mir befohlen hat. Ich werde Petrus finden und ihn dem Kaiser übergeben.« Er sah den Unglauben in Senecas Augen. »Nicht für dich oder für Nero, sondern für die zwanzigtausend Unschuldigen, die sterben werden, falls ich das nicht schaffe. Denkst du, er würde es als einen guten Handel betrachten, dieser Christusanhänger? Sein Leben für das von zwanzigtausend Menschen?«

»Ja, das würde er«, ertönte eine tiefe Stimme hinter ihnen. Wie lange hatte Paulus sie schon belauscht? Hätte er Seneca bereitwillig sterben lassen, ohne Hilfe herbeizurufen? Valerius sagte sich, dass er noch nie einen so skrupellosen Menschen getroffen hatte.

»Natürlich würde Petrus die Gelegenheit willkommen heißen, sein Leben für andere hinzugeben«, fuhr Paulus fort. »Schließlich hat mein Bruder in Christus für so vieles zu büßen. Wenn du Petrus finden kannst, wird er ein williges Opfer sein. Aber erst musst du ihn finden.«

XXXVII

Die Erde war heute verärgert und stieß Dampf aus, als quölle der Atem eines hart gerittenen Pferdes aus ihr.

Quintus Corbo ritt oft auf die kleine Anhöhe zwei Meilen vor Neapolis hinauf, um den Blick über den umkränzten Halbmond der Campi Flegrei zu genießen. Vielleicht hatte der große Homer einst hier gestanden und auf Puteoli und darüber hinaus geschaut, hinweg über die glitzernde smaragdgrüne und blaue Wasserfläche zur hübschen kleinen Hafenstadt Baiae und der Marinebasis Misenum. Zweifellos hatte der Dichter von den Phlegräischen Feldern gewusst, denn er hatte in der *Odyssee* darüber geschrieben und die Furcht einflößende Höhle des Zyklopen Polyphem dort angesiedelt. In jüngerer Zeit war Puteoli als der Hafen berühmt geworden, von dem aus Kaiser Gaius Caligula in einem Ausbruch manischer Extravaganz seine drei Meilen lange Schiffsbrücke gebaut hatte. Ein Akt, der ihn, wie manch anderes, seinem gerechten und schmerzhaften Ende ein Stück näher gebracht hatte.

Die Kaiser und ihre Eigenarten gingen Corbo heute nicht aus dem Sinn, doch nicht das hatte ihn hergeführt.

Er betrachtete sich selbst, vielleicht ungerechterweise, als kaum mehr als einen begeisterten Dilettanten in der Wissenschaft natürlicher Phänomene, doch hier, im riesigen Kochtopf der Aschefelder, hatten die Götter ihn in die beste Ausgangslage gebracht, um Aufschluss darüber zu gewinnen. Epicurus von Samos hatte als Erster die Theorie geäußert, die explosive unterirdische Aktivität im und um das *Mare Nostrum* sei eine direkte Auswirkung des Eindringens von Luft in die Tiefen der Erde. Dort lade sie sich mit einer neuen, grimmigen Energie auf, die sie gefährlicher mache als jedes andere Element. Der einzige Grund, der dafür sorge, dass nicht die ganze Welt explodiere, sei das Phänomen, das Corbo genau jetzt beobachtete. Wenn eine gewisse Menge an heftig aufgewühlter Luft sich in unterirdischen Hohlräumen gesammelt hatte, ließ die Erde sie durch Spalten und Löcher entweichen, wodurch sich der Druck abbaute. Corbo war durch die stinkenden Berge hinter Baiae gewandert und hatte die Hunderte von heißen Quellen und Schwefelbecken gesehen, aus denen die Gase mit mächtigen Strahlen überhitzten Dampfs entwichen. Die Ungebildeten hielten diese manchmal für Riesen. Normalerweise entstand daraus ein niedrig hängender Nebel, doch heute war es, als stünde die ganze Halbinsel in Flammen.

Ein leichtes Erschauern der Erde ließ sein Pferd scheuen. Dies war ein weiteres Zeichen dafür, dass die unter Druck stehende Luft versuchte, einen Weg nach draußen zu finden, doch so etwas kam so oft vor, dass Corbo es kaum bemerkte. In den letzten Tagen waren die Beben sogar häufiger geworden, doch nicht einmal sein wissenschaftlich geschulter Verstand hatte diese Tatsache wahrgenommen.

Das mochte an seinen anderen Sorgen liegen. Für die Darbietung in der kommenden Nacht musste alles perfekt sein. Corbo war vor Kurzem zu einem der vier Ädilen von Neapolis ernannt worden, und er hatte das Glück gehabt, den Vorsitz über die öffentlichen Darbietungen zu bekommen und nicht, dem seien die Götter vor, die Kanalisation beaufsichtigen zu müssen. Die Stadt rühmte sich eines der besten Theater des Imperiums, und er war sehr stolz auf die Vorstellungen, die er dort abhalten ließ. Das neapolitanische Publikum war für seine Kritiklust berüchtigt, und die Leute betrachteten sich als die kultiviertesten Bürger des Imperiums.

Dem stimmte der Kaiser zweifellos zu. Denn morgen Abend würde er vor ihnen auftreten. Falls irgendetwas schiefliefe, wäre das Corbos Ende.

Der Gedanke ließ ihm keine Ruhe. Seit Monaten liefen die Vorbereitungen für dieses Schauspiel, aber vielleicht gab es ja sonst noch etwas, das er tun könnte? Der Leiter des Theaters war ein arroganter Pedant, er kannte jedoch seine Aufgaben und wusste wie Corbo um den Preis einer unvorhergesehenen Katastrophe. Corbo hatte dafür gesorgt, dass jeder Sitzplatz besetzt sein würde, und zwar mit Männern und Frauen, die Grund hatten, ihren Kaiser zu lieben. Um darüber hinaus sicherzustellen, dass die Darbietung mit Begeisterungsstürmen aufgenommen wurde, hatte Corbo tausend junge Männer mit künstlerischer Neigung engagiert, die in den verschiedenen angemessenen Formen von Applaus unterrichtet worden waren: *bombi*, das Imitieren von Bienensummen; *imbrices*, das Schlagen eines leeren Gefäßes mit einem dünnen Stock; und *testoe*. Dieses war ähnlich wie *imbrices*, aber der Klang war tiefer. Diese Männer würde er in Gruppen von je fünfzig an strategischen Stellen unter den Zuschauern positionieren, um im richtigen Moment das Lob des Kaisers zu singen. Angehörige der Stadtwache würden an jedem der Tore stehen, um bekannten Unruhestiftern den Zutritt zu verwehren. Das Programm selbst war ein sorgfältig gehütetes Geheimnis; jeder der Darstellenden war auf Stillschweigen eingeschworen. Sie waren für ihre Fähigkeiten ausgewählt worden – diese mussten gut, durften aber nicht herausragend sein. Dieser Abend würde nur einem einzigen Mann gehören.

Seufzend wendete er sein Pferd zurück zur Stadt. Nein, er konnte nicht mehr tun, als ein Gebet zu sprechen und der Göttin ein Lamm zu opfern. Wenn Minerva ihm nicht helfen konnte, konnte es niemand. Von dem großen konischen Berg, über dessen unteren Hangbereich er ritt, wehte mit einem leisen Lüftchen der Duft von Wacholder heran. Er lächelte. Es war ein Trost, im Schatten eines so schönen, gütigen und fruchtbaren Giganten zu leben.

Auf dem Weg mit dem Planwagen durchs Gebirge tupfte Lucius die Stirn seiner Tochter immer wieder mit einem Tuch ab. Das Bettlaken, mit dem Olivia zugedeckt war, war von Schweiß durchtränkt, und ihr Körper strahlte eine Hitze aus, als brenne dort ein offenes Feuer. Hin und wieder entschlüpfte ihren ausgetrockneten Lippen ein leises Stöhnen, und seine Schuldgefühle plagten ihn fast körperlich, als kratzte ihm jemand mit dem Nagel über die Schädeldecke.

Zum hundertsten Mal wiederholte er sein Gebet und rief Gott, seinen Herrn, an, ihm die Kraft zum Ausharren zu geben. Natürlich bedauerte er Olivias Qual, aber er konnte den Impuls nicht bereuen, der ihn dazu gebracht hatte, sie mitzunehmen. Es wäre viel einfacher gewesen, hätte die Zeremonie in Rom stattgefunden, doch die Botschaft, die er erhalten hatte, war eindeutig gewesen.

Olivia stöhnte erneut, fast schon ein Schrei, und er führte einen Krug Wasser an ihre aufgesprungenen Lippen und flößte ihr ein wenig davon ein. Er wusste, dass ihr Leiden mit jeder Meile auf diesem ausgefahrenen Weg größer wurde, doch sie musste es ebenso ertragen wie er selbst. Sie wurden geprüft, doch wenn Olivia die Prüfung überlebte, würde sie gerettet werden, so oder so. Neapolis lag einen Tag Fahrt entfernt und die Villa eine Fahrtstunde dahinter. Ein weiteres Schlagloch ließ ihn aufstöhnen. Seine alten Knochen waren dieser primitiven Form des Reisens nicht wirklich gewachsen. Er dachte an Petrus, und der brennende Blick des Judäers linderte sofort den Schmerz, der jeden Teil seines Körpers ergriffen hatte. Petrus würde sie erwarten.

Rom war für Christen zunehmend gefährlich geworden. Würde er die Kraft besitzen, für seinen Glauben zu sterben? Wenn er in Petri Gegenwart war und mit den anderen Angehörigen der Gemeinde betete, schöpfte er jedes Mal neuen Mut. Allein fand er es schwieriger, tapfer zu sein. Ruth hatte ihm geholfen, seine Schwäche zu verstehen und sie zu bekämpfen. Wie sehr er die junge Christin gebraucht hatte, war ihm erst klar geworden, als sie nicht mehr da war. Seneca hatte sie ihm geschenkt; was für ein Glück, dass der Philosoph sein Freund war. Anfangs war Ruth für ihn einfach nur eine weitere Sklavin gewesen, doch ihre Güte und Schönheit strahlten aus ihr heraus wie das Licht von Sonne, Mond und Sternen zusammengenommen. Er hatte sich in sie verliebt, hätte das jedoch niemals zugegeben. Jetzt war er erneut allein, und der Tod machte ihm Angst. Er lächelte traurig. Nicht ganz allein. Valerius war ein guter Sohn, der sich um seinen Vater kümmerte. Wäre Valerius nicht gewesen, wäre er an Ruths Seite gestorben. Irgendwann hatte er sogar geglaubt, seinen Sohn in Gottes Gemeinde einführen und retten zu können. Doch der Tag von Ruths Tod hatte einen Valerius zum Vorschein gebracht, den er niemals würde erreichen können. Einen Mann, der sich von jedem Gott, sei er römisch oder christlich, entfremdet hatte.

Wenn es in der Macht seines Sohnes gestanden hätte, hätte der ihn an der Reise gehindert, und vielleicht versuchte er sogar jetzt noch, ihn einzuholen. Deshalb hatte Lucius den Fahrer angewiesen, unterwegs die Hauptstraßen zu meiden. So Gott wollte, würden sie morgen die Villa erreichen, Olivia würde gerettet und seine eigene Seele für immer in Gottes Hand gelegt.

Fünfundzwanzig Meilen weiter westlich gab Poppaea Augusta Sabina sich größte Mühe, ihre Angst zu verbergen. Sie hatte sich bereits zweimal erbrochen, doch dieses Elend hatte nichts mit dem Schaukeln der riesigen Liburne zu tun.

Das Schiff war das schnellste Fahrzeug der Meere und würde alle Piraten abhängen, die der Ansicht waren, der Reichtum eines kaiserlichen Geleitzugs sei das Risiko der Auseinandersetzung mit den schwer bewaffneten Geleitschiffen wert. Nein, das Problem lag in dem, wozu sie sich bereit erklärt hatte. Betrachtete Nero sie wirklich mit Sorge, oder verbargen die blassen Augen eine finstere Absicht?

Die Angst machte ihren Mund trocken, und sie trank erneut einen Schluck Wein. Sie ruhte auf einer von zwei reich verzierten Polsterliegen im Schatten eines breiten Sonnensegels aus goldenem Tuch. Die sanfte salzige Brise, die das Schiff mit seiner Fahrt erzeugte, kühlte sie. Alles, woran sie denken konnte, war Petrus. Wurde er leichtsinnig? Schlimm genug, dass der meistgesuchte Mann Roms es geschafft hatte, als Schmuckhändler verkleidet in ihre Wohnräume vorzudringen, aber sie dann auch noch zu bitten, diese Zeremonie auszurichten ... Sie hatte ihn angefleht, von ihr abzulassen, doch seine Stimme und seine Augen hatten eine solche Überzeugungskraft. *Nur indem wir unseren Glauben und unseren Mut prüfen, können wir wirklich zu Gott gelangen*, hatte er gesagt. Und sie hatte eingewilligt. Es war, als hätte er sie mit seiner Rede über eine neue und bessere Welt jenseits der quälenden diesseitigen hypnotisiert.

Sie wollte so gern tapfer sein, doch alles, was sie empfand, war das Gefühl, in der Falle zu sitzen. Selbst wenn sie vor ihm niederfiele und alles gestünde, würde Nero sie zusammen mit den anderen töten, ohne mit der Wimper zu zucken. In ihrem Fall eher unauffällig und nicht öffentlich, doch sie dachte daran, wie die Christen, ihre Glaubensgenossen, von wilden Tieren zerrissen worden waren. Sie sah die junge Frau vor sich, die vergebens versucht hatte, ihr Kind zu retten. Nun, wenigstens wurden sie auf dieser Reise nicht von dem schrecklichen Torquatus begleitet. Er war in Rom zurückgeblieben, um irgendeine Art von Krise zu bewältigen, doch das bedeutete nicht, dass seine Spione sie nicht trotzdem beobachten würden.

»Du bist ganz blass, meine Liebe. Möchtest du vielleicht schlafen?«

Die Stimme ließ Poppaea zusammenzucken, obwohl Nero sich gerade von seiner charmantesten Seite zeigte. Sie lehnte sein Angebot ab, sich hinter die heruntergelassenen Wände ihres Pavillons zurückzuziehen. Sie zog es vor, die Sonne auf den Wellen funkeln zu sehen wie eine Million winziger Diamanten, die Möwen mit ihren gelben Augen beim Zanken über die Essensreste im Kielwasser zu beobachten und die sanfte Brise auf ihrer Haut zu spüren. Plötzlich kam ihr jeder Moment ihres Lebens kostbarer vor als früher. Wie war es dazu gekommen?

Nero musterte seine Frau mit dem kühlen Interesse eines Sammlers schöner Statuen. Torquatus hatte Andeutungen über ein dunkles Geheimnis gemacht, aber bei Torquatus durfte man Anschwärzungen ohne Beweise nicht hinnehmen, es sei denn natürlich, sie dienten den eigenen Zwecken. Der Eifer, den der Prätorianerpräfekt in die Vernichtung anderer Menschen steckte, war bemerkenswert. Zu einer anderen Zeit hätte er den Machtkampf zwischen den beiden vielleicht unterhaltsam gefunden, doch auf seine eigene Weise hatte er Poppaea lieb gewonnen. Vielleicht lag es daran, dass er älter wurde, aber er fand es zunehmend schwierig, seine Begeisterung für ein Leben ständiger Exzesse aufrechtzuerhalten. Es gab nur eines, was er wirklich wollte: auf einer Bühne singen und die Bewunderung erhalten, die er verdiente. Stattdessen hatten die Götter ihm die Verantwortung für ein Imperium aufgehalst, in dem mehr Menschen lebten, als die Volkszähler zählen konnten. Oder vielleicht waren es auch nicht die Götter gewesen. Es war seine Mutter, die ihn mit ihrem grenzenlosen Ehrgeiz auf diesen Weg gebracht hatte. Die Galeere und das Meer erinnerten ihn an Agrippina, und er empfand den vertrauten Stich des Bedauerns über ihren Tod. Um Schuldgefühle handelte es sich nicht – der Fehler lag bei ihr –, doch ja, er bedauerte es, dass sie nicht länger hier war, um ihn zu leiten. Wenn sie ihn doch nur unterstützt hätte, statt ihn kontrollieren zu wollen. Dann wäre jetzt alles ganz anders.

Agrippina hätte die Christen als die Bedrohung erkannt, die sie tatsächlich darstellten. Widerliche Kreaturen, die ihre dreckige Philosophie wie Dung über das Land verbreiteten und mit diesem Dünger ein stetes Nachwachsen der Unruhestifter anregten. Was nur zog die Menschen zu ihnen hin? Wie konnten sie ihr Leben auf Geheiß eines obskuren Verbrechers riskieren, dessen Worte mit ihm am Kreuz hätten sterben sollen? Im Versuch, die Christen besser zu verstehen, hatte er Cornelius Sulla persönlich verhört, doch statt um sein Leben zu flehen, hatte der Mann versucht, ihn zu *bekehren*. Es war eine Art von Wahnsinn, für die es nur eine einzige Kur gab. Der Soldat Valerius hatte die Gelegenheit erhalten, den Führer des Kults zu finden, aber das würde ihm nicht gelingen. Eine sonderbare Wahl als Ermittler, doch Torquatus hatte die Ernennung äußerst überzeugend gefordert. Diese Christen lebten unter den Judäern wie krankes Vieh in einer Herde. Die Judäer würden also sterben, und die Christen würden mit ihnen zusammen ausgelöscht werden. Ohne die Führung der judäischen Christen würde die ganze Bewegung in sich zusammenfallen, doch er hatte die Absicht, an den römischen Konvertiten ein Exempel zu statuieren. Er würde sie einen nach dem anderen zerquetschen, wie ein Bettler Läuse zwischen den Fingernägeln zerquetscht.

Poppaea, die blass und schön auf der Polsterliege ruhte, verfolgte, wie er wieder den Platz im Bug einnahm und das erste Lied anstimmte, mit dem er das Volk von Neapel beglücken würde. Das Geschrei der Möwen war ihr lieber.

XXXVIII

Weißer Rauch umkränzte die felsige Landzunge eine Meile weiter östlich, und ganz kurz sah es so aus, als stünde die Halbinsel in ihrer ganzen Länge in Flammen. Der Kapitän des kleinen Frachtschiffs bemerkte Valerius' Interesse.

»Die Feuerfelder«, erklärte er düster. »Ein schrecklicher Ort. Es heißt, dort wanderten nachts Riesen umher. Aber eine gute Orientierungshilfe für einen Seemann sind sie. Selbst wenn man das Land im Nebel nicht sieht, riecht man den Schwefel noch aus einer Meile Entfernung.«

Valerius fand, dass die Bucht hinter der Landzunge eine der schönsten Gegenden war, die er je gesehen hatte. Ein Halbmond zerklüfteter Klippen und sandiger Einbuchtungen erstreckte sich fast so weit, wie das Auge reichte. Überragt wurde diese Landschaft von einem riesigen kegelförmigen Berg mit steilen Hängen, der in einen zerlumpten Mantel aus Grün- und Brauntönen gehüllt war. An den Fuß des Berges schmiegte sich die Stadt Neapolis wie ein glitzerndes creme- und ockerfarbenes Band. In ihrem Umfeld wiesen verstreute weiße Punkte auf die großen Villen der reichen Römer hin, die der Glut des römischen Sommers dorthin entflohen. Auf der anderen Seite des Berges bildeten bis in die Ferne reichende zerklüftete Gipfel, die in der Morgenhitze schimmerten, einen eindrucksvollen Hintergrund. Das Meer um das Schiff herum war eine ruhelose Decke aus Blau und Aquamarin, die vom Umriss dreier Inseln durchbrochen wurde. Sie lagen da wie Edelsteine auf einem schimmernden Seidentuch.

Zu Valerius' Überraschung segelten sie am Haupthafen vorbei. »Zu viele Steuereintreiber«, murrte der Kapitän. »Siehst du dieses schwimmende Bordell?« Er deutete auf ein golden glänzendes Schiff, das größer war als jedes andere im Hafen. »Es bedeutet, dass dein Herr und Meister sich in der Stadt aufhält und es dort nun von seinen Wächtern nur so wimmelt. Da drüben liegt der Ort, wo du hinwillst.« Er deutete auf eine Stelle der Küste unmittelbar vor ihnen. Dort mündete ein Fluss ins Meer und bildete einen natürlichen Hafen. »Oplontis.«

Sie landeten dreißig Minuten später, und Serpentius und Heracles luden das Gepäck aus, während Marcus und Valerius vom Hafen in die Stadt gingen, um Pferde zu suchen. Man schickte sie zu einem Stall außerhalb der Stadtmauern, wo Valerius die Miete für vier einigermaßen gesund wirkende Stuten aushandelte und nach dem Weg zur Villa der Familie Poppaeas fragte.

»Eine Meile südwärts an der Küstenstraße nach Pompei. Ein großes Anwesen. Ihr könnt es gar nicht verfehlen.« Der Stallbesitzer lachte mit einem Blick auf Valerius' teure Tunika. »Da Erntezeit ist, bieten sie dir vielleicht sogar Arbeit an.«

Erntezeit? Natürlich, warum hatte er nicht früher daran gedacht. Während der Fahrt nach Süden hatte Valerius immer wieder überlegt, wie Petrus seine Christen nur unbeobachtet in die Villa schmuggeln würde. Nun hatte er die Antwort. Gruppen umherziehender Landarbeiter wanderten von Anwesen zu Anwesen, um sich während der Ernte zusätzlich zu den Sklaven als Arbeitskräfte zu verdingen. Petrus konnte an Poppaeas Tor auftauchen, und der Aufseher würde die Christen einlassen, sie verpflegen und in der Sklavenunterkunft unterbringen. Es passte perfekt. Olivia könnten sie als eine auf der Reise erkrankte Ehefrau ausgeben.

Fabia hatte gesagt, Poppaea werde die Reise auf dem Landweg fortsetzen, während Nero in Neapolis bleiben würde, um sich auf seinen Auftritt vorzubereiten. Sie würde nur in Begleitung ihres persönlichen Gefolges reisen, zweimal in der Villa übernachten und dann zurückkehren, um den Triumph ihres Mannes mit ihm zu feiern. Falls Valerius' Berechnung stimmte, bedeutete das, dass sie sich bereits im Haus befand.

Durch schmale Gassen, die zum Meer hinunterführten, kehrten sie zum Hafen zurück. Unterwegs machten sie an einem öffentlichen Brunnen in der Nähe einer Bäckerei halt. Auf dem Weg vom Rohr ins Brunnenbecken gluckerte das Wasser melodisch, und Valerius trank in tiefen Zügen aus einem Becher, den er aus dem Becken genommen hatte. Als ihm der Duft frisch gebackenen Brotes in die Nase drang, kaufte er zwei Laibe und reichte einen davon Marcus.

Auf dem Weg von der Arkade in den Sonnenschein spürte er ein leichtes Beben der Erde. »Was war das?«

Marcus fühlte es ebenfalls, zuckte aber nur die Schultern. »Wahrscheinlich mahlt jemand Getreide. Wenn einer dieser großen Mühlsteine sich dreht, spürt man es manchmal bis in die Nachbarstraße.«

Als sie weggingen, fiel ihnen gar nicht auf, dass das eben noch aus dem Rohr schießende Wasser jetzt nur noch tröpfelte.

Der Gutsverwalter musterte misstrauisch den von der Reise dreckigen bärtigen Mann in dem schweren Gewand. Wenn seine Herrin allein mit diesem Mann zu sprechen wünschte, konnte er nichts dagegen unternehmen, aber er verstand nicht, was sie einem verarmten Wanderarbeiter zu sagen hatte.

Petrus gestattete sich ein Lächeln, als der Mann, sich tief verbeugend, rückwärts aus dem Raum ging. »Bin ich wirklich so abstoßend?«, fragte er Poppaea.

»Du sagtest, keiner würde deine Anwesenheit bemerken. Aber gleich zu Beginn hast du nichts Besseres zu tun, als darum zu bitten, dass ich dich empfange.« Poppaea bemühte sich, ihren Unmut zu verbergen. Ihre Gefühle für Petrus wechselten zwischen etwas, das an Verehrung grenzte, und heftiger Verärgerung über die beiläufige Art, wie der Judäer mit dem Leben anderer Menschen spielte. »So verhält sich wohl kaum jemand, der seine Anwesenheit hier geheim halten möchte. Bedenke, du bringst nicht nur dein eigenes Leben in Gefahr, sondern auch das meine und das vieler anderer.«

Mit einer Verbeugung nahm er den Tadel an. »Ich wollte

dir nur meinen Dank für deine Gastfreundschaft ausrichten.«

Poppaea runzelte die Stirn. Sie würde Petrus niemals der Lüge bezichtigen, doch manchmal konnte eine Auslassung eine ebenso große Sünde sein. Was er nicht erwähnte, war die Tatsache, dass seine Anwesenheit in diesem Zimmer seinen Zugriff auf sie und ihre Abhängigkeit von ihm in gleichem Maße verstärkte. Solange der Gutsverwalter lebte, würde sie nie mehr abstreiten können, Petrus zu kennen. Früher einmal hätte sie dieses Problem leicht beheben können, doch Petrus lehrte, dass alles menschliche Leben heilig war. »Wann führst du die Zeremonie durch?«

»Deine Mutter und dein Vater ...?«

»Sind bereits auf dem Weg nach Neapolis, um den Kaiser zu begrüßen.«

»Und die Diener?«

»Ich habe Vorkehrungen getroffen. Nur ein oder zwei von ihnen bleiben hier, und solange ich sie nicht rufe, werden sie nicht wagen, sich dem Becken zu nähern.«

»Dann findet die Zeremonie statt, sobald der Mond aufgegangen ist. Du wirst getauft und in die Gemeinschaft der Gläubigen aufgenommen. Gott wird mit dir und in dir leben, und er wird der Hüter deiner Seele sein.« Von einer Welle der Erleichterung überkommen, schloss Poppaea die Augen. Nie wieder würde sie Nero fürchten müssen.

»Und die anderen werden nichts davon erfahren?«

»Sie haben den Namen Poppaea noch nie gehört«, versicherte er ihr. »Und sie wissen auch nicht genau, wo sie sich befinden. Ihnen ist nur bewusst, dass ich die Villa nutzen darf, während die Besitzer auf Reisen sind. Sie werden in einer getrennten Zeremonie Gottes Obhut übergeben.«

Schniefend blinzelte sie eine Träne weg. »Ich verstehe immer noch nicht, warum sie hier sein müssen.«

»Weil die Taufe Verpflichtungen mit sich bringt.« Er sprach kurz angebunden, doch seine Stimme war sanft. »Indem du bereit bist, deine Errettung mit anderen, weniger vom Glück Begünstigten zu teilen, und ihnen erlaubst, es zu bezeugen, erweist du dich der Aufnahme in Gottes Kirche würdig. Durch deine Bereitschaft, dein Leben in Gefahr zu bringen, bist du Gott bereits näher gerückt. Wir brechen vor Sonnenaufgang auf, und du kannst dem Gutsverwalter sagen, dass ich dich verärgert habe und du uns alle weggeschickt hast.«

Poppaea nickte. »Dann also heute Abend.«

Er lächelte. »Heute Abend.«

»Sie schätzen die Zurückgezogenheit«, sagte Serpentius.

»Das bedeutet normalerweise, dass sie etwas zu verbergen haben«, stimmte Marcus ihm zu.

Von seinem Platz am Berghang betrachtete Valerius den Villenkomplex. Serpentius hatte recht. Eine hohe Mauer umgab die Gebäude, und große Bäume, welche die Mauer von innen säumten, verhinderten, dass man vom Berg aus hineinschauen konnte. Zusammengenommen wirkten diese Maßnahmen einschüchternd, doch das war eine Täuschung. Die doppelte Barriere war geeignet, einen Einblick zu verhindern, schützte aber nicht vor Einbruch. Die drei Männer trugen Zivilkleidung und hatten leichte Sommermäntel übergeworfen, damit man ihre Bewaffnung nicht sah. Heracles gesellte sich zu ihnen, nachdem er die Pferde gefüttert und getränkt im Schatten eines nahe gelegenen Olivenhains zurückgelassen hatte.

»Wie lange brauchen wir, um über die Mauer zu kommen, Serpentius?«, fragte Valerius.

»Das geht schnell.« Der Spanier grinste. »Die Bäume bedeuten, dass wir sie nicht sehen können, aber andersherum können sie uns auch nicht sehen. Wir können praktisch überall einsteigen.«

Valerius konzentrierte sich auf das Wenige, das er durch die Bäume hindurch erkennen konnte. Er nahm an, dass alle Olivenbäume, Kornfelder und Weinberge zwischen hier und der Stadt den Besitzern der Villa gehörten und dass dort draußen die meisten Sklaven arbeiten würden. Ein Funkeln von reflektiertem Sonnenlicht machte ihn auf eine mögliche Gefahr aufmerksam. Doch die Sonne glänzte nicht auf einer Klinge oder einer Speerspitze, sondern auf Wasser. Ein Becken. Und das bedeutete ... Jetzt entdeckte er ihn, einen im selben grauen Stein wie der Berghang erbauten Aquädukt, der fünfhundert Schritte entfernt zwischen den Bäumen hindurchführte. Er speiste das Becken und seinen Wasserfall.

»Wir versuchen es dort drüben.« Valerius deutete auf die Stelle, wo der Aquädukt auf die Mauer traf. Er blickte zum Himmel hinauf, der sich klar und blau über ihnen wölbte. »Wenn die Sonne im Zenit steht.«

Während sie im Schatten ruhten, ließ Valerius den Villenkomplex unten nicht aus den Augen. Irgendwo dort unten, hinter der weißen Mauer und verborgen von den Bäumen, warteten Lucius und Olivia. Er hatte seinen Vater für seine Dummheit verflucht, sich auf die Christen einzulassen, doch konnte er ihm wirklich verdenken, dass er tat, was er für richtig hielt, um Olivias Leben zu retten? Was immer geschah, er musste die beiden sicher von dort fortschaffen. Er griff nach dem Keileramulett an seinem Hals, aber dann fiel ihm ein, dass er es Olivia geschenkt hatte. Würde er es irgendwann bereuen? Falls Fabia sich irrte und Poppaea ihre kaiserliche Leibwache mitgebracht hatte, würde sich das Ganze möglicherweise in eine blutige Katastrophe verwandeln.

XXXIX

Tief unter dem Berg, in einem Prozess, der vor Millionen von Jahren begonnen hatte, gelangte die westliche Spitze einer der vierzehn Kontinentalplatten, die die Oberfläche der Erde bilden, an einen Punkt, wo der Druck, der sie vorwärtsschob, nicht ausreichte, um den Widerstand der Kruste zu überwinden, durch die sich die achtzig Kilometer dicke Platte mit dem Tempo von zwei Zentimetern pro Jahr bewegte. Normalerweise wäre die Spitze tief nach unten geschoben worden, wo die Hitze aus dem Erdinneren sie zu glühendem Magma zerschmolzen hätte. In diesem Fall aber blieb sie an Ort und Stelle stecken, bis der Druck sich so weit aufgebaut hatte, dass er sie erneut in Bewegung setzen konnte. Schon jetzt knirschte die Erdkruste unter der Belastung durch die aufgestaute Energie. Wenn es wieder vorwärtsginge, würde die riesige Platte mit einem einzigen Ruck die Entfernung zurücklegen, die sie normalerweise in zehn Jahren durchwanderte. Dieser Augenblick stand kurz bevor.

Sie arbeiteten sich quer über den Berghang vor. Zu Valerius' Linken stieg der Berg mit seinem Bewuchs aus Reben und Olivenbäumen steil nach oben an, bis der Gipfel sich im schimmernden Dunst verlor. Zu seiner Rechten war das Gelände weniger abschüssig und senkte sich langsam zum türkisblauen Meer hinab, das noch nie einladender ausgesehen hatte.

Die große Hitze war erstickend. Selbst Serpentius, der zwischen den sonnengebleichten Bergen nördlich von Astorga aufgewachsen war, beschwerte sich, falls die Hitze noch zunähme, würde er wegschmelzen. Die von der Sonne erhitzten Felsen warfen die Strahlen zurück und verstärkten ihre Kraft, sodass es den dreien so vorkam, als würde jedes Tröpfchen Flüssigkeit ihrem Körper entzogen. Der Schweiß durchtränkte ihre Kleidung und brannte salzig in ihren Augen, die sie zu Schlitzen zusammenkniffen, um im gnadenlos grellen Licht etwas sehen zu können. Nach einer scheinbaren Ewigkeit versammelten sie sich im Schatten unter dem letzten Steinbogen, bevor der Aquädukt die Mauer zum Villenpark überquerte.

Valerius wandte sich den anderen zu. Er war zu einer Entscheidung gelangt. »Ich erledige das allein«, sagte er. »Wartet hier, bis ich zurückkomme. Sollte es irgendein Anzeichen von Ärger geben, stoßt einen einzelnen Pfiff aus, und kehrt zu den Pferden zurück. Ich komme dann nach, wenn ich kann.«

»Aber ...«

»Das ist jetzt mein Kampf, Marcus. Ihr habt schon oft genug den Hals für mich riskiert.«

Serpentius und Heracles vereinigten ihre Hände zu einer Fußstütze, von der aus Valerius bis zur Oberkante der Mauer reichen konnte. Halb in der Erwartung, angeschärfte Eisenspitzen oder scharfkantige Korallenstücke vorzufinden, mit denen die Besitzer manchmal ihre Grundstücke schützten, strich er mit den Fingern über die Mauerkrone. Nachdem er sich überzeugt hatte, dass nichts davon vorhanden war, stemmte er sich mit den Ellbogen hoch, um durch die Bäume hindurchzuspähen. Die erhöhte Lage verschaffte ihm einen wunderschönen Blick über den Villenkomplex bis zum dahinter liegenden Meer und der lang gestreckten Insel Capri, die dalag wie ein schlafender Riese, der kurz davor war, aufzuwachen und in die Ferne davonzumarschieren.

Im Vergleich zu dieser Villa nahm sich Senecas Anwesen wie ein bescheidenes Familienheim aus. Ein weitläufiges zweistöckiges Meisterwerk aus hellem Stein, weißen Marmorsäulen und Terrakottaziegeln erstreckte sich über mindestens vierhundert Schritte den Hang hinunter. Flankiert von zwei mit Säulen dekorierten Wegen, war ein riesiges saphirblaues rechteckiges Becken das zentrale Schmuckstück der Anlage. Eingefasst wurde es von einer weißen Marmormauer, die mit mehreren Reiterstatuen gekrönt war. An der vorderen Schmalseite, unmittelbar unter Valerius, speiste ein dekorativer Wasserfall das Becken.

Um den Wasserfall zu schaffen, hatte man einen Teil des Zustroms aus dem Aquädukt über eine breite Marmorstufe geleitet, von wo das Wasser schäumend herabstürzte. Zu seiner Linken bildeten exotische Bäume eine schattige Zuflucht zwischen dem geometrischen Muster der Pfade. Vom Rauschen des Wassers abgesehen, war das einzige Geräusch das Summen der Insekten, die durch die überhitzte Luft schwirrten.

Von den Bäumen gedeckt, ließ er sich über die Mauer

gleiten und huschte den Hang hinunter. Vor Sicht von der Villa war er jetzt durch zwei flügelähnlich errichtete Gebäude gedeckt, die das Becken von zwei Seiten umfassten. Er blieb stehen und lauschte erneut. Zunächst einmal musste er sich in dem Gebäudekomplex orientieren. Irgendwo in dem Labyrinth aus Korridoren, Zimmern und persönlichen Gärten wartete Poppaea darauf, dass Petrus kam und ihre Seele rettete. Er bezweifelte, dass sich der Judäer selbst in der Villa aufhielt. Falls Valerius' Vermutung stimmte und die Christen in der Verkleidung von Landarbeitern gekommen waren, musste er nach der Sklavenunterkunft suchen.

Seit Fabia ihm Poppaeas Geheimnis enthüllt hatte, hatte er sich mit der Frage herumgeschlagen, was er als Nächstes tun sollte. Anfangs hatte er es wie ein militärisches Problem betrachtet, doch rasch war ihm klar geworden, dass die Situation Geschick erforderte, nicht Kraft. Er konnte nicht einfach durch die Tür stürmen. Dann würde Poppaea sofort dem Impuls folgen, Petrus zu schützen. Selbst wenn Valerius hineingelangte, würde sie alles leugnen, und damit wäre er dem Judäer, Olivia oder seinem Vater kein bisschen näher gekommen. Irgendwie musste er an diese drei herankommen, ohne dass Poppaea es bemerkte. Sollte die Zeremonie schon stattgefunden haben, umso besser, doch er bezweifelte es. Da Petrus auf dem Landweg gereist war, konnte er Neapolis erst spät in der Nacht oder früh am Morgen erreicht haben, sodass Poppaea wohl kaum Gelegenheit gehabt hatte, für die Abgeschiedenheit zu sorgen, die sie für die Zeremonie benötigten. Nein. Es würde in der Nacht stattfinden. Heute Nacht.

Er blieb in der Deckung einer Gruppe von Lorbeer- und Oleanderbüschen stehen. Noch immer war er nicht weit genug gekommen, um um die Ecke des großen Gebäudes zu schauen. Während er noch eine kurze Pause machte, bevor er weiterging, fiel ihm die fast gespenstische Ausstrahlung ein, die die bleiche Olivia bei seinem letzten Besuch am Krankenbett gehabt hatte. Aus irgendeinem Grund hatten ihre Gesichtszüge verschwommen gewirkt, als sähe er sie durch einen dichten Nebel. Ein Priester hatte ihm einmal gesagt, die Erinnerung verblasse im selben Maße wie die Seele der geliebten Person. Kam er bereits zu spät? Er schüttelte den Kopf, um die Verzweiflung abzuwehren. In diesem Moment erhaschte er ein Rascheln von Blättern. Sich aufrichtend, drehte er sich um, und seine Linke griff reflexhaft nach dem Schwert. Zu spät. Etwas traf seinen Schädel von der Seite, und die Welt wurde grau und dann schwarz. Sein letzter Gedanke war, dass er erneut gescheitert war.

Aufwachen war ein zu harmloses Wort für den endlosen Kampf durch die quälende Finsternis. Als er endlich die Augen aufschlug, fand er sich in einem abgedunkelten Zimmer mit weiß verputzten Wänden und roh gezimmerten Möbeln wieder und vernahm Stimmen, die verstummten, sobald die Sprecher merkten, dass er zu Bewusstsein gekommen war. Er hörte, wie sich eine Tür schloss, und glaubte zunächst, man habe ihn allein gelassen.

»Du bist sehr zäh, mein junger Freund, und hattest

Glück.« Die leise Stimme ertönte dicht an seinem rechten Ohr.

»Ich fühle mich nicht vom Glück begünstigt«, Valerius konnte seine eigenen Worte kaum hören. »Es sei denn, weil ich mich in den Händen eines Heilers befinde. Mein Kopf fühlt sich so an, als wäre er von einem Bären zerquetscht worden.«

»Deinen Kopf kann ich heilen.« Petrus lächelte. »Eine zerschnittene Kehle hätte sich als weit größere Herausforderung erwiesen.«

Valerius' linke Hand wanderte spontan zu seinem Hals, bevor ihm klar wurde, wie dumm das war. »Meine Kehle fühlt sich besser an als mein Kopf«, versicherte er dem Arzt.

»Gewiss«, pflichtete der Judäer ihm bei. »Aber Isaac, der bei uns die Rolle des Wächters innehat, hätte es lieber anders gesehen. Er ist ein ehemaliger Soldat«, fügte er hinzu, als wäre das Erklärung genug.

Valerius hob den Kopf, doch Petrus legte ihm sanft die Hand auf die Schulter. »Du solltest dich ausruhen. Mit Sicherheit hast du viele Fragen, aber vielleicht können sie warten.«

Ein schweres Gewicht schien den jungen Römer in die Dunkelheit zurückziehen zu wollen. Dann fiel ihm ein, wie Olivias Gesichtszüge vor seinen Augen verblasst waren. »Nein«, sagte er dringlich. »Dafür fehlt die Zeit.«

»Zeit gibt es immer«, entgegnete Petrus. »Wir befinden uns alle in Gottes Hand. Aber vielleicht ... du bist wegen deines Vaters und deiner Schwester hier?«

Valerius schüttelte den Kopf. »Ich bin deinetwegen gekommen. Du bist der Mann, den sie Fels Jesu nennen?«

Petrus lächelte betrübt. »Natürlich. Und du hast Soldaten?«

»Keine Truppen. Drei ... Freunde. Von meiner Seite wird dir nichts geschehen.«

»Nicht von deiner Seite.« Der Judäer seufzte erschöpft. »Aber allein schon die Tatsache, dass du hier bist, macht dich zu einer Bedrohung ... und nicht nur für mich.« Valerius hörte die unausgesprochene Frage. *Sollte ich dich töten lassen?*

»Euer Christus hat Menschlichkeit und Gnade gelehrt. Das habe ich gelesen.«

Petrus hob vorsichtig Valerius' rechten Arm hoch und musterte die Holzfaust. »Außerdem hat er gesagt *Wenn deine rechte Hand dich ärgert, haue sie ab.* Du hast vermutlich deine rechte Hand geopfert, um dein Leben zu retten oder vielleicht auch das eines anderen Menschen. Manchmal muss man um des Friedens willen Opfer bringen. Manchmal muss man etwas Geliebtes opfern, wenn man um einer Sache willen auch zu sterben bereit wäre.«

In der Stimme lag ein tiefes Widerstreben, doch die Worte erinnerten Valerius an einen anderen Mann, dem er an einem anderen Ort begegnet war.

»Das hätte Paulus auch gesagt.«

Petrus hob den Kopf, und zum ersten Mal sah Valerius eine Regung in seinen blassen Augen. »Du hast Paulus kennengelernt?«

»Er nennt sich deinen Bruder in Christus, doch ich glaube, er will dich verraten.«

Petrus richtete sich auf, und zum ersten Mal erkannte Valerius die wahre Größe dieses Mannes. In diesem Augenblick verstand er, warum der Christuskult den Tod ihres Gründers überlebt hatte. Hier war ein Anführer, dem andere Menschen bis ans Ende der Welt folgen würden.

»Es gibt nur einen einzigen Gott, und er hat nur einen einzigen Sohn, Jesus Christus«, sagte der Judäer ernst. »Doch jeder Mensch betrachtet Gott auf seine eigene Weise, so wie jeder von uns seine eigene Sicht auf den Weg hat, der vor uns liegt. Dreimal habe ich Jesus verleugnet, und doch hat er mich zu seinem Fels und zum Bewahrer seiner Wahrheit ernannt. Die Wahrheit kann jedoch wie schlechter Wein sein, sauer auf der Zunge und schwer zu schlucken. Um den wahren Jesus zu verstehen und Gott näherzukommen, muss man das Unglaubwürdige übergehen, das Unglaubliche hinnehmen und das Gefährliche willkommen heißen. Paulus möchte jene Teile von Jesu Lehren, die am wenigsten schmackhaft sind, der Finsternis überantworten und nie wieder von ihnen sprechen. Er möchte die Wahrheit mit Honig süßen, damit sie allen Menschen mundet. Auf diese Weise möchte er denen, die von Unruhe erfüllt sind oder deren Glaube geprüft wird, den Zugang ins Haus Gottes erleichtern. Aber für mich, Valerius, kann es nur eine einzige Wahrheit geben, und das ist die ganze Wahrheit. Zwei Männer, zwei Pfade, aber nur für einen von ihnen kann man sich entscheiden.«

»Aber Paulus wünscht deinen Tod.«

»Paulus sieht den Weg, der vor uns liegt, auf seine Weise«, erklärte Petrus ruhig. »Im Herzen ist er ein Soldat, genau wie du, und seine Methoden sind die Methoden eines Soldaten. Was immer die Zukunft bringt, es ist Gottes Wille, und ich bin dadurch gebunden. Es kann nur einen Glaubensführer geben.«

Lange Zeit, so kam es Valerius vor, saßen sie schweigend da.

»Du hast vom Opfern geredet«, nahm Valerius den Faden wieder auf. »Es hat bereits so viele Opfer gegeben. Cornelius Sulla ist auf einem Scheiterhaufen verbrannt, weil er sich geweigert hat, seinem Glauben abzuschwören oder seine Freunde, deine Anhänger, zu verraten. Sein Bruder Publius ist im Dienste eures Gottes durch sein eigenes Schwert gestorben. Und Lucina Graecina, eine große Dame, die mir einmal sagte, sie würde um der Liebe Jesu Christi willen bereitwillig in den Tod gehen, ist zutiefst gedemütigt worden. Aber sie sind nicht für Christus gestorben, oder? Sie sind für Petrus gestorben. Christus ist tot. Seinen Platz hast du eingenommen.« Er blickte auf und sah etwas in den Augen des alten Mannes glänzen, das Tränen sein mochten. Die Angst vor der Antwort, die er erhalten würde, ließ ihn zögern, die Frage zu stellen, um derentwillen er gekommen war. »Sie opfern sich für dich. Wärest du bereit, das Leben von zwanzigtausend Unschuldigen für deinen Glauben zu opfern?«

Petri Gesicht verhärtete sich, als er zum ersten Mal von der Drohung des Kaisers gegenüber den Judäern hörte. »So viele Menschenleben für einen einzigen Mann?« Er schüttelte den Kopf. »Es ist keine leere Drohung. Für diesen Kaiser bedeutet das Leben von Menschen nichts. Er wird genau das tun, was er gesagt hat. Ich muss darüber nachdenken.«

Er musterte Valerius aufmerksam. »Woher wusstest du, dass du mich hier finden würdest?«

Valerius berichtete ihm von Fabia und dem Zugriff, den Torquatus auf sie hatte.

»Dann müssen wir rasch handeln. Ich glaube, dass Torquatus Poppaea unterschätzt. Sie ist bereits jetzt stark, und sie wird noch stärker werden, wenn sie durch Gott geweiht ist. Ich glaube, dass sie die Oberhand erringen und Torquatus stürzen wird. Glaube kann Berge versetzen. Komm, ich bringe dich zu deinem Vater und deiner Schwester.«

»Eines noch.« Valerius richtete sich mühsam vom Bett auf. »Ich muss es wissen. Wirst du mit mir nach Rom zurückkehren?«

Petrus sah ihn lange an, doch die Gewissheit war in seine grauen Augen zurückgekehrt, und Valerius kannte die Antwort, bevor er sprach.

»Ja, ich komme mit. Aber erst muss ich die Arbeit zu Ende bringen, die ich hier begonnen habe.«

XL

Sie stellten Olivias Bett auf dem mit Marmor gefliesten Weg beim Becken ab. Als Valerius seine Schwester sah, machte sein Herz vor Schreck einen Satz. In den wenigen Tagen, seit er sie verlassen hatte, hatte die Krankheit, die Olivia langsam sterben ließ, sie noch stärker ausgemergelt, als sie es ohnehin schon gewesen war. Ihre Wangen waren tief eingefallen, und um die Augen hatte sie dunkle Ringe. Ihre Lippen, noch vor einer Woche voll und warm, waren jetzt ein blasser Strich über den vor Schmerz zusammengebissenen Zähnen. Wüsste er es nicht besser, würde er glauben, sie sei bereits tot.

Lucius stand an der Seite seiner Tochter, blass und körperlich und seelisch erschöpft. Doch trotz seiner Verfassung bemerkte Valerius ein ungewöhnliches Strahlen in seinen Augen, als hätte jemand dahinter ein langsam brennendes Feuer angezündet. Der alte Mann spürte die Anwesenheit seines Sohnes und blickte müde auf. »Nur Petrus kann sie jetzt noch retten.«

Inzwischen war es recht dunkel, doch über dem Becken teilten sich die Wolken, und das Mondlicht tanzte auf den sich kräuselnden Wellen wie glitzernde Scherben zerbrochenen Glases. Ein Sprechgesang kündigte Petri Ankunft an der Spitze einer kleinen Prozession an, die von vier Fackelträgern begleitet wurde. Valerius staunte über die Verwandlung des Judäers. Der sorgenvolle alte Mann im zerlumpten, flohverseuchten Mantel war einer eindrucksvollen Gestalt gewichen, bekleidet mit der goldglänzenden Robe des Hohepriesters eines judäischen Tempels, dessen Majestät durch eine gepolsterte Krone noch unterstrichen wurde und dessen Pracht ein mit Edelsteinen besetzter Brustschild noch steigerte. In einem schlichten weißen Gewand schritt Poppaea, von zwei Zofen begleitet, gelassen hinter ihm her, blass wie eine Wassernymphe, das Haupt hocherhoben und den Blick auf den Wasserfall am Ende des Beckens geheftet. Valerius trat in den Schatten zurück, doch da hatten ihn die dunklen Augen bereits erfasst und sich vor Überraschung geweitet.

Die kleine Prozession traf am Ende des Beckens ein, wo der künstliche Wasserfall weiß schäumte. Das Becken war hier flach, und es waren Stufen eingelassen worden, um den Zugang zu erleichtern. Bevor Poppaea ins Wasser stieg, erklärte Petrus sie der Zeremonie würdig. Ein hochgewachsener bärtiger Mann in einem weißen Gewand trat aus dem Schatten und legte ihr eine Hand auf die Stirn. Etwas an dem Mann kam Valerius bekannt vor, aber er konnte den Finger nicht darauflegen. Sein Vater flüsterte, Poppaea bekomme nun die Fragen gestellt, die vor der Erteilung des Sakraments beantwortet werden müssten. Schließlich nickte der Mann ernst und führte sie die Stufen hinunter ins Becken.

Als die beiden knietief im Wasser standen, ergriff er ihre Hand und trat mit ihr zum Katarakt. Der Mond war hinter Wolken verschwunden, doch nun fiel ein einzelner Lichtstrahl auf die beiden Menschen vor dem Wasserfall. Valerius sog den Atem ein und hörte, wie alle um ihn herum verblüfft Luft holten. Es war ihm, als hätte er den bei Poppaea stehenden Mann sein ganzes Leben gekannt, dabei wusste er, dass er ihn vor heute Abend noch nie gesehen hatte. Poppaea zögerte, und erschreckte Stille breitete sich unter den Beobachtern aus, doch das Zögern dauerte nur einen Augenblick, dann stürzte sie sich mit einem ekstatischen Schrei in die schäumende Flut. Als Antwort hob der Mann die Hände zum Himmel und stieß mit einer von Gefühlen überwältigten Stimme eine Anrufung aus.

»Herr, unser Gott, reinige diese unwürdige Frau von ihren Sünden, und nimm sie getreu deinem Bund in dein Haus auf. Schreibe dein Gesetz in ihr Herz ein, erfülle sie mit deinem allmächtigen Geist, und nimm ihre unsterbliche Seele in deine Obhut.«

Als Poppaea unter dem Wasserfall hervortrat, klebte ihr das Gewand am Körper und ließ jede Kurve und jeden Schatten erkennen, doch Valerius hatte nur Augen für den Mann, der neben ihr stand. Spielte das Licht ihm einen Streich? Nein, er hatte genug Wunden gesehen, um sich sicher zu sein. Auf dem Handgelenk des Priesters trat die Narbe einer alten Wunde hervor. Valerius wandte sich seinem Vater zu, doch Lucius nahm den Blick nicht von Poppaea. Valerius berührte den alten Mann an der Schulter. »Hast du gesehen ...?« Doch als er sich wieder zum Becken zurückdrehte, war die Gestalt im weißen Gewand verschwunden.

Poppaeas Zofen hüllten ihre Herrin rasch in ein weißes Tuch, und Petrus legte ihr die Hand auf die Stirn und sagte: »Du bist nun wiedergeboren. Im Namen Jesu Christi nenne ich dich Maria. Gott ist in deinem Inneren, du bist sein Tempel, gehe hin in Frieden.«

Als Poppaea sich vom Becken entfernte, wirkte sie größer, und ihre Augen glänzten von dem Wunder, das sie gerade erlebt hatte. Obgleich ihr das Haar am Kopf klebte, strahlte sie eine innere Schönheit aus, die alles überstieg, was sie zuvor besessen hatte. Sie ging in wenigen Fuß Entfernung an Valerius vorbei, ließ aber nicht erkennen, ob sie ihn wahrnahm. Auf der Suche nach dem Mann im weißen Gewand musterte Valerius die Männer und Frauen um sich herum. Zu ihnen gehörten auch der Anwalt aus der Taufkammer in Rom und seine mollige Frau, die unverwandt zum Wasserfall starrte. Valerius spürte, dass der Boden unter seinen Füßen zitterte, aber keiner schien es zu bemerken.

Lucius zerrte an seinem Ärmel, die Augen strahlend vor Begeisterung. »Hast du es gesehen?«, fragte er. »Sie ist wiedergeboren worden. Gottes Geist ist in einem Lichtstrahl gekommen und in sie eingedrungen. Verstehst du, was das bedeutet? Olivia kann gerettet werden, aber nur, wenn wir ihre Seele in Gottes Obhut übergeben.« Die Hand des Vaters packte ihn fester. »Wirst du dich mir anschließen, Valerius, und sie auf ihrer Reise zum Heil begleiten?«

»Hast du ihn gesehen?«, fragte Valerius.

»Petrus?«

»Nein. Den Mann mit den Wunden an den Händen.«

Sein Vater öffnete den Mund, doch bevor er eine Antwort geben konnte, ertönte vom Hang oben ein Schrei.

»Reiter! Reiter von Norden!«

XLI

Im Mondlicht schimmerten die Mauern der Villa wie ein Leuchtfeuer, als Decimus Torquatus mit Rodan und zwanzig staubbedeckten batavischen Reitern über die befestigte Straße ritt. Es war ein langer Tag gewesen, und es versprach, eine noch längere Nacht zu werden. Die Information zu erlangen hatte länger gedauert, als er erwartet hatte, doch sein Zorn darüber wurde durch das Ergebnis des Verhörs ein wenig gemildert. Wenn er es richtig berechnet hatte, müsste Poppaea noch immer mit ihren Schmarotzerfreunden vor Ort sein, und er würde sie wie Singvögel in einem Netz fangen. Ihre Verbindung mit den von ihr unterstützten Aufrührern würde ihren Verrat für alle sichtbar machen. In einer perfekten Welt hätte er mehr Soldaten dabei, aber die Centurie von Prätorianern, die als Fußtruppe nachkam, würde die Villa erst nach Tagesanbruch erreichen. Er tröstete sich mit dem Gedanken, dass ein Trupp von zwanzig altgedienten Reitersoldaten mehr als genug war, um ein paar religiöse Fanatiker einzuschüchtern. Da er im Allgemeinen selten Emotionen empfand, überraschte ihn das plötzliche Vergnügen, mit dem er seiner Begegnung mit Poppaea entgegensah. Sie würde vor ihm auf die Knie fallen und ihn um Vergebung anflehen. Vielleicht würde sie sich sogar überzeugen lassen, noch ein wenig mehr anzubieten?

Der Gedanke entlockte ihm ein Lächeln, und er trieb sein Pferd zum Galopp an. Süßer würde nur eines sein: der Moment, in dem er sie Nero vorführte und sie zwang, diesem ihre Schuld zu gestehen.

»Schnell, schaff Olivia ins Haus«, schrie Valerius seinem Vater zu, doch Lucius starrte ihn an, als wäre er verrückt geworden. Die beim Becken wartenden Christen liefen durcheinander wie Hühner, die einen Fuchs entdeckt haben, sich aber nirgends verstecken können. Marcus, Serpentius und Heracles kamen angerannt.

»Ins Haus!«, blaffte Valerius. Er nahm das Bett seiner Schwester am Kopfende und machte Marcus ein Zeichen, das Fußende zu packen. Endlich setzten sich die Christen auf Petri Drängen hin zur Villa in Bewegung. Einen anderen Ausweg gab es nicht. Er konnte die Leute nicht hinausschaffen, bevor die Reiter eintrafen, aber in dem großen Labyrinth ineinander verschachtelter Räume, aus dem Poppaeas Villa bestand, könnte er sie vielleicht beschützen. Mit etwas Glück würden sie irgendwie einen Fluchtweg finden.

Er spürte, wie eine Hand ihn am Arm packte. »Olivia«, rief Lucius. »Wir müssen warten. Sie muss getauft werden.«

»Willst du sie verbrennen sehen, Vater?« Valerius schüttelte die in ihn gekrallten Finger ab. »Das wird sie nämlich, wenn wir hier bleiben. Verstehst du denn nicht? Torquatus geht es um Poppaea, aber es gibt nur einen Beweis für ihre

Schuld: Er muss euch ebenfalls festnehmen und zwingen, sie vor dem Kaiser anzuprangern.«

Lucius zuckte zurück, als hätte Valerius ihn geschlagen. »Wir werden eher sterben, als unseren Glauben zu verraten.«

Serpentius, der mit einem Kind in jedem Arm an ihnen vorbeirannte, lachte. »Tapfer sein ist leicht, solange man die Hitze des Feuers nicht spürt, alter Mann.«

Inzwischen befanden sie sich am hinteren Ende des Beckens, von wo eine Tür in einen Gang führte, der den Beckenbereich mit der Hauptvilla verband. Valerius rannte voran. Er gelangte in einen Raum mit einem großen Fischteich in der Mitte. Daneben lag das *lararium*, in dem die Familie die täglichen Opfergaben für die Haushaltsgötter darbrachte, und dahinter gab es einen Raum, in dem die Totenmasken von Poppaeas Vorfahren ausgestellt waren. Schließlich kam er in eine große Durchgangshalle, von der eine Treppe ins Obergeschoss führte. Ganz in der Nähe befand sich ein kurzer Flur zum Haupteingang der Villa. Er zögerte und war in Versuchung, es im Freien mit seinem Glück zu versuchen. Aber ohne Poppaea durfte er nicht verschwinden, und ohnehin war es vielleicht bereits zu spät. Er traf eine Entscheidung.

»Schafft Olivia nach oben.« Er übergab Heracles sein Ende des Bettes. »Und bringt den Rest dieser Schafe ebenfalls da rauf.« Bei dieser Beleidigung fuhr Petrus auf, doch Valerius beachtete den alten Mann nicht.

»Was ist mit dir?«, fragte Marcus.

»Ich hole die Kaiserin. Sollte ich nicht zurückkehren, haltet so lange wie möglich durch. Ich glaube nicht, dass sie es wagen werden, den Palast niederzubrennen, aber falls doch, müsst ihr die Christen nach draußen schaffen, wie auch immer.«

Marcus nickte. »Du kannst dich auf uns verlassen.«

Valerius wandte sich zum Gehen, doch eine kräftige Hand packte ihn an der Schulter. »Ich begleite dich«, sagte Petrus.

Er schob den Judäer zur Seite. »Dein Platz ist hier bei deiner Herde. Bring sie dazu, sich nützlich zu machen. Denke an unsere Abmachung, und bleibe am Leben.«

Petrus widersprach nicht, und Serpentius bugsierte den Judäer und die anderen Christen die Treppe hinauf. Marcus und Heracles folgten ihnen mit Olivia und trugen sie in ein nahe gelegenes Zimmer, wo ihr Vater sich an ihrem Bett niederließ. Zwei der Christen boten ihre Hilfe an, und Marcus gab ihnen die Aufgabe, die Treppe mit Betten und Liegen zu verbarrikadieren und alles Schwere zusammenzusuchen, das man als Waffe verwenden könnte. Die anderen hielten ihre Frauen und Kinder im Arm und starrten benommen auf die Wände wie Vieh, das auf die Schlachtung wartet.

Marcus musterte die Treppe. Sie war vielleicht vier Schritte breit und ziemlich steil. Wer hier angreifen wollte, musste schnell und tapfer sein, doch das passte dem erfahrenen Gladiator gut. Je schneller und tapferer sie waren, desto rascher würden sie sterben. Allerdings begriff er, dass er die Treppe nicht ewig würde verteidigen können. Er rief Serpentius zu: »Ich muss wissen, wie es hier oben aussieht. Schau dir jeden Raum an, und untersuche jeden denkbaren Zugang zu diesem Stockwerk. Wir vier können die Treppe so lange halten, wie wir ein Schwert halten können, aber nur, wenn uns niemand in den Rücken fällt.«

»Was ist, wenn sie Bogenschützen haben?« Der Spanier erkannte den Fehler in Marcus' Überlegungen. Ein einziger Bogenschütze würde genügen. Er könnte die Verteidiger so mühelos aus dem Treppenhaus wegpflücken wie ein Kind, das im Obstgarten Pfirsiche pflückt.

Marcus spie aus, eine Geste, um Unglück abzuwehren, und deutete auf die Christen. »Sag diesen Idioten, sie sollen beten, dass es nicht so ist«, knurrte er. »So oder so werden wir heute Abend herausfinden, ob ihr gekreuzigter Gott einen Scheiß wert ist.«

Serpentius machte sich die Galerie entlang auf den Weg. Marcus hörte ein leises Husten. Als er sich umwandte, hatte er die beiden Christen von eben vor sich, die eine etwa sechs Fuß lange, schwere Polsterliege schleppten. »Gut«, knurrte er. »Stellt sie hier hin.« Er deutete auf eine Stelle direkt oberhalb der Treppe. »Mit den Füßen nach außen, damit sie jedem das Leben schwer machen, der sich uns zu nähern versucht. Aber wir brauchen noch mehr Möbel. Liegen, Stühle, Betten und Schränke. Lasst euch von den anderen Schafen helfen.« Er lächelte, um den beiden Zuversicht einzuflößen. »Die Soldaten werden um jeden Fingerbreit der Treppe kämpfen müssen, und wenn sie hier oben angekommen sind, werden sie uns anflehen, sie zu töten.« Jetzt allerdings war es noch zu früh, die Treppe zu verrammeln, dachte er. Er musste sie frei lassen, bis Valerius mit Poppaea zurückkehrte.

Doch wo blieb er?

Valerius eilte lautlos durch endlose, von Öllampen erhellte Korridore. Hinter jeder Biegung erwartete er, einen Sklaven oder Diener anzutreffen, doch offensichtlich hatte Poppaea einen Vorwand gefunden, das Personal aus dem Haus zu entfernen, während Petrus und seine Christen da waren. Durch den Familienschrein und das *lararium* kehrte er zum Raum mit dem Fischteich zurück und blieb stehen, um sich zu orientieren. Wo befanden sich Poppaeas Privatgemächer? Gewiss nicht in der Nähe des Beckens, sonst wäre er schon auf sie gestoßen. Dann mussten sie also auf der Meerseite der Villa liegen. Er wandte sich nach rechts zu einem Durchgang in der hinteren Wand des Raums. Und blieb unvermittelt stehen.

Die Fische im Teich tanzten.

Ein anderes Wort gab es dafür nicht. Hunderte von winzigen regenbogenbunten Geschöpfen sprangen immer wieder aus dem Wasser in die Luft, richteten sich auf ihren Schwänzen auf und schlugen Purzelbäume über die Wasseroberfläche. Unter ihnen zuckten Hunderte weitere Leiber im Wasser hin und her und schwammen in ausgeklügelten Mustern, als warteten sie darauf, nun ihrerseits entkommen zu können. Seine natürliche Neugier ließ ihn zögern, doch er hatte keine Zeit, sich durch die Mätzchen einiger Fische ablenken zu lassen.

Als er sich dem hinteren Bereich der Villa näherte, wurde er auf den Klang einer leisen Stimme aufmerksam. In einem luxuriös ausgestatteten Zimmer mit großen Fenstern, die Blick aufs Meer boten, kniete Poppaea, die Kaiserin

Roms, vor einem Gemälde des christlichen Symbols, das Valerius an der Wand der Taufkammer gesehen hatte.

Poppaea hatte ihr schlichtes weißes Taufkleid gegen ein schweres Gewand in kaiserlichem Purpur getauscht, und ihr langes kastanienbraunes Haar war sorgfältig hochgesteckt. Sie blickte verwirrt auf. Noch vor einer Woche hätte sie nichts als Erleichterung empfunden, Valerius' beruhigende Gestalt an ihrer Seite zu wissen, doch inzwischen hatte sie einen mächtigeren Beschützer.

»Was fällt dir ein, meine Privatgemächer zu betreten?«, fragte sie. »Was willst du hier?«

»Ich habe keine Zeit für Erklärungen. Torquatus ist im Anmarsch.«

Sie hob den Kopf, und ihre dunklen Augen blitzten. »Dann soll er kommen. Ich habe keine Angst vor ihm.«

Valerius wollte seinen Ohren nicht trauen. »Warum seid ihr Christen so erpicht auf den Tod? Wäre es nicht möglich, dass euer Gott euch die Chance gibt, am Leben zu bleiben? Komm mit, und vielleicht kann ich dich retten. Bleibe hier, und du gibst Torquatus alles, was er will.«

Sie bedachte ihn mit einem giftigen Blick, und er wandte sich zur Tür. »Warte«, forderte sie ihn auf. Er schluckte einen Kommentar herunter, als sie das Gemälde nahm und mit der Bildseite nach unten unter eine Liege schob. Besser, sie hätte das Beweisstück ihres neuen Glaubens verbrannt, aber dafür war keine Zeit. Wenigstens war sie bereit mitzukommen.

»Wie gelangt man auf dem schnellsten Weg zum Treppenhaus?«

Er folgte ihr, während sie zielsicher durch einen Korridor nach dem anderen und einen Raum nach dem anderen eilte. Unterwegs stellte sie Valerius Fragen. »Woher wusste Torquatus, dass er zur Villa kommen muss?«

Valerius vermutete, dass Fabia sie verraten hatte, doch er hätte nichts davon, würde er mit derselben Münze zurückzahlen. »Im Moment ist das weniger wichtig als die Tatsache, dass er hier ist. Vielleicht kannst du ihn das bei einem Treffen fragen, aber ich bin mir sicher, dass er dann viel wichtigere Fragen für dich haben wird.«

»Treib keine Spielchen mit mir«, fuhr sie ihn an. »Würde er sich mit mir allein zufriedengeben?«

Valerius schüttelte den Kopf. »Selbst wenn er heute an dir genug hätte, würde er uns andere morgen oder übermorgen holen. Wir wären niemals sicher. Und wenn er dich hat, wird er dich dazu benutzen, an andere heranzukommen. Nero wird die Judäer in Rom niedermetzeln, und deine neue Religion wird ein Ende nehmen.«

»Der Glaube wird Bestand haben«, erklärte sie überzeugt. »Jesus ist nicht umsonst am Kreuz gestorben.«

»Dann lass uns hoffen, dass euer Glaube nicht auf die Probe gestellt wird.«

Serpentius kehrte von seinem Erkundungsgang zurück. »Hier oben gibt es nichts, weswegen man sich Sorgen machen müsste. Hinten liegt ein großer Raum mit einem Balkon, der aufs Meer hinausschaut. Außerdem sind da ein paar Aufenthaltszimmer und ein paar kleinere Gästezimmer. Der Rest dient als Quartier fürs Personal.« Er hielt eine dicke Goldkette hoch. »An einem solchen Ort könnte man ganz aus Versehen reich werden.«

Marcus schüttelte den Kopf, befahl dem Spanier jedoch nicht, das Schmuckstück zurückzulegen. Wozu sich wegen einer Halskette sorgen, wenn man eine Schlacht mit der Prätorianergarde vor sich hatte? »Dieser Balkon. Wie hoch ist er? Können sie hinaufklettern?«

Serpentius schob die Kette unter seine Tunika. »Nicht ohne eine Leiter.«

»Auf einem solchen Anwesen gibt es massenhaft Leitern. Du da!« Er deutete auf den römischen Anwalt, der neben seiner Frau kauerte. »Geh nach hinten, und schreie, wenn du unter dem Balkon irgendeine Bewegung bemerkst.« Der Christ zögerte. »Sofort!«, brüllte Marcus ihn an, und der Mann ließ seine wimmernde Frau zurück und eilte davon. »Bei Mars' Arsch, in was sind wir da nur hineingeraten?«, knurrte der Gladiator.

Die beiden Barrikadenbauer kehrten mit einer weiteren Couch zurück, ihrer vierten. Diesmal war sie mit einem Stapel Marmor- und Bronzebüsten beladen. Marcus nahm einen Kopf in die Hand, der sofort als der von Nero erkennbar war: Schmolllippen und ein schwaches Kinn, das selbst der Bildhauer nicht hatte kaschieren können. »Schön, dass er wenigstens für etwas nütze ist. Noch ein paar davon wären kein Fehler.«

Der jüngere der beiden Männer trat vor. »Ich heiße Isaac«, sagte er. »Und ich kann kämpfen.«

Marcus musterte ihn von Kopf bis Fuß. Da der Mann athletisch gebaut war, nickte er. »Gut.« Er reichte ihm Neros

Kopf. »Wenn sie kommen, empfange sie damit. Mit meinen besten Wünschen.«

Sie wurden von Hufgeräuschen unterbrochen. Pferde ritten klappernd in den Hof ein.

Endlich hatte Valerius das Treppenhaus vor sich. Er bedeutete Poppaea voranzugehen, doch in diesem Moment erschütterte ein Krachen die Wände, und die Haustür brach auf. Der erste Prätorianer barst ins Haus.

»Zurück«, flüsterte Valerius und schob sie hinter sich. »Wir müssen einen anderen Weg finden.«

»Was für einen?«

»Erst müssen wir aus dem Haus entkommen ...«

»Du!«

Als Valerius aufblickte, sah er Rodan zwei Dutzend Schritte entfernt neben einem Reitersoldaten in der Tür stehen, ein triumphierendes Grinsen im von der Brandnarbe entstellten Gesicht. Valerius wartete auf den Moment, in dem der Prätorianer Poppaea erkennen würde, doch Rodans Gesichtsausdruck veränderte sich nicht, und Valerius begriff, dass die Kaiserin seitlich hinter der Wand verborgen war.

»Flieh zum Meer«, flüsterte er. »Ich komme nach, wenn ich kann. Geh.« Er spürte ihr Zögern. »Bitte geh.«

Erleichtert hörte er, wie leise Schritte in der Ferne verklangen, und wandte seine Aufmerksamkeit wieder seinem Feind zu.

XLII

Drei weitere Reitersoldaten hatten sich Rodan angeschlossen, die alle durch einen Kettenpanzer über ihren schwarzen Tuniken geschützt waren. Rodan trug den kurzen *gladius* der Legionäre, die anderen Männer waren jedoch mit einer *spatha* bewaffnet, dem Langschwert der Reiterei, dessen verheerende Wirkung Valerius in Britannien gesehen hatte. Die *spatha* konnte eine fürchterliche Waffe sein, wenn sie vom Pferderücken geführt wurde, denn sie war so schwer, dass sie Helme und Schädel spaltete. Wenn der Bewaffnete allerdings nicht im Sattel saß, war sie beschwerlich zu führen. Panzer und Waffen machten Valerius' Gegner langsamer, was ein Vorteil für ihn war, allerdings wurde es dadurch auch schwieriger, sie zu töten. Daran, dass er diese Männer töten musste, hegte er keinen Zweifel. Die einzige Möglichkeit, hier lebend herauszukommen, bestand in einem Sieg über Rodan und Torquatus.

Wäre Rodan allein gewesen, hätte Valerius es darauf ankommen lassen und den Prätorianer direkt herausgefordert. Doch er hatte fünf Mann gegen sich und musste vorsichtiger zu Werk gehen. Er musste sie lange genug aufhalten, um

Poppaea Zeit zur Flucht zu verschaffen. Über alles Weitere würde er sich später Gedanken machen, falls es ein Später gab.

»Den dort brauchen wir nicht.« Rodan schickte die Reitersoldaten vor. »Tötet ihn.«

»Hast du Angst, selbst mit mir zu kämpfen?« Valerius' Herausforderung brachte zwei der Männer dazu, mit einem Blick auf ihren Anführer zögernd stehen zu bleiben.

»Einen Krüppel zu töten bringt mir keinen Ruhm«, höhnte der Prätorianer. »Oder eine Hure. Nachdem Torquatus deine hübsche Hure verhört hatte – ein sehr aufschlussreiches Gespräch –, habe ich sie meiner Centurie überlassen. Natürlich habe ich sie mir vorher noch selbst genommen. Sie war ein guter Fick, deine Hure, zumindest da noch. Ich weiß nicht, ob es der neunundvierzigste war oder der fünfzigste, der sie getötet hat.«

Die Vorstellung von Fabias obszönem Tod erfüllte Valerius mit glühendem Zorn, und er musste den Impuls unterdrücken, mit dem Schwert das Grinsen aus Rodans feixendem Gesicht zu wischen. Die arme Fabia, hin- und hergerissen zwischen Torquatus' Drohungen und der Loyalität gegenüber ihren Freunden. Als sie gezwungen war, eine Entscheidung zu treffen, hatte sie das mit dem Leben bezahlt. Er bezwang die aufkeimende Wut, und aus den Tiefen seines Inneren stieg eine große Ruhe auf. Die Rache würde zu ihrer Zeit kommen. Nun war ihm klar, dass er Rodan und auch Torquatus töten oder selbst bei dem Versuch sterben würde. Er sprach mit ruhiger Stimme, damit der Prätorianer nicht merkte, dass er ihn mit seinen Worten getroffen hatte.

»Ich bin keine Hure, Rodan«, verhöhnte er seinen Gegner. »Und ein einziger Arm genügt mir, um dich zu besiegen. Alte Frauen und Kinder sind eher dein Stil. Deshalb hast du Angst, mir entgegenzutreten.«

Während er sprach, zog Valerius sich einen halben Schritt zurück. Der Korridor war so schmal, dass sich nur zwei Männer gleichzeitig nähern konnten, und dabei würden sie sich gegenseitig behindern. Doch wie gut auch immer er kämpfte, er könnte sich nicht lange in dieser Stellung halten, weil Rodan bald eine Möglichkeit finden würde, hinter ihn zu gelangen. Valerius war inzwischen schon dicht vor der Ecke, nur noch einen Schritt von seinem Fluchtweg entfernt. Er versuchte, sich den Grundriss des Erdgeschosses in Erinnerung zu rufen. Wo könnte er sich das nächste Mal zum Gefecht stellen und wo im Anschluss? Wenn er einen oder sogar zwei der Prätorianer kampfunfähig machen könnte, würde er die anderen Vorsicht lehren. Aber erst einmal mussten sie ihn angreifen.

»Seid ihr Weiber?«, stachelte er die beiden Reitersoldaten auf. Er spie in Rodans Richtung aus. »Wenn dieser Feigling sich weigert, mit mir zu kämpfen, werdet ihr es tun müssen. Ich bin Gaius Valerius Verrens, ein Held Roms, und euer Tod liegt in meinen Händen.«

Er erkannte den Moment der Entscheidung. Der Soldat war lang und dünn, und der Kettenpanzer, den die Auxiliarsoldaten trugen, hing an ihm herab wie eine Tunika in Übergröße. Valerius nahm an, dass er geschickt und behände sein, die Rüstung ihn aber behindern würde. Mit einem Einzelangriff hätte der Mann eine Chance gehabt. Er hätte Valerius festnageln und einen Ansatzpunkt finden können, der es seinem Kameraden ermöglicht hätte, an Valerius' ungeschützte rechte Seite zu gelangen. Doch der Soldat spürte die Gefahr, die von diesem einarmigen Zivilisten ausging, und nötigte seinen Kameraden, ihn zu begleiten.

Valerius sah sie kommen, und es war, als könnte er jede ihrer Bewegungen vorausahnen. Er glitt nach links und machte zwei Schritte nach vorn, sodass der lange, dünne Mann ihn halb vor seinem zweiten Angreifer abschirmte. Sein Gegner hatte erwartet, dass er zurückweichen oder allenfalls versuchen würde, ihren Angriff abzuwehren, und der Ausfall überrumpelte ihn. Der Hilfssoldat war ein Veteran aus den germanischen Grenzkriegen, doch außer bei der Niederschlagung der Hungeraufstände von Zivilisten hatte er in den letzten fünf Jahren nicht mehr gekämpft. Er wusste es zwar nicht, doch er hatte den Biss verloren, der auf dem Schlachtfeld den Unterschied zwischen Leben und Tod bedeutete. Er nahm sich vor seinem selbstbewussten jungen Gegner in Acht, hatte aber keine Angst vor ihm. Valerius sah, wie er es sich im Kopf zurechtlegte. Zwei Mann gegen einen Krüppel? Es würde im Handumdrehen erledigt sein. Doch er hatte noch nie einem linkshändigen Schwertkämpfer gegenübergestanden, und auch keinem Mann, der von Gladiatoren trainiert worden war. Valerius' Schnelligkeit war eine ebenso wichtige Waffe wie der *gladius* in seiner Hand. In dem winzigen Augenblick, den der Reitersoldat brauchte, um auf die unvertraute Bedrohung zu reagieren, war Valerius bereits an der Spitze der langen *spatha* vorbei. Mit einem Schrei brüllte er die wilde Freude am tödlichen

Kampf heraus und führte den *gladius* in einem heftigen Streich gegen die Augen des Reitersoldaten, woraufhin der, ungläubig schreiend, geblendet zurücktaumelte. Während er sich mit den Händen ins Gesicht griff, rammte Valerius ihm die Schulter gegen die Brust und stieß ihn damit rückwärts gegen den zweiten Soldaten. Diesen Mann zunächst nicht zu beachten war ein Risiko gewesen. Nun schwang er bereits sein langes Kavallerieschwert in einem weiten Bogen, um die Schneide in Valerius' ungeschützten Hals zu rammen. Sein gegen ihn taumelnder Kamerad hatte ihn minimal aufgehalten, aber trotzdem hätte der Hieb tödlich sein müssen.

In all den langen Stunden endloser Wiederholungen auf dem heißen Sand des *ludus* hatte Valerius sich antrainiert, einer Bedrohung von rechts mit dem Schild zu begegnen. Heute trug er keinen, doch die Reaktion seines rechten Arms erfolgte automatisch. Er riss den Unterarm hoch, dem Angriff entgegen, und das Schwert biss tief in das harte Walnussholz seiner künstlichen Hand, hieb einen langen Splitter heraus und schnitt bis zum Wulst der ledernen Muffe durch. Valerius schrie auf, als sein Arm nur noch geballter Schmerz war und ein feuriger Blitz bis in sein Gehirn schoss. Alles in ihm schrie danach, sich mit der Kränkung zu befassen, die seinem Körper angetan worden war, doch er wusste, dass der kleinste Moment des Zögerns den Tod bedeuten würde. Er hatte nur eine einzige Chance. Mit seinem Abblocken hatte er die Abwehr des Reitersoldaten unterlaufen. Jetzt stieß er die Spitze des *gladius* aufwärts ins bleiche Fleisch der ungeschützten Kehle, und im hohen Bogen spritzte das dunkle Blut über die weißen Wände des Korridors.

Als der Mann zu Boden krachte, stieß Rodan einen bestürzten Schrei aus, doch Valerius hatte keine Zeit, seinen Triumph zu genießen.

Er rannte los.

XLIII

Torquatus marschierte in die Villa und musterte den überwältigenden Luxus um ihn herum. Wenn er dem Kaiser Poppaeas Verrat anzeigte, würde er vielleicht mit etwas Vergleichbarem belohnt werden. Nero konnte seinen Freunden gegenüber sehr großzügig sein.

»Wo ist sie?«, fragte er.

»Wir durchsuchen das Haus, aber vermutlich befindet sie sich im Obergeschoss.« Der Tonfall des Dekurios, der die Abteilung der Reitersoldaten kommandierte, war respektvoll, jedoch nicht unterwürfig, was Torquatus leicht irritierte. »Sie haben die Treppe verbarrikadiert.«

»Sklaven und Dienstboten«, tat der Prätorianerkommandant die Information ab. »Die erledigen wir im Handumdrehen.«

Der Dekurio schluckte eine unkluge Erwiderung herunter. Er hatte die Barrikade gesehen, und sie gefiel ihm ganz und gar nicht. Eines war gewiss, Torquatus würde nicht als Erster die Treppe hinaufstürmen, um das Hindernis auf seine Festigkeit zu prüfen. Insgeheim fand er es töricht von seinem Kommandanten, nicht auf die Fußtruppen zu warten, doch er wusste, dass Widerspruch zwecklos war. Also nickte er nur und zog sein Schwert.

Torquatus begleitete ihn zum Fuß der auf Hochglanz polierten Holztreppe. Er lächelte kalt, als er das jämmerliche Durcheinander von Möbelstücken sah, hinter denen zwei oder drei verängstigte Gesichter hervorlugten. Hinter ihm stellte der Dekurio seine Männer zum Angriff auf.

»Im Namen des Kaisers, übergebt mir eure Herrin, dann verschone ich euer Leben«, rief der Präfekt.

Hinter den Christen verborgen, denen er aufgetragen hatte, sich oben an der Barrikade zu zeigen, wechselte Marcus einen Blick mit Serpentius. Wenn die Prätorianer glaubten, dass Poppaea sich bei ihnen befand, würde er sie keines Besseren belehren. Wenigstens bedeutete das, dass Valerius noch frei war. »Kommt doch, und holt sie euch«, rief er.

Bei dieser Herausforderung zuckte Torquatus zusammen. »Dann verurteile ich euch im Namen des Kaisers zum Tode.« Die Worte trugen ihm einen weiteren missbilligenden Blick des Dekurios ein. Der hatte oft genug gegen Männer gekämpft, denen man keine Hoffnung gelassen hatte und die daher keine Furcht kannten. Besser, man wiegte den Feind in dem Glauben, dass er sich jederzeit ergeben könnte. Selbst wenn er sich irrte.

»Angriff!«, befahl der Prätorianerkommandant.

Der Dekurio zog sein Schwert und wandte sich zu seinen Leuten um. Vierzehn Mann. Die anderen durchsuchten den Rest des Hauses. Er deutete auf die Barrikade. »Dort oben sind nur ein paar Möbel mit unbewaffneten Sklaven dahinter. Sie scheißen sich vor Angst in die Tunika, wenn sie euch kommen hören. Brüllt also laut, wenn wir die Treppe hochstürmen. Los!«

Mit dem jungen Offizier voran rannten sie in zwei Reihen zur Treppe. Aus Leibeskräften brüllend, nahm der Dekurio immer zwei Stufen auf einmal, doch das Geschrei blieb ihm im Hals stecken, als er sah, wie ein schwerer Holzschrank über die Barriere gehievt wurde. »Nein!«, schrie er. Zu spät. Fünf Fuß lackierter Eiche prallten auf seine Brust, und sein Brustharnisch zerbrach. Als er mit zwei weiteren Männern in der rechten Reihe zurückgeschleudert wurde, spürte er, wie seine Rippen zersplitterten. Gleich darauf folgte dem Schrank ein Bett, das den vordersten Soldaten in der linken Reihe übers Treppengeländer schleuderte, sodass er mit dem Kopf voran unten auf den Boden krachte. Der Mann konnte gerade noch erleichtert feststellen, dass sein Helm seinen Schädel vor der Wucht des Sturzes geschützt hatte, bevor sein Genick wie ein fauler Zweig brach.

Dieser Rückschlag verschaffte Marcus und Serpentius einen kurzen Aufschub, doch die Reitersoldaten waren erfahren genug, um den Schlüssel zum Sieg zu kennen, nämlich die Entschlossenheit, den Angriff ohne Rücksicht auf Verluste ungemindert heftig fortzusetzen. Sie waren noch immer zahlreich genug, um die Aufgabe zu erledigen, und wenn sie erst oben wären, würden sie diese Sklaven mit Blut bezahlen lassen. Der erste Mann, der bei der Barriere eintraf, packte die Beine der vordersten Liege und versuchte, sie wegzuzerren.

Marcus hatte befriedigt zugesehen, wie Heracles und der Christ Isaac die Möbel als Wurfgeschosse gegen die Reihen der Angreifer schleuderten. Vier Soldaten waren erledigt. Blieben noch elf. Als der Prätorianer sich an der Couch zu schaffen machte, stand Marcus auf, reckte sich über die Barrikade und hieb in einer Abwärtsbewegung zu.

Schreiend starrte der Soldat auf das Blut, das im hohen Bogen aus seinem Armstumpf schoss. Er blickte in das von Narben bedeckte Gesicht hinauf, das zähnefletschend auf ihn herunterstarrte, und warf sich zurück, weg von der schimmernden Klinge. Zu Marcus' Linken hieb ein weiterer Prätorianer auf die Barrikade ein und schleuderte Klumpen des Pferdehaarpolsters in die Luft, bis Serpentius sein Auge durchbohrte. Blut über die Stufen verspritzend, stürzte der Mann rückwärts nach unten. Etwas Rundes flog über die Barrikade hinweg und streifte den Helm eines dritten Soldaten, sodass er rückwärts die Treppe hinuntertaumelte. Der alte Gladiator drehte sich um und sah Valerius' Vater, der bereits eine zweite Marmorbüste von dem Stapel hinter ihnen als Wurfgeschoss in der Hand hielt.

»Rückzug.« Der harsch gebellte Befehl beendete den ersten Angriff, und die verbliebenen Reitersoldaten der Prätorianergarde bargen ihre Toten und Verwundeten und zogen sich zurück.

»Sind deine Männer Feiglinge oder einfach nur Dummköpfe?«, fragte Torquatus, als der Dekurio sich vor Schmerz keuchend trotz seiner gebrochenen Rippen mühsam aufrappelte. Der junge Soldat überhörte die Kränkung. Er wusste, dass er den Fehler begangen hatte, die Verteidiger hinter der Barrikade zu unterschätzen, doch das Beharren auf einem sofortigen Angriff war Torquatus' Schuld. Jetzt blickte der Dekurio zur Barrikade hinauf und betrachtete sie als ein militärisches Problem statt einer reinen Ungelegenheit. So fand er die Lösung rasch.

»Wurfhaken.« Er erteilte den Befehl mit zusammengebissenen Zähnen und deutete dabei auf einen der Männer, die sich noch vom Aufprall des Schranks erholten. »Schaff Seile heran und alles, was wir sonst noch benutzen können, um dieses Zeug wegzuzerren. Und ruf so viele von den anderen herbei, wie du finden kannst.«

Torquatus sah ungeduldig zu, wie einer der Soldaten dem stöhnenden Dekurio die gebrochenen Rippen mit einem Streifen Bettlaken umwickelte. Der verletzte Reitersoldat kehrte mit weiteren vier Männern zurück, die jeweils ein Seil trugen, an das das abgebrochene Vorderstück einer Mistgabel gebunden war. Die Zinken hatten sie krumm gebogen, damit das Gerät als improvisierter Haken dienen konnte.

Der Dekurio prüfte, wie stark die Mistgabeln waren. Nicht perfekt, aber es genügte, wenn eine einzige von ihnen Halt fand. Dann wären die Verteidiger dort oben am Ende.

Oben auf dem Treppenabsatz war Marcus durch die angespannte Stille stärker beunruhigt als zuvor durch den Angriff. »Sie haben etwas vor, und es wird nichts Gutes sein.«

»Feuer?«, schlug Serpentius vor.

»In dem Fall hätten wir kein Gegenmittel. Heracles, sag den Christen, sie sollen Bettlaken einsammeln und sie zusammenknoten. Sie sollen sich zum Rückzug über den Balkon hinten am Haus bereithalten.«

»Was ist mit dem Mädchen?«

Marcus blickte hinter sich durch die geöffnete Tür. Dort hielt der auf dem Bett kauernde Lucius die Hand seiner Tochter, während Petrus die Christen im Gebet anleitete. »Sie wird es darauf ankommen lassen müssen, genau wie wir alle.« Valerius war Soldat; er würde es verstehen.

Der große Sarmate gab Marcus' Anweisungen weiter. Petrus blickte erwartungsvoll zu ihm auf. Heracles schüttelte den Kopf. Es hatte keinen Sinn, falsche Hoffnungen zu wecken. Er hockte sich neben Lucius, der noch immer die Hand seiner Tochter hielt. Was für eine Verschwendung! Sie war so schön wie eine Alabasterstatue, und ihre hilflose Unschuld rührte etwas in ihm an. Doch Heracles hatte genug Menschen sterben sehen, um pragmatisch zu sein. Marcus hatte recht, sie konnten nichts tun. Er reichte dem Vater seinen Dolch.

»Falls es hart auf hart kommt, würdest du ihr einen Dienst erweisen«, sagte er. »Sollten sie Erfolg haben, wird es nicht gut für uns laufen.«

Der Ausdruck im Gesicht des alten Mannes erinnerte ihn an eine der tragischen Masken, die im Theater Verwendung fanden. Heracles erhob sich und kehrte zu Marcus und Serpentius zurück.

»Los!«

Alle drei reagierten auf den Ruf, doch Marcus begriff zunächst nicht, warum darauf nichts zu folgen schien. Als etwas mit metallischem Klappern neben ihm niederfiel, sprang er instinktiv zur Seite, während der Gegenstand zurückgezogen wurde und sich an der Couch vor ihm verhakte. In rascher Folge landeten vier weitere Haken, und zwei von ihnen fanden Halt. Zu spät begriff Marcus, worum es sich handelte, und griff nach den klauenförmigen Zinken, um sie zu lösen. Vor ihm begann die Barrikade, sich in ihre Einzelteile aufzulösen.

Heracles war der einzige Verteidiger, der einen der Haken zu fassen bekam. Sofort setzte er seine riesige Kraft ein, um gegen die Männer am anderen Ende des Seils zu kämpfen. Wenn er das mörderische Seilziehen gewann, würde zumindest ein Teil der Barrikade erhalten bleiben und seinen Leuten etwas geben, was sie verteidigen konnten. Wenn er jedoch verlor, wäre die Bahn für die Angreifer frei. Serpentius eilte an die Seite seines Freundes, doch er konnte das Seil oder den Eisenhaken nicht packen, ohne Heracles zu behindern. Auch die Prätorianer begriffen, wie wichtig dieses Seil war, und drei Männer eilten hinzu, um mit ihrem Gewicht mitzuhelfen. Heracles' Gesicht lief rot an, und die Muskeln seiner mächtigen Schultern wölbten sich. Mit all seiner Kraft warf er sich in diesen Kampf. Anfangs hatte es den Anschein, als schaffte er es, die Stellung zu halten, aber langsam und schmerzlich, Fingerbreit um Fingerbreit, war der riesige Sarmate gezwungen, den Gegnern nachzugeben. Noch immer war sein Gesicht von einem wilden Zähnefletschen verzerrt, als der unglaubliche Zug auf dem Seil ihn erst in die Aufrechte zerrte und ihn dann mit dem Rest der Barrikade die Treppe hinunterstürzen ließ.

Mit dem bandagierten Dekurio an der Spitze griffen die Reitersoldaten an, wobei sie den Möbelstücken auswichen, die um sie herum die Treppe hinunterpolterten. Heracles war benommen von seinem Sturz und rappelte sich gerade mühsam auf, als die Soldaten bei ihm ankamen. Der Erste durchbohrte den jungen Riesen und zerrte seine *spatha* mit einer wüsten Drehung heraus, die Heracles die Eingeweide aus dem Leib riss. Das Blut wich ihm aus dem Gesicht, doch noch hielt er sich aufrecht und versuchte vergebens, mit den Händen das Gewirr bläulichen Gedärms in den aufgerissenen Bauch zurückzudrücken. Ein zweiter Reitersoldat hieb nach dem Hals des Schwankenden, der in einer Blutlache auf einer Treppenstufe stand, und schnitt ihm fast den Kopf ab. Endlich fiel der große Mann, und im Vorbeieilen hieb jeder der wütenden Angreifer auf seinen wehrlosen Körper ein, bis er so aussah, als wäre er von einem Rudel wilder Bestien zerfleischt worden.

»Gefangene«, brüllte der Dekurio. »Wir müssen Gefangene machen.«

Marcus und Serpentius hatten mit ansehen müssen, wie Heracles starb. Jetzt kämpften sie um ihr Leben. Die Angreifer waren sechs zu eins in der Überzahl, doch mit seiner schnellen Klinge hatte Marcus einst seine Freiheit gewonnen. Die Männer, die ihm gegenüberstanden, reagierten verblüfft auf das Gewitter wilder Hiebe, und zwei der ihren, die in kürzester Zeit verwundet waren, lernten auf die harte Tour Respekt vor dem blitzartig vorzuckenden Schwert.

Serpentius focht mit einem kalten Lächeln und parierte jeden Hieb seiner Gegner. Seiner Schnelligkeit mit dem Schwert hatte er seinen Namen zu verdanken, und jetzt erwies er sich dessen würdig und hielt die Prätorianer, die um einen tödlichen Hieb wetteiferten, auf Abstand. Mit einem Schlenkern des Handgelenks schlug er einem Reitersoldaten die lange *spatha* aus der Hand. Die Klinge fiel neben der Schlafzimmertür nieder, von wo aus die entsetzten Christen den Kampf mit schreckgeweiteten Augen verfolgten. Serpentius hörte einen Schrei, und als er aufblickte, hatte Isaac das Schwert aufgehoben und eilte auf die Prätorianer zu, die den Gladiator umzingelten.

Zwei der Gegner des Spaniers wandten sich von ihm ab, der neuen Bedrohung entgegen, und nun konnte Serpentius die überrumpelten Reitersoldaten seinerseits angreifen. Er lachte, als einer der Männer zurücktaumelte, die Hand auf den Arm gepresst, doch ein rascher Blick zu Marcus sagte ihm, dass der Ältere langsam müde wurde. Zusammen mit Isaac wurde der Gladiatorenveteran zur Tür des Schlafzimmers zurückgedrängt. Serpentius ließ zu, dass auch er selbst mit den beiden zurückgeschoben wurde.

Ein schriller Schrei sagte ihnen, dass Isaacs tapferer Kampf zu seinem Ende gekommen war. Benommen trat Lucius vor, um seinen Platz einzunehmen, und seine Hand schloss sich um den hölzernen Griff des zu Boden gefallenen Schwerts.

XLIV

Valerius rannte durch die Gänge. Sein rechter Arm war ein einziger pulsierender Schmerz. Blut sickerte unter der ledernen Muffe hervor, doch er konnte nicht wissen, wie ernst die Wunde tatsächlich war. Sobald sich die Gelegenheit böte, würde er stehen bleiben und die Verschnürung neu festziehen, um den Blutverlust zu stoppen, doch diese Gelegenheit würde wohl nicht kommen. Die mit Vorhängen verhängten Eingänge von Zimmern huschten verschwommen an ihm vorbei, und an den Rufen und Laufgeräuschen erkannte er, dass Rodan und die beiden unverletzten Prätorianer ihn weiterhin verfolgten. Er wusste, dass es ihm nicht gelingen würde, die Reitersoldaten zum zweiten Mal mit einem Trick hereinzulegen. Diesmal würden sie sich die Zeit nehmen, ihn in eine Position zu manövrieren, in der Rodan ihn in aller Ruhe abschlachten könnte. Das würde dem Centurio gefallen. Valerius' einziges Ziel bestand darin, die Soldaten so weit wie möglich von Poppaea wegzuführen. Er dachte an seinen Vater und Olivia, doch gegenwärtig konnte er nichts für sie tun. Er musste auf Marcus, Serpentius und Heracles vertrauen.

Er kam erneut am Innenteich vorbei und stellte im Vorbeilaufen fest, dass die tanzenden Fische nun mit dem Bauch nach oben auf dem Wasser trieben. Ihre leuchtenden Farben waren im Tod verblasst. Das musste ein Omen sein; wenn er seine Verfolger nicht in den nächsten Minuten abschütteln konnte, würde seine Zukunft genauso düster aussehen. Er bog nach links in einen von Mauern umschlossenen Garten ein, der von Marmorsäulen gesäumt war. Zwischen den Kräutern und Blumen stand die glänzende Bronzestatue eines von Hunden in die Enge getriebenen Keilers. Das erfüllte ihn mit einem unangenehmen Gefühl der Schicksalsverwandtschaft. Für einen flüchtigen Moment erwog er, sich zwischen den Blumenbeeten zu verstecken, doch die Deckung war zu kümmerlich, und er wollte lieber im Kampf untergehen, als aus dem Versteck hinter einem Oleanderbusch gezerrt und zwischen den Rosen abgeschlachtet zu werden.

Als er das nächste Mal abbog, befand er sich wieder am Schwimmbecken.

Er rannte über die Marmorfliesen, vorbei an den Aufenthaltsräumen für Poppaeas Gäste. Der Wasserfall war in Sicht, und er wusste genau, wo er über die Mauer klettern würde, wenn er es den Hang hinauf schaffte. Die einzige Frage war, ob er die Bäume erreichen konnte, bevor Rodan und seine Männer ihn einholten. Aus dem Nichts tauchten plötzlich zwei weitere Reitersoldaten vor ihm auf. Zum Zögern war keine Zeit. Er sprang zwischen zwei Marmorsäulen nach rechts und landete mit einem flachen Kopfsprung fast in der Mitte des Beckens. Von dort kraulte er weiter, wie er es als Kind gelernt hatte. Sein Schwert behinderte ihn, und auch die Tunika machte ihn langsamer, doch er wusste, dass die Prätorianer sich mit ihren Kettenpanzern kaum ins Wasser wagen würden.

Auf der anderen Seite stemmte er sich aus dem Becken und rannte zum Hang. Erst jetzt bemerkte er, wie nahe er der vollständigen Erschöpfung war. Als die Steigung einsetzte, verlor er an Tempo, und jeder Schritt wurde zur Qual. Er würde die Bäume niemals rechtzeitig erreichen.

Verzweifelt drehte er sich um und stellte sich seinen Verfolgern. Inzwischen waren es vier, und Rodan kam gerade von der Hauptvilla her in Sicht. Valerius suchte nach einer Schwachstelle seiner Häscher oder einem anderen Fluchtweg, doch vergebens. Hier draußen im Freien hatten die *spathae* eine größere Reichweite als der *gladius*. Die Soldaten würden ihn umzingeln, ein oder zwei von ihnen würden ihn angreifen, und während er auf diese Weise abgelenkt war, würden die anderen ihn in Stücke hauen.

Doch er war Gaius Valerius Verrens, ein Held Roms, und er würde sich nicht zur Schlachtbank führen lassen wie ein Lamm. Er dachte an Ruth und Fabia, und mit einem herausfordernden Brüllen stürmte er den fünf Männern entgegen, kam ihrem Angriff zuvor und betete, dass sich ihm die Gelegenheit bieten würde, Rodan mit sich zu nehmen. Der erste Prätorianer fing seinen Angriff mit der langen Klinge seines Schwertes ab, doch mit einer Drehung seines *gladius* erwischte Valerius den Mann am Handgelenk, was diesem ein Schmerzgeheul entlockte. Als Valerius sich umdrehte, wusste er, dass die anderen Schwerter auf ihn niedersausen würden, doch wilder Kampfeszorn hatte ihn ergriffen, und nun zählte nichts mehr als das Verlangen zu töten. Blut um Blut. Sollte der Gott der Schlacht entscheiden. Im Herumwirbeln hieb er ein weiteres Schwert zur Seite, doch mit der flachen Seite erwischte es ihn an der Schläfe, und er krachte zu Boden.

Mit der Kraft der Verzweiflung versuchte er, sich windend auf die Beine zu kommen, und schlug dabei mit seinem Schwert um sich, bis jemand ihm den Fuß auf den Rücken setzte und er eine Klinge an seiner Kehle fühlte.

»Tötet ihn noch nicht!«

Der Ruf kam von Rodan, doch Valerius schöpfte keine Hoffnung daraus. Drei Reitersoldaten zerrten ihn dorthin zurück, wo der Prätorianer zwischen den Marmorsäulen stand. Lächelnd zog Rodan einen Dolch aus seinem Gürtel.

»Vielleicht lasse ich dich ja erst einmal leben. Es wird mir ein Vergnügen sein, dich und den alten Mann verbrennen zu sehen, und das Mädchen natürlich auch. Aber erst«, er hob den Dolch, damit Valerius die schimmernde Spitze sehen konnte, »steche ich dir die Augen aus.«

Das Erdbeben hatte seinen Ursprung an der Stelle, wo die afrikanische und die eurasische Kontinentalplatte zusammenstießen. Bei dieser Begegnung zwang die größere der beiden Gigantinnen die kleineren hinunter in Richtung Erdinneres, doch diese untere Platte war viele Kilometer unter der Oberfläche der Erdkruste in einer Region südlich von Neapolis stecken geblieben. Seit Wochen waren die Elementarkräfte am Werk, während die Energie von Milliarden von Tonnen sich gnadenlos vorschiebenden Felses – die Bewegung eines ganzen Kontinents –

sich hinter der Blockade ballte. Jetzt aber brach ein einziger, plötzlicher Ruck die festgefahrene Situation auf. Dieser ungeheure Energieschub schoss in einer Folge monströser Stoßwellen nach außen. Ein großer Teil dieser Gewalt ging in der Masse des Planeten verloren, doch den Menschen, die die Erdkruste oberhalb des Epizentrums des Erdbebens bewohnten, musste es wie das Ende der Welt erscheinen.

Rodan erstarrte wie ein Kaninchen vor einem jagenden Wiesel. Der erste Erdstoß war von einem Donnern begleitet, als schrien alle Götter gleichzeitig vor Schmerz auf, und der Boden unter seinen Füßen schwankte wie ein bockendes Pferd. Als die Marmorsäulen um sie herum erbebten und alarmierend schwankten, sodass Dachziegel und Teile des Säulengangs niederprasselten, packten die Männer, die Valerius hielten, instinktiv noch fester zu. Sie warfen Rodan fragende Blicke zu, doch der Centurio herrschte sie an, Valerius festzuhalten. Mit der schimmernden Klinge in der Hand marschierte er über den schwankenden Boden auf Valerius zu.

»Das Letzte, was du jemals sehen wirst, ist diese Messerspitze.«

Ein weiterer Erdstoß ließ den Boden unter Valerius in Wellen erbeben, und er nutzte diesen Moment zu dem Versuch, sich freizukämpfen. Die Reitersoldaten schrien vor Entsetzen auf, hielten ihn aber weiter fest, und für einen Augenblick befürchtete er, das Schwanken der Erde würde ihm das Rückgrat brechen. Rodan geriet ins Stolpern, als sich das Marmormosaik unter seinen Füßen verschob, schaffte es aber, auf den Beinen zu bleiben. Jetzt war er nur noch wenige Schritte entfernt. Bei der Vorstellung, wie sich das Messer in seine ungeschützten Augen bohren würde, zog Valerius' Magen sich vor Angst zusammen. Nie wieder würde er etwas sehen. Nie wieder aufs Meer oder ein Getreidefeld schauen, das im Wind wogte. Nie wieder das Gesicht einer Frau betrachten. Er kämpfte verzweifelt gegen die Hände, die ihn festhielten, und rief die Götter um Hilfe an.

Rodan schrie auf, als der Boden sich unter ihm öffnete, und einen flüchtigen Augenblick lang glaubte Valerius, seine Gebete seien erhört worden. Das Loch war allerdings nur vier Fuß tief, und der Prätorianer winkte spöttisch mit dem Messer, bereit hinauszuklettern. Doch er hatte sich noch kaum bewegt, da schien ein weiteres donnerndes Dröhnen die Welt um ihre Achse zu drehen. Die beiden zerklüfteten Lippen des Spalts schoben sich schräg übereinander, und Rodan steckte dazwischen. Der Prätorianer stieß einen unmenschlichen Schrei aus, als sein Unterleib von den Hüften an abwärts zwischen die beiden unnachgiebigen Flächen geriet. Von der urtümlichen Macht des Zorns der Erde wurde sein Fleisch zerquetscht und seine Knochen zerrieben. Aus sechs Fuß Entfernung hörte Valerius die Übelkeit erregenden Geräusche des Reißens und Brechens. Der Schrei verwandelte sich in ein tierhaftes Kreischen, als Rodan begriff, was mit ihm geschah. Die Augen quollen ihm aus dem Kopf, das Blut wich ihm aus dem Gesicht, und sein Oberkörper warf sich hin und her wie ein Fisch auf dem Trockenen.

Eine weitere Stoßwelle durchlief den Boden und verstärkte die unfreiwilligen Verrenkungen des todgeweihten Prätorianers noch. Die drei Männer, die Valerius festhielten, wechselten entsetzte Blicke und flohen in Richtung Villa.

Als das Beben seinen Höhepunkt erreichte, brachen die kannelierten Säulen, die den Säulengang trugen, eine nach der anderen zusammen. Valerius wusste, dass das ganze Bauwerk auf ihn niederkrachen würde, doch von Angst und Erschöpfung war er wie gelähmt. Erst als ein letztes, konvulsivisches Zucken durch Rodans Körper lief, brach der Bann, und Valerius konnte sich zwingen, zur freien Fläche des Gartens zu kriechen.

In der Villa kämpften Marcus und Serpentius Rücken an Rücken im Eingang des Raums, in dem die Christen kauerten. Mit ihren Schwertern teilten sie ein Gewitter von Hieben aus; nur so konnten sie ihr Leben verteidigen. Marcus spürte, wie seine Kräfte nachließen; der alte Gladiator hatte sich bereits mit dem Tod abgefunden. Nur Serpentius' Schnelligkeit schützte noch sein Leben, aber selbst er würde nicht mehr lange durchhalten.

Das Erdbeben rettete sie.

Als die Villa beim ersten Erdstoß wie eine Ratte im Maul eines Terriers schlackerte, erstarrten die Prätorianer um sie herum. Serpentius nutzte diesen Moment der Unentschiedenheit zu einem wilden Ausfall, bei dem er einem der Angreifer die Luftröhre zerschnitt. Als der Mann rückwärts umkippte, brachen die ersten Teile aus der Holztreppe, und die Kameraden des Gefallenen zogen sich an seiner Leiche vorbei auf demselben Weg zurück, den sie gekommen waren. Der verletzte Dekurio ging als Letzter, kopfschüttelnd über die Unvernunft, die ihn hergebracht hatte.

Am Fuß der Treppe tobte Torquatus vor Zorn, doch der

Boden unter seinen Füßen schwankte wie ein kabbeliges Meer, und er spürte, wie das ganze Gebäude um ihn her wankte und ächzte. Als die Treppe einstürzte, gab er Fersengeld wie der Rest und suchte Zuflucht im Freien.

XLV

Zwischen zwei Erdstößen drang der Schrei einer Frau durch die unheilvolle Stille.

Poppaea!

Valerius kam mühsam auf die Beine, griff nach seinem Schwert und stolperte zum Haus, das zur Todesfalle geworden war. Flammen leckten aus dem Erdgeschoss, Beweis genug, dass zumindest eine Öllampe umgekippt war und die Villa in Brand gesetzt hatte. Umgestürzte Säulen und zerbrochene Statuen vergrößerten das stygische Chaos in den Korridoren noch.

Er rannte blindlings durch die erstickende, rauchgeschwängerte Finsternis, bis er zu dem Raum kam, in dem er Poppaea vorhin betend angetroffen hatte. Niemand befand sich darin, doch ein zweiter Schrei lockte ihn zum geöffneten Fenster und hinaus in einen Hagel fallender Ziegel. Einer der Lehmziegel streifte auf dem Weg nach unten seine Schulter, doch er war zu sehr auf seine Suche konzentriert, um den Schmerz zu bemerken. Er folgte einem Pfad nach unten zum Meer. Vermutlich war dies der Zugang der Villa zum Wasser. Ein Anwesen dieser Größe musste einen Hafen besitzen, wo die Fischer ihren Tagesfang abliefern oder besonders geschätzte Gäste mit dem Boot anlanden konnten. Es würde eine Straße zu diesem Hafen geben, und nach dieser Straße suchte Valerius.

Als das Erdbeben zuschlug, musste Poppaea von Entsetzen erfasst worden sein. Er hatte einen starken Quell des Muts in ihr gespürt, doch die gequälten Verrenkungen der Erde riefen in jedem eine krampfartige Panik hervor, die nicht einmal die Kraft ihres Glaubens würde überwinden können. Sie musste instinktiv Zuflucht außerhalb der Mauern gesucht haben. Doch Sicherheit im Freien war eine Illusion. Denn von denselben Ängsten getrieben, würden Torquatus' Männer ebenfalls genau dorthin kommen.

Er fand ein Gartentor, das weit offen stand, und rannte durch dieses nach draußen. Die schmale Straße verlief parallel zu den Klippen, und fast hätte er übersehen, dass dort etwas im Mondlicht blinkte. Der reflektierte Lichtstrahl fiel ihm von der Seite ins Auge, und er wandte sich ohne nachzudenken um, ließ den gepflasterten Weg hinter sich zurück und betrat die oben mit Grasbüscheln wie Stolperfallen bewachsenen Felsen. Das Schimmern, das ihm ins Auge gefallen war, kam von etwas Silbernem – dem silbrigen Muskelpanzer eines Prätorianeroffiziers. Hundert Schritte entfernt und nahe dem Klippenrand konnte er gerade noch den purpurroten Glanz von Poppaeas Kleid erkennen, die mit einer dunkel gewandeten Gestalt kämpfte. Torquatus.

Der Prätorianer hielt Poppaea an den Schultern gepackt und versuchte, sie zur Straße zurückzuschleifen, während sie sich spuckend und kratzend wehrte. Valerius sah, dass

Torquatus mit der Hand ausholte und Poppaea ins Gesicht schlug. Als sie vom Schlag benommen in die Knie ging, spürte Valerius Zorn in sich aufsteigen wie ein Gewitter, das kurz vor dem Ausbruch steht. Er rief sich Fabias saphirblaue Augen in Erinnerung und stellte sich vor, wie ihr Glanz erloschen war. Er dachte an Lucina, deren Adel zerstört und die über die Schwelle des Wahnsinns getrieben worden war, und an den letzten, bebenden Herzschlag der sterbenden Ruth. Sein Zorn verlieh ihm neue Kräfte, und er stürmte übers Gras und durchs Gebüsch.

Beim Klang der genagelten Sandalen auf dem Felsen riss Torquatus den Kopf hoch. Als er seinen Gegner erkannte, zog er knurrend die Lippen zurück. Er hob sein Schwert, um dem Angriff zu begegnen.

Valerius umkreiste ihn links herum, was Torquatus zwang, sich mit ihm zu drehen. Sein Schwert hielt er dabei in der rechten Hand, und mit der Linken hatte er noch immer Poppaeas Kleid gepackt. Durch die Weigerung, seine Gefangene loszulassen, war die Flanke des Prätorianers ungeschützt, und Valerius war zuversichtlich, dass er diesen Fehler würde ausnutzen können. Doch Torquatus war kein Anfänger. Er hatte in den Legionen gedient, und fünf Jahre in Neros innerstem Kreis hatten ihn gelehrt, wie man Macht einsetzt. Er führte die Klinge seines Schwerts bis auf Haaresbreite an Poppaeas bleiche Kehle heran. »Machst du auch nur eine Bewegung, stirbt sie hier und jetzt.«

Valerius erstarrte.

»Ich bin hier der Vertreter des Kaisers«, stieß der Prätorianer heiser hervor. »Heute Nacht werde ich meinem Herrn die Verräterin Poppaea Sabina vorführen, zusammen mit den Beweisen für ihre Schuld. Wenn sie zusehen muss, wie dieser Petrus und seine zerlumpte Schar von Aufrührern verhört werden, wird sie zweifellos die angenehme christliche Neigung zur Schau stellen, sich zu opfern, um deren Schmerzen zu lindern. Es wird äußerst lehrreich werden, für sie und für dich. Denn ich habe vor, dich als Ersten den Kuss des glühenden Eisens spüren zu lassen.«

Die Worte klangen durchaus zuversichtlich, doch Torquatus' Blick zuckte immer wieder zum Haus, und Valerius wusste, dass der Prätorianerkommandant sich nur selbst Mut machte. Außerdem bluffte er.

»Von dort wird dir keiner zu Hilfe kommen, Torquatus. Deine Freunde sind inzwischen längst auf dem Weg nach Rom.« Valerius trat einen Schritt vor, doch in diesem Augenblick ließ ein weiterer Stoß die Erde erbeben. Er verlor das Gleichgewicht, und sein Taumeln wurde von seiner Schwäche noch verstärkt. Gleichzeitig bemerkte Torquatus das Blut, das vom rechten Arm seines Gegners tropfte, und erkannte seine Chance.

Die Spitze des *gladius* schnellte in einem perfekt ausgeführten Angriff vor, der Valerius Leib hätte durchbohren müssen. Im Geist zog Torquatus die Klinge bereits mit der die Eingeweide zerschneidenden Drehung heraus, die einen Mann dazu brachte, um den Todesstoß zu flehen. Torquatus war schnell, aber nicht schnell genug. Das jahrelange Training auf dem heißen Sand des *ludus* hatte Valerius mit dem Überlebensinstinkt eines Gladiators ausgestattet. Im allerletzten Augenblick drehte er sich zur Seite, gerade so rechtzeitig, dass die rasiermesserscharfe Klinge nur den Stoff seiner Tunika zerfetzte. Ein rechtshändiger Kämpfer wäre nun in der Defensive gewesen, doch die Bewegung brachte Valerius in die Position für einen aufsteigenden Rückhandhieb, der Torquatus' Kopf von den Schultern trennen musste. Der Prätorianer schrie auf, als das Schwert auf seine ungeschützte Kehle zuschoss, doch der Blutverlust verlangsamte Valerius' Bewegungen, und das verschaffte Torquatus den winzigen Aufschub, den er brauchte, um vor der im Bogen geschwungenen Klinge des Jüngeren zurückzuspringen.

Valerius wusste, dass er den Kampf rasch zu Ende bringen musste. Mit jeder Sekunde wurde er schwächer; jeder Moment der Verzögerung machte den Ausgang gewisser. Seine Beine fühlten sich an, als versuchte er, in tiefem Sand zu rennen. Torquatus verschwamm ihm vor den Augen, als betrachtete er ihn durch einen Schleier. Mal vergrößerte er sich zum Riesen, mal schrumpfte er zum Zwerg, doch nie sah er ihn klar genug oder kam ihm nahe genug, um ihn mit der Klinge zu treffen.

Poppaea regte sich im Gras zu Füßen des Prätorianers, und Torquatus wich lachend einem weiteren kläglichen Vorstoß von Valerius' Schwert aus. »Jetzt bist du kein so großer Held mehr, mein Freund.« Er entzog sich mit einer Drehung, und nun stand Valerius mit dem Rücken zur bröckelnden Klippenkante. »Du bist nur noch ein verletztes Tier, das keine Zuflucht hat.«

Ohne Vorwarnung sprang er vor und zwang Valerius, die Klinge mit ihm zu kreuzen. Das metallische Klirren sang durch die Nacht. Torquatus war jetzt der Stärkere und

Schnellere, und der junge Mann war gezwungen, einen weiteren Schritt zurückzuweichen, während er die Angriffe immer schwächer parierte. Er spürte, wie der Boden unter seinen Füßen abfiel, und wusste, dass der Abgrund nur noch wenige Schritte entfernt sein konnte. Ein schmetternder Hieb betäubte seine Finger, und der *gladius* fiel ihm aus der Hand. Torquatus' Gesicht verzog sich zu dem vertrauten spöttischen Lächeln. Nur noch ein einziger Angriff, und die Sache wäre erledigt. Valerius hätte der Verzweiflung erliegen können, doch stattdessen schärfte eiskalter Zorn seinen Verstand. Der Tod barg keinen Schrecken für ihn, aber ein Sieg Torquatus' bedeutete den Tod für die, die er liebte. Das würde er nicht zulassen. Er sah, wie sich Torquatus' Augen verengten, ähnlich wie die eines jagenden Löwen im Augenblick vor dem Sprung. Als der Angriff kam, war es ein wilder Hieb nach dem ungeschützten Kopf seines Opfers, doch in seinem Eifer hatte der Prätorianer nicht an die künstliche Faust des jungen Römers gedacht. Die Parade war zu schwach, um die Klinge gänzlich aufzuhalten, und Valerius spürte einen Schnitt, der wie Feuer auf seinem Wangenknochen brannte. Doch der Hieb verschaffte ihm die Gelegenheit, die er brauchte. Er packte Torquatus' Tunika mit den Fingern der linken Hand und warf sich nach hinten.

Von ihrem gemeinsamen Schwung über den stürzenden Valerius katapultiert, ruderte der Prätorianer, den das Gewicht seines Panzers über den Klippenrand riss, verzweifelt mit Armen und Beinen. Valerius sah, wie die laut schreiende Gestalt in der Dunkelheit verschwand. Doch sein eigener Triumphschrei war so kurzlebig wie sinnlos. Denn was seinen Feind erledigt hatte, wurde nun auch ihm selbst zum Verhängnis. Der Schwung, mit dem er sich zurückgeworfen hatte, um Torquatus über die Klippe zu schleudern, war nicht mehr zu bremsen, und nun taumelte der Sieger, von der Schwerkraft gezogen, kopfüber in die Tiefe.

In dem Augenblick, in dem die Welt unter ihm verschwand, empfand Valerius einen Moment der Schwerelosigkeit, der das Vorspiel zum Tod war. Doch sein Sturz war kurz, hart und endete mit einem schmerzhaften Ruck, der durch seinen verwundeten rechten Arm ging und an seinen Schultersehnen zerrte. Er schlug die Augen auf, überrascht, noch am Leben zu sein. Die staubige Erde der bröckelnden Klippenkante war nur einen Fuß von seinen Augen entfernt. Er verdrehte den Kopf und spähte nach oben. Die Bänder der Ledermuffe hatten sich zwischen den Wurzeln eines kleinen Buschs verfangen und seinen Sturz aufgehalten. Aber für wie lange? Sein Retter war ein sehr kümmerliches Gestrüpp blattloser Zweige, und eine einzige falsche Bewegung oder ein weiterer Erdstoß würden es aus dem Fels reißen. Unter der Kuhledermuffe rann ein warmes Rinnsal von Blut hervor. Valerius spürte, wie ihn die Lebenskraft verließ.

Er ließ den Kopf sinken und schloss die Augen. Das Verstreichen der Zeit war bedeutungslos, jetzt gab es nur noch das schreckliche Brennen in seinem Arm und seiner Schulter. Er wusste nicht, wie lange er so gehangen hatte, als er die leichte Berührung einer Hand spürte, die seinen Arm ergriff. Er blickte in ein blasses Gesicht, dessen vor Angst weit aufgerissene Augen halb hinter dunklem Haar verborgen waren, das in Wellen darüber fiel.

»Lass mich hier«, flüsterte er. »Rette dich selbst.«

»Nein.« Das Wort kam heftig heraus, fast wie ein Knurren. Poppaea rutschte noch weiter vor und beugte sich tiefer über die Kante, entschlossen, fester zuzupacken. »Wenn ich dich opfere, um mich selbst zu retten, wozu macht mich das in den Augen Gottes?«

Valerius stieß ein Stöhnen aus. »Hauptsache, du lebst«, sagte er. »Und wenn du lebst, kannst du die anderen retten.«

»Petrus?«

Er zögerte, doch er konnte nicht lügen. »Nicht Petrus. Petrus muss sterben, um die Judäer vor dem Tod zu bewahren, aber du musst am Leben bleiben, um meinen Vater und Olivia zu retten.« Er spürte, dass der Busch ein wenig nachgab. »Bitte. Du wirst nichts erreichen, als uns beide in die Tiefe zu stürzen. Hör zu. Es hat eine Intrige gegen dich gegeben. Rodan hat sie angezettelt. Er kam zur Villa und hat dich bedroht. Sag dem Kaiser ... sag ihm, dass Torquatus von diesem Plan gehört hat und bei deiner Verteidigung als Held gestorben ist. Verstehst du?«

»Aber die Soldaten werden die Wahrheit kennen.«

Er schüttelte den Kopf, und ein weiterer Schmerzstrahl schoss seinen Arm hinauf. »Nein. Ihre Befehle haben sie von Rodan erhalten. Sie wurden hinters Licht geführt. Jetzt sind sie ohne Anführer. Verhalte dich wie eine Kaiserin, dann werden sie alles sagen, was ihnen den Hals rettet.«

Warme, salzige Tränen fielen auf sein Gesicht, und er wusste, dass er sie überzeugt hatte. Die bebenden Hände ließen seinen Arm los, und er wartete darauf, zu sterben. Als sich eine andere Hand um seinen Arm schloss, fest wie eine

Adlerklaue, war er schon fast in den elysischen Gefilden. Er hatte die Vision, Apollo greife von seinem Streitwagen nach unten, um ihn ins Land der Seligen zu ziehen, doch als er zu dem wilden, wettergegerbten Gesicht aufblickte, das ihm entgegensah, war dieses alles andere als gottähnlich.

»Du hast doch wohl nicht geglaubt, dass du so leicht davonkommst«, knurrte Serpentius, bevor er Valerius mühelos auf den sicheren Fels zog. »Immerhin steht mein Lohn noch aus.«

Das letzte Rumoren des Erdbebens hatte aufgehört. Marcus und Serpentius ließen ihre Schützlinge mithilfe von zusammengedrehten Bettlacken aus dem zerstörten Obergeschoss hinunter. Die Lebenden und die Toten.

»Warum?«

»Er ist im Kampf gestorben, um deine Schwester zu retten.«

Valerius starrte auf die eingefallene Gestalt hinunter und empfand eine merkwürdige Mischung aus Schuldgefühlen und Ungläubigkeit. Die Trauer würde später kommen, das wusste er, aber vorerst nahm eine Empfindung von Leere den Raum ein, den normalerweise seine Seele bewohnte. Er zog das Tuch zurück, das die Leiche seines Vaters bedeckte. Das Gesicht des alten Mannes war zu dem Ausdruck verzogen, den es im Moment seines Todes gehabt hatte: eine empört gerunzelte Stirn und eine Grimasse des Schmerzes. Ein einzelner Stich direkt ins Herz, sagte Serpentius, von einem Soldaten, der sein Handwerk verstand und der gleich darauf selbst niedergestreckt worden war. Die anderen Gefallenen, darunter Heracles, Isaac und die toten Prätorianer, lagen in einer Reihe neben Lucius. Draußen machte Poppaea gerade den überlebenden prätorianischen Reitersoldaten mit kalter Stimme klar, dass ihr Wort das Einzige war, was zwischen ihnen und einem qualvollen Tod durch die kaiserlichen Folterknechte stand.

»Wir konnten ihn nicht aufhalten. Erst war er sanft wie ein Lamm und betete mit den anderen, doch plötzlich hatte er ein Schwert in der Hand«, erklärte Marcus. »Er war ein Held. Du solltest stolz auf ihn sein.«

»Er war nur ein harmloser alter Mann.«

»Dein Vater hat sein Leben für die Menschen geopfert, die er liebte. Könnte irgendjemand mehr geben?«

Valerius starrte Petrus an. In diesem Moment hasste er den Anführer der Christen noch mehr als Torquatus.

»Mein Vater ist gestorben, weil er dumm genug war, dir zu folgen.«

Petrus musterte ihn. Dieser Tag hatte Valerius einen Tribut abverlangt, den selbst der Tod seines Vaters nicht ausreichend erklärte. War ihm klar, wie erschreckend er aussah, dieser junge Kämpfer, dem der Schmerz in das wie gemeißelt wirkende Gesicht geschnitten war, während die frische Wunde in seiner Wange noch blutete?

»Er war nicht grundlos hier«, erklärte der Judäer sanft. »Er wollte deine Schwester retten. Willst du ihm im Tod etwas verwehren, wofür er im Leben alles riskiert hat?«

Olivia lag totenbleich auf dem Bett, das Marcus und Serpentius neben ein geöffnetes Fenster gestellt hatten. Statt einer Antwort nahm Valerius seine Schwester behutsam hoch und trug sie trotz des stechenden Schmerzes in seinem verletzten Arm zum Gartenbecken.

»Wer wird ihr Pate sein?« Petrus schaute zu den Christen, doch die Antwort auf seine Frage kam von einer Person, die im Eingang stand.

»Ich.«

Als Valerius sich umdrehte, begegnete er Poppaeas festem Blick, und Petrus lächelte sie an. »Du verstehst, was das bedeutet, mein Kind?«

Sie nickte und nahm ihren Platz neben Valerius ein. Im Gehen fragte sie leise: »Verstehst du, was das bedeutet, Valerius?«

Er nickte. »Ich denke schon.«

»Durch unseren Glauben sind wir im Leben wie im Tod verbunden.«

»Ich bin kein Christ.«

»Aber du wirst Olivia unterstützen?«

»Solange sie lebt.«

»Das genügt.«

Das Wasser war durch einen breiten Riss im Beckenboden verschwunden, doch der Aquädukt war weitgehend unbeschädigt geblieben, und weiterhin speiste ein steter Strom den künstlichen Wasserfall. Petrus ging voran, und Valerius wartete ab, während Poppaea seiner Schwester die heiligen Worte ins Ohr flüsterte. Als sie erklärte, dass Olivia nun bereit sei, nahm er seinen Platz neben dem Judäer ein. Zu spät fiel ihm ein, dass Poppaea vorhin mehrere Fragen gestellt worden waren.

»Olivia kann nicht selbst antworten«, murmelte er. »Und ich kann es nicht für sie tun.«

Der Heiler Petrus lächelte sein sanftes Lächeln. »Dein Vater hat bereits für sie geantwortet.« Er legte Olivia die Hand auf die Stirn, und Valerius spürte, wie seine Schwester in seinen Armen zuckte, als würde sie von einer Kraft durchflossen. Er sah Petrus ins Gesicht und erkannte darin angestrengte Konzentration; es war der Blick eines Mannes, der mit einem gequälten Geist oder vielleicht auch mit sich selbst rang.

Schließlich war der Judäer zufrieden, und Valerius trug seine Schwester unter den schäumenden Wasserfall, der sie mit der scharfen Kälte aus den Bergen überströmte. Er hörte, wie Petrus die Worte wiederholte, die er auch vorhin für Poppaea gesprochen hatte. Doch diesmal nahm er eine leichte Veränderung vor.

»Im Namen Jesu Christi, reinige diese unwürdige Seele von ihren Sünden, und nimm sie getreu deinem Bund in dein Haus auf. Schreibe dein Gesetz in ihre Herzen ein, erfülle sie mit deinem allmächtigen Geist, und nimm ihre unsterbliche Seele in deine Obhut.«

Valerius' Leben hatte sich für immer verändert.

XLVI

Stirnrunzelnd betrachtete Nero die dunkelhaarige Gestalt, die im Thronsaal des von ihm requirierten neapolitanischen Palasts vor ihm kniete. Poppaea hatte ihm eine Botschaft mit der verstörenden Nachricht geschickt, und jetzt war sie selbst gekommen, um ihm die Einzelheiten über Rodans Verrat und Torquatus' spät erblühten und letztlich tödlichen Heroismus zu erzählen. Die Geschichte war verblüffend, doch er würde sich davon nicht die Laune verderben lassen.

»Der Prätorianercenturio hatte den Plan, dich zu entführen und an die Piraten von Sandalion zu verkaufen?«

»Genau, Caesar«, antwortete sie ruhig. »Das hat er zugegeben, bevor der gute Torquatus ihn tötete.« Mit erstickter Stimme sprach sie den Namen des Prätorianerpräfekten aus, und Nero sah, wie aufgewühlt sie war.

»Erhebe dich, meine Liebe. Du sollst nicht vor deinem Caesar knien. Einen Stuhl für die Kaiserin«, befahl er.

Eigenartig, dass Torquatus nach so vielen Jahren der Feindschaft eine solche Sorge um Poppaea an den Tag gelegt hatte. Aber andererseits, vielleicht auch nicht. Torquatus hatte einen großartigen Fang angedeutet, der dicht bevorstand. Zweifellos, das musste es sein.

Er wartete, bis Poppaea saß, bevor er ihr die nächste Frage stellte. »Und die Komplizen des Verräters?«

»Sind alle tot, Caesar. Die Prätorianer, die Torquatus begleitet haben, waren äußerst gründlich.«

»Natürlich«, sagte er. »Sie sollen für ihre Sorgfalt belohnt werden. Aber schade, dass niemand für ein Verhör verschont wurde.«

Eine zweite Gestalt hatte im Schatten gewartet. Jetzt winkte Nero den Mann heran. Valerius schritt über den Marmorboden und kniete vor seinem Kaiser nieder.

Neros Tonfall veränderte sich. Er wurde gebieterisch und hart. Jedes Wort war eine Herausforderung. »Du hast Torquatus auf der Suche nach dem Verräter Rodan begleitet? Warum, da ich dir doch einen anderen, äußerst wichtigen Auftrag gegeben hatte? Dir ist klar, dass es den Tod bedeutet, deinem Kaiser ungehorsam zu sein?«

Poppaea sog scharf den Atem ein. Valerius hob den Kopf, und Nero überlief ein Schauder des Unbehagens, als er die rot unterlaufenen Augen und die noch nicht verheilte Wunde sah, die das erschöpfte Gesicht entstellte. Hier hatte er zum ersten Mal Gaius Valerius Verrens so vor sich, wie er vor Colonia gestanden und den Horden der aufständischen Königin die Stirn geboten hatte.

»Mein Kaiser hat mich mit dem Titel ›Verteidiger Roms‹ geehrt.« Die Stimme war so hart wie das Gesicht des Mannes, der die Worte sprach. »Was ist Rom, wenn nicht der Mann, der die Stadt regiert? Und eine Bedrohung der Frau

Caesars ist eine Bedrohung Caesars selbst. Als ich diese Bedrohung entdeckte, tat ich, was jeder Soldat tun würde, und ging mit allen mir zur Verfügung stehenden Kräften dagegen vor. Wenn das den Tod bedeutet, so sei es.«

Nero machte bei dieser Herausforderung ein finsteres Gesicht und rutschte auf seinem goldenen Stuhl herum. Das Gespräch langweilte ihn bereits. Eigentlich wollte er nichts anderes, als in Gedanken zum Triumph des vorangegangenen Abends zurückzukehren. Er hatte dem Erdbeben getrotzt, um das Volk von Neapolis zu unterhalten, obgleich es aus dem einstürzenden Theater floh. Während der Rest der Welt in Panik geriet, stand er als Einziger ruhig da, mit nicht einmal einem Zittern in der melodiösen Stimme. Es war der beste Auftritt seines Lebens gewesen. Zum ersten Mal begriff er, dass er nicht länger im Schatten der Götter stehen musste. Dieses Wissen gestattete ihm, die Ereignisse, die Poppaea gerade berichtet und Valerius bestätigt hatte, gleichmütiger aufzunehmen, als es sonst der Fall gewesen wäre. Er hatte gespürt, dass Torquatus allmählich zum Problem wurde; ein Furunkel, das er irgendwann hätte aufstechen müssen. Es gab natürlich Fragen, doch die konnte er für eine andere Gelegenheit aufsparen. Noch war jedoch eine Sache zu regeln.

»Du hattest die Aufgabe, diesen ... Fels ... zu finden, und die Zeit, die dir eingeräumt wurde, endet bei Sonnenuntergang. Die Folgen deines Scheiterns sind dir bewusst?«

Valerius nickte langsam. Dies war der eigentliche Grund für seine Anwesenheit, und als nun der Moment gekommen war, fühlte seine Kehle sich so an, als wäre sie mit Sand gefüllt. Zwanzigtausend Menschenleben hingen von seinen nächsten Worten ab. »Ich bitte um deinen Langmut, oh Caesar.« Er sah, dass Neros Blick hart wurde, sprach aber mit ruhiger Stimme weiter. »Der Petrus genannte Mann, bekannt als der Fels Christi, befindet sich in Rom in meinem Gewahrsam und wird dem Kaiser auf sein Geheiß in Ketten vorgeführt.«

Dies war ein riskanter Schritt. Da er Petrus im selben Gespräch an Nero auslieferte, in dem Poppaea verkündet hatte, Rodan sei zum Verräter geworden und Torquatus gestorben, würde der Kaiser diese Ereignisse zweifellos miteinander verknüpfen. Doch hielte Valerius die Information zurück, würde Nero wohl darauf bestehen, dass er die Frist nicht eingehalten hatte, und das Massaker an den Judäern befehlen.

Neros kalte Augen musterten ihn aufmerksam, und Valerius brach der Schweiß aus, während er verfolgte, wie es in Neros Kopf arbeitete. Valerius würde die Mechanismen, denen er sein Glück zu verdanken hatte, nie begreifen. Sobald der Kaiser der Gruppe von Amtsträgern, die sein Vertrauen besaß, seine Entscheidung bezüglich der Judäer mitgeteilt hatte, war er mit Bedenken überhäuft worden. Ein solches Massaker komme sehr ungelegen und sei teuer. Roms Judäer stellten ein kleines, aber wichtiges Element des römischen Wirtschaftslebens dar. Ihr Verlust werde ausgesprochen negative Auswirkungen auf die kaiserlichen Finanzen haben, und das zu einer Zeit, da die finanziellen Aussichten ohnehin schlecht seien. Zwanzigtausend Hinrichtungen würden notwendigerweise von einer vollständigen Legion ausgeführt werden müssen, man müsste die Opfer zusammentreiben und mit ihnen zum Circus marschieren. Ob ihm klar sei, was für einen Organisationsaufwand das bedeute und welche Sicherheitsprobleme damit verbunden wären? Und ob ihm bewusst sei, wie viel Mühe es mache, zwanzigtausend Leichen fortzuschaffen?

»Ich will mich gnädig erweisen.« Valerius fühlte, wie der Raum sich um ihn drehte. »Die Judäer werden verschont. Du wirst mir diesen Mann an den Nonen des Juni ausliefern ...« Erst als die Stimme des Kaisers lauter wurde, merkte Valerius, dass er vom Rest der Ansprache kein Wort mitbekommen hatte. Er blickte von Poppaea zu dem Mann auf dem Thron.

»Ich sagte, Gaius Valerius Verrens, ein Held Roms, hat den Dank des Kaisers und darf nach Rom zurückkehren.« Valerius erhob sich auf zittrigen Beinen und verbeugte sich. Er würde zu Sonnenschein und Freiheit in einen Tag hinaustreten, mit dem er nicht mehr gerechnet hatte. »Übrigens, Valerius?« Er erstarrte. »Vielleicht wäre es klug von dir, das Angebot meines Freundes Vitellius anzunehmen. Eine gewisse Zeit in der Provinz könnte deiner Gesundheit zuträglich sein.«

Nero wandte sich ab, und Valerius merkte, dass er wieder atmen konnte.

»Komm, meine Liebe.« Der Kaiser führte seine Frau zu dem maßstabsgerechten Modell Roms, das er nach Neapolis mitgenommen hatte. »Ich zeige dir meine Pläne für unser neues Zuhause.«

Poppaea lächelte reizend. Sie bemerkte die Veränderung

der Stadtlandschaft im Tal zwischen dem Palatin und dem Esquilin sofort. Dort war die Fläche, auf der derzeit zehntausend Römer lebten, unter dem größten Palast verschwunden, den die Welt jemals gesehen hatte.

Nero bemerkte ihren bestürzten Blick. »Mach dir keine Sorgen, mein Herz«, sagte er fröhlich. »Die Götter werden es möglich machen.«

XLVII

Vierzehn Monate später, an einem heißen Augustmorgen, der noch vom Geruch alten Rauchs geschwängert war, stand Valerius in der Nähe der Stelle, an der Cornelius Sulla gestorben war, neben einer ernsten dunkelhaarigen Frau. Sie befanden sich ganz hinten in einer großen Menschenmenge, die gekommen war, um einer weiteren Hinrichtung beizuwohnen.

Er hatte Petrus zum letzten Mal an dem Tag gesehen, an dem er ihn Nero übergab. Jetzt beobachtete er, wie ein Hinrichtungskommando den alten Christen an das raue Holz schlug. Valerius zuckte zusammen, als er den schrillen Schrei hörte, den der alte Mann ausstieß, als der erste Eisennagel das Fleisch und die fragilen Knochen seiner Füße durchbohrte. Nach einem Moment der Verwirrung wurde dem Scharfrichter klar, dass ein einziger Nagel nicht reichen würde, um sein Opfer in der geplanten unerhörten Position festzuhalten. Johlend begrüßte die Menge das Einschlagen weiterer Nägel. Dann wurden Petri Hände auf die gleiche Weise an den Armen des Kreuzes befestigt. Anschließend richteten die Henkersknechte das Kreuz umgekehrt auf und rammten es in den Boden des vatikanischen Feldes. Nun hing der Gekreuzigte mit dem Kopf nach unten, und das Blut rann ihm die knochigen weißen Beine hinunter.

»Wie grausam«, flüsterte Olivia. »Er war ein guter Mensch. Das hat er nicht verdient.«

Valerius sah seine Schwester an. Sie war noch immer dünn und blass, doch sie hatte darauf bestanden, vom Landgut nach Rom zu reiten, und zeigte kein Anzeichen von Erschöpfung. Im Juli war das Haus am Clivus Scauri zusammen mit Tausenden anderen Häusern bei der großen Feuersbrunst niedergebrannt. Diese hatte sieben komplette Bezirke der Stadt zerstört und Tausende Männer, Frauen und Kinder in Flammen aufgehen lassen. Feuersbrünste waren in Rom nichts Ungewöhnliches, doch Nero und seine Beamten fanden rasch Beweise dafür, dass die Schuld diesmal bei den Christen lag. Petri Hinrichtung war erst der Anfang.

»Er hat darum gebeten, es so zu machen.« Valerius legte ihr den Arm um. »Er sagte, er sei es nicht wert, auf dieselbe Weise zu sterben wie sein Herr. Er ist ein alter Mann. Es wird nicht lange dauern.« Dass Petrus kopfüber hing, bedeutete, dass seine inneren Organe nach unten auf seine Lunge und sein Herz drücken würden. Kein Mensch seines Alters konnte eine solche Qual für länger als einige Minuten überleben. Doch er hatte Petri Widerstandskraft unterschätzt. Es dauerte vierzig Minuten, bis der Fischer, der seinen Herrn übers Wasser hatte gehen sehen, mit dem Namen Christi auf den Lippen starb.

Valerius meinte, ein Flüstern in der Luft zu hören, und

einen Moment lang stand ihm das Bild des hochgewachsenen Mannes neben Poppaeas Wasserfall vor Augen. Wenn er schon keinen Glauben hatte, so hatte er doch wenigstens Hoffnung.

Historische Anmerkungen

Die Geschichte der christlichen Urkirche liegt weitgehend im Dunkeln. Wenn man sagen kann, dass Geschichte von den Siegern geschrieben wird, so wurde die früheste Geschichte des Christentums fast mit Sicherheit von interessierten Kreisen überarbeitet und bereinigt. Die Kirche war vom Streit über die einzuschlagende Richtung zerrissen, und es entwickelte sich eine Anzahl unterschiedlicher Sekten, die sich erst beim Ersten Konzil von Nicäa im Jahr 325 n. Chr. aussöhnten. Eine der ersten Streitfragen betraf die Bekehrung von Nichtjuden und wurde zwischen Paulus und Petrus ausgetragen. Beide sollen sich um 60 n. Chr. in Rom aufgehalten haben, und von Paulus wird berichtet, dass er sich mit dem Bruder des Philosophen Seneca getroffen hat. Zweifellos lebten sie in einer Zeit der Angst, der Verfolgung und des Verrats. Als unbeirrbare Menschen, die sie waren, hatten sie einen sehr unterschiedlichen Charakter. Paulus, ein römischer Bürger und ehemaliger Soldat, war ein Pragmatiker, der die Christen zunächst verfolgt hatte, bevor er sich ihnen anschloss. Petrus dagegen, ein einfacher Fischer, wurde vom hingebungsvollen Glauben an die Lehre Jesu

Christi angetrieben. Ist es möglich, dass Paulus Petrus verraten hat? *Der Verteidiger Roms* ist ein Roman, und es ist das Recht eines Autors, das Schlimmstmögliche im Charakter seiner Figuren herauszuarbeiten. Es gibt allerdings einige Hinweise, wenn auch nur in Nebenbemerkungen, die diese Möglichkeit andeuten. Da war nicht nur die Streitfrage zwischen den beiden. Zusätzlich schrieb der später heiliggesprochene Bischof Clemens im Jahr 80 n. Chr.: *Durch Neid und Eifersucht kam es dazu, dass die stärksten und rechtschaffensten Säulen [der Kirche] verfolgt und hingerichtet wurden …, Petrus durch ungerechten Neid.* Neid und Eifersucht sind Emotionen, die sich innerhalb einer Gruppe entwickeln, nicht außerhalb von ihr. Es wäre nicht das erste Mal, dass ein Anwärter auf die Führerschaft eine Gelegenheit ausgenutzt hätte, seinen Konkurrenten auszuschalten.

Galiläer, Judäer oder Jude? Jesus und Petrus stammten aus Galiläa und wurden in der judäischen oder jüdischen Religion erzogen, alle drei Begriffe sind also anwendbar. In Rom hätte man Petrus zu den Judäern der Stadt gerechnet, daher habe ich »Judäer« als Überbegriff verwendet, um Verwirrung zu vermeiden.

Nero war der erste römische Kaiser, der die Bedrohung durch das Christentum ernst nahm, und schon vor dem großen Brand Roms war seine Reaktion auf typische Weise einfallsreich und brutal. Es gibt keine historischen Hinweise, dass seine Frau Poppaea, die, je nach historischer Quelle, entweder bei der Geburt ihres Kindes oder aufgrund von Misshandlungen durch Nero während ihrer Schwangerschaft starb, Verbindungen zu den Christen hatte. Die wahre

Geschichte Lucina Pomponia Graecinas legt jedoch die Annahme nahe, dass der christliche Einfluss schon in dieser frühen Phase bis in die höchsten Ebenen der römischen Gesellschaft reichte.

Auf seinen Reisen begegnet Valerius vielen interessanten historischen Persönlichkeiten. Seneca war der einflussreichste Mann seiner Zeit, bis er bei Nero in Ungnade fiel und schließlich zum Selbstmord gezwungen wurde. Aulus Vitellius, möglicherweise Kommandant der Siebten Legion, wurde im Vierkaiserjahr durch Schmeichelei dazu bewegt, den kaiserlichen Purpur anzulegen, und bezahlte den unvermeidlichen Preis. Neros Prätorianerpräfekt Offonius Tigellinus hat dessen Herrschaftszeit überlebt. Daher habe ich mir die Freiheit herausgenommen, ihn durch den fiktiven Torquatus zu ersetzen, um ihm ein angemessen befriedigendes Ende bescheren zu können.

Die Städte in der Bucht von Neapel wurden mehrmals von Erdbeben heimgesucht – einmal auch während eines Besuchs von Nero in Neapolis –, bis ein Ausbruch des Vesuv sie im Jahr 79 n. Chr. unter seiner Asche begrub. Die Folgen kann man noch heute in den Läden und Kneipen des Herculaneums besichtigen sowie in der Villa Oplontis, die einen Blick auf wahren römischen Luxus gestattet und einen Besuch wert ist.

Danksagung

Ich danke noch einmal meinem Lektor Simon Thorogood und seinem wunderbaren Team bei Transworld, meinem Agenten Stan bei der Jenny Brown Agency und vor allen anderen meiner Frau Alison und meinen Kindern Kara, Nikki und Gregor, die mir mit ihrer zuverlässigen Unterstützung durch jede noch so schwierige Zeit helfen. Ein besonderer Dank gilt Lorna Sherman und Ross Leitch, die mir Einblicke in den Ablauf eines Erdbebens verschafft haben. Philip Parkers brillantes Buch *The Empire Stops Here* war eine unschätzbare Quelle für Valerius' Reise nach Dalmatien, Moesien und Dakien, und Martin Goodmans *Rome and Jerusalem* war eines von vielen ausgezeichneten Werken, die mir geholfen haben, mich in den schwierigen Gewässern des frühchristlichen Rom zu orientieren.